中国诗词年鉴（2011）

国务院参事室　中央文史研究馆　主管
中华诗词研究院　主办
中华书局　出版

中国诗词年鉴

(2011)

中华诗词研究院　编

中 华 书 局

图书在版编目（CIP）数据

中国诗词年鉴. 2011/中华诗词研究院编. --北京：中华书局，2011.12
ISBN 978－7－101－08426－9

Ⅰ. 中… Ⅱ. 中… Ⅲ. ①诗词—作品集—中国—当代 ②诗词—诗歌评论—中国—当代 Ⅳ. ①I227 ②I207.2

中国版本图书馆 CIP 数据核字（2011）第 259691 号

书　　名： 中国诗词年鉴（2011）
编　　者： 中华诗词研究院
主　　编： 周兴俊
责任编辑： 俞国林
封面设计： 冀　宁　吕兆梁
出版发行： 中华书局
（北京市丰台区太平桥西里 38 号　100073）
http：//www.zhbc.com.cn
E-mail：zhbc@zhbc.com.cn
经　　销： 新华书店
印　　制： 北京画中画印刷有限公司
版　　次： 2011 年 12 月北京第 1 版
2011 年 12 月北京第 1 次印刷
规　　格： 开本/787×1092 毫米　1/16
印张 32 1/4　插页 2　字数 700 千字
印　　数： 1－2000 册

定　　价： 125.00 元

卷首语

伴随着改革开放的步伐，中华诗词从长时间的沉寂休眠状态复苏复兴进而繁荣起来。为了记录这一复苏复兴繁荣的伟大进程，促进诗词创作与研究更快更健康的发展，线装书局从2007年开始编辑出版线装本《中国诗词年鉴》，到现在已连续出版四卷。由于线装年鉴容量小发行量有限，难以满足诗界及广大诗词爱好者的需求，所以线装书局、中华诗词学会都希望新成立的中华诗词研究院创办一个规模更大、更权威的诗词年鉴，借以弥补线装年鉴之不足。有鉴于此，国务院参事室、中央文史研究馆领导批准中华诗词研究院创办了这本精装《中国诗词年鉴》。

现在，在中华诗词学会、《中华诗词》、《诗刊》，特别是线装书局的大力支持下，经过两个多月加班加点的工作，一本70万字的《中国诗词年鉴》已经编竣付梓，其容量是线装年鉴的十倍，内容涵盖了近几年诗词创作与研究的主要成果，包括：

一、特载 特别刊载了李长春同志、刘云山同志致中华诗词学会第三次全国会员代表大会的贺信，以及中华诗词学会常务副会长李文朝将军学习中央领导贺信精神的体会；特别刊载了马凯国务委员《在中华诗词研究院成立大会上的讲话》全文，以及国务院参事室党组书记、主任陈进玉，中央文史研究馆馆长兼中华诗词研究院院长袁行霈及著名诗人、学者刘征、郑欣淼、王立平、赵仁珪、杨逸明、刘庆霖等的致辞和贺辞。

二、诗词特稿 特别转发了国务院总理温家宝的新诗《仰望星空》和刘云山、马凯、郑欣淼写给中华诗词学会第三次全国会员代表大会的贺诗。

三、2010年诗词作品选载 逐月选载了《中华诗词》、《诗刊》、《中华书画家》、《光明日报》等报刊发表的古体诗词。

四、当代诗坛百家 以姓名首字笔画为序选载了当代100位诗家的简介及2006~2009年发表在《中华诗词》、《诗刊》、《光明日报》等报刊上的诗词作品。

五、当代新诗名家 择要以出生年月为序介绍13位新诗名家及作品。

六、理论与实践 以刘云山同志在中国作协2009年10月29日召开的文学创作座谈会上的讲话为纲，以马凯同志有关诗词创新发展的讲话为引导，选载了数十位诗家、学者的诗词理论研究或创作体会文章。

七、评鉴与推介　选载诗评、文评，推广介绍普及、弘扬中华诗词的好方法、好经验。

八、名录　分别选载中央文史研究馆与各地文史研究馆名录、中华诗词学会与各地诗词学会名录和省级以上诗词报刊名录。

本卷2010年诗词作品的初选工作，是由杨逸明、王贺分别进行的。马波、李琳、温明华、李津红、曹胜利、程俊蓉和李旻等参与了年鉴前期的准备工作。杨逸明、刘庆霖、莫然参与了本卷的通审通校。参与本书编校工作的还有吴秋野、刘香兰、殷鑫和杜姝文等。书法篆刻家陈国振先生为本年鉴篆刻了封底用印。中华书局总经理李岩、总编辑徐俊，以及责任编辑俞国林等也给予本年鉴以极大的支持和帮助。在此，一并致谢。

由于我们的编辑人员少且经验不足，加之时间紧迫，本卷一定会有不少缺憾，诚请方家指正，以便编好以后各卷。

明年，我们在编辑《中国诗词年鉴》2012卷的同时编辑“中华诗词研究丛刊”。“丛刊”以刊发诗词理论研究文章和诗评为主，兼发诗人自选自评诗词，以求诗文并茂。再在此基础上选编“年鉴”。另外，2012年《中国诗词年鉴》将增设“华北诗阵”、“东北诗阵”、“华东诗阵”、“中南诗阵”、“西南诗阵”、“西北诗阵”和“军旅诗阵”等专栏，专门选编各大区省级以上诗词报刊和军旅诗词报刊所载诗词作品。还将增设新体诗歌、歌词和楹联专栏，以便全面反映中华诗词歌联的总体风貌。希望得到诗家学者和广大读者的支持指导。

2010年5月31日，中华诗词学会第三次全国会员代表大会在北京举行。国务委员兼国务院秘书长马凯，全国政协副主席、中国社会科学院院长、中华诗词学会名誉会长陈奎元，全国人大常委会原副委员长、中华诗词学会名誉会长布赫，全国政协原副主席、中华诗词学会名誉会长杨汝岱，全国政协原副主席、中华诗词学会名誉会长孙孚凌出席了大会开幕式。开幕式由大会秘书长李文朝将军主持。在开幕式上，陈奎元院长和中国作协党组书记、副主席李冰发表了重要讲话。（原载《中华诗词》）

在中华诗词学会第三次全国会员代表大会开幕式主席台前排就坐的有（从左到右）李文朝、黎国如、周克玉、李冰、布赫、马凯、陈奎元、杨汝岱、胡振民、汤恒、郑欣淼、郑伯农等领导同志。（原载《中华诗词》）

2011年9月7日，中华诗词研究院揭牌仪式暨诗词研究与创作座谈会在北京钓鱼台国宾馆举行。国务委员兼国务院秘书长马凯同志出席并发表了重要讲话。会议由中央文史研究馆馆长兼中华诗词研究院院长袁行霈教授主持。国务院参事室党组书记、主任陈进玉致辞。刘征、郑欣淼、王立平、赵仁珪、杨逸明、刘庆霖等诗人学者发言致贺。中央宣传部副部长翟卫华同志、中央统战部副部长黄跃金同志、文化部副部长王文章同志、新闻出版总署副署长李东东同志等领导及有关社团、诗人、学者、国务院参事、文史研究馆馆员、新闻媒体的朋友们出席了座谈会。（王国钦摄影）

马凯国务委员、陈进玉主任、袁行霈院长在中华诗词研究院揭牌后合影。（王国钦摄影）

目 录

特 载

诗词特稿

2010 年诗词作品选载

1 月

6月

8 月

9 月

11 月

12 月

当代诗坛百家

当代新诗名家

理论与实践

评鉴与推介

名　录

特　载

李长春同志致中华诗词学会第三次全国会员代表大会的贺信

值此中华诗词学会第三次代表大会召开之际，谨向大会表示热烈祝贺！向广大诗人、词家、诗词评论家、诗词爱好者致以诚挚的问候！

中华诗词是中华民族文化的精髓，有着悠久而辉煌的历史。新时期以来，广大诗人词家继承优秀的民族诗歌传统，创作出许多具有民族风格、脍炙人口、催人奋进的诗词作品，为中国文学增添了灿烂篇章。中华诗词学会团结广大诗人词家，不断探索旧体诗词与时代相结合的新途径，培养诗词人才，开展诗词研讨和对外交流，在满足人民群众精神文化需求、构建和谐社会、建设先进文化方面作出了积极贡献。

希望中华诗词学会进一步团结和联系海内外诗人和诗词爱好者，继续大力弘扬中华文化，紧跟时代前进的步伐，关注火热的现实生活，创作出更多的无愧于伟大时代的优秀诗词作品，为社会主义文化大发展大繁荣作出新的更大贡献。

二〇一〇年五月二十九日

刘云山同志致中华诗词学会第三次全国会员代表大会的贺信

欣悉中华诗词学会第三次会员代表大会隆重召开，我谨表示热烈祝贺，并通过与会同志向辛勤耕耘在诗词创作园地的同志们表示诚挚的敬意和亲切的问候！

我国向来以“诗的国度”闻名于世。中华诗词源远流长，那些震撼心灵、传之于今的不朽诗作不仅是我国优秀传统文化的重要组成部分，也是人类的宝贵精神财富。诗词是一种雅俗共赏的文学形式，在我国有着广泛的群众基础。中华诗词学会成立二十多年来，始终坚持社会主义先进文化前进方向，在推动诗词创作、加强宣传普及、活跃诗词评论、凝聚培养人才等方面，做了大量富有成效的工作，为弘扬中华诗词传统文化作出了积极贡献。

我们正处于一个大发展大变革的时代，人民群众创造历史的伟大事业，经济、政治、文化、社会等领域的发展进步，为文学创作注入新的源泉、新的活力。“笔墨当随时代”，中华诗词学会应紧跟时代前进步伐，继续发挥桥梁纽带作用，更好地推动中华诗词文化繁荣发展。希望广大诗词创作者深入实际、深入生活、深入群众，继承中华优秀文化传统，反映当代中国人民的精神风貌，不断开掘新的题材，创造新的语言，抒发新的情感，表现新的意境，创作出更多无愧于人民、无愧于时代的精品力作，为改革开放和现代化建设谱写新的乐章，为社会主义文艺百花园增添新的奇葩。

二〇一〇年五月二十九日

根植民族沃土　繁荣时代新枝

——学习李长春、刘云山同志贺信的体会

兼谈旧体诗词的继承与创新

李文朝

今年五月底，在中华诗词学会第三次全国会员代表大会召开之际，中共中央政治局常委李长春同志，中共中央政治局委员、中央书记处书记、中宣部部长刘云山同志分别向大会发来贺信。国务委员兼国务院秘书长马凯同志，全国政协副主席、中国社会科学院院长陈奎元同志在百忙之中抽出时间出席大会开幕式并分别发表了贺诗和讲话。这充分体现了党和国家领导同志对中华诗词事业和中华诗词学会的重视、关心和支持，使中华诗词学会和海内外广大诗友备受鼓舞、激励和鞭策。

李长春同志在贺信中指出：“中华诗词是中华民族文化的精髓，有着悠久而辉煌的历史。”把中华诗词提到了“民族文化的精髓”的认识高度。刘云山同志在贺信中指出：“中华诗词源远流长，那些震撼心灵、传之于今的不朽诗作不仅是我国优秀传统文化的重要组成部分，也是人类宝贵的精神财富。”又把中华诗词拓展到“人类宝贵的精神财富”的认识广度。两位领导同志的贺信，都深刻揭示了中华诗词民族性特质的悠久辉煌和源远流长。

李长春同志在贺信中还指出：“中华诗词学会团结广大诗人词家，不断探索旧体诗词与时代相结合的新途径，培养诗词人才，开展诗词研讨和对外交流，在满足人民群众精神文化需求、构建和谐社会、建设先进文化方面作出了积极贡献。希望中华诗词学会进一步团结和联系海内外诗人和诗词爱好者，继续大力弘扬中华文化，紧跟时代前进的步伐，关注火热的现实生活，创作出更多的无愧于伟大时代的优秀诗词作品，为社会主义文化大发展大繁荣作出新的更大贡献。”

刘云山同志在贺信中也指出：“中华诗词学会应紧跟时代前进步伐，继续发挥桥梁纽带作用，更好地推动中华诗词文化繁荣发展。”要“不断开掘新的题材，创造新的语言，抒发新的情感，表现新的意境，创作出更多无愧于人民、无愧于时代的精品力作”。两位领导同志在贺信中，又同时肯定了中华诗词学会探索旧体诗词与时代相结合的正确途径，并对中华诗词学会紧跟时代前进步伐，关注火热现实生活，发挥桥梁纽带作用，创作出更多无愧于伟大时代的优秀作品，更好地推动中华诗词文化的繁荣发展寄予了厚望。

马凯同志《写在中华诗词学会第三次代表大会召开之际》的贺诗，以一个令人赏心悦目的诗词意象，深刻揭示了旧体诗词本身应蕴含的民族性与时代性相统一，以及继承与创新的关系：“又是春风染绿时，唐松宋柏吐新枝。缘何叶茂参天立，赖有根深沃土滋。”诗人政治家把中国传统诗词意象化为一棵根深叶茂的参天大树。它的命脉所系，是民族性的“根深沃土”；它的生机所在，是时代性的染绿“春风”和吐发的繁茂“新枝”。从而深刻揭示出中国传统诗词要发展、要繁荣，就必须植根民族沃土，繁荣时代新枝的文学主题。

陈奎元同志在大会开幕式上的讲话，则对中央领导同志关于继承与创新的贺信精神，作了深刻而明确的解读与阐释。他指出：“大会上宣读了长春同志和云山同志的贺信，体现了中央领导同志对诗词创作的要求和对诗词工作者的希望。云山同志在贺信中说：‘希望广大诗词创作者深入实际、深入生活、深入群众，继承中华优秀文化传统，反映当代中国人民的精神风貌’，这几句话指出了诗词工作的方向和使命，诗词创作者和广大文艺工作者应当认真思考这几句话的含义，努力创作符合中华民族文化神韵而不是粗陋庸俗的作品；体现当代政治风貌而不是伤风败俗、误人害世的庸劣作品。”这些振聋发聩的话语，应当引起我们的警醒。

中国作协党组、领导和机关，对中华诗词事业和中华诗词学会的工作，给予了一以贯之的关心、厚爱与支持。中国作协党组书记、副主席李冰同志在中华诗词学会“三代会”上的致辞，是科学发展观和中央领导同志指示精神在文学创作领域的生动体现。李冰同志对中华诗词学会的工作给予充分的肯定，对中华诗词事业的繁荣发展寄予了殷切期望。他指出：“传承我国优秀诗词传统，繁荣当代中华诗词，是我们共同的责任。时代和人民在呼唤更多优秀诗词作品问世，期待当代中华诗词振兴。”他针对性地提出了四点希望：第一，希望积极反映当今的时代。第二，希望倾心锤炼诗词精品。第三，希望大力推动海内外交流。第四，希望认真学习新诗的优长。

李冰同志指出：“在我国几千年的诗歌发展史上有过多次嬗变，这也是我国诗歌长盛不衰的一个原因。旧体诗词有着深厚的文化积淀和优秀的艺术传统，在当代仍有着顽强的艺术生命力和广泛的群众基础。而二十世纪新诗的诞生，是‘五四’新文化运动的重要成果。近百年新诗的发展，也产生了一批代表作家和作品。旧体诗词与新诗是诗之两翼，应该各扬其长、各美其美。希望旧体诗词和新诗互相学习借鉴，共同铸造中国诗歌的辉煌。”

我们完全有理由相信，在党和国家的亲切关怀下，有党的文艺方针的指引和中国作协的正确领导，有中华诗词学会和广大诗友的戮力同心，中华诗词这一深深植根于民族沃土的艺术参天大树，一定会沐浴着新时代的春风、阳光、雨露，枝繁叶茂，生机勃勃。旧体诗词与新诗都将沿着民族性与时代性相统一的艺术发展必由之路，互相学习，比翼齐飞，共同促进中华诗国的发展繁荣。

在中华诗词研究院成立大会上的讲话

国务委员兼国务院秘书长　马　凯

各位学长、各位诗友、同志们：

首先，热烈祝贺中华诗词研究院成立！

中华诗词以汉字为载体，借助于汉字方块、独体、单音、四声的独特优势，按照符合美学规律的格律规则，形成了同时兼有均齐美、节奏美、音乐美、对称美和简洁美的大美诗体。几千年来，按照这种大美的形式，中华民族一代又一代创作出了大量脍炙人口的光辉诗篇，其内涵之深，形式之简，音韵之美，数量之多，普及之广，流传之久，影响之大，是世界上许多以拼音文字为载体的诗歌难以比拟的。中华诗词在记载历史、传承文化，启迪思想、陶冶情操，交流情感、享受艺术，丰富人的精神世界、提升中华民族凝聚力、推动社会文明进步等方面，发挥了重要的作用。中华诗词是中华文化瑰宝中的明珠，也是人类文明的共同财富。我们为我们的民族有这样大美的诗体，有这么多光辉的诗篇和杰出的诗人而感到骄傲和自豪。

当前，在经过一段历史曲折后，中华诗词正在从复苏走向复兴，方兴未艾，形势喜人。在这一背景下，成立中华诗词研究院，办好了，必将对中华诗词的传承、繁荣和发展发挥应有的积极作用，对弘扬中华民族优秀传统文化、提高国民综合素质作出应有的贡献。从刚才几位诗界朋友的发言中，深深体味到大家对办好研究院寄以厚望，同时提出了不少好的意见和建议，听了很受启发。我也借此机会对如何办好中华诗词研究院谈一些看法，供同志们在工作中参考。

要办好研究院，首先要找准研究院的定位、作用和任务。换句话说，我们究竟要办一个什么样的研究院呢？在我的心目中，经过长期艰苦不懈地努力，研究院在中华诗词事业中应当发挥这样几个作用：

一是成为凝聚诗词人才的重要纽带。中华诗词事业的传承、繁荣和发展，归根到底靠人，靠诗人。研究院要发挥自己独特的优势，以推崇大家、发现和培育新人为己任，通过聘请顾问、设立学术委员会、聘任研究员、组织课题研究、支持出版书籍、开展学术研讨等多种形式，不拘一格广泛吸引诗词人才，为他们的创作、研究和交流提供服务。

二是成为繁荣诗词创作的重要平台。现在我国公开和内部发行的诗词报刊有几百种，每年刊登的诗词新作达几十万首，相当于《全唐诗》的几倍，数量可观。但是精品力作较少，即使有，宣传推广也不够。缺乏精品力作，中华诗词就不会有真正的繁荣，更难以长盛不衰。研究院要以创作精品、弘扬经典为己任，联合其他诗词团体，组织诗词人才，按照贴近实际、贴近群众、贴近生活的要求，通过采风、笔会、出版诗集、编辑诗词年鉴等多种形式，创作、发现和推介大批优秀的诗歌作品，并推动优秀的当代诗词作品进入网络、学校、企业、部队、农村、社区，融入主流文化阵地，扩大社会影响。

三是成为引领诗词评论的重要窗口。诗词创作与诗词评论，是推动诗词发展不可或缺的两个轮子。当前，与相对繁荣的诗词创作比，诗词评论已成为诗词事业发展的一条短腿，评论不多，深度不够，影响也小，有些无原则吹捧的庸俗风气也值得忧虑，这些都不利于诗词事业的健康发展。研究院要带头倡导正确的诗词评论新风，坚持尊重艺术、尊重作者、尊重读者，坚持客观公正、宽容平等、百家争鸣。通过正确的诗词评论，推崇诗词大家，发现诗词新人，弘扬诗词经典，提升作者的创作能力和读者的欣赏水平。

四是成为推动诗词研究的重要阵地。研究院与其他诗词社团的一个显著区别是，要把组织研究放在突出位置上。要研究中华诗词的艺术规律，创立和发展中华诗词美学理论，推动中华诗词的继承和创新；研究古今诗词大家的作品和风格，撰写重要诗人和词人的传记、研究专著；研究中华诗词的发展史，既包括古代的，也包括近现代的，特别是五四以来近百年中华诗词的发展史；研究中华诗词的音韵学；研究中华诗词与自由体诗、民歌、歌词等其它诗体的比较，取长补短，相互促进；研究中华诗词的翻译理论和方法；还要研究中华诗词未来的发展趋势，等等。

五是成为收集诗词资料的重要文库。与上述几项任务和作用相适应，研究院应当广泛收集历代和当代有关中华诗词的诗作、诗集、诗评、诗注、诗论、诗史、诗刊、诗报等资料，逐步建立起较为完备的、有权威的、有影响的中华诗词文献库，既为当代人服务，也为后人留下宝贵的财富。

在谈到中华诗词研究院的定位、作用和任务时，我还想说说它和中华诗词学会的关系。对此，我在筹建研究院的一次会上曾讲了三句话："两个机构，一个目标；你中有我，我中有你；适当分工、通力合作"。"两个机构，一个目标"是说，学会作为群众性社团，研究院作为国务院参事室、中央文史研究馆下属的研究机构，机构性质不同，但目标都是为了传承、繁荣和发展中华诗词事业。"你中有我，我中有你"是说，在领导成员和研究力量的构成上，两者是有一定交叉的。"适当分工，通力合作"是说，在功能和作用上，两个机构各展其长，各有侧重。具体讲，研究院和学会都要既抓普及又抓提高，但研究院更要在抓提高上下功夫；都要既抓诗作又抓诗评，但研究院更要在抓诗评上下功夫；都要既抓创作又抓研究，但研究院更要在抓研究上下功夫；都要既抓当前又抓长远，研究院更要在抓长远上下功夫。许多诗词活动根据内容可以一家为主、两家或几家联合开展。

显然，从上述研究院的定位、作用和任务看，要不负众望把中华诗词研究院真正办好，实现其预期目标，发挥其应有作用，不是一件容易的事，不可能一蹴而就，需要经过较长时间的艰苦努力。办好诗词研究院有许多有利条件，主要是：中华诗词正在由复苏走向复兴，给了我们难得的历史机遇；已经涌现出一大批热爱中华诗词并创作出大量优秀作品的庞大诗词作者队伍；同时，研究院依托国务院参事室、中央文史研究馆，又有一大批德、才、望兼备的文学艺术家和文史学家，这些都为我们办好研究院创造了好的主客观条件。当然，也有些不利条件，主要是在起步阶段我们研究院的人员少，经费不足，任务重，又缺乏办院的经验。在这样的情况下，怎样才能办好研究院、实现我们的预期目标呢？刚才，进玉同志和多位诗界同仁都讲了很好的意见，我也想讲四点意见：

第一，精品立院。精品是研究院的立院之本。没有精品，研究院就没有社会存在的价值。这里的“精品”，既包括优秀的诗词作品，也包括优秀的诗词评论，还包括优秀的诗学理论、诗词史方面的文章、专著，以及举办高质量的诗词研讨会等。总之，研究院的各方面工作都要不求数量、但求质量，不图虚名、但求实效。中华诗词研究院及其各项研究成果都应当成为具有社会影响力的“品牌”。

第二，创新兴院。创新是研究院的不竭动力。研究院坚持创新，首先要体现在诗词创作和研究上。正确处理继承和创新的关系，是繁荣和发展中华诗词的关键。不继承，中华诗词就没有根基；不创新，中华诗词就没有活力。只有在继承的基础上创新，在创新的过程中更好地继承，才能永葆中华诗词的生命力。创新当然首先是内容上的创新，研究院组织的诗词创作和研究，要有浓厚的时代气息、生活气息，反映新意境、新思想、新情感，注入新题材、新语言、新风格。对形式上的创新，也应持开放态度。因为一部中华诗词发展史就是中华诗词内容和形式上的创新史。当然，中华诗词形式的创新，必须建立在继承传统的基础上，否则会“异化”为其他诗体。研究院坚持创新，在办院上就是要勇于探索、大胆实践，搞活办院机制。要创新选人用人机制。研究院本身的编制是有限的，要用好有限的编制，引入竞争机制，选用热爱诗词事业、有一定研究和组织能力、热心为诗词界服务的骨干人才；同时要广开人才之路，善于联系、组织、动员、依靠社会上各方面力量共同完成研究院的各项任务。要创新学术研究组织机制。组织课题研究、资助出版高水平的著作等等，也要引入竞争机制，规范课题管理，使研究工作既有激励又有约束。要创新资金筹措机制。在用好用活有限的财政资金的同时，采取适当形式吸引和利用社会资金，为发展中华诗词事业服务。

第三，严谨治院。这是办好研究院的重要条件。作为高层次的诗词研究机构，要树立科学严谨的治学风气，尊重规律、尊重艺术，力戒浮躁、讲求实效。要切实贯彻“百花齐放、百家争鸣”的文艺方针，形成活跃、宽容的学术氛围。要建立和完善研究院自身的各项内部管理制度。研究院的工作人员，要不断提高自身的政治素质、诗词修养和组织能力，要有奉献精神和服务意识，心甘情愿、兢兢业业地为中华诗词事业的发展、为大家做好服务工作。

第四，团结强院。这是办好研究院的重要保障。这里，不仅是指研究院内部的团结，领导班子和干部职工要拧成一股绳，心往一处想，劲往一处使，齐心协力，搞好服务工作，更重要的是，研究院不能搞“小圈子”，而要搞大团结，坚持开门办院。要广泛团结和依靠中华诗词大家，充分发挥老一代诗人词家承前启后的作用，同时更要善于发现、紧密团结和热情扶持热爱诗词事业、有基础、有潜力的中青年诗人，他们是中华诗词的未来和希望。要加强同中华诗词学会以及其他诗词、曲赋、楹联社团的联系与合作，加强同高等院校、中华古典文学研究机构的联系与合作，加强同海外华侨、华人中的诗人、诗词社团以及国际友人中的汉诗爱好者的联系与合作。中华诗词研究院，固然要以创作、研究格律诗为主，但格律诗毕竟只是中华诗歌百花园中的一种。中华诗歌百花园中的各种诗体各有所长。研究院要加强与新体诗、歌词、民歌、儿歌、散文诗等诗体的诗人联系与合作，相互学习，取长补短，比翼齐飞，共同繁荣中华民族的诗歌事业。同时，还要与音乐、吟诵、书法、绘画联姻，让中华诗词传播得更加广泛，更加具有感染力、震撼力。

同志们、朋友们！办好中华诗词研究院任重而道远。让我们团结起来，认真贯彻党的文艺工作方针，脚踏实地，开拓进取，为传承、繁荣和发展中华诗词，为弘扬中华优秀传统文化，为社会主义文化大发展大繁荣做出应有的贡献！

二〇一一年九月七日

中华诗词研究院成立大会开幕辞

中央文史研究馆馆长兼中华诗词研究院院长　袁行霈

尊敬的马凯国务委员，各位领导，各位馆员、参事、特约研究员，各位诗歌界专家，同志们、朋友们：

大家下午好！由国务院参事室、中央文史研究馆主办的中华诗词研究院揭牌仪式暨诗词研究与创作座谈会现在开始。

出席今天活动的领导和嘉宾有：国务委员兼国务院秘书长马凯同志、中央宣传部副部长翟卫华同志、中央统战部副部长黄跃金同志、文化部副部长王文章同志、国家新闻出版总署副署长李东东同志、原中国文联党组书记胡振民同志、教育部党组成员顾海良同志、发改委党组成员王庆云同志。

出席会议的还有：中华诗词学会、中国楹联学会、中华吟诵学会等部门负责同志。

今天到会的还有：国务院参事室党组书记、主任陈进玉同志，国务院参事室副主任方宁、王明明、王卫民同志，11 位中央文史研究馆馆员、6 位国务院参事、10 位国务院参事室特约研究员，33 个地方文史研究馆的负责同志，以及诗歌界、文化界专家，还有新华社、人民日报、中央电视台、中央人民广播电台等新闻界的朋友们。另外，《诗刊》和《中华诗词》杂志社等单位发来了贺信。

在这里，我代表国务院参事室、中央文史研究馆和中华诗词研究院，对马凯国务委员和各位领导拨冗出席，表示衷心的感谢！

现在宣读中华诗词研究院顾问名单，并颁发聘书。

经国务院参事室、中央文史研究馆研究决定，特聘请饶宗颐等 28 位先生为中华诗词研究院顾问。他们是：

周退密　饶宗颐　霍松林　吴小如　屠　岸　叶嘉莹　丁　芒　刘　征　张文勋
蔡厚示　孙　机　程毅中　沈　鹏　杨金亭　梁　东　周笃文　黄天骥　杨天石
郑伯农　白少帆　王立平　赵仁珪　林　岫　令狐安　陈进玉　郑欣淼　李文朝
高洪波

现在请国务院参事室党组书记、主任，中华诗词研究院顾问陈进玉同志致辞。

注：2011 年 9 月 7 日在北京钓鱼台国宾馆举办的“中华诗词研究院揭牌仪式暨诗词研究与创作座谈会”简称“中华诗词研究院成立大会”。

在中华诗词研究院成立大会上的致辞

国务院参事室党组书记、主任 陈进玉

今天，是中华诗词研究院成立的大喜日子。刚才，马凯国务委员向刘征等同志颁发了中华诗词研究院顾问的聘书。稍后，与会的领导和嘉宾将就中华诗词的研究与创作发表高见。我首先代表国务院参事室、中央文史研究馆，对在座各位鼎力支持中华诗词研究院，表示衷心的感谢！

国务院参事室、中央文史研究馆之所以成立中华诗词研究院，主要是基于以下三点考虑：

第一，促进中华诗词的繁荣与发展，是利国利民的大好事，也是我们大家共同的责任。中华诗词是中华传统文化的瑰宝。数千年来，我们的祖先创作了无数脍炙人口的诗篇，世代流传，已经成为哺育中华民族不可替代的精神养料。在迈向现代化的今天，繁荣和发展中华诗词是弘扬中华优秀传统文化、提高全体国民思想道德素质的一件大事。特别是在贪恋物质享受、低俗文化泛滥、社会道德滑坡的情况下，把民间热情同政府倡导紧密结合起来，大力普及和繁荣中华诗词这种高雅文化，具有特殊重要的意义。

第二，中央文史研究馆、国务院参事室有一批名人大家，大家对弘扬中华诗词有很高的热情。中央文史馆下面有一个中华诗词组，多年来一直致力于中华诗词的创作和研究。两年前，汇集建国以来馆员诗词作品的文集——《缀英集》的出版，以及没有公开出版的《鸿雪诗刊》等，就是馆员们多年心血的结晶。成立一个专门机构，从事中华诗词的研究，促进中华诗词的普及和扩大海外交流，这是酝酿、盼望已久的一件事。

第三，国务院领导同志的直接关心和各有关部门的大力支持，为我们提供了心想事成的难得机遇。2008 年 12 月 23 日，马凯国务委员在《缀英集》编辑出版暨中华诗词创作座谈会上发表了《发展和繁荣中华诗词》的重要讲话。他在这个讲话中明确指出："当前，中华诗词在沉寂了一个时期后，已经从复苏走向复兴。"他对发展和繁荣中华诗词要处理好的五个关系，也就是继承和创新的关系，普及和提高的关系，新体诗和旧体诗的关系，诗人和大众的关系，做诗和做人的关系，作了精辟的阐述。马凯同志很大程度上不是以官员的身份，而是以普通诗词作者的身份向大家吐露心声。这个座谈会的消息在《光明日报》发表后，引起了温家宝总理的重视，并给予充分肯定。马凯同志是分管国务院参事室、中央文史研究馆的国务院领导，有他的热情关心和精心指导，对我们办一个中华诗词研究院的确是不可多得的有利条件。袁行霈馆长和他的同道们经过努力把这个机遇变成了现实。

中华诗词研究院是一个呱呱落地的新生儿，需要中华诗词学会和文化界、社科界、教育界、新闻出版界等各位名家高手以及广大诗词爱好者的呵护、指导和支持。中华诗词研究院也决心认真贯彻落实国务院领导同志的有关指示精神，找准定位，发挥优势，搞好服务，为新时期中华诗词的复兴尽到自己的一份力量。

这次中华诗词研究院的成立和筹建工作，得到了中编办、财政部、国管局等有关部门的大力支持和帮助。在此，我们向你们再次表示衷心的感谢！我们将尽最大努力办好中华诗词研究院，以不辜负大家的厚爱和期望！

在中华诗词研究院成立大会上的发言

中华诗词学会名誉会长　刘　征

中华诗词研究院的成立，是诗界乃至学界的一件大好事、大喜事。我非常激动，特写四首诗以作祝贺。

第一首："华夏诗歌史，千秋一脉新。滚滚江河水，长流时代音。"中华民族几千年的诗歌史，充分地反映了各个时期不同的时代风貌，永远是鲜活的，有生命的，犹如长江、黄河之水，穿过千秋万代，依然波涛汹涌。

第二首："诗随国运兴，高唱人间变。古莲开新花，今朝更好看。"埋藏了几千年的莲子，受到今天的阳光雨露，还会开出美丽的花，我确实在电视里见过。正因为如此，所以这花特别有魅力，特别吸引人。我想诗词也是这样。

第三首："研究领创作，创作促研究。欲穷千里目，更上一层楼。"后两句借用了唐诗。如今，当代诗词的创作已经相当繁荣，积累了大量的资料和素材，我们的诗词研究院可说是应运而生。相信今后诗词事业的发展，以创作促进研究，以研究引领创作，会有很多新的改变。随着我们伟大民族的复兴，诗词的复兴也不再遥遥无期。要实现诗词的复兴，我认为有几个条件：1. 要出现一批足以反映时代精神、震古烁今的诗词作品；2. 要出现几位乃至几十位伟大的作家，他们的名字如同泰山北斗，能与历史大家齐名；3. 诗词应该普遍推广，成为广大人民群众喜闻乐见的文学形式。我岁数已经很大，但也希望能见到这一天。

第四首："八十五岁了，人老诗不老。化为铺路石，为复兴垫脚。"像我这样年龄很高的人，还能作些诗，就要为年轻人的成长做铺路石。能为复兴诗词贡献一份力量是我最大的光荣。希望我们的诗词研究院能蒸蒸日上，取得很大的成功。

在中华诗词研究院成立大会上的发言

中华诗词学会会长　郑欣淼

今天是中华诗词研究院成立的大喜日子，我谨代表中华诗词学会表示热烈的祝贺！

三十多年来，随着中国改革开放的步伐，中华民族的文化瑰宝——中华诗词，也逐渐由复苏走向复兴。这期间有两件大事，都具有标志性意义。一个是1983年中华诗词学会的成立，它顺应了在以经济建设为中心同时努力继承弘扬中华传统文化的时代潮流，反映了植根于深厚的民族文化土壤的中华诗词要求复兴的不可遏制的生命力，学会的成立，二十多年的辛勤，已使诗词事业出现了蓬勃发展的好局面。另一个就是今天成立的中华诗词研究院，它是中华诗词事业在新的基础上迈出新的步伐的标志，预示着一个新的发展阶段的骎骎到来。这都是时代的要求，也是中华诗词事业自身逻辑发展的必然结果。

中华诗词是发展的事业，是要不断进步、提升的工作。广泛的群众基础、丰富的创作成果是其生机与活力的反映，但是创作质量需要提高，需要理论指导，需要专家的研究，在创作与研究、探索与理论、普及与提高、群众与专家等关系上，相对来说，中华诗词学会更着重的是基础性的、普及性的、群众性的工作，而中华诗词研究院则在理论研究、重点提高上会作出更大的贡献。这是相辅相成、互相促进的两个方面，两个方面都抓好了，中华诗词事业才会更加健康地发展。正因为二者的这种不可分割的关系，决定了学会与研究院应该是互相支持与共同合作的关系。

中华诗词研究院是应运而生的，浩如烟海的诗词遗产，方兴未艾的诗词创作活动，特别是依托于国务院参事室、文史馆这个人才济济的机构，更有领导同志的支持，文史界同行与各界朋友的支持，我们对中华诗词研究院的发展寄予厚望，给予美好的祝愿，相信研究院将以自己卓有成就的工作促进当代中华诗词事业云蒸霞蔚、高歌前进，从而不辜负我们伟大的祖国，伟大的时代，伟大的人民。

特以“鹧鸪天”一首，祝贺中华诗词研究院成立：

诗国长河几道湾，华章巨手待评铨。骚坛犹少金针样，史馆今增玉筍班。　宫苑露，鸟巢烟，京华秋意正新尖。忽闻动地歌吟起，始信心声不等闲。

在中华诗词研究院成立大会上的发言

中央文史研究馆馆员　王立平

诗词研究院的成立是件大事，热爱中华文化、热爱中华诗词的人都会由衷地赞成，这也是我们多年祈盼而未可得的事，在此我表示衷心的祝贺！同时，也提两点希望：

一、诗词研究院的研究、创作应该包括新诗，既是中华诗词，就应该有旧体诗，也要有新诗。我中学、大学时都是诗的爱好者，但后来我和新诗渐行渐远，感觉诗离我们越来越远，越来越看不懂。后来干脆连韵脚也不压了，诗的美感也丧失了，别说背，连念都念不顺，更搞不懂都是些什么意思。以致我很长时间不大看新诗，我知道有不少人也跟我差不多。当然，也总还是有些好诗。所以我希望诗词研究院的诗词研究既要包括古体诗，也应包括新诗，推动中华诗词的健康发展。

二、诗词研究院的研究、创作还应该包括音乐文学——歌词。本来词就是唱的，既然是词，就要能唱。我们国家现在有两支庞大的队伍，一支是写诗、写词的，但这里的词不是为谱曲和演唱的。另一支是专写歌词的，主要是为谱曲和演唱创作歌词。两支队伍都很庞大，都有很广泛的群众基础和社会基础，而两者相互很少沟通，尽管有人横跨两界，但对于两个界别来说，甚至可以说是老死不相往来，真是件匪夷所思，很不正常的事情。原本词之所以讲究格律，讲究平仄，是为了歌唱，每个词牌都有固定的曲调。因为当时没有科学的记谱法，也没有记录音乐旋律的技术手段，音乐失传了，便只剩下了不同格律、而没有旋律的词。可能也是因为没有许多作曲家为之谱曲，便形成了后来按格律填写的词却往往无曲调可唱。而专门为歌唱而写歌词的却脱离了诗词界。我希望以中华诗词研究院的成立为契机，改变许久以来不正常、不合理的局面。真正开始一个诗词界大团结、大繁荣崭新局面，给我们的诗词插上音乐的翅膀，让更多好的作品不断涌现，服务人民大众，讴歌伟大时代。

今年是2011年，自1911年辛亥革命算起，已经过了整整100年。中华儿女在这100年间的沧桑巨变中，经历了太多事情，也产生和流传了许许多多诗词作品。其中，歌曲应该是各种文学、艺术形式中影响最广泛，最深远的。我建议编一部《新乐府》。借用唐朝已有过的“新乐府”名称和概念。把反映百年来包括大陆、港、澳、台在内的整个华人圈的奋争、求生、探索、追求心路历程的歌词归纳在一起。把影响最大、影响最久、影响最深的作品；把最有影响的词作家的代表作；把代表一百年来最有文学价值和史学价值的歌词作品汇总起来，编一部《新乐府》。邀请大陆、港、澳、台和世界华人圈有代表性的歌词作家和权威人士共同参与，本着尊重历史、体现包容、以大局为重、镌刻时代印迹的精神，为后人留下一份宝贵的文化遗产。我认为这件工作既是文，又是史，也有研究分析和总结，正是我们中央文史研究馆的分内之事。建议由中央文史研究馆、中国音乐文学学会和中华诗词研究院用一年左右的时间共同协力完成这项有意义的工作。我们将不愧对时代，不愧对子孙，谢谢大家！

对中华诗词研究院今后工作的几点建议

——在中华诗词研究院成立大会上的发言

中央文史研究馆馆员　赵仁珪

我由衷赞同各位领导的讲话。现补充一些不成熟的意见。

一、研究院要为诗词进一步回归教育，走进校园做些工作。之所以称“进一步”，是因为在这方面已取得相当大的成就，但还有提升的空间和必要。仅以北京师范大学出版社出版的“义务教育课程标准试验教科书”为例，小学教材六年只选了 28 首，初中三年选了 48 首，而高中三年只选了 11 首。大学中文专业古典文学的教学比重正逐年被压缩，诗词教学，尤其是精品的精读教学很薄弱。现在绝大部分高校的中文专业都未把诗词格律纳入教学之中，致使绝大多数的中文系毕业生都不懂诗词格律的基本知识，严格地说，他们并不具备中文系学生起码的专业素质。至于非中文专业的学生，更是与诗词教育隔绝了。诚然，现在有很多的诗词爱好者，有些水平还相当高，但如果问他何以如此，大多数人回答都是因业余爱好，基本没有人回答是得益于学校教育。这很值得我们深思。我们应该趁小学、初中孩子记忆力强的时候让他们多读、多背一些优秀的传世诗词，到了大学读中文专业一定要会写诗词，并鼓励非中文专业而又有基础和兴趣的学生都来写诗词。近几年我在这方面作了一些尝试，也取得了很好的效果，这说明在诗词教育方面我们还有很大的潜力。

诗词进一步地回归教育、走进校园绝不是一个简单的普及问题。要想继承传统文化，繁荣诗词事业必须以人为本，必须有足够的人都来关心和参与，必须有足够的、有相当专业水平的人作为骨干队伍。要实现这一目标，既不能靠简单的普及，也不能靠简单的提高，它必须从教育入手，从培养人这一根本做起。何况研究院还有另一项重要工作即对外交流，对外交流的首要工作是把中国优秀的古典诗词介绍给世界，试想没有深厚的学力、不凭借教育的力量怎能完成这一工作？为此我建议：

1. 诗词研究院应发挥自己的影响力，呼吁在中小学采取多种形式适量增加诗词教学，提高教师对诗词教学的认识，不要把诗词仅当成一种文体或知识去教授，而要把它和德育、美育、智育教育结合在一起。对缺乏诗词基本知识的教师进行补课。诗词工作者也应走进校园，利用多种手段，诸如吟唱、吟诵开展诗词的普及教育。

2. 呼吁把诗词写作课列入高校中文系的必修课，大力提倡高校成立各种诗词创作社团，学校要给予必要的支持。各校社团要加强联系，提倡开展全国性的活动、出版全国性的校园诗刊，诗词研究院可以予以指导、支持。

3. 回归教育，不仅要走进校园，也要走向社会，研究院可以利用多种形式，加强诗词教育，以期帮助广大诗词爱好者提高创作水平。

二、注重存史，加强诗词创作的编辑整理工作，从而提倡精品意识。目前研究院的定位为“研究、创作、普及、对外交流”，我觉得可以加一项，即编辑整理，或将编辑整理作为“研究”的重要内容之一。因为要想搞好当代诗词研究，首要的条件是必须全面而清晰地了解当前诗词创作的具体情况。我们文史馆的重要工作之一就是“存史”，诗词研究院亦应继承这一传统。这是一项艰巨的任务，因为现在诗词创作的情况不是不繁荣，而是太繁荣，繁荣得有些滥，估计每年都有数以万计的诗词发表，整理起来确实很困难，但越是这样，这项工作就越显得重要。在这方面中华诗词学会和很多热心的单位、个人已做了大量的、有成效的工作，编辑出版了不少作品选。但毋庸讳言的是，现在很多学会、组织普遍存在过于重公关、拉关系、拉名人、傍大款的风气，因而在编辑出版时，大量的人情之作也被选入，出现严重的良莠不齐的现象，这也大大降低了这些出版物的权威性。当然诗词研究院不可能仅靠自己的力量去编辑整理如此大量的作品，初步的选编还要靠各省市的基层单位去做，在此基础上诗词研究院可以靠其作为政府机关下属的研究单位，靠其有较高的公信力和较雄厚的经费支持，再和相关单位通力合作，起到把关的作用，从而较公正客观地做好这项存史工作。而做好这项工作又具有一举两得的意义：既可存史，又体现了我们办研究院的一个重要宗旨，即提倡精品意识，让精品能存世流传，这是当前古典诗词创作的发展方向。因而我们要提高对此项工作的认识，并以此为契机引导诗词创作的健康发展。为此我建议：

1. 通盘考虑，以某种最适宜的形式，比如规模适当的年鉴形式，有计划地、长期系统地、高规格地整理出版当代古典诗词选集，包括评论集。

2. 建立健全严格的机制和程序，树立严格的精品意识，确保整理出版的质量。为此我们诗词研究院的所有人员应以身作则，抱着对事业负责的态度，抵制不正之风，出以公心地做好这项工作。

珍惜东君呵护力，百花谁不喜滋滋

——在中华诗词研究院成立大会上的发言

中华诗词学会副会长　杨逸明

中华诗词研究院今天正式揭牌成立了。我作为一个中华诗词的爱好者，不但能够参加今天的成立大会，同时还能够上台发言，感到三生有幸，激动的心情难以言表。

自从1961年我在上海的古籍书店购买了《诗词格律》、《唐诗一百首》、《宋诗一百首》、《唐宋词一百首》等诗词书籍，并且开始学习写作诗词以来，至今整整五十个春秋。五十年中，我经历和感受着中华诗词在民间的流传、沉寂、发展和复兴的过程。当今民间存在一个数量可观的中华诗词的创作群体。我一直期盼着，我们国家能有一个名正言顺的有权威地位和合法身份的部门或机构，来理一理五四以来中华诗词创作实践和理论研究的头绪，来管一管当今社会文化范畴里中华诗词的还不尽如人意的现状，并把诗词创作和理论研究纳入到规范的领域。让中华诗词的创作更加健康蓬勃地发展，让中华诗词的优良传统更加发扬光大。

这是我——作为一个民间中华诗词爱好者——的期望，这个期望今天终于实现了：中华诗词研究院正式成立了！

马凯同志有一首绝句《写在中华诗词学会第三次代表大会召开之际》：

又是春风染绿时，唐松宋柏吐新枝。
缘何叶茂参天立，赖有根深沃土滋。

我读了感到兴奋。我今天也写了一首绝句《写在中华诗词研究院揭牌成立之际步马凯同志诗韵》：

诗人兴会正逢时，满苑争奇斗艳枝。
珍惜东君呵护力，百花谁不喜滋滋！

我们要珍惜中华诗词复兴的春天，我们要感谢“东君”对于中华诗词的呵护，让当代中华诗词创作在中国文学的百花园里也理直气壮、名正言顺地开出璀璨的花朵。

衷心祝贺中华诗词研究院正式揭牌成立！

衷心祝愿中华诗词研究院真正有所作为！

再把诗歌筑圣坛

——在中华诗词研究院成立大会上的发言

吉林省诗词学会副会长 刘庆霖

中华诗词研究院的成立，是中国诗坛划时代意义的大事。得知这个消息，由衷地感到兴奋并以最热烈的方式表示祝贺！

中华诗词复兴发展已有二十多年了。如果说二十几年前那个诗词春天，各地诗词创作如涓涓细流产生，并渐渐地汇聚成中华诗词的滚滚洪流的话，那么，今天，已是一片波澜壮阔的局面了。

尤其是近些年来，中华诗词不仅创作极其活跃，精品诗词不断产生，在创新发展方面也迈出了坚实的步伐。比如格律放宽，允许了新韵、旧韵的“双轨制”；再比如诗体的创新，出现了既不同于格律诗，也不同于新诗的“新古风”、“汉俳”、“自度词”、“自度曲”等新体诗；还有的人主张在思维上创新，提出了“生命思维”等等。特别是马凯秘书长提出“知古倡今，求正容变”，为诗词的继承和发展定下基调和原则之后，诗词的创新发展有了明确的指导方针，诗词的创新发展也进一步走上了正轨。中华诗词研究院在这个时候成立，是应运、应时而生。

将诗词研究列入政府部门的领导之下，计划之中，视野之内，是前所未有的。这是我们当代诗词和诗人的福音。研究院的成立，必将推动中华诗词研究走上高层次，必将使诗词创作再上新台阶。我们将欣慰地看到，这是一个关注诗词、关注诗人的研究院！我们衷心地希望，这是一个领袖诗坛、领导诗风的研究院！

我曾在部队服役近三十年，五年前，我退出现役时选择了自主择业，决定用下半生的时间研究诗词创作，当时我才46岁。现在，我已在《长白山诗词》做了四年的专职副主编，我愈来愈感到当初的选择是正确的。我个人也将乘中华诗词研究院成立这个东风，更加注重诗词的创作和理论研究，争取把自己融入到中华诗词研究和创作这个大潮之中，争取为中华诗词的理论创新，出一点绵薄之力。

中华诗词研究院大有希望！中国诗词大有希望！中国诗人大有希望！在这里，赋诗一首，再次祝贺中华诗词研究院的揭牌成立：

再把诗歌筑圣坛，不教后世等闲看。

一枝妙笔生花色，掌上春光五百年。

中华诗词研究院成立大会闭幕辞

中央文史研究馆馆长兼中华诗词研究院院长 袁行霈

各位领导，各位嘉宾：

在今天的座谈会上，国务院参事室党组书记、主任、中华诗词研究院顾问陈进玉同志在致辞中对研究院的建设和发展寄予了厚望。各位与会领导和嘉宾在发言中提出了很多很好的意见。马凯国务委员就如何繁荣和发展中华诗词作了重要讲话，这既是对中华诗词研究院建设和发展的重要指导，又是继承和弘扬中华民族传统文化的重要推动力量，相信马凯国务委员的重要讲话一定会在诗词界引起强烈的反响。在马凯国务委员的关怀下，在中央各部门、各位馆员、参事、特约研究员和诗歌界专家的支持下，中华诗词研究院一定不辜负各位的殷切希望。我们将在党的十七大精神指引下，以中国特色社会主义理论体系为指导，继承、发展和繁荣中华诗词，为弘扬中华民族优秀传统文化，推动社会主义文化大发展大繁荣作出贡献！

中华诗词研究院揭牌仪式暨诗词研究与创作座谈会到此结束。

中华诗词研究院院长、副院长

院　　长：袁行霈　1936 年生，江苏武进人。中央文史研究馆馆长，中华诗词学会顾问，北京大学国学研究院院长。

行政副院长（法定代表人）：陈鹤良　1949 年生，浙江绍兴人。国务院参事室副主任。

执行副院长：周兴俊　1945 年生，北京人。中华诗词学会副会长，《中国诗词年鉴》主编，线装书局总经理、总编辑。

副 院 长：蔡世平　1955 年生，湖南湘阴人。湖南省岳阳市文联主席，湖南理工学院中国当代诗词研究所所长。

中华诗词研究院顾问

周退密　1914年生，浙江宁波人。上海市文史研究馆馆员，上海诗词学会顾问，曾任上海法商学院、大同大学教授。著有《墨池新咏》、《上海近代藏书纪事诗》等。

饶宗颐　1917年生，广东潮州人。中央文史研究馆馆员。香港大学中文系荣休讲座教授、艺术系伟伦讲座教授，香港大学、北京大学名誉教授。

霍松林　1921年生，甘肃天水人。陕西省文史研究馆馆员。陕西师范大学中文系教授、博士生导师。中华诗词学会名誉会长。

吴小如　1922年生，安徽泾县人。中央文史研究馆馆员。北京大学历史系教授。中国作家协会会员，中国楹联学会顾问，九三学社成员。

屠　岸　1923年生，江苏常州人。历任中国戏剧家协会研究室副主任，人民文学出版社总编。

叶嘉莹　女，蒙古族，1924年生，北京人。加拿大不列颠哥伦比亚大学终身教授，南开大学教授、博士生导师，中华诗词学会顾问。

丁　芒　1925年生，江苏南通人。中华诗词学会顾问，中国作家协会会员，中国散文诗学会副主席。

刘　征　1926年生，北京人。中华诗词学会名誉会长，《中华诗词》名誉主编。

张文勋　白族，1926生，云南大理人。云南省文史研究馆馆员。中华诗词学会终身名誉会长。曾任云南大学中文系主任、教授，云南大学西南边疆民族经济文化研究中心主任，云南大学文科学术委员会主任。

蔡厚示　1928年生，江西南昌人。教授、博士生导师。中华诗词学会顾问，中国作家协会会员。

孙　机　1929年生，山东青岛人。中央文史研究馆馆员。国家文物鉴定委员会委员。

程毅中　1930年生，江苏苏州人。中央文史研究馆馆员。古典文学编辑和古籍整理专家。曾任中华书局副总编辑。

沈　鹏　1931年生，江苏江阴人。中央文史研究馆馆员。历任中国文联副主席，中国书法家协会主席，中国美术出版总社顾问，《中国书画》主编，全国政协委员。

杨金亭　1931年生，山东宁津人。中华诗词学会顾问。曾任《诗刊》副主编，《中华诗词》主编。

梁　东　1932年生，安徽安庆人。中华诗词学会顾问。曾任中华诗词学会常务副会长，《中华诗词》社社长。

周笃文　1934年生，湖南汨罗人。中国新闻学院教授。中华诗词学会顾问。

黄天骥 1935 年生，广东新会人。广东省文史研究馆馆名誉馆员。中山大学中文系教授、博士生导师。国家古籍整理出版规划小组成员，全国高校古籍整理研究委员会会员，中国戏曲学会副会长，广东省学位委员会委员。曾任中山大学中文系主任，中山大学研究生院常务副院长，国务院学位委员会第二届学科评议组成员。

杨天石 1936 年生，江苏东台人。中央文史研究馆馆员。中国社会科学院研究生院教授、博士生导师。中国现代文化学会常务副会长，中国史学会理事。

郑伯农 1937 年生，福建长乐人。中华诗词学会名誉会长，《中华诗词》主编。曾任《文艺理论与批评》副主编，《文艺报》主编。

白少帆 1941 年生，台北人。中央文史研究馆馆员。中国训诂学会会员，中国作家协会会员，欧美同学会会员。历任华侨大学中文系主任，福建省文学学会副会长。

王立平 满族，1941 年生，吉林长春人。中央文史研究馆馆员。中国文联委员，中国电影音乐学会名誉会长，中国音乐文学学会副主席，中国版权研究会常务理事，中国电影家协会理事。国家一级作曲。第十一届全国政协常委。曾任第十届全国人大常委、民族委员会副主任委员，民进中央专职副主席，中国音乐著作权协会主席，中国音乐家协会副主席。

赵仁珪 1942 年生，山东黄县人。中央文史研究馆馆员。北京师范大学文学院教授、博士生导师。中华诗词学会会员，中国书法家协会会员，九三学社成员。

林　岫 1945 年生，浙江绍兴人。北京市文史研究馆馆员。北京市书法家协会主席，曾任中国书协第四、五届副主席。

令狐安 1946 年生，山西平陆人。中共第十七届中央纪委委员、常委。曾任中共云南省委书记，国家审计署副审计长、党组副书记。中共十五大代表，中共第十五届中央委员，第九届全国人大代表（云南），第十届全国政协常委。

陈进玉 1946 年生，浙江苍南人。国务院参事室党组书记、主任，第十一届全国政协委员、常委。曾任中共中央办公厅调研室主任，全国政协副秘书长，宁夏回族自治区副主席，国务院副秘书长，第八届、九届全国政协委员。

郑欣淼 1947 年生，陕西澄城县人。中华诗词学会会长，北京故宫博物院院长，中国紫禁城学会会长，中国鲁迅研究学会名誉会长，中国作家协会会员。曾任文化部副部长。

李文朝 1948 年生，山东梁县人。中华诗词学会常务副会长，《中华诗词》社社长，中国人民解放军电视宣传中心原主任，少将。

高洪波 1951 年生，内蒙古开鲁人。中国作家协会副主席、书记处书记，《诗刊》主编。

诗词特稿

仰望星空

温家宝

我仰望星空，
它是那样寥廓而深邃；
那无穷的真理，
让我苦苦地求索、追随。

我仰望星空，
它是那样庄严而圣洁；
那凛然的正义，
让我充满热爱、感到敬畏。

我仰望星空，
它是那样自由而宁静；
那博大的胸怀，
让我的心灵栖息、依偎。

我仰望星空，
它是那样壮丽而光辉；
那永恒的炽热，
让我心中燃起希望的烈焰、响起春雷。

（原载《人民日报》）

致中华诗词学会
第三次全国会员代表大会

刘云山

江山有幸诗人幸，文运当凭国运兴。
盛世何必喧箫鼓，清辞丽赋唱雅风。

写在中华诗词学会
第三次全国会员代表大会召开之际

马　凯

又是春风染绿时，唐松宋柏吐新枝。
缘何叶茂参天立，赖有根深沃土滋。

出席中华诗词学会
第三次全国会员代表大会感赋

郑欣淼

一

禹甸兴吟曾几时？诗骚并峙衍瑰奇。
云峰烟水三唐律，铁板珠喉两宋词。
无尽韶光留采笔，有涯尘世记幽思。
故园风雅煌煌史，戛玉敲金有憖遗。

二

昔日枉劳铸错功，痛教诗国毁黄钟。
吟坛惯见生荒草，骚客忍闻鸣暗蛩。

今古中西鸡鹿塞，精华糟粕马牛风。
十年最是不堪忆，折桂摧兰嗟懵憧。

三

终到霾除晓色开，菁华岂可久湮埋。
江山已待掣鲸手，时世方期倚马才。
九曲潜流腾细浪，三春古木伴芳埃。
悠绵文脉今赓续，欣看神州竞放怀。

四

兀然一会自嶙嶙，弹指廿年寻旧尘。
正本坫坛拾坠绪，滋人兰畹继真醇。
休拈破帽呻吟语，但索锦肠金石音。
满树繁枝犹有待，殷勤鼓吹更耕耘。

五

刚惜京华春事迟，欣逢盛会绿偏肥。
九州生气凤凰笔，千古文心瑰玮词。
耆彦正声犹俊健，霸才高格自嵚崎。
忝列前座惭惶甚，诗运中兴何敢辞。

（以上七首原载《中华诗词》）

2010年诗词作品选载

1月

春歌二首

于德水

一

泥软风甜碧满渠，莺飞草长爱山居。
柳丝撒下千张网，只网春光不网鱼。

二

一夜春风万树花，满川红紫涌云霞。
东君也予枯枝爱，万唤千呼不吐芽。

春　讯

胡喜成

梅报春来早，先发向南枝。
淑气催莺语，坚冰解柳池。
群山随日暖，万物毓华滋。
丛莽遥遥绿，溪喧雪化时。

鸭绿江风光

叶金书

两国金瓯一水裁，鲜花对语隔江开。
山川共绣春江美，百鸟无拘相往来。

雨中靓彩

林家英

行旅途中朝雨急，远山烟树笼轻纱。
缤纷绿野山乡女，花伞撑开七彩霞。

夜宿金陵玄武湖十八楼（外一首）

丁小玲

窗来云水三千顷，十八楼头和梦听。
疑有高贤时唤我，欲招短艇一依亭。
灯红迢递苍茫静，花放参差落寞馨。
夜半忽来玄武雨，教人无处觅天星。

九日偕多景诗社登多景楼

名楼再对玉浮双，雁唤云招作一行。
芦影飘飘来绮户，江光滟滟向维扬！
晴窗快事高贤字，消息梅花白鹭乡。
欲问美人知去远，纵无风雨也苍凉！

市花菊赞

邵惠兰

情出疏篱百万丛，城乡山野艳秋容。
任凭霜雪侵肌骨，寒蕊抱枝香到冬。

摸鱼儿·接女儿电话称已领结婚证有忆并嘱

张梅琴

接铃声听传莺语，忍将泪水噙住。春风习习犹勾起，落地当时玉兔。精呵护。更忆得牙牙学语颠颠步。几经寒暑。注昼夜精神，灿阳润露，母女添情愫。

戎装并、飒爽英姿威武，真诚信誓相许。精心描画鸳鸯谱，拂去杨花柳絮。谨嘱咐，人生路、山高水远多风雨。亦欢亦苦。望携手相持，蓝天比翼，振翅云中舞。

茶友（外三首）

孔祥庚

珍藏佳茗吝亲尝，挚友登门初试汤。
袅袅清芬行薄礼，声声妙语献衷肠。
禅机互鉴心胸广，雅会将收意绪长。
余味回甘期再聚，闲谈今古几兴亡。

考察深圳观澜高尔夫球场

此地花鲜楼宇新，重来几度遇芳春。
低头怯踩青柔草，漫步多逢尊贵人。
海上观澜澜不尽，梦中思富富难均。
何时绿满仙湖畔，雨露分甘惠庶民。

浣溪沙·题照花腰傣族姑娘捕鱼

水映花鲜漠漠流，谁家少女立江头。勤劳聪慧貌娇羞。

超短筒裙双赤脚，细长腰带数银球。鱼儿跳动网中收。

浣溪沙·与诸位县委书记座谈

一任为官四五年，当留实绩在民间，辛劳屈辱莫呼冤。

柳妒腰肢花妒艳，心勾檐角拱勾栏。胸襟坦荡好行船。

忧思（外一首）

刘萧无

不读诗文不惹愁，寻章觅得杞人忧。
古今多少兴亡史，方外朦胧意识流。
似是争鸣徒悦耳，焉知弄笔为谁谋？
人心自有灵魂在，难忘延河水上讴。

心系新疆

汗染红尘泪染畴，有情风物系心舟。
葡萄瓜果流传久，石片金砂产业稠。
县圃深间藏宝玉，阑干那畔织新绸。
人家欢乐国家富，地上棉花地下油。

塞上秋兴（外一首）

秦中吟

农产丰收粮进仓，诗家炼句入华章。
征鸿不醉高粱酒，金菊漫融陌上霜。
虫为休闲眠厚土，犁耕板结储阳光。
我身披带黄金甲，穿越严冬不换装。

与百年枣树谈心

论起年龄君为兄，一身剑佩斗沙风。

久经世道沧桑变，仍见枝条果实丰。
根子扎于泥土里，深情自在不言中。
何如我辈头堆雪，索句多年叹未工。

山居写趣三首

黄志军

山　卉

檐前黄紫簇团团，乱长无需隔竹栏。
艳色由他洛阳好，山家素面任君看。

喝　茶

松枝火舔瓦汤锅，桑木瓢分白水河。
将就湔山青石碗，片时枯叶活春波。

钓　鱼

散襟戏戴柳条冠，爱坐幽岩垂钓竿。
饮食焉能茹素久，庐门恰好傍溪潭。

车师古道行

星　汉

车师古道难，夏日飞雪寒。车师古道古，脚下犹是汉唐土。车师古道险，山水狰狞脸。车师古道长，亥步三番踏朝阳。羲轮推上火焰山，轻装单衣尚汗颜。百里行程天山口，阴风偷袭呈刁蛮。何年山下来神鸟，产卵万千连空杳。冰河孵化欠春温，化成石卵同天老。苍鹰横空带雪来，乾坤顿时显阴霾。又凭健翅扇云裂，一块青天山顶开。层冰乱石未见路，但闻幽泉冰下怒。我用平心破险艰，前程何须嗟日暮。巨石背后稳扎营，白草招风无须惊。莫愁夜长天不亮，我有鼾声落繁星。当途更见岩石画，悬崖都向半空挂。难为当时牧羊人，悠悠知是几春夏？琼达坡上寒日高，琼达坡下雪没腰。滑落背包登山杖，然后翻滚下碧霄。山北多云树，蒙雪披缟素。青白衬蓝天，还将奇花护。山北多奇花，蒙雪罩婚纱。纵使无人顾，生死在天涯。云树奇花知心友，任尔健美我老丑。白云苍狗变幻频，不死依然朝前走。走走走，行行行，头道桥，脚步停。三宿帐篷收星斗，翻山抖落古北庭。雪水满涧随我出山外，洒向大漠又见一年青。天山白头我白头，天山有愁我无愁。挑战天山皆好汉，好汉之中我最健。徒步十余人，唯我过六旬。自古往来多武将，戍边西域胸胆壮。当年千军万马千生万死挥剑戈，至今千峰万壑千秋万古皆无恙。可惜未能留诗文，天山为此添惆怅。今朝我来奇景催人佳句多，大放粗豪面对天山冲霄唱！

过昭关

汪奇圣

昔日萧关何处逢？岘山松柏郁葱葱。
英雄自此鸣天外，国贼由他入诟中。
座上君王恩爱少，人间忠义古今同。
细看华夏文明史，半是花红半血红。

屈子祠凭吊

沈华维

诗文自古仰先师，有幸躬身拜祖祠。
鼓瑟琴音岂媚俗，湘灵酒梦却伤时。
浮名可得终无用，真理应求总未迟。
燕语莺鸣新丽曲，晴空回荡九歌诗。

水调歌头·秋吟

曹　辉

往事自然收，落笔写风流。从前此后容我，再不叹清秋。岁月如歌如梦，潇洒西风为甚，将爱暖心头。也许未能解，也许少因由。

一份情，一个梦，纵何求。鬓间妩媚，闲顾无语意难休。是菊深谙陪衬，寂寞浮云走远，一笑上兰舟。你道她真是，甘愿做心囚？

长江源头礼赞

萧宜美

百里浅滩无岸防，冰山来客不张狂。
涓流织网收天浪，日夜奔忙育大江。

2 月

如琴湖花径

丁　芒

碧波一曲恰如琴，花径犹留白傅音。
想是琵琶弦上泪，千年储得满湖春。

厦门夜咏

胡成彪

晚步厦门湾，临风识大观。
星迷野岛外，月涌浪花间。
灯火移船影，山形锁海滩。
复闻潮汛起，天地正循环。

谒贺知章祠

乔树宗

雅慕狂名久，初登贺监门。
窗携千树柳，庭抱一湖春。
诗壁风霜古，经堂世相新。
宦游公似我，难改是乡音！

伊犁之春二首

蒋本正

一

白日骄阳鸟雀喧，三更风雨五更寒。
开门疑是初春雪，细看杏花飘满园。

二

朵朵桃花庭院中，一城春色笑东风。
高楼听雨无眠夜，早起街头数落红。

旅美小镇速写三首

段天顺

一

小镇路横斜，参差绿树遮；
林花开次第，草色入人家。

二

林中有歌吧，群鸟自当家；
啁啾迎日出，唱破半天霞。

三

湖水碧弯环，白屋锁绿烟；
几声吴越语，疑是到江南！

杏花村秋兴六首

梁　东

一

树里青帘隐画图，樊川驴背一唏嘘。
郎公收尽烟和雨，满目红霞四库书。

二

露垂高木晓生寒，问水寻山兴未阑。
心有清明杜公雨，黄花都作杏花看。

三

烟云深处灿如霞，梦里摇红近酒家。
木落关河秋色染，谁家丹桂满枝丫。

四

何来杯酒寄天真？当谢黄垆花墅人。
正是香泉桑柘雨，千年争度一家春。

五

牧童巧手绘虹霓，天墨淋漓河汉低。
一指风帘天下醉，千年竟卧夕阳西。

六

画楼明灭绿阴中，不见青旗斗柄东。
垆上人家千载易，杏花可似昔年红？

田园春三首

李　珑

一

平明沽酒杏花村，寥廓江天无片云。
闲斫东园一竿竹，临风钓取满江春。

二

小村过雨百光鲜，可爱娇莺叶底眠。
溪径忽逢采茶女，相邀院内品毛尖。

三

桃江水涨鹧鸪喧，碧草山头绿映天。
三五村童学课罢，纷纷放牧白云边。

闲情（外三首）

陈一凡

惯从忙里学偷闲，浅草侵阶细细删。
屋角蜘蛛留作客，床头书卷垛成山。
蛙声唱和三更雨，秋意潜滋四壁斑。
耽咏新诗心力苦，梦中得句不须还。

无　题

蓝田暖玉夜明珠，从古倾城命自殊。
生小逢仙非白石，佳人并世尽罗敷！
情当极爱心翻怯，思到能痴梦转无。
剩有分携两行泪，夜深洒上洛神图。

秦淮买酒

长街踽踽旧行踪，四壁旗亭两胁风。
放眼每嫌天地窄，高歌真觉鬼神同。

何来冷雨沾衣白，难得衰颜借酒红。
醉倚危栏成独笑，漫天榆荚下匆匆。

人、花、鸟合影

爱蕊情苞怯带羞，春风呵护绕冠周。
停车欲共花联影，燕子飞来抢镜头。

官场闹剧龙虎斗（套曲）

李旦初

据媒体披露：某省省会市长与市委书记争权夺利、勾心斗角。市长落马，不甘失败，乃与妻子女儿倾巢出动，四处奔波，并匿名举报自己也涉嫌参与其间的书记受贿要案。结果两个巨贪双双落网，表演了一场两败俱伤的官场闹剧。因制大套曲，以为警示。

〔南吕·一枝花〕　心怀聚宝盆，手掌黄金印。三年清府尹，十万雪花银。乌纱帽儿拨千斤，头顶威风振，浑身如有神。本应该满面春风，却为甚愁眉锁紧？

〔梁州第七〕　进衙门冲锋陷阵，坐交椅茹苦含辛，并无半答儿偷闲混。闹哄哄东家庆典，忽悠悠北海渔村，共餐美味，同作嘉宾。总相伴奥迪扬尘，俺二人形影难分。愁的是官同品却有卑尊，怨的是福同享全无缘分，恨的是居同室尽闹纠纷。更可恨那厮肠忒狠，整日里与俺勾心斗角伤方寸，只为那大如海、深如渊、渺无边的欲壑无穷尽。怒火冲天玉石焚，都怨那龟孙。

〔骂玉郎带感皇恩采茶歌〕一朝落马何人问？自个儿过新春。门前车马无音信，冷清清我酒不温，茶不品，饭不进。骂你这奸诈和珅，咒你这歹毒瘟君。有朝一日逮住你扒皮又抽筋，虎口里拔牙真过瘾，桩桩件件贪赃枉法的事儿再刨根。一溜烟破雾穿云，查悬案熟路知津。大老板行贿月夜送家门，几十万红包儿你一口吞，铁证如山你插翅难逃只有把大牢蹲。夜昏昏，雪纷纷，孤灯寒照暗销魂。窗掩梅花心更闷，明朝何处听奇闻？

〔尾〕一声霹雳山河震，两个贪官自掘坟。老百姓扬眉吐气真解恨，指着这人，瞅着那人，一个个横眉怒目、切齿咬牙都喊“滚！”

为中外著名书法家河南采风作（外二首）

胡秋萍

九曲黄河接白云，寻根游子泪沾巾。
抚碑良久追遥梦，论道超然去俗尘。
萧瑟草堂诗不老，苍凉甲骨韵长新。
又逢春色群贤至，翰墨飘香泣鬼神。

减字木兰花·雨中碛口凭眺

秋山无语，放任东流天际去。冷雨绵绵，谁与风情话五湖？

长年独立，每恐登临青眼涩。狷介谁怜？残月如钩以梦填。

己丑五月抒怀

五月芳菲何处藏，砚田磨墨自飘香。
残花化蝶风生骨，秃笔追魂诗入肠。
抚剑犹知崇侠客，温书恰似惜红妆。
清音和茗烹空相，可以无常写有常。

故园声

刘振德

草房不见角楼迎，切断羊肠大道平。
巧嘴画眉高树语，细听还是故园声。

有感于一张五钱粮票

金嗣水

方寸印花留岁痕，尘封往事不堪闻。
饥肠安得五钱票，馋嘴能教三日欣。
冲破藩篱开禁锢，革除流弊敞关门。
民丰国泰看超市，消费时兴刷卡人。

故　园

杨　坤

宅近青山山作伴，门临碧水水为邻。
鸟声才罢蛙声起，满院书香四季闻。

谒云冈石窟

李葆国

情满煤都云满冈，漫凭石窟认沧桑。
山岩品格莽原魄，尽在如来袖里藏。

渔家傲·答问

马骏祥

客问先生何所有，权财远望三摇首。日坐书城研美丑，忘机久，兴来满纸龙蛇走。

嘉客时来倾浊酒，颜酡耳热嘲长袖。懒看沉浮鱼鳖斗，板轻叩，无妨一学秦腔吼。

丁亥年冬大雪

汪　洋

雪花飘岁末，慷慨意如何。
额上青丝少，人间白眼多。
云旌生大野，笔阵列星河。
未念长沙傅，沉浮渺若波。

访石兰古堡

王恒鼎

古堡沧桑老树多，石墙半掩绿藤萝。
村民种菜家门口，笑问客来看什么？

黄山寄意

李志式

大块文章在此山，半沉云海半升天。
仙童玉臂总迎客，忘却人间多少年。

3 月

忆病中孙老

王改正

诗情常被苦情催，大雅吟旌感泪飞。
只因众望呼声在，不信雄风唤不回。

浩叹英杰多磨难，何堪翰苑少芳菲。
窗前一片红霞暖，我愿春来杜宇归。

沁园春·登泰山

吴　菲

瞻矣弥高，仰矣弥尊，峻极岱宗。望盘梯陡挂，浮岚缭绕，兀崖傲睨，古木葱茏。飞瀑红桥，摩碑翠嶂，旷奥幽奇造化功。天门上，更势凌万物，雄峙天东。

天街小立从容，瞰千丈云霓万壑松。想圣人释子，曝经览胜，帝王墨士，题刻登封。今古奇观，名山文化，都在岩岩气象中。凭栏久，觉风生两腋，身似鲲鸿。

望海潮·云

杜丽霞

石根生涌，山间缭绕，一番仙境奇观。轻掠楼头，高垂树杪，问谁得似翩跹？自在度年年。幻白羊苍狗，点缀长天。挂帐迷星，剪纱遮月到无边。

曾经几度窗前，看洁如绢素，状若芳笺。闺阁留人，天涯游子，竞勾心绪连连。清夜不成眠。想朝飞北国，暮过南山。但有相思一缕，能否倩君传？

一剪梅·春日游陶然亭

王　琳

春惹梨花满径香，薄雾拢杨，细雨惊棠，闲行信手试温凉。野鸭临塘，粉蝶追芳。

身已陶然笔亦锵。一段柔肠，三两诗行，飞来妙语入行囊。醉又何妨，醒又何妨。

临江仙·春

田凤兰

草沐新风铺绿，花融残雪飞红。莺歌颤颤柳丝青。桃枝凝露润，杏蕊惹蜂叮。

心与蝴蝶狂舞，情随燕翅凌空。一泓春水荡幽清。天高云有意，月满韵无穷。

呼和浩特街头夜饮（外二首）

陈仁德

边城史迹自堪夸，犹有残墙半委沙。
孤月苍茫生塞外，一鞭寂寞指天涯。
明妃泪落西江冷，商女歌残北斗斜。
夜市烤羊灯影黯，且凭杯酒说胡笳。

观黄河壶口瀑布

苍崖断处怒涛飞，浊影腾空雾气微。
天造奇观疑是幻，身临险境竟忘归。
一番风雨成秋色，万古雷霆共夕晖。
滚滚惊湍奔眼底，乱溅黄渍上征衣。

清明访都江堰灾区

风吹玉垒白云低，断壁残墙近古堤。
灾后山形多破碎，春深草色太凄迷。
血光满眼何堪忆，噩梦惊心未忍提。
正是清明营奠日，茫茫蜀道杜鹃啼。

青格达湖即事（外一首）

欧阳克嶷

白云碧水共悠悠，坐对东山翠欲流。
赤鲤不来天近午，蜻蜓飞上钓竿头。

山村雨后

细雨微风更似秋，麦田漠漠未全收。
不知何处吹芦管，一夜天山白了头。

七　律

萧永义

大雁新晴下朔风，夕阳明灭激流中。
五湖秋思云千叠，万壑松涛月一弓。
牛鬼迷魂归未得，是非成败岂成空？
齐烟九点天难老，白发三千绕雪峰。

己丑中秋抒感

乐本金

才迎国庆又中秋，喜泪流连热泪流。
万里光华同把盏，一襟风雅此登楼。
烟花织彩催吟兴，星月交辉放远眸。
小聚山庄佳节庆，霜娥笑靥正当头。

骊山怀古二首

袁第锐

一

数声鼙鼓动渔阳，不见雄师赴战场。
自是风流天子误，妾身何事与兴亡。

二

寒霜散尽又秋阳，一览群山势莽苍。
天宝开元成隔世，斯人功过怎评量。

八声甘州·秋游八达岭长城

田子馥

竟匆匆步上北烽楼，回首眺天陬。似长猿巨臂，西摇昆尾，东按龙头。搅动橙黄光色，滚滚欲东流。片石情如注，筑怨襄愁。

忍顾千年古堞，又烽烟万里，啼血春秋。恰英雄作手，疆海共筹谋。结同心，浑如纽带，见楼台，兄弟泯恩仇。归来也、梦中山海，望里金瓯。

过秦皇陵

严立青

一统江山百世功，同文同轨也堪崇。
长城直使寰球瞩，陵寝偏教举国空。
求道成虚留笑柄，坑儒施逆激群雄。
陈兵地下终何益，都付游人指点中。

闲题（外二首）

王志滨

轩窗薄暮落纱帘，燕子归来老屋檐。
秋雨西风成往事，唯留红叶作书签。

拟画眉

迷蒙星眼镜初开，经雨桃花羞满腮。

浓淡交由君手画，眉尖心上两无猜。

咏　烛

请把我心先点燃，休言黑夜似无边。
纵教流尽平生泪，不昧当头三尺天。

鹧鸪天·月夜送肥

张道理

盼得春回把种播，朦胧月夜上山坡。三车肥送三车笑，一路风清一路歌。

轮滚动，地哆嗦，高头大马尽奔波。长鞭甩碎空中雾，多少星星赶下河。

读高官腐败落马新闻书慨

韩　宇

沉渣何事耐消磨？马角乌头日见多。
信仰已归天地灭，精神尤被色声夺。
灵魂叩拜人民币，理想乖离国际歌。
徒有微吟供扼腕，恨无长剑扫贪魔！

金缕曲·写在四川地震后（外二首）

李依蔓

痛欲擒天问。问如何，平安二字，这般相吝？本是紫薇花海季，无奈都成转瞬。令多少，书声乍顿。往昔长街繁华处，到如今俱做坟茔阵。母与子，两难近。

灾情终日萦方寸。任啼痕，连宵无寐，枕边深印。听取寻将人几个，又被残垣密困。生死状，那堪细认。似此尘寰悲凉事，纵年华岁月都消尽，消不得，一丝恨。

沁园春·咏无心花

竹院清幽，篱外婷婷，底事争开？著朦胧粉紫，临风摇曳，回环深碧，媚骨低徊。几瓣娇妍，相依相压，旋转花痕绕旧斋。黄昏里，对斜晖一抹，影暗空阶。

前生意绪难猜。想应是，曾经痛与哀。故趁愁未渗，将身幻灭，无心可蚀，方肯重来。百变尘缘，千番离聚，已绝温柔渺予怀。犹忘却，为何人月下，素手亲栽。

金缕曲·对镜自况

对镜真无奈。笑原来，我身终究，俗脂庸黛。曾有三分玲珑味，早被虚浮替代。想昔日，诗情安在？最爱檀烟青莲色，但倦躯偏使红尘碍。蜕不尽，女儿态。

持心痴绝何从改？更由他，乍歌乍哭，任人言怪。谁在春前封一谶，落个空灵境界。又都教、流光出卖。寄语苍苍如解事，便他生许向悲欢外。浑忘了，胜耶败。

临江仙

黄　凰

一瞥青花纸伞，一天水墨江南。一章往事久沉眠。逢君春日里，微雨杏花簪。

相忘春风眉睫，相随寂寞青衫。相思偶尔梦中还。如何翻不过，三月旧诗篇。

清平乐·小雪前二日晚加班见流星，以记

赵冬青

浮华都歇，露气侵凉月。已负新词多少阙，尘世飘飘一叶。

庭前风起堪听，天边划过流星。未及略陈夙愿，空余绕砌寒声。

鹧鸪天·倾心诗侣（外二首）

赵玉华

九曲人生不自伤，三餐淡饭润饥肠。黄连树下不思苦，岭上红梅远吐香。

离恨短，爱绵长。倾心诗侣不彷徨，贫穷未必真潦倒，留得青山放眼量。

鹧鸪天·残荷

十里荷塘映碧光，迎风伫立不彷徨，经霜老叶听秋雨，结籽新蓬笑艳阳。

莲茎瘦，藕根长，质真不靠外包装，花飞韵减无闲恨，留有芳魂醉梦香。

鹧鸪天·宽容是金

大地山河均属尘，人生何必比昆仑？红尘过客残缺美，碧玉微瑕质地纯。

师可敬，众当亲，千川海纳敞胸襟。人人都有闪光点，一寸宽容一寸金。

鹧鸪天·游乌镇

朱小宇

烟雨江南柳絮飘，西林皓月静悄悄。小桥流水门前过，佛寺钟声窗外敲。

花影动，竹风摇。身临老宅感今宵。昏灯初照添神韵，古巷幽长客梦遥。

4月

出院杂感三首（外五首）

周退密

一

宿疾轻如弃，生还意兴赊。
神清颧突兀，身苶步攲斜。
一割蒙天佑，余年足梦华。
直当慎饮食，淡饭与粗茶。

二

赖有华陀术，枯鱼得更生。
从无闲草木，可以破坚城。
吟事何须罢，寿觞安足营。
秋风渺乡思，湖蟹正彭亨。

三

喜作投林鸟，敝庐夏木阴。
宜人花气淡，阅世道情深。
书好常全读，酒醇未敢斟。
所期在康复，挥洒定堪任。

次韵奉和诗友七律四首

一

岁杪吟笺君独先，豪情洒落信空前。
莫愁鬓有繁霜色，依旧心同惨绿年。
诗句端须与时合，英雄未必受人怜。
盘胸往事知多少，红烛烧残一缕烟。

二

新岁新诗两动人，真教笔下见精神。
群芳得气重迎客，大地无私又报春。
九十年华徒鹿鹿，平生书卷尚亲亲。
吟坛君是起衰手，对酒勿辞快入唇。

三

少有闻鸡起舞情，老来唯作枥间鸣。
荒唐岁月蚁同命，伤逝文章泪有声。
世路崎岖终可走，心兵起伏不求平。
欣看灯火阑珊处，仙子凌波意态轻。

四

人海藏身异复同，敢云于世马牛风。
少年意气鸡鸣后，垂老情怀凤叹中。
万朵莲花归净土，一楼春雨坐诗翁。
诸君莫怪玫瑰刺，文字由来属至公。

丙戌人日

送旧迎新岁几更，逢春得句庆收成。
违时只觉文章贱，多病唯求药价平。
室有寒梅增喜气，茶当醴酒欠深情。
微尘世界谁言小，一见难如隔百城。

灵芝湖森林公园（外一首）

雍文华

轻舟容与上天衢，水阁风亭见画图。
未必林间无墨客，也应花下有仙姝。
晴空翠岭岚如织，夜永平波月胜珠。
梦里高唐风物好，楚宫依约在芝湖。

临江仙·琴瑟和谐

南洞有一合生滇南柳与黄角榕，枝叶相交，亦依亦抱，人谓“情人树”，咸称俗气，余聊且以“琴瑟和谐”名之。

黄角榕身成老干，滇南柳不生烟。白头相拥话当年：柔情如水蜜，侠骨比金坚。

风雨百年多杀伐，不离不弃安然。相交枝叶尚葱妍。好温蝴蝶梦，相对晚芳天。

金缕曲·赠人（外二首）

蔡淑萍

把酒听君语。气扬扬、书生怀抱，漫评今古。十载沉冤如梦魇，多少风凄雨苦。覆盆举、英风如故。莫道流光霜染鬓，正少年心事闻鸡舞。心动处，志如许。

惊雷激荡神州路。几仁人、思萦梦绕，国强民富。寄意寒星荃不察，可叹嚣张狐兔。拼九死、寻他千度。悔读南华成陈迹，待皇皇功业从头树。寒夜白，日初曙。

扬州慢·戈壁车行感怀

炎日彤云，疾风飘雪，素毡白草黄沙。看长烟落日，听怨管悲笳。怎堪忆、秦关汉月，蹒跚步履，枯骨饥鸦。叹驼铃、如诉声声，魂断天涯。

倩谁泼翠？幸东风、新换年华。润长夜相思，征途梦幻，穷塞蒹葭。海市蜃楼应在，云霞里、汽笛喧哗。到荒原深处，催开树树桃花。

浣溪沙·旧邻自故乡来

听客频夸政策新，山村不似向年贫。布衣新剪焕精神。

添喜添惊添怅惘，忆山忆水忆亲人。三更归梦故园魂。

五十初度（外三首）

邹积慧

悠悠岁月逝流波，人事沧桑捉弄多。
不叹官场曾冷落，尚欣豪气未消磨。
沉浮忧乐从容写，云水风雷慷慨歌。
云起兴安何坦荡，高天红日照婆娑。

偶　感

书山充电思擒虎，学海浮槎欲化龙。
才浅自将勤做径，人生有味是攀登。

农场退耕还林感赋

绿上青云无际涯，贫瘠土地绽奇葩。
富民政策心头雨，抓把春风也孕芽。

自　题

痴情不改秉公心，办事扎实情系民。
意见权当修树叶，来年浓绿满山春。

元　宵

邱海洲

此夜银灯白昼同，元宵到处沐春风。
放怀一曲云天外，得意几回山水中。
结社何妨诗代酒，倚声无碍少承翁。
我今也效青莲舞，邀月倾杯说谢公。

行香子·澳门回归十周年感赋

曾小云

濠镜澄明，荷馥幽清。豁襟怀、畅叙归情。天涯月近，座上杯倾。对东风醉，西风舞，海风平。

昔叹伶仃，今显娉婷。喜良辰、胜事频仍。双葩向日，一苇披星。祝花长盛，年长庆，国长兴。

弹铗三叹

高　昌

凤凰台上忆吹箫·职称叹

紧箍神奇，魔方诡异，数年为此纠缠。盼脸添红粉，头挂金冠。且献腰弯五斗，交换去、月淡云闲。风萧瑟，含羞阮囊、叵耐清寒。

艰难。几番挣扎，总愁对人家、那个圆圈。笑满床甜梦，一证惊翻。莫道甘霖遍施，文件里、条框森然。眉峰聚，情伤外语，路阻关山。

摸鱼儿·住房叹

叹人间、住房何物，直教心痛如煮。少陵忧罢流光换，今又几多寒暑。狐竞舞。正纠结、人间多少蓬门户？填胸酸苦。恨万丈青云，九重霄汉，一价向天述。

朱帘后，勾串横行社鼠。来头生猛如虎。苍生刍狗无须问，陋室铭中谁顾。愁百绪。纨扇绕、乾坤袖里圈黄土。此情难诉。望乱似飞花，深如幽涧，阴影最浓处。

高阳台·求医叹

憔悴生涯，青蚨苦觅，胸中块垒难消。辗转肠煎，汹汹二竖风骚。当年清白曾如烛，热血流，忘我燃烧。到今朝，风却飘飘，雨又潇潇。

岐黄不见慈悲手，有医妖播雾，鬼祟兴潮。翻覆沧桑，余来酸泪空抛。辞烟谢酒纠缠药，却心焦，巨费挥刀。甚无聊，默忍秋飔，独卧寒宵。

鹧鸪天·元宵夜执勤（外一首）

涂运桥

又是江城不夜天，流光溢彩喜连连。万家灯火团圆际，一夜平安时刻牵。

闻警讯，赴江滩，烟花帆影落风前，人潮声共江涛涌，欲语妻儿月已残。

临江仙·夜巡有感

风雨如磐何所惧？戎衣立尽余寒。英雄埋骨有青山。荣名身外事，心系万民间。

醉里豪言君莫笑，前途道道重关。战歌声里月初残。壮怀时刻在，夜夜国门边。

惜分飞·娘亲（外一首）

武立胜

犹忆少时多患难，饭碗阿娘最浅。抚我青青脸，凄凄泪满阿娘眼。

为送孩儿登学馆，度日阿娘更俭。只顾儿身暖，阿娘不计薄衣短。

卜算子·忆母送我参军

知我把军参，最是阿娘喜。邻舍雄鸡未报晨，娘已悄悄起。

已送到桥东，又送三十里。满腹叮咛不尽言，泪作倾盆雨。

浣溪沙·无题（外一首）

刘中庆

一瞥当时太偶然，回眸已是许多年，波心曾印倒垂莲。

真有情时风过耳，不经意处月窥帘，他生错是此生缘。

浣溪沙·偶题赠伊人

地铁擦肩太偶然，未携卿手已魂牵，回眸处是哪生缘。

意会不关花解语，心通岂必燕传笺，似曾相识两千年。

登庐山

纪宝成

雄峰秀谷美庐山，万木葱茏石道弯。
多少风云皆散去，忽晴忽雨是人寰。

重阳登高感赋

杨逸明

登高气爽涤胸清，次第烟光扑眼明。
云向山前争日色，树于霜后吐秋声。
感恩黄土宽怀抱，效法苍天好性情。
饱暖书生心不足，吟囊四季问收成。

高阳台·清华班友聚会

欧阳鹤

阆苑寻芳，西窗剪烛，名园水木争妍。揽月摩星，豪情欲上云天。初生牛犊焉知虎，竟迎来，荜路多艰。更何堪，苦雨凄风，瓦冷衾寒。

风云半纪如驹过，幸年登耄耋，春到人间。除旧布新，神州歌舞蹁跹。龙腾玉宇心长热，喜尧孙，好梦初圆。举金樽，同醉今朝，共贺来年。

5月

玉树抗震二首

李文朝

一

大难真情刻汶川，新灾玉树震高原。
中华再显擎天爱，世界同传抠地艰。
抢救急开生命线，驰援先堵鬼门关。
三江唱响民为本，举国齐心奏凯还。

二

玉树山摇地裂时，连心小指母先知。
中枢号令军民动，四海闻声车马驰。
缺氧唯凭豪气壮，高寒哪惧朔风嘶。
同胞待救急如火，夺秒争分意恐迟。

浣溪沙·荧屏见玉树地震有感

赵京战

料峭春寒四月初，天灾何故降无辜！家园一霎变丘墟。

未了汶川伤者痛，怎安玉树众人居？救援恨不踏飞车。

玉树震灾感赋

邓世广

弭灾不欲话当年，玉树何堪继汶川。
忍向诗中吟吊鹤，怕从梦里化啼鹃。
残垣谅觉春风冷，花径应无蛱蝶穿。
幸有天兵驰骤至，戎衣犹带五湖烟。

玉树地震后以诗代简寄青海友人

杨逸明

此心方为北川哀，玉树同胞又被埋。
国自有能凝聚力，地因何事折腾灾。
新闻刻刻牵寰宇，大爱频频震小斋。
沉重诗行微薄款，急随援救巨流来。

国哀日感作兼致玉树灾区父老

熊东遨

天安门外风雨凄，又为亡灵下半旗。
举国救川前例在，家园重振不须疑。

哀玉树

蔡淑萍

又见全民大救援，怅望西北泪潸然。
汶川犹忆问寒月，玉树真宜责昊天。
地裂山倾叹瞬息，探源预警步蹒跚。
伤心最是泥坯里，埋我乡亲终不还。

悼念央视主播罗京

刘宝安

面对荧屏心寡欢，钟情节目眼望穿。
主持惯看端庄貌，直播倾听字正篇。
廿载以来零失误，一朝离去众潸然。
最思耆宿夏青语，天籁之音或可攀。

游丹江湖想南水北调

刘　章

丹江湖上泛舟行，遥想长江北调情。
愿与秦川涓滴伴，浪花一朵到京城。

庐山印象

杨金亭

瀑泻云横惹梦初，每从诗境读匡庐。
润之白也风云笔，妙得江山霸气扶。

寻法门

易　行

佛骨缘何假乱真，法门寺内寻法门。
门前游子天边客，都是如来梦里人。

注：法门寺地宫藏有佛指骨舍利，为防盗，古人仿造多只假指，以假乱真。

清平乐·游白云观

凌朝祥

烛光蜡味，熏得游人醉。真武玉皇香火地，今日人神聚会。

山笼紫气烟霞，逍遥十万人家。争与白云携手，随风飘到天涯。

重游塔城快活林（外一首）

星　汉

沿河小路似曾经，向日新枝抱水亭。

十七年来容貌改，我添白发彼添青。

重到巴克图口岸感赋

民心总使党心悬，中外前车一线牵。
苍狗白云才转瞬，西邻不是旧苏联。

将进茶（外一首）

周啸天

余素不善饮，席间或以太白相诮，退而作《将进茶》。

世事总无常，吾人须识趣。空持烦与恼，不如吃茶去。世人对酒如对仇，莫能席间得自由。不信能诗不能酒，予怀耿耿骨在喉。我亦请君侧耳听，愿为诸公一放讴：诗有别材非关酒，酒有别趣非关愁。灵均独醒能行吟，醉翁意在与民游。茶亦醉人不乱性，体已同上九天楼。宁红婺绿紫砂壶，龙井雀舌绿玉斗。紫砂壶内天地宽，绿玉斗非君家有。佳境恰如初吻余，清香定在二开后。遥想坡仙漫思茶，渴来得句趣味佳。妙公垂手明似玉，宣得茶道人如花。如花之人真可喜，刘伶何不怜妻子。我生自是草木人，古称开门七件事。诸公休恃无尽藏，珍重青山共绿水。

聋哑人舞千手观音

天人千手妙回春，族类同痴泪不禁。
失语时分存至辩，无声国度走雷音。
花光的历飘香久，法相庄严蕴慧深。
引领慈航成普渡，神州除夕降甘霖！

临江仙·来凤土家族摆手舞（外一首）

侯孝琼

大道长街齐摆手，歌莺舞燕新奇。行云飞雪步频移。千人击节，回首白云低。

大摆军功旗猎猎，劝农小摆依依。土家儿女袖同挥。情怀似火，无对凤来栖。

李氏庄园小姐楼

绣阁佳人去不回，妆台玉几已成灰。
多情但有庭前桂，依旧秋风烂漫开。

雾中大峡谷（外一首）

杨启宇

绝壁惊看扑面来，何年天遗巨灵开。
云烟一气浑茫里，想像山川跋扈才。

伍家台茗坐

眼中苍翠雾中山，车走弯弯十八盘。
酒渴正思甘露饮，伍家台上品春尖。

宣恩道中（外一首）

滕伟明

鬼门丽句推山谷，穿洞雄心数耀邦。
社日传歌苗寨里，比他刻石更辉煌。

酉水河泛舟

牛酒迎亲醉似泥，橘林深处媚荆妻。
风流最是唐天子，只许诗人贬五溪。

访夜郎古国

邓世广

不可轻嘲乌托邦，乘风今已到仙乡。
狂言未必无缘故，一等江山在夜郎。

大水井观土家歌舞（外一首）

蔡淑萍

霏微雨细正春时，来听土家歌竹枝。
最动人心薅草调，艰辛劳作亦如诗。

访伍家台贡茶总厂

为品伍家茶一盅，崎岖路任雾云封。
车行浑不识南北，只在春山叠嶂中。

恩施大峡谷遇雾（外一首）

陈仁德

仙气迷茫晓露寒，危崖千仞入云端。
天公有意藏春色，只让诗人雾里看。

临江仙·咸丰坪坝营

天地何时开此景，入眸尽是奇观。暗河长峡破青山。杂花生野树，飞瀑下深潭。

仰望高天唯一线，断崖悬栈回环。云中滴露觉衣寒。霜桥人迹渺，石径鸟声还。

大峡谷印象（外二首）

易　行

车行百里停复停，峭壁奇峰列队迎。
举目长天抛阵雨，青山隐隐又清清。

千丈瀑雨后

雾绕云遮一瀑悬，银河倒泻五湖翻。
飞流不像庐山水，却似雪峰崩九天。

伍家台贡茶

夜宿茶乡伴雨眠，雄鸡唱醒梦犹甜。
一杯泡绿清江水，饮后飘飘不欲仙。

玉楼春·恩施大峡谷（外二首）

王亚平

诗怀浩荡诗潇洒，快览云扬飞瀑泻。崖悬万丈削如刀，岭涨狂澜奔似马。

花妖狐媚纷纷下，期与同游终作罢。黯然我欲赋招魂，落笔风雷听叱咤。

玉楼春·大水井

飞檐挂日凌霄起，星汉回环嗟仰止。何须寻梦问源流，一脉绵延唐姓李。

槐荫井蓄云根水，见证百年兴废史。试斟一勺品荒寒，中有桑田沧海味。

玉楼春·陈连升铜像

曾观沧海伤心碧，落木萧萧秋瑟瑟。
虎门鼙鼓咽寒潮，子弟三千齐死国。
黄金铸就英雄色，如此江山标胜迹。
一杯酒烈酹清江，走马犹能掀霹雳。

虎年春节寄林锡彬暨鹏城诗友

郑伯农

粤海送秋月，京华迎虎哥。
开机收远讯，戴镜览春波。
言简诗情笃，人微挚友多。
何年重聚会，把酒共磋磨。

咏李白

亚　楷

冠世英才舍尔谁，兴酣笔扫泰山摧。
无边诗海腾高浪，欲把长天洗一回。

落花感赋

蔡圣波

惜花人老立花前，折得残枝忆少年。
拾取盈筐明日卖，料应难值酒家钱。

南屏晚钟（外一首）

叶宝林

夜笼西湖雾笼灯，寻幽信步到南屏。
钟声撞进黄昏里，袅袅余音梦里听。

晚坐夕阳

湖边柳下坐斜阳，几朵芙蓉暗送香。
远望水天凝一色，空无半事可思量。

再访龙溪李家大院

伍锡学

十顷荷田绿映红，游人驻足乐融融。
清凉一阵香风起，大院如浮花海中。

村居漫兴二首

刘靖中

一

检点诗书别杏坛，教鞭今许换渔竿。
九州山水从头访，四海风云带笑看。
赊我十年宜作蠹，借他三友好凭栏。
春花谢后秋花放，不唱人间行路难。

二

襟怀如月月如霜，蝶梦翩翩向野塘。
天缀两丸明昼夜，地横九派证沧桑。
花开花落春常好，人去人来路却长。
阅尽炎凉消尽怨，何妨笑脸对斜阳。

题朱家角古镇

高　昌

小夜曲中波渐平，闲来淘气几流萤。
含香雾淡随风舞，衔梦星繁与水盟。
静里蛙声如大笑，动时灯影似微醒。
心中留个朱家角，一角相思一角情。

游山小憩，若有所触，记之（外一首）

张枢明

无主春山云驻久，多泉野谷落花迟。
结庐于我真空想，天地之间坐一时。

山城三月

寒城三月草无芽，好忆江南满树花。
开到春山最深处，飘红时染老僧茶。

渔歌子·塞上江南杂咏四首

李旦初

丝路驼铃

大漠孤烟送马帮，丝绸铺路破苍凉。
披汉月，着唐装，驼铃响处觅天香

须弥山石窟

叠嶂如屏绿带镶，五峰峭壁绣风光。
呼麦积，唤敦煌，飞天顾盼众山香。

泾源野荷

蝶舞蜂飞水一方，亭亭玉立俏姑娘。
撑绿伞，着红装，夜深唯觉月光香。

绿岛雄风

万水千山忆路长，六盘山顶战旗扬。
峰拔剑，树磨枪，雄风激荡送心香。

6月

灾后深思三首

郑伯农

一

大地缘何颤抖频，五湖四海垒新坟。
一方有难八方助，治本还须寻病根。

二

火箭飞船宇宙行，高台能探九霄星。
今人已谙天边事，可惜难窥地底情。

三

工业勃兴三百年，小球处处换新颜。
改天未必万般好，人类该当学补天。

赏《牵牛花鸡虫图》

蔡世平

小稚歌声嫩，牵牛画里长。
南园花草乱，惊起一庭香。

诗

沈传和

新韵难成苦自吟，雪中何处觅芳芬。
案前读罢诗千首，始觉心头满是春。

鹧杜鹃

周济夫

枯干皴皮更著花，热风吹漾烘晴纱。
诗心安得如斯卉，老去犹堪作艳霞。

贞山宾馆观残荷三首

瞿茂松

一

零落樽前断续声，露桥风榭记吹笙。
败荷已减亭亭态，犹立寒塘作苦撑。

二

一面残妆挽落晖，凄凉独举逆风旂。
寒蝉识得秋消息，不待霜飘已自飞。

三

结束铅华强自安，禅心不再起波澜。
闲愁淡淡如流水，留待诗人冷处看。

寒　叶

王学明

生于斯地落于斯，演示荣枯不了时。
瑟瑟风中几寒叶，茫然未下最高枝。

弃豆诗

苇　可

花盆见嫩芽，弃豆竟萌发。
怯怯撑青伞，娇娇立小丫。
难得沾雨露，何以渡生涯。
持赠一瓢水，怜君苦命娃。

来凤观摆手舞

郑伯农

奇葩自古出深山，摆手雄浑最壮观。
游客不知身已老，翩翩入列共狂欢。

大峡谷

周笃文

谁挥神斧裂山根，地缝天坑满白云。
一炷香烧通帝座，氤氲元气遍乾坤。

春　韵（外二首）

李树喜

昨日可怜都市人，一勺春水万家分。
转身融入原生态，洗却风尘我是春。

诗　筐

穿过霞光乘月光，新风古韵满箩筐。
歌诗还是原生好，带得泥香与谷香。

浣溪沙·诗根

画里风光看似真，龙船古调遏云深。
杂花为我洗征尘。

道是阳春生白雪，不如下里作巴人。
草根毕竟是诗根。

清江品茗

熊东遨

问月亭前水一湾，露花风树影团团。
不知春色藏多少，小勺分来仔细看。

恩施采风（外一首）

杨金亭

春涨清江绿竹枝，五湖诗雨汇恩施。
九歌声里灵均降，领唱巴山浪漫辞。

万里橘柚长廊

采风一路过塘坊，万顷葱茏吐嫩香。
道是耀邦来访地，橘林绽蕊绿昂扬。

庚寅春游坪坝营原始森林

星　汉

脚下多诗路，平生却未经。
峰峦俱雅健，峡洞总空灵。
双眼难离树，一身长带青。
飞泉也如我，吟唱乱无形。

伍家台贡茶

万拴成

紫砂烹出玉兰芽，竹叶清汤香万家。
荆楚采风应最乐，小亭细品帝王茶。

游恩施大峡谷（外二首）

杨逸明

岩壁雄奇峡谷幽，诗人不敢放声讴。
怕惊地缝深深裂，分作东西两半球。

题腾龙洞

世上人无数，锱铢计较多。
不如山有量，吞吐一江波。

游四洞峡

栈道斜穿洞穴多，冰霜挂树化春波。
山泉不恋居高位，落到低岩始放歌。

西江月·重阳（外一首）

刘旭东

雁唳连成南斗，虫鸣印满西窗。牡丹城与咏梅堂，两处秋声一样。

好梦除非七夕，流光最怕重阳，一年心事渐清霜，都在眉间鬓上。

临江仙·翻线花

叫得哥哥门外去，双双对坐南墙。解开辫尾彩绳长。挽圈连理结，翻个大花床。

转眼天真成过往，笑声都已沉箱。青春淡淡是忧伤。心中千百绕，缠不住流光。

峨眉偶感

范峻海

彩霞送我上峰头，百里峨眉一日游。
白发犹怜万山绿，夕阳唤我几回头。

临江仙·盛夏游衡水湖（外一首）

国印周

堤内红荷堤外柳，熏风撩动人心。霞光散落一湖金。短歌轻棹落，烟渚鸟投林。

熙攘渡头游舫到，欢愉装满胸襟。一轮明月水中沉。渔家方煮蟹，酌酒夜深深。

喝火令·荷花

笑展千重绿，花开压众芳。一汪烟水送清凉。似见碧波深处，仙子着霓裳。

不为泥浆累，何愁暑气长。只将芳魄梦中藏。梦里骄阳，梦里小池塘。梦里玉盘承露，不泯是心香。

定风波·神七航天员出舱

杜荣升

万里长天自在游，吾华科技上层楼。舱外太空舒望眼，奇览，群星四面伴寰球。

美丽家园须保护，休误，未知何处有方舟？民富国强高素质，心赤，大同世界力和谋。

杜甫草堂

张自发

锦江岸畔草堂新，君占清风我占云。
千载锦江终不老，一方花草绿如茵。
云舒云卷自消散，风去风来阅古今。
西岭犹存残雪在，莺歌何日彻乾坤？

浣溪沙·看儿童团体操（外一首）

赵宝海

起舞鲜花带露开，一圈圈复一排排。缤纷节奏色如裁。

烂漫时光回不去，天真心态可重来。台前我竟小如孩。

浣溪沙·童年琐忆

偶忆河边老树根，童年野草绿茵茵。山羊系罢系黄昏。

俯看群鱼游倒影，喜伸双手捧波纹。掌中仔细读星辰。

农　家

边郁忠

半亩园田傍水斜，篱边花豆蔓初爬。
小儿十岁学锄草，笑向苗间数脚丫。

谢君相送留合影，铭记永恒一瞬间。

踏莎行·春游江南

黄布华

老柳青丝，新桃粉面，竹林深处黄鹂啭。金蜂玉蝶舞琼瑶，红鱼戏水银波乱。

雾里寻幽，云中把盏，佳人绰约拂烟看。放魂归梦问陶公，东篱可在春江岸。

为老年大学诗词班题诗

江　山

日间听课夜间思，搜尽枯肠梦也痴。
睡到更残一反侧，枕边蹦出数行诗。

约友游北京西山黄叶村谒拜曹雪芹故居二首

王守仁

一

古槐竹影杏花风，曲径通幽草色青。
一部红楼惊天下，荒村从此有芳名。

二

新诗数首与谁吟？篱畔徘徊拜谒人。
只恐先生仍续梦，我来不敢叩柴门。

别珠穆朗玛峰

萧宜美

渐退云团开洞天，珠峰再次露天颜。

7 月

六十抒怀四首

郑欣淼

一

星稀又是月明时，阑夜披衣有所思。
满地雪泥寻旧印，半生尘网理棼丝。
镜中衰鬓已非昨，壶里冰心犹似痴。
病后微躯难胜酒，幽怀且付竹枝词。

二

禁苑风光总万分，依依柳色五番新。
诸君正应才无碍，多士合当文不群。
才见殿堂追盛世，又欣天府广殊珍。
波云谲诡寻常事，毕竟人间多暖温。

三

天高云淡雁啁啾，花甲今逢意绪稠。
胸次渐开驰瀚海，眸中顿豁上高楼。
回头仿佛华胥梦，引领还须蚱蜢舟。
唯有一言恒自惕：纵生老气不横秋。

四

豕出辽东貌相殊，吉祥百变任求需[①]。
少时已改黄金运[②]，壮岁常思白简书。
十丈红尘多障翳，三千世界贵真如。
衰年戒得尤须记[③]，何处觥觥不丈夫！

注：①丁亥为猪年，吉祥猪大行其道。②予名字中的“欣”原为“鑫”，三十二年前所改。③《论语·季氏》：“君子有三戒，……及其老也，血气既衰，

戒之在得。”

王家岭救援礼赞

武正国

一方有难八方援，上下同心血脉连。
今日中华何为贵？平民生命大于天！

新凉州词

胡志毅

紫塞城头月似钩，戍边战士梦悠悠。
青春已嫁关河柳，欲固金汤不觅侯。

乘缆车登峨眉山

高立元

翻从佛土上青天，一片葱茏万里烟。
笼内乾坤难脱俗[①]，山中岁月可成仙？
淡妆四女含羞顾，浓抹双眉带笑弯[②]。
我与飞云竞高下，看谁先到翠微巅。

注：①笼即缆车。②峨眉山因形似美女双眉而得名。它由大峨、二峨、三峨和四峨四座山组成。相传这四座山是由四位仙女变的。

蝶恋花·游蒲湖

张晓虹

蒲园南侧的蒲湖，古有“踏湖寻坊”、“蒲湖泛舟”、“坐钓秋水”、“蒲湖问茶”、“丽日晴荷”、“伊人茶楼”……

韵满轻舟风满袖。曲岸青苍、处处蒲香透。停棹问茶箫管奏，伊人应在茶楼候。

丽日晴荷芳挺秀，三五蜻蜓、正把嫣红嗅。坐钓闲听风拂柳，清词佐酒黄昏后。

游圆明园旧址

乐本金

满怀愤慨哽无言，破壁残垣野蔓牵。
殿础犹存金阁毁，虹桥独卧玉栏湮。
国因积弱遭凌辱，园以蒙羞载简编。
漫道劫灰今已散，须防乘势又重燃。

世博园

郭玉琨

世博园开何处求，申城万国竞风流。
厦连天阙鹰惊叹，花借名山蝶自由。
四海楼台迷客眼，五洲珍异点君头。
月盈试揽明珠望，万缕虹霓射斗牛。

积　雪

孙　钢

积雪连峰望渺茫，牛羊日暖散平岗。
孤灯短榻穹庐梦，枕畔犹余乳酪香。

珠海庚寅元日晨起即句二首

沈　鹏

一

醒来一觉已庚寅，异地春寒讶此身。
断续涛声催我早，荡胸今与海涯亲。

二

天降屈子又庚寅，默诵骚经惜此身。
历数传奇多少事，美人香草最相亲。

望远行·送诗友赴四川绵竹支教

王庆农

嘶风啸雨，骅骝志、峻岭崇山飞越。巨灾初弭，百废重兴，汇聚八方豪杰。备就征鞍，收拾一箱书卷，潇洒两肩明月。好男儿、争献青春热血。

饥渴，多少旱苗待哺，降沛泽、蜀花鲜活。莫问路遥，但知任重，艰苦历程休说。支教先锋奔赴，洪炉熔炼，似铁如钢筋骨。看风翔千里、云天高阔。

爱之源

奚晓琳

爱在深山自远尘，丹枫解意每相亲。
清纯只合源头品，除却源头味不真。

注：天台峰下有一泉，泉边巨石上题刻为“爱之源”。

公主岭信州古城怀古

边郁忠

驿路无寻水断流，鱼书只可借云邮。
前朝刀笔莫相让，羞煞英雄说牧牛。

全家海外归来感赋

于德水

域外移居历坎程，俗殊语阻赖诗鸣。
心征星月做知己，意借鱼书达友情。
去日灯明鞭炮送，归来柳绿杏花迎。
到乡难禁离人泪，不晓谁啼第一声。

描　春

杨斌儒

国手描春吟兴长，铺云蘸露写辉煌。
深情注入清江水，散作诗花四野香。

口琴吟

陈仁德

渝州灯火灿，时近元宵节。街市归来迟，
高楼虚夜月。辗转竟难眠，起搜老书箧。
一物如脱颖，玲珑而光洁。认是旧口琴，
卅年久离别。撮口试一吹，发声仍激越。
惊喜把玩之，徘徊中肠热。因忆少年时，
父爱何切切。家贫无长物，口琴聊以悦。
授我吹奏法，呼吸妙用舌。辞家插队去，
此物亦相挈。荒岭日迟迟，孤村影孑孑。
乘兴时一弄，不管劫火烈。铿锵复铿锵，
声如金石裂。村女为起舞，健儿为击节。
而或醉一觞，而或歌三叠。此中有真趣，
妙处难言说。日月匆匆过，忽焉头飞雪。
老父隔黄泉，思之悲欲绝。浮生梦境中，
天地同虚设。逝者如斯夫，子在川上曰。
回头望长街，寂寂灯明灭。

春蚕（外一首）

李钢志

百足原期万里行，冰清玉洁貌聪明。
如何困顿村庐内，为点情丝误一生。

采桑子·油灯

偶翻箱角清余罅，相见茫然，勾起波澜，懵懂时光去不还。

如今厚厚蒙尘也，棉蕊枯干，玻罩斑斓，犹记阿爹照我眠。

洞庭秋

李　珑

素练如天怎可裁？船行若剪两边开。
秋来细认南湖水，醉煞当年李太白。

稻田遐想

张志山

新村何所有？千亩稻花香。
岁岁插秧日，田田映镜光。
牛来云上走，鸟返水中翔。
天地一张画，人人画里忙。

清平乐·空飞（外一首）

寓　真

扶摇云上，不觉心奔放。似化吾身云气样，大宇无垠飘荡。

绝无秽气污流，逍遥鹏举鲲游。若不登天骋目，焉知人世如囚。

浣溪沙·故里

过了中秋霜满天，羊群崖上似云翻，长鞭甩到汉河边。

犁雾耕云龙种马，农夫得意下凡仙，临风掬手点香烟。

玉树（外一首）

周啸天

不往高原去，焉知抢险难！
有风氧气薄，不雪夹衣单。
滥震何为地？精诚可动天。
昔闻格萨尔，定力至今传。

一剪梅·重访狮子山

弹剑当年奏苦声，不愿他生，唯愿今生。来逢千里共长行，窗外眸明，柳外花明。

十载萍踪访旧程，鬓尚青青，树尚亭亭。芙蓉城到牡丹城，去也关情，往也关情。

冬日即兴（外一首）

杨逸明

才送残秋又迓冬，与时俱进忽成翁。
风吟岛瘦郊寒里，雪舞元轻白俗中。
旧体喜装新梦境，少年惊变老顽童。
人生卦象无须卜，感觉朦胧味更浓！

重访老宅

淡水新村访旧家，灰墙红瓦老藤爬。
密林藏梦光斑驳，斜日牵情影叠加。
星散芳邻云外雁，尘封往事路边花。
遥看熟悉窗台上，趴着生疏叟与娃。

赴京前感赋（外一首）

何　鹤

等闲白了少年头，钓誉沽名未敢求。
一卷诗书呆子气，半生风雨月儿愁。
前途望断人空老，陋室贫来志未休。
遥想京师春尚在，丛中烂漫话风流。

来京作编辑感怀

原本浮生空自忙，为人作嫁又何妨。
凭窗审稿裁和剪，即兴赋诗疏且狂。
常恨京郊无定所，每依北斗望家乡。
层楼挥手撩云处，始信居高放眼量。

凤栖梧（外一首）

林　峰

莫让春风轻易误，枕水楼台，清景还如故。蓦里相逢无一语，万千别绪犹难诉。

最忆年前芳草路，飞絮黄花，铺满伊来处。立尽残阳人未去，柔情系在江边树。

玉楼春

断鸿声里关河杳，春去又逢秋渐了。箫声吹起海棠风，明日花无今日好。

低徊暗叹寒来早，莫倚阑干天欲晓。君心应与我心同，不老情如原上草。

北京之春

刘向东

无边书海自徜徉，古树临街岁月长。
探秘自然追哲理，索寻文字入诗囊。
心同天地浮云远，情拥古今烟水香。
向晚乘车归去也，坐看宇宙正茫茫。

五台山

李一信

五峰山道履匆匆，求得真言谁放松。
悟道何须攀绝顶，身边草木与禅通。

探　母

江　山

远水遥山一往还，偷闲小聚慰慈颜。
佳肴补品无须带，只要尊前半日谈。

浣溪沙·龙游民居苑

欧阳鹤

寂寞门庭觅旧踪，小桥流水画堂东。灰墙青瓦夕阳红。

天上流云仍自在，人间故迹已难逢，谁能到此不情钟？

8月

喜看申雪赵宏博双人花样滑冰

张　结

盛会冰场似镜平，双仙忽降步轻盈。
婀娜姿作凌波舞，刚劲臂将柔骨擎。
俪影鸿飞来复去，万人目注赞还惊。
曲终携手亭亭立，久对荧屏无限情。

世博会中国馆

谭博文

陶醉春江花月夜，可临卢浦借长风。
感人百米丹青美，抢眼五洲中国红。
似印似仓彰富庶，亦真亦幻傲苍穹。
匠心独具和为贵，别样明星旷世功。

贺新郎

宋彩霞

星冷流云睡，掩苍苔、萋萋衰草，残红更替。淡月烟波无声响，唯有琼花飞坠。清绝处、菊篱凋敝。泼墨三千勤弄砚，挽秋毫、撰我凌云字。和楚梦，开金蕊。

清风不说心中事。雾非烟、沧海横流，江天鼎沸。惆怅迢迢沧波去，或有芳菲能寄？不堪看、书空满纸。辜负廊桥桥下水，枉东流、不管丁香意。谁借我，凌云翅？

登镇江金山北固亭

李栋恒

北固风光秀，长江滚滚流。
裂疆曾作界，逝水亦蒙羞。
一统人心向，久分天意收。
于兹思海峡，谁信是鸿沟！

岁末寄怀

岳宣义

狂飙阵阵过丛林，黄叶堪怜古柏森。
怅望大楼还颤抖，惯听寰宇有晴阴。
这边锦绣摇钱树，彼岸萧疏纸虎心。
世上轮流风水转，闲来休想再闻砧。

老兵诗怀（外二首）

高立元

诗绪翻成八月潮，漫将逸韵逐清寥。
吟成好句从心出，留住真情信手敲。
把盏不曾浇块垒，咏怀即可起波涛。
枫林思染一枚叶，好慰浮生半世劳。

抒怀二首

一

相逢怕把将军呼，愧对金星半事无。
不计功名和利禄，岂谙加减与乘除。
窗含摇影一帘梦，笔走行云几纸书。
莫道老夫腰不硬，依然正步踏征途。

二

一介草民元本初，戎装去后布衣粗。
激扬文字诗词曲，指点江山炮马车。
台下常看逢场戏，庭前已去叩门夫。
世间冷暖寻常事，落得清闲好读书。

浣溪沙·雨中乌镇（外一首）

王玉学

淡扫修眉西子愁，彩霞何处媚汀洲？任由烟雨锁江楼。

雨里风情雨里看，为伊来去为伊留。心怜妩媚几回头。

浣溪沙·客居南昌

人在豫章古渡头，香车红袖碧螺洲。艾溪湖畔看飞鸥。

虹绾青山情似水，雁回大地恨无由。雪津一盏半离愁①。

注：①雪津，南昌啤酒，全名英博雪津。

喀纳斯之秋

王爱山

不顾高山险，来瞻仙境幽。
斜阳燃紫树，瀑布挂金沟。
雕带彩云舞，鱼偕碧水游。
牧歌情似酒，醉杀一湖秋。

重访南溪二首

叶元章

一

青山叠叠水盈盈，绿拥南溪野鹤鸣。
应是梁皇爱留客，了无烟雨亦含情。

二

千峰横处白云生，荇叶如钱贴水平。
四月南溪春尚在，深林幽壑听禽鸣。

宁海行吟

蔡厚示

前童古镇巨樟斜，密叶虬枝荫数家。
一脉清泉流户外，可人儿正浣溪纱。

宁海森林温泉（外一首）

丁　梦

一池明月摄君魂，两袖清风拂世尘。
裙袂飘飘谁不醉？青山只爱意中人。

潘天寿故居

墨中寻寿与天齐，纸上留踪一代师。
纵使沉冤无雪处，春风不改旧时痴。

过垂虹桥

杨金亭

垂虹烟雨断桥寒，词客风流韵外传。

歌管楼台屏上看，吴侬未老小红颜。

初识吴江（外一首）

易　行

辞京一夜到江南，烟雨新城绿映蓝。
水巷琴音声细细，小红清唱已千年。

参观陈去病故居有感

也曾冷眼对刀兵，敢唱豪歌灭大清。
遁入空门难自许，英雄末路已无争。

扬州慢·过垂虹桥

赵京战

佳话传神，松陵入梦，吴江先驻游程。叹虹桥敛影，剩岸柳摇青。问游客因缘兴废，不关风雨，不是刀兵。更潇潇、雨洒姑苏，花落江城。

闷怀难释，算前贤、到此心惊。待谱就词新，翻成韵雅，谁唱真情？纵使小红犹在，知音渺、难继箫声。看天边明月，寒光只为愁生。

与吴江诗友夜话

李　涛

诗逢知己在天涯，何幸仙缘识大家。
几缕蛩声涂月色，一行雁影入芦花。
吴江韵律随波远，南社精神逐日斜。
黄土高原约故友，榆林待客有新茶。

临江仙·车行北欧高速路

欧阳鹤

极目三原叠翠，飙车千里穿梭。天光云影日婆娑。两间弥秀色，一路纵高歌。

世事风云常变，人生苦难偏多。何如此处醒南柯。诗随花影荡，年共月痕过。

登雁荡山

赵乐强

总爱呼朋作漫游，神清气爽势吞牛。
奇峰百二吁吁过①，绝壁三千得得休。
坐地分闲舒足力，寻菇落镬煮猴头。
登山却也明心性，草长莺飞任自由。

注：①雁荡山计有奇峰百二座。

庚寅清明返乡喜赋（外一首）

乔树宗

旅雁归来恋故林，花光照眼自长吟。
圣姑台上遗踪渺，烈士亭前落照深。
四海相随唯客梦，百年难改是乡心。
春风十里吹愁去，明月今宵格外亲！

故园兴会赠同窗

契阔乡关意惘然，归来恰值杏花天。
樽前醒醉情如旧，客里悲欢梦自寒。
每恨平生输素志，重逢故侣愧苍颜。
书生意气今何在？唯有诗心似少年。

端　午

赵衍祥

屈子雄魂荡汨江，龙乡胜日映朝阳。
轻舟竞渡渔歌近，绿叶环踪糯米香。
百代风骚扬正气，千秋民愿盼忠良。
奇冤难泯强国志，野艾悬门岁岁芳。

山中偶得（外一首）

潘乐乐

小筑青崖上，闲云自卷舒。
雨微花覆径，窗寂竹翻书。
天地才何益，林泉世已疏。
安心随处好，高枕即吾庐。

夜坐江上感怀

蹈海披霜百不辞，沉浮苍莽觅雄姿。
触身世界三千劫，彻骨悲欢一卷诗。
山迥木荒槎去远，云奔月大雁来迟。
幽冥坐对波澜寂，正是龙蛇欲动时。

蝶恋花·剪发

余无咎

尝爱及腰长发好，朝暮相随，绾系相思调。十载柔丝梳遍了，三千烦恼知多少。

且趁青春犹未老，金剪翻飞，重塑轻盈貌。依旧镜中人窈窕，欣然向我凝眸笑。

高档名酒

饶运振

味佳瓶美众人夸，欲取钱须舍得花。
买者大多非饮者，醇香飘处是谁家？

鹧鸪天·咏马街书会

胡吉祥

庚寅正月十三宝丰马街书会，人如潮涌，盛况空前。中国曲艺家协会主席刘兰芳应邀再次登台说书，把书会推向高潮。

负鼓携琴汇马街，唱今说古竞奇才。一天展演千场戏，十万人潮动地来。

春风起，笑颜开。兰芳再上亮书台。激扬最是《岳飞传》，赢得欢声震九垓。

高阳台·三苏祠拜东坡露天塑像

孙中林

初下峨眉，身披秋色，我来携酒三觞。君笑掀髯，犹如倾诉沧桑：天南地北长流久，待回头、烟霭茫茫；算而今，万禄千官，不及文章。

萧萧襟袖西风里，共歌上青霄，吟动修篁。岂料征鸿，翅翻挂走斜阳。借来赤壁当时月，过黄花、照此篱墙。对冰轮，我说天山，君说长江。

尧山红叶

丁 欣

染遍寒山千万枝，秋光灼灼夺春时。
如花凋去青苔暗，弄影飞来夕照迟。
霜气满林宜煮酒，石溪初雨好题诗。
一般深浅随人看，脉络殷殷有故知。

谒郏县三苏祠

杨逸明

焚香三炷谒苏祠，岭色川光共祀之。
风唱大江东去句，树吟夜雨独伤诗。
飞鸿踪影归禅院，明月襟怀对酒卮。
百姓能将才与德，口碑传到海枯时。

郏城吊三苏

李树喜

千古流觞赋并诗，郏城墓草日迟迟。
一门学士文缘笃，三地父兄归聚奇。
已共华章垂百代，更无愁雾黯京师。
漫天风雨连花海，恨不相携唱盛时。

五一节登梅力更

谭博文

险似黄山烈马嘶，琼花解语佛心慈。
琴湖瀑布清溪浪，怪石梁园松柏枝。
云雨云烟归去早，人山人海恨来迟。
老夫未作登峰赋，大步流星也是诗。
注：梅力更，包头市景区。

卜算子·果子沟（外一首）

刘 军

人在雾中行，峰在云中立。野杏花开缀满山，雨后嫣红媚。

才绿一川幽，又被长烟闭。山涧青溪断处流，桥上空留迹。

破阵子·农家做客

坐看农家小院，犬追满地鸡娃。山里闲云山外去，谁在溪边浣碧纱。归时已晚霞。

柳岸清风送语，村头明月栖鸦，鸣笛一声抬望眼，不觉星垂四野遐。临行却听蛙。

上海世博会礼赞

李同振

万国精华一览收，不须护照赏环球。
喜圆世博百年梦，欣看五洲夸九州。

长白山行吟二首

刘庆霖

一

笑饮梯云岭，春山一碟青。
飞花传酒令，醉煞满天星。

二

侧立大荒顶，观涛深壑中。
欲寻一叶板，冲浪下千峰。

晚泊淳安

张青云

夕阳金碧下层峦，岛屿苍茫雾里看。
掺子今宵何处泊，渔灯绣出古新安。

谒黄陵

易　行

万里风云聚一堂，圆天方地立中央①。
红尘纵有千般怨，至此也都化凤翔。

注：①新扩建之黄帝陵，主殿依天圆地方思想修筑。

9月

天心阁怀战友

王爱山

漫步上天心，高朋何处寻。
花牵藤入阁，风戏竹敲琴。
雨过彩虹出，溪流碧水吟。
人生多少事，难得是知音。

雪中过少林

白晓东

声名震寰宇，古寺共时新。
遍地传僧棍，漫天搅俗尘。
三门延施主，一路拜财神。
大雪今盈尺，谁为立雪人。

鹧鸪天·元旦有寄

何　鹤

小住通州秋复春，静观冰雪动观云。
堤边垂柳疏还密，客里伊人聚又分。
安陋室，享清贫。可怜岁岁怕年新。
眉头忽锁凝神远，一缕相思叠皱纹。

一个老农的欢歌

汪梦之

山歌不唱旧时腔，自演自编情趣长。
满院桃花争曙色，一湾溪水淌春光。
种田无税天荒破，养老有金茶饭香。
最是丰年销特产，鼠标轻点到西洋。

俄罗斯民族乡记行

万朝奇

北国边陲静不哗，界碑立处即天涯。
村头散养三河马，店里堆陈伏特加。
细看行人多碧眼，聆听对话说科娃。
轻声询问祖居地，却说山东是老家。

雪天客乡下表兄家

赵春保

雪涌楼台景色佳，空调送暖嫂端茶。
弟兄闲侃今和昔，儿媳精烹鸭与虾。
才去网箱捞锦鲤，又来温室摘黄瓜。
忽闻孙女呼声急，栏里猪婆在下娃。

新村几道诱人风景线

邢协宇

平川一马绿无涯，座座琼楼映紫霞。
翁媪聊天宽带网，夫妻下地电瓶车。
泵房龙吐三江水，沼气炉生五彩花。
还有连台乡土戏，自编自演唱农家。

访花农

段惠民

蜜蜂引我溯崎岖，谁画桃园水墨图？
棚内牡丹开四季，圃中金菊绽千株。
小桥步月通幽境，曲水流香入翠湖。
伊在花丛更深处，无须溪畔问村姑。

竹枝词二首

黄群建

一

乡村日子尚平和，不到农忙事不多。
任是深山偏僻处，有人会唱港台歌。

二

小港弯弯柳叶青，农家儿女最温馨。
如今也有新花样，一片心思付彩铃。

农田今昔

马云骧

渠水逢春走绿波，昔时畎亩费琢磨。
如今稼穑凭科技，农事虽忙人不多。

晨起（外一首）

王卓平

秀发敷霜何虑哉，笑容犹对镜中开。
漫将旧梦轻梳去，今日心情扎起来。

闲　题

鸟语隔帘漫扑怀，一窗柳梦却愁裁。
掀开曙色轻轻读，许有清思笔底来。

梦庐山

秋　枫

几回梦里到庐山，竹影松风幻紫岚。
日落日升关冷暖，风来风去识危安。
仙人洞外峰无险，宗祖崖前道有缘。
袅袅梵音争入耳，凡心得似白云闲。

绍兴青藤书屋感赋

谢丹月

临街深巷踏苍苔，瘦竹蕉门久不开。
满架青藤遮斗室，一方池水漱尘埃。
南腔北调盈书屋，东倒西歪育怪才。
泼墨狂文惊俗世，清风百代入帘来。

独　宿

时　新

夜静虫声送五更，倚床独卧客心惊。
蒙蒙似见花无影，寂寂随行屐有声。
数起披衣寻梦续，半眠拥被怯寒生。

楼临片月企双照，河汉如云别绪萦。

西山拜访刘源上将

赵焱森

西山观岳色，军院访精英。
肩上金星耀，胸中虎气生。
花明常入梦，国富总关情。
先哲遗徽在，擎旗壮远征。

雨中访瑞金（外三首）

寓　真

故迹新园沐雨青，红旗犹指旧行营。
正名自有春秋笔，误国从来左右倾。
激战五回连喋血，悲歌万里送长征。
访观不尽许多事，收伞凝听淅沥声。

三清山游记

秋兴登临雁阵横，杖轻履健野风擎。
秀岩觉我人生好，绝景教他世界惊。
悄上初三山月细，静聆九月树霜清。
寻来雅栈云峰侧，红袖斟杯酒令行。

海南五指山中

从来丽质储深闺，谁识琼中锦绣堆？
树掩人家鹅戏闹，车穿幽径蝶翩回。
雾浓顿见云峰乱，山转忽闻溪水来。
何处黎姑传笑语，遇仙恰似到天台。

三亚崖城访赵鼎流放故址

街市新开车马纭，荒郊遗迹尚清芬。
老翁指点南村屋，古树荫庥茁岭坟。
壮此山河唯骨气，哀其时代乃诗文。
涛声未尽沧桑喟，只见槟榔挂夕曛。

水调歌头·寿阳八公山吊古

李书贵

西塞笛声起，日落暮云浮。长淮望断一线，千里楚天秋。城堞依稀鞭影，草木枯荣几度，淝水自悠悠。铁马过江去，岂在万兜鍪？

兰亭会，流觞趣，乌衣游。艋艟声急，东山高卧几时休？朱雀桥边花谢，巷口夕阳衔尽，燕子不知愁。血雨漫吞吐，棋局了也不？

咏伊犁二首

王敬乾

一

水诉伊江任所思，山花迫眼我心知。
莫言筋骨衰多少，献策时时有好诗。

二

金秋雨过艳阳天，峡谷风开净乱烟。
愿作青松生大爱，甘陪冰雪立峰巅。

春夜山中归来（外一首）

蒋本正

入夜杜鹃枝上鸣，小园阵阵发幽声。
荆棘也存留客意，咬住衣衫不放行。

伊犁之春

清晨春雨到天涯，傍晚白杨绿我家。
妙手东风留水墨，点睛之笔是桃花。

鹧鸪天·桃乡情韵

彭振武

枝上黄鹂弄好音，清歌引我望红云。初开桃蕊羞含露，兴致骚人带笑吟。
偕老伴，逛桃林。赏花翻做画中人。抢拍人面桃花照，挽住心中一片春。

京都夜梦

刘 章

繁花都落尽，青杏枝头小。
夜梦忽还乡，人瘦春蚕老。

南乡子·山村新貌

陈细彬

山峪唱新歌，满畈青苗映绿坡。近日恩娘[1]忙什么？呵呵！猪仔初生未去窝。
菱叶泛清波，时见蜻蜓立嫩荷。水上游禽聊什么？嗬嗬！麻鸭黄鹅多又多。

注：①恩娘，山寨土家语即亲娘的意思。

秋日壮观贡嘎山大冰川

陶文鹏

层林映日竞斑斓，引出嵯峨贡嘎山。
天际神龙金作轭，雾中仙女玉为冠。
冰川磅礴三千顷，银汉凝晶十万年。
杜宇欢鸣泉滚沸，谁挥椽笔赋鸿篇？

原中央党校同学来访酬赠（外一首）

孔祥庚

客至滇中月色嘉，风和湖暖话桑麻。
当年且笑功兼利，今日多忧民与家。
历历升沉十春梦，匆匆来去一杯茶。
鬓丝初染同珍重，志得酬时学种瓜。

哈尼族梯田

层梯开拓彩云间，河汉直流千里田。
若要栽秧收谷子，须携竹篓到青天。

10月

惊见曹妃甸

郑伯农

移沙填海战汪洋，百里新城出浩茫。
为政当须大手笔，龙王头上筑金汤。

唐山大地震遗址

岳如萱

涅槃过后喜重生，翼展神州日月明。
卅载呼风吹宇宙，废墟幻化凤凰城。

崂顶小路

张　栋

弯弯小路巨峰巅，松劲花香野果鲜。
战士常从此处走，乐同云彩细交谈。

上海世博会二首

李旦初

精彩庆典

浦江两岸彩云飞，焰火凌霄大笔挥。
泼墨自成千古画，满天仙女吐芳菲。

台湾馆咏怀

宛如真境别心裁，日月潭边笑口开。
谁望天灯频许愿？风平浪静我归来。

风入松·无锡太湖感怀

普　辉

西施一梦越千年，往事尽云烟。谯门画角停征棹，浮名却，赢了身闲。料得春宵明月，泛舟对酒和弦。

呼儿将马太湖边，但目送青山。热风拂袖吹无力，怎生乱？恶藻漫延。我借吴王宝剑，狂掀雪浪滔天。

久旱期雨（外一首）

石艳萍

林海苍苍今若何？山成秃顶地无禾。
河渠开裂千张口，也向天公要水喝。

西南大旱有感

植树造林消虐风，保苗持土惠无穷。
莫于今日溪泉尽，方念当年水利功。

拆　迁

徐淙泉

故园世代百年宅，忽见门墙一字拆。
地址迟迟无处改，孝儿犹自寄钱来。

金缕曲·手（外二首）

田　遨

双手生来拙。看旁人、会捞会算，手头阔绰。十指如椎应自笑，只讨笔端生活。一任它荒唐奇谲！如此半生爬格子，终爬了碍眼书千页。写写写，鸿爪雪。

人能用手乾坤阔。一动手可绣凤凰，可铸钢铁。艺术文章来我手，敢止批风抹月？还有意发挥余热！举酒相招人未老，喜我辈尚有灵珠握。同拊掌，同拼搏！

鹊桥仙·太湖石旁留影

石顽如我，我痴如石，偶尔相逢一笑。石兄怪我太温存，我也怪、石兄孤傲。

云根万古，人生短暂，难得同窗留小照。相依相契霎时间，便抵得、天荒地老。

金缕曲·九十初度

苦乐知多少？算平生，几经战火？几经风暴？劫后余生才站起，已是颓然一老。总耐得，无端纷扰。幸遇承平膺后福，又从头拾起零星稿。闲不住，瞎忙好。

人生如走盘山道，一路上，雾里迷茫，晴时呼啸。爬过陡坡高处望，喜是仙山缥缈。中传出，歌声袅袅。似有云端人唤我，道峰头空旷宜凭眺。忙回答，我来了。

边城早春

王昌池

边城昨夜漾东风，千树桃花粉面秾。
蜂蝶纷来须趁早，人间春意总匆匆。

乘挪威号邮轮往百慕大途中夜眺

周　荣（美国）

登程成旅客，意快自欢颜。
海阔船如粟，风高浪似山。
夜航灯火烁，雾散水云闲。
聊赖凭舷望，天边月一弯。

山居夜眺

罗锦堂（美国）

日落太平洋，风高秋意凉。
繁星光点点，古树影苍苍。
魂梦家山远，关河道路长。
凭栏闲眺望，灯火夜辉煌。

鹧鸪天·匹兹堡郊居

阚家蓂（美国）

六月郊原遍地春，家家翠色掩重门。风摇竹影穿帘幕，燕蹴飞花宿雨晴。

欢野宴，烤鸡豚。儿童嬉逐绕球奔。绛云千缕斜光照，耆老扶筇赏夕曛。

新疆游

黄玉奎（马来西亚）

有幸今朝四度游，人情敦厚景添优。
太平盛世人康健，旧雨新知话不休。

皓首吟

黄　新（美国）

敲碎菱花镜，浑忘岁月痕。
豪忱凝笔胆，快意聚琴心。
富贵随云逝，清风伴我吟。
效天情不老，旦旦出新云。

行香子·观家乡新农村建设有感

别亚飞

树掩池塘，雾隐村庄。远相看、红瓦高墙。平原间陌，万亩成行。看铁牛嘶，黄牛壮，水牛忙。

忆十年事，高矮茅房。灶台处、红薯粗粮。恍然如梦，一夜春光。喜绘新景，闻新事，理新妆。

秋兴二首

杨海荣

一

落木纷纷秋满林，关河节气转萧森。
云中鸿雁归程远，塞上风云感日阴。
壮岁已生沧海意，流年未失故园心。
而今翻是城中客，何处村头听夜砧？

二

塞上荒城落日斜，幽居独坐忆年华。
曾怀壮志醉看剑，欲入江湖闲泛槎。
浊酒杯前听野唱，高楼深处踏胡笳。
依然一岁归平淡，收拾雄心去育花。

11 月

唐山南湖

岳如萱

颓垣满目变桃园，浩渺烟波漾远天。
好个唐山新速度，花明柳暗只一年。

凭吊地震遗址

王充闾

劫历红羊痛不支，沧桑卅载启遐思。
堪惊地裂天崩后，竟现河清海晏时。
化羽抟风鲲万象，涅槃浴火凤千姿。
浓阴处处高楼起，宿草亲邻憾未知。

登唐山凤凰台

易 行

2010 年 9 月 9 日，随采风团回访我的第二故乡唐山。一路所见，感慨万千。敬步毛泽东《回韶山》韵赋诗咏怀：

故地重游叹逝川，登高追忆卅年前：
楼塌日碎霞如血，雷打灰飞雨似鞭。
谁引绿茵铺废地，复修广厦置新天？
回眸俯看南湖水，岛似瀛台柳似烟！

沾化采风绝句

杨逸明

村舍炊烟起海湾，果香飘上旧荒滩。
咸咸地长甜甜枣，添得沧桑一景观。

沾化滨海镇

星 汉

方塘万亩种鱼虾，夕日波光接海涯。
堪笑相机不如网，只收笑脸与红霞。

乌苏里江东望

赵宝海

焦距微调眼欲穿，苍茫岁月幻云烟。
可怜故国三千里，望远镜中看不全。

秋 枫

孙少如

林中彻夜绽奇葩，何处飘来一抹霞。
霜打秋枫红似火，声声落叶醉山家。

登天台山（外二首）

杨斌儒

登临相语景难逢，歇坐林阴趣更浓。
莫在半山谈远见，此山前后有高峰。

过梭布垭独行峡

层塔骈肩一线通，从游恰似过长空。
蓦然回首人生路，几度穿行夹缝中？

过莲塘

含露清风拂面凉，行吟款步过莲塘。
贪心不顾诗囊破，更塞新荷一缕香。

庐山（外四首）

杨析综

云山缥缈有无中，一柱青葱上九重。
俯看飞流湔俗虑，欲撩迷雾觅仙踪。
天心莫测晴还雨，水势难回西复东。
古往今来题壁客，就中几个识真容？

再访重庆

双江若镜夹山城，斗转星移瑞气生。
古史遥追巴子国，新区更拓石桥坪。
连肩广厦出云外，夺目华灯破雾明。
汽笛一声惊晓梦，楼船鼓浪向东行。

川江夜航

江上披襟当晚风，一帆载我下巴东。
灯收镜面连千里，影约群山叠万重。
把舵水师无倦色，凭舷少女有花容。
平湖不觉夔门险，已过巫山第几峰？

黄山梦笔生花

一峰如笔彩云间，想象高人巨腕悬。
斜照染毫天作纸，万钧神力写黄山。

登临邛天台山

天台高处乳莺鸣，滴沥山泉透骨清。
蓦地罡风摇古木，摩云岭上听涛声。

采风咸宁先雨后晴（外二首）

吴江涛

乌丝白发自翩翩，最爱咸宁五月天。
雨霁我来挥彩笔，霞光璀璨照人间。

九宫山谒闯王陵二首

一

嶙峋危石立苍茫，青史千秋映泪光。
浩叹英灵安息处，乌鸦底事噪残阳。

二

丛林冷翠骨生香，宇宙幽深日月长。
且向樵翁询古道，苍山依旧说兴亡。

重访西湖忆二苏

叶元章

情僧去后春无色，苏小风流竟又闻。
绿暗西泠云淡淡，桃花红上美人坟。
注：苏小小墓原在西泠桥下。

庚寅年诗人节即兴

钟家佐

人世途长也不长，朝霞转瞬见斜阳。
路弯赚得行程远，年迈休嫌茶水凉。
喜看长江掀后浪，欢呼华夏立东方。
云烟过眼多忘淡，剩有心花带墨香。

鹧鸪天·过西大滩遇旋风

秦中吟

半道风掀沙乱卷，昏天迷眼扯衣衫。
扶摇直欲青云去，忘却无根散作烟。
劝尔等，莫狂癫，逞威只得一时间。
乾坤尘落终晴朗，我仍驱车上贺兰。

团　扇

曹百灵

入夏登场始识荆，圆圆脸蛋富风情。
甘同淑女临书案，耻共王孙逛赌城。
薄力捐时三气爽，微忱献处六神清。
堪怜一柄桃花扇，竟是香君血染成。

回大悟城关

罗资焰

数载未曾看，惊乎失旧颜。
桥梁添几座，楼阁入重天。
近水芳园阔，藏幽别墅连。
新街逢老友，谈笑似当年。

题玉溪九龙池二首

贾来发

一

九龙水涌一天凉，迎面风吹草木香。
古树百年随岁久，清波竟日任鱼翔。
谁斟山色杯中饮，我采秋光座上尝。
最喜烟村千顷稻，凭栏遥见万枝黄。

二

此间山水不寻常，感叹凭窗眺远方。
十里清波滋沃土，百年老树挡骄阳。
滔滔只向千村涌，袅袅还飘万缕香。
泽润苍生功万代，身栖谷底又何妨。

观壶口瀑布

潘友辉

狂龙怒吼试吴钩，倒海翻江震九州。
天下飞流失壮色，黄河万里一壶收。

鹧鸪天·旧书包

白春来

岁岁年年内不空，朝朝暮暮伴人行。昨背八两春秋月，今挎三掬唐宋风。

园椅上，路途中，捧读常似采花蜂。源源花蜜知何去？都入吟笺锦绣丛。

登鹳雀楼感作（外一首）

张　结

胜地初来似旧游，牵心往事几春秋。
铁牛水漫成陈迹，鹳雀巢倾委废丘。
虎旅南征开伟业，大河东去动雄讴。
眼前突兀云楼立，谁敢题诗最上头？

念奴娇·望月

迎寒久立，念今古，都爱中天明月。料得凭栏遥望处，多少词家墨客。无际晴空，烂银泻地，寰宇俱澄澈。片云点缀，风光同样奇绝。

如今科学昌明，万载荒原，也迓人间客。闻道飞船登陆地，哪有琼楼瑶阙。寂寞嫦娥，吴刚桂树，一一皆虚说。冰轮玉宅，依然夺我神魄。

一剪梅·桃园吟

李稚农

晓雾氤氲润彩霞。春色生香，竞放仙葩。一壶倾尽意朦胧，人面桃花，枝上桃花。

湖海胸襟付梦华。俯仰红尘，忧乐无涯。今朝只盼果飘香，喜了农家，醉了诗家。

即　景

钱红旗

独展诗书细品尝，阶前初日照斜光。
小虫也喜读书未？缓缓爬过字几行。

自　述

李文佑

下岗酬薪待慢加，淡将生趣看烟霞。
能成慰母唐三彩，不欲留名宋四家。
晚跃龙门求点额，早生虎仔断为蛇。
修身已付黄昏后，犹自栽篱学种瓜。

夜宿山海关（外一首）

邓世广

历尽浮生岁月艰，思乡我又御风还。
今宵新梦料应好，已枕神州第一关。

姜女庙

庙塑真身未必灵，宁因一恸遽倾城。
翻开史册从头读，哪个君王怕哭声？

过薛家湾黄河大桥见黄河水位严重下降，感而赋之

康　福

秋水苍天鼋背洲，凭梁远眺惹人愁。
渔帆点点何曾见？黄水才堪饮老牛。

水调歌头

徐　进

乙酉中秋为母亲八十诞辰忆及许多往事，感怀而作。

月是当年月，秋是这时秋。怆然八十年矣，今昔敢回眸？多少中秋月下，不尽天伦乐事，谈笑说红楼。诵读书声琅，在耳在心头。

曾有爱，曾有恨，不曾休。江中重者沉没，轻者自漂浮。欲借清光洁水，再写慈颜霜发，难涤许多愁。魂骨皆秋水，秋水自长流。

卜算子・秋游扬州瘦西湖（外一首）

王元明

身似柳枝柔，眉似青山袅。美景扬州处处娇，最数清秋好。

偏爱瘦西湖，腰细人儿小。站在桥头向远瞧，瘦到全消了。[1]

①末二句：扬州瘦西湖原本瘦小，若站在桥头向远处看，按透视学原理，到灭点处便没有了。

卜算子・寄远友

人要心胸大，便觉寰球小。纵在天涯若比邻，朋友知多少？

妆扮不须妍，容貌无须俏。真善唯求在自然，美在心肠好。

12 月

水调歌头・游统万城（外一首）

星　汉

大漠废墟地，曾也铸辉煌。一千五百年后，听我放高腔。唤起赫连勃勃，回首英雄基业，往事待商量。硬语盘空久，四望尽苍凉。

云天下，屡分裂，几兴亡。自从混一区宇，各族共封疆。无定河中流水，统万城头落照，行色各匆忙。莫负好时代，诗路正康庄。

参观靖边天然气净化厂感赋

生养同根共一群，大地原来是母亲。
官气何时能净化，也铺管道利平民。

扬州慢・开封清明上河园

田恒炼

梁宋京都，大河墟落，斗牛再现虹光。过清明画苑，正柳绿春江。望不断、香车宝马，酒楼茶肆，桥拱船坊。笑新来、电讯高楼，也入诗乡。

古城新秀，漫回首、兴味悠长。问北阙当年，一番新象，何至靖康？信柱党碑何在？追寻处、烟草迷茫。但湖滨柳下，游人闲话潘杨。

菩萨蛮·高铁

孟庆伦

钻天缩地西游事，煎熬多少英雄志。鸣镝下长安，洞穿无数山。

大千方逐鹿，中国新时速。改革驾祥龙，腾飞上九重。

故宫建院 85 周年感赋二首

刘宝安

一

东来紫气绕重门，三殿弥和势抱云。
凤辇罔闻畿辅路，朱围久锢府中人。
春明惊梦魂非定，辛亥狂飙事可钦。
劫后金秋观辔景，喜悲交集泪纷纷。

二

帝京风物沐朝暾，庑殿重檐贯九寻。
丹陛回龙通四海，黄庭飞雪兆三春。
承天门上望星座，紫禁城中拜月轮。
建院岁时逢八五，一倾玉液对金樽。

沾化采风二首

杨逸明

一

果园迎着雨兼风，湿透衣衫兴更浓。
几个书生聊化蝶，枣香采入小诗中。

二

沾化今宵酒共斟，汉唐明月照诗心。
吾侪不信千年后，只剩坡翁水调吟。

临江仙·渔业丰收

万拴成

沧海鱼龙世界，蓝天鸿鹤家乡。彩云帆影共秋光，手开网落日，红鲤染船舱。

梭蟹毛虾文蛤，洁白鲜嫩清香。人人脚步倍匆忙，渔歌传喜讯，海畔尽鱼商。

庚寅中秋赋赠沾化县主人

陈仁德

堂堂冬枣出滨州，珍品堪称第一流。
千里婵娟同此夜，几番风雨又中秋。
愧无佳句酬高谊，且共良朋上画楼。
信是丰年新气象，伫看硕果满枝头。

虞美人·盐场即景

张晓虹

萧风恣意摇荒草，水岸芦花巧。鸥声鹤影共徘徊，伴我苍茫踱步放幽怀。

几点寒鸦斜阳外，炊袅生烟海。渔歌荡岸浪拍沙，是处银滩红柳绕人家。

归牧（外二首）

王世襄

日斜归牧且从容，缓步长堤任好风。
我学村童君莫笑，倒骑牛背剥莲蓬。

咏　鸭

浴罢春波浅草眠，又缘堤曲下湖田。
往来莫笑蹒跚甚，生卵皆如稚子拳。

养　猪

池塘一片水浮莲，日日猪餐日日鲜。
自笑当年缸里种，只知掬月照无眠。

剑门关

洪君默

剑斫青峰断，咽喉扼紫关。
乱云绕蜀道，急雨向巴山。
一睹泥封险，方知世路艰。
千年征战地，倦鸟也知还。

峨眉山李白听蜀僧濬弹琴处

杨逸明

此处弹琴史料奇，录来声像盛唐时。
碧山围作回音壁，白水流成奏乐池。
万壑松风长激赏，满天星月共沉思。
帝王多少金门诏，未抵书生一首诗。

忆江南·于台湾东海岸思念故乡

陈文玲

凝眸望，谁晓我柔肠？东海岸边涛送暖，京城大雪已遮窗。能不念家乡？

风催浪，卷起韵成章。昨日绵绵播春雨，今天漫漫漾秋香。两岸共芬芳。

镜潭湖遣怀（外一首）

布凤华

谁置澄明印此身，纷纭物象漫寻因。
贤良自古重修德，菡萏从来不染尘。
非为听秋皆朽迈，何须蓓蕾即新春。
俯看潭水清如许，一掬心泉别样淳。

夜过涪陵城

暮宿东流听寺钟，涪陵仙渚两江融。
烟波四面连天际，彩练千条向空濛。
江涌碎银秦汉月，山披古柏宋唐风。
轻舟夜发向三峡，一片辉煌起伏中。

清平乐·竹

陈泽兰

流云野露，春夜悄出土。壮志凌空舒劲骨，雨打风摧如故。

常年窄袖青衫，何曾憔悴容颜？纵是一枝一叶，当求点缀江山。

窖储萝卜

范峻海

风冻冰封舞雪花，萝卜窖里吐新芽。
手拉一伙小生命，满窖春光分几家。

江村新咏二首

陈其康

一

迎亲择址建楼房，地选高坡近水旁。
柳上金莺啼不住，稻花香里接新娘。

二

琉璃瓦盖粤瓷墙，装饰豪华雅室香。
偏爱农村空气好，打开窗户系朝阳。

西湖竹枝词二首

杜琳瑛

一

漫卷西湖风满天，一堤花伞雪中妍。
断桥难断情如许，楼外楼头看画船。

二

如丝杨柳尚枯黄，西子半醒犹素妆。
总觉水边风已暖，丽人早早试春装。

开　学

杜传勇

职大开学喜气多，门前阿妹赠阿哥：
打工赚够五千块，要你明年转本科。

水调歌头·家国情

郑少如

若梦一花甲，弹指半生程。小牛初世无畏，敢与命相争。踏过荆棘满地，蹚过长河莽水，玉润更冰清。熬夜三十载，求索忘春冬。

少时紫，中时黑，老来橙。全凭牛劲，期盼国运应时通。孙小青春献上，赤子披肝沥胆，皆为母亲情。笑看大旗上，有我点滴红。

沁园春·石门怀古

康丕耀

苍莽昆河，波撼群山，浪鼓飞烟。眺霞红阴岭，秦关何在？草原春野，汉塞孰边？大漠原南，长川岸北，二岳相拥万里天。峰回处，正流云舒卷，古道盘旋。

石门独秀人间，引绝代英才会此前。叹昭君出塞，武帝跃马；文姬归汉，圣祖挥鞭。怀朔镇旁，稒阳道上，慷慨悲歌千百年。今日里，更惊涛激荡，旷古新篇。

听琴（外二首）

徐　平

桐木冰丝妙绝伦，轻挥素手顿生春。
来如万马震山谷，静似千江卧月轮。
涓滴竟成沧海阔，烟岚又洗晚峰新。
此间或有殷殷意，犹恐支颐听未真。

蒙朋友厚意，未能赴约

劳形已惯苦炎蒸，心迹由来羡老僧。
别后文章君有味，樽前事业我无能。
携来郊外二三子，归去城中百万灯。
永忆江南明月夜，高贤何日竟相仍。

中　宵

小字如烟幻亦真，案前犹自振精神。
谁将云外星和月，换却世间秋与春。
卷帙终需归寂寞，襟怀未必老风尘。
营生何惮千般累，仍作深灯夜读人。

唐山印象（外一首）

郑欣淼

昔日东征地，今犹闻马嘶[①]。
莫言经劫难，信道重和熙。
花散滦津色[②]，树含燕赵姿。
枕山抱海处，且赏画中诗。

注：①相传唐太宗两次东征，均屯兵于唐山市区之大城山，赐山姓唐，为唐山得名之始。②清末唐山因矿业发达，相对富庶，有“小天津”之称。今“引滦入津”工程亦始于此。

参观唐山抗震纪念馆

创痛一何巨，逡巡多触枨。
大悲生大勇，真爱有真情。
浩劫痕犹在，新图貌已更。
凤凰虽寂灭，浴火又重生[①]。

注：①传唐山城曾有凤凰歇息，故有凤凰山，又名凤凰城。

鹧鸪天·灿烂名城

李文朝

文化交融异彩光，农耕放牧撞辉煌。
铁肩道义英魂壮，穷棒精神斗志强。
皮影戏，乐亭腔。三花竞放冀东香。
群星灿烂垂青史，代有奇才出栋梁。

涟水米公祠

沈　鹏

米家墨韵写天成，官府云闲度日清。
离去轻舟无暗物，只今池水有廉名。

清晨散步感怀

韩勇建

十年寒暑客为家，晨步楼台感岁华。
育卉常听春寄语，吟窗偶觉笔生花。
苍桐有梦情尤炽，明月无痕景亦佳。
喜看东方红似火，朝阳偏向鬓边斜。

鹧鸪天·春意

张荣安

雨径园林吐嫩芽，春风偷渡小康家。
向阳庭院植新柳，科技兴农种早瓜。
春暖水，戏鸣蛙。流香溪畔紫丁花。
放飞童女忙筝蝶，天转时来满物华。

上海浦东感赋

盖涵生

一寸繁华一寸金，楼高蔽日感迷津。
期豪雨至清残暑，待好风来扫俗尘。
陋巷华堂真隔世，草民公仆例相亲。
鱼龙直舞陆家嘴，笑我穷途蹭蹬人。

中华文明（外二首）

陈廷佑

中华独有好文明，强汉盛唐谁与争。
一自澶渊头叩下，几曾邦壤政升平。
惊雷五四存亡辩，浴血百年方向清。
运势而今翻否泰，恳同天下共安荣。

访台感赋

空中一瞥到台湾，非为峡宽久阻间。
国学通心襄盛举，灵光悟慧度疏顽。
同文同种惊多似，高饮高粱醉不患。
宝岛从来牵万绪 ，连宵细雨梦安闲。

月下笛·诗情

短暂浮生，悠悠万事，把诗何处？邀星唤月，共与灯窗咏新句。琴心剑胆经纶手，怎忘得，登高必赋。有诗魔为伴，悲欢逆顺，且由来去。

孤伫尘嚣里。听花草安歌，看云飞舞。临风趁雨。这翻痴意尤苦。锦囊佳什无人会，更问遍，山川识否？举大白，算开知，不尽霜涯那路。

当代诗坛百家

丁　芒　1925年生，江苏南通人。中国散文诗学会副主席，中华诗词学会顾问。著有《当代诗词学》、《丁芒诗词曲选》、《丁芒诗论》等。

军中吟草（选二）

随　感

胸罗四海气如山，壮岁风华指顾间。
两脚量天游万里，一肩载月度千关。
梦飞弹雨燃心热，神着刀光照胆寒。
阅尽沧桑人未老，丹忱似水自潺湲。

军　邮

军行万里不回头，独有情思遍九州。
梦饮乡亲千盏醉，神牵敌忾百家愁。
四方战报飞红雨，两地心书寄热流。
昨夜阵前初奏捷，今朝万羽入军邮。

春节寄兴（三首）

一

手不颤来腰不弯，爱将馀岁付江山。
天磨历尽诗难瘦，大雪当前骨未寒。
调寄梁州犹弄笛，心随天籁亦参禅。
额间日迸三千句，好向云空筑一坛。

二

挥毫泼墨写云天，但愿驰心不计年。
腕底龙蛇腾黑雾，笔尖草蕊奏丝弦。
诗学白素成新谱，书入玄思化玉泉。
斗室焉能困吾志，一方石砚犬于田！

三

八十又三老更红，字如蝌蚪声如钟。
贤妻难得我家有，书翰满堂不算穷。
日坐高楼天地阔，笔扬当代自由风。
知音热线通全国，脱却棉衣也过冬。

贵州行

谁染花山百里红，子规啼血已无踪。
豪情亿万催诗笔，更向黔西第一峰。

访大海子村民族风情园（二首）

一

心随天籁去探花，五月晴风绿正哗。
三道品茶人已醉，笙箫满耳是谁家？

二

入耳潺潺绿正流，苗山轻雾绕窗浮。
虫声伴我寻诗韵，心逐芦笙上小楼。

黔山杜鹃残红

杜鹃声里万山春，四月苗乡最有神。
缕缕红风吹上颊，须眉无不染诗痕。

大方县清虚洞

一滴清虚坠梦乡，群山抱瓮饮芬芳。
豪情绝壁开怀笑，妙悟青岩展袖香。
门对高天罗日月，心藏黎庶厌刀枪。
今朝空谷成音室，万里河山唱大方。

未入黄山先沐雨，万颗香梦滴心头。

花岩溪

岩上草花醉不收，碧螺旋顶气沉浮。
蝉声穿夏随烟淡，雁影横秋蘸雨稠。
观鹭台高翔远梦，涉溪水暖却重愁。
压林万羽风吹绿，一笑金陵白鹭洲。

屯溪青影

屯溪青影绕窗流，一篙春风过画楼。
远近飞峦成浅渚，高低爱眼觅盟鸥。
平桥怀月抒长志，小叶题诗散细愁。

暗香·南京梅园新村忆周公

落梅曾数。记小庭雨后。徘徊无主。眼底凄清，难掩心头意千绪。多少辉煌旧事，都拥到眉峰凝聚。更仔细、花石盈盈，似笑又似语。

踟蹰，是前路。想踏他屐痕，欲寻无处。十年图破，壁上周公影如许。但得此心未远，一侧耳、大音如注。恍惚里，迎面起新桥无数。

刁永泉　1945年生，陕西勉县人。汉中诗词学会会长。出版新诗集《梦游者》、《情感与理解》、《回归家园》、《鬼·神·人启示录》、《山谣》，英汉对照《刁永泉短诗选》，旧体诗选《虚白室吟稿》，诗文论集《诗道文思》等。

五丁关怀古

云栈西来念五丁，崇关古道入苍冥。
蜀王秦女各含恨，暮雨鹃啼不忍听。

登汉中天台山

独步青虚上，空蒙大宇开。
清风明汉浦，灵气隐蓬莱。
酌斗呼山月，题诗上玉台。
回看云锦地，渺渺散浮埃。

菩萨蛮·望郎归

牛铃竹笠层云里，绕篱鹊噪归心喜。扫径摘新桃，望郎过板桥。

雪衫罗袖碧，掠鬓风前立。照影涧西东，榴花依面红。

汉江漂流

载酒呼舟汉水头，停篙住桨卧漂流。
峡山揖手争迎送，云影牵衣邀去留。
千里清波奔夏口，一舱明月下荆州。
前生恍惚东坡是，赤壁箫歌疑旧游。

醉太平·春山行

烟轻絮轻，桃迎柳迎。随鱼随蝶随莺，便云行露行。

松屏竹屏，潭清石清。花精水魅山灵，诉风情月情。

沁园春·春暮

春醒时分，魅草仙葩，锦叠绣罗。正丁香红豆，萌芽吐蕊，蜂媒蝶使，狂舞酣歌。红杏墙头，夭桃院落，痴燕娇莺尽着魔！撩人甚，听折花声里，怎耐消磨！

韶光空自蹉跎。奈雨妒霜欺余未多。乍西厢人散，南柯梦觉，落英断絮，飘寄谁何？锦瑟音沉，云河星杳，月会风盟一刹那。斜阳外，约鸥朋鹭侣，一桨烟波。

留侯祠觅仙踪

归云逸雾导迷踪，黄石赤松拱手逢。
楚汉烽烟消蜀道，书楼月影化神容。
流泉散竹幽人语，倦鸟闲云高士风。
天子巡来招不见，箫音琴韵辨朦胧。

题张骞墓

疑看胡女种胡麻，故里高丘汉使家。
今夜游魂招海客，葡萄酒宴醉琵琶。

汉中三国古战场

兵家一去阵云收，烟草离离牧野秋。
蜀道雄关通汉魏，军山古木枕江流。
贩夫荷担思流马，田汉耕荒出箭头。
夕照陵丘樵叟卧，闲谈三国武乡侯。

途经孔明制木牛流马遗址

木马蹄痕没草阴，前朝碑记半湮沉。
牛歌唱彻黄沙暮，古调如闻梁父吟。

清明祭武侯

军山岁岁祭清明，蜀相陵前社戏声。
十里华车联古道，万家庙祀出空城。
宏祠青冢千夫拜，圣地贤臣百代名。
性命苟全于乱世，茅庐何处葬书生！

登黄鹤楼

凭立水天界，悠悠太古风。
云飞清宇末，月涌大江东。
登旅皆过客，浮舟若断蓬。
江流来不尽，黄鹤去无踪。

马　凯

1946年生，上海市人。1979年考入中国人民大学经济系，1982年8月研究生毕业，获经济学硕士学位。毕业后，先后在国务院价格研究中心、北京市西城区人民政府、北京市经济体制改革办公室、北京市物价局、国家物价局、国家经济体制改革委员会、国家计委、国务院办公厅、国家发展和改革委员会工作。2003年起任国家发展和改革委员会主任。现任国务委员兼国务院秘书长。著有《改革：参与和思考》、《行中吟》、《马凯诗词存稿》、《心声集》等。

山坡羊·日月人（三首）

红　日

拔白破夜，吐红化雪，云开雾散春晖泻。煦相接，绿相偕，东来紫气盈川岳。最是光明洒无界。升，也烨烨；落，也烨烨。

明　月

星空银厦，粼波倒塔，小桥倩影谁描画？皓无瑕，素无华，悄悄来去静无价。只把清辉留天下。来，无牵挂；去，无牵挂。

自在人

胸中有海，眼底无碍，呼吸宇宙通天脉。伴春来，润花开，只为山河添新彩。试问安能常自在？名，也身外；利，也身外。

青玉案·春夏秋冬（四首）

寻　春

春天悄悄生何处？乘归燕，新芽住。踏草寻芳香引路。俏了杏花，忙了布谷，惹得群蜂舞。

开河顺水移舟渡，暖地催苗破土出。借得昨宵丝润雨。吮了甘露，绿了千树，何处无春驻？

消　夏

骄阳烈烈消何处？小桥外，深山住。茂木遮空无影路。趟着清涧，傍着幽谷，碧草习习舞。

亭间坐看云飞渡，溪畔卧听曲流出。不废洗天催赋雨。得陶然句，种连阴树，心静何炎驻。

迎　秋

秋风飒飒留何处？染红叶，香山住。吹落黄花洒满路。沾了白露，熟了金谷，伴雁南飞舞。

帆扬仓满穿梭渡，菊展姿奇婀娜出。夕照长虹七彩雨。红了苹果，弯了梨树，白发喜颜驻。

送　冬

琼花袅袅飘何处？漫无际，梨枝住。满目茫茫难见路。皓弥云海，素装群谷，谁持银绸舞。

风寒自有梅香渡，夜尽正迎太阳出。雪化冰融犹胜雨。沃了荒野，醒了眠树，只待春回驻。

抗震组诗（十首）

天塌地陷

大地抖，腥风虐；川改道，山崩裂。
泥流石瀑从天泻，广厦顿失烟灰灭。
千镇万村呼无应，断桥残路飞难越。
疮痍满目家何处？唯听废墟声声咽。
父老乡亲你在哪？十三亿人心滴血。

集结号响

震惊天，令急颁；鹰展翅，箭离弦。
风驰电掣犹嫌慢，恨不分身瓦砾边。
雨倾山摇全不顾，排兵布阵陋棚间。
八方四面群英汇，万马千军抢入川。
国难当头齐呐喊，五星旗下肩并肩。

生死搏斗

请挺住，别远走；祖国在，坚相守。
派天兵堵鬼门口，争秒分与死神斗。
顶断梁开希望路，冒余震救亲骨肉。
残垣但见光一缕，钻撬刨搬不撒手。
地狱劫生八万还，人间奇迹新谱就。

铁军无前

绝壁悬，激流湍；灾情迫，火速前。
十万大军强挺进，飞石箭雨若等闲。
拼夺孤岛盲区降，抢掘废墟望眼穿。
生命走廊肩托起，亲人过后泪满衫。
降洪伏雪英雄手，蜀道难拦补裂天。

国旗半垂

国旗垂，山河泪；长风咽，人心碎。
八万同胞一瞬殁，天何糊涂人何罪。
雏鸽无恙鹰折翅，乳子安然娘长睡。
永恒雕像心中矗，天堂路上可宽慰？
笛声回荡向谁鸣？生命至尊民为贵。

悬湖化险

落石堵，奔流阻；河塞堰，湖悬谷。
水涨怕逢倾盆雨，堤决狂泻猛于虎。
千钧一发箭在弦，除险撤离紧部署。
倾巷空村急转移，开渠导泄分秒数。
手牵洪魔驯从流，浩浩安澜过巴蜀。

爱心奉献

川内外，寰宇中；地虽裂，心相通。
南北东西齐援手，炎黄一脉本根同。
甘甜母乳孤儿醒，荡气遗书语惊空。
献血长龙人堵路，解囊绵薄土积峰。
真情不语天流泪，大爱无私地动容。

重新出发

洗去血，抚平伤；含着泪，再起航。
天塌地陷腰未弯，浴火重生头更昂。
瓦砾丛中兴广厦，残垣断处抢种粮。
飞桥又架通天路，信手共织锦绣乡。
篷帐学堂灯一盏，凤凰涅槃铸辉煌。

人生感悟

面对死，怎做人；灾难后，悟可深？
失去方觉生宝贵，幸存当会懂知恩。
虚名浮利原无谓，博爱亲情乃至珍。
应信平凡出伟大，从来烈火铸真金。
来时去也何牵累，奉献无私自在身。

华夏再赞

惊天地，泣鬼神；五洲叹，四海钦。
多难兴邦缘何在，临危万众共一心。
山崩地裂脊梁挺，蹈火赴汤涌千军。
开放坦诚新形象，自强仁爱民族魂。
顶天立地何为本？日月同辉大写人。

满江红·漫漫复兴路（三首）

——为中华人民共和国成立六十周年作

其一 新 生

汨水滔滔，听天问，几曾停歇。文景治，贞观昌盛，康乾威烈。无奈辉煌随落日，更悲硝雾遮明月。仰苍穹、渺渺路何方，心头切。

戊戌恨，谁能雪；辛亥梦，缘重灭。幸南湖破晓，日升云缺。社稷岂容倭寇侮，红旗不负先驱血。倒三山、众手扭乾坤，得天阙。

其二 奠 基

旭日东升，待收拾，残垣断壁。开伟业，有人欢喜，有人抽泣。大雪压枝梅更俏，西风掠地旗难易。共弯弓、壮志换新天，穿云镝。

穷思变，移山急；贫受辱，兴邦迫。望蘑菇云起，扬威今夕。国误十年风雨乱，党除四害春雷激。但拨正、巨舰驭风行，谁能敌。

其三 腾 飞

大地回春，天解冻，江河蓄势。洪流涌，樊篱冲破，千帆争驶。绝处逢生更旧法，审时适变开新制。再启程、直上九重霄，凭天翅。

百年耻，从此逝；成真梦，于今始。铸民康国富，和谐新世。未敢忘圆三步曲，更难永续千秋史。全赖有、别样路通天，旌旗赤。

马识途 1915年生，四川忠县人。曾任四川省文联主席。中华诗词学会、四川诗词学会名誉会长，中国作家协会顾问，四川省作家协会主席。著有《马识途诗词钞》等。

流放峨眉古庙怀亡人

黄花满地为谁开，古刹秋风寄远怀。
怜我朝朝愁里过，感卿夜夜梦中回。
捉襟犹问深山冷，拂帽还嘘鬓发衰。
无奈啼猿惊好梦，唯余寒月破窗来。

与传茀论诗

漫道清辞费剪裁，浇完心血待花开。
华章有骨直须写，诗赋无情究可哀。
沙里藏金淘始出，石中蓄火击方来。
芙蓉出水香千古，吟到无声似默雷。

初交李锐

风尘莫悔订交迟，早已闻名未见时。
冷眼看空江海浪，热肠涌出性灵诗。
登山不落人人后，言事焉能艾艾期？
敢冒直言天下讳，“廷争”犹荐一腔痴。

荒 唐

秋虫古屋说荒唐，高树沉吟笑燠凉。
巷底夕阳悲逐客，墙头冷月泣寒螀。
星河耿耿梦嫌短，大地沉沉夜恨长。
竦听荒村鸡唱晓，红云几片拥丹阳。

王子江 1967年生，辽宁阜新人，上校军衔。《中华诗词》编委，沈阳军区装备部综合计划部装备财务处处长。著有《牧边歌》。

北疆兵歌（五首）

一

峰头哨所梦中瞧，万里冰封雪已消。
小鸟筑巢桃树上，春风得意剪花苞。

二

春风也喜士兵衣，发与群峰列队披。
号令山军屯塞上，吹开桃树做旌旗。

三

夜隐灯眠我上台，诗花一朵眼中开。
寒溪九曲无形处，半粒朝阳长出来。

注：台，指哨兵站哨的塔台。

四

天外寒江蘸落晖，一行征雁向南飞。
关山原本无人醉，明月偏来照酒杯。

五

军营寂寂月敲门，寒岭空空落雪吟。
想我界碑直立处，边山万座水晶心。

巡边吟

黄昏临塞上，夕照大关雄。
暮火燎江灿，晚云烧岭红。
秋深霜入谷，夜老月巢松。
野径巡逻队，扬旗在画中。

宿营吟

夜静山已睡，林喧风欲来。
孤灯闻野炮，残月入峰怀。
鼠斗行军帐，蚊吟战士腮。
醒来倚门看，天际雁徘徊。

哨所吟

军装紧束在山林，和雨同风处到今。
塞上男儿真战士，红旗一角补天襟。

哨兵吟

千山沉寂寂，四野静悄悄。
月老明河影，人孤望界桥。
林深归路险，云淡雁声高。
忽见灯传讯，巡边艇起锚。

老兵吟

更深人不寐，双眼泪花眯。
月影寒山落，阳光暖树披。
河滩新雁羽，秋岭老军衣。
两载时将尽，依依吻战旗。

军旅吟

塞上烟飞雁阵横，边风鼓角伴琴声。
吉他一把谁弹尽，明月关山万古情。

拉练归来

千里行军万里风，相随战士入兵营。
营中说起途中事，留守红旗鼓掌听。

王玉明 1941年生，吉林人。清华大学教授，2003年当选为中国工程院院士，获国家级和省部级科技奖十次，获国家发明专利8项，美国发明专利两项。著有《王玉明诗选》。

浪淘沙·黄山奇缘

奇险秀雄妍，惊艳幽兰，蓬莱三岛隐天仙；梦笔生花云乍涌，飞瀑温泉。

六访亦新鲜，始信神缘：佛光两日两回圆。天下名山谁最恋？唯有黄山！

鹧鸪天·玉龙雪山

雄秀神奇美玉龙，白盔银甲舞遥空。金沙虎跳惊峡口，丽水仙歌动客容。

松柏翠，杜鹃红，山腰山脚正春风。祥云流彩蓝天邈，冰雪晶莹处女峰。

踏莎行·黄果树瀑布

雨步花溪，晴游瀑布，万斛天水飞龙吐。溯流直上更游仙，扁舟明夜银河渡。

北海波涛，南山竹树，洞庭秋草鄱阳鹭。徐侠胜迹我今超，蓬莱东去无多路。

沈园怀诗翁陆游

赤心啼血念江山，旧梦牵魂泣沈园。
国恨情愁多少泪，一生唯有向天弹。

吊文豪与侠女

山水人文滋硬骨，英雄取义宁抛颅。
故园凋敝愁风雨，恨不奸邪一剑诛。

注：文豪鲁迅诗云："风雨如磐暗故园"；女侠秋瑾诗云："秋雨秋风愁煞人"。

大都秋日

元都遗迹废垣行，巨塑宏雕演故京。
月季余花怜粉面，金银盛果恋红晶。
苍松坡上陪霜叶，衰柳河边伴萎英。
白发高歌云际响，长空一线雁南征。

注：元大都城垣遗址公园中有规模宏大的关于元代历史的石雕像。又，金银指金银木，其果如红晶。

冬夜荷塘月色

清辉脉脉洒清池，寥落残荷空剩枝。
月朗星疏寻旧梦，人归声寂觅新诗。
廊桥霜迹黄昏后，山径花香春雨时。
一唱雄鸡仍起舞，微吟雅意可相知？

王永明

1950年生，湖北宜昌人。中华诗词学会会员。著有诗集《最后的要塞》。

医疗世相（三首）

一

救死扶伤金字牌，大门一律向南开。
医德也要论斤卖，有病无钱莫进来。

二

最怕医生大处方，公开抢你没商量。
一堆新特抱回去，家里也能开药房。

三

黄昏送到命垂危，褴褛老头知是谁？
药费无着扔出去，亏谁医院不能亏。

武昌四美塘公园

寂寞园林日色融，健康路入草丛中。
东风解我寻春意，已缀枝头万点红。

忆扬州

五湖烟水漾轻愁，谁驾盈盈一叶舟？
最喜御河三月柳，曾随八怪闹扬州。

江　滩

寒深江浅见滩涂，往往登高怅越胡。
只有芙蓉楼外雨，殷勤来伴楚山孤。

满庭芳·寄申城

沪上风光，江南印象，几回梦里俨然。乍晴还暖，争树早莺喧。更有街头绿地，明月夜，曼舞婵娟。携君手，留连江上，云横浦东天。

年年。曾记否，霓虹深处，正自难眠。而今空忆着，那份情缘！楚尾吴头千里，一衣带，白浪无前。心中事，春潮都晓，望断水云间。

蒲圻泉塘村

石屋山边大姐家，村头泉暖水如麻。
风摇菖蒲飘青雾，雨打芰荷浮绿蛙。
林密时逢狡兔跳，田荒一任野猪扒。
炊烟依旧人何在，闲了房前房后花。

依韵和杜甫《登高》

万里飘零事事哀，家山北望几时回。
洞庭秋色携愁去，夔府涛声入梦来。
高峡已然横石壁，朝云犹自舞阳台。
可怜鄂渚无登处，独酌菊花三二杯。

念奴娇·武汉

大江依旧，叹天地，蕃衍更无余物。黄鹤矶头宜坐忘，且把尘缘藏壁。塔耸山巅，桥横云际，晴絮喷如雪。暮春三镇，留连多少英杰。

梦醒犹忆江滩，落红十里，绿草侵阶发。梅子黄时游客少，残蕊雨中明灭。倩影帘中，轻盈伞下，一瀑披肩发。无缰思绪，逐年还复随月。

王亚平 1949年生，四川盐亭人。中华诗词学会副会长、云南蒙自师专教授。著有《说剑楼诗词选》、《当代诗词研究》等。

故园十八拍（选四）

归　来

归来老大怕登楼，弹指浮生已白头。
欲以深杯酹明月，春寒料峭冷于秋。

旧　宅

苦竹摇风漾轻寒，可怜青碧似当年。
儿时残梦寻不得，旧宅蒿莱生暮烟。

品　茶

灯火楼台艳如霞，古榕叶茂影横斜。
烹茶知是故乡水，饮罢孤怀起浪花。

妙　悟

炎凉阅尽悟高寒，死水何须卷巨澜。
锦瑟无端弦五十，如烟往事不堪弹。

抚仙湖畔听抚筝

听罢渔舟唱，丹霞一朵飞。
流星过数粒，浪雪涌千堆。
品茗悟高妙，敲诗入细微。
珍藏红豆子，为盼彩云归。

长乐山人作书歌

唐家濂先生号长乐山人，碑帖兼攻，书艺精湛，名重西域。丁亥暮秋，山人溘然长逝，享年七十八岁。噩耗传来，不胜震悼。因寄旧作长歌，以当大漠长河之哭云……

山人嗜书亦嗜酒，闲来垂钓北湖柳。酒酣挥毫意兴飞，满纸雷鸣惊涛吼。大字看沉雄，关山夕照红。小字夸神秀，江寒秋月瘦。更有行草逞风流，走笔如飞鬼见愁。须臾水击三千里，凌空欲作逍遥游。我与山人忘年交，欲学山人作书豪。山人谓我学书伊始须学酒，君不见颠张醉素皆于酒后笔底卷狂潮。初闻此论颇疑虑，墨池笔冢岂虚语？静夜凝思豁然通，斯言果有无穷趣。书艺本自贵天真，天真笔墨始通神。醉中无欲亦无我，山人欲以此喻引我脱凡尘。我言所得山人喜，因云此子可与论书矣。连呼大杯斟酒来，看我为君书一纸。掷杯为我书梁祝，冷月窥檐风敲竹。书到肠断魂销处，笔底幽幽闻鬼哭。噫吁嚱！六十挥毫殊不易，山人心醉笔亦醉。君不见山人白发苍苍立如松，字如其人人如字。君不见吾今为赋长乐山人作书歌，赋罢神旺心宽陡增浩然气！

王充闾

1935年生，辽宁盘锦人。国家一级作家，辽宁省作家协会名誉主席，兼任南开大学、沈阳师范大学中文系教授。著有《鸿爪春泥》、《蘧庐吟草》等。

张家界（三首）

著名风景区张家界风致绝佳。相传汉初名相张良终隐于斯，张家界以此得名。又传金鞭岩为秦始皇赶山金鞭所化。山间石壁高耸，旁立一石作儒生状，因名其景为“儒士藏书”。余丙子初夏过此，应友人之约题七绝三首。

一

秦火滔天却也疏，深山犹自有天书。
当时若得张良见，还向桥头纳履无？

二

祛老天书匿碧虚，山深未走始皇车。
可怜不得长生术，难免沙丘伴鲍鱼。

三

千载攻书立险峰，今时犹见古儒生。
凭虚欲问经纶策，地哑天聋唤不应。

洱　海

吞天一海揽滇云，水阔风高荡俗氛。
白雪千层冰万迭，清波织作碧纱纹。

苍　山

碧天凉影点苍颜，古雪神云水上看。
缩取银峦供画本，归来冰玉满胸间。

王改正

1951年生，河南郾城人。现任中华诗词学会秘书长。著有《细柳营边草》、《岁月歌吟》等。

己丑重阳月

重阳夜月静无声，半面冰魂半面空。
柳带婆娑人缱绻，华灯璀璨鬓星零。
茶煎艾叶情不淡，酒兑菊花意更浓。
万代尘寰皆幻影，三生苦命少圆通。

秋雨有怀

落寞一生几梦思，疏狂散漫却情痴。
躬耕翰苑非无趣，旋转乾坤不是诗。
慨叹鱼衔香料饵，欢欣鹤舞凤凰池。
临风烂漫菊花蕊，笑看残阳照老枝。

窗　前

一窗白塔磬声稀，半月清光我自知。
人涌尘嚣求势利，车飞龙马赶时机。
风柔纸上周秦墨，雨润杯中汉魏诗。
远眺香山霞已尽，檐间归燕两三只。

有　感

诗朋词侣聚京门，水绿山青意趣深。
露润霞飞皆焕彩，花鲜树郁倍芳馨。
铁弦调寄周秦韵，檀板声含汉魏魂。
遥望环球八万里，一声平仄是华人。

王国钦 1961年生，河南尉氏人。河南文艺出版社副总编辑、编审，中华诗词学会常务理事，河南省诗词学会副会长。著有《知时斋丛稿·歌吟之旅》等。

过朱仙镇题岳飞庙

还我河山怒发冲，金牌十二斩精忠。
无端三字伤千古，犹见残阳泣北风。

庚午秋题

一夜霜风暗袭人，残芳朽木落纷纷。
悠然采菊东篱下，笑迓秋威吊屈魂。

题邙山炎黄二帝雕像

新风古雨说炎黄，尧子禹孙布夏商。
神勇生民尝百草，圣明燧木植千桑。
慧心已着乾坤色，高德更添日月光。
先祖而今雕玉貌，再凝洪范塑华邦。

赴洛阳牡丹花会有感

天下春光汇彩霞，洛神仙子舞裙纱。
一街十里迎宾笑，万朵千枝谢客夸。
富丽无人折芳草，雍容有意斗奇葩。
牡丹城比牡丹美，处处乡情处处家。

网站初开

贺中国度词新词网开通满月并点击率突破万次大关。

网站初开入洞天，呼朋唤友拟中仙。老树春逢戊子年。试度新词爽意间。细调平仄，十指飞歌落键盘。

大震灾临毁汶川，真情网帖泪如泉。同胞韵祭到堂前。鼠标一点爱心联。众志成城，点击轻超万次关。

康桥惜别

戊子轮回大祸连，炎炎盛夏不胜寒。传说白云苍狗化，又经沧海变桑田。南疆雪，震汶川。秋先瑟，泪已潸。问冥冥奈何一夜梦庐山？歌未竟，两鬓斑。

守望歌吟最不堪，只身唯有气如兰。知否风光凭手绘？康桥惜别再扬帆。乱云渡，情自安。心热热，意酣酣。把来鸿去雁千忧百虑捐。新词喜度更无前。寻芳草，出阳关。

王恒鼎 1966年生，中学教师。中华诗词学会理事，福建省诗词学会常务理事，福鼎市太姥诗社社长。著有《固吟楼诗词》。

惆怅诗

多情长在别离中，惆怅无由见玉容。
愿做伊人窗外树，不辞憔悴立秋风。

关　机

听风听雨总相思，未了温存竟别离。
一种心情怯通话，发完短信就关机。

清平乐（二首）

一

敲窗夜雨，梦断寒如许。绕枕相思挥不去，化作缠绵苦语。

彩笺欲寄卿卿，忍教星泪飘零。若是留它不寄，可能错过今生。

二

才来又去，毕竟留难住。送到庭前风满树，肠断轻轻脚步。

回房辗转无眠，推窗寄语婵娟：“请汝今宵为证，为伊爱恨绵绵。”

大江吟

关山迢递舞长龙，岁月峥嵘指顾中。
已锁波澜横巨坝，忽收云雨列奇峰。
千秋人物难淘尽，万里车书总认同。
愿约坡仙今日醉，狂歌一揽水流东。

游沈园

桥下依然见绿波，因情生恨古来多。
劝君莫诵钗头凤，怕引哀愁上翠蛾。

山行归来戏成三绝有赠

一

春归何处觅芳踪？辗转深山逸兴浓。
前路已迷迷也好，与君同醉杜鹃红。

二

野鸟频窥君倩影，山花应笑我多情。
山花野鸟年年见，从此寻春怯独行。

三

语也温存笑也甜，聚如春梦散如烟。
相思有泪应成血，洒向千山染杜鹃。

尹　贤　本名尹贤绪。1929年生，四川武胜人。高级讲师。曾任《甘肃诗词》、《陇风》主编。著有《唐诗绝句选讲》、《望蜀斋诗文集》、《诗词写作指导》等。

南乡子·哀南河

何处望南河？来往摩托与汽车。店铺连云迷故道，谁说，哪是河床哪是坡？

死水一潭浊。任是风吹不起波。苍绿乌黑发恶臭，悲歌，花草鱼虾都不活！

南乡子·望南河

重见旧河滩。两岸青杨草色鲜。十里清波流不尽，人欢，时见皮筏与画船。

园圃任留连。近厦遥山可静观。风送花香来鸟语，怡然，月照华灯夜不寒。

过陵川锡崖沟有怀（二首）

一

不教太行多雪山，陵川天设武陵源。
四围莽莽千寻岭，一壑潺潺百眼泉。
桃李春来纷坠果，牛羊日暮自归栏。

不识山外沧桑变，翁妪恬然亦怅然。

二

热风吹雨四郊新，忍教山囚代代人。
天意与时应奋进，民心思富远离贫。
锡崖誓辟高车路，铁汉甘捐志士身。
不望外援天降饼，三十年后喜当今。

玉溪美

嘉名号玉溪，风景道神奇。
池底通瀛海，洞中闻鼓鼙。
千峰青翡翠，一带碧琉璃。
游客三生幸，随仙上紫霓。

采桑子·聂耳公园

环湖青翠多生气，朝染红霞，暮染红霞，四季长春几树花。

琴台铜像争瞻仰，醒我中华，壮我中华，亘古人民音乐家。

采桑子·两湖出流改道

不容碧玉稍污染，昔日东流，来日西流，伫看星云湖影秋。

园林生态般般好，省内头筹，国内头筹，处处鱼儿欢快游。

采桑子·仙湖风光

抚仙湖畔风光好，玉笋矗天，绿满群山，朵朵浮云似絮棉。

白鸥数点晴空远，堤后朱檐，度假人闲，游艇清波自往还。

采桑子·秀山古刹

千年古刹知多少，寺有普光，阁号玉皇，松柏森森榕叶苍。

仙云神雾长缭绕，阶下芬芳，台上清凉，名匾名联翰墨香。

西江月·南昌访友随记(三首)

南昌小住

两宿三天小住，欣观故郡风光。明湖几处水泱泱，绿树清风送爽。

自古人文荟萃，何夸孺子滕王。高科电子促工商，烟雨万家新样。

市民公园

休道富豪别墅，市民自有公园。赣江东侧有长滩，十里华灯亮闪。

星月一旁窥视，银光万道喷泉。半城老少正同欢，应胜秦淮河畔。

教授之家

夫妇各驱电脑，套房两个书斋。窗前绿影间竹槐，隐隐琴声楼外。

学院多媒设备，教研文理博赅。退休自有巧安排：聚会、养花、买菜。

邓世广

1946 年生，辽宁阜新人，新疆诗词学会副会长。《昆仑诗词》主编。

水调歌头·赛里木湖

屏处雪峰北，襟带果林东。金沙碧草斜岸，远树接芳丛。湖水清澄如镜，仿佛轻声告我：表里与君同。不共俗人语，谈笑对熏风。

栖天鹅，翔鸥鹭，隐鱼龙。渊深亘古难测，独向晚霞红。欲驾扁舟一叶，阅尽烟波万顷，恍在画图中。至此思呼酒，合使醉千盅。

访伊犁林则徐纪念馆

尘襟犹带虎门烟，上谕昏昏令戍边。
浊酒一杯家万里，谪诗半卷梦三年。
乌孙山冷长存雪，赤子心寒敢怨天？
幸有煌煌青史在，孤臣功罪自昭然。

阿拉山口界碑西望口占

山口风云变幻多，一碑隔断旧山河。
炊烟起处闻鸡唱，犹似前朝故里歌。

水调歌头·额尔齐斯河寄意

欲向大河问，何事不流东？千秋休说功罪，毕竟属尧封。短棹渔歌唱免，歌送稻香两岸，烟柳郁葱茏。归牧笛声里，落照映芳丛。

顾此情，对此景，话从容。西行路远，前程鲜有万花红。须信北溟冰厚，盍若回澜故国，春意正融融。待汝还乡日，一醉共金风。

厉以宁

1930 年生，江苏南京人。北京大学社会科学学部主任，北京大学光华管理学院名誉院长、博士生导师。七、八、九届全国人大常委，七届全国人大法律委员会副主任，八、九届财经委员会副主任，十、十一届全国政协常委、经济委员会副主任。

无　题

隋代不循秦汉律，明人不着宋人装。
陈规当变终须变，留与儿孙评短长。

答友人

诗是沉思词是情，心泉涌出自然清。
从来奉命无佳作，莫给后人留笑名。

在北京大学图书馆内初次读到纳兰性德词有感

词如碧玉净无瑕，心似山泉未带沙。
只道将门精射猎，怎知小令自成家。
飘然情韵追淮海，婉丽文风比八叉。
可叹青春辞世去，天公何不惜才华。

四川峨眉山洪椿坪

溪边雨雾绕青山，香客如潮去又还。
不信轮回虚妄事，只求公正返人间。

湖南邵阳魏源故居

百年风雨耐人思，江水覆舟只早迟。
可叹硝烟几纸令，怎知颂德万家诗。
狂澜力挽既无望，经史探微后代知。
世事沧桑君堪慰，落潮已到升潮时。

鹧鸪天

浙江定海普陀山，船中闻邻座几位民营企业家闲谈有感。

大道尽头小道弯，游人许愿到仙山，乐施好善修功德，自律从严心始安。

生命短，海天宽。隔厢妙语可通禅：若无信仰为支柱，名利场中行路难。

踏莎行

游太平军起义之地广西桂平有感。

滚滚惊涛，从无休止，义旗万杆扬声势。鸣鞘千里下金陵，江山半壁飘新帜。

腐化荒淫，天王私事，自残销尽三军志。可怜粤桂献身人，今生不解为谁死！

浣溪沙·无题

燕子多情绕故城，杨花飞尽了无声，夜阑人静听残更。

又是池塘春水绿，几回天外鹊桥横，半庭青草为谁生。

渔歌子·福建泰宁

两岸青山雾渐收，春江水碧小篷舟，蕉叶绿，柳丝柔，一生几次画中游？

采桑子·广西三江

侗乡小寨村边店，酸菜油浇，腊肉香飘，成串绣球把客招。

青山绿水迎明月，皮鼓轻敲，枝上花摇，情侣双双风雨桥。

减字木兰花·山东蓬莱

汉唐遗事，海上仙山何处是？雾满楼边，只见波涛那见天？

欢娱恨少，代代君王求不老；尊卑同归，死后照常化作灰。

叶嘉莹 女，蒙古族，1924年生于北京。曾任教于台湾大学，现为加拿大不列颠哥伦比亚大学终身教授和天津南开大学教授。中华诗词学会顾问。1990年被授予“加拿大皇家学会院士”称号。著有《迦陵诗词稿》、《灵谿词说》等。

鹧鸪天

叶已惊霜别故枝。垂杨老去尚余丝。一江秋水萍开晚，几片寒云雁过迟。

愁意绪，酒禁持。万方多难我何之。天高风急宜猿啸，九月文章老杜诗。

临江仙

十八年来同逝水，诗书误到而今。不成长啸只低吟。枉生燕赵，慷慨志何存。

每对斜阳翻自叹，空阶立尽黄昏。秋来春去总消魂。茫茫人海，衣帽满征尘。

鹊踏枝

记得当年花烂漫。长日驱车，直欲寻春遍。一自别来时序换。人间几处沧桑变。

又见东风牵柳线。聚首京华，此约何年践。惆怅花前心莫展。一湾水隔天涯远。

铜　盘

铜盘高共冷云寒，回首咸阳杳霭间。
秋草几曾迷汉阙，酸风直欲射东关。
击残欸乃渔人老，阅尽兴亡白水闲。
一榻青灯眠未稳，潮声新打夜城还。

冯其庸

1924 年生，江苏无锡人。长期从事教学和学术研究工作。著名《红楼梦》研究专家。曾任中国人民大学国学院院长。著有《冯其庸诗书画集》等。

题自画葡萄（二首）

一

一枝一叶自千秋，风雨纵横入小楼。
会与高人期物外，五千年事上心头。

二

青藤一去有吴庐，传到齐璜道已疏。
昨夜山阴大雪后，依稀梦见醉僧书。

感　事

千古文章定有知，乌台今日已无诗。
何妨海角天涯去，看尽惊涛起落时。

题黄龙寺

人到黄龙已是仙，劝君饱饮黄龙泉。
我生到此应知福，李杜苏黄让我先。

风雪登嘉峪关城楼感赋

天下雄关大漠东，西行万里尽沙龙。
祁连山色连天白，居塞烽墩匝地红。
满目山河增感慨，一身风雪识穷通。
登楼老去无穷意，一笑扬鞭夕照中。

刘　征　1926年生，北京人。曾任人民教育出版社副总编辑。现为中华诗词学会名誉会长，《中华诗词》名誉主编。著有《霁月集》、《蓟轩诗词》、《岁朝集》等。

答谢祝寿诸友

答谢无须举酒杯，愿将心语告君知：
老来益觉吟肠热，一步春风一首诗。

答黄初先生约明春访扬州

昔年曾跨扬州鹤，明岁烟花又见招。
已梦轻舟穿细雨，瘦西湖上五亭桥。

减字木兰花·景山看牡丹，怀臧老

名园春好，佳节晴和花事闹。此意何堪？白发重来看牡丹！

当年雅集，人散如烟成往迹。千尺松风，犹拟先生高咏声。

记　梦

年尾夜忽梦“文革”中苦难遭遇，醒后久不成寐。

声声爆竹报平安，客舍楼头枕海眠。
耳畔笙歌连远浪，梦中风雨欲倾天。
关山远隔三千里，冰雪消融四十年。
岂料惊魂仍不定，茫茫往事未成烟。

玉楼春·漫步

一筇漫步天涯路，莫道天涯无去处。莽苍天地本无涯，无限人间芳草绿。

百年未阕人生曲，休对落花愁日暮。仰看银汉水清清，会有神舟堪问渡。

天净沙·黄昏小景

短长人影滩沙，两三灯火渔家，波荡碎金淡洒。夕阳如画，幽思引向天涯。

如意湖边

静静垂杨静静波，风丝一缕已嫌多。
水天上下双明镜，坐看湖心倒影鹅。

看白鸽

飞来点点晴空雪，快乐音符百丈琴。
宛转回环如绕膝，白鸽最解老人心。

赶　集

学书学画老人家，筋力虽衰意兴佳。
又是重阳秋色好，闲来集上买黄花。

学　唱

舞步翩跹唱不能，才华未展憾平生。
八十挑战超自我，喜听娇莺第一声。

模特表演

秋水澄清散绮霞，梅枝烂漫映冰崖。
品题借得唐人句：“霜叶红于二月花”。

寄　语

湖名如意真如意，乐似桃源非避秦。
笔蘸湖波无限绿，为诗报与世间人。

述　感

老鹤归华表，江山入望新。
飞腾千古梦，歌哭百年身。
滴水难酬海，经寒更惜春。
何曾甘伏枥，有气尚横云。

漫兴（三首）

一

日暖风清柳影斜，矿泉瓷盏泼新茶。
诗如逐蝶飘不定，搁笔凝思数落花。

二

桂酒琼浆莫漫夸，征夫偏爱路边茶。
老来不作惊人语，诗在寻常百姓家。

三

漫不经心水流去，似曾相约鸟飞来。
春光未负惜春叟，三朵两朵海棠开。

题画墨兰

应怜出谷骚心苦，聊写临风吴带长。
画笔为传真意态，原来无色也无香。

刘　章　本名刘玺，1939 年生，河北兴隆人。中华诗词学会理事，河北省诗词协会副会长。著有《刘章诗选》、《旅游诗词集》、《刘章绝句选》等。

落叶敲门

独坐孤灯下，读书至夜深。
远山无客访，落叶乱敲门。

油灯下夜读

但有萤囊照，不嫌光亮微。
书中有所得，满目是朝晖。

春日种田

犁尖开日色，汗水入春光。
鸟唱朝花艳，风吹野草香。

登嘉峪关咏长城

头伸渤海饮云霞，尾摆祁连落雪花。
万里龙飞天际外，五洲仰首看中华。

咏天池

碧波漾漾似瑶琼，高出人间近斗宫。
应是苍天公道手，总将一碗水端平。

天池给老妻

夫妇同游处处家，春云夏雨走天涯。
瑶池万古常圆镜，照影金秋蝶恋花。

游喀纳斯湖

明珠失落雪峰间，喀纳斯湖绿胜蓝。
快艇凌波天上去，游人手捧彩云还。

灵潭听瀑

珠流玉泻下丹岩，悦耳清音胜管弦。
岂是神仙弹妙曲？从来美乐出天然。

咏聊城胭脂湖

黄河终见水清时，千里谁镶碧玉池？
为叫鲁西春色美，东风来去抹胭脂。

雨夜关窗偶成

霹雳一声声，关窗闪电中。
投墙花影里，画虎入林丛。

遥望富士山

烈火三千度，烧成白玉瓶。
一壶武士酒，曾怒五洲风！

昭君出塞

叶落秋光碎，风生塞色寒。
王嫱向漠北，鸿雁叫霜天。

咏虎山

虎山虎远去，寻迹虎山行。
畏虎成怜虎，泉吟待虎声。

题唤虎泉

水暖玉生辉，泉声唤虎归。
兽王吟啸日，云送雨斜飞。

游云台山红石峡

云台山里叹奇观，云锁青天水割山。
水割山成红峡谷，流泉飞瀑隐云间。

走红石谷栈道

流泉飞瀑在深沟，丹壁凿开一径幽。
最是大山公道在，不分贵贱共低头。

遥望茱萸峰

一把茱萸插碧峰，王维忆友吐心声。
茱萸不老诗常在，佳节思亲共此情。

孟州谒韩愈墓仿韩愈《赠贾岛》

昌黎归葬紫金山，日月星辰不肯闲。
万里黄河作风骨，再教苏轼降人间。

游嘉应观

嘉应观乃中国第一龙王庙，庙内有嘉靖御碑亭，亭中有井，过去投铜钱问黄河水深浅……有贿赂龙王之意。

黄水成灾尸骨横，汉家天子爱苍生。
御碑亭里龙王井，行贿铜钱问水情。

刘庆云

女，1935年生，湖南长沙人。大学教授，曾任教于湖南湘潭大学中文系。历任中国韵文学会常务理事、副秘书长，湖南省古代文学会会长等。著有《词话十论》、《历代论诗绝句选》（合著）等。

蝶恋花·寄孙姨

楼外晴岚笼远树。咏絮才情，笔底春长驻。怎料狂风兼骤雨，沉沉暮色归何处？

工地来回千百度。伤逝伤怀，谁解莲心苦！差幸明光分一缕，而今更缀清泠句。

注：孙姨指女作家梅娘。

鹊踏枝

草莱临歧叹曰："又把聚会当成一次分手！"晓川曰："又将分手当成再聚之期盼。"艾评说："诚哉，诗人之言也！"因戏成此阕。

汉上流萤榕地柳，龙影骊珠，云聚凉初透。深峡穷源观石溜，西溪返棹迎星斗。

夜宴传杯香袭袖。才说游踪，弦急骊歌奏。何日当筵重剪韭？相期更待梅开后。

鹊踏枝·陆游研讨会后赠友

高榭回廊萦古柳。遥想惊鸿，歌拍"红酥手"。峡谷仰观云出岫，乌篷夜泛清波皱。

咔嚓一声轻按钮。烟景莹情，韵味浓于酒。可奈离弦音转骤，后缘佳会应常有！

水调歌头·登三清山

游罢鹅湖寺，又上三清山。轻车飞渡天堑，直向彩云边。曲曲凌空栈道，歌啸遥相呼应，迎客有松杉。宫观层霄外，此地拥神仙。

蛇出洞，猴观宝，鹤冲天。阿妈背负幼子，情味正融圆。西海峥嵘万状，欲倩丹青难画，气象岂庸凡！恰是长风过，爽气更萦蟠。

高阳台·读放翁诗词，为之一叹

池漾春波，风摇翠柳，芳菲曲径桃花。绮阁危亭，擎杯对饮流霞。东风吹散惊鸿影，叹瑶台、路远人赊。更伤情、瘦损腰肢，泪透鲛纱。

也曾万里涉三巴。忆秋风铁马，雪塞边笳。定远封侯，扫清河洛胡沙。何期诗酒作生涯？怅平生、事事堪嗟。且随心、轻阴散药，微雨锄瓜。

刘庆霖 1959年生，黑龙江密山人。曾任吉林省农安县人武部政委，上校军衔。现任《长白山诗词》副主编。著有《刘庆霖诗词》、《掌上春光》、《古韵新风·刘庆霖作品集》等。

长白山行

乘槎河畔坐，无意最高峰。
喝口天池水，江源在腹中。

登龙潭山（二首）

一

漫步龙潭身便轻，山阳独自感新晴。
喜观崖雪纷崩落，听得残冬倒塌声。

二

龙潭待我已千年，一见相随肩并肩。
飞鸟时穿心境过，野花开到梦边缘。

题长白山石壁

新秋爬上秀峰西，小住山中意自迷。
林下读书花入卷，崖边对弈鹿观棋。

秋日登大顶山

紫塞花飘登九顶，斜阳独步乱云中。
乡情俱染秋深浅，雁语难分味淡浓。
昼读翻残山石页，夜行挑瘦月灯笼。
归时但觉诗囊重，一句新词一座峰。

黄山旅馆夜起

雨后青山似绝尘，星楼酒醒坐披襟。
枕边书起层峦势，窗外天开半月门。
萤火飞针缝夜幕，鸟声穿树作年轮。
苍茫一路何须问，无限情思在晚春。

吉林保安卧佛

身作青山沐月辉，百年一卧世多非。
在心禅语流萤悟，入梦家书征雁催。
往事俱成秋扇折，情思都作鹧鸪飞。
庙堂烛火摇金叶，客里形单影是谁？

远观瀑布

高崖飞瀑起苍烟，莫问清清孰本源。
一自天池奔涌出，万重峰拥到人间。

行走山中

一斟山色饮微酣，行走大荒情欲燃。
路侧无松不美女，谷间有水即名泉。

观池遇雨

泽阴万物岂能迟，山顶风云责自知。
此即林花滋雨露，何妨我不见天池。

夜坐崖边

对月临风酒一樽，莫夸胸壑气氤氲。
昨宵我自天池下，身带千峰顶上云。

游望天鹅风景区

朝闻莺语夜闻泉，不必抬头即看山。
溪水能添新雨后，林花只落白云前。
石开书卷月还读，瀑作琴弦风自弹。

老子当年若知此，谈何修道作神仙。

戍边日记（二首）

一

站哨三更后，披风一水间。
隔江峰独立，陪我月孤悬。
兔窜林中没，乌鸣界外还。
花知边事定，放胆抱香眠。

二

手握钢枪立，春深孤岛边。
云轻月半掩，露重夜微阑。
蛙噪千军喊，鱼游万艇潜。
黑熊无护照，偷渡过江湾。

公园清洁工

四月南风吹梦华，残霞满地鹊喳喳。
清晨抱帚林间扫，不管开花管落花。

秋　感

霜飞林杪色如烟，满地黄花瘦可怜。
不觉人间季节换，一行雁似赶秋鞭。

刘妙顺　1936年生，浙江乐清人。中学语文教师，中华诗词学会会员。著有《蒲溪词草》、《虬声雁影》。

金缕曲·“神六”飞天感赋

挥手从容别。看双雄、踌躇志满，一怀情热。踏雪登槎腾飞去，漫向苍穹空阔。共驾驭，扁舟一叶。莫道星云银汉密，笑今朝亲揽青霄月。频举手，叩天阙。

神州自有真英杰。展雄韬、誓将天宇，秘纱全揭。百万数据频收取，昼夜心灯不灭。为壮史，新添一页。众志成城谁能敌，问熬干多少无名血。始换得，凯歌彻。

高阳台·英雄凯旋

巨伞张天，回舱着地，凌晨天色朦胧。灯火通明，舱前并立双雄。弧光闪烁人潮涌，听欢呼，声彻寒空。捧鲜花，一色航装，满面春风。

京城万众迎英杰，正弦清歌脆，旗赤花红。锣鼓喧天，神州处处腾龙。遨游天际寻常事，喜九霄，云路开通。待明朝，汲水银河，煮酒蟾宫。

念奴娇·观寒坑三叠瀑感赋

蛟龙断尾，引人间多少，离奇传说。大旱降临天不恤，忍看禾田干裂。擅自兴云，连宵作雨，万姓消愁结。背天违旨，险遭神剑诛灭。

一自遁迹寒坑，空灵情性，怎把疏狂抑。磨得山崖平似削，巨瀑折成三叠。合掌揉珠，精心捣玉，潭酿清泉冽。难伸奇志，奈何崖下堆雪。

水龙吟·青藏铁路通车

铁龙电掣风驰，声声傲啸青霄里。喷云吐雾，扶摇直上，快人心意。亘古荒原，茫茫雪野，凶顽天气。过昆仑隧道，玉珠峰顶，征唐古、探神秘。

天角虹桥架起，喜今朝，藏天声沸。龙吟拉萨，花铺冰域，光流天地。展望西南，纷纭商贾，腾飞经济。赞炎黄赤子，图强发愤，写凌云志。

南乡子·春满楠溪

人下绿杨堤，轻点长篙竹筏移。少女凌波飞倩影，红衣，两岸春莺迎客啼。

清景美如诗，情到浓时神也迷。玉臂兜流狂泼水，涟漪，人面桃花乱碧溪。

念奴娇·望海写意

登楼望海，任心马驰骋，眸光飞逐。谁掷天星成百岛，分列东西南北。娇若烟鬟，狂如狮虎，静作龟蛇伏。秋娘有意，引吾寻梦水国。

难得诗酒微酣，楼前携手，指点东山麓。裂岸波涛来复去，怒绽雪梅银菊。堤畔归舟，滩头晒网，庐结迷神谷。汐音潮韵，暗惊天外仙曲。

清平乐·圣火

熊熊圣火，忽闪黄花朵。结出和平金硕果，消却人间战祸。

喜乘奥运东风，共朝希腊神宫。举起祥云一炬，迎来万紫千红。

临江仙·山亭小憩

昂首立身霄汉，俨然出洞神仙。踏云拂袖下尘寰。随风穿涧谷，乘兴结诗缘。

傍路山亭明洁，凭栏伸足高眠。岩头石叟赋雄篇。妙词歌玉甑，佳句沁心田。

唐多令·中雁玉虹洞

云汉逼奇峰，崖间隐玉虹。更迷人，岚绕烟笼。壁上珠玑长淅沥，风料峭，雨空蒙。

美景幻无穷，晨昏自不同。又何言，春夏秋冬。十二峦冈如卧蝎，参佛理，听晨钟。

刘宝安 1943年生，河北乐亭人。中华诗词学会会员，《中华诗词》编辑，《中国当代诗词百家》特约编辑。

六州歌头

下关霜月，国耻缔金陵。腥风动，河汉悖。贼夷戎，露狰狞，血洗关山恸。昏庸圣，奴颜重，慑炮猛，毛发悚，暂偷生。骁勇旗兵，金甲催飞鞚，奋起平英。惊悉呼战死，为国作干城，气贯长虹，铁铮铮。

破黄粱梦，殖民竟；回归颂，遍寰中。史为镜，昭民众，国枯荣，子孙同。圆折秋波映，光九鼎，耀炎宗。明月共，金瓯庆，抒豪情。国恤心铭，雪耻寄飞景，溢彩流红。叹九蛟戏水，跨世舞东溟，飞越天庭。

注：呼战死，典出1842年7月抗击英国侵略者的镇江保卫战，清军都统海龄身先士卒，在重伤之下仍率部奋勇杀敌，并高呼：宁可战死，决不投降！直至以身殉国。

贺新郎·致友人

瀛海寻诗侣。恰庚辰、文轩把盏，喜倾心绪。曾使金戈驱铁马，连引飞鸣万弩。事大理、诸多寒暑。情系布衣托玉管，有诗词、百草芦边语。观句读，叹如许。

赶海滨海人多聚。笑韩公，忙于结社，不思朝暮。大壑泛舟堪伟业，推出新编论著。与小女、骚坛同赴。艺苑奇葩红烂漫，借重堂、联赋相尔汝。飞乳燕，送君去。

寄怀谭公博文

击水试湘江，青城执锦幢。
登堂申玉笏，披卷借金钲。
敕勒鹏游再，京华蝶梦双。
犹思鹿鸣宴，把酒对吟窗。

伊敏河音乐喷泉

伊敏中分海市宽，彩虹卧处有奇观。
河心绿岛收群目，水上银帘挂九天。
七色连翩如织锦，五音起伏似鸣鸾。
风光牵动八方客，趁月披襟醉一番。

成吉思汗广场

呼市英名历久传，如期拜谒大汗山。
小桥古拙添思绪，巨壁粗疏勒诤言。
元祖丰碑连朔漠，雄鹰彩柱接南天。
松风忽出轻轻语，再祭敖包待丑年。

玉溪行

十月秋深未觉寒，滇中胜境且盘桓。
萧森古木黄鹂静，浩渺仙湖碧浪宽。
义勇歌飞壮红塔，洞经乐奏绕青峦。
我为来去匆匆客，百感盈胸落笔难。

增城挂绿广场观感

新塘荔树状元红，古寺西园百媚生。
初悉翁山发新语，更钦贤达建名黉。
玉兰金井光天下，琥珀星空展性灵。
至美冈川添一县，轻纱欲佩到增城。

观白水仙瀑及何仙姑故居

阆苑行踪事可寻，小楼家庙看朱村。
江波映日集云母，仙井遗鞋幻玉身。
飞瀑漱岩堪积雪，流泉洗面不蒙尘。
莲花出水亭亭立，不愧神州一女真。

派潭老街

骑楼文化育名儒，山妹引吭看丽姝。
跨纪称雄木棉树，经年解惑老榕株。
邓村石屋沧桑历，熊氏宗祠牌位殊。
更有古船横碧水，北南交易始民初。

芒砀山

沧桑千载记群英，芒砀云岚润永城。
俯首难寻斩蛇刃，躬身堪拜晒书亭。
亡秦自是非三户，兴汉由来起一经。
眼底烽烟成过往，中原紫电照长星。

刘冀川

女，1950年生，四川人。中华诗词学会会员，海南省妇女诗书画协会副主席。著有《薏轩诗集》。

包公祠

绿满横桥荷满池，花墩环水抱幽祠。
风回书院听新韵，柳荫亭台忆旧时。
能鉴贪廉泉有眼，为铭清正藕无私。
公心铁面空青史，当代寻踪费缅思。

登昆明大观楼

无限风光蔚大观，穹霄空阔海云宽。
晴峰犹抱千年碧，断碣曾沉一水寒。
揽胜从来多韵士，高吟未必尽儒冠。
客心久伫凭栏处，巨幅长联势若磐。

乙酉岁杪迎新

雪泥鸿爪忆留痕，岁暮迎新酒正温。
偕得梅心香染墨，好将清韵赋乾坤。

用蔡襄人日立春韵

星移海角月如船，暗转流光淡远烟。
逝水无痕寒渐去，鸣禽有意信频传。
梅边古韵诗三百，驿外春声赋万千。
焰火连宵辞旧岁，东风一夜入新年。

感怀

无情岁月任蹉跎，一展风襟一浩歌。
自是诗心凭砥砺，霜前雪后韵偏多。

秋夜吟

槛外星河远，深庭树影幽。
蟾光流入梦，长照小城秋。

游百花湖

漪涟沉碧雁飞秋，水绕青峦珠玉流。
闻道西湖波潋滟，终输一段是清幽。

重九登黔灵山

绿云生处掩苍苔，千尺松峰一径开。
古寺檐高挑晓日，平湖水软抹尘埃。
秋山有忆茱萸约，曙色无垠锦绣裁。
林海风回猿啸近，雁声百里送诗来。

黔灵山遇雨

秋风瑟瑟雨潇潇，漫卷湿云如卷潮。
一片烟鬟遮望眼，坐听廊外响松涛。

忆从军上娄山关

卅年又忆上雄关，铁马金戈势若澜。
号角飞声腾剑气，西风挟雨压霜寒。
依稀还见兵坟冷，慷慨长遗弹洞残。
汗透戎衣冰似甲，丰碑壁立字犹丹。

江　岚　本名昌军，1968年生，河南信阳人。《诗刊》编辑。著有《素心集》（合著）。

游植物园咏玉兰花

高树繁花似木棉，独将白练斗春寒。
垂杨漫学细腰舞，四月京城属玉兰。

过伊犁将军府

堂前榆树几经霜？夹道石狮空夕阳。
忍对舆图说故国，将军府外立苍茫。

过伊犁有怀林公则徐

风雨如磐夜气浓，虎门一炬照长空。
伊犁谪去尚疏凿，无奈江流不肯东。

注：伊犁河是中国境内唯一向西流入北冰洋的大河。

漫游天山志感

何幸天山结隽俦，相偕朱夏事清游。
云杉高倚千峰立，雪水争从万壑流。
雨足草原牛马壮，烟飘夕照帐篷稠。
风光难怪美如画，曾解佳人几许忧？

注：西汉时解忧公主远嫁乌孙古国，地点即今伊犁州特克斯境内。

游赛里木湖

湖上风高带雪吹，湖边芳草绿成围。
几时浪静摇船去，泊向湖心看落晖。

过那拉提空中草原

结庐五云里，牧马万山巅。
芳草被平野，杂花开莽原。
水连银汉落，鹰抱雪峰抟。
奶酪换盐处，依稀太古年。

望雪山

天山久别后，嵯峨尚眼前。
不知岁将暮，更添几许寒？
忆游那拉提，咫尺未可攀。
白云不出岫，苍鹰独自还。
立马空延伫，中心何惘然。
皎皎千峰雪，郁郁万壑杉。
望里毡房小，镇日袅青烟。

咏徐志摩

徐陵才思太翩翩，赋罢新诗万口传。
闻说康桥风日好，断魂一去不知年。

望极乐寺东高峰

叠嶂森森近斗牛，天河恰似抱山流。
更深恍惚见灯火，疑有高人在上头。

玉渊潭冬望

玉渊潭上柳千行，拂罢春风又拂霜。
日日乘车潭外过，朝阳看了更斜阳。
平堤雪落鸟声寂，柔橹人归月色凉。
安得闲如驴背客，常来此地踏清光。

过玉渊潭

潭似一青鹿，林栖岁将暮。
人来了不惊，横波如有诉。

丙戌九月登长白山

雪从太古尚皑皑，虎踞关东千嶂开。
绝顶霜飙骇神鬼，大池何物吐氛埃？
棉衣愧比苔衣暖，心火休随地火埋。
淬罢群崖坚似铁，好同猛士镇高台。

江　婴

本名伍先祯，1927年生，安徽无为人。著有《江婴诗集》、《半叶诗选》、《残绿集》等。

也赞普罗米休斯次韵和西安家广兄

胸怀人类见心丹，岂顾天神斥异端。
任我莽原传火种，由他凶喙啄忠肝。
山巅不锁文明暖，铁索长留历史寒。
大欲无私刚自在，英雄何计一身残。

忆　雁

黄叶飘零应即归，抬头唯见暗云飞。
曾书人字天为纸，谁令长空失此辉？

濯足西湖

波兴时吻草，濯足愧鱼惊。
坎坷人生路，温柔西子情。

冬日晨街

晨街弥薄雾，红日照滔滔。
人与车流过，空寒楼自高。

游歙县太白楼

雨后心惊满目秋，谁将沽酒到桥头。
新安江畔狂歌去，我逐狂歌登此楼。

金山塔影湖

橹摇塔影碎鳞波，偶听船家乡下歌。
两岸花开迎我入，洲头楼立近新荷。

湛碧楼月荷厅吟留别

菡萏何须借月看，北南人又两相欢。
春花已付东流水，夏木又阴西望峦。
襟与平湖同起浪，愿随远岭共成磐。
风光竟屈天才手，景里心丹画亦难。

隔墙见大通海棠盛开

粉妆一树出危墙，雨骤风狂未可忘。
满地落英留泪迹，杨花舞雪乱昏黄。

忆《昭明文选》

忽思文选出昭明，聚彦遴奇辑异成。
似火时光长剧烈，如金篇什久纯精。
欲将专集为碑碣，却把供辞归庶氓。
万利何须投一本，人间历史总无情。

赵州桥歌

雨蚀风侵百代桥，行人过此各逍遥。
双馨德艺为基础，磐石山中枉自骄。

谒中山陵

梧桐夹道绿成廊，接叶交枝筛日光。
阴底车驰当款款，云阶我上自昂昂。
公怀大义三民立，世遇枭雄几代狂。
烟水环山长静坐，遥观沧海堕迷茫。

杨启宇

1948年生，四川自贡人。四川省诗词学会常务副会长。著有《杨启宇诗钞》等。

为上山下乡三十周年作（五首选三）

一

三十年前梦一场，觉来沧海已生桑。
梦中岁月重咀嚼，苦辣酸咸味道长。

二

人生恰似万花筒，光怪陆离一转中。
多少悲欢离合戏，铭心刻骨话招工。

三

弃甲丢盔城里奔，逝波已掩旧潮痕。
无端魇梦长萦系，犹是当年插队人。

剽窃主笔

岛瘦郊寒亦忍剽，凑成著作等身高。
儿曹少见偏多怪，千古文章一例抄。

新派诗宗

百岁风灯过眼空，新潮诗派迭开宗。
可怜首倡成遗响，无疾而亡是善终。

前卫书家

横看似狗侧如猪，泼墨群惊鬼画符。
参透九天玄女意，不成一字始为书。

追星另类

欧风美雨久飘摇，港雾台霜两寂寥。
酷毙帅呆推另类，哈韩一族最新潮。

护鬼钟馗

石魅山魈莫漫狂，上清仙录有金章。
凭他只说能驱鬼，不料钟馗是鬼王。

奢华公仆

银獭金貂覆锦衾，冰蚕火鼠供盘飧。
奢华似此犹称仆，赖有苍生作主人。

假酒杀手

薏苡明珠不易分，竟将鸩毒冒甘醇。
羊头狗肉虽云假，犹是天良未泯人。

著书名流

语不丢人死不休，名山事业属名流。

千元千字还千古，只把秕糠塞枕头。

公款赌王

跨鹤骖鸾赴澳门，呼卢喝雉见精神。
万金一掷浑闲事，自有官钞壮赌魂。

逍遥吏隐

等因奉此照条文，报纸清茶一欠伸。
日盖公章三两颗，不辞长作上班人。

杨金亭

1931年生，山东宁津人。曾任中国作家协会《诗刊》副主编。现为中华诗词学会顾问。著有《编余诗话》、《村歌唱晚》、《虎坊居诗草》等。

黄山杂吟（六首选三）

一

车过江南绿扑衣，稻香水媚识屯溪。
醉人最是萧萧竹，牵我诗情碧宇飞。

二

太平湖曳数青峰，倒立云岩水墨浓。
莫道秋来花事了，扶桑千树映山红！

三

登临人在画中行，迎客松青敞玉屏。
天外黄梅传绝调，万峰沉醉紫烟横。

宿花果山庄

燕山深处隔尘寰，幽绝轩开绿洞天。
一夜雾灵清客梦，不知世外有桃源。

过兴隆刘章诗词院

柴门小院倚山梁，百友风骚翰墨香。
一自刘郎歌故土，兴隆无处不诗乡。

过罗文峪口，逢刘章兄诗碑揭幕

热土牵肠别亦难，鹃啼催去泪斑斑。
刘章丽句刘征笔，双绝罗文峪口传。

乌兰察布市采风

国运中兴禹画天，乌兰察布结诗缘。
采风最是牵情处，心醉歌山敕勒川。

夜宿凉城

蛮汉山高岱海清，山庄消夏枕寒星。
温泉浴罢尘心爽，一梦悠然醉绿城。

岱海泛舟

紫塞龙沙气象雄，仙湖曳梦觅仙踪。
轻舟摇碎云天影，惊起鸣鸥没远空。

车过绵阳三江大坝

富乐山高叠嶂雄，葱茏万木绿纵横。
层楼柳岸三江水，倒映绵城海蜃中。

古城秋晓

倚山秋树露凝青，晨步曦微趁晓晴。
太极剑随琴曲舞，朝阳崛起古州城。

九寨沟红叶

谁挥椽笔画苍穹，醉墨淋漓泼秋空。
疑是长征遗火种，燎原一炬万山红。

五彩湖

诗情曳梦入仙乡，幽绝溪泉蜀一方。
天籁铮铮听未尽，湖底开花宝石光。

原始森林

石径弯旋步杳溟，松杉郁郁向云青。
高寒万仞从容上，绿洞天开见碧城。

都江堰谒李冰塑像

理水导流秋复冬，都江天府堰初丰。
浪淘大吏沙流去，百姓至今怀李冰。

五台山行吟七绝（四首）

一

飞檐斗拱逼云端，魏晋文明足壮观。
佛国由来清净地，当惊香火污庄严！

二

我心即佛色相空，五欲轻抛顺水东。
万道禅关一刹悟，美人如玉剑如虹。

三

凤尾香罗手把莲，慈眉含笑对人寰。
回眸敢问行香客，依被烟熏谁敛钱？

四

有求必应匾纵横，叩地呼天谁个应。
移却三山人挺立，中华崛起赖苍生。

庐山印象

瀑泻云横惹梦初，每从诗境读匡庐。
润之白也风云笔，妙得江山霸气扶。

过仙人洞

劲松招手上遥空，拾级千寻踏险峰。
古洞仙人何处去，桃源一路下江东。

庐山含鄱口遇雨

云埋雾绕雨濛濛，仙子蹁跹梦幻中。
凤尾香罗飘散处，娇羞半面睹真容。

杨逸明 1948年生于上海，江苏无锡人。中华诗词学会副会长，中华诗词学会网副总编辑，上海诗词学会副会长。著有《飞瀑集》等。

“新天地”戏咏

登斯楼也夜朦胧，谁识门墙旧影踪？
人醉新潮天地里，月窥老式弄堂中。
酒吧灯闪星星火，歌手香摇滚滚风。
多少腰金衣紫客，不成仁却已成功！

注：“新天地”是一片民居风格的旧式里弄建筑，紧邻革命圣地“一大”会址，今为高级时尚休闲之商业场所。夜夜香车宝马，觥筹歌舞，据传此处消费价格昂贵为沪上之最。

清明戏作

红染桃林绿染波，春风无奈纸灰何。
百思不解人间事，一到清明鬼影多！

夜读达旦

展卷浑忘夜已深，灯前拍案朗声吟。
爬搔痒背来神爪，揩拭灵台见佛心。
残月忽收千树白，朝晖又送一楼金。
不知窗外今何世，车马倾城起噪音。

雨夜宿寒山湖度假村

山村犬吠起炊烟，野渡无人系钓船。
烹胖头鱼留客醉，住茅草屋傍湖眠。
两三阵雨来窗外，四五行诗到枕边。
不是繁莺啼晓树，书生好梦已逢仙！

春暮垂钓即兴

几树轻阴绿抱团，一池红雨泣春残。
人生不似花飞急，犹得从容把钓竿。

春游沈园

小径花飞土带香，草亭无语立斜阳。
鸟寻幽梦穿林遍，柳写春情蘸水长。
恍惚书生非醉酒，缠绵诗句尚留墙。
沈家园里红酥手，牵尽人间九曲肠！

西游记新咏四绝句

唐　僧

管理阶层地位殊，精通念咒不含糊。
斗妖无胆兼无识，整治徒儿有紧箍。

孙悟空

耍遍天宫与佛门，频翻筋斗笑猢狲。
故乡花果山多好，还去当啥弼马温！

猪八戒

戏言几句落猪身，只怨嫦娥太较真。
恨未投胎时尚世，会调情是好男人。

沙和尚

西行辎重一肩挑，不为升官不为钞。
试问当今公仆辈，几人风格有他高？

来今雨轩与诗友饮茶畅谈

欲避京都燥热侵，偶然相伴坐槐阴。
沏来杯底青峰耸，话到城头赤日沉。
新纪雀鸦声似旧，前朝风雨句传今。
人间有几清闲地，能遣秋花落满襟？

谁及书生一瓢饮，纳凉随处是瑶台！

游五台山

名山济济遍莲台，袅袅香烟散未开。
举世索求增我虑，私心肿胀遣谁裁？
大千物种频先灭，不二地球难复来。
安得五峰抽巨掌，击醒人类莫添灾！

酷暑夜读书

天张炽热网恢恢，我坐危楼卷帙开。
汗向五千年洒去，风从九万里吹来。
哲人思辩飞成瀑，骚客心声响作雷。

戊子年咏鼠

饱食无忧枕自高，官仓鼠辈正闲聊。
商量成立基金会，救助街头流浪猫！

秋　兴

小蛩无奈性情何，岁岁霜天发浩歌。
残照入怀豪气在，秋风吹梦壮游多。
浮生丹桂心头绽，历史银河砚底磨。
自信诗笺非落叶，掷江成石不随波。

李　锐　1917年生，湖南平江人。历任毛泽东兼职秘书、电力工业部副部长、国家能源委员会副主任等职。著有《龙胆紫集》等。

怀田家英

客身不意复南迁，随遇而安别亦难。
后海林阴窥月上，鼓楼酒座候灯阑。
关怀莫过朝中事，袖手难为壁上观。
夜半宫西墙在望，不知再见又何年？

五十自寿

依然一个旧魂灵，风雨虽曾几度经。
延水洪波千壑动，庐山飞瀑九天惊。
偏怜白面书生气，也觉朱门烙印黥。
五十知非犹未晚，骨头如故作铜声。

七十自寿

大别山居耳顺室，木樨地筑古稀堂。
此身只合书斋老，去日犹怜客梦长。
应借覆车追往事，仍须放胆写文章。
小楼一统躲难进，十里车声夜入窗。

八十自寿

精神独立自由难，八十行吟气浩然。
曾探骊珠沦厄运，仍骑虎背进诤言。
早知世事多波折，堪慰平生未左偏。
欲唤人间归正道，学操董笔度余年。

李文朝 1948年生，山东梁山县人。中国人民解放军电视宣传中心原主任，少将军衔，高级记者。中华诗词学会常务副会长，《中华诗词》杂志社社长。著有《古枝新蕾》、《李文朝将军诗词选集》等。

游船过夔门

浮动江中一座楼，夔门雄壮冠神州。
摩天峭壁擦肩过，诗绪如涛逐水流。

过巫峡

方经沧海连天水，又遇巫山满目云。
绝景仙峰十二座，难留远客故园心。

龙庆峡随感

壁峭山深卧巨龙，九湾水碧众峰青。
云遮雾盖神仙院，魂绕情牵梦幻亭。
幽洞石奇传趣话，涓流瀑细作和声。
雄哉三峡漓江秀，尽在眼前诗画中。

观海战演习

风和日丽海波平，信号一声龙胆惊。
机翼遮天山压顶，炮林动地浪排空。
升空导弹拦飞寇，潜水神虬斗恶鲸。
舰阵威严航道锁，海疆万里固长城。

沁园春·春

残雪消融，原野酥松，万物复生。有嫩芽初露，幼苗破土；南风缕缕，溪水淙淙。桃蕾涂红，柳丝染翠，远近山峦着淡青。新雨过，引百花吐艳，众草蓬茸。

蛰虫梦断雷惊。听池畔、声声蛙唱鸣。赏碧枝树上，莺歌燕舞；芳菲丛里，蝶恋蜂拥。鸭崽浮波，鱼秧逐浪，才绿荷尖立玉蜓。咏春意，看中华大地，一派昌荣。

沁园春·秋

一叶枯黄，夏去秋来，金色盛装。望漫山遍野，果实丰硕；连阡接陌，五谷飘香。人影繁忙，农机轰响，催马扬鞭竞送粮。齐欢笑，饮丰收美酒，喜气洋洋。

适逢皓月银光。仲秋夜、团圆话语长。渐风轻云淡，空高气爽；蓝天丽日，碧海澄江。枫树更妆，菊花正旺，万里丛林舞彩裳。上极顶，祷年丰人寿，岁岁重阳。

阅兵台即咏

方阵集群虎，吼声撼九霄。
风雷随臂动，脚步震山摇。
直线织严整，雄威聚勇骁。
铁肩担重任，卫国逞英豪。

高原抒怀

乘风直上地球巅，日近云低手触天。
郁郁青稞铺旷野，皑皑白雪盖群山。
蓝天澈透如明镜，碧水清澄似玉盘。
万里河山千古远，岂容外寇染边关。

沁园春·国旗颂

与日同升，映染天红，耀目五星。

恰春雷震响，睡狮唤醒，朝阳普照，大地新生。横扫污浊，清除积弊，傲立东方寰宇惊。江山固，展乾坤长卷，妙笔丹青。

旗开霞蔚云蒸。万众举、千秋伟业兴。历艰辛探索，终成特色，驱霾破雾，奋力前行。凝聚华人，邦交四海，圆梦今宵圣火腾。冲霄汉，看龙飞鹏举，灿烂征程。

李东东

女，1951年8月生于北京，中国改革报社原社长兼总编辑，宁夏回族自治区原党委常委、宣传部长；现任新闻出版总署副署长。著有《宁夏赋》、《五颂宁夏》、《远离北京的地方》等。

宁　夏

固原，位于宁夏南部，即西海固地区。左宗棠称之“苦瘠甲天下”，亦为史上兵家征战之地。其南部为主力红军长征会师之六盘山革命老区。干旱少雨，坡大土薄，其五县区均为国家级贫困地区。建地级区划五十年，建市三载。因袭千秋文化源流，继承百年红色传统，搏击半世纪建设风涛。戮力同心，艰苦奋斗，乘势发展。放眼前程锦绣，感念创业维艰，为之填词五首。

破阵子·青史

薄伐猃狁大原[①]，烽火楼台萧关。秦皇汉武拓边地，唐蕃宋夏苦征战。壮士几人还。

长安北望云烟，原州四易城垣。一代天骄六盘殒，不教胡马度九边，青史有固原[②]。

注：①【薄伐猃狁大原】《诗经·小雅·六月》：“薄伐猃狁，至于大原。”周天子曾率兵讨伐西北少数民族猃狁，即在今宁夏固原。

②【青史有固原】北魏在今固原设原州；历隋、唐、宋、元，几度撤复；明朝景泰年间，故原州城被重修，改“故”为“固”，始有固原之名。

南歌子·红旗

万水行山遥，漫漫长征路。三军奏凯将台堡[①]。六盘云淡天高，红旗舞。

潮涌陕甘宁，抗日鱼龙怒。豫海一帜民心树[②]。回汉铁马金戈，忠魂赋。

注：①【将台堡】将台堡位于六盘山。1936年10月22日，一、二方面军在宁夏西吉将台堡会师。

②【豫海一帜同心树】1936年10月22日，西征红军在同心清真大寺（在今同心县）成立了“陕甘宁省豫海县回民自治政府”，这是中国历史上第一个经选举产生的县级回民自治政府。

山花子·春雨

童山旷野叹天旱，魂牵梦萦树满山。千里帷幄左公柳[①]，绿如烟。

喁喁盼水喊叫水，涓涓汇川好水川[②]。万众喜雨逢春雨，笑开颜。

注：①【左公柳】19世纪中后期，左宗棠任陕甘总督及进军新疆的十几年间，命令将士种树植柳，栽活几十万株，被后人誉为“左宗柳”。

②【喊叫水】【好水川】均为宁夏南

部干旱带地名。

南乡子·书香

何处望神州，不尽风光萧关楼。欲说塞外荒寒苦，且休，胸中锦绣不言愁。

宏图起从头，雄风重振写春秋。文脉一缕传今古，悠悠，户户书香尽风流。

采桑子·好景

白驹过隙催人老，岁岁春光。又逢春光。风虎云龙意气扬。

锦天绣地众手绘，织就辉煌。再创辉煌。图将好景付前方。

忆江南·忆宁夏（六联章）

一

宁夏好，好景动天下。绿树红花似江南，地灵人杰绘新画。能不忆宁夏。

二

宁夏忆，最忆是银川。黄河九曲湖城绕，大道通衢上青天。今朝又新颜。

三

宁夏奇，最奇石嘴山。童山旷野碧波涌，风虎云龙塑山川。众手开新天。

四

宁夏美，最美在吴忠。田畴阡陌稻花绿，牛肥羊壮枸杞红。回汉颂新风。

五

宁夏峻，最峻数固原。万载千秋萧关路，云淡天高六盘山。花儿唱新篇。

六

宁夏新，最新看中卫。新市新城新农村，和谐和畅和风惠。新枝绽新蕊。

别宁夏（二首）

壬午之春，奉调宁夏，西行塞上。越癸未、甲申、乙酉而至丙戌。西北山高水长，回汉情深意重。春秋五载，共为小省区大发展。辞归之际，草成二章，祈愿父老乡亲安好，遥祝和谐宁夏腾飞。

一

春光好，别故乡。宁夏川，西北望。
鹤发慈颜拜别去，山高路遥向远方。
六盘巍巍贺兰雪，黄河滔滔长城长。
峥嵘岁月陕甘宁，前人旌旗后人扬。
江山红遍复绿染，万家忧乐在心上。
众望发展方喁喁，共建和谐已煌煌。
西部开发逢盛世，回汉携手谱新章。

二

秋意浓，归故乡。塞上行，不相忘。
牵衣执手父老情，流水高山共话长。
银川金风凌霄起，晴空一鸣排云上。
石嘴山前碧波涌，吴忠四野翻绿浪。
固原妙笔写春秋，中卫巧手绣辉煌。
后发之势势若虹，前赴后继奔小康。
再为宁夏歌一曲，小省区做大文章。

李旦初　1935年生，湖南安化人。山西大学原常务副校长、教授，中国作家协会会员、山西诗词学会副会长兼秘书长。著有《李旦初文集》等。

浣溪沙·东寨港红树林

海岸逶迤不见沙，密林深处隐渔家，船摇绿浪织流霞。

红树滩边抓彩蟹，菠萝岛外品鲜虾，三巡酒过眼花花。

浪淘沙·偕儿孙游泳

伸臂向前划，屈腿生花。孙儿入海俩青蛙。雪浪来时头一点，笑语哗哗。

回首见妈妈，脚踏平沙。频频招手喊回家。上岸凝眸天尽处，万缕红霞。

西江月·夜卧海滨沙滩

海宁椰屏沙褥，波光月影涛声。悠然一卧与潮平，疑入蓬莱仙境。

鞭炮点燃大地，火花照亮繁星。缤纷五彩闹天庭，惊起沙鸥梦醒。

莺啼序·梦游江南八达岭

悠悠梦飞妙境，伴莺歌燕舞。临东海、一望汪洋，优游心醉何处？沿江岸、红情绿意，逶迤展卷花千树。叹神龙昂首，凌空吞吐云雾。

仿佛京郊，居庸叠翠，似曾经目睹。正惊诧、欲问天公，长城何日南翥？猛然间、如雷贯耳，声声道、听吾细诉。夜茫茫、白发将军，目光如炷。

沧桑岁月，倒海翻江，涛声催战鼓。抗倭寇、蜿蜒雉堞，敌台林立，铁壁铜墙，民心熔铸。满城馀勇，漫江豪气，奔流浩荡充寰宇。戚家军、怒发擎天柱。顶天立地，丹心血染灵江，壮志饥餐狂虏。

登临揽胜，顾景楼前，任高瞻远瞩。浪花绽、新桥古渡。画挂巾山，镜嵌东湖，诗情缕缕。烟霞阁上，虹霓影里，雄关留得游人驻。老夫吟、一曲莺啼序。梦惊千里江南，海韵和谐，更亲鸥鹭。

虞美人·春游临海东湖

莺梭织绿东湖柳，画艇凌波久。浪花飞向半勾亭，鹭影霞光相映镜中明。

轻岚夕照山庄美，四海游人醉。忽闻越女奏琵琶，恰似千军鏖战到天涯。

李青葆 1947年出生于浙江青田，丽水市诗词会学常务副会长，《处州诗词》主编，出版有诗词集《行走的风景》等。

咏西藏解放五十周年

春到高原绿正肥，农奴昂首沐朝晖。
千山锁链与冰碎，万寺钟声共鸟飞。
小丑犹温跳梁梦，神州齐讨害人豨。
今逢节庆彩虹舞，民族和谐扬大旗。

黄河壶口瀑布

天河直泻雾蒙蒙，倒海翻江挂彩虹。
来纳群魔入瓶口，去如万马出樊笼。
豪情融有轩辕血，浊浪翻为黄土风。
莫问神龙何怒吼，千秋爱恨在胸中。

咏庐山

上山恰值雨潇潇，烟雾迷蒙景更娇。
翠岭云凉风滴露，朱楼舞热夜吹箫。
欲寻太白诗声远，犹见将军义愤高。
留得天人真合一，满眸锦绣不言凋。

美庐感赋

空庭叶落叹秋深，歌舞当年何处寻。
寂寞钢琴思旧主，半窗夕照半窗尘。

注：美庐中当年宋美龄弹的钢琴犹在。但物是人非，满目凄凉，令人感叹。

咏石门飞瀑

山石崔嵬紫雾飘，圣泉飞唱下云霄。
一生清白标天际，壮美源于出处高。

南明湖

南明山色一湖收，景自清幽水自流。
十里新堤藏古韵，两行白鹭落中洲。

注：中洲：指湖中岛。

丽水画乡

绿润柔肠岸柳新，半篙春水醉游人。
写生正怕天如镜，江底飞来一片云。

山海关上赋长城

城长东起老龙头，链锁君山夏与秋。
坐镇千年御外敌，飞腾万古阅风流。
而今国力凭科技，昔日雄关供旅游。
岭上观光人似水，可知脚下怨和愁？

姜太公钓鱼台怀古

英雄岁暮志难酬，渭水之阳悬直钩。
乱世风云暗天日，剪商智士待中流。
十年跪石知音现，八秩出山妖雾收。
自信怀才终有用，钓竿牵处是神州。

注：姜太公钓鱼台位于宝鸡市伐鱼河谷，为周初名臣姜太公隐居垂钓、周文王访贤与之相遇的地方。传说姜太公当年垂钓跪坐的痕迹犹存，与《水经注》记载相符。剪商：意即推翻商朝的统治。

咏法门寺

久闻古寺韵悠扬，礼圣而今开眼量。
金佛庄严唐气象，琼楼美奂艺家乡。
一枚舍利凭缘仰，千载钟声祈世昌。

政教和谐歌善德，法门深处有朝阳。

览离宫遗址有感

离宫隔世有谁知，快乐王侯能几时？
隋水不知何处去，麟游转眼换新诗。

注：隋朝在麟游建有离宫，隋唐四帝共 21 次幸临避暑。

登南明山

瓯江南岸有奇峰，半锁云岚画意浓。
仁寿钟声传岭外，碑崖古韵袭心中。
石梁挑得千山重，仙客修成百世功。
今日登高舒望眼，应星楼畔艳阳红。

李栋恒

1944 年 7 月生，1997 年 7 月授武警中将。2003 年 12 月改授陆军中将。中共第十六届中央委员，中华诗词学会顾问，红叶诗社社长。

永遇乐·观神舟七号航天员太空行走，赞三十年改革开放伟绩

检阅繁星，探看明月，高览乡景。浩荡青冥，足音惊世，四海同欢庆。嫦娥献舞，吴刚捧酒，玉帝凌霄相请。千秋愿，得圆今日，巡天已非憧憬。

力转穷途，别开生面，改革何须神勇。迎归港澳，绝伦奥运，屡展国威强盛。腾飞路，乘风直上，昆仑绝顶。

率机械化集团军演习

又是苍鹰眼疾时，天公偏爱铁军驰。
荒原万里腾狮影，晴宇千寻掠隼姿。
地裂山崩开火令，灰飞烟灭凯旋诗。
大风忧曲何须唱，我自高歌砥柱师。

忆秦娥·风雨中行军

神刀劈，穿天乱石愁飞翼。愁飞翼，松涛声壮，雨哗声急。

苍山狂舞红旗疾，青春远志冲天立。冲天立，歌回深谷，号鸣悬壁。

三亚登高望远

极目茫茫万里波，南沙遥念铁拳磨。
龙腾隐忍红虾闹，鲲蛰冷观乌贼多。
风吼云翻天斥恶，礁横浪打海磨戈。
会当长挟雷霆往，卫国谁思两鬓皤。

唐多令·雪夜奔袭

风势助银龙，周天布阵重。夜沉沉，步履匆匆。冻透皮衣成铁甲，眉睫白，鼻霜浓。

军号咽寒风，红旗引剑锋。正挥师，百里争雄。三九练兵奔袭急。为来日，建奇功。

李树喜

1945年生，河北安平人。光明日报出版社原社长、总编，中华诗词学会副会长。著有《杂花树——李树喜诗词三百首》、《诗词之树》等。

周口店

洞崖千古月，人类万年家。
篝火烧残夜，骨针缝早霞。
出头惊四海，失宝恸中华。
龙脉割不断，春春吐柳芽。

念奴娇・访猿人洞

龙骨山麓，趁东风、三五文人墨客。醉起豪情三千丈，描摹洞崖春色。野火烧天，骨针绣地，跨越千秋雪。铜尊少女，风采如何消得！

忆昔祸起东洋，弹洞卢沟，寒彻京都月。猿祖匆忙辞故土，战火硝烟明灭。一路谜团，疑踪万点，众口漫评说。悠悠龙脉，海枯石烂不竭！

注：“北京人”展览馆标志铜像，系根据一猿人少女头骨制作。

满江红・塞班印象

水地云天，塞斑岛，石削树聚。登临处，沟深万丈，光波千里。舰岛斑驳烽火印，白鸥翻动春消息。驾长风，滚滚客西来，浪东去。

二战史，烽烟地，山曾刻，海犹记。最东瀛弄火，欲吞寰宇。跳海葬身愚可叹，招魂祭鬼无须惧。到头来，依旧满帆霞，涛如碧。

江城子・眺望天宁岛

一石长卧太平洋。历鸿荒，览天光。六十年间、风雨记沧桑。战火连绵三万里，云水窟，生死场。

血光核影已收藏。软风长，野花香。废炮荒碉、无语对斜阳。始信和平真可贵，连四海，协万邦！

浣溪沙・军舰岛

万炮轮番炸不沉，原来波下有石根。烽烟褪尽绿如阴。

沙底横斜留舰影，浪间戏闹烂柯人。宜从此岛认风云。

到瑞安

江流一脉水常温，满了官仓富了民。
早把贫穷抛大海，智商天下瑞安人。

访龙湖镇小学

南国深秋日，芳郊气象新。
人文溯流远，吟诵遏云深。
白发拳拳意，学童瓣瓣心。
诗词流不断，龙镇有传人。

仙岩寺

葱茏掩映沐丹霞，古寺深幽曲径斜。
香绕仙岩千载梦，潭生梅雨百重花。
有飞泉处风偏冷，无退路时山最嘉。
至此凡心净如洗，从容淡定任天涯。

江心屿谒文天祥祠

水脉岚光一望收，晴川孤屿各悠悠。

一掬文公国殇泪，并作瓯江万古流！

无题四则

莫道西风弯不直，跛山涉水太参差。
江南已遍橙黄果，雁北犹存残雪枝。
欲把炎凉说世事，莫如诗酒唱相思。
乱红又落潇湘馆，可有新愁似旧时！

问君何处忆春魂？谷雨时分雨纵深。
一伞撑开天与地，两肩并拢冷还温。
小桥带雾描新画，古寺含云说轶闻。
万紫千红皆不语，风流偏在洗心人。

长忆黄昏古渡头，骊歌轻解木兰舟。
镜中华发理还乱，醉里豪情放且收。
有刺有花皆是路，无风无雨也成秋。
彩云又照当时月，人在江南第几楼！

滚滚红尘色不空，香车宝马画桥东。
几番温冷冬春异，别样忧思远近同。
梦里新愁翻旧纸，醒来老酒醉西风。
蓬莱多少黄昏雨，酒向无边寂寞中。

李葆国　1952年生，山东武城人。现任中华诗词学会学术部、图书编著中心办公室主任。著有《石桥轩吟稿》。

燕塞行

车萦峡谷客心惊，剑气森森旧戍营。
百二峰头点晴雪，八千里路荡吟旌。
斜阳偶照中天月，峭壁尽嵬云外城。
为探幽燕绝胜处，雄关重绾作长缨。

山　居

白屋青岩仄，石坪溪径弯。
垂铃老梨树，疏栅空羊栏。
扁豆半墙紫，秋风满院闲。
柴扉叩无应，崖顶一声鞭。

春访黄叶村

疏篱仄巷傍垂杨，道是先生耕砚堂。
茅屋春回门半掩，老槐人去叶初长。
每从顽石问津渡，偏向红楼说梦乡。
宅畔几株花似雪，东风一度一神伤。

谒卧龙岗

龙冈兀立野云飞，依旧草庐人未归。
翠竹犹思疏剑影，焦琴静待拂尘灰。
功成三顾传佳话，义冠两朝垂史碑。
鹤唳松林声不尽，秋风一揖到门楣。

秋登慕田峪长城

迭宕峰峦一剑裁，雄关尺度塞云开。
九霄谁筑连城垒，千古几多匡世才。
但使秋风染霜鬓，不教征骨没蒿莱。
苍山远望枫红处，故戚将军布箭台。

秋游圣泉寺

霜枫照影煊深秋，牵袂松风催胜游。
峰涌雄关旗角动，涧藏古井圣泉流。
山门有钥霞还销，樵话无书讹更幽。
静听闲莺啼偈梦，白云旧事两悠悠。

时　新　1946年生，山西清徐县人。中华诗词学会常务理事，山西诗词学会常务副会长，《难老泉声》主编。

过固关

四月太行天尚寒，长城旧史迹斑斑。
春红夏绿间相杂，细雨梨花过固关。

登嵩山

秋田漠漠黍棉香，有客登临坐晚凉。
古寺白云皆净土，唯留明月照诗囊。

春　寒

河声敲夜色，春气带寒生。
雪重桃花醉，风微柳絮轻。
带烟诗笔老，凝水翠枝横。
已惯沧桑事，炎凉自不惊。

碛　里

八月阴山雪，增寒大漠秋。
沙平天有尽，地远日难收。
孤笛声如线，群驼影似舟。
车轮随乱辙，不禁起新愁。

雁门关村景

秋日雁门黄叶天，农家小院起炊烟。
依门呼饭群峰应，莜麦花香又一年。

何　鹤　1967年生，吉林农安人。中华诗词学会网编辑，《中国当代诗词百家》特约编辑。

燕山日记

燕山北麓渐黄昏，兴味悠然四处寻。
枫叶新摘秋满手，菊花初绽露含金。
霜生袖底浮心少，泉到溪边明月临。
为客天涯回望迥，星空点点是伊人？

赏　荷

朝雾如纱凝碧空，一塘冷艳正微萌。
新荷浅映蝉声里，垂露低悬鸟语中。
蝶敛幽香携梦远，云沾翠色向天青。
小舟划过千重伞，诗意哪如禅意浓？

来京做编辑有感

原本人生空自忙，为人作嫁又何妨。
凭窗审稿裁和剪，即兴赋诗疏且狂。
常恨京华无定所，可怜东北是家乡。
八达岭上撩云处，始信居高放眼量。

大运河石雕

大运河东望远天，遥思霸主舞长鞭。
堤间垂柳随杨姓，水上征帆由梦牵。
俯首悠悠三百步，回眸浩浩两千年。
龙舟再渡通州日，波自清来月自圆。

风

原本无心及马牛，萧萧易水不回头。
汉王歌罢山河啸，诗圣篇成草木愁。
气正三分雪知道，魂芳一缕柳温柔。
携云带雨说兴替，断续声中未肯休。

上班路上

细雨遥闻春到家，昨宵私自下天涯。
运河背上层层雾，垂柳肩头淡淡纱。
数里禅音白塔寺，此时心境玉兰花。
绝知前面风光好，一点微寒不计它。

悬空寺

纵目太行游兴浓，迷人最是翠屏峰。
几根残柱撑三界，一脉危岩下九重。
寺到能悬因作法，云无须驾也从容。
超然绝处轻回首，那缕尘缘无影踪。

西安纪游

渭水悠悠几许长，灞桥雨过立残阳。
钟鸣玄武门前事，波映华清池畔妆。
雁塔题名归寂寞，曲江流韵剩疏狂。
游人不解黎民苦，指点乾陵说大唐。

邹积慧 1957年生，吉林农安县人。黑龙江省农垦总局常务副局长。

湿　地

百里氤氲意态雄，芦花鸟语乱天风。
千般旖旎撩心脾，诗兴翻腾一鹤冲。

生态北大荒

春风骀荡柳含烟，俊彩霓霞染杜鹃。
湿地氤氲原始美，雁窝[①]旖旎鸟声圆。
盈盈翠色铺田野，浩浩林涛荡两间。
愿借蓝天无价纸，放歌碧水与青山。
注①：雁窝岛。

现代化大农业

无垠黑土泛油花，沃垄诗行异韵发。
遥感勘查惊四面，激光整地乐千家。
银鹰着意播甘露，田野随心裹碧纱。
牛影鞭花春去也，高新技术绽奇葩。

镜泊湖泛舟

桨声欸乃好风吹，碧玉青罗酬四围。
我荡平湖寻妙句，吟鞭飞舞浪花追。

农田绿化林网

浓荫蔽日漫无涯，风扯涟漪戏彩霞。
壮志四时泼秀色，雄心万里锁狂沙。
根扎沃土枝尤茂，梦绕大荒情更嘉。
脉络交叉蓄灵雨，天然水库润春华。

渔歌子·北大荒现代化农业生态园（二首）

南国园

生面别开满眼春，风光旖旎四时新。
蕉似碧，柚如金，采摘秀色醉游人。

菜艺园

低灌如织脉络通，栽培无土翠摇空。瓜满架，菜盈棚，香飘四季赖神农。

浣溪沙·现代化大农业(二首)

万亩大地号

稻海无垠荡绿风，香飘百里浪千重。凭栏一眺豁心胸。

现代农机吟沃野，规模耕作益三农。小康之路创新中。

人工降雨

迷彩峥嵘万炮发，挟雷驭电到天涯。天公报喜泪如麻。

干裂河床流响韵，萎枯苗木焕春华。蛙声新透绿窗纱。

沈　云

1946年生，河北雄县人。河北作家协会会员。著有诗集《乡村情韵》、《云声集》、《沈云诗词》。

金缕曲·纪念抗日战争胜利六十周年

此恨君知否。忆当年、豺狼入室，侵华倭寇。匝地烽烟哀鸿遍，血染山河骸骨。雪国耻，雄狮怒吼。百万工农齐奋起，举铁拳，再试回天手。完玉璧，驱狂兽。

如今又有妖氛露。拜神社，歪曲历史，中伤邻户。人类难容伤天理，可笑谎言兜售。史为鉴、罪当责诟。教训更须常自省，悔前非、承诺应严守。举大白，唱金缕。

悯农工四首（选一）

栉风沐雨迎寒暑，汗泡朝阳浸晚霞。
思母五更含血泪，念妻三月望灯花。
手持砖块连愁砌，肩拽钢筋带怨拉。
两载工钱谁兑现？春风难抚内心疤！

春日小景

紫燕檐前唱艳阳，红桃绿柳泻春光。
流莺掠影清溪上，碧水环山流韵长。

瀑　布

一生壮烈破常规，霞蔚云蒸挽不回。
无限心胸难寄志，长抒浩气引泉飞。

落　叶

片片霜红牧野风，送秋潇洒作飘零。
心中有梦枝头寄，落地如吟带韵声。

科技兴农

化雨春风洒满村，平民拥戴似财神。
田头地垄传学问，科技兴农生富根。

扎花人家

谁家染紫又粘红，五彩缤纷满径庭。

老少扎花谈笑里，何人致富不春风。

小溪（二首）

一

玉泻珠流款款行，深山野谷隐姿容。
田园有约描春去，欲把此身许果农。

二

难忘云乡是故乡，青山绿水总牵肠。
只因山外多污染，不肯清流入大江。

荷花淀情韵

碧水红荷十里开，荡舟情侣醉心怀。
鸳鸯避客含羞去，白鹭依人得意来。
莲蕊蜜蜂同幻梦，波光鱼影共徘徊。
淀中浪漫知多少，双桨番番作剪裁。

收枣即景

开园几处晃枝头，红雨随心阵阵稠。
邻里街坊扬脸笑，珍珠玛瑙顺坡流。
小童争抢无须管，大嫂帮装不用求。
一派欢乐和谐景，众人品枣话丰收。

沈　鹏　1931 年生，江苏江阴人。曾任中国书法家协会主席，现为中国书法家协会名誉主席。著有《三余吟草》、《三余诗词选》等。

读聂绀弩手稿《马山集》

未许名山后世藏，惊心弃璧泪盈眶。
屠龙屠狗郢挥斧，非马非牛国有殇。
半寸柔毫南冠者，三千毛瑟北荒章。
诗人不幸诗坛幸，时女还忙时尚装。

绿　原

记得年前结伴游，绿原不见使人愁。
道旁金索围三匝，地下黄泥动九畴。
风起良禾吹浩荡，机扬浊土滚浓稠。
新楼更比前楼阔，报与芳邻挡日头。

《六骏图》随神舟六号升空抒感

神舟六号升空，刘大为作《六骏图》，余题诗，随“神六”腾飞遨游。开舱盛典取出原物，成五古六韵。

时空有隧道，跃上第几层？
星月过交臂，烈日曾烂蒸。
开舱惊隔世，丹青光泽仍。
远观复近察，疑有异气腾。
何须揽长辔？火云托舟升。
神州多奇事，“六骏”胜昭陵。

宠　物

“友朋今时少，宠物宠倍加。”

有客言宠物，情胜怀中娃。
“善解无聊赖，晨夕守吾家。
出门怜我去，入室绕我爬。
滴水恩能报，待我如亲爹。
反视人间世，稍远即还牙。
与犬交密友，情义最无涯。”
客言颇凿凿，坦荡无拦遮。
今见报端载，宠物多如麻！
狂犬病居首，贻害胜毒蛇。
若议犬当杀，舆论必大哗。
我谓“人与犬，自当两无赊。
物类有通病，阳错在阴差。
爱犬先爱人，爱屋及乌鸦。
宠物固足宠，仁心最可嘉！
世情诚浇薄，和谐义无邪。
病虽在狂犬，人不反思耶？”
客子闻我语，起座复长嗟。

亚洲博鳌论坛会址

四海风云聚一厅，交争上下舌簧生。
万泉河水东流去，鳌脊苦驮防陆倾。

“天涯海角”有古树生于岩隙

造物如何屈美材？悟空也要问从来。
树依海角真情种，石破天涯未忍回。

重访南山

又入南山万绿丛，一方净土倍葱茏。
幽篁逐节参天长，大道盘云神力通。
浪静波平称乐土，风和雨细映垂虹。
鉴真杖息栖留处，智慧花飞不老松。

博鳌南行途中

小舟破浪白龙飞，礁石岿然怪陆离。
椰树迎风风染绿，沙洲照日日雍熙。
山随路转排云起，人在画行当局迷。
总是三江归大海，一生几听暮鸦啼！

沈华维 1954年生，宁夏永宁县人。中华诗词学会常务理事，中华诗词学会副秘书长兼办公室主任。大校警衔。著有《问心斋诗词集》等。

观元宵焰火有感

如此风光费忖量，今年应觉不寻常。
山区百万春苗旱，一刻烟花一月粮。

端午节于西安参加中华诗词研讨会

曲江流韵似从前，霸气依然连远天。
国粹翻新弘雅道，吟鞭策马追先贤。
离骚千古怀屈子，西风三杯醉白仙。
阆苑清泉堪润笔，天涯行遍又新篇。

上元子夜有寄

璀璨烟花照夜明，人如潮水涌湖城。
炮声疑是春雷动，能换甘霖解旱情？

关中道上

秦川五月令人迷，正是杏黄麦熟时。
云降三原经万象，绿铺千邑更生机。
骄阳熏得芳盈野，紫燕轻鸣丰讯知。
景色全收不由我，好花须看莫嫌迟。

张 结

1929年生，河南太康人。新华社原副总编辑，中华诗词学会顾问。著有《道路集》等。

丙戌春日复游西园

春分已过未清明，又向西园信步行。
一树夭桃方著蕾，几枝虬干未全青。
巍墙堞影遮楼影，嫩柳莺声杂市声。
却似东坡倅黄日，年年题句二王城。

丙戌春日游卢沟桥

为寻旧梦访卢沟，纵是残春胜早秋。
晓月空蒙碑尚在，枪痕叠乱迹犹留。
八年忆及伤前事，五纪终看洗国羞。
半日桥头凝望处，浮云远树总悠悠。

川行七首（选五）

过剑门

秦岭巍峨入梦魂，连云古栈迹犹存。
猿猱不度悲号处，却驭钢龙过剑门。

去九寨沟过杜鹃山

车行半日入羌乡，路转峰回雪线长。
忽忆离京身万里，杜鹃山顶过重阳。

九寨沟

瀑银树碧间丹枫，万壑千山色不同。
九寨沟游唯一恨，只从云际望黄龙。

九寨沟五花海

太湖浩渺扩心胸，雁荡银湫泻碧空。
九寨归来羞说水，五花海是玉龙宫。

成都喜晤蔡淑萍词家

京华三载忆前踪，小院敲诗似旧容。
莫道秋深花卉少，朗吟声起便春风。

登轩辕台感怀

万绿丛中访古台，轩辕陵墓自崔嵬。
人文肇始开三代，蚕茧教民惠九陔。
太白题诗传好句，子昂眺望数衔杯。
桥山桧柏燕山雪，一体何妨祭祀来。

注：李白诗："燕山雪花大如席，片片吹落轩辕台。"陈子昂亦有轩辕台诗。

京东大溶洞用进退格

京东探胜久，半日洞中行。
古篆留残壁，群仙戏碧穹。
因风轻幔舞，滴水万妍生。
在在非人力，京惊造化工。

青龙山滑雪场

亭台几处画图开，生态园新共举杯。
莫怪欢声传远近，青龙雪道自天来。

浣溪沙·金海湖泛舟

廿里名湖泛碧漪，笑歌恍在武陵溪。山花草树待留题。

拂面微风来塞北，醉人烟水近京畿。轻舟划过玉琉璃。

张梅琴

女，1955年生，山西平遥人。山西省诗词学会副秘书长。

仰望华山

秦川天际阔，华岳耸苍穹。
黛壁浮鱼背，春云绕玉蓉。
千泉飞激越，万木郁葱茏。
仰望觉身小，未登先荡胸。

华山俯瞰

依栏凌绝顶，满目尽雄奇。
玉井莲花秀，云梯峭壁危。
远连河带曲，高接古关巍。
急雨忽来去，清风一任吹。

渭南行

麦海茫茫秀穗时，春光尽染碧桃枝。
飞车直向古都去，一路风情一路诗。

登灵空山

亲临名胜境，绝顶叹奇松。
林海苍茫绿，山岚馥郁浓。
虹桥高踞壑，古寺险悬空。
细雨淋身爽，行吟醉夏风。

张福有

1950年生，吉林集安人。中共吉林省委宣传部原副部长。中华诗词学会副会长。著有《养根斋诗词选》、《诗词曲律说解》等。

临江仙·送友江城履新

翘首金鸡高唱，临风玉树低吟。无关赏柳会知音。黄龙遗塔古，赤子系情深。

驻马松花湖畔，送君长白山阴。三江源处沐诗心。江流长万里，诗路上千寻。

行香子·白城杏花诗会

瀚海留春，韵府销魂。瞻榆处、松漠斯文。沙飞树舞，鹊闹虹新。恰墨花淡，诗花艳，杏花珍。

此间辽鹤，遍野踪痕。引来客、一洗征尘。吟旌漫卷，诗阵耕耘。戒古人忧，今人笑，后人嗔。

沁园春·莫高怀古

盛大辉煌，旷世奇观，不朽莫高。对三危峭石，沙中绚锦；千年古洞，域外称豪。罗汉乾坤，飞天岁月，无限光阴梦里消。今朝醒，问沙州何日，花雨潇潇。

迢迢西域征旌，是汉武开边始射雕。设两关塞障，康居安息；贰师卒吏，搜粟嫖姚。道士偷经，列强窃宝，画损经残恨未消。祁连雪，亦苍凉感旧，气接云霄。

陈仁德　1952 年生，重庆忠县人。中华诗词学会理事，重庆市诗词学会副会长。著有《陈仁德诗词钞》、《云气轩吟稿》等。

入茶马古道

群山迤逦入云深，一路溪声伴客吟。
落日斜辉茶马道，半坡亮色半坡阴。

过泸定桥

桥上依然铁索横，当年神话使人惊。
长河应有难言事，拍岸狂涛夜夜鸣。

宿康定

跑马山前月色昏，停车小驻水边村。
更深露冷溪声急，时有寒风叩店门。

川藏路上

渐入高原气渐寒，险峰峻峭胜雄关。
连天碧影浮云海，撩眼银光走雪山。
到此才知人渺小，回头顿悟路艰难。
苍茫大野过无尽，风景真如画里看。

过卡子拉山

峭岭危峰次第来，高原莽莽绝尘埃。
长空万里蓝如海，朵朵莲花海上开。
注：卡子拉山高 4718 米。

过虎跳峡

雪浪飞腾势若摧，茫茫深峡走惊雷。
轰然一怒乾坤动，夺路东流去不回。

宿中甸

香格里拉何处求，高原风景各千秋。
洋人偶弄生花笔，惹得纷争总未休。
注：中甸已更名香格里拉，而同时以正宗香格里拉自居者尚有多处。

车过独山

六十年前国运艰，孤城玉碎血斑斑。
英雄浩气沉沦久，更有何人说独山。

鸳鸯湖即景

碧水盈盈静不流，来从云上荡轻舟。
绿阴浸到湖心里，时有清风送白鸥。

小七孔桥

横山跨涧气如虹，两百年间雨复风。
露冷林空人去后，夕阳一片碧波红。

水上森林

一路清溪走浪花，迷茫水上树交加。
丛林深处滩声急，归鸟衔来片片霞。

宿龙潭河

清溪一曲绕楼台，竹外新荷带露开。
夜半虫声鸣四野，松风月影入窗来。

桥头即景

一番新雨又清秋，江畔波摇翠影浮。
日暮幽篁闻犬吠，牧童呼伴过桥头。

武正国

1940 年生，山西交城人，山西省人大党委会副主任。山西诗词学会原会长，中华诗词学会顾问。著有《拾贝集》等。

漫咏唐宋诗人词家一百首（选六）

孟浩然

行云流水柳梢风，韵味蕴藏恬淡中。
遍地江山留胜迹，秋波何必送渔翁！

王　维

心融天籁笔清新，行觅源泉坐看云。
酷爱田园非出世，常怀百战老将军。

李　白

权贵牢笼奈尔何，怀才一任放怀歌。
仕途黯淡诗途灿，不负河山胜景多。

王　勃

高阁名篇千古奇，天涯海内耀光辉。
河东底蕴文浑厚，陶冶神思无翼飞。

苏　轼

宦海沉浮履险滩，词风澎湃起狂澜。
涧溪清雅终嫌浅，汇入江河方壮观。

辛弃疾

少壮鏖兵挥战刀，老来北望每登高。
词雄岂止凭精艺，胸有江山气自豪。

范敬宜

（1931～2010），江苏苏州人。历任国家外文局局长，《经济日报》总编辑，《人民日报》总编辑，清华大学新闻与传播学院院长。著有《范敬宜诗书画》等。

题清末画家张子祥山水画册（二首选一）

罢钓归来宿雨收，一溪绿水泛轻舟。
诗情只在斜阳里，莫向云山深处求。

登苏州天平山

丹枫如染谒天平，万笏朝天若有情。
高义园前思祖泽，岁寒堂里数家珍。
先忧后乐承遗训，画粥断齑铭寸心。
俯仰平生少建树，临风欲拜愧望尘。

渔　歌

绿蓑青笠驾轻舟，只钓银鳞不钓侯。
识得个中真趣味，芦花深处有眠鸥。

浪淘沙·记事

玉砌露华浓，帘幕重重。人间何处着萍踪？待向天涯寻旧梦，又怕相逢。

疏雨滴梧桐，秋满长空。无情最是晓来钟，偏趁小楼人未醒，送却归鸿。

林　岫　女，1945年生，浙江绍兴人。古典文学教授。中国书法家协会顾问，北京书法家协会主席，中国汉俳学会副会长。著有《苹中吟草》、《诗文散论》、《紫竹斋诗话》、《紫竹斋艺话》等。

山行诗

槐花落尽夏阴敷，岸柳风来竹影扶。
路失翠微疑入画，画中有我听山乌。

山馆杂吟·邻家种竹

梅枝点缀小庭幽，又傍山溪种玉虬。
留得几多清气在，人间未尽俗尘收。

踏沙行·南京夫子庙题桃花扇赋香君事

翠带风开，紫绫丝结。霜缣骨散冰清洁。传香扑眼一枝红，斑斑都是胭脂血。

岁月焉抛，痴情难得。秦淮今古犹呜咽。重名未必好男儿，娥眉信有真豪杰。

镇江闻梅香夜起

闻香梦醒忆堪亲，山馆幽清绝俗尘。
破晓烟痕轻褪墨，临江月色远浮银。
蜗涎独篆沿阶下，螺黛相思对案陈。
有句细抠潇洒好，无忧颐养性情真。
老来豪气唯闲乐，搜去柔肠尽异珍。
公事俱辞求自在，闲情领足不由人。

重阳品菊

京华小别又三年，草色诗心自等闲。
镜里人怜新白发，案头笺忆旧青山。
篱花簇拟金编磬，筠笔陈如玉笋斑。
窗景常同书画好，物情仍与是非关。
时邀雅客相来往，惯看虚名任去还。
青竹如君亦如我，直竿生性老偏顽。

浪淘沙·日本松岛行舟观岸上红叶

远浦酒旗招，楼隐花娆。引人清兴短长桥。落日鸦归图画里，飞过危樵。

举榜逐寒潮。离绪难消。岩边黄叶正萧骚。御史洛阳惊绮宴，几点红娇。

惜黄花·苏北采风访山家

鸟啼声健，鸭眠沙暖。三两农家，柴门静，未同掩。绕屋樵青暗，蘸水鹅黄浅。古松径，者翻寻遍。

灵境清幽，人儿难见。正藕分根、瓜分架、竹分箭。忽地轻舟过，笑语声声唤。约春后，樱桃红半。

梅石图歌

山无竹不秀，梅无石不瘦。
有客扫烟云，雅才雄八斗。
倏忽万花开，铁干凌霜后。
冰魄迭槎枒，矫矫回春手。
徐熙锦样新，芳姿岂无偶？
突兀数片奇，从此相厮守。
错落复崔嵬，璞青皴直丑。
郁勃骨气清，得天为独厚。
灵根傲嶙峋，精神同不朽。
幽静绝尘氛，岁岁披香久。
嘘吸淡荡风，涤胸长抖擞。
张壁晨昏看，爱此君子友。

金缕曲·己丑将临出席百花迎春晚会感赋

熙洽东风劲。又年年，百花吐艳，九州欢庆。瑞换桃符椒酒满，处处融融画境。杯共祝，遐思飞骋。悲喜尔来堪砥砺，铁脊梁，竖起家山鼎。大手笔，肃然敬。

健儿捷报星徽映。倩神舟，美声广宇，航通情永。卅载调羹帷幄事，铭史昭然若镜。天履泰[1]，吾生有幸。百族和谐箫韶乐，最快意，艺苑黄钟盛。扬国雅，八方应。

注：①《易·说卦》有“履而泰，然后安”。

浪淘沙·名古屋道中赋别中日女书家

瀛岛散游踪，情意融融。相携相伴墨缘中。热海箱根看不尽，残叶疏红。

聚散太匆匆，转眼西东。芳心不计水云封。信道来年花更好，愿得重逢。

天台山雨后即兴

松荫石下绕寒汀，岩际云飞过草亭。
雨后山人从此出，衣衫都带几分青。

林　峰　1967年生，浙江龙游人。浙江省衢州市政协委员、衢州市诗词学会副会长，《中华诗词》特邀编审。已出版《一三居诗词》、《花日松风》等诗集。

清平乐·听琴

琵琶轻弄，惊醒阳台梦。心底情思千万种，都被三弦拨动。

年前豆蔻花飞，年来梅子低垂。纵使秋波似水，依然难载人归。

西江月

昨夜风回翠馆，今宵月洒朱楼。花枝烂漫紫烟浮，暗里深红粘袖。

帆影悠然远近，橹声分外轻柔。鹧鸪一片五更头，屋角青梅瘦否？

清平乐·富春江

桐君何处，且泛沧波去。七里清风生柳渡，惊起轻鸥三五。

山飞岚影浮青，汀回迥夕照流明。两岸杨花如梦，一方春水盈盈。

木兰花·龙游国际龙舟赛

灵江十月欢歌涨，箫鼓声中人尽望。秋阳千丈弄涛旗，一碧长波雄气象。

中流飞舸排银浪，夺锦豪情和酒漾。试看谁敢立潮头，姑蔑龙腾天下壮。

鹧鸪天·龙游西门新村

红是重楼绿是茵，画桥幽径鸟声新。西门村口花衣绽，灵水滩头柳絮温。

歌九叠，月盈樽。石田茅屋杳如尘。诸君莫把良辰负，记取高天一片春。

水调歌头·庐山

秋色出霞壁，翠涌汉阳峰。禹王台上，青莲约我采芙蓉。俯瞰横江银浪，笑揽龙潭烟雨，醉里听疏钟。长啸欲何往，声震楚云东。

问五老，寻白鹿，有无踪。仙人遥指，林崖西去万千重。借得如椽山笔，吸就冲天正气，浩荡卷尘空。四面松风起，鹤背踏晴虹。

水调歌头·青藏铁路开通有感

鬓染野蒿白，衣卷塞沙黄。风流儿女何处，击鼓斗洪荒。唤得玄龙狂舞，搅起银涛千丈，气吐迅雷张。且化珠峰雪，来醉手中觞。

戈壁青，唐蕃古，远烟苍。征尘洗却，旌旗十万浴朝阳。眼里昆仑在抱，回首天河凝碧，坡上见牛羊。但借云车去，长卧雪莲旁。

浣溪沙·龙山春

斜倚清风玉一丛，山光梅影到怀中。落霞随酒淡还浓。

笛弄花间人似月，诗飞天半句如虹。小堂春色万千重。

清平乐·江心洲

江洲涌翠，芳草汀沙媚。九叠云飞花外水，一点梅香未褪。

天晴露白山明，人闲柳嫩鸥轻。君看春波万里，西来依旧深情。

西湖春词（四首）

一

歌咏轻莺舞袖飘，芳芜绿涨柳眉娇。
藕丝莫放吴船去，咫尺孤山隔水遥。

二

东风吹雨酒旗边，鸥影翻波入远烟。
万顷湖光流不尽，心中春色水中天。

三

湖畔飞花湖上鸥，霞光翡翠绿荑柔。
归来忘掬三潭水，辜负清宵月一钩。

四

拾翠人来月未圆，桨声如梦水如烟。
婆娑竹影当窗入，四面湖山抱我眠。

阮公墩

环碧楼台四面开，玲珑燕语隔尘埃。
谁将一座神仙岛，移向西湖深处来。

醉白楼

风前新翠拂人衣，波拥晴峰卷碧霓。
醉白不须楼上酒，桃红欲燃绿杨堤。

林从龙

1928年生，湖南宁乡人。中华诗词学会顾问，河南省诗词学会名誉会长，著有《林从龙诗文集》、《诗苑寻芳》等。

妙高峰中学别友

春阴三月雨潇潇，山涧澜翻急晚潮。
柔柳拂窗天欲曙，离情惊梦夜无聊。
他乡落拓怜鸿爪，同室磋磨附凤毛。
此后相思应未极，碧天无际暮云高。

南岳登高诗会

阔别名峰四十春，山灵识否旧征人？
欣逢雅集寻僧舍，小坐禅房避俗尘。
歌哭总缘兴与废，声情贵在美而真。
南来谁识登临意，渺渺予怀望北辰。

三秦道中

丰草长林翡翠山，鹰盘鹿隐白云闲。
秋随风露登秦岭，雨助吟哦过散关。
南北中分殊物候，阴晴不定叹人寰。
一车载我扪星去，蜀道从今莫说难。

登山海关城楼

海岳雄奇接两间，苍茫浩气贯人寰。
眸迎巨浪高千丈，足踏长城第一关。
燕塞湖飞双索道，秦皇岛泊五洲船。
古来生死交锋地，翻作今朝画卷看。

欧阳鹤

1927年生，湖南长沙人。高级工程师。中华诗词学会顾问，中国电力诗词学会常务副会长。著有《鸣皋集》、《欧阳鹤诗词选》。

石宝寨

谁把奇峰此处栽，凌霄直上小蓬莱。
琼楼削壁成双抱，碧落黄泉见两开。
寨顶风光千里望，江村渔火几行排。
丹青尚画秦良玉，巾帼英雄侠气来。

蓬莱阁

烟霞万里海波平，一阁临风耸翠屏。
何必求仙方外去，三山此是最高层。

小三峡

黛岭青溪曲几重，幽深小峡见天工。
鹊桥高架连双峪，漪浪中流荡一篷。
孰葬悬棺人径绝，谁修栈道鸟途通。
猿啼两岸轻舟过，李白诗情此处浓。

鹧鸪天·黄山光明顶

立马巅峰四望空，霓裳霞袂舞天风。
凝眸云海仙源近，入耳山涛阆苑通。
观怪石，赏奇松。九州烟雨此间浓。
耆翁到此宁无韵？一片诗心化彩虹。

田横山

义重千秋百姓崇，亡齐不受汉王封。
精魂五百归沧海，血染丹霞岭尚红。

水调歌头·过杜鹃山黄土梁

仰望山飞白，俯瞰叶飘红。穿云破雾，轻车摇曳上巅峰。海拔三千六百，我自悠然安度，上下任从容。八十何言老，心有旧时雄。

驱万山，赶林海，挟天风。茫茫穹宇，奔雷走电赴仙宫。王母蟠桃盛会，邀我瑶池赴宴，岂顾路千重。天地人神会，千载一回逢。

水调歌头·九寨沟

本是天仙女，底事降尘凡？千姿百媚，深闺长锁匿真颜。头戴玉冠螺髻，身着霓衫霞佩，秀立雾云间。理鬓湖当镜，待月夜无眠。

容乍露，惊绝艳，震瀛寰。游人如织，摩肩接踵勇登攀。定是神工鬼斧，造化风光如许，五彩竞斑斓。九寨归来后，不看水和山。

珍珠滩瀑布

满壑珍珠滚地排，汇成巨瀑下悬崖。
杀声四起如雷震，疑是千军万马来。

沁园春·恒山

北岳崔嵬，近抚平林，远极浩冥。望莽原万里，长城似带；险峰千叠，峻岭如行。烽火频仍，河山破碎，多少兵家此地争。欣今日，聚骈阗各族，国泰邦宁。

山容自古峥嵘，被诸帝群贤赋盛名。有禹王尊岳，秦皇封禅；诗仙泼墨，霞客垂青。翠柏苍松，奇花异草，庙观楼台别有情。如今是，更风光如画，游客心倾。

尚爱民　1942年生。中华诗词学会、中国楹联学会会员，江苏省诗词学会、楹联学会理事。著有《流花集》，编著有《东海之韵》、《东海民歌》、《东海诗词楹联选》等。

［中吕］醉高歌带喜春来·访友

青山林岫云裳，绿水浅流细浪。东篱坐落柳荫帐，恰似陶居模样。六旬岁月堪回首，风雨炎凉两眼收。洁身归去享清幽。多备酒，来客尽诗囚。

［中吕］醉高歌带喜春来·农家

槐花十里飘香，布谷一声嘹亮。农家收取黄金浪，新绿趁时铺上。城郊儿女勤身手，丢罢镰刀摸斧头。搬砖弄瓦盖高楼。忙不够，挥汗写风流！

［中吕］醉高歌带喜春来·煤渣

藏身千尺深层，炼性万年古井。一朝发掘热情迸，化作熔炉火凤。激情燃罢退炉下，棱角全无暗色华。半成灰烬半成渣。由车轧，铺路向天涯。

［正宫］塞鸿秋·残年共度

街头见老太扶中风老伴走路有感

老夫病瘓肢麻木。老妻搀手教挪步。挺身作杖情铺路。摩肩抹汗心呵护。白头爱似金，老伴恩如玉。深情伉俪余年度。

［双调］竹枝歌带荆山玉·退休族

三线归来仍任劳。两大工程一担挑。满腔余热劲头高。看孙希望寄，管伙菜篮捎。全包。补课在今朝。

闲来上网新闻扫。论坛赏韵键盘敲。老友时相聚，把酒醉逍遥。

注：三线，群众戏称退休人。

瞻仰革命圣地延安

游客如潮汇枣园，流连窑洞忆先贤。
内忧外患磨壮志，小米步枪书史篇。
浩气冲天笼圣地，红旗展世是摇篮。
仰看宝塔光环在，再向延河问旧年。

［仙吕］赏花时·俺那老头

俺那老头是网虫，贪恋荧屏八面风。夜半醉诗宫，论坛发帖，天马任行空。

咏　梅

凌寒傲雪抖虬枝，开在群芳未醒时。
和靖当妻生作伴，放翁寄意死相依。
扬州十日曾沾血，梅岭三章又映旗。
风骨铮铮宜入画，清香缕缕自成诗。

注：宋代林和靖爱梅，曾有梅妻鹤子之说。陆游有诗云：何方可化身千亿，一树梅花一放翁。扬州史可法抗清血战十日英勇就义，死后葬于梅花岭上。陈毅有诗《梅岭三章》。

瞻仰云岭新四军军部

当年云岭气如虹，抗日旗燃半壁红。
同室操戈掀恶浪，突围闯阵啸长风。
江南一叶怒昂首，苏北四军建新功。
今日重来观故地，杜鹃凝血祭英雄。

国印周　1945年生，河北隆尧人。中华诗词学会会员、邢台市诗词协会副会长、河北省隆尧诗词学会会长。著有《重元诗词》。

丙戌岁末杂吟

自　况

曾是风云客，归来尘满巾。
三间遮雨舍，五载赋闲身。
聚饮尧山下，联吟泜水滨。
时人当笑我，我亦笑时人。

村　翁

昨夜算珠响，今晨笑脸憨。
务工一万二，耕作八千三。
媳是裁云女，儿为种玉男。
阖家人五口，岁岁有余甘。

年　近

雾落孤村现，微寒雪半融。
风轻鹊婉转，霜重树玲珑。

织妇灶台笑，归夫衣袋隆。
街头三五叟，谈笑说年丰。

鹧鸪天·赶集小贩

集市奔波日夜忙，服装鞋袜一车装。
昨天畅卖桃花寨，今日狂销莲子庄。
披晓雾，戴星光，年来踪迹遍城乡。
妻为采玉描金手，夫是新潮送货郎。

鹧鸪天·收废品者

慧眼能知废与琛，穿街走巷任淘金。
工蜂何惧奔波苦，采蜜归来夜已深。
情切切，汗涔涔，辛勤日日报佳音。
种田收购两相济，娶媳建房乐不禁。

鹧鸪天·民企“白领”

曾是当年致富星，如今企管在高层。
行云布雨招招懂，折柳簪花样样精。
尊理念，守操行，礼仪仁孝诚门庭。
平和处事新风举，仍是村中好父兄。

易　行　本名周兴俊，1945年生。中华诗词研究院执行副院长、中华诗词学会副会长。著有《踏歌集》、《壮怀集》、《神怡集》、《远望集》和《中国诗学举要》等。

武当登顶

登高一望绿如烟，绝壁奇峰尽异端。
绝顶有松皆面北，深潭无水不朝天。
近参铁杵磨针井，遥看悬崖瀑布泉。
大道无争岂有败？武当悟透是真山。

在恒山悟道

北岳神仙路，真能上九天？
空山观莽莽，深谷悟潺潺。
细草峰巅立，苍松壁下悬。
落花随水去，欲唤竟无言。

峨眉遇雾

雾里观山处处玄，无言苦笑对巉岩。
心烦幸有群猴抢，始信猿人是祖先。

骊　山

当年烽火戏诸侯，一笑嫣然社稷丢。
从此骊山成历史，年年岁岁演春秋。

山居有感

登峰揽月五更天，泼墨吟诗到日偏。
陶令菊吟声渐远，有闲处处是南山。

秋后登山

登峰一步一层天，秋叶春花等量观。
梦里寻她千百度，原来至美在深山！

故宫秋望

车似流云树似洲，无穷金碧染中秋。
大旗猎猎迎红日，广厦巍巍映角楼。

笑语喧天金水上，欢歌震地景山头。
远观心有雄风过，一洗清廷万世羞！

巫山一段云·游香山卧佛寺

宝刹依山起，世尊何事愁？香烟袅袅磬悠悠，欲火几时休？

拥堵回城路，相迎尽塔楼。红枫悟语劝回头，人类已深秋！

御街行·圆明园

残砖断瓦伤心壁，看老树、摇新绿。当年王梦已灰飞，空锁一园清气。无须重建，无须覆盖，不怕风吹去。

悲情已作黄花地，将怒火、煅动力。琼楼玉宇会京师，铁骨钢筋凝聚。卢沟晓月，长城旭日，俱会圆明意。

西江月·珠江夜游

火树银花岸上，流光溢彩珠江。暖风吹起浪花香，一路琼楼荡漾。

似逛天街夜市，如游梦里仙乡。满船北调对南腔，争说改革开放。

又见长安

白也醉别才几天？长安已越万重山。
鼓楼鼓舞迎新月，雁塔雁然辞旧年。
百里秦风吹广厦，千秋汉水映雄关。
可惜妃子唐时梦，没有荔枝空运甜！

自制词·神州春

雪压千山，冰封万水。望神州，依然隆冬景象。村寨里，城头上，早已龙飞狮舞，金鼓咚咚擂响。问春回大地，谁能阻挡？

雷声短，风声长，红了千家万户，绿了百川千嶂。柳行里，平湖上，早将这无限春光，交与天籁唱。想世外桃源，又能怎样？

自制词·元宵

月似金盘，星如慧眼，看万千烟花升起，满天梦幻！匆匆一年过去，掐指算来，头上华发，又添几分浪漫。

热血腾，喜泪涌，将一腔豪情填满。夜无眠、登高远望，早已烟消雾散。愿将这，天边红日，胆边余勇，全送与、新挑战。

长　江

万里长江万古流，开天一笔画神州。
横分五岭千城筑，纵贯三川百库修。
峡上平湖生朗月，渠间绿水映金秋。
太白豪气今犹在，能不狂歌笑美欧！

黄　河

千回百转走苍茫，壶口龙门锁愈狂。
大浪拍山抒壮志，激流吻地诉衷肠。
铺开一路花千里，挥就两京赋万行。
百代悲天黄泛史，一齐化作稻菽香。

御街行·长安街上

春潮浩荡连新宇，风阵阵、楼熠熠，大旗飘飘上虹霓，辉映神州天地。凯歌高奏，长安街上，豪气干云翳。

雄城屹立金晖里，将热泪、全付与。露珠弹落鸟惊飞，化作满天花雨。屈原狂喜，李白狂醉，杜甫归无计！

岳宣义

1943年生，四川南江人。曾任中国人民解放军河南省军区政治委员、济南军区政治部副主任等职。少将军衔。中国作家协会会员，中华诗词学会顾问。

西江月·牛年春节

领导忙乎啥子，脑汁绞尽安排。五洲四海共开牌，经济危机作怪。

鞭炮声惊天地，新星缀满天台。一锅饺子乐开怀，相互擎杯称快。

清平乐·北碚

岚山滴翠，秀水着人醉。百里烟霞多妩媚，风景巴山最美。

瓦房坡上芭蕉，竹楼院外青苗。江畔红衣女子，渔歌唱尽风骚。

秦始皇兵马俑

中华一统六国泯，遗臭留芳褒贬音。
伟大暴君无二个，八千兵马俑惊魂。

初冬游元大都遗址公园随想

西风黄叶骤惊魂，败落飘零悲苦心。
上帝挥鞭抽霸主，移民拭泪问乾坤。
消灾定要从根本，救命当须用重金。
小小环球仍在转，狂人末日已来临。

周汝昌

1918年生，天津人。中国艺术研究院研究员、顾问、“红学”专家。著有《诗词赏会》等。

诗二首

一

昔晤吴雨僧先生于重庆北碚，因步陈寅恪先生题赠吴老红楼新论七律原韵，赋诗见意。四十年后，《寅恪诗集》梓行，收有原倡，感绪万端，再步旧韵，而为新篇：

来托前身写后身，通灵一性早含辛。
当时才调违全代，并世文章服此人。
梦永是真石是我，情芳非水玉非尘。
灯宵如絮语凭记，惆怅先生笔最神。

二

归侨徐先生赠我佳句多篇，今取其七字为首句，而再赋新章：

摇落深知浊玉悲，萧条异代是吾师。
枝头杏小愁啼鸟，院里棠红感佩麒。
情结一痴归至圣，才承八斗见真奇。
红楼有境高寒甚，九曲雕栏十二题。

答沈鹏先生叠韵

沈先生方自南返京，即惠诗寿我，高情美句，感愧交并，仍叠韵以铭敝衷。

神欲如生韵欲流，万毫齐力讵关牛。
南游北运鲲能化，古篆今行翰擅柔。
诗法玉谿分逸品，书家北海继前修。
题名金榜叨荣寿，可许同陪五凤楼？

蜀中地震重灾夜不能寐作诗述感

鳌愁坤陷路沉浮，川涸山崩撼九州。
“天地不仁”人自救，军民倾力众分忧。
国家应急争分秒，领导飞临指策谋。
大愿更生苏万困，微怀至祷念无休。

注：“天地不仁”语见《老子》。

周笃文

1934年生，湖南汨罗人。大学教授，曾任教于中国新闻学院。现为中华诗词学会、《中华诗词》顾问。著有《影珠书屋吟稿》等。

登天都

二十年来几度攀，拿云心事未全删。
天都峰上披襟立，听我高吟动四山。

延吉道中

溶溶月色漾秋林，习静中庭夜转深。
数点流萤随梦远，不知人世有浮沉。

浣溪沙·重阳日独寻雪芹故址

一道清江带远山，轻车摇梦入苍峦。柳丝无力曳荒寒。

彩笔千秋留恨史，松寮风雨久凋残。蛩沉雁噤总无言。

霜天晓角·抚仙湖之忆

四境皆清，抚仙湖最清。矫首随阳归雁，云阵里，叫声声。

阿谁歌未停，阿谁半醉醒。唤起渔家狂客，长伴我，放歌行。

临江仙·鸡足山

卅载魂牵梦系，初来佛国名山。长松古道入云端。马蹄声得得，泉水响潺潺。

妙相庄严自在，天花法雨翩翻。招提宝刹冠诸天。灵山真不二，金顶证因缘。

临江仙·泛舟洱海

水色山光潋滟，华舟歌舞翩跹。青螺小岛掌中看。湖风轻似梦，诗思涌如泉。

崇圣凌霄古塔，金梭避暑宫垣。人天利乐喜眉尖。和谐同百族，九域焕新天。

减字木兰花·雨中游三清山

烟云满壑，飞瀑千寻空际落。携手攀天，呼吸岚光帝座前。

倏来风雨，剩有豪情狂可贾。待得斜阳，照彻灵岩花木香。

减字木兰花·龙游石窟行

龙游天外，崛起名城惊世界。定海针长，护得千秋古战场。

煌煌石窟，凿转乾坤神鬼哭。奇迹人间，赫赫光芒照大千。

寒山寺

闲寻琳宇运河边，轧呃依稀梦里船。破得人间痴恨否？一声钟杵撞诸天。

七绝二章

一

一潭碧水彊龙宫，仙迹尘凡路莫通。
解得七星昭万气，石岩村背太平翁。

二

凤凰山下藏兵洞，云水千年锁旧踪。
扫尽烟尘出奇伟，霸图今古凛生风。

周济夫　1947年生，海南万安人。海南诗词学会副会长兼秘书长。著有《椰荫诗话》、《苏轼谪琼诗选注》等。

天池水亭晨弈

水亭对弈浴晴光，落子声惊水鸟翔。
一马临宫浑不觉，朝岚定格辋川庄。

重过岳阳楼

天下几人知后先？范公胸次浩无前。
登楼未敢矜忧乐，烟水茫茫鹄的悬。

水调歌头·漓江游

谁酿醇醪溢，醉拥碧琅玕。芙蓉朵朵催发，宛约舞风前。移棹烟花浪石，指点画山九马，容与过坪滩。乍晴还乍雨，如幻复如仙。

借清流，陶胸臆，正怡然。夔门忽忆雄峻，舷眺异潺湲。曾慨一生平淡，何若山川多彩，顾盼足留连。收拾闲身去，踪迹问馀年。

夤夜投宿黄河壶口

夜寻壶口费颠连，几度迷途往又还。
得见黄河终不悔，先从梦里听雷喧。

题洋浦炮台遗址

港湾宏阔五洋通，舻舳连云晓日红。
只恐晴空生蜃气，故教遗垒对秋风。

再题红色娘子军塑像

为谁风露立多时，足下红尘天外思。
却忆山林篝火夜，阴霾如铁听鸡啼。

周啸天

1948年生，四川渠县人。现任四川大学教授、中华诗词学会常务理事、四川诗词学会副会长。著有《唐诗鉴赏辞典》、《唐绝句史》、《诗词赏析七讲》等。

锦里逢故人

涸辙相嘘以湿同，茫茫人海各西东。
对君今夕须沉醉，万一来生不再逢！

川北行四首

一

危石当空累十丸，网箍桩铆冀平安。
人心毕竟思为稳，便到千钧一发间。

二

参天皇柏岂非材，禁伐千秋遥胜栽。
铃转时光隧道里，前头应有马帮来。

三

山洪肆处雨滂沱，其奈霜皮铜干柯。
滴滴烈风扳不动，云根捅作马蜂窝。

四

博引旁征瞳有光，何须羞涩任探囊。
评诗既到开元寺，佳作先推如意娘。

销烟池上作

两亩方塘数树高，师夷长技话前朝。
商通五口早迟事，心逐流年上下潮。
域外葡萄忝物种，人间罂粟是花妖。
殷勤寄语铁娘子，好降香阶莫折腰。

牧马山庄

清时有味胜无聊，诗律棋牌各细敲。
牌到和时律已就，一时兴会两相高。

张将军故里

张爱萍故里在达州凤凰山麓，视野开阔，风水极佳。倏通高速公路，地基坟起，殊碍视线。解说员云：本拟绕道，请示于张将军，将军曰：“一切为经济建设让路，故里也不例外。”

黛瓦青砖宅，素壁山色里。
门前高速路，煞此好风水！
咄咄观光客，娓娓解说妹：
张公一言决，地方慎请示。
让道于建设，休倚将军势。
还顾揭竿日，天地玄黄际。
岂必失业徒，颇有富家子。
宁为稻粱谋，信仰在主义。
闻风默之久，我敬肃然起。
复嗟煮鹤人，未解奉迎事！

周毓峰　1928年生，湖南益阳人。宁夏诗词学会原副会长，现湖南省诗词学会常务理事。合编有《中华当代边塞诗词精选》等。

黄　河

长风巨浪破千秋，一出昆仑便不休。
尽有乱云迷古峡，断无沧海拒斯流。
艨艟春水连欧亚，孳乳洪波系乐忧。
最是重洋儿女泪，黄河心底即神州。

缅怀彭总

投笔西征意气扬，健儿逐队出湖湘。
左公杨柳笼千里，大将旌旗卷八方。
廿载尘埋腰下剑，万言书泣国中殇。
何堪头白归田日，却吊元戎在故乡。

老骥行

八月秋高塞草肥，老疲战马负车归。
草肥马瘦蹄声滞，忽动金风落叶飞。
行行渐入斜阳里，辕重车高载不起。
路转沙迷暮色寒，鸱枭何处鸣如鬼。
驱车小儿心不惊，危坐车前意气横，
手把长鞭梢一丈，舞动唯闻呼啸声。
马汉如流毛似结，鞭鞭落处创痕裂，
点点深红间浅红，宁知半是战时血。
战血曾污金络头，长驱直踏汉江秋。
大军南下三千里，猎猎旌旗掩海陬。
又曾东渡援朝鲜，万骑旋风天地转。
纵横百战立功还，挂彩披红名亦显。
春来大地靖烽烟，健儿十万归田园。
齿老身残复员去，可堪流落到民间。
民间主人遇我厚，饱我刍豆暖我厩。
伏枥从兹若许年，解道垂杨生左肘。
夜梦常萦旧战场，死生每念军前友。
军前战友不复逢，沉吟几度闻秋风。
秋风多厉主人死，顾影谁怜昔日雄？
主人有孙年十五，不好读书好歌舞，
日把钱财付酒吧，钱财散尽气如沮。
却驱老马学经商，转手生财倒卖忙。
炒卖何如空卖利，小倒还争大倒强！
南来北往人相逐，开埠新添锦成簇。
一曲缠头一串金，惯看灯红和酒绿。
解囊慷慨数谁家？云是公门斗富华。
酬酢不闻人罢宴，送迎端为重乌纱。
华筵日日同流水，不是民膏亦民髓。
谁谓诸公不悯民，扶贫盛会开如绮。
宝马、皇冠一列斜，流虹溢彩生朝霞。
野有妇孺犹菜色，小民对此空咨嗟。
老马闻之亦太息，长嘶振鬣悲胸臆，
奋蹄欲踏绮罗场，腾骧却感身无力。
百战当年未解鞍，人尸马骨积如山。
风光此际来非易，珍重应知道路艰。
幸存猛士今当在，忍令人民虚爱戴。
昔时战血为谁流？勿使位高翻作害。
我今载货远归来，羸病无能逊驽骀，
小子焉知怜老骥，行将弃掷如尘埃。
吁嗟乎！微躯岂惜填沟壑，
地下料应无寂寞，千军万马英灵作。
我欲唤之返人间，净扫滔滔污与浊！

周燕婷　女，1962年生，广东广州人。中学高级教师。广东省中华诗词学会常务理事。著有《初月集》、《小梅窗吟稿》等。

点绛唇·闺中即事

十指尖纤，几曾窗下拈针线。手忙心乱，错损通花绢。

羞向人前，却怨穿堂燕。抛闲算，且将帘卷，探看春深浅。

浣溪沙·与友畅论词坛现状有感

羞把娥眉问浅深，小楼一角傍花阴。隔帘风雨漫相侵。

素稿能无家国泪？锦弦自有雪冰心。天光云影耐追寻。

鹧鸪天·访德山乾明寺

续得前生一段缘，兼程来谒法华天。青峰寂寂云间隐，白鸟依依渚上眠。

花露细，月波圆，几人能悟祖师禅？从容掬取源头水，冷暖心间只自怜。

八零届同学乙酉五羊重聚

未悉流光逝，风霜鬓角侵。
云天随雁阔，烟树隔江深。
渐少春边梦，空余壁上琴。
黄花一壶酒，追忆少年心。

春泛小漓江

清游不是载愁船，杨柳新生串串烟。
日色初随梅子暖，春声暗遣鸟儿传。
流波百折终归一，积翠三分更望千。
天自融和人自健，只怜诗债欠年年。

浣溪沙·读刘斯奋先生山水长卷感题

一抹林烟向晚收，二三白羽信天游。四围山色翠悠悠。

欲借清溪闲浣梦，怕凭红叶说知秋。年光无赖傍人流。

浣溪沙·北上车中作

暗把红衣换素罗，蜻蜓依旧恋圆荷。看花心绪渐平和。

只道晴芦生雪早，翻怜岸柳受风多。梦随秋雁渡黄河。

郑伯农

1937年生，福建长乐人。曾任《文艺报》主编，现为中华诗词学会名誉会长。著有《艺海听潮》、《赠友人》等。

登山海关老龙头

雄关险隘接危楼，莽莽长城镇海流。
万里烟波奔眼底，几尊礁石立潮头。
浪高方显水天阔，心静何惊风雨稠。
漫说汪洋空涨落，怒涛卷处有渔舟。

泥　土

肌瘦面黄何足珍，蛰居寰宇一微尘。
谁知楼阁冲霄处，力托千钧是此身。

过戚继光鏖兵处

倭寇当年犯海疆，将军水上筑金汤。
风驰南北八千里，不为封侯为振邦。

注：戚继光有诗曰：“封侯非我愿，但愿海波平。”

登望海楼

矗立南疆第一楼，登高临远望神州。
浪涛奔涌推帘幕，山石嶙峋冲斗牛。
虹架鸟礁穿地角，船浮江海达天陬。
莫嫌自古穷荒僻，华夏腾飞看洞头。

注：望海楼建于浙江省洞头县大门岛烟墩山。

聂耳音乐广场

玉溪城畔客如潮，灯火通明映九霄。
碧水清风丝竹起，万民入乐共逍遥。

聂耳九十五周年祭

当年国难笼中华，谁唱大风醒万家。
一曲狂飙民奋起，壮歌催发凯旋花。

虞美人·望抚仙

抚仙湖上烟波渺，逸事知多少。小城千载隐湖中，百丈水帘密密掩真容。

问君何故沉澄碧，往事无消息。波心竟有几多谜，引得八方游子叹神奇。

水调歌头·望神舟七号

才演群英会，又见太空行。神舟直上霄汉，款款舞苍穹。极目高天宏宇，喜看出舱漫步，旗展五星红。莫道君行早，东土正腾龙。

先驱梦，苍生愿，志士功。前仆后继，赢得热土沐春风。险隘难关犹在，应记征途遥远，共待越新峰。来日“神八”射，楼馆驻长空。

访南社诞生地

文弱书生聚水乡，拼将热血铸华章。
百年犹见遗风在，霹雳狂飙卷大江。

重访寒山寺

姑苏城外变城内，楼阁亭台一脉连。
渔火不知何处去，钟声依旧荡人间。

天净沙·过吴江垂虹桥三首

断桥垂柳斜阳，苇塘蟹岛鲈乡。游客心驰神往。卡拉高唱，方知闹市在旁。

追唐觅宋寻芳，吟诗作赋倾肠。笔底心波流淌。清风送爽，共思千古沧桑。

红衣绿袄冬装，铁龙宝马驰航。街上人潮流淌。问君何往？创收创业真忙。

西安诗歌节感怀

旧雨新知聚古城，观花赏景说枯荣。
盛朝应有鸿篇出，老眼长睁盼跃龙。

登大雁塔

昔日文魁剩几多，风吹花落逐烟波。
却看塔畔青青草，岁岁年年爬满坡。

郑欣淼

1947年生，陕西澄城人。文化部原副部长，现任故宫博物院院长，中华诗词学会会长。著有《雪泥集》、《陟高集》、《郑欣淼诗词百首》等。

高阳台·连战先生参观故宫

御苑花娇，宫墙柳媚，京华正是春明。有客来朝，共欣文脉绳绳。自当数典难忘祖，赋长联、为诉衷情。揭新章、共扫沉阴，共看霞蒸。

乡音又把乡思引，想呜呜击缶，刚亢秦声；更有佳肴，教人齿颊津生。山河万里团圆梦，任谁能、水隔云横。但铭心、永固金瓯，相爱鹡鸰。

《调查研究概论》出版后自题

要知民意听民谣，熟水稔山渔并樵。
休诩君才称不世，万千百姓是英豪。

陕南下乡小记

苞米芋头亦自香，围炉烤火话家常。
难忘派饭山深处，借箸共商致富方。

贺新郎·故宫武英殿举办范曾先生书画展，赋此谨贺

紫禁春光漫。问谁能、古今俊杰，共邀相见？谢客长歌钟馗笑，屈子行吟泽畔。又仿佛、蝶周梦幻。更有雄浑炎黄赋，挟长风一壁烟云灿。齐旖旎、武英殿。

从来嘉树根深远。数风流、遥遥华胄，江东小范。书骨诗魂陶钧力，泼墨淋漓称冠。观自在、法施彼岸。且撷前贤兰与蕙，赞忧天、有备终无患。当大任、企踵盼。

蝶恋花·敬题杨仁恺先生《沐雨楼来鸿集》

沐雨楼中多逸趣，四海来鸿，一集长相聚。虽说人皆思旧侣，此情哪有先生著？

国宝沉浮曾细数。履遍神州，鉴定功劳钜。寂寞辽天谁接武？寄怀翰墨成

馀绪。

贺新郎·纪念改革开放三十年

回首来时路。忆神州、有风乍起，小岗田亩。霹雳一声惊劫后，满眼争荣万木。三十载、骎骎国步。奥运恰才扬四海，更问天、神七长空舞。叹变化、竟如许！

兴衰成败今尤悟。念泱泱、汉唐气度，撷芳环宇。千古邓公金石语，实践当驱迷雾。须记取、求新革故。大好河山复兴计，画图宏、料是多艰阻。吾往矣、莫旁骛。

行香子·贺中国艺术研究院研究生院成立三十周年

学囿轮囷，艺苑逡巡。自来是、问道艰辛。东风绛帐，庶勉迷津。看汝昌思，其庸识，梦溪文。

忽忽卅载，难忘前尘。最堪思、开放图新。弦歌响彻，桃李含芬。况花当春，时履泰，我逢辰。

减字木兰花·贺洛阳博物馆五十华诞

文明渊府，到此方知华夏古。帝阙千年，德厚流光岂等闲。

商彝周斝，奇丽还推三彩马。国色天香，莳护殷殷当更芳。

竹枝体记回访台北故宫博物院十六首（选四）

其一

又见齐州九点烟，春风送我出云天。
此行端赖直通力，历块过都抵掌间。

注：二〇〇二年十二月下浣，余曾赴台访问，时经香港转机，颇费周章。此次直行，不到三小时。

其六

云锦漫天费剪裁，长河当自滴涓来。
议成八项非常事，始信精诚金石开。

注：二〇〇九年三月二日下午，两岸故宫进一步协商，达成并细化八项共识。

其十三

秘辛细揭五更灯，不为稻粱不为名。
惭愧虽无燕许笔，赤心但有一壶冰。

注：二〇〇九年三月三日下午，出席台湾艺术家出版社拙作《天府永藏》繁体字本发表会。

其十六

八天忽忽往而还，了却相思六十年。
力薄如今渐任重，催驱尔汝竞先鞭。

赵仁珪

1942年生，北京人。北京师范大学教授，中华诗词学会常务理事，中央文史研究馆馆员。

题高昌故城遗址

断墙三五里，曾是帝王家。
关隘坚如铁，人烟密似麻。
一朝驰铁马，遍地卷黄沙。
东土重来客，登台独自嗟。

登乐游原，凭吊秦汉宫殿陵寝遗址

废础荒陵遍帝乡，苍茫无语掩斜阳。
阿房方烬兴长乐，秦冢未颓揖汉唐。
文士多情慨今古，农夫无趣牧牛羊。
兴亡一律埋黄土，只任蒿莱较短长。

谒柳侯祠

每读河东意不平，苍天何不享英灵？
空怀社稷千秋业，徒落蛮荒万里行。
功过当时难定论，文章后世有公评。
吾今不惜奔千里，只为祠前慨一声。

长安怀古

长安偏得帝王尊，一十三朝傲古今。
柏海轩辕推始祖，碑林翰墨记人文。
兵戈早已埋荒冢，钟鼓犹能忆上林。
欲效登楼增一慨，慈恩四面起彤云。

赵京战

1947年生，河北安平人。大校军衔，中国人民解放军空军功勋飞行员。现为中华诗词学会副会长、《中华诗词》常务副主编。著有《苇可诗选》、《苇航集》等。

参观周口店北京猿人洞

龙骨沉埋若许年，人文宗脉赖谁传。
沧桑万古魂犹在，来觅中华第一山。

鹧鸪天·周口店猿人洞

钟乳巍巍洞穴宽，犹思混沌未开前。
石头敲击文明种，文脉传承龙骨山。
寻远古，探真源，山花掩映几重天？
回眸尘世三千界，遗恨空啼峡壁猿。

雨中游武当山

遥指三清界，茫茫雾似缠。
千阶可登顶，一柱足擎天。
绕殿香烟袅，涤尘秋雨绵。
凭栏舒极目，云隙望幽燕。

神农祭坛

炉鼎森然列，香烟绕祭台。
石身凝混沌，牛首费疑猜。
天意凭谁授？鸿蒙自此开。
千年银杏树，应是手亲栽。

思佳客·三道茶

十九连峰十八溪，汇成洱海碧涟漪。峰头嫩叶海中水，壶里虹霓杯内诗。

一杯品，二杯奇，三杯回味起情思。金花手捧琉璃盏，醉煞游人尽忘归。

注：大理苍山有十九峰，两峰之间形成溪流，故有十八溪。人称“十九峰十八溪”。因电影《五朵金花》故，白族姑娘喜自称“金花”，游人亦以“金花”呼之。

题玉溪市两湖改道工程

借得名湖水一泓，抚仙许我探龙庭。
为教城市花争艳，更浣风云日变清。
玉阙横悬千米瀑，春风长绿万人坪。
思量刻石题诗处，把笔先吟秦李冰。

满江红·远眺抚仙湖孤山岛

仙驾初临，抚肩处、平湖正娇。群山抱、晶莹翠钿，闪烁鳞涛。掷下青螺镶玉镜，移来桂殿缀琼瑶。向世间、呼作小蓬莱，迎舜尧。

心向往，意荡摇。惧狂浪，阻征桡。隔一篙云水，远眺妖娆。阁上谁吹无孔笛？夜空风送烂柯谣。趁月华、惆怅立沙洲，听洞箫。

风入松·通海秀山听洞经古乐

红氍毹上坐娉婷，天女乍妆成。兰花玉指轻挥处，一弦拨、一霎清泠。仿佛空林月照，依稀幽谷泉鸣。

铜琶铁板响琮琤，柳岸大江情。又弹白石潇湘谱，浪淘沙、雁落沙平。三百梨园古调，千秋韶乐新声。

银川沙湖

天外落明珠，人间添画图。
丛芦分朵朵，群鸟叫咕咕。
沙山远犹近，波影静还无。
能得济荒漠，应胜西子湖。

贺兰山岩画

洪荒太古民，种族赖传薪。
石上划痕重，心中爱意纯。
千秋如瞬息，一笔见艰辛。
我本炎黄后，鞠躬参祖神。

西夏王陵

王业烟销岂可追，山前土冢尚巍巍。
夕阳曾照凌烟阁，衰草已封无字碑。
史页一篇书未就，浮屠七级面全非。
悠悠曲里闻羌笛，知是村童信口吹。

水洞沟遗址

沟顶坡前隐小村，谁从沟壁筑天门？
九霄盗出文明种，一石敲醒华夏魂。
断竹匆匆逐麋鹿，结绳默默数晨昏。
洪荒揖别如蝉蜕，再把源头仔细论。

赵宝海

1961年生，黑龙江绥化人。黑龙江省农垦总局史志办副编审。著有《心外庐诗词》、《古韵新风·赵宝海作品集》等。

武夷山印象

南天山水最清幽，幸得偷闲几日游。
错落丹霞时隐现，高低紫气总沉浮。
诗情淡定一亭月，心绪苍茫九曲秋。
自有桂花香远塞，拿云魂梦任淹留。

九曲溪漂流

长篙轻点雨花魂，峭壁千重过石门。
片片云从溪涧起，筏前端坐我为根。

武夷山怀古

悬棺洞如眼，风景阅三千。
碧水流天镜，青山展画笺。
曾经彭祖寿，唯见汉宫残。
秋桂清香色，漂浮云霭间。

九曲溪排工

载客漂流往复还，丹山曲水绿含烟。
手持毛竹撑深浅，时作长弓时作弦。

告别旧居

遮得十年风雨稠，别来酸楚忍回眸。
莫言挥手无多泪，梦里依然登此楼。

留别常德

两游沅澧镜添痕，山水清纯入梦魂。
临别江边看一眼，依稀倒影怕生根。

胡成彪

1957年生，江苏沛县人。现任沛县县委宣传部部长。

西津渡观长江

西津渡上问征帆，千里行程一水间。
欲向潮头说旧事，涛声早过数重山。

注：西津渡位于镇江城西的云台山麓，有许多故事和传说。

再访蓬莱

再访蓬莱岛，丹崖入望高。
徘徊觅海市，唯见浪滔滔。
欲问登仙路，愁无过海桥。
但随山水去，心静自逍遥。

微山湖晚舟

清波印月千重影，远渡连天万点星。
身外无求心事少，泛舟独享一湖风。

回太行

又至太行巅，临高心怅然。
路非昔日路，山是旧时山。
故地群松老，友人双鬓斑。
再尝岩下水，一口到当年。

注：作者曾在太行山从戎十余年。

胡迎建

1953年生，江西省星子县人。现为江西省社科院赣鄱文化研究所所长、江西省诗词学会常务副会长、中华诗词学会常务理事。

观脚鱼潭，时降大雨

浓翠濡青竹万竿，雨肥一瀑撼丛峦。
鳖鱼那得兴风浪，遁世钻潭乞久安。

洗药湖

真人洗药白云端，湖受天风阵阵寒。
明日悬壶挑一杖，为医民病下西山。
一泓碧亮四围青，只与仙人洗药灵。
仙去人来楼阁闹，空空湖漾水中星。

参加迁谪文学研讨会，过王昌龄芙蓉楼

梦入中原在八荒，芙蓉楼迥思苍凉。
而今远别何须怨，一夜飙轮便过湘。

瘦西湖

湖如玉带柳如丝，廿四桥边欲醉痴。
纵有佳人谁识我，独寻红药寄幽思。

梅岭史公祠

四郊多垒鼓笳悲，海沸山崩力不支。
玉碎成仁梅骨在，岂无天运转回时。

五月四日过镇江游金山寺，古代山峙江中，今与城连

山寺与城早结邻，千年争战迹已陈。
迷蒙烟雨汀洲隐，金碧楼台世纪新。
高岸垂钩徒有意，中流击楫恐无人。
春深聊作江东客，负笈来寻学海津。

胡振民

1946年生，河北深州人。中国文联原副主席、党组书记。著有《偷闲学步集》。

谒八路军太行抗日纪念馆

日照太行生紫烟，峰回路转万重山。
当年壮士扬威处，浩气犹存天地间。

和伯农先生《和园雅集》

和园昨夜似兰亭，旧雨新知意趣浓。
谈古论今歌盛世，临风把酒话衷情。
修文载道千秋业，固本归心万代功。
重振骚坛齐努力，领军泼墨谢黄钟。

赠友人（三首）

一

有容乃大安天下，无欲则刚稳立足。
最是悬崖勒马处，冰心一片守玉壶。

二

四季人生本有常，安能一世尽辉煌。
春花夏艳秋实后，洗去铅华换淡装。

三

秋风秋露送秋凉，秋雨秋霜秋叶黄。
秋暮秋蝉抱秋叶，秋嘘秋问暖秋肠。

都江堰怀古

此去都江堰，躬身拜李冰。
政声人去后，青史永留名。

泉州行赠友人

盛世丰年好个秋，采风千里下泉州。
青山虎踞连东海，绿水龙蟠储北瓯。
市井十州今胜昔，梯航万国舸争流。
文韬武略施公志，不逊先人靖海侯。

广安巨变

弹指三年一瞬间，广安旧貌换新颜。
古今多少兴衰事，成败在人安在天？

乙酉岁末赴任有感寄友人

自古兴邦必揽才，燕王高筑授金台。
休言乐府非枢要，当种梧桐引凤来。

濠江畅饮庆月圆

骨肉分离四百年，回归七载换新天。
同胞团聚千杯少，共庆濠江月正圆。

星　汉　本姓王，1947年生，山东东阿人。新疆师范大学教授，中华诗词学会副会长，新疆诗词学会常务副会长。著有《天山韵语》等。

乙酉重九后一日神舟六号升空，赋此致航天员

今朝华夏拓封疆，串起繁星一线长。
脚下寰球真小小，身边宇宙正茫茫。
桂月能餐非画饼，银河欲饮是琼浆。
我有腾霄诗百首，烦君传写到苍苍。

游吐峪沟致村民

驱车百里共青天，吐峪沟连吐鲁番。
崖壁有灵存佛相，时光无力销锁源。
热情不管夕阳落，小曲却随流水翻。
何当今日云如纸，吟诗一首作留言。

西江月·重游沙湖

西域秋风归去，东风春日重来。留人柳眼与桃腮，似讨往年诗债。

青鸟掠肩私语，苍葭绕膝无猜。相机屡屡镜头开，好向老妻交待。

西江月·参观贺兰山岩画，拟画中人物言

不负先民磨洗，也知后世寻求。黄河无语去悠悠，长绕贺兰山口。

石上千秋灵性，心中百姓恩仇。人间腐败敢抬头，我唤洪流冲走。

重游西夏王陵

岂料十年后，重来踏大荒。
黄河流日月，青草漫君王。
风送春山远，云追意绪长。
英灵千古在，随我入诗章。

丁亥夏游天山神木园

天神何日过边庭，踏落高天一片青。
古木千年皆老丑，清泉数道响空灵。
闲云惧热难成雨，残日敲山散作星。
我与肩头众飞鸟，齐声吟唱各忘形。

柯柯牙绿化林

汗水成河年复年，涛声卷绿上青天。
阳关不待春风度，自有人工补自然。

重游乌什九眼泉

天涯偏有巧生成，燕子山前列画屏。
识得当年故人到，齐开九眼涌泉青。

重游乌什柳树泉

依旧平平草莽间，边庭照影只云天。
我来一笑容颜改，日月长流十五年。

与维吾尔友人野饮

相看同一笑，酒袋挂高柯。
红柳烧残日，胡杨饮大河。
拾柴鱼待烤，试马手频搓。
我怕伤豪壮，吟诗不敢多。

汶川大地震后，夜读东林书院楹联作

一语能经岁月侵，中华谁怕气萧森。
五洲鹏翼成天助，万古人心未陆沉。
风雨无情倾北斗，江山有待起东林。
帐篷灾后方支罢，带泪书声又朗吟。

戊子初夏顾渚山陆羽阁新成，诸诗友联句，余续貂后作

吟朋未肯忘龟兹，万里银鹰只瞬时。
几处泉声流远梦，四围山色染霜丝。
薄云抱竹犹扶我，小雨添茶更润诗。
收到诸君朗吟句，今朝一笑算谋私。

长兴大唐贡茶院联句有感

花落花开自主张，一楼风雨近端阳。
金沙泉水含清淡，顾渚山云抹嫩凉。
纵使仙芽饱都会，不将佳句贡君王。
茶经再续应由我，先向苍生问短长。

莫干山晨起，以手机短信示友人

竹梢星斗尚巡檐，引领清风过草庵。
山鸟争鸣多霸气，不教梦里与君谈。

钟振振

1950年生，南京人。南京师范大学教授、博士生导师。中华诗词学会副会长，中国韵文学会会长。

观宋代文物展览，有官窑青瓷数器甚佳

广腹圆罈直口瓶，有容无畏足仪刑。
而今正要陶钧手，烧此官窑一色青！

赤　壁

邺台绮梦雀飞铜，一炬却教成算空。
自是三吴多俊杰，周郎元不恃东风！

夜登重庆南山一棵树观景台看市区两江灯火

云台露叶舞风柯，快意平生此夕多。
人在乾元清气上，三千尺下是银河。

梅　岭

岭南咫尺即天涯，世路无如此路赊。
千古骚人都过尽，寒梅犹着旧时花。

松花湖

松花秋水一湖清，四百里山围玉枰。
最爱夕阳红湿处，渔船似在火中行。

长白山天池

千仞山围百丈池，英雄怀抱美人姿。
谁知水石绸缪处，曾有火浆喷吐时。

海归吟

海外学人归国报效者日众，学界简称其为“海归”。

冰川溶泄静无痕，谁纤黄河向海奔？
便到重洋犹作雨，归飞为雪壮昆仑。

西湖杂咏（四首）

一

六桥烟雨锁西湖，一橹摇诗斗白苏。
柳浪莺声霜后寂，好听天籁万山呼。

二

谁将西子比西湖？颜色相当品自殊。
湖是情人归大众，等闲不肯傍陶朱。

三

四时花气酿西湖，细雨噙香淡若无。
一似春宵少女梦，最温馨处总模糊。

四

年来风景杀西湖，高下楼排雨后菇。
人大原非品茶地，不开水要提一壶！

陪曲江会议诸君子一日驱车七百里看汉唐诸陵

一局棋争千古敲，汉唐佳气葬秦郊。
游人何与兴亡事？也傍车窗计土包！

钟家佐　1930年生，广西贺州人。广西省书法家协会主席，中华诗词学会顾问，广西诗词学会会长。著有《钟家佐诗书》、《醉石斋诗稿》、《钟家佐诗词选》等。

南丹九龙壁放歌

龙潜大泽匿深山，何日留踪岩石间。
寻遍人间皆不见，竟然飞舞出南丹。
南丹山上一奇石，数丈见方显龙迹。
群龙飞舞自天来，或有黑鳞或黄赤。
龙角戟指散龙须，鳞甲翕张自卷舒。
盘曲飞腾云气动，龙睛如炬复如珠。
自古画龙怕点睛，龙珠龙眼俱天成。
光芒灼灼有生气，最显神威亦有情。
老龙翻动腾空舞，灿灿明珠含欲吐。
睛光一片映流云，绚烂云霞照中土。
小龙逐阵自腾翔，直上云霄意气扬。
又似凌空翻入海，春潮猛涨涌银光。
曾闻人世有灾祸，魔鬼噬人还越货。
神龙闻讯怒盈腔，誓救山民出水火。
群龙趁夜集南丹，不除妖魔誓不还。
静待晨鸡声报晓，雷霆顷刻斩凶顽。
孰料天机早泄漏，凶神恶煞施符咒。
大仙传令禁晨鸡，群龙化石空困守。
翻遭羁押百千年，忍看世上妖魔走。
历史迢迢河汉度，多少人间不平路。
忽然寰宇灿阳光，一扫阴霾驱毒雾。
神龙摇首出风尘，裂石出山欣鼓舞。
千年枷锁要打开，扶正驱邪无反顾。
新世群龙去何方？永留苍壁仍飞翥！

重访巴黎（三首）

一

曾探罗浮眼界开，凯旋门外再徘徊。
老来聊作采诗客，掠影浮光归去来。

二

试泛轻舟塞纳河，宫墙塔影漾清波。
花都今昔飘诗画，唱尽风流一曲歌。

三

铁塔登高四望遥，百年风雨卷狂飙。
繁华撩得游人醉，唯愿花香剑气消。

武夷三章

武夷山

饱览桂林探武夷，休言耄耋已来迟。
云崖傲岸千秋画，蝶梦萦回九曲溪。
微雨轻烟添翠霭，丹峰玉笋竞新奇。
古今骚客情何激，水水山山尽是诗。

过仙凡界

武夷山有仙凡界，过此登巅作天游。
武夷山里觅仙踪，蓦见仙凡界可通。
直上云梯收宿雨，登临阆苑播清风。
恍疑化蝶飘尘外，犹悸游园惊梦中。
天设景观人设险，无端猿鹤变沙虫。

九曲溪

浮槎逐浪胜轻车，放荡形骸山水娱。
崖耸千寻惊浩瀚，溪回九曲入清虚。
平生已惯风涛险，处世耻为名利驱。
且向山灵相问讯：移家竹筏可安居？

侯孝琼

女，1936年生，湖南长沙人。武汉市诗词学会副会长，中华诗词学会常务理事。著有《流萤诗集》等。

南宗孔府音乐会

传承礼乐此心同，休问南宗与北宗。
秋韵绕梁三曲罢，蜡灯摇影半池红。
至诚至善冰壶白，乐水乐山如意风。
荡涤尘嚣归本我，碧天无际露华浓。

临江仙·西溪湿地

曲涧沙洲沼泽地，芳林盘谷荷塘。谐调生态水云长。清风丝柳细。微雨竹枝香。

名士高僧归隐乐，茅轩精舍琴堂。我来正值晚秋凉。寒梅犹未放，芦荻乱飞霜。

云中望张家界百丈峡

雨霁犹垂百丈云，玲珑攒簇晓妆新。
张家秀韵凭谁识，乱插荆钗亦可人。

返乡吟

站报前方是板仓，莺声呖呖舌如簧。
莫愁故里沧桑改，识得此声是故乡。

浣溪沙·辛巳春返乡途中

车出长沙尽坦途，漫天春色染平芜，远村深树唤提壶。

巧画田塍横曲竖，三星两点是农夫。新秧泛绿近看无。

偶　感

尽减游山趣，难抛文字缘。
兴来还琢句，老去讨人嫌。
世味如纱薄，新声向月圆。
诗成吟咏苦，敢惜鬓凋残。

鹊桥仙·丙戌中秋

当空皓月，更无尘染，迢递人天归路，扶携卅载忍抛离，遇佳节，能相辜负！

蒹葭满目，潮来寒浦。灭没征鸿啼苦。叮咛血泪莫轻弹。怕红染、千山霜树。

洪君默

1951年生，福建晋江人，中华诗词学会会员、成都市诗词学会副会长。著有《衔远庐诗草》、《衔远庐吟稿》等。

初春即事

小航初出趁江潮，无主苔痕绿板桥。
柳不藏莺春眷眷，心同放马野迢迢。
天边远嶂连云起，水底晴光带树摇。
青垄耕夫谁惜得，鹃啼播谷已连宵。

秋

萧萧芦荻海天秋，雨伯风神转似流。
城廓霜寒初见菊，汀江月落不惊鸥。

石鲸鳞甲无消息，铁马关河尽带愁。
只有农家乐如许，笑看金粟满田畴。

过严陵钓台

袭袭潮声剪剪风，亭台依旧石矶中。
休将整顿乾坤手，老作江南一钓翁。

纸　扇

牙骨三停纸半通，轻摇面拂一丝风。
炎凉总是人间事，尽在先生掌握中。

舟过三峡

青峰兀起入云根，夹谷浮天水涨痕。
绝域已经迷宿鸟，隔江敢不惧灵猿。
一朝飞雨下巴峡，万顷惊涛出夔门。
载得豪情四海去，犹沾王气满乾坤。

咏　石

只恨无缘上补天，娲皇遗弃历千年。
蠢才亘古冤和氏，清供随时话米颠。
砥柱每多逢乱世，狂澜能挽见中坚。
尘寰不共争颜色，为骨青山最自然。

注：和氏璧，外复以石，时人不识焉。宋米芾喜拜石，人号之米颠。

过剑阁姜伯约墓

蜀道来天外，边城列战云。
江声咽故垒，剑气锁荒村。
鬼哭千崖雨，鹃啼四尺坟。
梨花不忍落，留吊汉将军。

皇泽寺怀古

金銮陈迹未全删，江鲫游人日往还。
方丈偶然升上座，旌仪不再点朝班。
曾将皂发称金发，误把红颜作圣颜。
感业寺尼相忆否？烟霞物外夕阳山。

初夏登峨眉

东君送我上峨眉，步可登天真快哉。
瓦屋数峰浮白去，平羌一水送青来。
云霞但供人评点，钟磬犹留梦后猜。
几碟野蔬权果腹，呼朋尽覆掌中杯。

登西安古城楼怀古

西来捷足此登楼，放眼秦川小九州。
遍地乌衣恣纵马，六朝紫绶类牵猴。
且留国粹沉浮夜，不改王风变幻秋。
只为忠奸争一死，范公忧患少陵愁。

宣奉华

女，1942 年生，安徽肥东县人。曾任新华社安徽分社社长，中国新闻学院副院长、教授。现为中华诗词学会副会长。著有《涓流集》等。

观大同云冈石窟

拄地擎天妙相雄，尘氛难掩气如虹。
庄严体势凌山岳，灵动裙裾舞太空。
晓日同辉光灼灼，晚霞相照影曈曈。
云冈五万千尊佛，乐助人寰建大同。

登悬空寺有悟

危崖一寺竟悬空，殿阁嵯峨岫雾中。
画栋凭谁亲手凿，雕梁何日匠心通。
檐边古柏凌霄碧，柱下山花匝地红。
默立云阶方悟得：人生处处与斯同。

五台山菩萨顶参禅

菩萨顶上听禅机，每饭喇嘛有五思。
粒米辛勤来不易，至今谁记悯农诗。

镇海寺怀古

只为当年皇帝尊，空门不进进龙门。
南征可叹延安客，也步康熙骥后尘。

登黛螺顶

五台山色忽朦胧，雾里遥闻晚寺钟。
喜乘云梯临佛阁，黛螺顶上啸天风。

秦中吟

本名秦克温，1936 年生，宁夏平罗人。历任《宁夏日报》高级编辑、宁夏诗词学会常务副会长兼秘书长、《夏风》主编等。著有《朔方吟草》等。

居　塞

久沐沙尘未染尘，暮年倍爱柳色新。
几番云雾徒遮眼，半世风波枉劫身。
忍向艰难勤砺志，羞为俗念苦争春。
吟诗不觉头先白，还欲登山拿碧云。

草　原

美胜蓝天引蝶旋，血凝劲草挺腰杆。
风云不减长青色，岁月时添锦绣颜。
一代天骄驰战马，千秋史册颂雕鞍。
从今野火羞重起，常驻春光不计年。

大漠吟

千丘肌腱鼓，崛起逐龙奔。
有草皆含铁，无沙不炼金。
雄风时浩荡，沙燕自精神。
瀚海无边阔，只容创业人。

柳　笛

春到三边信有情，先从柳笛发新声。
阳关一曲多含雨，润湿荒原草色青。

成吉思汗

金沙熏染古铜胸，崛起高原肌腱隆。
一代天骄鹰展翅，千支箭羽力排空。

射雕足显凌云志，拓土堪称不世功。
谁见弯弓能折断，英雄浩气贯长虹。

爬山歌

爬山歌似信天游，唱上高峰不掉头。
力破风云抒浩气，身披星月绘神州。
有情草木新天种，无意芳踪旧地留。
生命诚为音符活，飞扬不尽美全收。

六盘山花儿节

遍野山花色色新，花容人面两难分。
芬芳不醉南来雁，竟日呢喃唱好春。

鹧鸪天·黄河魂

天上流来向海奔，冰雪难封赤子心。
九曲欢浇黄土地，千回苦绘绿杨村。
　　情急切，意深沉，时从咆哮显精神。
刚柔相济浑然美，泽惠民生不叹辛。

鹧鸪天·朔方三月

　　积雪初消柳半抽，黄河封拆龙抬头。
种播冻土开颜笑，树植高山引燕讴。
　　争好日，夺丰收，春催脚步竞登楼。
鼠标点出新风景，红杏过墙布谷羞。

鹧鸪天·贺兰山峰岭

　　林削兰峰锯齿平，苍天无复碎心疼。
愁云遍抹红霞布，丽日升腾暖有情。
　　光辐射，气清明，漫坡草木舞春风。
浑然一体和谐美，流韵皆如鸣百灵。

袁行霈　1936年生，江苏武进人。北京大学教授，北京大学国学研究院院长，中央文史研究馆馆长兼中华诗词研究院院长。著有《中国诗歌艺术研究》、《陶渊明集笺注》、《唐诗风神及其它》、《愈庐集》等。

国庆礼花

何来电掣风驰笔，万里云天作画图。
乍见迸飞三五翠，须臾化作万千珠。
银河挽泻星飘散，月桂频摇花漫铺。
指顾苍穹齐仰首，欢歌笑语满京都。

秋　菊

一夜西风草木衰，残荷败柳未须哀。
天公为我添诗兴，故遣黄花霜后开。

游天门山采石矶吊李白（二首）

一

双峰云汉外，绝壁大江前。
太白今何在，犹疑抱月眠。

二

才高天亦妒，志大世难容。
唯有峨眉月，相将万里从。

论诗绝句（七首选五）

陈伯玉

雄心铁胆与侠肠，纵目高台接大荒。
笔扫千军挟紫电，悲歌一曲古风扬。

王摩诘

闲卧终南伴翠筠，诗书画乐四超伦。
若非鼙鼓惊天地，谁个逍遥似此人。

李太白

千古诗坛一谪仙，生花妙笔得谁传。
泱泱大国风神在，日曜星悬映九天。

杜子美

自叹儒冠多误身，支离漂泊更沉沦。
明皇本是痴情种，不管风俗薄与淳。

白乐天

江心秋月照无边，嘈切珠玑大小弦。
司马何如商贾妇，青衫湿透有谁怜？

满江红·和马凯同志为中华人民共和国六十周年作

仰望秋空，倬云汉，推移未歇。叹往昔，山河破碎，万民悲烈。六秩春秋沾瑞露，八方禹甸换新月。奔小康、迈步喜和谐，人心切。

黄河水，昆仑雪，齐携手，天狼灭。驾长风问讯，广寒圆缺。更教天穹开瘴雾，造福人类凝心血。寄豪情、凉热共环球，登玄阙。

注：玄阙，天门，《楚辞》中《九叹·远游》："登阊阖于玄阙。"此借指通向人类幸福未来之门。

赴济南车中

穿河越野复行行，渐近乡关日色暝。
映眼华山浑似染，原来山比梦中青。

注：华山在济南东郊，古称华不注者也。

袁第锐　（1923～2010）重庆永川人。曾任中华诗词学会副会长、顾问，甘肃省诗词学会会长，甘肃省文史研究馆馆员。

边塞新咏（四首选二）

一

千年古道弭兵戈，百族骈居乐事多。
马放临洮无畛域，川流敕勒有新歌。
阳关日暖三春柳，烽火台青十丈萝。
雪满南山松菊茂，葡萄酒醉玉颜酡。

二

吐鲁葡萄哈密瓜，天山积雪护莲花。
风前且吊香妃冢，梦里难寻博望槎。
地损楼兰存旧帛，车连龙井试新茶。
轮台近日无烽火，几处春风舞袖斜。

天　池

八骏西游未肯还，穆王消息滞天山。
瑶池自有奇花草，何必春风度玉关。

屈原二十咏（选一）

下里犹传白雪音，汨罗江畔想行吟。
自从屈子怀沙后，空累婵媛哭到今。

瑞鹤仙·九寨沟

翠袖罗衫薄。正宝镜新揩，鬓云初掠。有双龙戏水，花香鱼跃。珠帘不卷，更何人、窥临幽阁？掩映朝阳，千万彩虹飞落。

依约。烟凝紫雾，露浥苍苔，犀牛梦觉。碧波无际，兰舟时泛仙乐。问东君、几日欢欢归去，料应芳踪难托。倩谁惜、清溪流水，出山成浊！

秦陵二十咏（选一）

诸公论史太偏斜，翻案文章作到家。
千古只今尊一帝，却将民命等虫沙。

岳飞二十咏（选一）

君臣南渡自欣然，底事征程又八千。
赵构为君秦桧相，岳飞焉得入凌烟。

新边塞二十咏（选二）

一

汉唐往事已飘萧，莫对遗踪叹寂寥。
清韵悠扬丝路远，夜光杯里醉葡萄。

二

依然北斗七星高，不见哥舒夜带刀。
汉藏千年同牧马，陇头无复界临洮。

贾　漫　1933年生，河北黄骅人。曾任《草原》副主编。现任内蒙古作协副主席。著有《塞上的春天》等。

参观旅大日俄帝国侵略战争旧地

一

乃木谁封武士侯？丰碑累起国人头。
军衣大氅腥风裹，将士屠刀血水流。
华夏河山悲半破，东瀛暴利庆全收。
凶年庚子银花雨，一泻清宫变漏舟。
注：指庚子赔款四亿五千万两白银。

二

广赖阴魂何处寻？狼牙虎齿海森森。
万忠坟里有奇耻，百草丛中无好音。
血海怒掀驱虏浪，腥风鼓荡抗倭心。
电光岩壁登临处，思古抚今恨满襟。

三

满清破鼓乱人捶，捶碎江东血肉飞。
奸女杀男还骂瘦，吞山割地不嫌肥。
日俄霸业金沙梦，满汉同胞白骨堆。
满目青山如剑指，神州何日尽扬眉。
注：列宁曾痛斥沙皇侵略军屠杀江东六十四屯中国人。

钱明锵

1935年生，浙江人。中华诗词学会理事。著有《快速写诗手册》、《涵天楼诗法讲座》等。

野 马

绝辔长嘶去，疏狂意若何？
追风蹄践雪，喷玉气吞河。
但得知音赏，焉愁诟忌多？
我行仍我素，昂首向天歌。

西溪吟苑歌

傍溪营别业，烟景逼西邻。
芦荻秋飞雪，庭花夜酿春。
诗狂思用世，心静不沾尘。
偶向湖边望，青荷逐日新。

游玉苍山顶有感身世而作

越上葱茏四顾空，仰天一啸气如虹。
崎岖莫问来时路，身在苍南最顶峰。

踏莎行·邓丽君墓

袅袅云烟，茫茫云树，筠园望断人何处？可堪孤冢向黄昏，杜鹃啼血哀谁诉？

倩影翩翩，戚容楚楚，悲歌声里斜阳暮。一丸冷月葬梅魂，青春总被浮名误。

高 昌

1967年生，河北辛集人。《中华诗词》执行主编。著有《两只鸟》、《白话格律诗》（合著）等。

乾陵无字碑

浩浩乾陵一望中，任君指点任君争。
雄图已展心何憾，大志能酬梦不空。
敢上龙庭搏恶浪，懒闻蚁穴起阴风。
伊人岂畏碑无字，万缕精魂系众生。

轩辕故里

闻说此处寄仙根，顶礼轩辕格外亲。
黄胄千秋传火焰，丹心一脉耀乾坤。
惊雷响去神州震，飞雪催来景色新。
倘或令颁齐步走，应为世上最强音。

贺新郎·给战斗者
——用田间题

忍见红花谢。总疑为、黄沙百战，英雄之血。来眼仍觉烽烟滚，酸泪揾同火热。试相问，匹夫如我，今日兴亡堪负得？怒旗飞，慷慨呼声烈。肠百结，忘难却。

铁蹄曾踏山河破。马萧萧，太行山上，壮歌激越。朝菌蝼蛄蜉蝣辈，似厌子规啼切。请还看，东瀛神社。酣梦沉沉魔影近。剑气横，起舞中宵夜。心灿烂，光不灭。

水调歌头·光的赞歌——用艾青题

疾似彗星闪，闪闪到身旁。扫完眸内阴影，欢浴爱之光。小到青春红豆，大到洪荒宇宙，均耀此毫芒。璀璨映云水，明亮照诗囊。

晚风爽，清月朗，赋高唐。且吟且赏，常使宵梦舞骄阳。相遇醇如杯酒，相念绵如烟柳，喜气总眉扬。携手人生路，何叹夜长长。

希望小学

《文化月刊》等三刊物联手为山西贫困县捐建一所希望小学，感赋。

皮裘集腋已非难，心系苍生意不凡。
为补青天石彩裂，且凭赤手土黄抟。
崎岖世道宁无叹，浩荡和风信有还。
爝火虽微光耀远，弥天大爱柱人寰。

洪洞古槐

多少年轮转至今，悄然转走旧乾坤。
分阴槐里多怀晋，问路桃源好避秦。
风雨有担天下事，山河无负世间人。
沧桑历尽如斯树，一笑花开百万春。

过卧龙岗

一

情随三顾起波澜，心寄苍茫万里帆。
羽扇轻挥云水定，茅庐遥指斗箕旋。
眉扬暂送周郎便，胆放偏迎蜀道难。
步步雷霆天下小，纷繁乱世袖中宽。

二

卧龙岗隐蒿莱密，梁甫吟中管乐闲。
一诺心丹留表二，满天琼碎看分三。
波摇泸水情能暖，雪阻祁山志未寒。
自有长虹贯星斗，英雄岂肯老田园。

行香子·题张仲景祠

药草轻摇，香雾轻飘。看两廊，碑记勋劳。岐黄手妙，二竖能逃。赞针儿巧，方儿好，病儿消。

杏林爱洒，人间春续，到而今，身价翻娇。慈眉泥塑，善目金描。已神般玄，仙般远，圣般高。

高立元　1941年生，1958年12月入伍。曾任解放军通信工程学院副院长，解放军理工大学副校长等，少将军衔。红叶诗社副社长。

军营感怀

莽莽天台觅旧痕，似闻群虎啸山林。
银锅映日风云吐，校场争雄楚汉分。
营垒虽圆今世梦，战歌每动老兵心。
若非鬓角飞霜雪，想必续听天外音。

南京赴任

云涯莽莽大江裁，雪涌樯帆天际来。
六代烽烟燃古镇，一腔血泪咏秦淮。
柳堤百里东风染，灯火千家醉眼开。
正是春深闻布谷，催车先到雨花台。

高原女通信兵

柳营惹梦到边关，飒爽英姿火一团。
檄羽疾传纤手底，彩云悬系刺刀尖。
风生险壑穿云燕，雾漫冰崖绽雪莲。
迎唤兵哥茶奶献，桃花一笑现婵娟。

访某边防部队赠戍边卫士

不唱阳关出玉门，怀揣边月踏昆仑。
雪凝铁甲冰山骨，风啸胡杨大漠魂。
一片丹诚凝利剑，满腔豪气化青云。
葡萄美酒醉羌笛，犹抱骠姚卫国心。

浪　波　1937年生，河北平乡人。中国作家协会会员，河北省文联顾问。著有诗集《乡情》、《花与山泉》、《爱之河》、《故土》、《自由之神的雕像》、《浪波抒情诗选》等。

聊城姜堤赏樱（二首）

一

芳苞初绽半开时，摇曳春风第一枝。
寄语东西南北客，看花宜早不宜迟。

二

人看花时花看人，如情似梦幻耶真？
前生有约今生见，惭愧迟来白发新。

梁山怀古（二首）

一

八方风雨会梁山，虎跃龙腾云水间。
慷慨悲歌人去后，丹霞如炬照残垣。

二

天罡地煞寓玄机，谁道英雄出处低？
受命于天天可鉴，烝民久盼杏黄旗。

黄志军　1966年生，四川新都人。诗词作品多年来散见于《中华诗词》、《当代诗词》、《诗刊》等国内诗词刊物。

辛巳十月幽州登临

韶华韵采渐空流，逆旅凭高蓟北楼。
沐日秋林枯叶落，笼川郁气暮云稠。
帝京威势非虚相，海客诚怀属妄忧。
定霸祖龙湮故迹，燕山长啃祀神州。

早行华阴道中

客旅残宵过芷汀，沙鸥起落感飘零。
云栖古木遮幽寺，月入秦山剩远星。
晨鸟嘤嘤相互语，殊乡落落短长亭。
怅今林下雅人少，于路吟哦空自听。

访龙藏寺

浴月溪边洗断碑，认来字迹若龙飞。
西风古寺人何在？茂柏萧萧独自归。

赴云坞上人柬招于上山途中

松径时听涧水欢，暮云欲锁渐轻寒。
春深客过黄岩寺，崖上幽兰带雨看。

过遇春处士居处饮后留笔

暮雨寒山寂，凭轩望蜀秋。
芦花摇野岸，岷水下行舟。
霜鬓青衫薄，清醪故谊稠。
崆峒何日去，玄境伴真流。

赴山途中应邀宿栖云宫

黄须乌帽雪中行，远看云峰向晚横。
松径此来逢道者，斋宫一宿傍溪声。
山人早得杨朱悟，词客难成清风鸣。
颓暮时年尚忧郁，长宵握笔念苍生。

萧宜美

1946 年生，福建周宁人。曾任苏州工业管理委员会副主任，商务部境外开发项目顾问。中华诗词学会理事，苏州诗词学会副会长。

九龙瀑

岩奇林密鸟惊飞，晴雨纷纷纱幕垂。
欲问何方仙境地？九龙跳涧滚惊雷。

鲤鱼溪

土木楼房小店多，一溪投影尽鱼波。
红装素裹云中客，摆尾飘须探鸟窝。

车过稠岭

之形高路慢驱攀，百怪岩崖留壮观。
一阵喇叭惊险段，车推团雾雾推山。

故乡南山

薯藤茶树架梯田，养育祖先千百年。
留我童年多少乐，梦中常返圣南山。

月牙泉

沙山永驻守清泉，含月碧波无限天。
千古谜团皆美丽，深藏诗矿产名篇。

也望庐山瀑布

诗仙凝望落银河，千古名篇挂满坡。
唯剩腾云空白处，秀峰借笔我当歌。

梁 东

1932年生，安徽安庆人。中华诗词学会顾问。著有《好雨轩吟草》等。

南乡子·淮河风光带诗墙

何处醉秋光？一望长淮浴夕阳。桐柏山行千里客，匆忙！梦里中原小麦黄。

放眼对汪洋。奈得沧浪风雨狂。回首千秋多少事，苍茫。叩问临河诗上墙。

咏盱眙诗教

烟树蓬瀛海日融，岚光水色醉霜红。
山中尽揽城阛趣，城里轻吹山外风。
石板云程灿桃李，弦歌雅韵动穹窿。
龙吟虎啸都梁路，十万新芽细雨中。

连城四堡雕版印刷

云峰藏物秀，四堡向阳开。
木韵耘新野，书香酿酒醅。
廊桥传远梦，雕版印苍苔。
熠熠明珠彩，千秋扑面来。

广西桂平龙潭

烟水萦回山外山，腾空三线下龙潭。
接天林木层层立，叠翠巉岩节节攀。
千草瑶池波溅玉，五针松叶雾笼鬟。
幽深最是云中路，十里葱茏百道弯。

注：瀑布上游水已浸润多种草药，一处天工物造之“浴池”，应主人之请由我命名为“千草瑶池”。

浣溪沙·金田村太平天国遗址

天国当年唱大风，犀牛池畔草茸茸。营盘可是旧时容？

烽火烟波皆逝水，金陵梦断六朝松。苍生碧血总无穷。

注：犀牛池内存放兵器，起事时说成“天赐”。

凤凰城

夕阳无计掩蓬莱，叠翠熔金次第开。
多脚危楼依水立，一川碧玉向东来。
土鸡腊肉锅粑饭，古渡长桥烽火台。
果是青山终不老，且从深巷问苍苔。

十万大山见“石上根缘”

物造天工称鬼雄，姻缘成就曲难终。
根连更遇三生石，意合原需九脉通。
一世相知生共死，百年好约异还同。
青山十万作明证，此志深藏块垒中。

题黄州赤壁二赋堂

堂前二赋伴江流，月色天声一叶舟。
悟得渔樵沧海趣，此生东去不回头。

兰亭组诗（其一）

溪上韶光翠黛横，山阴又作踏莎行。
流觞不探樽中趣，曲水当聆法外声。
隔岸春云翻笔意，穿堂燕子解诗情。
兰亭悟得三分韵，万顷烟波腕下生。

南社陈去病故居有作

浩歌慷慨峭寒侵，百尺楼头仗剑吟。
去病当思家国病，骠姚我是汉将军。

注：陈去病“南社”人。为效霍去病而改名。其故居现存“浩歌堂”、“百尺楼”。

参观南通中国珠算博物馆

长廊水榭系烟衢，开启千秋一卷书。
鹿角陶丸分列阵，算筹绳结串成珠。
拨通经世风兼雨，转动流年锱并铢。
浪逐春潮江海远，文明薪火上天枢。

注：陶丸、鹿角、绳结等均为馆中展出的祖先计数之物。

梁鉴江　1940年生，广东番禺人。广东人民出版社编审，中华诗词学会常务理事，广东省中华诗词学会会长，《诗词》总编辑。著有《青琅玕集》等。

夜宿衡岳

客夜吟蛩闹，难眠叶满阶。
一灯秋彻骨，万壑寂无涯。
隐隐湘江浪，茫茫屈子怀。
乘风吾欲去，步月上天街。

龙虎山诗会

虎啸龙吟地，风云会小楼。
崖红初日暖，雁叫满天秋。
诗国谁高手？浮觞共曲流。
凭栏山远近，一叠一奇幽。

湘西山行

秋风微雨过湘西，莽莽崇山未见畦。
独有杉排流水急，白云红树语声低。

题陈维崧《湖海楼词》

少年意气立蛟桥，说剑秋堂酒未消。
老去诸生何落寞，天涯月冷雨潇潇。

寓　真　本名李玉臻，1942年生，山西武乡人。国家二级大法官，山西省高级人民法院院长。中华诗词学会副会长。著有《草缕集》、《漂萍集》等。

丽江随记

一

天与湖山一色青，乃知造化本无形。
遗原生态束河镇，吞大乾坤览雪亭。
氏族摩梭犹母系，自然云雨不家庭。
东巴文字古图画，傈僳山歌真性灵。

二

黑潭飞雨作龙吟，白月开云下圣林。
十五族人皆歌舞，四方街石尽筝琴。
井泉浴出颜如玉，江瀑喷来沙亦金。
美趣终教不思蜀，灯笼瑰艳照宵深。

晋祠秋意

吟情尤爱水云乡，悬瓮山前叶正黄。
归鸟筝琶弹古树，流泉裙带舞斜阳。
残碑辨读闻秋怨，往事回思觉晚凉。
焉得风流如太白，浮舟箫鼓醉红妆。

扶　贫

吕梁大雪阅纷纶，问苦农家情乃真。
聊慰馁寒赠物薄，愧闻孤弱谢声频。
城中饮宴恣豪奢，天下民生患不均。
若使革新除弊政，官风廉俭胜扶贫。

又闻矿难

惊愕堪闻地底雷，冤魂犹恨亿年煤。
长官意志法何信，劳苦身家天亦哀。
宝藏化钱风月宠，生灵如草雪霜摧。
遥思屈贾今安在，谁对山河哭一回？

过澳门

伶仃洋畔泊风船，夜色笼中红紫烟。
博彩葡京由命运，焚香妈祖问因缘。
难将革命均贫富，任使金钱混丑妍。
往史回眸皆幻境，闲听琶女奏新弦。

秋　感

满衣尘土忽西东，咏唱何须倩小红。
短志苦于充大理，馀才乐得做诗翁。
一腔曾为生民热，两耳却因时事聋。
偶梦潇湘结山鬼，窗帷不觉起凉风。

探亲期满再返海南

故乡热土已非家，仍挂云帆归海涯。
屋外苍青苦楝树，阶前零落凤凰花。
千般感慨一杯酒，万里疲劳半碗茶。
南北风光多未足，岁糜廪粟自何嗟。

仲夏思乡

围城苦夏似蒸汤，绿影蒙茸忆故乡。
八水泉幽如泻玉，两坪果熟正飘香。
棘风习习依窗静，檐雨匀匀滴梦长。
一觉醒来忽晴夜，满天星斗好清凉。

缅　怀

关山晴翠意悠悠，犹记当年战寇仇。
似剑云峰英气在，如茵芳草血痕留。
蟠龙河畔寻残垒，长乐碑前正艳秋。
彩笔欲将千气象，经纶还为故园谋。

游天台山国清寺

万丈赤霞萦梦思，一山秀色挂征衣。
堪留双涧栖迟影，试比五峰英挺姿。
追访寒山和拾得，心聆经训解禅诗。
不虞丹桂花先谢，酹酒秋风约后期。

雁荡山中

行将秋暮念行藏，雁荡山中听雁翔。
白露深凝银杏叶，金风贪嚼桂花香。
虫吟泉咏朦胧意，月色林烟妩媚光。
环眺秀峰皆美女，信然伊甸有天堂。

游修武云台山

太行尽处独风姿，更值秋崖欲醉时。
云瀑洪钟惊野鹭，澄潭古韵化清漪。
绿苔满壁斑斓画，红石联篇绝妙诗。
幽岫曾闻子房住，逍遥避世尚今宜。

登永济五老峰

蓦见云峰列万排，陡然石径矗千阶。
众蝉鸣噪深林壑，一碗泉流下断崖。
好汉坡中老杖履，美人倚处旧情怀。
青春到此应重梦，回首螺山雾半埋。

路焕京　1948年生，河北临城人。临城县人民政府原副县长，现为中华诗词学会会员。

电视机前

一

纷呈赛事耀荧屏，媳妇点评婆母听。
早忘前天曾拌嘴，一家围坐乐融融。

二

心随比赛乐开花，遥控牢牢手里拿。
老伴逢人夸奥运，或能从此戒搓麻。

三

爷爷正看篮球赛，遥控被孙偷过来。
爸爸急拨专卖店，长虹马上送一台。

谒卫辉比干庙

只惜国运不惜身，直面刀丛辨伪真。
热血一腔千古鉴，庙前松柏亦空心。

谒汤阴岳飞庙

庙柏犹有冤狱痕，屡经不敢访汤阴。
前朝八百六十载，几个官家远小人？

乘粤海铁路过琼州海峡

轻撩夜色寻船影，漫借星光数浪花。
笑问八仙可学我，长鲸背上到天涯。

题南天一柱

笑傲波涛万顷间，潮来潮去自岿然。
柱峰更有凌云志，撑起南疆一片天。

游天涯海角

沙吻脚心浪拂面，身依海角手擎天。
游人争选最佳景，挤破天涯十里滩。

题博鳌玉带滩

金珠银浪共蹁跹，玉带静镶江海间。
拍岸涛声淹笑语，惊呼过后更开颜。

亚龙湾乘半潜船观珊瑚礁

真入天然图画中，群鱼逐戏万花丛。
直欲舷窗一点透，遨游海底访龙宫。

南山寺香火

三炷高香几百元，莲花座下化青烟。
观音兀自微微笑，手持净瓶谁敛钱？

雍文华

1938年生，湖北公安人。中国作家协会会员，中华诗词学会副会长。著有《潇湘云水楼诗词》等。

题龙岩江山睡美人（三首）

一

天生玉体玲珑雪，未敢轻佻作睡姿。
只为台澎来远客，月明风露满相思。

二

辜负青春玉丽姿，秋风袅袅断肠时。
愁心寄与团圞月，照老离人知不知？

三

东风催放百花开，盼得离人祭祖回。
我备云绡三百匹，新诗吟罢任君裁。

烛影摇红·江山睡美人

美女江山，说来往事声凄咽。虞妃歌舞对重瞳，虎帐殷殷血。锦袜香囊旧约，雨霖铃、翻成歌阕。桃花扇上，空写一番，佳人奇节。

惊看仙姬，横陈玉体玲珑雪。东风着意整云鬟，细省芙蓉靥。一种幽怀清绝，但凝眸，天边眉月。伊人何幸，九域和谐，做成宫阙。

蔡世平

1955年生，湖南湘阴人。中华诗词研究院副院长，中国作协会员、国家一级作家、中华诗词学会理事、《中华诗词》编委。著有散文集《大漠兵谣》、《古镇人的行为艺术》等四部，词集《蔡世平词选》、《古韵新风·蔡世平作品集》。

念奴娇·登岳阳楼

岳阳楼上，对湖光百里，汉唐情操。还有宋音流韵在，入我楚徒怀抱。血火周郎，华章范相，风度翩翩到。掏他肺腑，古今心事谈笑。

不断云梦烟云，洞庭雨雾，总在心头绕。应揽湖风生浩荡，一地鸡毛横扫！放马天山，飞车铁漠，气若昆仑照。只今犹叹：鬓边华发难了。

行香子·秋游桃花湖

树绕村庄，水绕村庄。小舟摇，摇醉秋阳。山居映碧，鸡唱篱墙。正姑儿红，楼儿白，橘儿黄。

水上鸳鸯，船上鸳鸯。浅游鱼，也个情郎。晚烟丛里，谷酒堆香。只风吹来，人醉了，梦芬芳。

水调歌头·春思

近来春懊恼，不与落花言。昨夜南风吹梦，吹老洞庭烟。说点城南旧事，做点乡村生意，淡点菜中盐。柳上黄昏小，莫怪雀声衔。

潇湘水，明月夜，碧云天。是他做个境界，牧野看鹰旋。回到黄泥地里，扯把湿皮青草，软舌舔春涎。一亩三分地，好种四时鲜。

蝶恋花·说梦天涯

雨打花枝花坠地。枝上残红，月影千般惜。墙角鸣虫声又起。声声咬破春消息。

燕子归来寻旧垒。说梦天涯，说梦潇湘意。也说相思何处寄？风翻新叶层层碧。

蝶恋花·昆仑兵歌

铁色昆仑谁啸傲？血铸黄昏，石垒行军灶。煮个天狼餐饿饱。崖峰队伍鹰呼早。

冻土沉沙埋战袄。除却霜风，还是霜风恼。莫笑兵哥容易老。莺花阵里征鸿少。

浣溪沙·天山行宿

曾作岑参马上兵。水溪沟唤老冬行。军旗偏爱打头风。

野雪山花鹰踏出，孤村豹影夜生成。穿林皓月起涛声。

浣溪沙·鸭绿江

一水犁开风物奇。山家禾稼自东西。一边瘦影一边肥。

江北楼台飞彩饰。江南哨口压城低。水流心事向谁提？

卖花声·乡梦

昨夜枣风酣，乡梦初圆。溪边青草眼边蓝。又见一双红雀子，隐入眉弯。

月色种沙田，碧玉生烟。山花不让水花闲。纵是夜深春歇着，春也难眠。

蝶恋花·莲

你画莲光波上动。怕碰莲花，是怕莲花痛。这个夏天天不懂，人间几许莲丝症。

我家月色莲塘种。月睡花眠，若若般般影。瘦眼描容春也冷，且留新梦莲搬弄。

江城子·兰苑纪事

竹荫浓了竹枝蝉。犬声单，鸟声弯。笑说乡婆，山色拌湖鲜。先煮村烟三二缕，来宴我，客饥餐。

种红栽绿自悠然。也身蛮，也心顽。逮个童真，依样做姑仙。还与闲云嬉戏那，鱼背上，雀毛边。

生查子·空山鸟语

空山鸟语时，人若山中鸟。才嚼白云香，又啄黄花小。

鸟语别山时，人与山俱老。细听此山音，夜夜相思调。

燕归梁·乡思

昨夜蛙声染草塘，月影又敲窗。总将心事赋闲章。短句子，两三行。

不知梦里，何时醉倒，横卧柳荫旁。乡音浓淡菜根香。看小妹，采青忙。

蔡厚示 1928年生，江西南昌人。中国作家协会会员，中华诗词学会顾问。著有《诗词拾翠》、《唐宋词鉴赏举隅》、《玉雪轩文论集》、《独柳居诗词稿》、《双柳居诗词》（合著）等。

甘肃光明峡倒虹吸

车到光明峡，惊呼倒吸虹。
暗河注钢管，陡壁跃银龙。
起落三千尺，纵横十二峰。
祁连山下水，牵引任西东。

重泛湘江

赏心归艇泛中流，老去新诗怕说愁。
已过吉凶浑忘却，拟居郊野好销忧。
一江浪涌长沙市，千树云封橘子洲。
我与湘娥重莅此，丹枫如画闪明眸。

西游吟草（三首）

三峡晨兴

峻岭摩天势欲飞，西陵红日吐朝晖。
穿云破雾金光满，遍响鹃声我未归。

过神女峰

强扮青春作胜游，瑶姬如梦久凝眸。

平湖高峡都无恙，执戟中郎已白头。

游鬼城

云遮雾涌过丰都，鬼话编成世相图。
莫怨人间邪气盛，牛头马面也贪污！

重到武夷山

武夷四十一番来，水软山温花竞开。
莫谓春光不吾待，梅兰菊竹就时栽。

荆州怀古

水陆过荆州，楚云共客愁。
涉江崇正则，望峡笑孙刘。
李杜诸篇在，歌诗万古遒。
名城今胜昔，我欲一登楼。

游永泰龙门峡谷

望峡疑无路，登高别有天。
丛林纠日下，众鸟戏吾前。
莫谓溪流短，欣闻瀑语翾。
从容缓归去，此地可逢仙。

赠厦大中文系六七届毕业同学

往事云烟四十秋，重逢今日意绸缪。
鹭江学子襟怀阔，只记恩情不记仇。

长沙江阁咏

一阁临江渚，三湘下此间。
地依枫作岸，洲树橘为环。
街近贾生宅，气凌岳麓山。
谁人长伴我，读杜开心颜？

自福州乘46次列车上

一碧田畴四野绵，冈岚蓊郁翠连天。
几声长笛家山过，游子情依故里烟。

蔡淑萍

女，1946年生，四川营山人。中华诗词学会常务理事，四川省诗词学会副会长。著有《萍影词》、《蔡淑萍词钞》。

菩萨蛮·中秋

星稀月小天高远，草枯霜冷惊栖雁。独立晚风前，宵深未忍眠。

月明千万里，乡思无穷已。不敢问姮娥，家山夜若何？

石州慢·谒黄帝陵

雨湿尘衣，风拂鬓丝，千里归客。桥山暂驻征车，满目森森霜柏。龙蛇千尺，问经几度沧桑，于今犹带风云色？疏雨响空山，更青青凝碧。

岑寂。人今何去，冢剩衣冠，五千春易。漫抚碑铭，字字都成思忆。素巾黄土，一抔珍惜囊中，心潮渐逐檀烟激。回首意苍茫，正云飞天北。

勉县谒武侯墓（二首）

一

墓草青青桂木苍，千年犹自发幽香。

为君尽瘁酬三顾，辜负南阳旧草堂。

二

未尽雄才叹此章，织丝植谷劝农桑。
蜀民纵不怨征伐，国弱民疲大计亡。

八声甘州·自汉中往巴中登川陕交界处之“秦关蜀门”

正暮春时节试单衣，来登此关楼。望秦川渺渺，蜀山郁郁，岚霭悠悠。大道飞牵南北，千里一回头。抚堞临风处，遐思难收。

闻道兵家要塞，叹山川峻秀，反尽成愁。愿而今往后，不遣子孙忧。忆诗仙、扪参历井，幸吾侪、胜日事清游。瞻前路、到巴中际，灯与星稠。

象山之麓晚眺抚仙湖

斜晖脉脉水盈盈，水拍晖摇山色青。
数点渔舟望渐渺，轻烟一抹是归程。

五　日

悬门无艾叶，角黍空堆盘。
意绪阑珊甚，端阳又一年。
汶川天地裂，举国救援艰。
多少灾民泪，分明在目前。

有所思

晨昏独坐对荧屏，无限伤心总莫名。
援救真倾全国力，死伤多是少年英。
地心奥秘何由解？筑室坚牢竟未能。
人类家园唯有此，反思方足慰英灵。

帽天山国家地质公园

到此何须说海田，飞星一夕或三迁。
些些印迹留于石，倒转时空几亿年。

鹧鸪天·读友人诗

劫历刀圭易暑寒，俊游已罢藻思残。偶翻旧籍神先倦，学种春蔬兴未阑。

门纵设，叹长关，别君倏忽又经年。凭窗复览同游句，胜景依稀到眼前。

临江仙·对案头红梅，忆昔送梅之作，不觉已是一载，感赋

还是年时疏影，依然粉浅红深。暗香一缕上吟襟。瓶中相对久，别绪总难禁。

曾在芳园瑶圃？曾依碧水幽岑？思君无处遣青禽。世间云岁暮，来慰故人心。

二〇〇九年元旦喜雨

无晴无雨过冬时，漫漫层阴接地垂。
林叶多尘失青翠，生生减却岁寒姿。

谭博文　土家族，1939年生，湖南桑植人。曾任内蒙古自治区纪检委副书记。现任中国世界民族学会副会长，中华诗词学会顾问，内蒙古诗词学会会长。著有《长忆峰岚万里天》等。

临江仙·胡锦涛主席演讲耶鲁大学

破浪扬帆登彼岸，春风一路相随。比肩中美展芳菲。何时闻虎啸？耶鲁显龙威。

三百年来虹与雨，翩翩凤舞鹏飞。争先翘首睹新魁。琳琅一席话，赢得彩云追。

注：耶鲁大学有三百多年历史，培养众多知名学子，其中有五位总统、二十多位诺贝尔奖金获得者。

立夏喜雨

半年沙暴半年晴，悦耳雷鸣第一声。
细雨蒙蒙淋赤野，阴山渺渺振苍鹰。
和林垄上愁云去，如意桥头瑞气升。
俱道寻常春日好，始知立夏胜清明。

注：和林、如意为呼和浩特市的两个县区。

水调歌头·赠兴安盟诸友

都道紫光好，乘势驾云端。披肝沥胆无畏，岁岁复年年。敢问诸公几句：如此追云逐月，可耐九天寒？友自笑无语，凭我读“宣言”。

撑“支柱”，抓“突破”，越重山。洋洋洒洒，椽笔挥就谱新篇。但为黎民福祉，宁可餐风漱雨，破晓日三竿。天地光阴迫，经济已翻番。

作客扎鲁特旗包哈达家

度柳穿杨幽径斜，华堂大院牧人家。
奶牛聚处空南岭，角鹿奔时动紫霞。
金屋藏娇观秃鹫，兰台走马换新车。
觥筹交错三千合，沉醉东风碧玉花。

登泰山感怀

五岳人称第一峰，玉皇极顶拓心胸。
松风浩荡声犹壮，云海翻腾势更雄。
勾践十年悬苦胆，红军万里斗寒冬。
古今正道通神脉，贤者时应仰岱宗。

三赴烟台

大海扬波向远东，客圆幽梦借长风。
渔湾雨打千帆白，长岛天生九丈雄。
悦目清心多草绿，休闲避暑少楼空。
人情冷暖如潮水，三赴烟台拜德公。

穿越巫峡

久仰巫山十二峰，束江千里郁葱茏。
云飞雨过黄昏外，瀑布泉悬翠壁中。
一枕平湖侵晓梦，三呼神女到巴东。
巴东述说巴人事，代有儿孙唱大风。

熊 鉴

1923年生，湖南沅江人。曾任《诗词报》、《当代诗词》编委。著有《路边吟草》。

除 夕

依旧方除旧，迎新何所言？
痴心期马日，疾首送蛇年。
六合风云急，三冬雨雪绵。
夜来春梦里，沧海变桑田。

咏 史

六国方亡秦即亡，刀枪难倚护阿房。
若容民获三餐饱，何用城修万里长。
博浪椎惊君不醒，沙丘棺盖寿无疆。
人间多少皇家梦，拾自骊山古墓旁。

题《劫尘史鉴》

沧海横流事足伤，十年无路可彷徨。
吟成劫史供谁赏，留与儿孙作胆尝。

临江仙

岁去惊鸿掠影，秋来瘦马嘶风。悲欢荣辱总成空。少年多少梦，都付谈笑中。

收拾痴心一片，而今小试雕虫。敢期笨手夺天工？人怀春草绿，蝉唱夕阳红。

熊东遨

1949年生，湖南宁乡人。中华诗词学会常务理事，湖南诗词协会副会长。著有《忆雪堂剩稿》等。

春日东山茗话

东山荐茗共春初，日月涵容在一壶。
百味不如闲过瘾，诸形只有醉宜图。
人何得似林间雀？我亦能吹郭外竽。
话到时闻心意会，白云天际试相呼。

游长白天池寄内

借得长风力，南来快此游。
白飞星入鬓，黄见叶迎秋。
一镜涵天象，三江挟雪流。
银河应不远，何日泛双舟？

庐山石门涧过慧远祖师讲经堂

闻经几度梦柴桑，此日随缘过讲堂。
百变峰俱真面目，千寻瀑是旧文章。
无心涉世愚何碍？有井观天小不妨。
忽见空山动佳气，两三飞鸟入青苍。

新春口号

春色登枝第几番？老梅墙角自知寒。
横天暴雪终收敛，上国王风待放宽。
弦外协调声寂寂，梦边求索路漫漫。
山川未改秦时样，例作升平画卷看。

鹧鸪天·上元过六榕寺

一朵苍苔点破春，青衫待补割凉云。可能近寺蟾光好，渐觉穿林鸟语新。

追雨脚，测溪痕，百年消涨问何人？山僧醉倒榕阴下，酒是东坡去后温。

东风第一枝·情人节赋水仙

雪借天山，波分洛水，南园初识风土。未将素眼窥人，莫放清霜入户。蜂媒蝶使，飞不到、画堂深处。听竹阴、一曲禽弦，撩动乱愁千缕。

多少事、欲题无句；多少梦、欲寻无绪。闲常都说神仙，若个真成眷侣？西湖怜我，早许着、宜晴宜雨。问几时、得与荷邻，相伴钓舟归去？

清明有怀

暂歇黄牛一角田，家家垅上举青烟。
秧针绣水参差出，柳线编春错落悬。
佳客未临芳草地，浊醪先醉杏花天。
他年我亦归尘土，与子同亲大自然。

剑门道中与诸子

剑门关外雨帘开，驴阵敲风得得来。
能共青山相耳语，此身何是不须猜。

秋日井冈山五律二首

未蓄凌云志，因诗得此缘。
试将深井目，来测大罗天。
梦古山能忆，风清树不言。
当时无我辈，好局让人先。

五井初为客，徐观得自由。
白云天际雁，黄叶涧边秋。
星火思重觅，年光不倒流。
闲来问王佐，人道在高丘。

庐　山

不识翻成趣，幽奇自可探。
乱云飞绝壁，高鸟下寒潭。
未见心归一，空劳日省三。
万言书外事，真有几人谙。

雨中三峡坝上作

骤雨倾空过，平添百尺澜。
涛声遥泻海，云气半埋山。
国仗人才立，天容我辈闲。
江滨有渔父，所望只长竿。

熊盛元　1949年生，江西丰城槎市人。江西省诗词学会副会长。著有《晦窗诗话》、《晦窗吟稿》等。

丙戌元日寄怀

一

长白山头雪，滕王阁外风。
高天云漠漠，仰首望飞鸿。

二

空闻犬吠太平时，春信迢遥隔柳枝。
鬓角霜华随节换，吟边梦影逐云驰。
匆匆已历三生劫，扰扰休耽一黍炊。
自谓心闲如止水，晓来频嚏却思谁。

小三峡荒滩拾卵石戏作

讶此荒滩石，锋棱已尽磨。
休言忒圆润，曾历几风波。
倍得佳人赏，长供雅士哦。
嗟予撑瘦骨，处世欲如何！

游鸣沙山不闻沙鸣，怅然有作

沙底雷霆怒，曾教天地惊。
今人多聩聩，敢作不平鸣？

厦门南普陀

鹭岛何期谒普陀，临风我自一高歌。
菩提未惹花间蝶，梵呗空摇井底波。
霭霭青岚眉淡扫，茫茫碧海镜平磨。
游人尽向莲台拜，闲却池中万顷荷。

柳园至敦煌途中

不到河西旧走廊，更从何处味苍凉？
一川沙石驼铃碎，万里风烟塞草荒。
云缀天心难化雨，愁生芒角欲撑肠。
萧萧红柳今犹昔，只有衣衫异汉唐。

霍松林　1921年生，甘肃天水人。陕西师范大学教授、中华诗词学会名誉会长、中国杜甫研究会会长。著有《文艺散论》、《唐宋诗文鉴赏举偶》、《唐音阁诗词集》、《唐音阁集》等。

丙戌清明恭谒黄帝陵

桥山柏翠鼎湖清，共献心香拜祖陵。
功继三皇开草昧，泽流四海创文明。
国基丕建千秋固，道统弘扬百利兴。
华胄龙翔新世纪，图强致富振天声。

西安钟楼

喜见西安换盛装，钟楼高耸市中央。
朝阳破雾明金顶，新月飞光照画梁。
四海嘉宾争揽胜，千秋伟业正流芳。
凭栏望远心潮涌，秀美山川迈盛唐。

华山放歌（二首）

一

三峰挺秀壮关西，览胜惜无万仞梯。
遍履悬崖经万险，始凌绝顶赏千奇。
唐松汉柏连天碧，玉观琳宫与日齐。

欲采岩花簪两鬓，不知足已跨虹霓。

注：“玉观琳宫”，指华山之云台观、白帝宫、金天宫、镇狱宫、翠云宫及亭台楼阁祠庙等许多建筑。

二

万顷松涛泼眼凉，仙人掌上捧朝阳。
天池雁落重霄迥，玉井莲开四季香。
已讶呼吸通帝座，岂无咳唾化琼浆？
题诗更有奇峰待，试倩苍龙负锦囊。

卜算子

大地寂无声，雨洗江天净。常记拿舟戏水游，啸傲烟波境。

月忆旧时明，露是今宵冷。遥夜无端出户来，立尽梧桐影。

改革开放三十周年喜赋

喜见神州殛四凶，创新求变上高峰。
和谐雨继亲民雨，开放风催改革风。
致富图强初奏凯，倡廉反腐已鸣钟。
腾飞真以人为本，万里鹏程日更红。

呼和浩特

初到青城眼倍明，雄楼巨厦入青冥。
年来惯饮蒙牛乳，始见草原无限青。

青　冢

筑冢如山更护林，胡人何故重昭君？
结亲自比交侵好，一曲琵琶万古心。

成吉思汗陵

威加四海马萧萧，“只识弯弓射大雕”？
壮丽陵园游侣众，各抒己见论“天骄”。

龙井品茶口占

游湖日将午，渴欲饮新茶。
舟系苏堤柳，门敲陆羽家。
虎泉松下水，龙井雨前茶，
三碗诗情涌，何须手八叉。

八八生日，看“神七”直播感赋

“太空漫步”长精神，起舞浑忘老病身。
扶杖乐山还乐水，笺书忧道不忧贫。
余年欲化三千士，此日真成二八人①。
敢吐狂言君莫笑，神舟看我庆生辰。

注：①千帆学长八十八岁时自号“二八佳人”，令人捧腹，实为“不服老”之意也。

九十思亲七首（选二）

其一

气短心衰老病身，九十生日忆亲恩。
行医力稼修新院，织布绩麻建大门。
望子传家终有子，施仁济世始安仁。
呱呱坠地雄鸡唱，被裹衣包夜向晨。

注：家父众特先生生于一八七九年。中秀才后自己行医、种田，家母织布、纺线，终于修了新院。我出生时，北房尚未竣工。我于一九二一年农历八月二十八日深夜出生于天水琥珀乡霍家川。坠地时，忽闻雄鸡高唱，家父喜极赋诗。

其六

教书高校六十年，运动纷纭变化繁。
晦雨盲风终反正，红桑碧海又扬帆。
亲方困饿儿无米，儿始宽余亲已仙！
每遇生辰难忍泪，回眸遥忆霍家川。

当代新诗名家

贺敬之

1924年生，山东峄县人。文化部原副部长、中宣部原副部长，鲁迅文学院原院长。著有《贺敬之诗选》、《贺敬之文艺论集》、《贺敬之文集》等。

咏南湖船

极目长河，惊骤洄巨折！
逆风狂，浊浪恶，百舸几沉没？
念神州，心千结——此船应无恙：勿迷航，莫偏斜；
当闻警排险，岂容自损身，暗沉不觉？
驾驶者，曾是阶级先锋、民族脊梁、时代英杰。
未负　红色盘古　创世大任，
久葆　东方“安泰”[①]地子本色[②]。
看南湖，望北国——忆七月烟雨[③]，思六月风波[④]。
两番长征，重重险关重重越。
七十载过——数不尽　累累先烈骨、滚滚同志血。
征程历历昭来者——真伪明，成败决，
须察　千态万状，当经　史检民择。
而今寰宇更待——再拨疑云迷雾，净淘断戈败叶。
志无移，步无懈；信河清有日，归燕终报捷。

哦——
无须问我：鬓侵雪、岁几何？
料相知：不计余年，此心如昨。
今来几度逢队日，此情俱与少年说。

紧挽臂，登船同看：电光闪处当年舵；
烟雨楼上——听万里涛声，共唱——心船歌。

注：①②安泰，希腊神话中大力神，大地之子。
③南湖有烟雨楼，七月一日为党的生日。
④“六月风波”，一九八九年天安门事件。

李　瑛

1926年生，河北丰润人，生于辽宁锦州。历任解放军文艺出版社总编、社长，总政文化部部长，中国文联副主席等。著有诗集《野战诗集》、《静静的哨所》、《美国之旅》、《在燃烧的战场》、《李瑛诗选》等。

黄河落日（外一首）

等了五千年
才见到这庄严的一刻
在染红一座座黄土塬之后
太阳，风风火火
望一眼涛涌的漩涡
终于落下了
辉煌的、凝重的
沉入滚滚浊波

淡了，帆影
远了，渔歌
此刻，大地全在沉默
凝思的树，严肃的鹰
倔强的陡峭的土壁
蒿艾气息的枯黄的草色

只有绛红的狂涛
长空下，站起又沉落
九万面旌旗翻卷
九万面鼙鼓云锣
一齐回响在重重沟壑
颤动的大地
竟如此惊心动魄

醉了，洪波
亮了，雷火
辛勤地跋涉了一天的太阳
坐在大河上回忆走过的路
历史已成废墟
草滩，爝火
峥嵘的山，固执的
裸露着筋络和骨骼

黄土层沉积着古东方
一个英雄民族的史诗和传说

远了，马鸣
断了，长戈

如血的残照里
只有雄浑沉郁的唐诗
一个字一个字
象余烬中闪亮的炭火
和浪尖跳荡的星星一起
在蟋蟀鸣叫的苍茫里闪烁

和孩子们谈先烈

为祖国献上
六十朵红玫瑰
自然想起他们——
我们的父亲们乃至
父亲的父亲的父亲们
岁月把他们湮没了
今天，我们已无法找到
他们那最后一滴血
尽管它们至今也没有凝固
那些离明天、离生命、离真理
最近的先人

多年来，为寻找他们的坟茔
我曾踏遍苍茫云水
后来发现
他们并未走远
就在我们面前
或坐在我们身边
或和我们一起说笑、生活
他们的存在比死亡更真实
当年那些鲜活的记忆
仍胜过今天郁郁葱葱的山草

于是我想告诉孩子们
你们今天看到的祖国

就是他们
今天我们生活的任何角落
都有他们生命的一部分
或是头颅
或是脊梁

对他们来说
一朵花的萎
和开放同样美丽
甚至比开放
更壮丽、更崇高、更恒久
因此，你认识今天阳光下的欢乐
是否该从昨天黑夜中的他们开始

铁木尔·达瓦买提

1927年生，新疆吐鲁番人，维吾尔族。历任新疆维吾尔自治区第五、六届人大常委会主任，新疆维吾尔自治区人民政府主席，国家民委副主任，第八、九届全国人大常委会副委员长，中共第十二至十四届中央委员。著有诗集《心中的歌》、《故乡情》、《生命的火炬》等。

天池颂

你是博格达峰的一面明镜，
永远闪射着熠熠的光辉。
嫣然怒放的高山雪莲，
为冰峰雪山平添了娇媚。
湖畔塔松成林，野花遍地，
无数的宝藏在你身边荟萃。
谁若从你这银盏抿上一口，
就会永远为你的魅力所陶醉。

翟泰丰

1933年生，笔名羽家。河北唐山人。曾任中共中央纪委委员，中宣部副部长，中国作协党组书记、副主席，现任全国政协常委，教科文卫体委员会副主任，中国作协名誉副主席。著有《诗词卷》、《羽家诗词选》等。

俊秀的微笑

公元二零零八年
二十九届北京奥林匹克
运动会
祥云火炬
在顾拜旦的故乡传递
穿过巍巍的埃菲尔铁塔
走进雨果《巴黎圣母院》的神秘
途经香榭丽舍大街
怀念巴尔扎克的《人间喜剧》
凯旋门卢浮宫协和广场
法国历史的经典
人类文化的圣地
祥云火炬
在顾拜旦的故乡传递
“文明”的野蛮
凶恶的毒手
伸向残疾姑娘的轮椅
暴力抢夺她手中的祥云火炬
这是活佛的暴力
这是“人权”的瘟疫
姑娘拼命保护
舍命也不放弃
神圣的火炬
姑娘用血在拼搏
勇敢地把邪恶抗击
除非暴徒从我的
尸体上爬过去
我也要誓死保住神圣火炬
这是中国姑娘的坚强
这是中国人的勇气

这是中国姑娘的崇高
这是中国人的浩然正气
姑娘的崇高
将永留世界奥林匹克的历史
姑娘俊秀的微笑
将永存善良人们的心灵记忆
这微笑
是信念
这微笑
是正义
这微笑
是无畏
这微笑
是蔑视
这微笑
是致意
这微笑
是胜利
中国残疾姑娘的
微笑
永世留在顾拜旦的
故里

高占祥

1935年生，笔名罗丁。北京通州人。历任团中央书记处书记，河北省委副书记，文化部常务副部长，中国文联党组书记、副主席。现任全国政协常委，中华民族文化促进会主席。著有《浇花集》、《微风集》、《春泥集》、《咏荷诗五百首》、《和平颂》等。

我心中的祖国

我心中总唱着一首快乐的歌，
你要问我为什么呀为什么？
我就高兴地对你说：
我心中有我的祖国！
我心中总燃着一团不熄的火，
你要问我为什么呀为什么？

我就高兴地对你说：
我心中有我的祖国！
我心中总流着一条奔腾的河，
你要问我为什么呀为什么？
我就高兴地对你说：
我心中有我的祖国！
小时候妈妈对我说，
长大后要好好地报效祖国。
童年的我把祖国记在心窝，
但不知祖国的含义是什么。
巍巍的长城告诉我：
文明和智慧是我的祖国。
滔滔的黄河告诉我：
勤劳和勇敢是我的祖国。
茫茫的大地告诉我：
春风和雨露是我的祖国。
冉冉的朝阳告诉我：
光明和希望是我的祖国。
啊，祖国啊祖国，
你是金色的山河，
你是万家的灯火，
你是慈母的情怀，
你是我心中唱不完的颂歌！

张同吾

1938年生，河北省乐亭县人，中国诗歌学会秘书长、国际华文诗人笔会秘书长。著有诗评诗论集《诗的审美与技巧》，诗集《听海》、散文集《哲学的白天与诗的夜晚》等，作品多次获奖。

五里桥遐思

夏日向晚　细雨迷蒙
我和诗歌一起站在五里桥上
感受诗歌的长度
感受历史的沧桑
感受经过日月磨洗的石头
具有怎样袭人的力量

古人用华里计量行程
五里 相当于 2500 米
对于我就更有视觉映像
古拙而厚重的石墩
古拙而厚重的石梁
砌叠成一座水上长廊
历经 800 年岁月
仍有细柳婆娑　仍有木棉掩映
仍与海潮相伴　仍听万家歌哭
仍与新月相守　仍与新虹相望
像玉带般澄明
像琴弦般悠长
以诗的长度
横亘于东方第一大港

生命的箭镞可超越 800 年时光
抵达历史的心脏
然而这里离宋朝甚远离开封甚远
看不到宫廷诡秘纸醉金迷
然而这里离梁山甚远离反抗甚远
听不到李逵的怒吼宋江的悲怆
只有铁斧凿石的铿锵
只有血泪模糊的手掌
石匠的心中没有冬天
智慧以诗的形式在手上开放
雪白的纪念碑
站立在时间之上
为鲜血和泪水歌唱

时间　无法计数
有多少人经过五里桥走向远方
那些生于苦难死于梦想的人们
那些生于爱情死于爱情的人们
都在这里点燃生命的火焰和泪水
从陆地走向海洋
新生和淹灭都是一次终结
只有五里桥以五里的长度
坚守自己　用坚硬的质地

证明性格的钢强

细雨湿衣的时候
不一定热泪盈眶
五里桥　看遍花开花落总有星云相守
五里桥　看遍匆匆过客为历史殉葬
只有石头是诗的图腾
伴着孤独和骄傲
面对天空和海洋

五里桥是一条幽长的雨巷
举着雨伞的恋人相依在雨中
润泽了雨中的诗韵
也润泽了我青春的想像
既然　我们的前人在这里开拓历史
我们　便有幸运在这里相拥爱情
让长桥以诗的形式铸成链条
连接今天的欢乐和明天的希望

李肇星

1940 年生，笔名禾星。山东胶南人。历任外交部新闻司司长，外交部发言人，外交部部长助理，常驻联合国代表，驻美国特命全权大使，外交部部长。2008 年 3 月任第十一届全国人大外事委员会主任委员，是十六届中共中央委员，第十一届全国人大常委会委员。著有诗集《青春中国》等。

心中的北大

——纪念母校一百周年未曾说出的话

不只是未名的涟漪，
不只是入云的高塔，
不只是山坡树下的书声，
不只是少男少女的风发……

无形的悲壮，
最是心中的北大。

赵家楼的火光，

“一二·九”的步伐，
民族危亡之际
“南下、不怕”的呐喊，
居安思危之时，
高举“小平，你好”的潇洒……

永恒的使命，
最是心中的北大。

五千年故国不能算老，
一百年北大正当年华。
未曾说出的心曲还是
“修我戈矛”“与子偕行”，
不计华发早生，
不辞海角天涯。

雷抒雁

1942年年生，著名诗人，作家。1942年8月18日出生于陕西泾阳县。1967年9月毕业于西北大学中文系。中国作协全国委员会委员，曾任解放军文艺出版社编辑、《诗刊》副主编、鲁迅文学院常务副院长等职。出版诗集《沙海军歌》、《漫长的边境线》、《云雀》、《春神》、《小草在歌唱》、《父母之河》、《踏尘而过》等。

誓　约

那时候，我们庄严地
举起右手
并拢五指，慢慢地
握成拳头

面对旗帜
面对镰刀和锤头
怀着急剧的血流
以及怦怦的心跳
要给人生一份高贵的追求

我说，我自愿
我说，奋斗终身

我说，永不背叛
那誓言，一字一句
像铁锤敲打铁钉
一分分被楔进木头
自此，宁可锈死，绝不退后

当然，我知道这只是一种仪式
一切，只是开始
前边还有很长很长的道路
但没有谁会怀疑这声音的真诚
那一刻，盟誓者的坚定胜过情人、佛徒

我钟情世界上最原始的创造
镰刀和锤头
是我崇拜的图腾
人民和劳动
是我对政治信仰
最通俗的解读

海誓山盟
人生的承诺让我庄严地举起拳头
像一滴钻出石缝的水珠
自此，已落入溪流
明天，将要汇进大江大河
波澜壮阔的海就在前头招手
自此，我像打上烙印的军马
鲜明的符号就在自己胸口

我知道，就为这句誓言
多少人把生命射出枪口
一位红军老兵
永远难忘他陷进草地泥潭的战友
那最后举起的拳头握着最后的党费
握着对誓言的忠诚与坚守

千千万万个体的人
结成一条铁链，环环相扣
组成一道无坚不摧的洪流

流血。牺牲。奋斗
当我轻轻写下这几个字的时候

就像面对着无数有名无名的烈士墓碑
抚摸着蓄满血温的泥土

花在怒放，旗在飘扬
海浪跃动，如同
历史经过的曲折与险阻

当然，当然
一如大浪淘沙
石会风化，铁会生锈
彷徨、退却、变节、出卖与腐朽
誓言的食言者
每时每刻都会有
当心灵城池失守
有的人便成了金钱与美色的俘虏
背叛誓言，如同钙的流失
那些匍匐者像被软化了骨头

其实，就在举手盟誓的时候
那一刻我觉得所有古哲先贤仁人志士
都一齐站在旗帜的背后
天下为公
天下大同
先天下之忧而忧
后天下之乐而乐
那一刻在我小小的胸腔
拥挤着整个人类的期望
滚动着一个凉凉热热的地球

即使是一粒沙、一颗石
或一捧水泥
也将和更多的同志与战友
一起组合，去为人民搭桥铺路
即使是一段钢筋，一块铁板，一团铁丝
在这个伟大的工程里
也将被重新紧紧结构

我也曾为经过的挫折和灾难痛心疾首
但这难道能成为逃避与放弃誓言的借口

我相信，这是一片青春的森林

千千万万大树站立着
捧一轮红日，顶漫天流云
火烧、盗伐、虫蛀
倒下去的只不过是一抔朽木尘土
每一片空旷处
都会有新苗蓬勃成长挺身昂首

曾凡华

1948年生，湖南溆浦人。中国现代诗歌研究院院长，《纪实》半月刊杂志社社长，中国报纸副刊研究会常务副会长。大校军衔。著有诗集《洞庭军号》、《辽远的地平线》、《士兵的维纳斯》等。

鲅鱼圈风景（外一首）

——献给营口经济技术开发区鲅鱼圈的诗

如果我有印象派莫奈那支笔
我就要好好画一幅鲅鱼圈的风景
用深沉如教堂般
粘附力极强的蓝
涂染海
用迷惘得近乎感伤的紫
堆叠山
用八九点钟的日光般的黄
点缀人物
用原始而性感的红
表现港口码头流星雨一般的车辆和轮船……

当然 还有傻乎乎的塔吊
神秘的集装箱
以及熊岳城古老的角楼和城堞
至于墩台山的雄浑和龟石滩的倜傥
可以用暖色调的棕褐
或者干脆用黑
衬出这里夜的奇谲
让偃伏于脚下的潮水
具备这里女人一样的美和光鲜
倘若需要风

就用透亮的白　白里含钙
这样就让鲅鱼圈有了坚硬的骨骼
站在渤海湾里
也能看清天下的风云变幻和世间的人情冷暖……

诗之孕

——贺鲅鱼圈北方诗歌创作基地揭牌

雁向南飞　车往北来
秋天的渤海湾　水天一色风月无边
处子般的远行定在今天
行前　你就充满了期待
一如怀珠的蚌
等着打开

当红红的盖头
扉页一样被人揭起
你红红地一笑
就嫁给了鲅鱼圈
落落大方的样子很是可人
很是让人怜爱
我知道你为什么面无羞涩
因为安徒生给你讲过青蛙王子的故事
此刻　海的洞房已布满烛台
当烛影红红地飘落
你也会红红的
红红的怀上一个诗的儿子……

高洪波

1951年生，笔名向川。内蒙古开鲁人。现任《诗刊》主编、中国作协副主席、党组成员、书记处书记、中华文学基金会理事长。著有诗集《心帆》，《高洪波儿童文学作品选》等。

致奉节

一座挂在悬崖边的城市
一座钉在陡坡上的城市

一座浮在水面上的城市
一座漂在云端里的城市

哦，奉节，我的奉节

一座让末路英雄刘备大悲哀的城市
一座令智慧人物孔明太无奈的城市
一座使诗仙李白欣喜若狂的城市
一座叫诗圣杜甫慷慨高歌的城市
曾一度飘散着清丽竹枝词的城市
曾一度回荡着沉郁川江号子的城市
一度这座城诗与歌交织
一度这座城血与火相迸

哦，奉节，我的奉节

你这古老而又过于年轻的城市
现实又充满憧憬的城市
你这被推土机悍然推倒的城市
又被打桩机猛烈夯实的城市
一座两千年历史沉入水下的城市
一座五年里突兀崛起的城市

哦，奉节，我的奉节

一座让有形的三峡大坝
从容建立在下游的城市哟
一座让无形的移民工程
坦然建立在心底的城市……
一座孕育当代愚公的城市
搬动岁月搬动历史的城市……

注：奉节为原川东地下党活动地区，江姐的丈夫牺牲于此。

李小雨

1951年生，女。河北丰润人。1988年毕业于北京大学中文系。现任《诗刊》常务副主编。著有诗集《雁翎歌》、《红纱巾》、《东方之光》、《玫瑰谷》、《声音的雕像》、《李小雨自选诗》等。

红纱巾

我要戴那条
红色的纱巾……

那轻柔的、冰冷的纱巾，
滑过我苍白的脸庞，
仿佛两道溪水，
清凉凉地浸透了我发烫的双颊、
第一根白发和初添的皱纹。
（真的吗，苍老就是这样临近？）
呵，这些年，
风沙太多了，
吹干了眼角的痕，
吹裂了心……

红纱巾。
我看见夜风中
两道溪水上燃烧的火苗，
那么猛烈地烧灼着
我那双被平庸的生活
麻木了的眼神。
一道红色的闪电划过，
是青春的血液的颜色吗？
是跳跃的脉搏的颜色吗？
那，曾是我的颜色呵！

我惊醒。
那半夜敲门声打破的噩梦，
那散落一地的初中课本，
那闷热中午的长长的田垄，
那尘土飞扬的贫困的小村，
那蓝天下给予母亲的第一个微笑，
那朦胧中未完成的初恋的纯真，

那六平方米住房的狭窄的温暖，
那排着长队购买《英语讲座》的欢欣，
呵，那闪烁着红纱巾的艰辛岁月呀，
一起化作了
深深的，绵长的柔情……

祖国啊，
我对你的爱多么深沉，
一如这展示着生活含义的纱巾，
那么固执地飞飘在
又一个严冬的风雪中，
点染着我那疲乏的、
并不年轻的青春。

那悲哀和希望揉合的颜色啊，
那苦涩和甜蜜调成的颜色啊，
那活跃着一代人的生命的颜色啊！

今天，大雪纷纷。
我仍然要向世界
扬起一面小小的旗帜，
一片柔弱的翅膀，
一轮真正的太阳，
我相信，全世界都能

看到它，感觉到它，
因为它和那
插在最高建筑物上的旗帜，
是同样的、同样的
热烈而动人！

我望着伸向遥远的
淡红色的茫茫雪路，
一个孩子似的微笑
悄悄浮上嘴唇：
我正年轻……

我要戴那条
红色的纱巾……

王海平

1957年生，山西省运城地区芮城县人，中共党员，1982年2月参加工作，研究生学历。哲学教授、诗人、作家，主要作品有电影剧本《母语》等四部，散文小说集《那里》，诗集《行者歌吟》，歌曲《心的旅程》等。现任中共北京市怀柔区委书记。

迷人的花朵在长城开放

千登万攀，拾阶而上，
到长城去享受那种芬芳。
日精月华，
天滋地养，
迷人的花朵迎风开放。
啊！这是祖国母亲的胸膛，
心在奔腾，神在向往。

千回百转，凌绝苍茫，
到高处去感受那种力量。
血沃热土，
风浇雨灌，
迷人的花朵在长城迎风劲放。
啊！这是中华民族的脊梁，
梦绕情牵，不拒沧桑。

吉狄马加

1961年生，男，彝族，四川凉山人，现任中共青海省委常委、省委宣传部部长，中国诗歌学会常务副会长、中国少数民作家学会会长。第十届全国政协委员、民族和宗教委员会委员、中华全国青年联合会副主席。著有诗集《初恋的歌》、《彝人之歌》等。

献给汶川的挽歌

汶川，一个普通的名字
因为一场突如其来的大灾难
而变得再不普通
汶川，在一个瞬间

（这个瞬间将永远被人类定格）
随着那看不见的震波
把大灾难的消息
传到了世界的每一个角落
汶川，就是从那一个瞬间开始
在这个人类生活的星球上
你就是一个象征
或者说，你就是一个生命的中心
因为从那一刻起
生命与死亡的抗争
就拉开了惊心动魄的序幕
也是从那一刻，时间被重新计算
中国在奔跑
世界在奔跑
因为我们知道
在那坍塌的钢筋水泥板下无数个生命
需要我们去拯救
汶川，你知道吗?
就是从那个生命遭到践踏的
黑色的瞬间之后
“中国汶川，汶川中国”
一定是那个时候
全世界不同种族的语言
重复使用最多的字样
汶川，同样是在那个
不幸的瞬间之后我经历了，同时我也看到了
无论是东方人
还是西方人的眼睛里
都为你含着悲伤的泪水
是的，汶川
因为这种哀痛不仅仅属于你
这是人类的哀痛
这是所有生命的哀痛！
汶川，命运的天平似乎从来就不公平
然而人类的历史告诉我们　灾难从它诞生的那一天
就时时刻刻伴随着人类的前进
是的，汶川！当死亡选择你的同时
人类的希望也选择了你

虽然这样的选择
是那样的残酷，是那样的让人难以接受
因为千百年来
人类就在苦难中成长
这似乎是一个不变的法则
然而对于个体生命而言
当我们面对沉默的天空和大地
我们只能用已经嘶哑的声音呼喊
因为我们不敢
也从未放弃过对生命的找寻
汶川，你就像一支等待箭镞的目标
告诉我是什么邪恶的力量
在顷刻间把你变成了废墟
汶川，让我或者说让我们
轻轻地抚摸一下你的伤口吧
因为我看见
鲜红的血又染红了
养育了我们这个
东方古老民族的土地
其实谁都知道，汶川！
抚摸你的伤口
就是在抚摸中国母亲的伤口
但是，就在这灾难降临的时候
我们看见，在这大悲剧的舞台中央
我们的母亲——中国
用她五千年泣鬼神感天地的大爱
再一次把一个民族的苦难
义无反顾地扛在了自己的肩上
她的脸上虽然还留有泪痕
但她仍然以九百六十万平方公里的
仁慈的宽广的胸怀
紧紧地拥抱着自己受伤的儿女
汶川，我不知道此时此刻
我应该如何向你表达
一个中国诗人对你的敬意
因为我已经有好长时间
没有像今天这样
在泪光中看见——我的中国！

汶川，同样我不知道在此时此刻
我应该选择怎样的词汇
来见证和记录
那些用心灵照亮了黑暗
并给所有的生命以信心和勇气的人们
是他们用人性的光辉
再一次温暖了这个世界
是那些把悲痛埋在心底
刚刚擦干了脸上的血迹
又在为抢救别的生命
而奔波不停的兄弟姐妹
是的，汶川，我承认！
是你让我的灵魂
又一次从那沉睡中苏醒
是你让我在苦难的面前
真正理解了人民的全部含义
汶川，对你的救援还在进行
一场死亡和生命的战争还没有结束
在那里时间就是生命
在那里生命就是时间
在那里领袖和人民都是战士
在那里没有绝望，只有希望
汶川，你听我说
你的名字将被我们永远铭记
你的人民，在这场大灾难中
所表现出来的坚韧、朴实、善良
以及那在死神面前
所展现出的人的尊严
同样将在人类的历史记忆中
成为永恒！
汶川，你永远不会死去
因为我始终相信
因为这个世界相信
就在你轰然倒下去的地方
我们这个始终伴随苦难和希望的种族
必将在那里站立起来——成为一道风景！

反映伟大时代历史巨变
描绘人民群众精神图谱
创作更多思想性艺术性相统一的文学精品

刘云山

中国作协2009年10月29日在京召开文学创作座谈会。中共中央政治局委员、中央书记处书记、中宣部部长刘云山同志出席会议并作重要讲话。本年鉴特予转载。

今年是新中国60华诞。60年前，刚刚宣告中华人民共和国成立不久，毛泽东主席应茅盾同志之邀，为《人民文学》创刊号题词："希望有更多好作品出世"。这一希望，是党的希望、人民的希望，也是时代的希望、历史的希望。60年来的中国文学，始终与民族振兴联系在一起，始终与祖国进步息息相关。新中国成立后，伴随着社会主义革命和建设事业的不断推进，文学事业蓬勃发展，涌现出一大批脍炙人口的优秀作品，极大地激发了人民群众当家做主人、建设新中国的旺盛热情。改革开放以来，我国文学取得新的历史性进步，创作队伍更加壮大，创作活力更加旺盛，当代文学在记录时代发展、见证历史巨变、弘扬民族精神，在满足人民群众精神文化需求、促进改革开放和社会主义现代化建设等方面，发挥了独特作用，作出了积极贡献。现在，我们已站在新的历史起点上，兴起文化建设新高潮，推动文化大发展大繁荣，赋予每一位作家、艺术家光荣而神圣的职责，呼唤着更多的好作品问世。我们要顺应时代和人民的要求，坚持社会主义先进文化前进方向，推动我国文学事业持续繁荣，实现新的更大发展。

一、文学创作必须坚持正确的价值取向

文学用语言塑造艺术形象、反映社会生活，传达作家对历史、对世界、对人生的看法。优秀文学作品往往能够成为人们前进的指引，就在于其中蕴含着有益于人生和社会的可贵价值。古今中外，这样的例子不胜枚举。大凡优秀作家总是力图形象地表达对那些体现社会进步的价值观的肯定与赞扬，从而引导和鼓舞人们追求更加美好的生

活。著文章、写文章，要传道义、担道义，这是中国文学的一个优良传统。正如鲁迅所说，“文艺是国民精神所发的火光，同时也是引导国民精神的前途的灯火”。事实上，从来就没有不体现价值取向的文学作品。

价值观不是抽象的、绝对的，而是具体的、历史的，社会主义文学的创作活动应当始终坚持正确的价值取向。那么，这个取向是什么呢？就是社会主义核心价值体系的基本要求。社会主义核心价值体系是社会主义意识形态的本质体现，也是社会主义文学的灵魂。随着经济体制深刻变革、社会结构深刻变动、利益格局深刻调整，人们思想活动的独立性、选择性、多变性、差异性明显增强。同时，世界范围内各种思想文化交流、交融、交锋日益频繁，国际思想文化领域斗争日益复杂。在五花八门的社会思潮和活跃多变的社会现象面前，我们要创作出能够启迪人、影响人的优秀作品，首先就要有主心骨，有正确的创作思想。这就需要我们的作家树立马克思主义文艺观，不断加深对社会主义核心价值体系内涵的理解，在多重价值的矛盾和冲突中立主导，把社会主义核心价值体系的要求体现在创作实践中，讴歌真善美，鞭挞假恶丑，传播先进文化，抵制腐朽文化，更好地引领各种文化思潮和文化追求。

科学发展观是马克思主义中国化的最新成果。在文学创作实践中贯彻落实科学发展观，最重要的就是坚持以人为本，努力解决好文学与人民的关系。“人民文学”的“人民”，不仅是刊物的名字，也应当是文学的方向、文学的旗帜。人民是历史的创造者，是文艺工作者的母亲，人民的赞赏是作家、艺术家的最大荣誉。新中国60年文学发展最大的特点，就在于我们把“人民”两个字写在中国文学的旗帜上，写进中国文学的历史。要深刻理解以人为本的丰富内涵，牢固树立文学创作源自人民、为了人民、属于人民、服务人民的理念，怀百姓情感、写百姓生活、当百姓作家，把人民作为文学创作的表现主体和服务主体，把高尚的思想境界、健康的人生追求、美好的艺术情趣传递给人民，把最好的精神食粮奉献给人民。

二、文学创作应当积极弘扬时代主旋律

文学创作只有汇入时代的主流，才会有广阔的前途，才能锻造出传世之作。所谓“文章合为时而著，歌诗合为事而作”，说的就是文学与时代的关系。我们今天所处的时代是一个以变革、调整、创新为显著特征的时代：改革开放波澜壮阔，中国特色社会主义事业蓬勃发展，综合国力明显增强，人民生活大幅改善，国际地位显著提升。适逢民族复兴伟大时代是作家的幸运、文学的幸运，鲜活生动的伟大实践为文学创作提供了新的题材、新的人物、新的情感和新的精神，呼唤着我们的作家去记录、去表现、去讴歌。这就要求广大文学工作者坚持“二为”方向和“双百”方针，从当代中国人民的伟大创造中寻找和发现文学创作崭新的主题、情节、语言、诗情和画意，反映我们这个时代的历史巨变，描绘我们这个时代的精神图谱，为时代写史、为时代画像、为时代立言。要紧跟时代发展步伐，准确把握时代

主题，用富有时代气息的形式和语言，创作出更多反映时代主旋律的精品力作。弘扬主旋律，应当贯穿于文学创作的全过程。那种把主旋律作为一种题材，等同于红色历史、革命战争、英雄人物，其实是一种误解。主旋律代表着一种精神，反映着社会主流价值取向。有了这种精神、这种价值取向，不论什么题材都可以体现主旋律、反映主旋律，成为主旋律的鲜明乐章。弘扬主旋律与提倡多样化相统一，是文学创作的一个重要原则。那种把多样化与主旋律对立起来的看法，也是一种误解。社会生活是丰富多彩的，文学繁荣的标志应当是百花齐放、多姿多彩，文学创作最忌重复、趋同、跟风、扎堆、克隆，一个面孔、一个模式。文学创作应当在丰富多彩的题材中贯穿主旋律，以内容、形式、方法、手段的多样性和广泛性来表现主旋律、弘扬主旋律，努力实现思想性、艺术性、观赏性的有机统一。

任何时代和社会都是在矛盾运动中发展的，有主流也有支流，有光明也有黑暗。应当看到，当代中国正在发生广泛而深刻的变革，既处于黄金发展期，也处于矛盾凸显期，现实社会中并不是到处铺满鲜花、到处充满高尚，还存在许多不尽如人意的地方，存在着一些丑恶现象。对这些现象不是要不要反映，而是如何反映。这就要求我们的作家用辩证唯物主义和历史唯物主义观点分析和把握事物，抓住本质、反映主流，从有利于国家富强、民族团结，有利于改革、发展、稳定，有利于人民幸福出发，以文学的方式反映社会变迁中的得与失、喜与忧，更好地体现时代潮流，更好地感应时代脉搏，给人以积极向上的力量。

三、文学创作需要不断深入生活、汲取营养

文学创作是艰苦的精神劳动，是作家对生活的勘探、开掘与发现。把社会生活作为文学创作的源头活水，是马克思主义文艺理论的一个基本观点。毛泽东同志在延安文艺座谈会上的讲话对这个问题的精辟论述，至今仍然有着极为重要的指导意义。实事求是地说，在创作与生活的关系上，我们有时解决得好，有时解决得不够好；有些人解决得好，有些人解决得不够好。解决得好，我们的创作就上得去，就能拿出好作品、大作品。现在，我国文学作品数量应该说已经很多了，但真正富有生活底蕴、能引起强烈共鸣的作品还不够多。造成这种状况的一个重要原因，是对生活的深入体验不够。现代农业搞无土栽培、工厂化生产，但文学创作如果也搞无土栽培、工厂化生产、闭门造车，就不会产生鲜活、富有生气的作品。

我们生活在信息社会，资讯十分发达，不出门就能获得丰富信息。在这样的情况下还要不要深入生活？回答应该是肯定的。通过各种媒体，固然可以非常方便地获得很多素材，并且我们也要利用好现代传播手段，但不能以此代替深入生活。只有深入生活、亲身体验，才能挖掘到深层次的东西。比如，去年汶川特大地震之后媒体报道很多，人们从中可以了解很多信息，心灵也会受到很大感动，但这与现场体验到的震撼程度是很不一样的，许多到过抗震救灾一线的作家都有这样的感受。所以，深入生活应当是作家的必修课。深入生活，要提倡下得去、蹲得住，避免走

马观花、浅尝辄止。深入生活，不仅要熟悉生活，更要培养对那里的生活、那里的人的感情，如果不到生活中与人民群众接触交流，不在生机勃勃的实践中经风沐雨，对所要表现对象的真情实感就无法培养起来，创作激情就无从谈起。深入生活，不仅要有生活的积累，而且要有经济、科技、金融等多方面知识的储备，如果没有丰厚的知识积累，就难以准确深刻地表现生活、反映生活。应当说，现在我们深入生活，条件更好了、内容更多了，但要求也更高了。

当然，有了生活之后，还要用心进行提炼、开掘和萃取，这就有一个如何观察生活、理解生活的问题。现在社会生活与过去相比发生了很大变化，更复杂、更五光十色，理解把握的难度更大，这就需要我们的作家掌握党的理论和路线方针政策，全面准确地认识中国国情，还应当站在时代的高度，要有广阔、深邃的眼光。优秀的作家往往既有生活的积淀，也善于进行生活的再造。许多优秀作家的成功，既得益于长期深入生活，更得益于对生活积累的反复淘洗、筛选、发酵和提升。如果说生活是粮食，文学是美酒，那么创作就是对生活的酿造。没有这个过程，生活还是原始素材，还不能变为感染人的文学作品。对作家来说，需要有对生活的敏锐观察和独特感悟，需要有驾驭和把握生活的高超能力，需要有充满理想的艺术表达。只有这样，才能做到源于生活而又高于生活，既保持生活的鲜活又不拘泥于生活，使写作成为生活的深加工，成为思想的再提炼，成为感情的炽热燃烧。

四、文学创作要在继承的基础上勇于创新

任何一个国家和民族文化的传承与发展、变革与创新，都是在既有文化传统基础上进行的。如果离开传统、割断血脉，就会迷失方向、丧失根本。不朽的文艺经典往往既渗透着历史的积淀，又蕴含着时代的理想；既延续着传统的特点，又创造着新颖的内容和形式。不善于继承，就没有创新的基础；不善于创新，就缺乏继承的活力。中国文学有着悠久的历史，五千年的灿烂文明为中国文学积淀了深厚宽广的思想、情感、文化、语言和艺术资源。继承，从根本上讲，就是要坚守我们的文化立场，充分认识中华传统文化的历史意义和现实价值，以礼敬、自豪的态度善待传统文化，取其精华、去其糟粕，推陈出新、古为今用，更好地传承民族精神，传承中华文学的优雅、博大与深厚。要从民族文学和民间文学中汲取一切有益的东西，为今天的文学创作提供丰富的滋养。

创新是文化的本质属性和显著特征。当今社会已经发生了深刻变化，人民群众的阅读和审美也提出了崭新要求，必须勇于创新，善于创新。创新意味着超越，需要有超越前人、超越自我的勇气，需要不断焕发创造激情、增强原创能力。要进一步解放思想，大力推进文学观念、内容、风格、流派的创新，大力推进文学体裁、题材、形式、手段的发展。现代传媒对文学创作有着广泛而深刻的影响，特别是影视文学、网络文学、手机文学等建立在现代传媒基础上的文学样式，在文学创作的很多方面都进行了新实验，对文学的创作观念、创作方式、传播方式、传播范围等

产生了巨大影响。要高度重视利用影视、网络等传媒手段，借助电影、电视剧、视频、动漫、网络文学等样式，不断增强文学作品的吸引力、感染力、影响力。经过十多年发展，我国网络文学已经具有相当规模，尽管它还在发展变动中，不那么成熟，但毕竟出版数字化是个大趋势，网络文学有海量的作品、广泛的读者，而读者又以青少年为主体。对于网络文学这样的新事物，要积极研究、大力扶持、加强引导，使其健康发展。

五、文学创作应以更宽广的胸怀面向世界

随着经济全球化深入发展，中外文化交流在更大范围、更广领域、更深层次上展开。向世界优秀文化成果和文学创作经验学习，博采众长、为我所用，创作更多具有中国特色、中国风格、中国气派的优秀作品，是时代的必然要求。改革开放30年来，外国文学的翻译和介绍越来越多，让我们看到了世界文坛的斑斓，领略到了国外文学家们的风采，从中学习了很多，借鉴了很多。当然，外来文化本身具有复杂性，每一种文学的优长都与其产生的文化土壤有着内在联系。学习借鉴，有一个文化上跨越、艺术上对接的过程。在采取“拿来主义”态度的同时，我们必须坚持本民族的文化自信。在“地球村”里，文化的民族性正越来越被珍视、被推崇。学习借鉴国外的优秀文化成果，为的是中国文学的创新，为的是滋养我们自己的文学之根，更好地保持和弘扬我们文学的中国本色。

面对国际文学发展潮流，中国作家应该以国际视野和全球眼光，更加积极地面向世界。“走出山外”，才能更加真切地识得“庐山真面目”，才能开拓更为广阔的天地。要主动走上世界文坛，通过作家之间的往来互访、作品互译、文学研讨等各种方式，学习世界各国文学艺术中一切有益的养料，包括有进步意义的创作思想、有价值的创作经验和艺术表现手法，使之变成我们的文化财富。同时，要大力推动中国文学走向世界，通过优秀文学作品向各国人民展示中华文化的独特魅力，展示中国人民丰富而美好的心灵世界，不断提升国家文化软实力。现在，国际社会对我国文学发展的总体情况并不了解或了解不多，有的还存在一些偏见和误解。要进一步加强对外文学交流，广交国外、港澳台作家朋友，巩固和扩大与海外华文作家的合作，建立和开拓与外国主流作家的联系渠道。要加大文学作品译介力度，下工夫把各方面文学翻译人才发动起来、组织起来，并加强同高水平的国外汉学家的联系，使更多的中国文学作品进入国际出版市场，让国外读者看到更多的中国文学作品。中国文学能不能走向世界，我们能不能坚挺于世界文学之林，最终取决于我们自身，取决于我们的文化自觉，取决于我们的自信、自重、自强，我们应当始终不渝地坚守民族的文化立场，勇往直前地探索文学创造的新路。这条路就是中国特色社会主义文学繁荣发展之路。“走自己的路”这五个字是中国共产党领导中国人民革命、建设、改革近90年的丰富经验的浓缩、结晶。“走自己的路”，当然也是中国文学走向世界、走向未来的光辉之路。对此，我们应该有百倍的信心。

作家协会是党和政府联系广大文学工作者的桥梁和纽带，是繁荣文学事业的重要力量。多年来，中国作协在引导和帮助作家搞好文学创作方面做了大量卓有成效的工作。要继续围绕提高文学创作水平这个中心环节，坚持以邓小平理论和“三个代表”重要思想为指导，深入落实科学发展观，认真贯彻党的文艺方针政策，贴近实际、贴近生活、贴近群众，弘扬主旋律，提倡多样化，尊重文学创作规律，尊重作家的创造性劳动，全心全意为多出优秀作品、多出优秀人才提供优质服务。要进一步完善重点作品扶持机制，探索帮助作家深入生活的新渠道、新方式，扶持催生更多的精品力作。要加强文学人才特别是青年文学人才的培养，开展形式多样的培训，广泛联系、吸引、培养会员和非会员作家，建设一支老中青相结合的宏大作家队伍。要加强文学评论工作，发挥专家评论作用，广开普通读者评论言路，更好地激励和引导文学创作。要大力扶持少数民族文学创作，推动少数民族文学进一步繁荣。要加强版权保护工作，切实维护作家的合法权益。

国运昌盛，文运必兴。中华民族的伟大复兴必然伴随着中华文化的大繁荣。衷心祝愿我们的作家创作出更多的传世之作，祝愿我国文学事业更加兴旺发达，祝愿社会主义文艺百花园更加绚丽多姿。

（本文系中共中央政治局委员、中央书记处书记、中宣部部长刘云山同志2009年10月29日在中国作协召开的文学创作座谈会上的讲话摘要，原载2009年10月31日《文艺报》。）

繁荣和发展中华诗词

——在中华诗词学会创作座谈会上的讲话

马　凯

来参加这次会，感到非常高兴。这是中华诗词界的一次盛会。首先，我向获得中华诗词终身成就奖的五老表示热烈的祝贺！五老获此殊荣是当之无愧的。一方面他们自身创作了大量的、脍炙人口的诗词篇章，另一方面他们桃李满天下，为推动中华诗词的复兴作出了突出的贡献。

在高兴之余，我又感到诚惶诚恐。因为这次活动也是首发式，首发的集子中，孙老、霍老、李老、刘老都是当之无愧的诗词大家，而我自己呢，只不过是中华诗词的一个业余爱好者，或者说是一个诗词“票友”。我曾多次讲过，于诗词之道，自己仍是一只脚在门外，一只脚正在向门里去迈，还没落地。我的习作里，像失黏、失对、孤平、合掌、重字以及或辞不达意或因辞害意等毛病还不少。许多在座的和不在座的一些学长、诗友，他们的诗词造诣要比我深，诗作成就要比我大，但是第一批出了我的诗集，我想也许是为了照顾一个方面，即对诗词“票友”的一种鼓励。

刚才听了周笃文老先生和其他同志对我诗词的一些点评，更觉得其实难副。人贵有自知之明。学长、诗友们讲了许多肯定的话，我心里明白，这实际上是对我的一种鼓励和鞭策，更多的是我今后努力的方向。近些年来，与中华诗词界的学长、诗友们接触多了，确实受益匪浅。像叶嘉莹老师曾在信中鼓励我：“要用生命创造诗篇，用生活实践诗篇。”霍松林老师也对我说：“要在语言的筛选、提炼上下工夫。”刘征老师看了我的《抗洪组诗》之后也说：“写诗就是应该反映处于我们时代前沿的、风口浪尖上的重大事件。”我这个小册子诗集作为增订本，和上一本相比也有了一些改进，包括诗集的编排、文字提炼润色，很多同志都提出了非常宝贵的意见，其中不乏“一字之师”。在今年抗震救灾期间，我和全国人民一样，情感受到了极大的震撼，确实有一种不吐不快的感觉。就一边参加抗震救灾，跟总理五下灾区，一边抽空写了《抗震组诗（十首）》。草就后，寄给沈鹏、袁行霈、胡振民、郑伯农、周笃文、杨金亭等先生指正，他们都提出了一些修改意见。比如，沈鹏先生看后，一方面鼓励我说写得有激情，充满情感，另一方面又提出力求“不隔”，尽量用形象的语言。我觉得他说得非常中肯，为此我特意又把王国维的《人间词话》和周振甫的《诗词例话》中关于“隔”与“不隔”的论述翻出来看了看，深受启发，一些地方就尽量去改。如，第四首《铁军无前》，有两句原来是：“生命走廊条条架，亲人千万转平安。”沈先生在旁边批注，认为“语较生硬”。后来改为：“生命走廊肩托起，亲人过后泪满衫”，觉得稍微好了一点儿。又比如，第五首《国旗半垂》，有两句原来是：“八万同胞一瞬殁，天何糊涂天之罪。”后来袁行霈先生建议改成：“天何糊涂人何罪”，我觉得这两字确实改得好。我今后还要继续求教于各位学长、诗友。

中华诗词学会要出版一套诗词文库，今天的五本算是首发。这是一件好事，应该支持。我想，印诗集、编文库本身不是目的，目的还是要发展和繁荣中华诗词，弘扬中国优秀文化传统，为民族复兴和发展服务。所以想借此机会，谈谈繁荣中华诗词的想法，和各位学长、诗友们一起讨论。

中华诗词是中华民族几千年灿烂文化的重要组成部分，是中华民族智慧的结晶，也是人类的共同财富。我和大家一样欣喜地看到，中华诗词经过一个时期的沉寂之后，重新繁荣起来。这里除了中华诗词本身有着无限的魅力之外，以毛主席为代表的老一代革命家诗词大家有着不可磨灭的历史功绩，同时也有中华诗词界同仁们的努力和奉献。据了解，全国各级各类诗词学会数以千计，中华诗词学会仅个人会员已经数以万计；中华诗词公开和内部发行的诗词刊物有数百种之多，《光明日报》、《诗刊》都开辟了中华诗词的专栏或专页，每年发表的诗词作品达几十万首，这是个不小的数字，《全唐诗》也不过近五万首；经常参加诗词活动的积极分子全国有百万之众，前几年参加中国诗词朗诵工程的中小学生有七百万人之多，最近著名的作曲家谷建芬同志集中精力专攻一件事，就是为中华古典诗词作曲，推动中华诗词走进幼儿园、走进小学，受到热烈欢迎。现在全球学习汉语的热潮此起彼伏，原来说建一百所孔子学院，现在恐怕已经有二百所了。学汉语必然要学中华诗词，学中华诗词是学汉语的一个很好途径。试问有哪一种文学作品、文学形式能有这么久的生命力，为这么多的人所喜欢？对中华诗词这么灿烂的文化，作为中国人我们感到自豪，也为中华诗词方兴未艾的形势感到兴奋。

但是在看到中华诗词正在兴盛的同时，也要有危机感。在去年诗友们的一次聚会上我专门谈了自己的这个看法。古人有云：“知其所以危则安矣，知其所以乱则治矣，知其所以亡则存矣。”当时我曾提到应该考察和分析新诗可能正在走下坡路的这种历史现象。五四运动以后，新诗蓬勃发展，创作出许多杰出的作品。远的不说，新中国成立以来，从郭沫若、臧克家到艾青、郭小川、贺敬之等，写了一大批的作品，我们这一代人是朗诵着他们的诗歌长大的。但是一个时期以来，不是说没有好的新诗，但相当多的新诗已经成为“个人的独吟”、“小圈子的玩物”，大众看不懂了，读者越来越少了。这里的原因在哪儿？我觉得是值得认真反思的。可喜的是，在这次抗震救灾过程中，新诗发生了“井喷”现象，涌现出了一大批感人肺腑的诗作，创作之快、数量之多、传播之广、感人之深，是前所未有的。我曾开玩笑地说，“地震救新诗一命”，希望这种势头能保持下去。而在这个时期，反映抗震的格律诗相比之下似乎略逊一筹，不知大家是否有这种感觉，这里的原因我觉得也是值得深思的。

在总结反思的基础上，我想繁荣和发展中华诗词，要作多方面的努力，至少要处理好这样几个关系：一是要处理好继承和创新的关系。在继承的基础上创新，在创新的过程中更好地继承，两者必须兼重。千万不能丢掉传统，也千万不能没有创新。丢掉传统，中华诗词就会失去根基，就不成其为中华诗词，而会自我“异化”为其他文学形式，比如成为散文诗、顺口溜，等等，结果是名存实亡；没有创新，中华诗词就会丧失活力，如果内容和形式脱离时代、脱离生活、脱离大众，也会被“边缘化”，走向没落。丢掉传统和没有创新，二者殊途同归。至于，如何继承传统，如何有所创新，如何更好地把二者结合起来，有些想法将来可以深入交流。二是要处理好普及和提高的关系。在普及的基础上提高，在提高的指导下普及，两者相辅相成。目前，每年创作的中华诗词的数量已相当大，但中华诗词的繁荣不仅看数量，更重要的是看质量。我赞成诗词学会提倡的“精品战略”。写作如果都是千人一面、千篇一律、千事一腔的话，大众就会产生视觉疲劳，中华诗词在广大群众中就会丧失感召力，吸引力；当然精品、力作又是在大众的沃土中生长的。三是要处理好旧体诗和新体诗的关系。要齐开并放、相互促进。要让古典诗词、新诗、民歌、歌词等多种诗体互相取长补短，还要把中华诗词和书法、绘画、吟唱等结合起来。本来诗书画唱就是不分家的。四是要处理好诗人和大众的关系。诗词要繁荣发展，诗人离不开实践，真正的好诗也不会脱离时代远离生活远离群众，诗人应该走出诗界的小圈子，反映时代、贴近生活、服务大众，这是中华诗词的生命力所在。五是要处理好做人和作诗的关系。沈鹏先生讲过一句话：“诗人，首先应当是一个真正的人。”我是非常赞成这句话的。以上这些想法，只是抛砖引玉，供大家参考，共同探讨。大家都是为了一个共同目的：让中华诗词繁荣发展、永葆活力。

（二〇〇八年十二月二十日）

知古倡今　求正容变

——在《缀英集》编辑出版暨中华诗词创作座谈会上的讲话

马　凯

首先对《缀英集》的出版表示热烈的祝贺！《缀英集》是诗词界出版的一部品位高、质量高、历史厚重的力作。我想它有以下几个特点：

首先，从作者来说，都是中央文史研究馆的馆员。文史馆是毛主席、周总理倡导下成立的，积聚了我国文史界的一些饱学之士，他们都有着深厚的国学功底和丰富的阅历。这支作者队伍是许多诗词汇编无法比拟的。

其次，从内容来说，无论是抒情、怀古，还是感悟、记事，都是作者真情实感的反映。《缀英集》所选诗词时间跨度大，反映了一百多年来祖国、民族发生的许多重大事件；即使是一些个人抒怀的作品，实际上也是当时社会生活的一种反映。不少作品在我国诗词史上有着不可忽视的重要地位。

第三，从格律来说，《缀英集》编选说明讲到，“入选旧体诗词一般要求符合格律，但不以精严为准”。我看了《缀英集》后感到，入选诗词格律要求是严格的。这与现在有些诗词汇编名为中华诗词但又不太讲究格律有明显不同。

最后，从版式来说，《缀英集》的装订、印刷也非常精美。在此也对线装书局表示祝贺！

总之，《缀英集》的出版，既是我国诗词界的一件大事和喜事，也是出版界的一件大事和喜事。

我多次讲过，自己只是一个中华诗词的业余爱好者，或者说是一个中华诗词的“票友”。上中学的时候，一两角钱买了一本《诗词格律浅说》，是我的启蒙读物。后来陆续有一些习作，在夫人和友人的怂恿下，也出了一本小集子。在这个过程中，我得到了很多诗界学长、诗友的指点和帮助。比如，前年我曾经专门拜访过袁行霈馆长，他给我很大的帮助，鼓励我写诗一定写出自己的风格，在国家经济发展第一线工作就要写出能够反映一线工作的重大题材。这对我鼓励很大。我还请教过入声字怎么处理的问题，袁先生也给我出了主意。今年抗震救灾期间，跟总理五次到灾区，感触很深，真有一种不吐不快的感觉，写了《抗震组诗（十首）》。草就后，我将诗寄给袁行霈、沈鹏、郑伯农、周笃文、杨金亭等老先生和胡振民等同志。他们非常认真，给我提了很多建设性的修改意见，我觉得提得都很好。只举一个例子，第五首是《国旗半垂》，其中有两句原来是：“八万同胞一瞬殁，天何糊涂天之罪”。一瞬间八万人遇难了，老天爷怎么这么糊涂啊，犯下这么大罪过。袁先生建议把最后几个字改成“天何糊涂人何罪”。这两个字确实改得很好。我希望以后在座的和不在座的学长、诗友对我有更大的帮助。

当前，中华诗词在沉寂了一个时期后，已经从复苏走向复兴。这是一种历史的必然。首先这是中华诗词自身的魅力所在。中华诗词是以汉字为文字载体的诗歌。汉字本身是人类的伟大发明。它是有“四声”的方块字，把语言和音乐、字形和字义、文字与图画等绝妙地结合起来，这是以拼音为特征的其他文字所不可比拟的。发挥中国汉字这个特有优势写出的格律诗，具有内在的魅力，其内涵之深、形式之简、音韵之美、数量之多、普及之广、流传之久、影响之大，是许多其他文学形式难以同时具备的，也是世界上用其他文字创作的诗歌难以比拟的。中华诗词的复兴，以毛主席为代表的老一辈革命家、诗词大家有着不可磨灭的历史功绩，同时也有在座和不在座的中华诗词界同仁们的努力和奉献。现在全国中华诗词作者队伍有几百万之众，学诗、读诗、背诗、懂诗的更以亿计。全球学习汉语的热潮此起彼伏，学习汉语必然要学习中华诗词，体验汉语的魅力。我们对中华诗词发展的势头感到由衷的高兴。

在看到中华诗词发展的同时，也要有危机感。我多次呼吁，要认真反思“新体诗”走过的道路。老一代的诗人创作了很多脍炙人口的新体诗，我们这一代人是朗诵着这些新体诗长大的。然而一个时期以来，不是说没有好的新体诗，但许多新体诗越来越远离读者、远离大众，一些新体诗杂志订阅量急剧下降。格律诗要从中吸取经验教训。现在每年发表的格律诗达几十万首，但是会不会在繁荣过后也走下坡路，应该警惕。这次四川汶川大地震期间，新体诗发生了“井喷”现象，一下子涌现出一大批像《孩子，快抓住妈妈的手》的新诗，感人之深、数量之多、速度之快、影响之大，也是空前的。希望新体诗的这种势头继续保持下去。与之相比，格律诗则稍逊一筹了。这是不是也值得中华诗词界认真思考呢？所以，进一步研究诗词包括新体诗和旧体诗的发展现状、问题和趋势是非常必要的，经过比较从中可以找出规律性的东西。

我曾在其他会议上提出发展和繁荣中华诗词要处理好五个关系，即：继承和创新的关系，普及和提高的关系，新体诗和旧体诗的关系，诗人和大众的关系，作诗和做人的关系。我希望诗界朋友们为中华诗词的发展和繁荣，深入地研究这些问题。这里，我仅就继承和创新的关系谈一点想法。我认为有两个“千万不能”。一是“千万不能丢掉传统”。丢掉传统，不讲基本格律，中华诗词就不成其为中华诗词，就会自我“异化”为别的文学形式，比如说成为散文诗、顺口溜或者其他，虽然形式上还是“七言”、“五言”、某某“词牌”等，但实际上已经名存实亡。为此，建议加强对诗词格律基本知识的普及工作，多搞一些大众化的讲座，多做一些培训、教育、宣传普及方面的工作。二是“千万不能没有创新”。没有创新，中华诗词就会丧失活力，就会脱离时代、生活和大众，也会被“边缘化”。丢掉传统而自我“异化”，与没有创新而被“边缘化”，二者殊途同归，都会使中华诗词丧失生命力。

处理好继承和创新的关系，一个重要方面是要正确处理诗词格律问题。刚才我已经谈了，既然要作格律诗，就要符合基本格律，不讲格律，就不是格律诗，但在这个前提下也要与时俱进。比如，在“音韵”上，有主张严守“平水韵”的，也有主张用“新声韵”的。我赞成中华诗词学会主张的“知古倡今”。“平水韵”至今已七八百年了，七八百年来语音已发生了很大变化，普通话已成主流。如果一味固守“平水韵”，有些诗词用“平水韵”读朗朗上口，但用普通话读会很拗口，中华诗词就会失去众多读者。随着语音变化倡导“新声韵”有其必然性。但又必须“知古”，如果不懂得“平水韵”，就不能很好地欣赏中华古典诗词之美。唐诗宋词很多入声字用得非常好，用现代语音就读不出韵味来。在“平仄格式”上，我主张“求正容变”。所谓“求正”，就是要尽可能严格地按照包括平仄、对仗等格律规则创作诗词。因为这些是前人经过千锤百炼，充分发挥了汉字的特有功能而提炼出的，是一个“黄金格律”，不能把美的东西丢掉。但也应“容变”，即在基本守律的前提下允许有“变格”。实际上很多诗词大家包括李白、杜甫，很多诗词名篇，“变格”也不是个别的。一位老先生曾说，有些诗，情真味浓，虽偶有失律亦能感动读者，不失为好诗；反之，则虽完全合律，亦属下品。我赞成这种说法。总之，我认为在音韵上要“知古倡今”，在格式上要“求正容变”。当然，所谓“创新”，不仅指在音韵、格式等形式上要与时俱进，更重要的是指在内容上要与时俱进：中华诗词必须也能够反映时代的精神风貌，反映当代人的情感和生活。以上看法，供大家进一步研究。总之，希望《缀英集》的出版能够对中华诗词事业的发展起到积极的推动作用。这次历时五年，出了第一部《缀英集》，选编的是二〇〇五年以前历任馆员的作品，希望以后再出第二部，一直出下去。

（二〇〇八年十二月二十三日）

传承和发展中华诗词

——在中华诗词发展与创新暨《心声集》出版座谈会上的发言

马 凯

很高兴参加这个座谈会。会前，我曾对会议组织者说，不必专为《心声集》出版开座谈会；如果按惯例要开的话，主题建议定为如何繁荣中华诗词。听了各位学长、诗友的发言，很受启发。参加这个座谈会的有国学家、诗词家，也有音乐家、出版界领导，有老先生、也有中青年，大家济济一堂，开了一个水平较高的座谈会。

我看了不少关于如何繁荣和发展中华诗词的文章，也参加和听过一些这方面的研讨会上的发言，感到今天的讨论更深入了。比如，刚才伯农同志讲的规律和规则的关系问题，就为我们正确处理好继承传统与创新发展的关系提供了一个好的思维框架。繁荣和发展中华诗词，要尊重艺术规律。美是艺术的本质。艺术规律就是追求美、反映美的规律，这是永恒的。作诗就是要追求美，但是作诗的具体规则如声韵，那是要与时俱进的，要发展的。总不能舍本求末吧！“本”就是美，就是和谐，具体规则要反映而不能违背美和和谐这一本质。这个看问题的思维方法，不但对解决中华诗词方面的继承和创新的关系，而且对解决其他门类艺术的继承和创新的关系都有作用。

刚才袁行霈先生讲的一席话，听了也很受启发。他用非常简洁的语言从中华诗词的发展史说明了继承和发展的关系。他的中心观点是，一部中华诗词史就是一部不断继承又不断创新的历史。只有在继承中创新，才能使中华诗词永葆青春和活力。袁先生的发言还涉及两个问题，值得我们深入探讨。一个问题是：五四运动产生了新体诗，以后也有发展，但并没有在人民群众中扎根，这确实是一个值得深思的问题。袁先生的发言至少是部分回答了这个问题。我想，新体诗在其发展过程中，一方面发挥了自身的长处，即束缚少，能够更自由地表达思想情感，另一方面，有的新体诗丢掉了或不善于借鉴以汉语为基础的古体诗词的长处。中华诗词以汉语为基础，汉字具有独体单音的特点，形为方块，字有四声。用这样的文字写出的诗，句式工整，便于对仗，音节和谐，这些都是用其他拼音文字写的诗所不具备的，也是散文诗所不具备的。我过去也讲过，要认真研究古体诗和新体诗各自的长处和短处，新体诗要吸收古体诗的长处，古体诗也要吸收新体诗的长处，形成古体诗与新体诗并驾齐驱的发展局面。袁先生还提出一个问题，就是每个时代都需要有自己的诗词大师。在当代，毛主席是当之无愧的诗词大师，影响了我们这一代人，自己受毛主席诗词的影响、熏陶和教育就很深。五四运动以后，中华诗词在沉寂了很长一段时间后得以复苏，现在方兴未艾，与毛主席和老一辈革命家的贡献是分不开的。当今，我们还是缺乏诗词精品和经典，缺乏大家和大师。这不仅是在诗词领域，我前几天在一次会上也讲过，包括书法、绘画，也包括小说、戏剧等，优秀作品也有，但是能够达到或超越历史巅峰的传世作品和大师，还是很缺乏。其中原因何在？深入分析后，对推动中华诗词的发展将会产生积极作用。

王立平先生是一位著名的音乐家，他谱的歌曲，像《红楼梦》插曲、《少林寺》插曲等，百听不厌。他也对发展中华诗词提出了很好的建议。他提出，中华诗词要插上音乐的翅膀。这一点刘征同志也讲了。中华诗词还要同新诗联姻，与歌词联姻，与民歌联姻，汲取其中好的成分。如果我们的中华诗词有这样几个联姻，插上了音乐的翅膀，那将是海阔天空，前途无量。

在中华诗词的继承和创新的关系上，刘征、伯农、笃文、金亭同志也发表了很好的意见。这几位诗词界的长者，如果讲继承传统的话，古典诗词的功底都是很深厚的，但他们又是改革派、与时俱进派。刚才几位先生都谈到如何看待“合掌”问题，说的是具体问题，但反映的是一种既要继承又不拘泥于古人、与时俱进的理念。中华诗词的生命力，中华诗词的事业，希望就寄托在这种理念上。京战同志和几位老先生都谈到内容创新和技巧创新的问题。应当说，两者都需要，也都重要。创新，当然首先是内容创新，要有时代气息，反映现代生活。但这又是个难事。袁先生、刘征先生都举了大量生动事例，说明如何把当代生活诗化，不是件容易的事，需要共同下大气力。对于诗词的格律，我上次讲了我的观点，那确实是黄金定律，是数千年前人千锤百炼形成的规则。要不要创新？就声韵而言，要与时俱进，这已逐渐形成共识；就诗体而言，比如创造出某个新的诗体（如“自度曲”等），也不是不可能的，但创新的主要工夫不应该下在这方面。

总之，今天参加这个座谈会，确实学了不少东西。至于我那本诗集的出版，要感谢在座的和不在座的许多诗词界、出版界、音乐界的学长、诗友和朋友们长期对我的关心和帮助。人贵有自知之明。大家也谈了一些对我鼓励的话，其实难副。比如，大家说写诗就是要反映时代、表达真情、力求守律、尽量通俗，在这些方面自己做了些努力，但差距确实还很远。对我的诗词的肯定之语，其实也是今后继续努力的方向。这些年与诗词界的学长、诗友接触多了，吸取了不少营养。去年写的抗雪、抗震组诗，寄给在座的和不在座的许多先生提意见，很多就吸收了。今年是新中国成立六十周年，感慨良多，确实值得讴歌，试填了《满江红》三首。《满江红》词牌一般是入声韵，本来难度就大；前两首又是次韵，其中歇、切、缺、阙、镝、夕等又是险韵，更是难上加难。中途一度想改词牌，但又不舍得全部推倒重来。形成初稿后，送请包括在座的许多学长、诗友们提意见。大家非常认真，仔细推敲，从平仄格律、遣词造句以及内容表达上都提了一些很好的建议，使我非常感动。比如，第一首的最后一句，原来是“东方阙”，袁先生和几位同志异口同声说不甚贴切，需要改。有建议改成“补天阙”的，有建议改成“人民阙”的，后来易行同志建议用“得天阙”，采纳了。还有，第三首“樊篱直破”后改为“冲破”，更有气势了，也是张锲、金亭、笃文等几位老先生不约而同的意见。第三首上阕最后一句由最初的“垂天翅”，曾改为“插天翅”，讨论后最后改为“凭天翅”，意思是祖国的再次腾飞凭借的就是前边讲的“审时适变开新制”的实事求是、与时俱进、改革创新的精神。说实在的，这三首词虽然几经修改，但现在仍觉得不满意。比如，在写第三首“腾飞”时，总想表达这样一个意思，就是我们国家当前是进入了一个盛世，但中国历史上盛世也有啊，几大盛世，有长有短，短的只有二三十年，长的不过一百二三十年。中国共产党领导下的盛世能走多远，能不能持久地昌盛下去？作为一名中国共产党员应该有这种忧患意识。所以在第三首下阕，原有两句是“携手共圆三步曲，披荆永续千秋史”。沈鹏先生看了后给我的来信中专门讲了要有忧患意识的问题。后来见面时他说，信不是针对这首词讲的。但我觉得他讲得很对。原句虽然想把盛世下的忧患意识表达出来，但言犹未尽。后来改为“未敢忘圆三步曲，更难永续千秋史”，意思强化了，但句子不尽如意，还想再改。这首词的最后结尾（即“全赖有，别样路通天，旌旗赤”），就是说我们的事业要千秋万代继续下去，就是要靠一个理论、一条道路、一面旗帜，即中国特色社会主义的理论、道路和旗帜。这三首词仍是未定稿，希望学长和诗友们继续提出修改建议。

如何繁荣和发展中华诗词，涉及的问题很多，我上次提了五个关系，今天重点深入讨论了继承和创新的关系，此外还有普及与提高、新体诗与旧体诗、诗人与大众、作诗与做人等关系，有机会可以进一步探讨。再次感谢各位学长、诗友对我的关心、鼓励和帮助。

（二〇〇九年八月二十二日）

再谈格律诗的“求正容变”

马　凯

对于格律诗的“求正容变”问题，总觉得言犹未尽。最近，又查阅了一些资料，请教了一些学长、诗友，想就这个问题再谈一些看法，与诗友们共同探讨。

一、问题的提出

格律诗是中华传统诗词中最具典型意义的诗体。它有多种具体形式，主要包括五言、七言律诗和绝句，以及按词牌和曲调填写的词和曲等。各种形式格律诗的共同特点是，在形式上有确定的语言格式，句数、字数、平仄、用韵等都有一定的规则。对这种格律体诗，近百年来一直存在激烈的论争：有的主张彻底废除，有的主张绝对固守，有的主张既要继承又要创新。

十九世纪末、二十世纪初，从黄遵宪、梁启超倡导“诗界革命”之后，随着白话文运动的兴起，自由体新诗应运而生，成为新文化运动的重要组成部分。胡适对提倡白话文、白话诗是作出了历史贡献的，但或许是因为矫枉过正，他却走到另一个极端，对格律诗采取了一棍子打死、彻底否定的态度。他提出，作诗要“不拘格律、不拘平仄、不拘长短”，认为“五七言八句的律诗决不能容丰富的材料，二十八个字的绝句决不能写精密的观察，长短一定的七言、五言决不能委婉表达出高深的理想与复杂的感情”。他甚至把格律诗与小脚、太监等并列为林林总总的中国陈腐文化之一种。尽管新文化运动以来近百年的历史表明，在自由体新诗发展的同时，格律诗并没有被取代、被消灭，相反经过曲折的发展过程，又进入一个新的繁荣期。但是，当代还有些人认为，格律诗的基本形式、美学范式和表现形式，“已不适宜表现现代人复杂的生活和丰富的情思”。有的断言：“汉语诗歌的自由体对古代格律诗体的代替，是中外诗歌运动嬗变的一个历史性必然结果。”这种观点的延续更反映在许多“中国现代文学史”都把近百年的格律诗创作排斥在外，直到今天人们还在为格律诗创作要不要写入“现代文学史”争论不休。不少全国性诗歌创作、交流、研讨活动也竟然没有格律诗的一席之地。

当然，“五四”运动以后，也有一部分人，他们在重视民族文化传统、反对摒弃格律诗的同时，又走到另一个极端，认为既然要作格律诗，就要“原汁原味”地固守规则，不能有丝毫变动。这种观点也延续到现在。去年有一些人联名发布了一个反对诗词“声韵改革”的《宣言》，认为中华诗词学会倡导新声韵是“短视的改革，把媚俗附势当作与时俱进”，会“导致劣诗泛滥、伪诗横行”。他们坚持当今作格律诗，仍然必须固守七八百年前的平水韵，否则“传统诗歌创作的标准语言系统将不复存续，维系整个民族的历史文化的基石将无法巩固，势必造成民族文化传统的断裂、破碎和消释”。还有些人提出要对平水韵“正名”和“保护”，以反对任何“离经叛道”。一些诗词刊物、集选、评奖等，也以“平水韵”为尺子决定作品的取舍。

与上述两种观点不同，对格律诗主张既继承又发展的越来越多。近百年来，格律诗经过曲折已从复苏走向复兴，出现了一大批格律诗大家，创作出大量脍炙人口的经典，在毛泽东同志那里达到了一个新的高峰。需要关注的一个看似奇怪其实并不奇怪的现象是，一些格律诗的反对者后来又成了热衷的赞同者，像闻一多先生所说的“勒马回缰作旧诗”的人不在少数。60多年前，柳亚子曾经预言：“再过五十年，是不见得会有人再作旧诗的了。”然而他自己和他所领导的南社创作了不少为革命鼓与呼的格律体战斗诗篇。著名诗人臧克家自称是“两面派”，既作新诗又作格律诗，并认为：“声韵、格律，是定型的，应该遵守，但在某种情况（限制了思想、感情）下，也可以突破（李、杜等大诗人几乎都有出格之处）。也就是说，不以辞害意。”聂（绀弩）体诗，承古而不泥古，瓶旧而酒新，平中出奇，俗里见雅，信手拈来，随心流出，堪称当代格律诗既继承又创新的典范。中华诗词学会始终坚持既要继承又要发展的方针，在声韵上提出“倡今知古、双轨并行”的主张，编发了新声韵表，是历史性贡献。

我是赞成第三种观点的，即对格律诗应当持既继承传统又发展创新的态度。我理解，对格律诗的继承与发展，概括起来说，在内容上，就是要“求真出新”，即继承“诗言志”、“抒真情”的传统，同时又反映时代风采和现代人的思想情感；在形式上，就是要“求正容变”，即尽可能地遵循“正体”——严格的诗词格律规则，同时又允许有“变格”。对内容上要求真出新，已成为共识，但对形式上要不要“求正容变”，怎样“求正容变”，认识并不一致。这个问题事关格律诗的生存、发展和繁荣，有必要深入进行讨论。

二、先谈“求正”

这里需要回答两个问题：什么是“正体”，为什么要尽力追求“正体”。任何事物都有多种属性或特征，其中事物的本质属性是一事物区别于其他事物的本质规定性。本质属性不能变，变了，一个事物就转化为另一个事物；而本质属性以外的其他属性，在一定程度上则是可以有所变化的。那么，中华格律诗作为一种特定的文学形式，区别于其他文学形式的质的规定性是什么呢？也就是说其基本属性和特征是什么呢？

在格律诗的具体形式中，五言、七言律诗和绝句最具代表性。为了叙述方便，本文重点以五言、七言律诗和绝句（以下简称五、七言格律诗）为研究对象。作为五、七言格律诗，其“正体”至少有以下五个要素：

一是篇有定句，即每首诗都有固定的句数。“绝句”四句为一首，“律诗”八句为一首。每两句为一联，上句称“出句”，下句称“对句”。

二是句有定字，即篇中每一句都有固定的字数。五言绝句和五言律诗，每句五字；七言绝句和七言律诗，每句七字。

三是字有定声，即句中每一字位的声调都有明确的规定。有的字位，必须是平声；有的字位，必须是仄声；有的字位可平可仄。平仄排列是有规律的：一般地说，①一句中平仄相间，要力避末三字“三连平”或“三连仄”；②一联间平仄相对，要力避“失对”即出句与对句的节奏点平仄相同；③两联间平仄相黏，即后联出句的二、四、六字与前联对句的二、四、六字平黏平、仄黏仄，要力避“失黏”。

四是韵有定位，即每首诗必须押韵，且押韵的位置和要求是有明确规定的。除个别特定格式要求首句也入韵外，逢偶句句尾要押韵，且一般要押平声韵，要一韵到底。

五是律有定对，即作为五言律诗或七言律诗，除首、尾两联可以不对仗外，中间颔联、颈联两联的出句与对句，要讲究对仗。对仗的基本规则是对句与出句要做到：①词性相同，即上、下句中处于相同位置的词，其词类属性要相同，如名词对名词、动词对动词、数量词对数量词、形容词对形容词等；②语法相当，即上、下句的句法结构要一致，如主谓结构对主谓结构，动宾结构对动宾结构，偏正结构对偏正结构等，句子成分也要一一对应，如主语对主语、谓语对谓语、定语对定语；③节奏相协，即上、下句词组单元停顿的位置（节奏点）必须一致；④声调相反，即上、下句对应节奏点的用字平仄相反，节奏点之间平仄交替；⑤语意相关，即上、下句在表意上主题统一、内容关联，或是并列关系，或是正反关系，或是因果关系，或是延续关系等，但要避免意思重复、雷同，即“合掌”。

上述五个基本要素，共同构成了五、七言格律诗质的规定性，成为其区别于其他诗体的显著特征。这些就是五、七言格律诗的“正体”。丢掉了这些基本要素，即非五、七言格律诗。

为什么要尽力追求“正体”呢？道理很朴素，就是因为这种形式实在是太美了。格律诗是以汉字为载体的。汉字是世界上独一无二的以单音、四声、独体、方块为特征的文字。汉字把字形和字义、文字与图画、语言与音乐等绝妙地结合在一起，这是以拼音为特征的文字所不可比拟的。格律诗的上述五个基本特征，把汉字这些独特优势发挥得淋漓尽致，为格律诗的无比美妙和无穷魅力提供了形式上的支撑。仍以五、七言格律诗为例：

第一，它给人以均齐美。格律诗，充分利用了汉字独体、方块的特点。在五、七言格律诗中，每个字就像一位士兵，按照规定的行数（句）和列数（字），排列成整齐的队列和方阵，就像阅兵式上的仪仗队，在视觉上给人以均齐的而不是散乱的美感。同样是以汉字为载体的自由体诗，每首诗的句数不定，少则几行，多则十几行、几十行甚至更多；每行字数也不定，短则一个字，长则十几个、几十个字。其优点是形式更自由，有的也可做到大体整齐或有规律地排列，但其中也有不少自由体诗显得过于散漫，甚至给人以散乱无序的感觉。至于以拼音文字为载体的诗，由于每个字位本身的长短不同，少则单字母单音节，多则十几个字母多个音节，要做到均齐美显然是困难的。

第二，它给人以节奏美。五、七言格律诗，整体上有均齐美，但均齐中又不呆板，“队列和方阵”中词组停顿、音调升降有规律的变化，给人以强烈的参差感、节奏感。单音独体的汉字，便于灵活地组成单字、二字、三字、四字的音组，形成错落有序的停顿（节奏点），加之每个字都有四声的变化，特别是按照平仄或相间或相对的有规律的变化，呈现出结构上和语调上的差异性、多样性，词组长短相间，声调阴阳相错，使人吟诵起来抑扬顿挫、和谐悦耳。

第三，它给人以音乐美。格律诗，最讲究声调和押韵。声韵，是格律诗的“乐谱”，它使节奏美插上了音乐的翅膀。正是借助有规律的韵脚，使全诗的联句之间相互照应，在全诗中发挥着整体性、稳定性的作用；正是借助有规律的韵脚，看似参差无序的音节“贯穿成一个完整的曲调”，同一韵的声音间隔出现，往复回应，使人听起来悦耳动听，产生一种和谐回环的美感；正是借助于有规律的韵脚，使人读起来朗朗上口，比起其他任何诗作更便于人们吟诵和记忆。

第四，它给人以对称美。对称是一种高级美感。格律诗充分利用了“单音”、“独体”、“方块”的独特优势，把对称融于句型、结构、音调、词意中，使对称美发挥得淋漓尽致。“两个黄鹂鸣翠柳，一行白鹭上青天。窗含西岭千秋雪，门泊东吴万里船。”这样巧妙工对的句子，在格律诗中比比皆是。试问，世界上，哪一种以拼音文字为载体的诗有这样悦目、顺口、赏心的对称美？

第五，它给人以简洁美。格律诗，从句数看，多则八句，少则四句。即使少到四句，也符合一般作文“起承转合”

的规律，为完整表意留下了必要空间。从字数看，多则56个字，少则20个字，这种“苛刻”的规定，客观上要求作者必须在炼字、炼句、炼意、炼格上狠下工夫，以最简洁的语言文字描绘多彩的客观世界和表述丰富的内心情感。

总之，格律诗，借助于汉字的独特优势，创造出美妙的情感表达形式，它是先贤们在长期的诗歌创作过程中、经过千锤百炼后形成的“黄金定律”，是宝贵的艺术财富。艺术的本质是追求美。诗和其他艺术一样，也要追求形式之美。音乐美、节奏美，是各种诗体应该追求和具备的，有的还看重简洁美，有的也具有均齐美和对称美。但在各种诗体中能同时兼有“五美”，是格律诗的特点。当今学作格律诗，就要尽可能“求正”，以追求大美。如此美妙的文学形式，为什么要摒弃、否定呢？我赞成这样的观点，即作格律诗如同跳芭蕾舞，选择跳芭蕾舞而不是别的舞，就必须按规则用脚尖跳。尽管这种“束缚”是苛刻的，但经过勤学苦练，一旦掌握了它的规律，就会自如地跳出独具特色的优美舞蹈。顺便谈及的是，一些创作新诗的诗家，在总结反思新诗发展的过程中，也提出了“新诗格律”问题，即新诗可以不求句数、字数整齐，但也应有规律地安排“顿”（或曰“音组”、“音步”、“音尺”）和“韵”，以求音乐美。尽管“新诗格律”与古体格律诗的格律大不相同，但亦足可说明，既然自由体诗也在追求格律，传统格律诗的格律是绝不可废，也绝不会被废的。

三、再谈“容变”

这里也需要回答两个问题：在力求“正体”的同时，允不允许“变格”？如果允许，其变化的“边界”是什么？格律诗的格律是美的，完全按“正体”当然好，但格律毕竟只是诗作的形式，形式总是为内容服务的。为了更好地抒情达意，破点儿格，适当有些变化，应该允许；不但应该允许，有时不得不破格之句还会成为“绝唱”。例如，李白的《静夜思》从格律法则上看，不仅失黏，而且失对，不仅有重字，而且有“比肩”，然而从美的规律上看，谁能不说它是绝妙古今的佳作？又如，王维的《送元二使安西》（渭城朝雨浥轻尘）、崔颢的《黄鹤楼》（昔人已乘黄鹤去）、杜甫的《月夜》（遥怜小儿女）等等，均有破格之处，但又都是脍炙人口的千古名篇。据有诗家逐一分析统计，《唐诗三百首》所选五律和五绝，破格者竟居多数。可见，在格律诗的鼎盛时代，诗家也不是食古不化，创作氛围也很宽松，或许这也正是鼎盛的原因之一。

问题在于，作为五、七言格律诗的五大要素及其具体规则中，哪些是必须严守，一点儿不能改变的；哪些是可以“变格”，容许适当变通的；在允许“变格”的地方，“适当”这一“度”如何把握？不能变的变了，就不再是格律诗，而异化为其他诗体或其他文学形式；能变的，在“适当”边界内，若其变通没有丢掉格律诗的基本属性，仍不失为格律诗；若其变化超出了容许的边界，则不再是格律诗，也会异化为其他诗体或其他文学形式。仍以五、七言格律诗为例，如果把其五项基本要素作一具体分析，可以看出：

第一项“篇有定句”和第二项“句有定字”，是格律诗之所以为格律诗的最基础的条件，是不能改变的。如果变成篇无定句、句无定字，即非格律诗；如果虽有定句与定字，但不再是五言四句、八句，或七言四句、八句，则非五、七言格律诗，而成为或三言诗、四言诗、六言诗、八言诗，或某词和某曲等等。

第三项“字有定声”，讲的是要守“平仄律”。不讲平仄，即非格律诗。平仄律的本质是通过对诗中每一个字平仄的安排，形成声调上的抑扬顿挫、轻重缓急，达到全诗的音律谐美。在平仄律中，对平仄或相间、或相对、或相黏的基本要求是应当讲究的；按照这一基本要求，并根据首句是否入韵演化出的五、七言格律诗平仄组合的16种基本格式也是应当遵循的。

但是，在基本格式中具体某个位置的字，其平仄是否可以灵活变通，要作具体分析：有些字位的平仄绝对不能改变，如逢偶句字尾必须是平声，逢奇句字尾除首句入韵格式外必须是仄声；有些字位按规则本身就是可平可仄，如某些格式（不是全部格式）的五言诗中的一、三字，七言诗中的一、三、五字；个别字位为了更好地抒情达意，平仄可以替换同时通过“拗救”加以弥补，使声调总体上仍保持抑扬顿挫；个别字位即使“拗救”不成，只要是好句，“破格”也应允许。后两种情况，在古诗中屡见不鲜，这种突破“正体”的“变格”，就是在基本遵循平仄律基础上的“容变”。

第四项“韵有定位”，其具体规则，有丝毫不能改变的，也有可以适当变化的。“韵有定位”，不言而喻的前提是作为格律诗是要有韵的。对于作诗要不要有韵，本世纪初，就发生过一场论争。胡适不但主张作诗平仄声调要打破，韵脚也可以不要。他说：“语言自然，用字和谐，诗句无韵也不要紧。”章太炎等则认为，是否押韵是区分诗与文的标准，“有韵谓之诗，无韵谓之文”，“现在作诗不用韵，即使也有美感，只应归入散文，不必算诗”。这场争论，至今同样没有结束。我们不去评价那些不押韵的诗是不是诗，但有一点是肯定的，即不押韵即非格律诗。这一点是不容变通的。

押韵的基本规则也是不能变的。作为五、七言格律诗，不但要押韵，而且一般要押平声韵（押仄声韵的律绝名篇也有，如柳宗元的《江雪》、孟浩然的《春晓》等等，但毕竟是少数，未能大行于世。不少人认为，宁可将其归于古风体）；不但一般要押平声韵，而且押韵的位置不能改变，即只能是逢双句句尾押韵和个别句式的首句入韵，其他奇句不得入韵；不但韵脚的位置不能改变，而且必须一韵到底，中途不能转韵；不但不能转韵，而且不能重韵。

押韵及其基本规则，对于格律诗来说，就如大厦之四柱、雄鹰之双翼、项链之串线，断然不可违背。如果违背了，诗的整体性、节奏感、音乐美就要大打折扣。

作为“韵有定位”的规则，可以适当变化的，只是“韵”本身。一是不必固守平水韵，可以而且应该提倡新声韵。我赞成中华诗词学会提出的“倡今知古，双轨并行”的主张。前人早就说过：“时有古今，地有南北，字有变革，音有转移，亦势所必至。”（《毛诗古音考》）纵观中华诗词的韵律史，本身就是一部因时而变的发展史。唐诗用唐韵，是在隋朝切韵的基础上发展成的。宋代唐韵又改为广韵，除了诗韵，又有了词林正韵。到了宋末，距隋唐时间过去了几百年，汉语的语音已明显发生了变化，韵书与实际语言的矛盾越来越大，于是又有了平水韵。平水韵作为官韵，是专供科举考试之用的。尽管它比广韵已简化为106个韵部，但仍显繁琐。平水韵距今又过去七八百年了，人们的语音已发生了很大变化，入声字在日常生活中已不复存在，以北京语音为标准音的普通话成为人们交往的主导用语，并作为国家通用语言以法的形式确定下来，格律诗的声韵本身也要与时俱进，相应变化。平仄律和韵律本来完全是为了追求声调美的。今人作今诗，是写给今人看、今人听的，而不是写给古人看、古人听的。如果固守平水韵，今人读起来反而拗口，使人感觉不到和谐回环的美感，这就背离了韵律美的初衷。当然，阅读和欣赏古体诗，也应懂得点儿平水韵（现在印行的古典诗词选，应当作出必要的注释，以方便读者），否则有些古体诗用新声韵去读，韵律美也会打折扣。如杜牧的名篇："远上寒山石径斜，白云生处有人家。停车坐爱枫林晚，霜叶红于二月花。"其中的"斜"字，在平水韵中念 xiá，与"家"字、"花"字同韵，读起来朗朗上口；而按新声韵则读 xié，念起来就不和谐。对习惯了用平水韵的诗人也应当尊重。二是严守韵部固然好，有的邻韵通押也无妨。平水韵有106部，古人作格律诗一般要求押"本韵"，否则叫"出韵"，但突破这个规定，邻韵相押的好诗也不少。中华诗词学会顺应语音的变化，以普通话为准，按韵母"同身同韵"的原则，编辑了《中华新韵（十四韵）》，既继承了格律诗用韵的传统，又便于今人诗词的写作与普及。这是在继承传统基础上的创新发展，符合社会和诗词发展的方向，这种"变"应当充分肯定。

第五项"律有定对"，讲的是作为律诗（无论是五律还是七律）都要对仗。严守对仗的五个基本规则，做到完全的"工对"当然好，适当的"宽对"也应允许。比如，鉴于词性分类本身就是相对的，"词性相同"的范围即可适当放宽，可以是同一小类词组相对，也可以是同一大类词组相对，还可以是邻近两类相对。总的原则是，形式服从内容，不因刻意追求工对而以辞害意，影响抒情达意。又如，对于辞意既要相关又要避免"合掌"的要求，也不能过于苛刻。有些看似语意重复，像"独有英雄驱虎豹，更无豪杰怕熊罴"，仍不失为佳句，大可不必苛求。

在以五、七言格律诗为例说明格律诗的"求正容变"后，我想进一步说明的是，五、七言格律诗只是格律诗的一种类型，后来产生的词、曲，也是格律诗的一种类型。从某种意义上讲，词、曲也可以看作是对五、七言格律诗"求正容变"的产物。艺术的本质是不断地追求美，客观事物和人们情感的美是丰富多彩的，人们表达美的形式也应当是丰富多样的。词，是随着诗合乐歌唱演变而来的。五、七言格律诗的句数、字数所表现的均齐美是一种美，但句数、字数长短相间、错落有序的参差美也是一种美，而且在抒情吟唱时更灵活、更自由；五、七言格律诗以平声入韵，平声韵一般有悠扬高昂的特点，但仄声韵一般有猛烈急促的特点，人们在不同的情境下需要表达不同的情感；五、七言格律诗要求一韵到底，这是因为其一般只有两个或四个韵脚，中途转韵难以形成和谐回环的美感，但如果诗句较多，几句一换韵，不但不会影响和谐回环之美，而且往往还会给人以跌宕起伏之美。如此种种，适应人们抒发丰富多彩情感和合乐歌唱的需要，在五、七言格律诗鼎盛的唐朝中晚期，词也应运而生。词作为格律诗的一种类型，一方面各种词牌一般都遵循了五、七言格律诗“篇有定句、句有定字、字有定音、韵有定位、律有定对”的本质规定性的要求，另一方面它在“五定”的具体规则上，对五、七言格律诗又有所变化和突破：句数不拘泥于四句、八句，字数不拘泥于五言、七言，声调不拘泥于十六种格式，入韵不拘泥于平声和一韵到底，如有对仗位置也不局限于中间的两联。不过不同的词牌具体规则不同罢了。总之，词这种格律形式，定中又有不定，既继承了五、七言格律诗的长处，又比五、七言格律诗更加灵活自由。依曲谱而填的散曲，比词又更为灵活自由，但也不失格律诗之本质规定性。

应当指出的是，格律诗的“变格”，是有限度的。无论是五、七言格律诗还是词、曲，如果全篇处处不顾平仄律等基本要求和基本格式，也非格律诗。现在，有些人认为平仄律束缚人，主张大力提倡“新古体诗”，即只要做到每首诗句数或四句或八句，字数或五言或七言，基本押韵，至于平仄和对仗不必讲究。这种“新古体诗”作起来相对容易，便于推广，作为一种诗体，也有其优点，在中华诗词百花园中应有其地位。但必须明确不应“混名”，即这种诗体可以称为“新古体诗”或“五古”、“七古”，然而鉴于不讲平仄即非格律诗，这类诗尽管也是五言、七言，却不宜冠以“五律”、“七律”、“五绝”、“七绝”之名。同样道理，只是在字数、句数、大体押韵上符合某个词牌或曲调但不讲究平仄的作品，也不宜冠以“××词牌”或“××曲调”。

四、几点启示

通过上述分析，至少可以得出以下启示：

1. 格律诗是大美的诗体，是中华文化瑰宝中的明珠。历史告诉我们，因其大美，格律诗没有被打倒、被取代，也永远不会被打倒、被取代。经过一段历史曲折后，格律诗从复苏走向复兴有其历史必然性。还可以预言，随着时代的进步和语言习惯的变化，还会不断有新的诗体产生和发展，但在人们总是要追求美的规律的作用下，只要汉字不灭，格律诗就不会亡。

2. “求正容变”，是格律诗永葆生命活力的重要条件。其本质是，格律诗既要继承传统，又要发展创新；既要追求形式大美，又要讲形式服从内容。不“求正”，格律诗就不复存在；不“容变”，格律诗就不能发展。历史告诉我们，没有“容变”，就不会产生许多虽然破格但千古传诵的五、七言格律诗的佳作，也不会在唐诗之后进而产生了既保留五、七言格律诗的基本要素，又比五、七言格律诗更为灵活、自由的宋词、元曲这样新的格律诗形式。千百年来格律诗就是这样走过来的，今后的发展和繁荣仍然要走这条路。

3. “求正容变”，是格律诗不断普及和提升的现实途径。格律诗形式大美，但毕竟规矩严格，相对讲比较难作，不易普及。但难作不等于不能作，不易普及不等于不能普及（当然这种普及只是相对的）。对于任何诗人来说，格律诗都不会是生而会作，都会有个从不甚符合“正体”到逐步符合“正体”的“求正”过程。对这个成长过程，应当持宽容的态度。初学者可以由易到难从写作五古、七古或“新古体诗”入手，先做到“篇有定句”、“句有定字”、“韵有定位”，这样相对容易一些，使爱好古典诗词的队伍不断扩大；在此基础上，其中必有一部分兴趣浓厚、肯“求”善“求”的人，经过再在“平仄”和“对仗”上下工夫，逐步掌握“字有定声”、“律有定对”的要求，从而使能够用“正体”创作格律诗的队伍越来越大，精品越来越多。先“容变”后“求正”，在求得“正体”后又自如“容变”，或许可以走出一条在普及的基础上提高、在提高指导下普及的发展和繁荣格律诗的路子。

4. “求正容变”，从更宽的意义上讲，就是格律诗应有最大的包容性。诗体的多样性是由事物的多样性、情感的多样性、表达方式的多样性决定的。诗体的多样性是一个时代诗歌繁荣的重要标志。在中华诗歌的百花园中，各种诗体都有其所长、有其所短。格律诗再美，也只是多元中的一元，应与其他诗体并存齐放、各展其长。格律诗不但要容新古体诗、杂言诗、打油诗甚至“顺口溜”等，而且要与自由体诗、新格律诗、歌谣（民歌、民谣、儿歌、童谣）、歌词、散文诗等诗体互相学习、取长补短，共同繁荣中华民族的诗歌事业。在最近中国作协召开的全国诗歌理论研讨会上，与会诗人、评论家达成了新体诗与旧体诗要“比翼双飞”、“相互促进”的共识。在今年鲁迅文学奖的评选中，格律诗作品首次参加评选，有的已列入候选名单。这些都是十分令人欣慰和振奋的消息，必将对发展和繁荣当代诗歌产生积极的影响。

最后，我想重申的是，这里强调的“求正容变”，只是从形式上为继承和发展中华诗词“鸣锣开道”。繁荣和发展中华诗词，最重要的是在内容上要与时俱进，用诗的意境、形象的思维反映新时代、新生活、新事物、新情感。经过“求”的努力，掌握诗词格律的“正体”并不太难，最难的是真正做到情真、意新、格高、味厚，否则即使完全符合“正体”亦非好诗。霍松林先生在给我的一封信中指出：“作近体诗，合律是必要的；然而窃以为忧时感事，发而为诗，倘若意新、情真、味厚而语言又畅达生动，富于表现力，则虽偶有失律，亦足感动读者，不失为好诗。反是，则虽完全合律，亦属下品。”信然。

（二〇一〇年九月九日）

也说“求正容变”

——听马凯同志谈诗有感

丁国成

诗人马凯同志系国务委员、国务院秘书长。他在2008年12月23日的一次诗词座谈会上说：“在‘平仄格式’上，我主张‘求正容变’。所谓‘求正’，就是要尽可能严格地按照包括平仄、对仗等格律规则创作诗词。因为这些是前人经过千锤百炼，充分发挥了汉字的特有功能而提炼出的，是一个‘黄金格律’，不能把美的东西丢掉。但也应‘容变’，即在基本守律的前提下允许有‘变格’。”他的这种观点，早在2007年5月13日《致郑伯农先生》的信中即已提出：“如果丢掉古典诗词的传统，不遵守基本格律，那么，形式上虽然仍是‘五言’、‘七言’、各种‘词牌’，但实际上已异化为‘顺口溜’或别的什么诗体，中华诗词会名存实亡；如果完全固守旧制（如绝对地要求一律用平水韵），不与时俱进，不从内容和形式随时代变化而发展，中华诗词也会枯萎。”我认为，这是马凯同志的独得之见，很有现实意义。

我们诗歌界，包括新旧诗坛，存在着两种不良倾向：一是否定诗词格律，视格律为镣铐，只见其束缚手脚的一面，不知其玉汝于成的一面，因而弃之如敝屣；二是死守诗词格律，不越雷池半步，也不许他人有所突破，甚至公开宣扬“复古”，沉湎于古典诗词的“原汁原味”、“古香古色”。这两种倾向，都不利于中华诗词的健康发展。“求正容变”正是对这两种病症痛下针砭，也是补弊救偏的一剂良药。

马凯同志称诗词“格律规则”为“黄金格律”，真是恰如其分。因为格律的确“是前人经过千锤百炼，充分发挥了汉字的特有功能而提炼出的”，不仅极具艺术性，而且极富科学性。试将严格合律的绝句、律诗的平仄字数统计一番，就会发现：平、仄声字分别相加，绝句的各有10字（五绝）或14字（七绝），律诗的各有20字（五律）或28字（七律），两者完全相等。这就表明：一扬一抑的汉字声律达到和谐，恰似一呼一吸的生命律动臻于平衡。而且，这种一正一反、一扬一抑的诗词格律，既符合人体主观一呼一吸的生理需要，又符合外界客观对立统一的自然规律。可以说，中华诗词的“平仄、对仗等格律规则”，正确地反映了人与社会、自然的主客观规律，的确堪称汉语的“黄金格律”。写诗填词严守格律，当然很难，但是因难见巧，翻险为奇。闻一多先生在1926年写的《诗的格律》一文中说得甚好：“对于不会作诗的，格律是表现的障碍物，对于一个作家，格律便成了表现的利器。”我们绝不能轻易丢掉自己的祖传宝贝，做数典忘祖的不肖子孙。但这只是问题的一个方面。

与此同时，我们也不该刻意古范、独守尺寸，成了不思进取、无所作为的守财奴。时代在前进，社会在发展，世界在变化。我们必须顺应现实，与时俱进，否则就会落伍。诗词创作，作为语言艺术，尤其需要不断创新。日日新，又日新，是文艺创作的基本规律。创新当然主要体现在思想内容上，但内容与形式密不可分。为了表现新内容，有时往往需要适当突破旧形式。诚如马凯同志所说：“在基本守律的前提下允许有‘变格’。”那种只能死守格律、不准稍许变通的做法，实在是不足为训。

从哲学角度说，“正”与“变”是对立统一的，“正”是相对的，“变”是绝对的；“正”与“变”又是可以相互转化的，永远不会静止凝固。历史事实证明，诗词格律形成之后并非一成不变，历代都有变格、变体。前人之变，只要合情合理，就为后人所承认和接纳，名之为“变”，实已成“正”。即使现代所谓“正格”、“正体”，倘与古时相比，恐怕也有差异，不会一模一样，名之为“正”，实亦有“变”。

无论“求正”，抑或“容变”，目的都在写出精品力作。只要能出精品力作，“正”就应该“求”；唯有出了精品力作，“变”才可以“容”。如若不然，“正”与“变”都是毫无意义的，难免一起流于虚妄。

论马凯的“求正容变”

马涥善

一、“求正容变”是何义

提出“求正容变”的马凯同志自释：“所谓‘求正’，就是要尽可能严格地按照包括平仄、对仗等格律规则创作诗词，因为这些是前人经过千锤百炼，充分发挥了汉字的特有功能而提炼出来的，是一个‘黄金格律’，不能把美的东西丢掉。但也应‘容变’，即在基本守律的前提下允许有‘变格’。”

马凯同志在另一次讲话中，强调“要处理好继承和创新的关系，在继承的基础上创新，在创新的过程中更好地继承”。我认为，继承与创新的关系，也就是“求正”与“容变”的关系，只有继承传统，才可能“求正”；只有创新发展，才算是“容变”。这同2001年制定的《21世纪初期中华诗词发展纲要》（以下简称《纲要》）所强调的“要处理好继承与发展、借鉴与创新的辩证关系”，同2006年4月《中华诗词》发表刘征《古莲新花别样红》一文中所阐述的“正确处理继承和创新的关系”，“首先是继承……继承是土壤，创作是土壤中开出的花，没有土壤开不出花，没有肥沃的土壤开不出好花。继承是无尽的，创新也是无尽的，两者相辅相成”的观点是一致的。“求正”与“容变”就是正确处理继承与发展、借鉴与创新的辩证关系。

马凯同志在讲话中还特别讲到：“这次四川大地震期间，新体诗发生了‘井喷’现象，一下子涌现出一大批像《孩子，快抓住妈妈的手》的新诗，感人之深，数量之多，速度之快，影响之大，也是空前……与之相比，格律诗词则稍逊一筹了，这是不是值得中华诗词界认真思考呢?”因此，“求正容变”，要特别加强“变”。

“变”，就是出版马凯诗文集的编者、线装书局总编易行同志大声疾呼的“贯彻《纲要》提出的‘声韵改革’”。“变”，针对网上和某刊物反对声韵改革的实际，《中华诗词》等诗词刊物刊发不少关于倡导“双轨制”与“新声新韵”的文章。“变”，易行总编还发文提出了“传统诗词现代化”的命题。“传统诗词的现代化，是我们这个泱泱诗词大国的诗词得以复兴、发展、繁荣的唯一出路。”“现代化”就是要努力实现《纲要》提出的“适应时代，深入生活，走向大众”的方针，实行“由旧时代向新时代的转变，由少数人向多数人的转变”的举措[1]：就是在继承传统的“求正”沃土上，开出“容变”创新的现代化诗词的灿烂花朵。

继承发展的“求正容变”，其精神实质，就是《纲要》所提出的声韵改革和体式创新。当前，关于改革与创新，存在一些错误倾向。

针对一些错误倾向，《中华诗词》丁国成副总编于2009年5月在其《也说“求正容变”》一文中归纳为“否定诗词格律”和“死守诗词格律”两种病症。[2] 两种病症，都是割断了“求正”与“容变”、继承与发展的辩证关系。

二、“求正容变”卫《纲要》

卫《纲要》，就是维护《纲要》的“求正容变”实质，捍卫中华诗词改革与创新的成果。《纲要》指出，“举凡近体律绝、词曲诸体的格式，平仄对黏法则，以及曲调谱式，应保持不变，不应以改革为借口任意改动。”这就是“求正”。“同时，我们也应当看到当代声韵变化的语音实际，不加改革就无法适应时代，走向大众，难以展示诗词声韵之美”，这就是“容变”。《纲要》出台八九年来，声韵改革取得了无可忽视的成果，但在具体对待旧韵（平水韵）与新韵（普通话韵）时，还有很大的分歧，致使增加了声韵改革的不小阻力。

2009年上半年，网上发表《关于传承历史文化、反对诗词“声韵改革”的联合宣言》（以下简称《宣言》），打出“传承历史文化”的旗帜，给二十年的声韵改革扣上了“损害传统诗词的文化质量”、“割裂和消解历史文化”、“割断了与海外的文化纽带”等罪名，必欲置之死地而后快。对此，彤星同志于2009年6月的《中华诗词》上发表《声韵改革不容否定》一文，对《宣言》有理有据又有力地给予一一驳斥。

时隔不久，广西的《桂海联坛》，公开转载《宣言》，并加“编者按”正式打出反对声韵改革的旗号。[3]《桂海联坛》还先后两期刊发了反对《贵州诗词》上肖长林《与时俱进行双轨》的文章：廖铁星《重组上市，不失其时——与贵州肖长林先生就诗词体制等问题恳谈》，文中更表明他反对声韵改革的态度与立场，说新声韵“产生出大批量的文化垃圾，令人掩鼻莫敢过其门，将来被后人评为历史文化垃圾省，历史文化垃圾市，或者历史文化垃圾学会”。这段话讥讽的矛头直指我们贵州省、贵阳市与省诗词楹联学会。因贵州在全省普遍推行新声新韵，《贵州诗词》推行以新声韵为主的“双轨制”已有好几年。站在反对声韵改革的立场，对新声韵作品连用四个“垃圾”，可见廖先生对新声韵的痛恨和攻击达到何等程度。

在整个声韵改革过程中，如此反对和攻击者，到底还是极少数，不足为奇。

三、“求正容变”行“双轨”

行“双轨”，就是《纲要》所提出的“倡导诗词的声韵改革，执行倡今知古，双轨并行的方针，即：大力倡导使用的普通话语音声调为审音用韵标准的新声新韵，同时力求懂得、熟悉乃至掌握旧声旧韵”。这种“双轨并行”也是符合“求正容变”的。前述《宣言》反对声韵改革，是坚持使用一成不变的平水韵，谁使用新声韵就给谁一顶反对传统文化的帽子。实际上，新声韵是“求”了平水韵之“正”的，与普通话相符合的语言声韵，都被新声韵保留了下来，只“变”一小部分入声字为平声，难道这种“变”不能容许吗？

对于诗韵双轨并行，孙轶青、马凯、霍松林、尹贤、彤星、何鹤、星汉等(5)—(12)都曾有很好的论述。

他们的论述可以说明以下四点：

一、语音是随着时代的变化而变化的。因此，千年以前的平水韵，由于一些语音已发生了大的变化，已失掉了时代性、现代性，不能再沿用下去了，否则会给中华诗词的现代化发展带来严重阻碍。

二、《纲要》的“倡今知古”，就是说，对于平水韵要做到人人都懂，以便很好地继承平水韵形成的历史文化遗产；但今人写诗，就不必依照平水韵了，力求精通今天的普通话韵。实行“双轨制”的要义应在此，“求正容变”的要义也应在此。

三、新声韵与平水韵并存，也是出于对习惯了平水韵的老诗人们的一种照顾性措施。有的老诗人，很想用新声韵，但由于“习惯性”使然，还是觉得用平水韵好。故历年诗词大赛，由于是老诗人老名家当评委，总是“习惯”于投平水韵诗词的票，《中华诗词》等刊物（《贵州诗词》除外）不敢发表以新韵为主的诗词。一些名家如星汉教授，是提倡新韵最积极的一个，但他在各地发表的作品多有平水韵，或为新韵、平水韵都符合的诗。又如获“中华诗词终身成就奖”的霍松林教授，“他与时俱进，率先垂范，倡导以新声韵写诗”，在《中华诗词》等刊发表较多的新韵诗词，但马上就遭精通新韵的诗人指错，多错于古入声字今作平声的字。霍教授很谦虚，马上接受意见，力求改正。这说明平水韵的习惯性，不可能要求老诗人和名家们“一刀切”地使用新声韵，必须在较长一段时期推行双轨制。

四、多年实践说明：现代平水韵诗词，多数声韵与普通话声韵相符，不符合的只少数字，主要是几百个入声字今作平声。因此，新声韵对平水韵是继承发展的关系，绝不是相排斥的敌对关系。而且，笔者发现：现今诗人标明自己的诗是“旧声韵”，实际上已不是“平水韵”的全“旧”了，而只是个别入声字的问题了，其韵已是新的。因此，有绝大多数的人写“旧声新韵”的诗词，这不能不说是声韵改革的伟大成就。

四、“求正容变”促“现代”

促“现代”，就是促进“传统诗词现

代化”。“求正容变”，主要“变”在诗词语言。《纲要》指出：“要吸收外来语言，还要采用口头语言，如鲁迅先生所说：将活人的唇舌作为源泉！……而当代口语入诗，尤需提倡。”“口语入诗”，也可称作“白话写诗”，写“白话诗词”。

但有诗友反对《纲要》提倡的“口语入诗”。故在省级诗词刊物上发表文章反对道：“过去有人提出‘口语入诗’、‘白话写诗’；现在有人强调‘传统诗词现代化，是诗词的唯一出路’，”接着指斥这是违背传统文化，质问“实行‘现代化’，用白话写诗词，还要不要传统？……试想，一个民族如果失去了自己的文化传统，‘这个民族就不打自倒’(杨叔子语)，标志民族特征的传统文化都没有了，还谈什么‘现代化’?”给《纲要》与《中华诗词》上发表的易行《传统诗词现代化刍议》、陶文鹏《弘扬传统，大力推进中华诗词的现代化》两篇文章及两位作者所罩的帽子未免太大了吧?!

还有2009年9月《中华诗词》载韩成武《白话诗词：中华诗词的自救之路》一文，是主张“口语入诗”、“白话写诗”的典型，也是这位诗友所反对的。

韩文观点、提法也是符合“求正容变”的，即继承传统之“正”而“变”的。有人担心“白话入诗”，会丢掉古汉语。韩文作了否定回答。[13]

韩文所推崇的“白话写诗”，难道不是当前实现“求正容变”的诗词改革，贯彻“两为方针”和《纲要》之所必须吗？作为新时代的诗人为什么要反对呢？令人不解和极为遗憾的是：直至2010年5月，那位诗友还在刊物上发表文章，指斥“有人提出‘口语入诗’……有人提出‘白话写诗’……”

为什么要在刊物发文作极其错误的导向呢？把全省诗友引向反对《纲要》，反对中华诗词“求正容变”的改革，其心何忍啊!!

白话入诗，写白话诗词，今人已有不少成功的例子。韩文举出聂绀弩，“他的格律诗就是专用白话写成，读来饶有风趣……”2009年10月《中华诗词》载胡迎建《新中国成立六十年中华诗词述评》一文中，特别提到“白话入诗”：“安徽裴中心，湖南伍锡学以白话入诗，生趣流溢，富孕生活气息。”

有的格律诗词，虽未标明是白话诗词，却是语言和声韵更贴近时代，这就是传统诗词走向现代化的表现。即使这位反对“白话入诗”、“口语入诗”的诗友，观其全部作品就有不少常用的白话和口语，这不是自己打自己的嘴巴么！在2009年8月《中华诗词》上易行《传统诗词现代化刍议》一文中举了马凯、霍松林、刘征等几位名家的诗例来说明这个问题。[14]

关于口语入诗、白话写诗、传统诗词现代化，根据众多名家的实践和论述，不是脱离传统与规律，不是不“求正”的“口语化”诗词。

口语入诗，古代诗人就非常注重。如丁国成先生在2008年6月《诗词世界》发表《常人口中觅诗语》一文中举苏轼、袁枚对口语的重视。[15]

2009年12月《中华诗词》所载乔树宗《从诗词口语化说开去》一文认为：口语入诗须“提炼”。[16]如果是把未加工过的口语随便入诗，是对诗词之“正”的玷辱与摧残。乔文说得好，“只有传统和现代联姻，所诞生的产儿才称得起传统诗词的后代——当代诗词”。

五、“求正容变”促“创新”

促“创新”，就是促进传统诗词的体式改革与创新。《纲要》指出：“创造新的诗体，是时代的呼唤和诗歌自身发展的必然规律”，这也是“求正容变”的迫切要求。

近几年来，众多诗人的自创新体，自度词曲，新创格式，皆纷纷涌现，其中在全国最具影响力者有三：

一是马凯同志。他先后在《人民日报》、《中华诗词》等全国众多报刊发表的三组诗词，即（一）《组诗·九八抗洪》（十首）；（二）《冰雪战歌》（十首）；（三）《抗震组诗》（十首）。这三组诗，虽未标明是旧体诗还是新体诗，也未标明是律绝古风诗，还是什么词牌曲牌的词曲；但一读，从诗词中透露出的浓厚传统诗词之“正”味，便判断出是他的自创自度词。三组共30首，是同一格式，其词句数、字数、韵数等完全一样。即：句型皆为三三三三、七七、七七、七七、七七。四个三言句，八个七言句，六十八字；六韵或七、八韵，有平声韵，也有仄声韵；八句四联，多为对仗，似律诗，却无律诗的平仄和工对。这种格式，似乎已成为作者创新的一种固定模式，很符合《纲要》“创造新的诗体”和他自己提出的“求正容变”的要求。其艺术价值所达到的高度，影响之深远，已有中华诗词学会的大家们，给予高度评价。

二是获中华诗词终身成就奖的刘征先生，他在全国各报刊经常发表自度曲作品。尤其是近几年来用自度曲形式参与反腐败斗争，他对贪腐的讽刺，读来痛快淋漓。每次读他的作品，都是一种艺术享受。对“他的诗词作品，渊雅高华，气象万千”，培育人才，“引领诗词创作攀登高峰做出的杰出贡献”，我真佩服得五体投地！

三是丁芒先生所倡导的自由曲。在全国各地如山西省，已形成一股自由曲创作热潮。[17]在《丁芒诗论新集》的《关于散曲、自由曲的几封信》（七封），一则反映了散曲、自由曲在山西的发展情况：“《当代散曲》创刊及《唐风新韵》第三期，真是琳琅满目……集中地发表曲作，可谓空前，必将影响全国……（2）有不少外地作者的作品，可见山西将成为全国散曲开发的中心……（3）山西不愧为散曲的故乡，高手如云……”二则七封信等于是丁老给山西的诗友们上七堂曲的辅导课，有的信还是改稿信。如第三封即是《给张四喜的改稿信》。从七封信看出丁老为山西自由曲的发展，付出了多少心血！三则使诗人们看到了自由曲发展的远大前景——“散曲的经验值得当代效法，且是诗词走向当代的桥梁”。这和武正国先生《为自由曲鼓与呼》谈到自由曲具“有顽强的生命力，发展下去，也可能形成一个传统诗词曲与新诗的连接点……新诗体”完全一致。丁芒先生还有不少的关于自由曲的论文和曲作。

以上对“求正容变”卫《纲要》、行“双轨”、促“现代”、促“创新”的论述，都是围绕“求正容变”的实质——继承发展的声韵改革和体式创新而言，都是为了推动《纲要》的顺利贯彻和实现而言。

注：

（1）陶文鹏先生曾说：“我们伟大祖国，正在向社会主义现代化的宏伟目标阔步前进，整个社会的物质生产和精神生产都要逐步实现现代化，源远流长、传统深厚的中华诗词也应当与时俱进，展现出现代化的崭新面貌。”

（2）原话是“我们诗歌界，包括新旧诗坛，存在着两种不良倾向：一是否定诗词格律，视格律为镣铐，只见其束缚手脚的一面，不知其玉汝于成的一面，因而弃之如敝屣；二是死守诗词格律，不越雷池半步，也不许他人有所突破，甚至公开宣扬‘复古’，沉湎于古典诗词的‘原汁原味’、‘古色古香’。这两种倾向，都不利于中华诗词的健康发展。‘求正容变’正是对这两种病症痛下针砭，也是补弊救偏的一剂良药”。

（3）“编者按：本期会刊从互联网上转载部分青年学者反对‘声韵改革’的联合宣言，供会员及广大读者参考，同时亦在此表明广西楹联学会对此宣言全力支持的态度和立场，中华诗词学会（以及后来的中国楹联学会）有一伙自称的所谓学者们多年以来打着声韵改革的旗号在中国诗词界及楹联界肆意而为，还并发症般引发许多省市县级的一系列连锁反应，对我国传统文化的破坏程度达到了任何外来文化侵略所达不到的深度……”

（4）彤星先生说得好：人们从“奇文”中“看到的除了玩弄概念，乱扣帽子，硬伤累累，剩下的唯有狭隘的仇视——对中华诗词学会倡导并写进《21世纪初期中华诗词发展纲要》的声韵改革的仇视，这就反而警示人们，要继续做好声韵改革的宣传，认真贯彻倡今知古、双轨并行的方针，同时更加努力学习，刻苦实践，创作出更多更好的为人们所喜闻乐见的精品力作，为繁荣当代诗词作出积极的贡献”，也就是说，为“求正容变”呈献声韵改革的精品力作，作出积极的贡献。

（5）孙会长指出：“随着在各级学校中加强诗教和让诗词走向大众，诗韵改革来得更迫切了，……提倡和推广现代声韵，符合语言发展的规律，为繁荣当代诗词创作所必须，是广大诗词界、青少年和广大人民群众的共同要求。”

（6）马凯同志在讲话中指出：“我赞成中华诗词学会主张的‘知古倡今’。‘平水韵’至今已七八百年了，七八百年来语言已发生了很大变化，普通话已成为主流，如果一味固守‘平水韵’，有些诗词用‘平水韵’读朗朗上口，但用普通话读会很拗口，中华诗词就会失去众多读者，随着语言变化倡导‘新声韵’有其必然性。”

（7）霍教授说：“诗，特别是律诗绝句，既是看的，更是吟的、唱的、诉诸听觉的……作用的声韵，即使作出的是严格的‘正体’……而用普通话的读音吟诵，很可能在很大程度上不合格式，也就丢掉了律绝固有的音乐美。”

（8）尹文：“近年有诗人一再反复宣告，请不要以普通话（即新声韵）写律诗绝句，说什么普通话声韵只可以用来写自由词、现代歌词，或别的诗歌体裁，这种主张，仍然是维护旧声韵即平水韵一统天下的论调，一轨单行，反对声韵改革”，我们应强调“各样新旧品种一同存在”。

（9）孙会长说：“今人用今韵，应当是一条定理”，“所谓采用今韵，就是按照普通话的语言标准来押韵和区分平仄”，“在采用当代声韵问题上，我倾向于一步到位，不必再经过一步步放宽的中间环节。”

（10）彤星文：“由于历史的发展，

语音的变化，平水韵的一些韵目已不符合现代普通话的实际。写作诗词而固守平水韵，往往出现音韵不谐的问题，从而有损于诗词的音乐美，不符合诗美的艺术要求”，“我们倡导诗词使用新韵，正是为了清除旧韵的弊端，增强诗词的音乐美，从而保全诗词固有的艺术魅力。”

(11) 何文：“纵观诗词发展史，诗词的旧韵择声也随之变化……中华诗词学会、《中华诗词》杂志社成了倡导新韵入诗的领头羊。……诗词用韵，双轨并行，合于诗情，这是诗坛的大和谐。”

(12) 星汉教授说：“这种脱离实际的平水韵，让科举的考生们吃尽苦头，他们当然想废除这种音韵，但是时代不允许。我们在全国通行普通话的今天，再去创作传统诗词，为什么还用平水韵改造过的《词林正韵》呢？‘十三元’该死，难道整个平水韵系统就不该死吗?”

(13) 韩文：“用白话写诗词，就是在语言材料上使用现代汉语词汇，适当加入一些古汉语词汇，在声调上依据普通话四声，阴平、阳平为平，上声、去声为仄。在押韵上依据中华新韵。”有人认为“用白话写诗词，那不是把旧体诗词的味道弄丢了吗?”韩文回答：“味道是给活人去感觉的，活人感觉有味道就行了，不必去照顾古人。”有人担心“用白话写诗词就会废弃传统诗词已经定型了的声律、韵律、对仗等规则”，韩文认为绝对不会，而是“求正”和“坚守之，并且从心里并明白这套规则的艺术功效和价值”；并且灵活地融入白话诗词，或曰融入现代化诗词中去。“求正”之“格律是近体诗安身立命的根基，失去了它就等于失去了中华诗词的灵魂”。

(14) 易行文首举“马凯国务委员在汶川抗震救灾第一线所作《抗震组歌十首》……这无疑是旧体诗，但不拘泥古法，造语通俗易懂，节奏铿锵有力，真切、生动、感人”。次举霍松林教授所作《全民救灾谱新曲》长歌三首（获《光明日报》一等奖），其语言明白平易“近乎新诗”。三举“老诗人刘征的两首七律，标题《擂鼓咚咚和泪吟》就很‘现代’……写的是现代题材、现代精神，用的现代语汇、现代诗韵，中间两联对仗也较为宽松，但读来朗朗上口，韵味十足，且一听就懂，就能引起共鸣。所以传统诗词的题材、精神、语言、声韵均可现代化，也应该现代化，这样才能与时代同步，才能为时代高歌”，如此的现代化诗词，居然还要遭人反对，真不知反对者是何居心？

(15) 丁文：“十分重视从自己身边的人们那里学习口语来写诗填词”；又举“清代的袁枚，才气纵横，议论风生，为‘性灵派’代表诗人，他主张诗歌表现个性，要吸收口语”。

(16) 乔文：“有选择地让口语俚语方言入诗，更应坚持历代炼词炼句炼意的成功经验，精心提炼语质，使之雅化诗化，努力增强诗词语言的准确性、形象性和生动性。”

(17) 据2009年8月《中华诗词》所载武正国《为自由曲鼓与呼》：“2005年3月常箴吾同志在《中华诗词》撰文振臂一呼，应者甚多，省学会把发展曲列为本省诗词的特色之一。如今短短四年，曲在山西取得重大进展。主要标志是：有了制曲的组织——黄河曲社；有了交流的刊物——《当代散曲》；涌现出一批热心于写曲的诗友，写了一批质量较高的作品，特别是温祥和李旦初同志的曲作获第二届华夏杯诗词大赛一等奖，使我省的曲作在全国诗坛产生了较大影响。”2009年12月《中华诗词》刊载张四喜《从武正国〈为自由曲鼓与呼〉说起》：“《为自由曲鼓与呼》更是旗帜鲜明地对自由曲的产生、发展都做了中肯客观的评价：‘自由曲是新生事物……因为新，使它有顽强的生命力，发展下去，也可能形成一个传统诗词曲与新诗的连接点，进而找到一种传统诗词曲与新诗优点兼容并蓄的新诗。’正国同志的这一论述是很有见地的，对今后自由曲的健康发展起着推波助澜的作用。”

旧体诗创作：从复苏走向复兴

郑欣淼

旧体诗创作热正在兴起

现在的确有一股旧体诗创作热潮。仅中华诗词学会的会员就有一万多名，除去西藏、台湾，全国其他各省区市和香港、澳门都有诗词学会，再加上一些市县的诗词组织，粗略估算，每年参加诗词活动的不下百万人。而从诗词刊物来说，公开与内部发行的有近六百种。中华诗词学会编辑的《中华诗词》杂志，发行量已达到二万五千册，跃居全国所有诗歌报刊的首位。此外，还有众多的诗社、词社和诗词网站。

中国是一个诗的国度。从“诗三百篇”到有清一代，不同时期留下来大量的诗歌作品，是我国文学遗产最重要的一个方面。在五四新文化运动反对封建主义的斗争中，旧体诗被作为“封建文学”受到批判。出版过我国现代第一部新诗集的胡适，就断言中国古典诗歌已到穷途末路，传统格律已成为绞杀诗情的绳索。他甚至还拿诗词格律与女人裹脚布相提并论，认为它们是“同等的怪现状”。从此旧体诗创作就出现了断裂。当然，这与当时旧体诗创作本身存在的内容空洞、思想陈腐等弊端不无关系，也是当时人们追求民主自由、思想解放的时代大势使然，和当时的社会状况很有关系。不过，因此就绝对化地对旧体诗创作采取否定的态度，是一种简单化的倾向。

由此可见，旧体诗创作的戛然中断，不是艺术规律本身发展的结果，而是人为的结果。旧体诗有着深厚的文化底蕴，有着相当的群众基础，因此虽有人为的阻压，但它的发展仍然不绝如缕。多少年来，写旧体诗的现当代人还是不少。我们最喜欢列举鲁迅、毛泽东，一个代表着中国新文化的方向，一个是新中国的缔造者，他们脍炙人口的旧体诗为人所称颂。周恩来、朱德、陈毅、董必武等领导人都善写诗。郭沫若、茅盾、田汉等文学大师的诗词都很出色。还有一个有意思的现象，现代一些著名的旧体诗作家，例如沈祖棻、程千帆、常任侠、陈迩冬等，年轻时都曾是新诗人。有的是既写新诗也写旧体诗，臧克家就说：“我是一个两面派，新诗旧诗我都爱。”但在某些人眼里，旧体诗的创作毕竟是个“另类”，不能进入现当代文学史。

旧体诗创作在三中全会以来得到复苏，现在正逐步复兴，并出现了热潮。这首先与三中全会以来的思想解放运动有关，它使人们理智地回顾过去，其中包括长期以来对旧体诗人为的简单、粗暴的否定。“诗为心声”。许多诗人为了在新的社会环境下表达心声而选择了旧体诗。几十年来的创作实践，证明这一文学体裁也可随历史前进获得新的生机，它不是凝固的、僵化的，仍然活在中国人的心里。而且能够表达新的社会内容，适应新的读者需要。

从继承与弘扬中华传统文化来看，旧体诗的复兴有其必然性。汉字是中华民族的伟大创造，是中华传统文化的重要载体。汉字以其特有的声、韵、调，构成特有的韵律美。旧体诗就很好地体现了这种韵律美。

如果再把这股旧体诗热潮放在中国诗歌发展的大背景来看，可以说它是人们对适应新时代诗歌的内容与形式的一种探索。“五四”以来，新诗虽然有了独尊的地位，但其存在的缺陷也是不容讳言的。鲁迅在一九三四年致窦隐夫的信中就曾说过：“诗歌虽有眼看的和嘴唱的两种，也究以后一种为好，可惜中国的新诗大概是前一种。没有节调，没有韵，它唱不来；唱不来，就记不住；记不住，就不能在人们的脑子里将旧诗挤出，占了它的地位。”过去了七十多年，鲁迅所说的问题仍然存在，旧诗仍未被“挤出”。我国古代诗歌源远流长，在漫长的历程中，也不断地发展、变化着。目前的旧体诗热潮，正是人们这种探索的一个继续。

新诗旧诗，并存是客观事实，现在留下的都是各自探索的足迹，同时也都面临继续探索的任务。两者不是你死我活的关系，而应互相借鉴学习。没必要融合为一种诗体，可并行不悖、比翼齐飞。

旧体诗创作要健康发展需重点解决的问题

人员老化不应该算是问题，现在写诗词的不仅是中老年，有些七十年代出生的人写得也相当棒。不过，从思想认识上说，旧体诗倒是很怕“老化”。这一诗歌体裁是特定时代环境、语境下的产物，与新时代、新的生活内容能不能适应？实践证明是可以适应的，还出现了启功、聂绀弩等很活跃的一批旧体诗人。我坚持认为，在一定程度上讲，掌握格律并不难，难的是要有诗意，要有形象思维，即真正能“带着枷锁的跳舞”。不然，徒具形式，诗味索然，有形无神，会倒了读者的胃口。这也是当前一些旧体诗受人攻讦的重要原因。

旧体诗创作要健康发展，我认为应该重点解决这么几个问题：

一是应该有一定的诗词创作的基础知识。要写旧体诗，首先当然必须掌握它的格律，知道平仄、用韵等一些基本要求，明白它的多种限制。词和音乐关系密切，许多词牌适宜抒发特定的感情，比如“满江红”这个词牌就多用入声韵，表达慷慨激昂的悲壮情绪。龙榆生在《唐宋词格律》一书中对此就有说明。诸如此类的知识，都应注意掌握。要多读一些经典性的诗词作品。古人说：“熟读唐诗三百首，不会作诗也会吟”，这是有道理的。还要增加一些文史知识的积累，当然也包括生活的积累。

二是要有真情实感，要有鲜明的个

性。不能无病呻吟，矫揉造作。

三是要注意创新。毕竟我们面对的生活环境与古代有很大不同。古人说“残灯如豆”，今人用的是电灯。古人说“更漏尽”，现在用的是钟表。古人说“细雨骑驴过剑门”，今人谁还骑驴？当然，我们说创新也不是简单地使用几个新词汇，像“刘郎不敢题糕字”（宋祁《九日食糕》），最重要的是要与现实相通，要有现代意识，创造新的意境。传统诗词用典较多，现在有人反对用典。我认为，在用典上不可绝对化。我们反对“无一字无来历”，反对掉书袋、獭祭鱼，但不是说典故毫无用处。许多典故蕴涵丰富，运用得当，有利于创造启发读者更多联想的意象、意境，增加表现力。毛泽东、鲁迅的作品中，就多活用典故，使读者印象颇深。当然，我们反对用僻典，或者是生造，令人看不懂。

四是要注重推敲修改。这于诗意的强化和诗境的提升很有意义。写时字斟句酌，认真推敲，写好了再作进一步的甚至反复的修改，这是“苦吟”即锤炼的过程。“二句三年得，一吟双泪流”，贾岛的话有些夸张；传为李白赠杜甫的“借问别来太瘦生，总为从前做诗苦”，虽是调侃，但说明写诗不容易，是个苦差使。王安石评张籍的诗：“看似寻常最奇崛，成如容易却艰辛。”属于正常情况。因而有些人不仅自己改，还请旁人帮忙改，这方面的佳话很多。毛泽东写诗曾请郭沫若、臧克家推敲，胡乔木写诗曾请钱钟书斧正，还留下了彼此商讨的信札。中华诗词学会最近提出提高诗词质量问题。提高质量需要多方面努力，注重推敲修改不容忽视。

旧体诗的诗韵

诗韵是诗词界一直关注并热烈争论的问题。中国的古音，分上古、中古、近古三个阶段或三个系统。我们所说的诗词，主要是中古阶段的产物，也是依照中古音系统创作的。中古的韵书，从隋陆法言的《切韵》到经唐人修订的《唐韵》，再到宋人的《广韵》，韵部达到二百零六个，声调为平、上、去、入四种，这么多韵部，在实际应用方面显然不适宜，就容许邻近的韵部“同用”。在此情况下，南宋刘渊编了《壬子新刊礼部韵略》，把韵部减到一百零七个；金王文郁在此前编了《平水新刊韵略》，韵部为一百零六个。刘渊是平水人，平水即今山西省临汾市，所以称之为“平水韵”。从宋、金直到现在，一百零六个韵部的“平水韵”，已经运用了八百年。现在诗歌创作用韵，大致有三种情况：一是完全恪守“平水韵”；二是用韵较宽，但原属入声今读平声的字仍作仄声用而不派入平声；三是完全用新韵，没有了入声，平仄按照今天普通话的读音。

诗为什么押韵？就是为了声调、韵律上的和谐上口。诗歌和音乐联系比较紧，声韵是诗歌音乐美的载体，是诗歌易于流传的艺术要素之一。旧体诗歌以韵律精严著称。我个人认为，写旧体诗歌，平仄一定要遵守，它可使音节协调，产生一种抑扬顿挫、往复回旋的韵律，这是古人创作实践的总结。但在用韵上应注意语音的实际变化。有人主张，既是旧体诗，用韵则必须遵循“平水韵”，例如“十三元”，即使此韵中有的字在现代有多种读音，易与“先”、“真”、“文”等韵相混，也还要照用不误。我对此难以苟同。高心夔是清晚期的著名诗人，但他两次考试都因为在“十三元”一韵上出了差错，被摈为四等，“平生双四等，该死十三元”，成了终身的憾恨。难道我们还要今天的作者像当年的高心夔那般犯难？道理很简单，今人的诗是写给今人看的、吟的，随着时代递嬗，语音已经变化，还要坚持八百年前的读音，那该多别扭！这不仅影响了人们的欣赏效果，也桎梏了旧体诗歌在今天的发展。

我认为诗韵应该改革，应该放宽，应以今天的实际语音为主。因此我是赞成新韵的。但是新韵宽到什么程度，这是个需要继续探索的问题。我赞成中华诗词学会在《二十一世纪初期中华诗词发展纲要》中提出的主张，即一方面尊重诗人采用新韵或运用旧韵的创作自由（新、旧韵不得混用）；另一方面又要倡导诗词的声韵改革，大力倡导使用以普通话语言声调为审音用韵标准的新声新韵，同时力求懂得、熟悉，乃至掌握旧声旧韵。总之，在较长时期内，应为诗词创作造成一个选择不同用韵的宽松范围。

旧体诗歌在政治、外交和日常交际中的独特作用

这是一个有趣的话题。旧体诗歌精炼含蓄，形象生动，在政治、外交和日常交际中加以巧妙运用，能收到普通语言达不到的效果。孔子说：“不学诗，无以言。”古代常见“献诗陈志”、“赋诗言志”。《诗经》在外交和日常交际中发挥着表情达意的工具作用。当时贵族子弟学习“诗”，就是为了在政治活动和社交场合中陈志、言志。《左传》襄公八年记晋国范宣子出使鲁国，意欲鲁国帮助晋国讨伐郑国，但不便直接言明，同时也想探探鲁国对伐郑的态度。于是就吟了一段《诗经·召南·摽有梅》里的诗句：“摽有梅，其实七兮；求我庶士，迨其吉兮。”他用这段话作为外交辞令，显得婉转含蓄，也留有回旋的余地。

写出诗歌“藏之名山”，被看成是很神圣的事情，也是一种文化素养的体现。因此作诗诵诗，就成为中国政要的一个传统和特色。历史上许多帝王，从刘邦、项羽到唐太宗，都有诗篇传世；朱元璋文化程度并不高，相传也吟出过“大将南征胆气豪，腰悬秋水吕虔刀”这样的诗句。民国时期，孙中山、黄兴和其他同盟会领袖多有诗词传世，北洋政府也有涉猎风雅的人。袁世凯能诗，徐世昌诗、书、画俱工，连段祺瑞也有《正道居集》。我们共产党的一些领导人也能作诗，毛泽东的词尤为人称道。既然“诗言志”，那么，政余事诗，以志其怀，自然成为政治家的时尚。为什么我们一些退下来的老同志喜欢作诗？我想大概与这种传统有关。

诗词酬唱自古以来即是文人间的雅事。毛泽东与柳亚子的唱和，更成为一段佳话。在国家政治外交活动中引用旧体诗词等民族文化瑰宝，可以很简练地表达很丰富的内容，不仅有历史感，也显示出中国文化的源远流长。这是我们的一个特色。2005 年布什访华，国务院总理温家宝引用北宋改革家王安石的著名诗句：“不畏浮云遮望眼，只缘身在最高层。”（《登飞来峰》）来比喻中美关系应该高屋建瓴，高瞻远瞩，妥善处理分歧，在海内外颇有反响。

总之，中国是一个诗的国度，中华民族是一个诗的民族，旧体诗虽然曾在短时间内由于种种原因沉寂或不振，但

至今仍然受到人们广泛的喜爱，并且从复苏走向复兴，已经证明它确实有着强大的生命力。

致马凯同志的一封信

霍松林

马凯同志：

您好！手书早读悉，事冗迟复为歉。您负荷国家发展与改革重任，深入实际，心系国计民生，熟知利弊得失，一吟一咏，皆有感而发，这是您诗词创作的最大优势，与无病呻吟者不可同日而语。大札自谓“失律、失黏、失对、孤平等仍不少”，足见虚怀若谷，令人钦敬。作近体诗，合律是必要的；然而窃以为忧时感事，发而为诗，倘意新、情真、味厚而语言又畅达生动，富于表现力，则虽偶有失律，亦足感动读者，不失为好诗。反是，则虽完全合律，亦属下品。大致说来，忧时感事，激情喷涌，然后炼词、炼句、炼意、谋篇，反复推敲，这是历代大诗人所走的通途；博览群书，学以致用，不断提高文化修养和精神境界，这也是历代诗人取得成就的通途。从您的诗词创作看，您正是这样做，而且已经取得了显著成绩的。

您的《诗词存稿》分为六篇，而以“望远”、“感悟”两篇冠首，可谓别开生面。“望”时间、空间而至极“远”，其最大“感悟”，乃是对宇宙人生的终极关怀。这是大胸襟、大气度、大境界。您以对宇宙人生的终极关怀致力于诗词创作，正如您以对国计民生的深谋远虑致力于国家发展与改革一样，必将取得日益辉煌的成就。

（二〇〇六年二月十日）

研究韵文，开创一代新诗风

霍松林

我国韵文源远流长，流域极广。就其主要品种而言，通常提到的是诗、词、曲、赋。其实，从文艺学的角度看，韵文中的诗、词、曲和一部分赋，都属于诗歌范畴，韵文中的其他品种，诸如时调小曲、民间歌谣、鼓词、弹词、牌子曲、快板、快书，等等，只要是写得好的，也都不应该排除在诗歌之外。我国的诗歌形式（样式、体裁、品种），的确是百花齐放的。正由于品种繁多，因而适于表现各种各样的题材、抒发各种各样的情意，能够满足不同层次的读者们的审美需要。

韵文中的诗，是最早的和最基本的

文学形式，也是最早的最基本的韵文形式。司马迁在《史记·孔子世家》里说："古者诗三千余篇。"这里的"古者"究竟"古"到什么时候，无法确定。然而《尚书·尧典》中关于"诗言志"的诗歌理论，已经相当精辟，表明赖以产生这种理论的诗歌创作已发展到不应低估的艺术水平。

我国第一部诗歌总集《诗三百》（后来称为《诗经》）和以屈原的《离骚》为代表的楚辞是我国古典诗歌的两大源头，合称"诗骚"、"风骚"或"骚雅"。比起《诗经》来，楚辞带有明显的散文化倾向，但从来都不否认那是诗。甚至继《诗》《骚》出现的赋应不应该纳入诗歌的范围，则还是一个需要讨论的问题。刘勰在《文心雕龙·诠赋》中指出，赋本来是《诗》的"六义"之一，"古诗之流也"，"受命于诗人，拓宇于楚辞"；从宋玉的《风赋》开始，便"与诗画境"，由"六义附庸"终于"蔚为大国"，成了一种独立的文体。这些论述都是相当精辟的。汉赋里被称为"骚赋"、"抒情赋"的那许多作品，如贾谊的《鵩鸟赋》、《吊屈原赋》，董仲舒的《士不遇赋》，司马迁的《悲士不遇赋》，刘歆的《遂初赋》，扬雄的《逐贫赋》，司马相如的《长门赋》，班婕妤的《自悼赋》，张衡的《归田赋》，赵壹的《刺世嫉邪赋》，蔡邕的《述行赋》等等，都与楚辞一脉相承，是一种带有散文化倾向的诗。而从王粲的《登楼赋》到庾信的《哀江南赋》、《对烛赋》和《春赋》，则又向当时已经繁荣起来的五、七言诗靠拢。像《春赋》中的"宜春苑中春已归，披香殿里作春衣。新年鸟声千种啭，二月杨花满路飞"，已经和七言诗没有什么区别了。

汉魏以来形成、发展的五、七言诗（包括杂言诗，也包括古体和近体），在唐宋两代取得了辉煌的成就，元明清直到当代，也不断有佳作出现。再加上唐宋以来的词，元代以来的曲，只能说是我们诗歌的主流，不能看作诗歌的全部。这里首先应该考虑的是：在文人的诗歌创作之外，同时存在着民间歌谣、时调小曲以及各种形式的曲艺作品。《诗经》中的国风里，有不少周代民歌，这是大家公认的。汉乐府民歌和南北朝乐府民歌，也历来受到重视。可是从唐代以后，人们心目中的诗歌，似乎就只是文人们创作的诗词，顶多在论述词的起源时谈谈民间词而已。其他各种民间诗歌样式，即使有人谈论，也并不把它们纳入诗歌范围，自然也不被看作诗歌传统。这一点，我认为是应该改变的。

先说曲艺。我国幅员辽阔，在不同方言基础上发展起来的具有地方特点的曲艺形式，多种多样，名目繁多。据不完全统计，全国约有三百多个曲种（少数民族地区的曲艺尚未计算在内）。应该说，这是一批珍贵的诗歌遗产。

我国曲艺的历史，可以上溯到唐代的"变文"，变文的特点是韵散夹杂，说唱并用（有个别例外）。用来唱的韵文部分，以七言句为主，杂以三言、五言、六言等句式，活泼流畅，如收入《敦煌变文集》的《季布骂阵词文》，是一篇一韵到底的七言叙事诗，长达三百二十韵，四千四百数十字，比我国著名长诗《孔雀东南飞》（一千七百多字）的篇幅长得多。

这种有说有唱、韵散结合的形式，在宋代及其以后，有陶真、涯词、诸宫调、弹词、鼓词等多种样式。金人董解元的《西厢记诸宫调》（长达五万字），用多种宫调的曲子联套组成，共有套曲一百九十三套，每套曲子前面只有几句说白。虽然仍属于韵散结合的形式，但散所占的字数还不到十分之一，而且删去它，并不妨碍叙事的连贯性。全书布局宏伟，结构谨严，曲文清新优美，实在是一部抒情性极其浓烈的长篇叙事诗杰作。

弹词和鼓词，多鸿篇巨制，其中不乏佳作。例如女作家陈端生所著《再生缘》弹词前十七卷，陈寅恪先生认为实质上“乃一叙事言情七言排律之长篇巨制”，可与印度、希腊及西洋史诗相提并论。他不胜感慨地说：“世人往往震矜于天竺希腊及西洋史诗之名，而不知吾国亦有此体。……弹词之书，其文词之卑劣者，固不足论。若其佳者，如《再生缘》之文，则在吾国自是长篇七言排律之佳诗；在外国，亦与诸长篇史诗至少同一文体。”（以上所引，俱见上海古籍出版社《寒柳堂集·论再生缘》）

如果说在曲艺类作品中有不少值得重视的长篇叙事诗，那么在时调小曲中则有不少值得重视的短篇抒情诗。就明代而言，沈德符《顾曲杂言·时尚小令》里详述了《锁南枝》、《傍妆台》、《山坡羊》、《泥捏人》、《打枣竿》、《醉太平》、《闹五更》、《罗江怨》、《耍孩儿》、《驻云飞》等许多小曲“举世传诵，沁人心腑”的情况。卓人月则说：“我明诗让唐，词让宋，庶几《吴歌》、《挂枝儿》、《罗江怨》、《打枣竿》、《银绞丝》之类，为我明一绝”（陈弘绪《寒夜录》引）；连复古派的领袖李梦阳、何景明都赞不绝口，认为“情词婉曲”，其“真”的特点尤其值得“诗人墨客”们认真学习（见李开先《词谑·论时调》）。

通常与诗、词并举的曲，包括散曲和戏曲。散曲当然属于诗歌范围。隋树森所编《全元散曲》，包括作者二百余人，小令三千八百多首，套曲四百多套。这也是一笔珍贵的诗歌遗产。明、清以来的散曲也有不少佳作。戏曲，当然是一种综合艺术，但我国戏曲作品的主要组成部分是曲（唱词），因而像王实甫的《西厢记》、汤显祖的《牡丹亭》、李玉的《清忠谱》、洪昇的《长生殿》、孔尚任的《桃花扇》等等，就其曲文而言，也可说是情韵悠扬、波澜壮阔的长篇诗。

长时期以来，研究中国文学的人认为中国没有史诗。后来，把《诗经》中的《生民》、《公刘》、《緜》、《皇矣》、《大明》等篇称为周民族的史诗，但如果同“世界四大史诗”相比，当然相形见绌。不过我们向来所讲的中国诗歌，实际上只限于中国的汉族诗歌（只有《敕勒歌》等少数例外）。我国是一个多民族国家，如果开拓视野，看看少数民族的诗歌，就立刻会被广阔的天地所吸引。仅就长篇叙事诗和史诗而言，就有撒尼族的《阿诗玛》、傣族的《娥并与桑洛》、蒙古族的《嘎达梅林》、傈僳族的《逃婚调》和藏族的《格萨尔王传》等等。《格萨尔王传》这部史诗从十一世纪以来在藏族、蒙古族、土族等地区流传说唱。国内有藏文本及汉、蒙等文译本，国外有俄、德、英、法等文节译本，已产生了世界影响。“世界四大史诗”中的《伊利亚特》一万八千行，《奥德赛》一万二千行，《罗摩衍那》二万四千多行，《摩诃婆罗达》最长，共二十余万行。而《格萨尔王传》这部藏族史诗，则长达一百五十万行，约一千二百来万字。其体制之宏大，文词之瑰丽，都令人惊叹不已。

在我们振兴中华，建设具有中国特色的社会主义的新时代，中华诗歌也需要振兴，需要发展，需要创新。然而这种发展，这种创新，又必须在批判地继承中华诗歌传统的基础上进行。

讲继承中华诗歌传统，首先得弄清我们究竟有哪些传统。在前面，我从广义上粗略地论述了中华诗歌拥有的许多品种，意在说明形式、风格的多样性和丰富性，是我国诗歌的优良传统之一。

这一传统之所以优良，是由于它包含着许多可贵的东西。

第一，中华诗歌形式的多种多样，是随着社会、文化的发展，随着表现新内容的需要，在继承传统的基础上不断吸取新营养，从而不断创新的结果。距今三千年左右的《诗经》，以四言体为主，但又杂以三言、五言、六言、七言乃至九言的各种句式，有通篇四言的齐言诗，也有一篇之中长短句夹杂的杂言诗。这既表明《诗经》的形式并不单一，又清楚地可以看出，这里已孕育着此后产生多种多样诗体的萌芽。楚辞从内容到形式，是特定历史条件下楚地文化与中原文化交融的产儿。《诗》、《骚》而后，各种新诗体不断出现。由汉魏而六朝，五言诗已十分成熟，七言诗也已形成，而在乐府民歌中，则既有五言、七言的齐言体，又有许多句式多变的杂言体。在唐朝的“今体诗”（也叫“近体诗”）定型之后，便把这些在格律方面相对自由的诗体称为古体诗和乐府诗，而把从南齐永明年间逐渐流行的杂有律句、向“今体诗”过渡的作品，称为“永明体”或“齐梁体”。

在唐朝逐渐定型的“今体诗”，形式也是多样的。就律诗说，有五言律诗、七言律诗，五言排律、七言排律，还有不很常见的五言小律、七言小律和六言律诗。就绝句说，有五言绝句、七言绝句和不很常见的六言绝句。而律诗和绝句，既可以独立成篇，又可以连缀多篇而成“连章诗”，如杜甫的《秋兴八首》，以第一首起兴，以下各首互相照应，形成有机的整体。“今体诗”的这么多形式再加上各种古体和乐府，就给诗人们以极大的选择余地，选择最适合的形式表现特定情景。因此，前人论唐诗的繁荣，就往往从形式风格的多样化方面着眼。胡应麟在《诗薮》外编卷三里便说：“甚矣，诗之盛于唐也！其体，则三、四、五言，六、七、杂言，乐府、歌行、近体、绝句，靡弗备矣。”

第二，每一种新诗体的出现，只给诗歌的百花园里增光添彩，而不取代任何尚有生命力的原有诗体。相反，原有的其他诗体，也在适应反映新的社会生活、抒发新的思想感情、体现新的时代精神的要求，不断地发展和创新。在唐代，“今体诗”的各种形式开出灿烂的艺术之花，争奇斗丽；而古体和乐府诗的创作，也盛况空前。例如《春江花月夜》，原是乐府旧题，但和《乐府诗集》所录隋炀帝的那两首相比，唐人张若虚的则分明是新的创造。李白用乐府旧题创作的许多杰作，如《蜀道难》等，其独创性更是突出。至于白居易等人的《新乐府》，更是在继承前人的基础上自觉的创新。五、七古的情况亦复如此，这只要把高、岑、李、杜、王、孟、元、白、韩、柳等人的名篇和汉魏六朝古诗相比，便一目了然了。

“今体诗”，特别是其中的律诗，篇有定句，句有定字，平仄、押韵、对仗，都有严格的规定，似乎一经定型，就像一个固定的模子，铸出的东西都是同一个模样，束缚作者的思想，无法发挥创造性。其实不然。第一，不同的诗人运用五律或七律这种相同的形式作诗，由于题材不同、各人的美感体验不同，以及所采取的角度、手法等等都不同，因而创造出来的作品也各有特色。同一诗人在不同情境下作诗，也完全有可能自觉地避免前后雷同。第二，一首诗虽然只有五言八句或七言八句，平仄、对仗、押韵又都有严格的要求，但句法的变化和章法的变化，则是无穷无尽的。第三，字、句的限制，格律的约束，促使诗人强化了创造意识，不得不在法度中求自由，在有限中求无限，而汉语的特点，正有利于实现这种目的。汉语同英语或其他印欧语相比，就灵活得多。既无定冠词和不定冠词的负担，也不讲时态、人称及单复数的变化，连必要的虚词甚至实词都可以省略。如果说在古体诗中由于字数句数的或多或少并无严格限制而较多运用表现语法关系的主语、宾语、动词和虚词等等，那么在“今体诗”中，这一切都可尽量删减，以至只留下表现意象的名词和名词性词组，如“鸡声茅店月，人迹板桥霜”等，其结果，更有利于获得“以少总多”、“词约意丰”、“言外见意”的艺术效果。正因为这样，即使像律诗这样格律极严的诗体，在历代杰出诗人的手里也不妨碍各自的独创性。就七律说，王维意象超远，词语华妙；杜甫纵横变化，涵盖宇宙；白居易纡徐坦易、妙合自然；其他如刘禹锡、柳宗元、杜牧之、李商隐，以及宋代的苏轼、黄庭坚、陆游，金代的元好问直到现代的柳亚子，都各辟蹊径，各有创新，说明这种诗体具有无穷生命力。律诗如此，其他各种相对自由的诗体至今仍有生命力，更不必怀疑了。

第三，诗是语言艺术，各民族的语言各有特点，因而不同民族语言的诗，内容可以互译，形式则一经翻译，其民族特点便丧失殆尽。所以对诗歌来说，思想方面，表现手法方面，都可以接受外来影响，从中吸取必要的营养，而形式方面，则只能借鉴不能“移植”。中华诗歌在发展中不断创新，不断增加新诗体，而任何一种新诗体的产生，都是在特定的历史条件下广泛吸取祖国文学传统中的精华而加以新的创造的结果；即便有外来影响起作用，那也是间接的。楚辞就整体而言，是荆楚文化与中原文化交流融会的产物。就形式而言，则以楚地民歌为基础而吸收、发展了《诗经》的句式和比兴手法，又从先秦散文中提取营养，从而形成了像《离骚》那样优美、那样宏伟的长篇杂言新体诗。

在唐代，南北文化交流和中外文化交流对于诗歌的空前繁荣无疑有极大的促进作用，但这也是就唐诗的整体而言的，就唐代的各种诗体说，仍然主要是广泛继承祖国的文学艺术传统而推陈出新的结果。李白的《蜀道难》、《梁甫吟》、《将进酒》、《梦游天姥吟留别》等等，显然源于乐府民歌中的杂言体，但又吸取鲍照乐府杂言诗的优点，杂用楚辞和古文句法，从而形成一种比乐府民歌更自由、更解放的新诗体。杜甫五古中的鸿篇巨制，如《自京赴奉先县咏怀五百字》、《北征》、《述怀》、《壮游》，以及组诗《八哀》等等，当然源于乐府民歌中的五言体，但又总结了汉魏六朝以来诗人们五言诗创作的丰富经验，吸取了汉赋和散文、史传文学的优点，熔叙事、写人、抒情、议论于一炉，甚至用诗的形式写人物传记，开有诗以来未有之奇观。至于在“永明体”基础上经过由初唐到盛唐杰出诗人的创造而建立起来、完备起来的那一套“今体诗”。其对仗、音律也来自对传统经验的总结和提高。单音节的汉字，都有形有音有义。就字义说，“高”与“下”，“天”与“地”，“多”与“少”，以此类推，每个字都可以找到一个乃至好几个字同它对偶。因此，对偶的句子，早在《易经》《诗经》里就屡见不鲜，到了汉赋，则讲究对偶乃是它的主要特点之一，为律诗的对仗提供了丰富的经验。就字音说，各时代、各地区互有不同，有些地区的方音，平上去入四声各分阴阳，甚至可以多到九声、十声，这在宋词、元曲里是需要讲究的。而在律诗里，则只分平仄就可以了。四声中的平声是“平”，其他三声合称“仄”。而字音的平仄相对，又很容易和字义的对仗合拍，比如“天”是平声，“地”是仄声，“高”是平声，“下”是仄声。因此，平仄协调的句子，也是在古代诗文中就出现了。沈约等人研究四声，可能受了东汉以后“佛经翻译与梵音输入”的“刺激”（见朱光潜《诗论》），但这只是“刺激”他们有意识地研究汉语所固有的四声运用规律，并不曾“移植”来汉语所没有的新东西。从根本上说，律诗的平仄协调和对仗工丽，都是从汉语固有的特点出发，总结了前人的经验，在长期的创作实践中逐渐明确起来的。这两点，正好从听觉、视觉上为律诗增添了审美因素。

刘勰早在《文心雕龙》的《时序》篇就已经提出：“歌谣文理，与世推移”，“文变染乎世情，兴废系乎时序”。时代变了，诗歌也自然得变。一部中华诗歌史，是变的历史、不断创新历史。这也是我们的优良传统之一。“五四”运动时期出现新诗，这是符合历史发展的规律的。新诗创作已有七十年历史，形成了自己的传统。

世界诗歌史本来是以格律诗为主流的。自由诗的抬头乃是近代的事。在近代，以写自由诗出名的是《草叶集》的作者美国民主诗人惠特曼（1819—1892），他的诗反对压迫奴役，歌颂自由民主，热情奔放，确立了不受传统格律束缚的自由诗的地位。“五四”时期的狂飙突进精神，使郭沫若“火山爆发式的内发感情”从惠特曼的自由诗中找到了喷火口，写出了气势磅礴的自由诗《女神》，被认为是一部开一代诗风的杰作，在当时发生过巨大的影响，自然有其不可动摇的历史地位。然而新诗运动在其草创时期便彻底否定民族传统，用“死文学”骂倒一切而醉心于全盘西化，这当然是错误的。闻一多在《女神之地方色彩》一文中就对《女神》从形式到精神的“十分欧化”提出批评，指出应当“恢复我们对于旧文学底信仰”，“在旧的基础上建设新房屋”。到了1956年，郭沫若自己也声明“以前我们犯了错误，低估了优良传统”（《沫若文集》第十七卷：《谈诗歌问题》），自由诗由于脱离民族诗歌传统而无法赢得广大读者的喜爱，于是不少诗人朝着民族化、群众化的方向努力，向民间歌谣学习，在创作实践中逐渐形成了歌谣体。李季的《王贵与李香香》，就是歌谣体的代表作。这种歌谣体的新诗自然是和中华诗歌传统衔接的，属于格律诗的范围。在自由体和歌谣体之间，还有新格律诗。以《女神》为代表的自由诗不受任何格律限制，可以尽情抒发作者的感受，但毕竟不如传统诗歌那样精炼、那样情韵悠扬、那样耐人寻味、那样音调和美、易读易记，因而不少人试图建立新的格律诗。首先作出贡献的是闻一多，他认为诗应该包含“音乐的美（音节）”、“绘画的美（辞藻）”和“建筑的美（节的匀称和句的均齐）”。“属于视觉方面的格律有节的匀称，有句的均齐。属于听觉方面的有格式，有音尺，有平仄，有韵脚。”他的第一本诗集《红烛》基本上是自由诗，到了第二本诗集《死水》(1928年)，已基本上是格律诗。和闻一多同属于“新月派”的朱湘和徐志摩，以及此后的卞之琳、冯至、臧克家等等，都在探索新格律诗方面作出了贡献。新中国成立以后新格律诗在理论和实践方面都有很大进展，而何其芳对其特点的概括，则最简明扼要——我们说的现代格律诗就只有这样一个要求：按照现代的口语写的每行的顿数有规律，每顿所占时间大致相等，而且不规律地押韵。(《关于现代格律诗》)

“五四”以来提倡新格律诗的不少人既懂得传统格律诗，更熟悉英国格律诗，乃至翻译过不少英国格律诗。他们的新的格律诗，并不像唐宋以来的律诗那样格律谨严。讲究顿数的整齐和有规律的押韵，这和传统诗歌，特别是戏曲、弹词等等有联系，而分行分节的多样化和各种表现手法，则借鉴英国格律诗。“五四”以来的新诗，包括自由诗、歌谣体和格律诗，都创作出不少有价值的作品。但从自由诗转向格律诗的探索和歌谣体的创作，说明民族形式的问题仍有待于继续解决。而本来写新诗的人，越来越多地转向“旧体”诗的创作，更说明如何在继承传统的前提下创新的问题也亟待解决。例如闻一多，就在几经探索之后毅然宣布：“索性纯粹中国式。”并且赋诗言志：“六载观摩傍九夷，吟成鴂舌总猜疑。唐贤读破三千卷，勒马回缰作旧诗。”(《闻一多旧诗拾遗》)这是慨乎言之的。郭沫若的旧体诗创作实践和他对以前低估优良传统的反省，与闻一多的切身体验也极相似。近些年来，有人公然鄙弃一切文化传统，当然也鄙弃三千年来中华诗歌传统，宣扬纵的“断裂”而热衷于横的“移植”，硬搬西方现代派的东西，美其名曰“新诗潮”，实际上又回到了新诗运动初期“全盘西化”的老路。这些人如果在几十年之后也作出像闻一多、郭沫若那样的反省，岂不白白浪费了无数时间和精力！

“五四”时期的许多诗人都能直接阅读外国诗，因而能够如数家珍般了解外国诗的特点，这和仅仅凭借别人的翻译而“移植”外国诗的人就大不相同。鲁迅在《扁》(见《三闲集》)里说过：

> 中国文艺界上可怕的现象，是在尽先输入名词，而并不绍介这名词的涵义。于是各各以意为之。看见作品上多讲自己，便称之为表现主义；多讲别人，是写实主义；见女郎小腿肚作诗，是浪漫主义；见女郎小腿肚不准作诗，是古典主义；天上掉下一颗头，头上站着一头牛，爱呀，海中央的青霹雳呀……是未来主义……等等。
>
> 还要由此生出议论来。这个主义好，那个主义坏……等等。

这种过去发生过的“可怕现象”如果换一幅新面目重现于我们眼前，那仍然是“可怕”的。

“五四”以来，新诗已形成自己的传统，不承认不行，彻底否定更不行。但反过来，认为新诗已占领整个诗坛，是唯一的“正统”，而作“旧体诗”，只不过是“遗老”、“遗少”们在那里“迷恋旧骸骨”，这也是不对的。郭沫若在《论写旧诗词》里说：

> 单从形式上来谈诗的新旧，

……是有点问题的。主要还须得看内容。(《文艺报》1950年第4期)

茅盾在1980年为《柳亚子诗选》写的序中也说：

一九二二年或二三年……亚子先生正组织新南社，号召青年写白话诗。人家以为柳先生提倡白话诗而自己所写仍是旧体，未免自相矛盾，其实不然。柳先生此时的旧体诗已有新的革命内容，所谓旧瓶装新酒，更见芳烈。而彼时以善写白话诗自诩者，其内容则仍陈旧，封建思想、买办意识，随时流露。

诗的新或旧主要决定于内容，这是毋庸争辩的。不看内容，只从形式上分新旧而不管是否为人民群众喜闻乐见，便一味地排斥"旧体诗"，已有的几种现代文学史讲到诗歌的时候都压根儿不提"旧体诗"，这是不符合"五四"以来的诗歌创作实际的。如果从实际出发看问题，则七十年来传统诗歌仍在发展和创新。近些年来，诗社、诗刊更如雨后春笋，无数革命干部、专家学者、部分青年，乃至原来不少写新诗的人都加入了传统诗歌的写作行列，这是有目共睹的。

在表现新内容的前提下，新诗和传统诗歌的创作应该百花齐放。而这，也正是我们的优良传统之一，前面已经谈过了。

讲到内容，便涉及诗人的主观条件问题。清人叶燮在《原诗》里提出，诗人必须具有高尚、开阔的"胸襟"和卓越的"才、识、胆，力"，然后"因遇得题，因题达情，因情敷句"，才能写出好诗。这一点更是中华诗歌的优良传统。屈原、李白、杜甫、陆游等无数优秀诗人都对国家、人民、时代具有强烈的责任感，其诗篇里洋溢的爱国爱民、忧国忧民的激情至今仍足以震撼读者的心灵，令人感发兴起。目前，我们的方向是为人民服务，为社会主义服务，我们的诗歌创作归根结底要有益于人民，有益于社会主义。在这个根本问题上，诗人们必须有强烈的责任感。当然，诗歌为人民服务、为社会主义服务，并不是直接的，而是通过认识作用、教育作用和审美作用，潜移默化，陶冶人们的性情，美化人们的道德品质，提高人们的精神境界，从而培养社会主义新人。如果在这个统一的方向下各种诗体的创作互相竞赛，互相影响，那么传统诗歌的创新问题和新诗的民族化、群众化问题，就都会逐渐得到解决。

从目前情况看，在传统诗歌的各种样式中，一般人最喜欢写律诗，其次便是词。而各种古体诗以及曲、曲艺等等，则极少有人问津。律诗在唐代已经定型，格律极严。词，有固定的词牌词谱，句子虽长短不齐，但都是固定的节拍、平仄，都不能随意更改，其中的四声调还得讲四声，甚至要分阴阳清浊。因此，作律诗和词，"合律"是起码条件。既合律而又能不为格律所缚，抒发性情，模写物象，纵横开阖，腾挪变化，"从心所欲不逾矩"，这是需要狠下工夫的。不肯多下工夫，还未入门，随便写些不合律的东西，却冠以"七律"、"莺啼序"之类的字眼，自以为有所"突破"和"创新"，必然会败坏这些传统诗体的声誉。中华传统诗歌的各种诗体，都可以说是格律诗，但如果同"今体诗"和词相比，则各种古体诗和乐府诗，特别是其中的杂言诗，还是相对自由的。曲也有曲牌曲谱，与词类似，但可以大量加衬字，比较有弹性。至于包括弹词、鼓词等等在内的各种曲艺，篇幅长短不受限制，也容易驾驭。在前面，我之所以从广义上谈了传统诗歌的多种样式，还谈了少数民族史诗、长篇叙事诗和“五四”以来新诗中的自由诗、格律诗、歌谣体等等，其目的正在于开拓当前诗歌创作的广阔领域，从而多方面地反映新的社会生活，抒发新的思想感情，表现新的时代精神，以满足多层次的读者们的精神需要和艺术享受。而在多种诗体的创作争妍斗丽的过程中交流融会、孳乳繁衍，逐渐形成一整套吸引广大读者的新体诗歌，这是符合事物发展的规律的，因而也是完全能够实现的。

最后谈两点意见。

一、历史的发展不容割断，文化传统，诗歌传统，也很难人为地“断裂”。因此，作新诗和研究新诗的人应该研究传统诗歌，批判地继承传统诗歌；写“旧体诗”和研究古代诗歌的人也应该研究“五四”以来的新诗，特别要关心诗歌创作的现状。

二、诗歌创作和诗歌研究当然有分工，但也不应该各自独立，分疆而治。搞创作的人搞点研究，更有利于提高创作水平；搞研究的人搞点创作，也有利于提高研究质量。而研究诗歌的专家们似乎特别应该明确研究的目的。目的之一无疑是促进诗歌创作的繁荣和发展。既然如此，那么把诗歌研究和诗歌创作结合起来，从自己的研究心得和创作体验中总结出带规律性的东西，就有助于开创一代新诗风。

诗词要把表达的需要放在第一位

刘　征

诗歌的继承和发展我说不出什么东西来，因为我就是写诗，我不大研究什么。但是我觉得现在有些例子，可用来总结我们怎么样去创新。毛主席的诗词是个例子，鲁迅的诗词是个例子，乃至南社那些人，大部分是表现当时的风物的，也还可以作例子。首先是毛主席的例子，他的诗总不能说是旧诗吧？它是完全新的东西。他利用旧的形式写新的东西，那就是新诗，所以他已经有三十多首例子了，范本了，研究研究他是怎么创新的，对我们大有好处。总结毛主席的诗词就可以看出来，刚才说的那个意思，就是他的新思想，新感情是主要的，他的诗的形式并不是主要的东西。毛主席经常有突破，他的突破是他并不是故意去创新，比如《蝶恋花》，他用韵大概至少用两个韵了吧？那么你读的时候并没有这个感觉呀。后来人指出来我才觉得是，但当时读的时候没这个感觉。那这样许不许呢，当然许了。我不是说毛主席的创新，就至矣尽矣了，不是这意思，还可以进一步去创新。他没有创出新的诗体来，新的诗体也是可以创的，但是我们第一步要做的，如果做到跟毛主席学习，也就很不错了。这个创新谈何容易啊！中国的诗词背后背的是几千年的遗产，其中是大家辈出，从这里面再创出新的来，是不容易的，很不容易。马凯同志说“求正容变”，“求正”他用得很好,"求"字用得很好,你得去"求"啊!有的同志"正"还没"求"呢,他就想"变",看起来很不像样子啊!所以还是不要浮躁,要静下心来,老老实实来写诗,用这种形式来表现你的真实的思想感情。你是新人,你是当代的人,你表现出来不会是旧的。那你把形式放在第一位,那就不行了,形式是第二位的。咱们再说"合掌"是两个句子好像有点重复,这不大好,仅此而已,但绝不是任何地方都不好。还有另外一些,像"孤平",等等,也没有什么大问题,我就跟青年同志讲,不用管那个,你就写你的诗就是了,写到一定程度你再说,哦,这不大合适,调调就是了嘛。毛主席的一首诗,说是"独有英雄驱虎豹,更无豪杰怕熊罴",这个是个重复,这个重复是加重语气,一点也不显得多余,而是必要的;"雪压冬云白絮飞,万花纷谢一时稀。高天滚滚寒流急,大地微微暖气吹",这个形象已经很低潮了,下面异峰突起——"独有英雄驱虎豹",不够,再来一句——"更无豪杰怕熊罴"。他就把那个气儿振起来了,这两句重复有什么不好呢?一定说你合掌你不能用,这就太——怎么说呢——太学究气了。这个诗人最怕学究气,不要沾这个东西。"吴宫花草埋幽径,晋代衣冠成古丘",他写的是两个时代,吴国那个样,晋朝也接着这样,这样能算重复吗?所以我不主张完全从技巧出发来说他对不对,必须看你想表达的那个"肯节儿"上要不要,那个"肯节儿"要就得用!第一个我们创新,还是找几个典范研究研究,第二个就是决不能把技巧放在第一位,就是刚才伯农说的那个,不能把规则放在第一位,一定要把表达的需要放在第一位。杜甫也有好多好多诗,突破了旧的形式啊,他似乎有一些个句子很怪,"呜呼一歌兮歌已哀,悲风为我从天来",七歌每一句都是这样子,那么他就很好嘛。好像看京戏那样,梅兰芳扮出来当然很美,那裘盛戎扮窦尔敦他也很美啊,花脸有花脸的美嘛,所以,我最不赞成这样一种从技巧出发来讲诗,四声八病,大部分是唐朝人所摒弃的,我的说法是写诗你就写,把那诗词格律大概看一看,不要犯大规则,写熟了你就觉得这样是不合适的,那样就合适的了,把你一腔所要说的话、感情,都喷出来,这样才是诗,否则倒过来呢,就不大行了。我有那么四五首词,被一位老先生看到了,他说:"你的词啊押韵都不行,我给你改一改吧!"每首词都改了一遍,结果回来一看,是,确实押韵了,但是我那词味儿好像少了点儿。我并不是说我写得好,因为现在押韵是最怪了,什么"平水韵"?现在人还搞什么"平水韵"!我们现在说话不是韵吗?声母、韵母,韵母一样的不就是押韵了吗?那么在"平水韵"以前,诗三百乃至于楚辞,还没有"平水韵"呢,它怎么办?不是照常写很好的诗吗?所以我主张用韵就用现在口语,但是这个是我一人的主张,大家愿意用哪个韵就用哪个韵。这个用韵是很复杂的事情,有些个不大习惯说普通话,你怎么办?那还有"平水韵"呢。有这个问题,既然复杂嘛,就各行其是好了。

再说一点,诗词这个东西,不是说国宝吗?是国宝中之国宝。几千年的文学史大体上被诗史占了大部分去,这是中华民族一大特色,但是现在把它复兴起来还是很有困难的。什么原因呢?就是它不够通俗。京剧才200年,但是大家觉得,哦,这是国粹。就因为它是通俗文艺,它借助于视听传达到广大群众中去。我们诗不行啊，诗在书上读得多啊，真正要让广大群众来接受那很不容易啊，所以我想，看这个《心声集》前面有几个谱子，有几首诗谱成歌曲了。所以我想我们的诗啊，还要插上音乐的翅膀，像唐朝的歌妓都会唱“黄河远上白云间”啊，唱白居易的《长恨歌》啊，它都能变成当时的流行歌曲啦，我们就没有这样，我们的诗很难进入音乐领域。我们能不能找音乐家，把律诗、绝句、五言、七言先搞出这几个，给谱一个既符合古代音律，又好听，容易学的那么一种规范的调子。唱哪一首诗都能用这个调子。比如七言律诗，我谱它三个四个，经过大家审查，觉得这样可以了，这样我要拿来我就可以唱了，我现在想唱唱不出来啊，因为我那调子大家不爱听，那么要有这样一个范本呢，有了诗词我就可以拿来唱，搞一个大家通用的几个谱子。唱律诗，平起仄起，有几个调子；唱绝句，有几个调子。这样给大家便于拿起来就唱，并不要每一首诗谱一个曲子，这样可能方便一点。现在唱起来是比较难的。唐人唱唐诗，他怎么唱，咱不知道，恐怕也是很简便的，不会是《长恨歌》都谱出来他再唱，不会是这样的；宋词它有固定的唱法了，它一个词牌就一个唱法，拿起来就可以唱。我们搞点这种简便的东西，便于青年人来接受，便于广泛地来推广。还可以大量地利用书法，诗词写成书法展览，让大家看。新诗没有这个方便，新诗前一阵也搞了一个叫“用书法写出来”，也找我来写了，我就没写，就写不出来，因为那长长短短的句子，你必须一句一行，那就难了，就一个字，你也得写一行，都连着写就不像诗了呀，所以就比较困难。咱们这个连着写也不要紧，这方面也可以推广一下，找那个大家来写一些，展览一下，这也是个推广。所以总要借助其他的艺术品种，把我们诗词推出去。还有一个想法就是，选词，选小令 100 首，诗，先选绝句 100 首，再收律诗 100 首，弄得很简便，大家可以读的，加上解说，配上图画，印出简单的本子，不要这样的书（指手里的线装书），要现代很容易翻的书，要到儿童中间去的，到一般的工作人员当中去的。这样选出 100 首明白如话的诗不难，现在这种诗很多的。选出来把它印得很讲究，配上画儿，这样一下就普及了。我们写得很好、写得很长，他就不容易读啊。咱们可以读，老百姓就不好读啊。这样一些个想法，随便一想就是了。

诗　　国

袁行霈

中国真不愧是一个诗国。中国诗歌的历史源远流长，如果从《诗经》算起，也有三千多年了。从那时以来，出现了许许多多优秀的诗人和优秀的作品，诗歌的传统从来没有中断过。

在中国，诗歌同社会生活密切地结合在一起。古代祭神要唱诗，送别要吟诗，青年男女恋爱要赠诗，在诸侯盟会的仪式上还要赋诗。“不学诗，无以言”，这句话只有在中国这样的诗国才会被大家承认。在中国，连科举考试也要考作诗，自从唐代实行以诗赋取士之后，士人几乎没有不读诗不作诗的。以上这些，都说明诗歌在中国享有特殊的地位。

然而，我要说的还不止这些。我想指出，在中国的各种文学体裁中，诗歌是最有影响力的一种，散文、小说、戏剧都有诗化的倾向。夸大一点说，中国文学简直就是诗化的文学！

散文的诗化开始得最早。对偶是汉语所特有的一种表现技巧，它造成形式的整齐和结构的对称，表现为一种建筑的美，早已成为诗歌中惯用的艺术手法了。散文的句子是散行的，本无须乎对偶，但因受了诗歌艺术的影响，也加进一些对偶句，这就是散文的骈文化。散文骈化从汉代开始，经过建安，到南朝已十分盛行。齐永明年间，周颙发现汉语有平上去入四种声调，著《四声切韵》。同时，沈约等人将四声的知识运用到诗歌创作中去，指出作诗要避免八种声韵方面的毛病，开始讲究平仄。声韵的技巧和对偶的技巧相结合，形成一种叫“永明体”的新的诗歌形式。在这个过程中，散文也加快了骈化的速度，除对偶外，又采用了声韵方面的技巧，形成不同于散文的骈文。在诗歌空前繁荣的唐代，散文的骈化十分盛行，不但叙事、抒情用骈文，议论也用骈文，就连诏令、奏议、书启等应用文，也都用骈文。中唐时期，韩愈、柳宗元发起“古文运动”，提倡文体和文学语言的革新，一度恢复了散文的地位，开创了新的文风，但到晚唐，骈文又重新抬头。北宋中叶，经过欧阳修、曾巩、王安石、苏轼等人的努力，才确立了韩柳古文的正统地位。然而，韩柳和他们之后的古文家并未完全排斥诗歌的技巧，不少文章写得节奏鲜明，音调铿锵，具有诗意。例如韩愈的《进学解》、柳宗元的“永州八记”、欧阳修的《醉翁亭记》、苏轼的《喜雨亭记》，都是诗意盎然的散文佳作。可见，散文的诗化，虽因骈文的兴起而大盛，却并没有因为古文的复兴而停止。诗歌对散文的影响一直是存在的。

中国小说向诗歌靠近，正好是在诗歌高度繁荣的唐代。唐代以前，小说只是粗陈故事梗概的“街谈巷语”，还不能算是成熟的文学创作。正是在唐代诗歌发展的高潮中，小说汲取了新的营养，成长为具有鲜明人物形象和完整故事情节的传奇。唐传奇那种秀异的意绪、瑰奇的想象、华赡的词采、清新的风格，是从哪里来的？我看，借自诗歌艺术的实在不少。唐传奇的许多作者本身就是诗人，他们以诗人的眼光观察生活，用小说的形式抒写诗情。《长恨歌传》原是配合着《长恨歌》而写成的；《李娃传》、《莺莺传》、《霍小玉传》、《柳毅传》，哪一篇不洋溢着浓郁的诗意？唐传奇不就是诗化的小说吗？

宋元以后的白话通俗小说，也同诗歌有密不可分的关系。宋代“说话”分四家，其中小说、说经、合生三家都是有说有唱，那些唱词就是诗。所以有的话本叫“诗话”，如《大唐三藏取经诗话》。“说话”中讲史这一家虽然只说不唱，但像元人刊行的《武王伐纣平话》等讲史话本中，也穿插了许多诗。至于文人创作的小说，如《红楼梦》，借助诗歌艺术的地方也是不胜枚举的。总之，即使像小说这样以故事为主干的文学体裁，也不能不融入诗歌的艺术技巧，来丰富它自己的表现力。

中国的戏剧和诗歌的关系尤其密切。中国戏剧本来就起源于民间歌舞。有人认为屈原的《九歌》，是中国古代原始的歌舞剧。唐代诗歌和音乐的高度成就，为戏剧的诞生准备了充分的条件。宋金的鼓子词和诸宫调等说唱文学，直接导致了元杂剧的产生。在组成中国戏剧的各种因素中，唱词占有十分重要的地位。中国的戏剧乃是戏曲，离开曲子就没有戏剧了。关汉卿、王实甫、白朴、马致远、高明、汤显祖、洪升、孔尚任等大剧作家，哪一位不是才华横溢的诗人？《窦娥冤》、《西厢记》、《梧桐雨》、《汉宫秋》、《琵琶记》、《牡丹亭》、《长生殿》、《桃花扇》等著名的剧作，哪一部不是华美的诗篇？

当然，诗歌对其他文学体裁的影响和渗透，并不总是那么强烈的。不同的文学体裁各有不同的特点和功能，如果诗化的程度太深，以致掩盖了它本来的特点和功能，也未必是一件好事。但不管怎么说，中国的散文、小说和戏剧的诗化，是确实存在的现象。由此似乎可以引出这样一个结论：不同的文学体裁并不是各自孤立地发展，其间的相互影响值得文学史家注意。而且，在一个时代会有一种占据主导地位的体裁，对其他体裁发生影响和渗透。这或许是一个时代的文学具有大体相近的艺术风格的原因之一。

诗要写出自己的性情

袁行霈

我小时候写旧诗，上大学时写过新诗，后来又转回来写旧诗。我的老师是林庚先生，他是学者兼诗人。听其课，仰慕其为学为人。做他的助教，也向他学习写诗。我们经常一起讨论旧诗、新诗，有时我也把自己写的诗请他指点，获益匪浅。林庚先生主张写诗要写出自己的性情，要保持对生活敏锐的感受，这可以说是写诗之三昧。林庚先生在九十岁的时候还出版了一本《空间的驰想》。他原是学物理的，后来转到中文系，他对宇宙、时间、空间有很深的思考和独特的感悟。有一次我把自己写的旧诗给他看，他说："你真应该写新诗。"林先生旧诗写得非常好，但他主张写新诗，认为新诗更便于表达现代的生活和现代人的思想感情。可惜我觉得写新诗更难，找不到新诗的节奏，不上口，也许是因为自己多年研究古代诗词的原因吧，总觉得自己的新诗滋味不够。另外，性情和感受要在大自然中陶冶，要在丰富多彩的社会生活中培养。我长期在学校生活，限于住宅、教室、图书馆，三点一线，圈子太小，对生活的感受肤浅，所以诗的题材很狭窄。唐代郑綮曾经说过"诗思在灞桥风雪中驴子上"，我现有的诗多半也是在旅行途中写的。

中国是诗国，诗词艺术源远流长，从未中断。世界上没有一个国家像中国这样重视诗歌，唐代连科举考试都要考作诗。"五四"之后，传统诗词不受重视，很可惜。近三十年又复苏起来，可见其生命力之强大。在今天推动社会主义文化大发展大繁荣的形势下，传统诗词不仅可以讴歌新的时代和生活，抒写奋发向上的情怀，还可以和世界各国华人加强联络，其作用日益重要。

《中华诗词》出版多年，现在发行到两万多册，让人很高兴。由线装书局办的《中国诗词年鉴》，是一个创举。这让我想起唐人选唐诗，唐人殷璠编选《河岳英灵集》，是由盛唐诗人自己编选当朝的作品，成为重要的文献。中华书局出版过《唐人选唐诗》十种，可见唐人对于编选当代的诗歌很重视。若干年后，《中华诗词》和《中国诗词年鉴》也可以成为重要的文献。我忝为《年鉴》的顾问感到荣幸，愿尽绵薄之力。

诗歌要在继承中创新

袁行霈

诗歌的继承与创新，是中国诗歌史上一个老话题。更早的不说，至晚在南朝梁代刘勰的《文心雕龙》中已经提出来了，他叫做"通变"或者"因革"。"通"和"因"就是继承的意思，"变"和"革"就是创新的意思。初唐的陈子昂在《修竹篇序》中反对齐梁诗风，高倡汉魏风骨。高举以复古为革新的旗帜，为此后盛唐诗歌的繁荣发展，开辟了道路。盛唐李、杜、王、孟、高、岑等人，立足于现实生活，上追诗骚、汉魏，摒弃齐梁，取得了辉煌的成就。这在杜甫的《戏为六绝句》中有明确的表示："窃攀屈宋宜方驾，恐与齐梁作后尘。"到了宋代，面临唐代盛极难继的局面，于是宋人走出一条新变之路，"以文字为诗，以才学为诗，以议论为诗"。到了明代宗唐成为主流，但毕竟因为缺少创新的力度，成就反而不如宋诗。五四以来的新诗取得不少成绩，但是未能在人民群众中扎根。其中的原因很多，我没有能力分析，其中一个原因是新诗过分地学习西方的诗歌，甚至简单地移植形式，而几乎割断了中国诗歌几千年的传统。

简单地回顾诗歌的这段历史，我们可以得出一个结论，就是诗歌要在继承中创新，继承和创新两者不可偏废。不继承就没有源头，不创新就没有活力。只有在继承中创新，才能为群众喜闻乐见，也才能体现时代特色。群众喜闻乐见，体现时代特色，这是两个最基本的要求。当前的诗歌创作，旧体也好，新体也好；文言也好，白话也好，只要朝着这个方向努力，都会实现其价值。

中国传统诗歌的形式是建立在汉语特点之上的。是多年来在人民群众传唱吟诵的基础上建立起来的。汉语是单音节语，所以才能形成四、五、七言这样整齐的句式（诗行），也才能形成对仗。汉语有四声的分别，所以才能讲究平仄。继承传统，就诗歌形式这一个方面而言，就要继承传统诗歌与汉语的特点密切结合这一优点。至于创新，主要是运用传统的形式表现新生活、新意境、新的时代气息。摒弃陈词滥调，贴近人民大众。在这方面的许多诗人包括马凯同志作了有益的尝试。我相信，通过大家的努力，会找到一条道路，把诗歌提到一个新的高度。我呼唤屈原、陶渊明、李白、杜甫、苏轼、陆游这样领一代风骚的大诗人。有人说现在不是诗的时代，我不赞成。放眼历史的长河，辛亥革命以来，特别是新中国建立以来，发生了天翻地覆的变化。时代的进步，正是酝酿伟大诗歌的机会，应该有时代的黄钟大吕。我殷切地期待着。

（节选自《在中华诗词发展与创新暨〈心声集〉出版座谈会上的发言》）

以精品推动中华诗词现代化

丁　芒

自上世纪七十年代末开始，我国进入改革开放新时期以来，迄今已达25年。中华诗词因时而兴、与时俱进，在组织建设的同时，经历了复兴、推广、深化传承、酝酿并尝试初步改革种种艰巨的努力，成效非常惊人。我认为经过这么长期的自我振拔、自我完善并且同时产生了改革的萌芽，说明量变因素充分发育，渐趋完备，已经到达质变的临界点。可以说从2005年开始，中华诗词的发展一跃而进入第二历史阶段，也即进入了新的“质”，开始了新质下的量变时期。我把当代诗词发展史的两个阶段划分界线，定于2005年，是因为精品问题的提出和如下事实的启示。

2004年岁末中华诗词学会提出精品战略后，《中华诗词》2005年第三期发表了卷首语《让曲与诗词并茂》。我认为这是对当代诗词改革发展的开山辟路的引导，是对当代诗人振聋发聩的一声呐喊，读之令人振奋不已。山西省诗词协会于2004年建立了散曲研究会，并出版了《当代散曲》期刊，以提倡散曲乃至自由曲的创作与研究。这是全国第一个把曲提到诗词改革、向现代化进军的第一座桥梁的高度来认定的组织和刊物。这种认定，给《中华诗词》编辑部关于诗词发展趋势的观点以莫大的支持，才产生了上述指导全局的卷首语来。

更巧的是中国诗坛另一龙头刊物、以发表新诗为主的《诗刊》，于四月号旧体诗栏目刊出的本期聚焦，就是我的散曲和自由曲，并公布了作者对中华诗词向现代化方向改革前进的预期，以及散曲是第一桥梁，自由曲是路标的见解。同期《诗刊》还集中发表了顾浩同志的五首自度词，索性删去其自定的词牌，并和新诗一样分行排列。这在新诗界来说，实属空前的举措。

两个龙头刊物不约而同的动作，绝非偶然，起码说明了以下几点：

1. 注目于中国诗歌整体的发展，而不再是新旧体诗相互对立、各自为阵了。

2. 新旧诗互融互补乃至接轨，产生新体诗歌，是中国诗歌健康发展的最理想的路线，因此，当前全国诗的刊物，从上到下，无论新旧，几乎一致地接纳了对方，连以发表先锋诗为主的新诗刊物也刊出了旧体诗。在十年前这是难以想象的事。

3. 都从利于推动诗歌、尤其是旧体诗向新诗靠拢、向现代化前进的角度，肯定曲的实用价值。

4. 对新旧诗互融互补产生的中间体——新体诗歌，都采取了关注、扶持的态度。《中华诗词》早就设有专栏，《贵州诗词》等地方刊物还大量刊登。《诗刊》更前进一步，在编排上把新体诗词与新诗同等对待。

见微知著，两大龙头刊物看似偶然巧合，实质上透露了诗坛重大的动向。就中华诗词来说，说成是复兴以来，向第二阶段跃进的信号，也未尝不可。从深层次回顾一下旧体诗坛是怎么走过来的，是很有教益的事。

一、25年来旧体诗坛的主流思潮是：偏重继承，拒绝借鉴，忽视甚至反对创新，把诗词看成孤立的、定型的、封闭的一个古典模型，说什么："律绝古风、词牌曲谱，够你写的了，还要创什么新体?"因此，眼光内向，泥古保守之风一直居于主导地位，至于所谓改革，大多停留在格律、用韵等的微调层面上。纵使改革创新的呼声和行为，自上世纪八十年代就已开始，但始终遭受漠视、冷遇和遏制，无法推广和发展。事物无不处于运动中，矛盾的一方总要向对方转移。上述状态也不能不受自然规律的支配，按照辩证法则发展变化，终于由量变发展到质变的临界点。

二、从中国诗歌应具的品位或者说发展的标准——民族化、大众化、现代化来看，民族化是旧体诗词的本质性优长，正因为他符合民族诗审美惯性，所以能被废黜多年顿然复兴，并成为当代主流诗体之一。但这一优长恰又蒙蔽了诗人的时代意识和发展观念，因而保守者多，以古人作品为不可逾越的标高者多，趋古之风太盛。就拿曲来说，"诗庄词媚曲谐"的传统观念被明清时代强化至今，一直笼罩着当代诗词，究其观念深处，就是根本看不到诗词必须大众化、现代化。因而也就看不到散曲体式的自由度与语言的口语化等种种直接有利于现代化（大众化其实应包括在现代化的内涵之中）的特色，跟着明七子亦步亦趋。随着时间推移，这种状况同样在发展变化，这才出现了以提倡曲创作为突破口的促使诗词转向大众化、现代化方向迈进的上述行为表现。这显然表示了：这正是当代诗词发展到质变的新阶段的前奏。

三、从量和质的发展状况来看，25年来中华诗词发展的总体趋向，相对而言是重量不重质，即重数量的发展、扩大，而比较放松对质的提高方面的努力。这虽是符合诗词复兴时期的需要，也合乎事物发展的普遍规律，但我们的自觉性太差：只满足于诗词组织的增多、诗人覆盖面广、题材面涉及广阔、进入大中小学校园、诗词刊物遍及城乡等等量的卓有成效的迅速扩展，满足于这种种轰轰烈烈的表面繁荣，甚至以此自诩，自缚手脚，相对忽视质的相应的提高，就必然造成量多质差的畸形发展状态。直到 2004 年，这种反差状态愈益明显，才提出了精品战略问题。精品问题的提出，虽然切中时弊，是对过去重量轻质后果的补救，虽为时稍晚，却也是必然和必要的提醒。谓之战略措施，尚觉未能到位，起码在方向性上还是模糊的。“精品”是个定位模糊的概念。例如唐诗有精品，写到唐诗那样水平的作品，是否就是我们这时代的精品呢？旧体诗坛恐怕有不少人就是这么认识的。我认为《中华诗词》提出倡扬曲创作的问题，起码在方向性上对“精品战略”作了实质性的补充和阐释，它暗示了走大众化现代化的发展道路，这也应是时代精品的主要衡量标准。

以上是我对中华诗词 25 年来发展状况的概观，和对两刊同时倡扬曲创作这一现象的透视和较深层次的思索，大胆有余，错谬甚多，无非一家之言、献芹之议，供大家参考。摆在我们面前的任务是：在认定改革开放后中华诗词的发展已进入第二阶段（即向现代化迈进的新阶段），我们应如何站在队伍前列，写出精品，推动诗词阔步前进，推动新体诗歌的诞生、完善，使中国的诗歌总体，在新世纪能摆脱上世纪的混乱，顺利健康地发展。

写出精品，这是时代的需要、人民的希望，也是诗人自己人生价值的追求。什么才算精品？怎样写出精品？除了对上述大方向的认定、遵循、努力实践外，除了完善人格、素养等基质性条件外，就是艺术技法的娴习运用。

最近我为一本大赛获奖作品的评论集写序，为了不再重复论集诸文中已经阐明的艺术观念以及引用的例证，我就作了一次艺术手法上的更为集中、升华，更便于人们运用的概括，叫作十个方面的“不如”。我在《当代诗词学》一书中，曾概括了诗词创作中的“十大关系”（古与今、同与异、气与势、直与曲、理与情、深与浅、虚与实、典型与特殊、文与质、律与散），多重于艺术观念上的辩证论点，而此“十大不如”，则侧重于艺术手法。一切素质、学养、观念、风格等等问题，无疑都很重要，但最终都要能运用到写作实践中去。正如战士的硬功夫，要落实到“刺刀见红”上，足球健将的硬功夫，最终要落实到“临门一脚”。这“十大不如”，我想对怎样创作出精品诗词，也许有点参考价值：

一、着眼（立意）：小不如大；着手（表现）：大不如小。主题立意，当然社会价值越高越好，因此，诗人必须站在时代的制高点上，俯视世象，站在人民大众的立场上为正义立言，不要只知书写个人“心中的奥秘”。但拙劣的诗人写高视角、大题材，易流于概念化、公众化、政治化，所以在表现手法上，要从小处、实处、具体具象处着手，越是“小中见大”，便越能发挥诗的形象感染功能，越能启动人们的联想能力。

二、思路：同不如异（趋同不如立异），套不如创（熟套不如创新）。面对一个题材，怎样去写？千万不要魂游古今、瞻前顾后，专找别人的足迹去踩。要丢开一切记忆，自己向茫茫荒野中去趟出一条路来。鲁迅说，路是人走出来的！这话对当代诗坛，针对性太强了。

三、抒情主体：众不如个（力避公众化，力求个性化），外不如内（力避浅层次的共性感情的重复，力求内在的真切的感情外溢）。诗和小说、戏剧不同，一首诗，其抒情主体就是诗人本身。诗人是时代的、人民大众的代言人。这是指诗人的立场、观点，应站在时代的前列，代表人民大众的利益。但在写诗时，仍需充分投入个性，而不能以公众化的共性感情，来置换诗人抒情主体的地位。

四、诗意传达：显不如隐，直不如曲（力避直道其详，力求曲折、暗示）。民歌民谣是诗人汲取不尽的源泉，但诗歌艺术的高峰作品，却是文人诗。诗史，是以文人诗为标志的历史。文人诗不满足于明白晓畅，直抒胸臆，而需要更高境界、更多诗意、更具艺术魅力。

五、建构意象：状不如喻（正面描写不如多面映照；直状景物，不如托物比喻）。

六、结构意象（众多意象的有序链接）：密不如松。意象过密，尤其是长调诗词，形成意象堆叠、组构无序，反无助于传达。意象密集，是六朝骈文的遗风。绮靡不足珍，古人已加警惕。我们现在何必继承这种惰性传统呢？新诗中的朦胧诗，好处是意象新鲜，但往往也因意象过密，而又结构无序，造成朦胧费解。

七、章法（全诗的内结构）：平不如险。力避平铺直叙，力争波澜起伏，忽出奇思险象，出人意外，常得突兀奇峭的效果，全诗整体也就有了波澜起伏之致。我曾以打排球来比喻诗的内结构，以绝句作例：一、二句如一传手接球，第三句如二传手托球、配球，第四句如主攻手，一锤定功。所以第三句特别重要。

八、锻炼尾句：实不如虚。许多好诗，大多尾句特别警出。如“抓把春风也发芽”，形容大好时代的农业。本太虚玄，却是极佳尾句，新颖、感情外射张力强，因而感觉超常。另外，“虚”，给读者留下想象空间很广阔，亦一重要原因。把话说尽，就不是诗了。尾句一虚，全诗皆活。

九、格调：正不如反，只要主题思想正确，何妨正话反说，反话正说。聂绀弩的《北荒草》中许多名篇，莫不如此。正不如反，还包括：直不如曲，常不如奇，明不如暗（暗示），颂不如刺，刺不如幽（幽默）。我一向主张，写诗不必“一本正经”，幽默奇峭，效果更好。当代正面歌颂的诗太多了，总体格调一致，不但反映了诗人们的心态不正常，而且能产生夸饰、作秀之感。这种惯性，来自民族性、社会性的深处，非一时能扭转过来，也就成了当代诗坛的痼疾。诗人如果不医好这个心病，思想不自由，灵魂受禁锢，甚至还以此去敲打别人，以其“自封”来封杀他人，这样的人能写出精品来吗？

十、语言：雅不如俗。把文言说成雅言，口语说成俚俗，是观念上的错位，这与当代新文学界以趋向粗野、下流（所谓“下半身写作”、“狗日的小说”等）为时尚恰恰相反。当代诗词理应使用当代口语，且应“一以贯之”为“语轴”，何必硬要翻译成文言来写？语轴者不但指语汇，连语序、语势、语气、语流，都应当口语化也。

以上十项“不如”，实即当代诗词创

作艺术中的十个“矛盾的统一”。“不如”者，并不是绝对否定前者、肯定后者，只是比较而言，只是导向而已，都是当代诗词创作艺术中所亟须解决的普遍问题。如果在创作实践中逐步把这些问题，解决得多，解决得好，更多精品的出现，也许就不会是遥远的事了。

意境论

丁芒

诗是人生意义提纯、集萃的表现，又是审美想象的凝结与发挥。人生印象即人们对生命现象的观察，人生感受即人们对生命意义的体悟，两者结合，形成客观世界与主观把握的相融相映、互动互进，从而形成诗歌的意象。这种人生体验（生命原力）和审美认知趋向的结体，就是具有稳定、广泛、持久的美学效率的艺术形象——情感意象。现代思维科学认为思维有三个层次：线形的抽象思维，面形的形象思维，立体的意象思维。意象思维是达到悟性高度的更具隐性的思维，意象就是赋有比较稳定的思想意识内涵的形象。

那么什么是“意境”呢？“意象”与“意境”的定义有别吗？《辞海》中没有“意象”条目，先抄录“意境”条目全文：“文艺作品中所描绘的生活图景和表现的思想感情融合一致而形成的一种艺术境界，能使读者通过想象和联想，如身入其境，在思想感情上受到感染。中国古代文学批评家常以意境的高下，来衡鉴作品的成败；但往往由于过分强调作者个人的主观感受，流于玄秘，造成脱离现实的倾向。优秀的文学艺术，往往能使情与景、意与境交融在一起，塑造鲜明生动的艺术形象，产生强烈的感染力。”由此可知“意境”与“意象”在其本源意义上并无二致，都是客观世界的生活图景与主观世界的思想感情的融合。西诗强调意象，我国历来强调意境，现代我们日常说惯了、用惯了，也就不觉得它们之间有多大的差别。

《中华诗词》2008年11月号发表了我的《抒情建构论》之后，主编杨金亭兄在玉溪笔会期间，又给我出了个题目，要我进一步研究“意境”问题，这才引起我探究的欲望。翻阅了一些中国古典诗学论著及当代学者如李元洛、朱寿桐等的有关著作，结合自己的创作实践，作了一番探讨。我不想重复罗列意境说的发展历史，只作意境本体的研究。为避免空泛，乃举自己的一首诗作为例，非以自诩，亲身体悟，更利于阐明自己的观点。例诗《长城颂》：

群山锁起供磨刀，砺我中华剑气豪。
枕畔千年风雨夜，城头十万马萧萧。

一、意境是诗人对客观世界所作深度思维所达到的最高境界。

一般说人的悟性思维有四大“元素”（李元洛语），即生活、时代、民族、个性。诗人从这四个方面的体验中，升华其宇宙观、道德观、价值观、归属感、责任感等，从而综合成他比较稳定的思想意识和审美准则。当他面临一个题材，不管是家国大事、个人祸福，还是风花雪月、山水虫鱼，这四个方面也就成了他升华诗意的四大向度，无不想在这样的高度上建构其鲜明生动的艺术形象，以产生强烈的感染力。

我是看了电视剧《大刀》深受感动，即兴写此《长城颂》的。长城这题材好大！古今写长城的诗好多！全球会唱"把我们的血肉筑成我们新的长城"的人达几十亿！现在28个字的小瓶里注入这个汪洋大海，谈何容易！但又不能捡现成、谈套话，没有独特新颖的构思，以传达众所周知的高迈的意境，根本不必写。但是，我军在喜峰口挥起大刀痛砍日寇的场景，老是在我眼前脑际萦绕，泪水催促我，我实在想写。终于找到突破口：这锋利的大刀不正是中华民族卫国抗敌精神的象征吗？这长城不正是我们民族精神的"磨刀石"吗？这样延伸一想，主体意象找到了，放射出来的刀光剑影所代表的民族气节、奋斗精神，如水夺壑，奔注我的笔尖。在我眼前脑际浮现的是卫国壮士踏城磨刀的巨大艺术形象，霍霍之声盈耳，慷慨激越之气冲天。这大概就是诗的意境初步形成了吧？

二、意境是全诗思想感情的制高点，统率全诗的意象建构、内包外延，聚焦于此。

锁起群山为城，壮士踏城磨刀，虚拟的实象，其象征性涵盖的范畴，大至整个中华民族、神州大地，长至几千年历史。光凭一个主体意象微觉单薄，磅薄大气的意境是支撑不住的。但只有两句的余地了，诗的算术概念不同一般，少即是多，以少胜多。如何建构典型意象、民族壮慨，以支撑、丰富对全诗意境的"造势"？于是视线突然扫向广袤的时空，中华民族人民大众、志士仁人，千年来都是心系家国安危，寝食难安，因而长城上从来都是奔腾着千百万的卫国壮士、民族英雄。这两个分支意象向全诗主体意象一聚焦，便无限扩大了、丰富了、凸显了壮士踏城磨刀的意境内涵。可以说，诗的意境构思，给全诗的意象建构，提供了想象的线索、方向、范围；意境是全诗众多意象的总和、融合、升华，它体现了全诗的综合美。

三、意境是悟性思维的产物，虽与全诗写作过程相伴终始，本身却是一片"空中楼阁"。

李泽厚认为意境是"生活形象的客观反映方面和艺术家情思理想的主观方面……这两方面有机统一中所反映出来的客观生活的本质真实"。"境和意本身又是两对范畴的统一，境是形与神的统一，意是情与理的统一。……艺术的意境是形神情理的统一。"李元洛认为意境"作为丰富的美学想象的产物，它具有直接性与间接性的特点"。直接性，就是作者通过作为艺术媒介的语言所创造的意境，又可称为实的意境。间接性是指源于作品而活跃在读者的联想和想象之中，进行了再创造的美学境界。因此，"艺术家的全部技巧，就是引起读者审美再创造的刺激物"（克罗齐语）。诗人创造的意境，只有经过读者的发现、补充和再创造，才终于完成。

可见，作者的意境创造，与读者对同一诗的意境再创造，是相互逆反的过程。诗人从实到虚，从建构若干意象的基础上，融合升华，创造意境彩虹云霞，并留出虚白：读者则从虚到实，从意境的云霞中，从虚白的迷离惝恍中，在原诗若干原始意象的基础上，生发更多的想象与联想。《长城颂》示形（语言）于外的不过是壮士踏城磨刀、人民忧国艰危、英雄慷慨赴战的三个实景，在此基础上融合升腾出意境的云霞，隐隐浮现于上空。读者正是在这迷离惝恍中去解读、体悟、创造，从原始意象中发掘更多的实景补充，释放更多的情思。如从“枕畔千年风雨夜”，会想到鸡鸣起舞、枕戈待旦；从“城头十万马萧萧”，会想到戚继光、佟麟阁、赵登禹……意境之虚正是为了启发再创造，只有再创造，才能更完美地传达诗意境的高纯境界。

四、警惕意境的普泛化、共性化、定格化趋向，提倡新颖化、个性化、灵性化。

创造诗的意境，是较之单个意象思维更为高级的悟性思维运作，因此它仍具有悟性思维的一些特点：①抽象化，表现在“意”的理念成分的强化；②共性化，表现在“境”的实景成分的个性淡化；③普泛化，表现在意境的象征性方面的定格化。一写人生，就是叹老嗟贫的哀怨，或故作闲云野鹤的旷达；一写时代，就是莺歌燕舞的颂扬，或红旗东风的膜拜；一写民族，就是金戈铁马的奋斗，接轨西方的愿景；一写个人品格，就是谦谦君子的风采，匡扶社稷的高才。如此等等。

思维越抽象，涵盖面就愈广，趋同率就愈高，模糊性就越大。加之人们反复运用，更使之定格化了。“风萧萧兮易水寒”成了壮士慷慨赴义的定格意境；“鸡声茅店月，人迹板桥霜”以及“古道西风瘦马……”成了羁旅之思的定格意境；仰观月影，因李白一首诗，就成了古今思乡怀友的定格意境。在这种思维运作下，意境的艺术光彩越趋暗淡，读者怎么也逃不出这个圈套。想象力、联想力怎么激发得起来？诗的意境不佳，诗就难称上乘。

抽象化妨碍思想自由，共性化妨碍个性独创，普泛化妨碍灵性飚发。但抽象化、共性化、普泛化，是意境建构中必然出现的现象，甚至在某些方面来说还是它的优点。当然，它的缺点，对当代诗坛的负面影响，也是显而易见的。当代精品稀缺，除其他种种原因外，没有重视意境建构、甚至不知意境为何物，恐怕是主要原因之一。我们一方面应该承认上述“三化”现象的客观存在和一定程度合规律性，一方面更应该警惕它的缺点，努力创造新颖的、独创的、直标性灵的意境。

诗为心声，而“人心之不同，各如其面”，加之意境是人们悟性思维的深度结晶，矛头直达诗人的宇宙观、价值观、道德观、审美观等等意识形态的最高层面。因政治、社会、阅历、素养种种因素，诗人写诗的时候，瞻前顾后，疑虑重重，因而谨小慎微，只拣前人大人的脚印去踩，只学好话套话去说。在这种精神状态之下写出来的诗，所表达的意境高下，可想而知。而有人还自诩其意境正确、高明，真如痴人说梦。

意境的生成基础在于诗本身的意象群，尤其要注意主干意象的构建。要在新创化、个性化、性灵化思维的指引下，去建构意象群。当然首先确定主干、核心意象。写长城的诗很多，还没有见到比作磨刀石的，这是新创的意象。磨砺中华民族爱国御侮精神的主干意象，才能派生出后两句的分支意象。在这样的意象群基础上升华的意境，自然就独具生发读者更多更新颖的想象与联想之余地了。新颖化，不是随手撷下的鲜葡萄，而是诗人的阅历学养等高层意识形态综合的升华与触发，是个性与灵性的集中表现。很难想象一个从不肯讲真话的人，心中只知为自己名利得失打小算盘的人，写诗只是为了打扮自己的人，也就是说，连自己的生存境界都不那么纯洁高尚的人，能写出新颖的、个性鲜亮、灵性摇漾的高迈意境的诗来。

对王国维“境界”说的几点理解

时 新

王国维的“境界”说，是他提出的一个重要的词学理论。王国维在《人间词话》中认为：“词以境界为最上。”词的写作有“造境”与“写境”的不同。词有“有我之境”与“无我之境”的区别。并将有无境界作为评价词作的一种标准。

一、造境与写境

“有造境，有写境，此‘理想’与‘写实’二派之所由分。然二者颇难分别，因大诗人所造之境，必合乎自然，所写之境亦必邻于理想故也。”造境，即是通过艺术创造，缔造文学的艺术之境；写境，就是写自然的实在之境，但也离不开诗人的情景之感。

写境是指对词中所写之境的现实时空关系的直接写照。如白居易《长相思》：“汴水流，泗水流，流到瓜洲古渡头，吴山点点愁。　思悠悠，恨悠悠，恨到归时方始休，月明人倚楼。”就里主要是写境，写一位女子倚楼怀人。在朦胧的月色下，眺望远方。由汴水而泗水，由泗水而江水，前三句连用三个“流”字，写出了水的蜿蜒曲折。同时，心逐流波，也写心的哀婉曲折，愈行愈远，直到天末吴山，仍是青痕点点，恰似愁颜。由近而远的空间展开，和由此时起而到无限期远的时间等待，形成了这首词的基本的时空结构。这种对实境的实写，真切地反映出了女子缠绵的情感。作者以“恨”写“爱”，下面用两个“悠悠”，写出了不尽的愁思。恨之无尽，实际是爱之不绝。唯有爱人归来之时，此恨方休，而其爱仍将不绝！

而造境，则是对于现实时空关系在词中的艺术再创造。它在词中所描述的时空关系，并不完全与现实时空关系相一致，但一定是以现实时空关系为基础的。如：李煜《虞美人》：“春花秋月何时了，往事知多少？小楼昨夜又东风，故国不堪回首月明中。　雕栏玉砌应犹在，只是朱颜改。问君能有几多愁？恰似一江春水向东流。”开宝八年十一月二十七日（976 年 1 月 1 日），宋军攻陷金陵，李煜被俘，南唐亡。977 年七夕写了这首词，作者造境于想象。“故国不堪回首月明中”，即月明之夜，故国何在？在作者心中，想象那“雕栏玉砌应犹在，只是朱颜改”。应犹在，并不一定在，也许已经毁坏。但作者却认为它会依然在。作者在此造了一个南唐宫殿中的七夕之境。而所造之境，与当时作者现实之境大相径庭。因而是不同时空条件下的情景比较，或者说是现实时空环境与词人主观时空环境的比较。而这种比较，更使作者悲凉，遂有“问君能有几多愁？恰似一江春水向东流”之感。

王国维提出写境与造境之别，足见其对于自然的客观时空与主观的艺术时空之间区别与联系的认识之深刻。王国维虽然谈到了写境与造境的区别，但他肯定，不论写境或是造境，都必须合乎自然，必须遵从自然之法则，也就是要以自然的时空法则为依据。虽然，在文学或美术作品中，会遗弃自然之物的一些规定性，但是不会离开时空这一基本的规定。

二、有我之境与无我之境

“有有我之境，有无我之境。‘泪眼问花花不语，乱红飞过秋千去’、‘可堪孤馆闭春寒，杜鹃声里斜阳暮’，有我之境也。‘采菊东篱下，悠然见南山’、‘寒波澹澹起，白鸟悠悠下’，无我之境也。有我之境，以我观物，故物皆著我之色彩。无我之境，以物观物，故不知何者为我，何者为物。古人为词，写有我之境者为多。然未始不能写无我之境，此在豪杰之士能自树立耳”。“无我之境，人惟于静中得之。有我之境，于由动之静时得之。”

有我之境，即是以主观之时空观照客观之时空。“泪眼问花花不语，乱红飞过秋千去”，语出欧阳修《蝶恋花》：“庭院深深深几许，杨柳堆烟，帘幕无重数。玉勒雕鞍游冶处，楼高不见章台路。

雨横风狂三月暮，门掩黄昏，无计留春住。泪眼问花花不语，乱红飞过秋千去。”花之形象从我眼观之，飞过隔壁秋千而去，亦是我眼中之景。此皆以主观时空为参照系，故言以我观物，物皆著我色彩。花何尝会语，乃词人无语也。“有我之境，于由动之静时得之”，客观时空中的动态，凝固在主观时空之中，成为一种情感代码。在雨横风狂中的不语之花，在飘红中荡漾之秋千，此时，皆体现了诗人心中不尽之愁思。

无我之境，则是以客观时空为参照系的。“采菊东篱下，悠然见南山”，我之采菊以及见南山之行为，皆是在结庐之人境，虽将自己置于这闹市之中，却能“心远地自偏”，是在人境这闹市之中的我的时空感受。虽然在闹市，却如在偏远之地。可见诗人是以客观时空为参照系的。正因其如此，方能显出诗人之心境——欲辨已忘言，有境而无我矣！“以物观物，故不知何者为我，何者为物”，“无我之境，人惟于静中得之”，诗人心中静穆，皆止于市井之闹、车马之喧中，故而有客观之境，而无我矣。

“诗人必有轻视外物之意，故能以奴仆命风月。又必有重视外物之意，故能与花草共忧乐。”轻视外物，则是以主观时空观照客观时空；重视外物，则是在客观时空中，抒写主观时空。“红杏枝头春意闹’，着一‘闹’字而境界全出；‘云破月来花弄影’，着一‘弄’字而境界全出矣。”闹与弄，皆是在一定时空中的动作，而且是诗者能动之所在。可见，境界之出，全在于主客观时空中的能动。离开了这种能动，即难出境界矣。

三、隔与不隔

“问‘隔’与‘不隔’之别，曰：陶、谢之诗不隔，延年则稍隔矣；东坡之诗不隔，山谷则稍隔矣。‘池塘生春草’，‘空梁落燕泥’等二句，妙处唯在不隔。词亦如是。即以一人词论，如欧阳公《少年游·咏春草》上半阕云：‘阑干十二独凭春，晴碧远连云。二月三月，千里万里，行色苦愁人。’语语都在目前，便是不隔。至云‘谢家池上，江淹浦畔’，则隔矣。白石《翠楼吟》：‘此地，宜有词仙，拥素云黄鹤，与君游戏。玉梯凝望久，叹芳草萋萋千里。’便是不隔。至‘酒祓清愁，花消英气’，则隔矣。然南宋词虽不隔处，比之前人，自有浅深厚薄之别。”

这里的隔与不隔之别，即在于能否将主观时空与客观时空相协调，相统一。“池塘生春草”，“空梁落燕泥”，既是客观之发展与变化，又是诗人之所能见到的；“阑干十二独凭春，晴碧远连云。二月三月，千里万里，行色苦愁人。”亦是如此。

欧阳修《少年游》借咏春草而赋别，抒写离别相思之情：“阑干十二独凭春。晴碧远连云。千里万里，二月三月，行色苦愁人。谢家池上，江淹浦畔，吟魄与离魂。那堪疏雨滴黄昏。更特地，忆王孙。”上阕“语语都在目前，便是不隔”，是将现实时空转换为诗人的主观时空时，情景再现。而其中“谢家池上，江淹浦畔”，前一句源于谢灵运的《登池上楼》“池塘生春草，园柳变鸣禽”句，“谢家池上”指的是春草；后一句源于江淹《别赋》句：“春草碧色，春水渌波，送君南浦，伤如之何!”“江淹浦畔”指的也是春草。但是，这里在时空转换上出现了断层，客观的春草并没有直接转换为诗人词中的艺术形象。所以就隔了。隔与不隔的问题就是主观时空与现实时空是否统一的问题。

“‘生年不满百，常怀千岁忧。昼短苦夜长，何不秉烛游。’‘服食求神仙，多为药所误。不如饮美酒，被服纨与素。”写情如此，方为不隔。‘采菊东篱下，悠然见南山。山气日夕佳，飞鸟相与还。’‘天似穹庐，笼盖四野。天苍苍，野茫茫，风吹草低见牛羊。’写景如此，方为不隔。”此几处，之所以不隔，就在于将主观时空与客观时空相统一了。王国维认为，“境非独谓景物也，喜怒哀乐亦人心中之一境界。故能写真景物真感情者，谓之有境界。否则谓之无境界。”喜怒哀乐是人生道路上的情感变化，亦是带有时空规定性的。如果能真切地反映这种时空规定性，即是有境界，否则即是无境界。“‘生年不满百，常怀千岁忧。昼短苦夜长，何不秉烛游。’‘服食求神仙，多为药所误。不如饮美酒，被服纨与素。’”虽然思想近乎消极，但却是真切的，写出了人生时空中的喜怒哀乐，所以他说“写情如此，方为不隔”。至于写景，则比较清楚了。

隔与不隔的问题，还不止是作者的主观时空规定是否与客观时空相一致的问题，还有一个作者与读者的时空感觉是否相通的问题。如果作者的时空感觉不能正确地传达给读者，使读者没有形成同样的时空感悟，那就还是隔的。所以王国维强调“故能写真景物真感情者，谓之有境界。否则谓之无境界”。因为，只有真景物真感情，才会使作者与读者相沟通，有共同的感受和感悟。

不隔的最终效果是使读者能感悟到词中的“言外之味，弦外之响”。他批评姜白石：“古今词人格调之高，无如白石。惜不于意境上用力，故觉无言外之味，弦外之响，终不能与第一流之作者也。”词，可以成为美文，但须有境界，而不能仅有形式语言之美，而无境界、情感之美。要做到有“言外之味，弦外之响”，必须遵循时空规定。就是说，词中所写，要遵循和符合客观时空的发展规则，能使读者也循此而前进，去思考和体悟作者的思想情感，从而领悟出作者的“言外之味，弦外之响”。这样的作品才是不隔的有境界的好作品。

四、境界之大小

“境界有大小，不以是而分优劣。‘细雨鱼儿出，微风燕子斜’，何遽不若‘落日照大旗，马鸣风萧萧’？‘宝帘闲挂小银钩’，何遽不若‘雾失楼台，月迷津渡’也？”

“细雨鱼儿出，微风燕子斜。”语出杜甫的《水槛遣兴》：“去郭轩楹敞，无村眺望赊。澄江平少岸，幽树晚多花。细雨鱼儿出，微风燕子斜。城中十万户，此地两三家。”“落日照大旗，马鸣风萧萧”是出自杜甫的《出塞五首》（其二）：“朝进东门营，暮上河阳桥。落日照大旗，马鸣风萧萧。平沙列万幕，部伍各见招。中天悬明月，令严夜寂寥。悲笳数声动，壮士惨不骄。借问大将谁，恐是霍嫖姚。”二者所描叙之境界虽有大小之差别，前者细微，而后者宏大，但是，却无优劣的区别。写大情境者并不一定优于写小情境者。

同样，“宝帘闲挂小银钩”语出秦观《浣溪沙》：“漠漠轻寒上小楼，晓阴无赖似穷秋。淡烟流水画屏幽。　　自在飞花轻似梦，无边丝雨细如愁，宝帘闲挂小银钩。”“雾失楼台，月迷津渡。”语出秦观的《踏莎行》：“雾失楼台，月迷津渡。桃源望断无寻处。可堪孤馆闭春寒，杜鹃声里斜阳暮。　　驿寄梅花，鱼传尺素，砌成此恨无重数。郴江幸自绕郴山，为谁流下潇湘去？”“宝帘闲挂小银钩”，虽然写的是小境界，但却真切而清晰。“雾失楼台，月迷津渡”，则写的是另一番境界，宏大而浑成。

境界之大小，盖出于所写物象的时空尺度。时空尺度大者，即大境界；时空尺度小者，即小境界。然而，这一大小之别，并非境界优劣之别。只要能确切地将自然物象的时空规定，真切而深刻地转换为词的艺术时空者，即是好的境界。

境界虽无优劣之分，却是有深浅之别的。1910年王国维在《清真先生遗事》中说：“一切境界，无不为诗人设，世无诗人，即无此种境界。夫境界之呈于吾心，而见于外物者，皆须臾之物，惟诗人能以此须臾之物，镌诸不朽之文字，使读者自得之，遂觉诗人之言，字字为我心中所欲言，而又非我之所能自言。此大诗人之秘妙也。境界有二：有诗人之境界，有常人之境界。诗人之境界，惟诗人能感之，而能写之，故读其诗者，亦高举远慕，有遗世之意，而亦有得有不得。且得之者各有深浅焉。若夫悲欢离合，羁旅行役之感，常人皆能感之，而惟诗人能写之。故其入于人者至深，而行于世也尤广。”诗人之境界，即在于其感悟的深刻；常人之境界，则是直观与浅显。所以，只有在经过诗人深刻思考而得以感悟时，其境界才能传之广阔与久远。

五、境阔与言长

“词之为体，要眇宜修。能言诗之所不能言，而不能尽言诗之所能言。诗之境阔，词之言长。”“‘明月照积雪’，‘大江流日夜’，‘中天悬明月’，‘黄河落日圆’，此种境界，可谓千古壮观。求之于词，唯纳兰容若塞上之作，如《长相思》之‘夜深千帐灯’、《如梦令》之‘万帐穹庐人醉，星影摇摇欲坠’差近之。”

诗之境阔，是指诗往往注重于大尺度上时空规定的情景。“明月照积雪”，“大江流日夜”，“中天悬明月”，“黄河落日圆”，此种境界所以壮观，即在于它写出了大的客观时空环境，以及作者雄阔的主观时空观。纳兰容若的“夜深千帐灯”、《如梦令》之“万帐穹庐人醉，星影摇摇欲坠”亦是如此。诗之境阔，还因为诗中所写，常常是一些时空断面，跳跃性大，其重点并不在表现时空连续性上。

词之言长，是指词更多注重于时空的连续性描述。在词中，常常是遵循着一定的时空规则来推进的，已经对于时空的演进路径、变化规则、推进节奏等都作了规范和限制。当读者进入这一阅读程序之后，就会循此而前进，引出更多的联想和认识。因此，常有言长而意更长之作。王国维所推崇的李后主、辛弃疾等人的作品，即是如此。如辛弃疾《菩萨蛮》：“郁孤台下清江水，中间多少行人泪。西北望长安，可怜无数山。

青山遮不住，毕竟东流去。江晚正愁余，山深闻鹧鸪。”在江西向西北遥望长安，有无数青山阻隔；而清江之水却东流入海。空间上的阻隔，和空间反方向的延展，时间的不息流逝，这样的时空运行格局，使词中所表现的情绪就是十分低沉和迷茫痛苦的。所以，当在傍晚听到鹧鸪声时，就会引起人们无限的惆怅和余想。词中所给予人的时空运行惯性，正是词之言长的原因。

王国维境界说深宏精微，本文仅就其一点而言，自然会有不当之处，敬请批评。

格律从意　境界至尊

——破译近体诗格律的密码

毕振东

能否为近体诗松绑，少些束缚多些宽松，少些管制多些自由？一直是当代诗人渴望得到的密码。其实，这一密码早为先人破译，只是有些诗人尚未通晓而已。如果你能全面地研讨近体诗的句律、韵律、声律、联律“四美”程式所形成的稳定而又多变的艺术法则，不难发现近体诗，格律从意，境界至尊，正格与变格并存，正体与变体同在，格律与“但书”互补。也就是说，只有知正通变，方能宜正则正，宜变则变，摆脱约束，赢得自由，倾心抒写心中之意。

一、变韵从意。即因韵抑意，采取邻韵入诗，变同韵相押为邻韵相押，依然具有循环往复的音韵美。

实际，唐初即有邻韵相押之说。公元 601 年，隋陆法言《切韵》问世，收录 12000 字，隶分 193 韵。以河南洛阳一带语音为共同语，兼取金陵、邺城等地个别音类，把同音字聚集一起，采用反切读音，以平上去入分卷，平分二卷，上去入各一卷，一共五卷。据唐封演《封氏闻见记》记载："唐初礼部尚书许敬宗上书皇帝，奏请合而用之。"据查，《切韵》平声54韵，只有10韵属"独用"，其余44韵均属"同用"，允许邻韵相押。直到开元年间，孙缅将《切韵》改为《唐韵》，隶分195韵；后于天宝十年（公元751年），孙氏又按开合口不同，最后修定207韵的《唐韵》。如将"同用"韵合而用之，实际只有112韵。到了宋朝，以声母的清浊平分阴阳，形成阴平、阳平、上声、去声、入声五个调类。公元1008年，陈彭年、邱雍等人奉诏修改《唐韵》，收录26194字，比《切韵》用字增加一倍以上，分隶206韵，称为《广韵》。为适应科举取士，礼部颁行较为简单的《景德韵略》。公元1037年，宋仁宗命《集韵》作者丁度等人，对《景德韵略》再加刊定，改为《礼部韵略》，收字9590个。直到公元1162年，毛晃《增修互注礼部韵略》，增加2600多字，达到12190多字。到淳熙年间（公元1174年左右），取名《附释文互注礼部韵略》，仍为206韵。这期间，"文欣""吻稳""问焮""物迄"合并四个韵部，同用后只剩108韵。到宋理宗绍定二年（公元1229年），山西平水书籍王文郁，索性又将"迥拯"、"径证"合并，且将其他"同用"韵统统归纳为一个韵部，即变成106"独用"韵的《平水新刊礼部韵略》。直至清朝，以康熙书斋命名的《佩文诗韵》，即沿王氏106韵，其分韵用字皆是《平水韵略》规格，并被御封为《诗韵》，一直沿用至今。

由于《平水韵》属"独用"韵，因此除首句允许邻韵相押外，其它邻韵不准相押，相押为"犯韵"。至今，《古代汉语》教科书上仍然写道："无论律诗、长律或绝句，都必须一韵到底，而且不准邻韵通押。"这一论点，过于武断，过于片面，不完全符合古今大家的用韵之法。通常，他们是遵循"同韵相押"规则的；但在特殊情况下，当碰到"舍我其谁、非他莫属"或"千金难买、一字独秀"的韵脚字时，突破在所难免。坚守"韵必从意，韵意契合，削履适足，择韵适诗"，愈是资深名家，愈是深谙此道，古今如此。

譬如，"诗仙"李白《五律·观胡人吹笛》：

胡人吹玉笛，一半是秦声。
十月吴山晓，梅花落敬亭。
愁闻出塞曲，泪满逐臣缨。
却望长安道，空怀恋主情。

其中"亭与声"，即属"青与庚"独韵相押。又如"诗圣"杜甫《五律·雨晴》：

天际秋云薄，从西万里风。
今朝好晴景，久雨不妨农。
岸柳行疏翠，山梨结小红。
胡笳楼上发，一雁入高空。

其中"农与风"，即属"冬与东"独韵相押。还有晚唐诗人李商隐《七律·无题》：

凤尾香罗薄几重，碧文圆顶夜深缝。
扇裁月魄羞难掩，车走雷声语未通。
曾是寂寥金烬暗，断无消息石榴红。
斑骓只系垂杨岸，何处西南待好风？

其中"缝与通"，即属"冬与东"独韵相押。有的古人贬李"误出韵"，或说"唐人不拘"，其实都不是。无论李白择"亭"，杜甫择"农"，还是李商隐择"缝"，都是有意识地通押，无非是变韵从意，择韵适诗。恰如袁枚《随园诗话》所云："何得以一二韵约束为之？即约束，不得不凑拍；既凑拍，安得有性情哉？""忘韵，诗之适也"。

古人如此，今人依然。现代文豪鲁迅《七绝·赠人二首》之一：

明眸越女罢晨装，荇水荷风是旧乡。
唱尽新词欢不见，旱云如火扑晴江。

其中"乡与江"，属"阳与江"独韵相押。又如当代"诗词大家"毛泽东《七律·长征》：

红军不怕远征难，万水千山只等闲。
五岭逶迤腾细浪，乌蒙磅礴走泥丸。
金沙水拍云崖暖，大渡桥横铁索寒。
更喜岷山千里雪，三军过后尽开颜。

其中"闲与丸"，属"删与寒"独韵相押。

其实，从南北朝至隋几代，"先删"、"寒删"是允许通押的。唐以后，却变"独用"韵了。王力先生在《韵语的起源及其流变》中指出："旧的诗韵是武断的，最初也许武断性很小，宋以后就大大地违反口语了。"又说："唐以后诗歌用韵不复是纯任天然，而是以韵书为准绳。虽然有人反抗过这种拘束，终于敌不过科举功令的势力。"

词谓"诗余"，曲谓"词余"，当属广义近体诗范畴。清朝戈载，把106韵的《平水新刊韵略》合并成19韵的《词林正韵》，实际就是对"平水韵不准邻韵通押"的具体否定。即使用19韵的《词林正韵》衡量，古今名家也不"死守"。如"词圣"苏轼气势恢弘的千古绝唱《念奴娇·赤壁怀古》："大江东去，浪淘尽，千古风流人物。故垒西边，人道是，三国周郎赤壁"。其中"壁与物"，既不是同韵，又不是邻韵，而是一个不能改的专用名词，不得不"忘韵适之"。又如当代"诗词圣手"毛泽东人仙会晤的传世之作《蝶恋花·答李淑一》，其中八个仄声韵，选择"麌有"两个韵部相押。

这种选择绝非例外，而是古今名家"韵不求工，择韵适诗"的用韵之法。古声韵如此，今声韵也是这样。如果实行韵腹韵尾相同的同韵相押，当然韵律更谐；如果使用音色相近的邻韵相押，也不失大雅。现代汉语中，"喔鹅""衣迂""英雍""知儿"（ri与er音色相近）实行通押，也是诗人不受拘束的一种押韵追求。

二、变格从意。即因声害意，则拗救变格，运用四声，调整平仄，使其合律，更要合意，仍具抑扬顿挫的节奏美。

王力先生讲："谈律诗必须兼谈拗救，这等于法律上的'但书'；'但书'应认为法律的一部分，并非法律以外的东西。"显然，拗救则是近体诗格律的组成部分，是摆脱正格拘束变格从意的绝妙方法。拗救，分本句自救与对句相救、一般拗救与特殊拗救两类。拗而能救，便不为"病"。所谓拗救，就是调整平仄位置，既要合律，又要合意，声意契合。通常使用的拗救诀窍，具有规律性的可概归以下五种：

（一）本句隔位救。即指五言一拗三救，七言一拗三救或三拗五救的一般拗救形式。譬如，高适《别韦五》"欲归翻旅游"，不仅一拗三救，而且避免孤平。又如苏轼《新城道中》"溪柳自摇沙水清"，杜甫《至后》"远在剑南思洛阳"，前一句是一拗三救与三拗五救并用，后一句是三拗五救，非但避免拗句，而且避免孤平。特别是"剑"字一个专用名词很难改动，迫使第五字该仄而平，换个"思"字，结果避免一劫。

（二）本句换位救。即指五言四拗三救，七言六拗五救互换位置的一种特殊拗救形式。因为，五言四字七言六字皆属重音节，如实行平仄互换，不合“二四六分明”的口诀。但是，先贤并未墨守口诀，而是坚守“声必从意”。如王维《奉和圣制》“言陪柏梁宴”，李白《过崔八丈水亭》“檐飞宛溪水”，白居易《百花亭晚望》“日色悠扬映山尽”，这种互换位置的句式，尤其适合绝句第三句律诗第七句，往往形成一种跌宕顿挫、铿锵有力的高古格调。

（三）对句同位救。即指五七言，除二字与句脚不可拗外，其余均可在同一位置，出句该平而仄，对句则该仄而平，形成上下同位平仄相救。这是一般拗救形式。如李白《赠孟浩然》“吾爱孟夫子，风流天下闻”，杜甫《送远》“带甲满天地，胡为君送行”，苏轼《正月二十六日偶与数客野步》“涓涓泣露紫含笑，焰焰烘空红拂桑”，陆游《上虞逆旅见旧题岁月感怀》“青山缺处日初上，孤店开时莺乱啼”，皆是对句相救的范例。

（四）对句前位救。即指五言出句四拗，对句三救；七言出句六拗，对句五救。这是违背常格的特殊形式的对句相救。如杜甫《孤雁》“孤雁不饮啄，飞鸣声念群”，白居易《赋得古原草送别》“野火烧不尽，春风吹又生”，杜牧《江南春绝句》“南朝四百八十寺，多少楼台烟雨中”，陆游《桐庐县泛舟同归》“宦游何啻路九折，归卧恨无山万重”。这种拗救，不忌以平对平，以仄对仄，牺牲平仄相对，坚守声必从意。如中唐诗人、与白居易齐名的元稹宰相的应试之作《排律·河鲤登龙门》：“回瞻顺流辈，谁敢望同升”，第四字也是以平对平。此联虽然“特拗”，却得到朝廷认可。因此，王力先生说：“有些诗人有时候不甘受律句平仄的拘束，或故意求取高古的格调，也喜欢在节奏点上用拗。”

（五）一平双位救。即指七言律诗，对句第五字该仄而平，既救本句第三字，又救出句第六字，形成本句自救与对句相救、一般拗救与特殊拗救相结合的绝佳拗救形式。如陆游《夜泊水村》“一身报国有万死，双鬓向人无再青”，出句一平六仄，对句三字又拗，诗人巧妙地在第五字该仄位置上，使用一个平声字“无”，既救本句第三字，又救出句第六字，达到“一平双救”避免孤平之目的，实在是十分精彩。

综上所述，特殊形式拗救，为大拗大救；一般形式拗救，为中拗中救或小拗小救，只要不出孤平、三平脚、三仄脚（五言一字平声、七言三字平声的仄仄脚句式不计），也可拗而不救。拗救，只能解决平仄失间、失对问题，失黏只能留在变体中去解决了。

三、变体从意。即给韵律与声律松绑的同时，句律与联律也要松绑变身，方能格律从意，境界至尊。

当代“诗坛泰斗”著名学者霍松林教授在《简论近体诗格律的正与变》中指出：“新时期以来，近体诗创作十分活跃，却过分拘守格律，知正而不知变。”实际是说，近体诗正格是固定的，变格则是灵活的；正体是稳定的，变体则是多变的。如果不通晓变体律诗，一辈子将拘守正体的约束之中，无法全面继承先人留下的作诗之法。

现将先贤自成一格、经常运用的十二种变体律诗归纳如下：

（一）六言律诗。即“减字瘦身”的变体律诗，由每句七言变六言，由每首五十六字变四十八字。虽然句律有变，但是齐言句式的方阵美，一点也没改变。

如刘长卿《蛇浦桥下重送严维》：

秋风飒飒鸣条，风月相和寂寥。
黄叶一离一别，青山暮暮朝朝。
寒江渐出高岸，古木犹依断桥。
明日行人已远，空余泪滴回朝。

（二）三联小律。即“减联瘦身”的变体律诗，由每首四联变三联，中联仍须对仗，成双配对的修辞美依旧保存。如韩愈《李员外寄纸笔》：

题是临池后，分从起草余。
兔尖针莫并，茧净雪难如。
莫怪殷勤谢，虞卿正著书。

又如李白《酬宇文少府见赠桃竹书筒》：

桃竹书筒绮绣文，良工巧妙称绝群。
灵心圆映三江月，彩质叠成五色云。
中藏宝诀峨眉去，千里提携长忆君。

（三）折腰体。如王维《渭城曲》第三句“君”字，应与第二句“舍”字相粘，结果未粘，像中腰折断，故称“折腰体”。

（四）蜂腰体。即颔联不对仗，只有颈联对仗。如李白《五律·挂席江山待月有怀》，杜甫《七律·咏怀古迹》即是。

（五）偷春体。即首联与颈联对仗，颔联不对仗。如王勃《送杜少府之任蜀川》即是。

（六）拗律体。如崔颢《黄鹤楼》前四句几乎都是拗句，颇有古风格调；后四句都是律句，对仗又很工稳，形成古律参半：虽有拗有律，整体仍以律句为主，故称“拗律体”。按照“不以意运法，转以意从法，则死法矣”（沈德潜《说诗晬语》）的审美观点，此诗“意得象先，神行语外，纵笔写去，遂擅千古之奇”（沈德潜《唐诗别裁》卷十三）。严羽《沧浪诗话》评说：“唐人七言律诗，当以崔颢《黄鹤楼》为第一。”李白尤慕，作诗仿之。

（七）拗体。如杜甫《白帝城最高楼》，只讲对仗，不讲平仄，律拗了，故称“拗体”。

（八）散律。如李白《夜泊牛渚怀古》，只讲平仄，不讲对仗，弃骈求散，故称“散体律诗”。

（九）隔句对。如白居易《夜闻筝中弹潇湘送神曲感旧》，第一句与第三句对仗，第二句与第四句对仗，故称“隔句对”。

（十）吴体诗。如杜甫《愁》，平仄的相对、相粘不太遵守，但大体仍有平仄的运用，诗圣自称“吴体诗”。

（十一）对式律绝。如孟浩然《春晓》、柳宗元《江雪》，不仅押仄声韵，而且平仄只讲相间、相对，不讲相粘，故称“对式律绝”。

（十二）押仄声韵律诗。近体诗正格一般押平声韵，而有的律诗则押仄声韵，如李白《慈姥行》，韦应物《对雨寄韩库部协》即是。

从上述“三变三从”可以看出，近体诗艺术法则，既是严谨的，又是宽松的；既是稳定的，又是多变的。只有领悟正体与变体两种艺术法则，才能全面驾驭格律，做个“当正则正、当变则变”的自由诗人；当句律、韵律、声律、联律与立意发生冲突时，才能格律服从立意。即敞开不断变化的情怀，张开无所不到的想象翅膀，飞向高天阔土，猎取一拍即合的物象，契合通感意象。然后，用通感意象组成极具个性的方面意境，再用方面意境组合蕴含共性的整体境界，从而彰显一座带有人生哲理、天人感悟的“思想高峰”。把这“高峰”用汉语载体写入诗中，毫无拘束地呈现在读者面前，这便是诗人的真知灼见和崇高境界。

诗心·诗韵·诗风

高占祥

诗歌是在不断继承、不断创新、不断交流、不断融合中向前发展的。于此，我仅就诗心、诗韵、诗风谈一点粗浅见解，以求诗友指教。

诗　心

诗，是一种心灵的艺术。它的主观色彩比较浓。一首好诗，通常蕴涵着诗人自身的性情、品格以及他对客观世界独有的观察与思考。诗歌虽然和其他文艺形式一样，具有反映生活的功能，但诗人反映生活的方式，却往往是极具个性化的。

孔子曾经说过：“《诗》三百，一言以蔽之，曰‘思无邪’。”由此可见，“诗心”应是“无邪”的心灵，也就是所谓的赤子之心。一个真正的诗人，必然善于以真心、善心、爱心、热心、诚心、艺术之心去发现美，感受美，吟唱美；并以这种美来陶冶人们的灵魂，提升人们的文化力，激发人们的精神力。

有些人喜欢把诗心诠释为“诗意的心灵”，从而又进一步把它和“浪漫”、“爱情”等词汇划上等号，这显然是一种误解。中国的诗歌从诞生之日开始，就和国政、民生密切相关。《诗经·国风》是统治者了解民众心声的重要渠道，《楚辞·离骚》是士大夫抒发爱国情怀的优美篇章。“诗心”虽然饱含着爱，但这种爱却不只是男女之间的情爱，还应是对国家、对人民、对世间万物的大爱！心中的爱有多大，诗中的境界就有多大。杜甫被称为“诗圣”，正是因为他有着“安得广厦千万间，大庇天下寒士俱欢颜”的大爱精神。

诗心反映人心，人品影响作品。作诗如酿酒，能醉己方能醉人。一首好诗，让人读到的不仅是臻于完美的文字，还有近乎神圣的诗心。不只诗人应该拥有诗心，任何人尤其是领导人都应该拥有诗心，领导人如果能在闲暇之时多读一些古今诗词佳作，甚至创作一些诗词，就不但能陶冶性情、提高修养，而且还会更加勤政爱民，并大大提升自身的文化感染力。

诗歌能净化心灵、激发精神力。拥有诗心的政治家，往往更执著于追求美好，开拓未来。新中国的开国领袖毛泽东，就是一位拥有诗心的伟大政治家。所以，纵使在艰难险阻的二万五千里长征中，他也依然豪情奋发、积极进取，带领红军走过天险、走向胜利，并写下了“万水千山只等闲”这样豪迈的诗句。

有位青年诗人认为，诗词和佛学一样，也有大小乘之分。“大乘诗词”抒发家国天下之情，“小乘诗词”抒发一己儿女之情。显然，政治家所拥有的诗心应该是“大乘诗心”，而不是“小乘诗心”。中国历史上有一些工于诗词的亡国君主，如陈叔宝、孟昶、李煜等人，他们只把自己的感情投向深宫佳丽，却忽视了民间疾苦，因此在政治角逐中难免有失败的下场。当然，我们并不能由此而全盘否定“小乘诗心”、“小乘诗词”。普通诗人无论怎样风花雪月，都于世无害，无可厚非。然而，作为一位政治家、一位大诗人，只有具备“大乘诗心”，才能为国家、为民族带来更多的福祉、更多的诗意，从而在史册上写下雄浑厚重的篇章！

“诗心”就是“诗化的爱心”。要培养诗心，首先就要培养心中的“爱”。对于年轻人而言，就是要爱父母、爱家人、爱朋友、爱民族、爱国家……乃至爱有情众生、世间万物。只有心中充满了爱，才能在诗歌的熏陶下，最终拥有一颗高尚而灵敏的诗心。

从世俗的角度看，“诗心”并不能成为帮助个人博取功名利禄、富贵荣华的工具。然而，拥有“诗心”的人，却可以不断发现世界的美好，感悟生活的诗意，升华自己的精神，从而在喧嚣浮躁的社会中，获取一份心灵上的宁静与欢愉。

诗心是通过诗情来表达的。诗最能激发人们的热情，最能引发人们的共鸣，故有“动天地，感鬼神，莫近于诗”之说。“情”是诗歌的生命。情有亲情、爱情、友情、民族之情、国家之情、天下之情……“感人心者，莫先乎情”（白居易语），因而，写诗不能光写外景，而不重内情。只有把情注入景中，做到情景交融，才会产生撼人心灵的力量。

别林斯基说：“没有情感就没有诗人，也没有强烈的力量。”所谓“强烈的力量”其实就是激情。这种激情是感情与思想交融的结晶。它源自生活，却在诗人的心中点燃。它引领人们去拥抱伟大的时代，并激励人们去开创美好的未来。

诗 韵

诗韵是当今诗坛最受关注的一个问题。

中国古代的诗歌，无论诗经、楚辞、乐府、唐诗、宋词，都讲究押韵甚至平仄。平仄可使声调富有变化，具有跌宕起伏的音乐美。刘勰在《文心雕龙》中写道：“声转于吻，玲玲如振玉；辞靡于耳，累累如贯珠矣。是以声画妍媸，寄在吟咏；吟咏滋味，流于字句。”“贯珠振玉”，这是多么美妙的声音啊！

诗，要押韵。押韵是中国诗的基本特征，也是诗歌区别于散文的最大特点。诗如果没有韵律、韵脚，就会失去应有的韵味。我觉得韵律、韵脚如同诗歌大厦的立柱，没有它的支撑，这座大厦就会倾倒。

按格律撰写的汉诗，读起来更为抑扬顿挫、朗朗上口。自古以来广为流传的汉诗，绝大多数都完全合律。

格律感觉很深奥，说穿了却只有四个字：“阴阳调和。”汉语有平声、有仄声，一个汉字，不是平声字，那定然就是仄声字。所谓格律，就是把诗中的平声字与仄声字合理地组合起来，从而形成一种和谐的音韵效果。另外，在创作七律、五律的时候，还必须要求对仗。对仗比平仄更难掌握，所以我一般不主张初学者直接创作律诗。

其实，格律并不是汉诗最大的难点。语言、章法，往往比格律更难掌握。汉诗的语言既不是文言文，也不是白话文，而是游离于文言与白话之外的、一种自成体系的语言。这种语言凝练、流畅，既富有时代的新鲜感，又不失历史的厚重感。在学习汉诗时，格律有既成的标准可循，而语言却需要靠自己不断地摸索、感悟。所以我认为语言的难度要比格律大得多。

旧体诗自然要讲究韵律，就是现代的朗诵诗也应讲究韵律，否则就会失去节奏感、音乐感。我很爱朗诵诗。韵律可以为朗诵诗插上飞翔的翅膀，使它能够飞进千家万户，把优美的意境播入人们的心田。

著名诗人艾青曾说过："诗的散文化（不是散文诗）是诗的缺点。"讲究格律就是讲究语言的形式美。对于那些不合辙、不押韵的诗，我始终不太欣赏。我向来支持百家争鸣、百花齐放，所以我绝不会反对散文化的作品在诗歌园地里占有一席之地。至于这种作品是否能拥有读者、拥有生命力，那应该由事实、由历史来证明。

诗　风

几千年前，中国人就有采风的传统。《诗经·国风》源自西周十五国的民歌。后世诗人也经常深入民间"采风"。所谓采风，不一定要有组织、有形式地去进行。一个热情、敏感、细心的诗人，从日常生活中也可以采集到丰厚的诗风。

无论是先秦的国风，还是唐代的"新乐府"，抑或是当今的"新国风"，诗人们总是反映着本时代的风貌、风俗、风气，并把自身的命运与国家、人民紧密地联系在一起。如果说，"代圣人立言"是八股文的文道，那么"为百姓立言"就是中国诗的诗风。

中国诗歌闪烁着民族精神的光彩。中华文化之所以能历经沧桑而屹立不倒，有一个很重要的因素就是无论怎样改朝换代，汉语诗歌始终支撑着民族精神的大厦。即便是汉文化备受歧视的蒙元时代，诗人们都留下了"宁可枝头抱香死，何曾吹落北风中"这种气节高尚、流传千古的诗句。可以说，中华不亡，汉诗则不亡；汉诗不亡，中华亦不亡！作为中华民族标志性的文艺体裁，千百年来，汉诗不仅长期发挥出浑厚的社会文化力，并且不断迸发出绚烂的民族精神力。

新文化运动之后，传统诗词被崇尚西方文化的精英学者们视为腐朽、没落的文学体裁，因此备受冷落。当时，尽管很多文人、才子（如郁达夫、张恨水、陈寅恪）也会在闲暇时创作一些旧体诗，但他们的诗词，仍然只是对晚清诗风的继承。即使诗人本身，也不敢过于重视"旧体诗"，以免落下"封建遗老"的骂名。譬如，张恨水先生每每将自己的诗词作品贬称为"打油"，由此可以看出他的尴尬心态。

在那个时代，似乎只有毛泽东，才敢于将自创的诗词送入大雅之堂。"指点江山，激扬文字，粪土当年万户侯"、"数风流人物，还看今朝"、"头上高山，风卷红旗过大关"、"不到长城非好汉，屈指行程二万"……这些诗句，直面现实生活，却又充满了革命的浪漫主义情调，彻底扫净了晚清、民国时期的陈腐诗风，从而开辟了中华诗词的新纪元！

不过，尽管我对毛泽东诗词万分激赏，但毛泽东的情怀，却不是我可以效颦的。当前有一些老干部诗人，勉强模仿毛泽东的豪情壮志，结果却把诗词写成了空洞的口号。这一点，应是我们需要竭力避免的。

季羡林先生曾经说过，中国传统文化的核心思想是一个"和"字。诚然，在几千年来不同学派的不同学说中，我们似乎总是能找到“和”的身影。墨家主张非攻，是“和”；道家主张不争，也是和；佛家主张慈悲，还是“和”；儒家主张中庸，依旧是“和”。所以我完全同意季老的看法：“和”字堪称中华传统哲学思想的精髓！而我创作诗歌时，也始终把“和”字奉为圭臬，并不断地以此来净化自己的诗心、提升自己的诗艺。

《礼记》有云：“温柔敦厚，诗教也。”所谓温柔敦厚，其实也是“和”的另一种说法。我们无论是作诗，还是做人，都应该保持一种中正平和的态度。诗人的灵感是激情在瞬息间的绽放，但诗歌的表达方式则不必过于激烈、冲动。“以骂成诗”虽然能够发泄作者一时的情绪，但从读者的角度看，过于主观和激烈的言辞，反而不容易令人接受。《国风》中的一部分讽喻诗，正是由于“哀而不伤”、“怨而不怒”、意味含蓄，所以才会得到统治阶级的认可，从而对时政有所裨益。因此，温柔敦厚不仅是一种心态，而且也是一种技巧。需要说明的是，“温柔敦厚”还包含着“恰如其分”的意思，与含蓄委婉并不完全同义。当代某些诗人在作诗时，一味追求“含蓄”，最后却变成了晦涩。这种情况其实也是有违“温柔敦厚”的。

一直以来，我都认为“和”的最高境界是“和合”。从文化角度看，只有把不同的文化“和合”起来，才能形成更为雄厚的文化力。中国当代诗坛大致可分“旧诗”与“新诗”两派。“旧诗”是对传统文化的继承，而“新诗”则是对当代生活的吟唱。目前，“旧诗”派与“新诗”派基本上老死不相往来，有时甚至还会针锋相对。可在我的心目中，却根本不存在这种门户之见；在我的某些诗作譬如《航天颂》、《西安颂》之中，把新诗与旧诗有机地结合在了一起，以新诗为脉络、旧诗为筋骨，把当代的散句与传统的七律融为一体，居然收到了意想不到的效果。所以说，“和”尤其是“和合”，是我创作诗歌乃至为人处世的主导思想。我希望新旧诗人都能够抛开成见，将新诗与旧诗“和合”起来，从而谱写出更为优秀的诗歌篇章。

开放的诗坛，需要开放的诗风。开放的诗风，需要“打开窗户迎天地”。我们既要继承、发扬我国古典诗词的优良传统，又要学习、借鉴外国优秀诗歌的独特艺术。只有这样，才能更好地探索、开拓中国诗歌的新路。有一个“继承传统精神，谱写当今生活”的诗歌流派——新国风，我认为它具有广阔的发展前景。

近年来，我一直在努力尝试创作“新国风”，以下这首七绝，就是我的一首新国风作品：

以义相亲自久长，义如醇酒利如糖。
糖虽甜美多生蛀，酒到陈年味更香。

这首诗采用了传统绝句的形式，但语言活泼，比喻新颖，得到了很多朋友的喜爱与传诵。我认为，不论创作新诗、旧诗，还是新国风，都应该采取“不薄今人爱古人”的态度。换而言之，就是要做到“传统文化与当代文化的对接”。

个人以为，未来诗坛的发展可能会出现三个特点：诗歌在青年不在老人，在民间不在官方，在草根不在精英。我的这番话或许有些“不合时宜”，但却是经过调查、分析与思索的平心之论。

说诗歌在青年不在老人、在民间不在官方，这应该不会有太大争议。毕竟青年才是未来的主人，老年人即使诗力深厚，也该“退居二线”，鼓励青年显露锋芒。而官方诗坛通常更依附于政治，有时反而会忽略诗歌的文化意义，所以较少得到社会的认可。但是说诗歌在草根不在精英，可能就会招来大量非议了。

事实证明，写诗不同于治学，要成为一名优秀的诗人，只须具备三个条件：天分、技巧以及生活的历练。显然，一个人有没有诗歌天分，与他是不是知识精英没有必然关系。而当代中国的教育，仍以西式教育为主，因此绝大多数中文系的博士生，也未必能掌握诗歌创作的基本技巧。反之，一些只受过九年制义务教育的草根平民，在刻苦自学后，却能把诗歌技巧练习得圆融浑成。至于说到生活的历练，那躲在象牙塔内的精英就更不如阅尽民间疾苦的草根了！所以我认为，诗歌在草根不在精英。当然，我的意思并不是说，精英无法成为杰出诗人。只不过，在当今时代背景下，某些有文化底蕴的草根诗人，可能更容易成为诗坛的佼佼者。

令人感叹的是，由于青年诗人、民间诗人、草根诗人的社会地位较低，所以他们的诗歌往往被排挤在“大雅之堂”以外，无法进入我们的视野。这就造成“作为大众文化的诗歌越来越衰微”的假象。我呼吁，文化界的领导、名家、新闻媒体、报纸刊物都来关心青年诗人、民间诗人、草根诗人，为他们“出头”创造良好的条件，使他们逐渐成为中国诗坛的主力军。近年来，我和一些诗友之所以热心提倡“新国风运动”，正是要号召全民学诗，把青年、民间、草根的诗歌力量调动起来，发掘出来，打破这种假象，促进中国诗坛的新繁荣！

伟大的时代催生伟大的诗篇。中国是一个诗的国度，曾出现过诗圣、诗仙，以及数以百计的伟大诗人。在改革开放的春风沐浴下，我相信，中华民族一定会再次出现诗坛的伟人，再次创造诗歌的辉煌！

继承　创新　和谐　奋进

郑伯农

我国是文明古国，有着悠久而博大精深的诗歌传统。在漫长的中华文明史中，诗词一直是文学王冠上的明珠。近百年来，诗词的命运发生了转折性的变化，从山峰被推入谷底。五四新文化运动高举反帝反封建的旗帜，张扬科学与民主的精神，大力提倡“文学革命”，它的功勋是不可磨灭的，已经载入史册。但是，新文化运动的某些代表人物对民族文化传统采取虚无主义的态度，一概予以推倒，其消极后果也是不容忽视的。毛泽东同志曾经指出，五四运动的某些代表人物使用的是“形而上学”的思想方法：“所谓坏就是绝对的坏，一切皆坏，所谓好就是绝对的好，一切皆好。”在各种姐妹艺术中，诗词受民族虚无主义的打击，程度最烈，时间最长。它一度被认为是僵化的艺术枷锁，只能束缚创作，不能反映新时代。它作为一种文艺品种，曾经和封建主义绑在一起，长期被排斥出新文学的殿堂。近代以来，虽然诗词创作绵延不断，产生了像黄遵宪、苏曼殊、秋瑾、柳亚子、鲁迅、毛泽东、陈毅、赵朴初、聂绀弩这样一批优秀诗词家，产生了一大批具有新的思想内涵的优秀新作。但诗词能不能反映新时代，是不是当今文学的一个不可缺少的组成部分，这在不少人的脑子中还是一个问号。

人们都说这几年出现了“诗词热”。这个热不是什么人炒起来的，更不是热得快也冷得快的一种时髦，它有深刻的社会根源和历史渊源，它体现了诗词本身强大的生命力。近百年来，诗词虽备受压抑，屡经贬斥，但任何力量也不能把它长期尘封在历史的博物馆里。随着时代的前进，它必定会发出新芽，开出新花，以独特的丰姿屹立在文艺的百花园中。它还体现了一种强大的社会需求。在经济全球化的历史条件下，文艺品种比任何时候都多，但没有任何一朵文艺之花能代替诗词。人们需要运用诗词这种富有民族特色的艺术形式来倾吐心声、沟通感情、表现新的时代。毛泽东同志在四十多年前说过：“旧体诗词源远流长，不仅像我这样的老年人喜欢，而且中年人也喜欢。我冒叫一声，旧体诗词要发展，要改革，一万年也打不倒。因为这种东西，最能反映中华民族和中国人民的特性和风尚。”二十年来诗词事业的发展，证明了毛泽东同志的上述论断是千真万确的。

二十年来，诗词从复苏走向复兴，取得了令人欣喜的成绩。但是，和人民对待诗词事业的期待比起来，和诗词最辉煌的时代比起来，差距还是很大的。我们走的仅仅是万里长征的第一步。我们的目标是把诗词推向新的高潮，成为促进精神文明与社会和谐的重要力量。人民当家作主的新时代，社会主义现代化建设的新时代，诗词应当有新的“盛唐”，甚至超过“盛唐”。我们需要一代又一代人前赴后继地努力，才能把民族诗词推向新的高峰。为把诗词事业进一步向前推进，需要办许多事情。我们认为，以下几点需要突出加以强调的：

（一）继续实施精品战略。为使诗词在社会上站稳脚跟，必须消除民族虚无主义的影响，排除对它的偏见。但这只是问题的一个方面。归根结底，要靠诗词自身的水平和质量。没有能代表一个时代的优秀作品，特别是能传世、能不胫而走的力作，它就不可能在群众中有强大的吸引力和感召力，真正得到历史的承认。目前，诗词创作的数量已经很大，出精品问题，已经很迫切地摆到诗词界面前。诗词的繁荣当然应有广泛的群众基础，但体现诗词创作水平和繁荣程度的根本标志不是数量，而是质量。诗歌创作达到什么高度？向来要以拔尖人才和精品力作为标杆。要不断地扩大诗词创作新军，培养文化功底深厚的诗词人才；要鼓励诗词家们提高思想品位，深入生活，提炼诗情诗意，努力创作出人民满意的好作品；要形成科学的评介机制，及时把真正的时代佳作筛选出来、推介出去；要制定科学可行的评价标准，体现时代精神、先进思想、生活意蕴、真挚感情与艺术感染力的高度统一。

（二）一手抓普及，一手抓提高。继续推动诗词进校园，诗词进农村，诗词进工厂、企业、社区；继续开展“诗教”、诗词培训工作；继续抓紧“诗词之乡”、“诗教先进单位”的建设。以点带面，促进诗词在华夏大地上全面开花。普及是提高的基础，但普及不仅仅为了提高，也为了满足群众多层次的文化需要。任何时代，任何地区，拔尖人才和精品力作只能是少数。广大群众从事诗词活动，带有强烈的自娱、互娱的色彩。随着社会物质生产的不断发达，物质生活水平的不断提高，人们的文化需求也不断增长。人们不但要鉴赏美，还要参与创造美。诗词是“高雅”艺术，也是群众性很广的艺术。目前参与诗词创作的不仅有学者、专家、教授，也有打工仔、庄稼汉以及大中学生。在重视提高的时候，绝不能忘记普及工作的重要性，忘记群众文化需求的多层次。否则我们就会脱离群众。

（三）搞好诗词理论、评论工作。创作和评论是文艺工作的两翼，诗词也不例外。这几年诗词理论、评论有长足的进步，但相对还比较薄弱。要以马克思主义的哲学观、历史观、价值观、文艺观为指导，吸引古代和外国文艺理论的各种长处，研究文学艺术的共同规律，研究诗词作为民族艺术和抒情艺术的特殊规律，建立中华民族独树一帜的诗学。要建立资料库和资料中心，为学术研究提供强大的资料后盾。要加大对优秀专著和文章的扶植力度，使优秀人才和成果顺利脱颖而出。

（四）积极开展海峡两岸和国际间的诗词文化交流。近一个时期以来，海外华人中的诗词活动空前活跃，在华人聚居区，海外赤子们纷纷组织诗社，互相唱和，以诗词表达爱国和思乡之情。这一动向应引起高度重视。他们渴望与国内的诗友沟通，不少海外诗社，已经与中华诗词学会建立起经常性的联系。至于祖国的宝岛台湾，诗风一直很盛，许多诗人经常到福建、广东、浙江一带“寻根”，和大陆的诗友共同唱和。去年十一月，我们在福建龙岩召开了首届海峡两岸诗词家笔会，会议开得十分和谐、融洽、热烈。不仅在华人中，在非华裔的国际友人中，也有不少中华诗词爱好者。去年，我们和日本一个汉诗吟诵团在人民大会堂举行联谊会，今年秋天还要举行一次。开展海峡两岸和国际间的诗词交流活动，不但有利于弘扬和传播中华民族优秀文化，也有利于促进两岸和平统一与世界和平。

（五）积极促进诗词与姐妹艺术的联姻。在古代，诗词从来不是单纯的“文本”，它们都是可以入乐的。词的词牌，本来就是一首曲调，人们依声填词。优秀的传统诗词，向来追求文学性与音乐性的统一。只是到了近现代，诗歌和音乐才逐步分家。至于诗词和书法、绘画，关系也是很密切的。苏东坡曾经称赞王维“诗中有画，画中有诗”。中华诗词学会成立以来，曾经为诗词和姐妹艺术的联姻做了一些事。去年，我们成立了诗书画委员会。为纪念中华诗词学会成立二十周年而举行的诗书画展，就是由诗书画委员会具体筹办的。我们今后还要陆续举办诗书画展览活动。中华诗词学会诞生不久，就成立了诗词吟诵委员会，搞过若干次吟诵活动。我们准备把吟诵委员会扩大为诗词音乐委员会，它的职能是组织力量，为优秀诗词，特别是当代诗词新作谱曲，举办诗词演唱会，开展诗词吟诵和演唱活动。让“诗词”安上音乐的翅膀、书画的翅膀，它一定会飞得更远。

（六）建立中华诗词网站。进入二十一世纪以来，我会曾经为建设诗词网站做过努力，但成效不够理想。近来，学会开过几次会，下定决心，一定要把自己的网站建立起来，一定要让网站卓有成效地开展工作。网站作为现代化的传播工具，其意义无需我在这里多加论述。

这项工作，希望得到广大诗友和网友的大力支持。

（本文系作者在中华诗词学会成立二十周年大会上的讲话摘要）

诗词规则与诗词规律

郑伯农

写诗词要讲格律，又不能完全被传统格律框死。现在继承和革新仍然是诗词发展比较突出的一个问题。前些时候有过反对诗词改革的一个宣言，有些年轻人比老头子还要保守，一点儿都变不得。100多年以来，有两次诗的革命。一次是梁启超、黄遵宪的“诗界革命”，总的来说是起积极作用的。梁启超在《饮冰室诗话》里提出“新语句，新意境，入旧风格”。他说，“要革其精神，非革其形式”，大概是这个意思。黄遵宪提的是“我手写我口”，他们都起了很大的积极作用。但是梁还是稍微保守了一点儿，“要革其精神，非革其形式”。精神变了，形式恐怕也得发展了。所以留下了一点儿东西，让后来一些比较偏激的东西就起来了。胡适和他们的态度几乎是180度的反差，他开始是讲文学改良，后来陈独秀写文章提出“文学革命论”，胡适也讲文学革命，他认为诗歌革命就是形式的革命，就是要用白话文写诗。一是要白话文取代文言文，二是打破格律，取消格律。他认为押韵不重要，对仗也不重要，平仄也不重要，应把格律全打破。梁启超和胡适一个是没有注意到形式的改革，“革其精神，非革其形式”；一个是把形式全变了，招致后来的结果就是，新诗全盘取代了旧诗，新诗一花独放。这一段历史教训我们在适当的时候还可以谈一谈。

现当代诗词改革，毛泽东是最杰出的实践者，也是积极的倡导者。他充分肯定五四运动的成绩，同时指出它有形而上学的一面。他注意到新文化的某种欧化倾向，力主思想文化要有自己的民族特色，要有中国作风和中国气派。在诗词领域，他以自己的创作开了一代新诗风，也提出了关于诗词发展的重要见解。他认为诗词最能表现中国人的“特性与风尚”，“一万年也打不倒”，强调写诗词就要讲格律；同时也指出，诗词“要改革，要发展”，传统诗词限制太严，容易束缚人的思想。我们要全面看待毛泽东的诗词主张。他在新诗一统天下的时候，提出诗歌要以新诗为主体，起码比不承认旧体诗前进了一步，承认旧体诗也具有一席之地。他的诗词主张是有发展的，同梅白的谈话，就比给臧克家的信前进了一步。马凯的诗词主张，体现了党的文艺方针政策。去年他讲了“五个关系”，后来又讲了两个“千万不能没有”，提出“求正容变”，分析了继承与革新的辩证关系。更早的时候，在给我的信中，他甚至一针见血地指出，要看到“危机”。越是形势好的时候，越是初步繁荣了，我们越要感到危机。危机是什么？危机在于脱离时代，脱离群众，故步不前。现在这个危机确实存在。

我们的创作数量很多，但是质量高的少。队伍中有暮气，暮气沉沉。所以马凯的意见还是需要宣传。在宣传的过程当中，有个问题是不是从这个角度可以讲讲。就是诗词研究往往不讲规律而讲规则。规则是要讲的，诗词因为格律很严，所以它有种种规则，比如押韵有押韵的规则，平仄有平仄的规则，不能“三平”，不能“孤平”，不能这个不能那个，这都是从传统的创作经验中概括出来的。但是规则必须符合客观规律。规则是从哪儿来的，它是主观的一种规定，但这种主观规定必须符合客观规律。为什么要押韵，因为美需要和谐。所以要讲规律。你只有懂得规律，再讲规则，才能知其然也知其所以然。但现在只讲然，不讲所以然。比如说，诗词里面有一条，不能合掌。合掌是什么？合掌是重复，一般来说艺术是不能重复的，艺术要独创，但艺术也不绝对排斥重复。鲁迅的散文《秋夜》就是故意重复着讲枣树才能把那种寂寞的心情表现出来。“寻寻觅觅，冷冷清清，凄凄惨惨戚戚”，它的几个词是相近的，是有重复的。音乐里面的分节歌，三段歌词一定要用同一个音乐、同一个调子来唱。戏曲里面的垛子句，最有名的是扬剧《鸿雁传书》，它是一个人的戏，那就是戏。几十个垛子句，非常动人。河北梆子也有很多垛子句。现在有人把“吴宫花草埋幽径，晋代衣冠成古丘”也说成是合掌，“蝉噪林愈静，鸟鸣山更幽”，还有毛泽东的“独有英雄驱虎豹，更无豪杰怕熊罴”，都被说成是合掌，他就是拿一个东西套，两句相近的就说你合掌。重复在中国戏剧里头多得很，你看《梁山伯与祝英台》英台哭坟那场戏，祝英台到这儿就哭了，然后就唱了。那是整个戏的高潮，唱完了就跳进去化蝶了。“梁兄啊，实指望，红衣花轿到你家；谁知晓，白衣素服来吊孝”，“实指望，鼓乐笙歌来迎娶；谁知晓，喜鹊未叫乌鸦叫”，这些都是可以排的，很长很长的。有些时候演员自己可以编的。唱完了她还说，“梁兄啊，你一眼睁来一眼闭，是不是舍不下高堂双亲老年迈”，梁山伯没反应。“是不是……”唱了很多很多，最后唱道，“梁兄啊，你一眼睁来一眼闭，是不是舍不得小妹祝英台”，唱到这里的时候，梁山伯眼睛闭上了，祝英台就跳进去了。这些完全是民间艺术。你也不能开棺验尸啊，你来吊孝也不能把坟刨开啊！这些“合理性”啊，你都不必去推敲它，这是民间的东西啊！所以重复这个东西啊，在天才的笔下是神来之笔，在蠢才的笔下就是简单的重复，非常蹩脚。所以艺术这个东西是千变万化的，多种多样的，首先要懂得规律，在规律的基础上懂得规则。规则是人为规定的。美是和谐的吧，你要和谐，你要押韵，押韵在于声韵相同。从古代到现在音韵变了，它已经不和谐不押韵了，你还要死守古代的韵书，这不是“胶柱鼓瑟”么！当然你要用就用吧，这是不犯法的、不犯罪的。但你非要干预别人，你说别人不能用新声韵，这是没有道理的。所以规律应该是比规则更大的问题。文艺理论、诗词理论都是要研究规律，规律是根本，末的东西可能是一些具体规则，所以我认为要在研究规律的基础上研究规则。马凯同志概括的那些，应该结合他的诗词创作来谈，就是既要谈他的诗词，也要谈他的一些主张。这些对于提高改进诗词创作工作是大有好处的。

国魂凝处是诗魂

杨叔子

江苏高邮颜仁禧先生今年88岁了，一直致力于中小学诗教。前几年，他自费编写了《诗风吹绿校园春》诗文选，受到欢迎。今年，他继续推出了《诗风吹绿校园春》（续集），并一再函请我为这本小册子写个“序”。我很受感动，久久难平，在病中为之写了一首七绝，作为“序”吧：

诗风吹绿校园春，米寿诗翁续力耘。
寄愿儿孙诗志在，国魂凝处是诗魂。

写后，我豁然开朗，感悟到“国魂凝处是诗魂”这一自然流出笔端的诗句，正是我这些年来力主诗教、力主“文化要继承，经典须诵读，诗教应先行”这一论点的高度概括。

什么是国魂？就是国家灵魂，就是国家品格，就是民族精神，就是民族传统，就是国家、民族精粹的艺术表达。我之所以最终写出了与感悟到“国魂凝处是诗魂”这点，很可能是中华诗词学会中华诗教促进中心有的同志一再援用美国著名诗人惠特曼所讲的一句话引起的，这句话是：“看来好像很奇怪，每一个民族的最高凭证，就是它自己产生的诗歌。”无怪乎在外交对话中，往往都会引用本民族精彩的诗句。当然，以前，我已深切认识到：从《诗经》开始，一部三千多年的文学艺术史，也可说是一部文化史，其中繁星满天、佳作如林、新苗蓬勃的诗歌发展史就是一条“主脉”。同时，我还认识到：民族文化是一个民族的“基因”，没有民族自己的文化，就没有这个民族；没有民族自己的诗歌，当然也就没有这个民族。我国诗歌，以其极富感情的语言、极为精美的形式、极为深邃的内容、极为活跃的思维、极为纯朴的境界，以及极为明显的民族特色，作为民族文化璀璨的明珠，焕射着中华民族文化的夺目光芒。

国魂的核心是强烈的爱国主义，国魂的“基因”是高超的文字语言，国魂的感性体现是丰富动人的情感，国魂的理性体现是开拓活跃的思维，国魂的精髓就是广博深刻的哲理。作为文化明珠的诗歌，不仅与此密不可分，而且以极为动人的艺术形式凝聚着国魂的方方面面。

爱国主义是作为世界最古老的民族之一的中华民族以及灿烂的中华文明能延续至今的决定性因素，而爱国主义正是我国诗歌的主旋律。“天下兴亡，匹夫有责”。从《诗经》的“岂曰无衣，与子同袍”，到陆游的“一寸丹心空自许，满头白发只缘诗”，到鲁迅的“灵台无计逃神矢，风雨如磐暗故园”，到吉鸿昌临刑前的“国破尚如此，我何惜此头”，到今天李正常赞归国人员的“粪土他邦百万金，归情切切意沉沉”，我们就可想象到大诗人郭沫若同志在纵笔填写词《西江月·谒晋冀鲁豫烈士陵园》时激动之深情，这首词下片是：“松柏青青千古，乾坤正气淋漓。问君何处寻诗？诗曰在斯在是!”爱国气节，爱国诗篇，掷地胜过金玉之声。

爱国还是具体的而不是抽象的，是实在的而不是空洞的。爱国之爱首先是对人民之爱，对群众之爱。没有人民，没有群众，哪还有什么国家？“天地之间，莫贵于人。”“民为邦本。”这是我国自古以来的至理名言。杰出的诗人也一定是杰出的志士仁人，深深爱着人民，关心群众痛苦，与民众心心相印。从《诗经》中大量同情民众的疾苦、愤斥残酷剥削者的诗篇，到屈原的“欲摇桨而横奔兮，览民尤以自镇”，到李纲的“但得众生皆得饱，不辞羸病卧残阳”，到张养浩的“兴，百姓苦；亡，百姓苦”，到郑燮的“衙斋卧听萧萧竹，疑是民间疾苦声”，到丘逢甲的“四万万人同一哭，去年今日割台湾”，到毛泽东的“喜看稻菽千重浪，遍地英雄下夕烟”，这些诗句无不以民之忧为忧，以民之乐为乐，置身于民众之中。

爱国，爱民，自然就会爱祖国河山，“气蒸云梦泽，波撼岳阳城”，赞叹山河之壮丽；“好山好水看不足，马蹄催趁月明归”，情融风光之秀美；就会爱民族历史，“夜深细共荆妻语，青史青山尚未忘”，细诉对神州、对台湾之挚爱；就会爱自己的家乡，“受命不迁，生南国兮，深固难徙，更壹志兮”，倾尽对故土的依恋；就会爱自己的父母，“哀哀父母，生我劬劳”，深铭父母养育之恩情；就会爱自己的配偶，“曾经沧海难为水，除却巫山不是云”，彰显夫妻恩情之永恒；就会爱自己的朋友，“洛阳亲友如相问，一片冰心在玉壶”，“思君若汶水，浩荡寄南征”，“平生不解藏人善，到处逢人说项斯”，焕射着朋友深情厚谊的光彩！如此等等，何胜枚举！诗人及其诗将这一切与自己融成一个整体，凝成一个生命，这就是有血有肉的爱国主义。

国魂的“基因”是高超的文字语言。文化是人类社会的“基因”。生物基因就是 DNA（脱氧核糖核酸）的片段，而 DNA 是由千千万万个 A、G、C、T 这四种核苷酸作为最基本的构件而组成的双螺旋形状结构这一长链，基因即其片段。显然，文化这个“基因”的“核苷酸”就是文字，文字这个“核苷酸”按规律的组合就是语言，而这一组合的集成就是人类社会的“基因”，即文化。人本身有 3 万多个生物基因，其中有的重要，有的不重要，而诗歌是文化“基因”中的特别重要的“基因”。教育部原负责人之一的柳斌同志就语言写了十首诗，叫做《“语论”十首》，写得很深刻，特别有几句可谓“一针见血”：“人文为何物？语言乃其宗。”“匠心织思绪，语魂实诗魂。”太好了！语魂实诗魂！诗就是语言，就是一种特殊语言，难以用更概括的名称来称呼，就只能叫做“诗的语言”，叫做“诗”。没有汉字，就绝不会有丰富、规范的汉语言；没有汉字与汉语言，就绝不会有汉文化，当然也就没有中国诗歌、中华诗词。在这里，不能不提到俄罗斯经济学院教授弗拉基米尔·波波夫 2004 年 10 月 11 日在俄罗斯《政治杂志》上发表的文章《通向巅峰的途中》。此文指出，中国之所以能作为一个文明古国延续至今，并正在走向新的巅峰，原因在于文化；这个文化有三个特点：令人惊叹的象形文字，浩瀚如海的文献，精神生活的崇敬祖先。只有中国将象形文字一直保持到今天，其他民族或早或晚地都已改用字母，而中国却没有发生这种变化。以这种文字构成的语言，所记录下的五千年历史之详尽，是世界文化中所罕见的，加上对祖先的崇敬，就决定了民族文化的继承性。这一继承性将古老与现实连接起来，积累成了中国智慧的宝库。是的，这一继承就是发展过程中的继承，就是继承中的发展。

还应指出的是，汉字是形、声、义相统一的象形文字，它不仅是符号，而且还是艺术，是科学，是文化。科学研究表明：这种文字及以其构成的语言，既能开拓人的左半脑，又能开拓人的右半脑，启迪右脑的原创性功能。以这种文字与这种语言所写成的中华诗词，形式精湛，技巧高超，音韵优美，节奏动人；内容凝练，语言精美，情景交融，心裁别出；感情丰富，思想活跃，意境深邃，哲理丰富。中华诗词的形式、内容、思想与意境相互联系，彼此渗透，形成整体，不可分割。没有汉字，没有汉语言，就绝不可能如此！一个关键的字、一个关键的词、一个关键的句，同一句诗、一首诗形成密不可分的整体，有着画龙点睛的神奇作用。无龙，睛有何用？无睛，龙有何神？“春风又绿江南岸”的“绿”，“红杏枝头春意闹”的“闹”，苏轼的“大江东去，浪淘尽，千古风流人物”，柳永的“今宵酒醒何处，杨柳岸，晓风残月”，就是众多脍炙人口的诗篇中的几个典型事例。杜甫的《登高》历来被认为是最为精彩的诗篇之一，用字遣词，造句行文，至美至妙，慷慨激越，全为对仗，金性尧评价为“是杜诗中最能表现大气盘旋，悲凉沉郁之作”。一直到今天，“无边落木萧萧下，不尽长江滚滚来”这一名句，仍被广泛引用。至于属于诗词范畴内的对联，用字、遣词、造句更是极尽汉文字语言的特色，登峰造极！

国魂的感性体现是丰富动人的情感。我们一般都知道，所谓的国力主要包含经济实力、军事实力与民族凝聚力。其中，关键是民族凝聚力。天时不如地利，地利不如人和，人和就是民族凝聚力，民族凝聚力就是对民族文化的认同。这表明民族文化具有强大的凝聚力。国魂具有凝聚力，诗魂更是如此。我国传统佳节之一是中秋，中秋主题是团圆，凝聚在一起。请看：“海上生明月，天涯共此时”，“一夕高楼月，万里故园情”，“但愿人长久，千里共婵娟”，以月为题，表达怀念、凝聚、团圆之念的佳句，比比皆是。“共看明月应垂泪，一夜乡心五处同”，“露从今夜白，月是故乡明”，“月明千里，隔江何处山”，以至于吕本中的词《采桑子》：“恨君不似江楼月”，念人之思，感人之情，深沉朴质，酣畅淋漓。对亲友如此，对家乡如此，对祖国更是如此！“人情同于怀土兮，岂穷达而异心。”对于“魂销汉使前”的苏武，“回日楼台非甲帐，去时冠剑是丁年”，面对“云边雁断胡天月”，历尽十九年的万般折磨，一直为回归祖国而魂牵梦绕，心向故土的情感何等深厚！

古谚语云：“精诚至处，顽石点头。”人是人，物是物，主观是主观，客观是客观。但人之所以为人，诗人之所以为诗人，因其能对无情的物却赋予因人因势而异的情感，“任是无情也动人”，使物“活化”、“情化”。“感时花溅泪，恨别鸟惊心”，花因人之深切感伤而情化为之溅泪，鸟因人之惜别痛离而情化为之哀鸣惊心。“颠狂柳絮随风舞，轻薄桃花逐水流”，“落絮无声春堕泪，行云有影月含羞”，柳絮活化为颠狂，桃花活化为轻薄，春情化而以落絮为己之堕泪，月情化而以行云之影为己掩盖含羞之容。

其实这一切皆诗人真情所赋予而得的感受。所谓触景生情，寓情于景，情景交融，皆文字语言的艺术力量所致，诗词更不例外。无情不是诗，不美不是诗，情以美为表，美以情为基。陆机讲得好："诗缘情而绮靡。"王国维讲得更直白了："诗歌者，感情之产物也。"其实，"诗言志"，"志"的基础主要是"情"。张先词有"登高怀远几时穷，无物似情浓"，元好问词有"问世间，情为何物？直教生死相许"。他们这样的词句，本身就极有情了！情是如此吸引人心，凝聚人心。从"关关雎鸠，在河之洲。窈窕淑女，君子好逑"，这以雎鸠之鸣为兴，引至充满男女恋情之诗，到"长风破浪会有时，直挂云帆济沧海"，这以长风破浪借喻充满希望豪情之诗，到"马思边草拳毛动，雕盼青云睡眼开"，这以马思边、雕盼飞借喻愿奋战沙场之情之诗，到"莫道不消魂，帘卷西风，人比黄花瘦"，这将黄菊活化直喻凄苦孤单之情之诗，到"但得众生皆得饱，不辞羸病卧残阳"，这以老牛借喻深切关怀民众温饱疾苦之情之诗，到"待到山花烂漫时，她在丛中笑"，这以梅花报春借喻先驱为民献身之情之诗……这种真正的诗句，莫不含情，莫不显美，莫不动人心弦。

国魂的理性体现是开拓活跃的思维。人为万物之灵。什么是人？有着各种不同的讲法。德国哲学家恩斯特·卡西特讲的很有道理："我们应当把人定义为符号的动物，来取代把人定义为理性的动物，只有这样，我们才能指明人们独特之处，也才能理解对人开放之路——通向文化之路。"将人与文化相联系，这是站在更高一个层次上来认识人。人是有文化的动物，文化是人类社会的"基因"；正因为有了文化，就有了独立思考的精神、能力与思维。生物的基因如果没有变异，就没有生物的演化；社会的文化"基因"如果没有创新，就没有社会发展。诗，作为文化的明珠，我十分赞成诗的极为关键的作用就是"启智"这一论点。"启智"就是开发人天生的富有创造力的思维。"启智"，启迪科学思维、逻辑思维、抽象思维、求同思维、正确思维，启迪人文思维、开放思维、形象思维、求异思维、原创性思维。两种思维，同源共生，互异互补，和而创新。戏是艺术，诗也是艺术。京剧常常讲："十戏九不同"，讲的是十分之九要求不同，要求异，要创新；又常讲："老戏要新，新戏要老"，讲的是既要创新，又要延续，在延续中创新，在创新中延续。北京大学校史馆训八个大字讲得好："温故知新，继往开来"，全面准确而深刻揭示了故与新、往与来、延续与创新不可分割的关系。基础是延续、继承，关键是创新、发展。戴叔伦《除夜宿石头驿》的"一年将尽夜，万里未归人"，来源于梁武帝《子夜冬歌》的"一年漏将尽，万里人未归"。有人评价这一对字次序的小改动，点石成金，成为"客中改岁之绝唱"的千古佳句。然而，更为关键的是原始创新。林从龙先生就举了"愁"的写法，著名诗句无有雷同者。杜甫的诗为什么好？就在于他以极大的工夫去创新。他坚定地自我表白："为人性僻耽佳句，语不惊人死不休。"我十分欣赏梁东同志引用的约翰·维科的论点："诗性智慧就是原创性智慧。"

京剧界还常讲："不能不像，不能真像。"为什么？因为京剧界又讲："不像不是戏，真像不是艺。"艺术之可贵，就在于追求神似而非追求形似，即能抽象出所涉及对象的有关的最本质之元素，而坚决摒弃非本质的元素，使所描绘的对象似非而实是。诗何尝不是如此？苏轼在他的《红梅》诗中批评石曼卿《红梅》诗中之句“认桃无绿叶，辨杏有青枝”，他写道：“诗老不知梅格在，更看绿叶与青枝。”梅花的品格比梅花的外形更重要。什么是梅格呢？他说是“寒心未肯随春态”的“寒心”及其所显出的“雪霜姿”。我想这个梅格也正是毛泽东同志所讲的“已是悬崖百丈冰，犹有花枝俏”之格吧！这种对本质更深刻的从不同侧面的抽取而加以艺术化，也正是一种深刻的创新。

中华诗词文化一贯是高度重视创新的。《诗经》中就有了：“周虽旧邦，其命维新。”在这之前，商汤就有了“苟日新，日日新，又日新，作新民”的论点。《礼记·大学》开篇就提出：“大学之道，在明明德，在新民，在止于至善。”正因为如此，胡锦涛同志2006年1月在全国科技大会讲话中指出：“中华文化历来包含鼓励创新的丰富内涵，强调推陈出新、革故鼎新，强调天行健，君子以自强不息。”我国哲理所讲的“易”，就是强调“变”，强调“生生之谓易”，永远乐观地站在生的一边而非死的一边来看世界新的变化。江泽民同志在讲话中一再引用了孟浩然的名句：“人事有代谢，往来成古今。”唐代改革派的诗人刘禹锡也是一位哲学家，写过著名的《天论》。他屡遭打击，但从不屈服。他揶揄讥讽地写道：“种桃道士归何处，前度刘郎今又来。”他坚定地支持新生事物，“请君莫奏前朝曲，听唱新翻杨柳枝”，“芳林新叶催陈叶，流水前波让后波”，“沉舟侧畔千帆过，病树前头万木春”。

上面讲了，开拓活跃的思维就是“启智”，启科学思维之智，启人文思维之智，启两者相融之智。仔细读读中华诗词，深入想想诗词内涵，就会感悟到确实如此。“人生自古谁无死，留取丹心照汗青。”“身无彩凤双飞翼，心有灵犀一点通。”有了上句道地的科学根据，才有下句动人的人文情怀。“睫在眼前长不见，道非身外更何求。”有了上句这一客观存在，才能作出下句情感推论。“空床卧听南窗雨，谁复挑灯夜补衣。”有了上句这一客观情景，才能导致下句由甜蜜的回忆而引起内心的极度悲哀。“唯将终夜长开眼，报答平生未展眉。”有了上句的个人实实在在的具体表现，才能有下句的充分体现个人的深厚之思念与感恩之悲情。“落红不是无情物，化作春泥更护花。”有了下句落花化为沃泥这一现实，才能有上句认为落红有情的人性赞誉。毫无疑问，那些情景交融的绝妙诗句，当然是科学与人文自然相融的产物了，当然是创新的美妙成果了。

国魂的精髓就是广博深刻的哲理。一个民族文化的精髓就是这个文化所包含的哲理，而民族精神就是这一哲理的凝现。中华民族文化的哲理所具有的世界观、人生观、价值观所体现出的是整体观、发展观（变化观）、本质观。中华民族文化含有丰富的动人情感，铸就了民族强大的凝聚力；含有开拓活跃的思维，产生了民族强大的创造力；而其含有的广博深刻的哲理，赋予了民族强大的生命力、战斗力。这一生命力、战斗力，其实就是凝聚力与创造力的融合，使我们的民族团结一致，开拓奋进，不但不为任何敌人、困难所征服、所压倒，相反，而是最终能战胜、压倒这一切敌人、困难，向前发展。

哲理是概括一切道理的道理。哲理站得高，看得远，望得全，思得深，站得稳。“居高声自远，非是藉秋风”，“欲穷千里目，更上一层楼”，“不畏浮云遮望眼，只缘身在最高层”，既是绝妙诗句，更是哲理名言。“登泰山而小天下”，信然！“少壮不努力，老大徒伤悲”，“黑发不知勤学早，白头方悔读书迟”，“劝君莫惜金缕衣，劝君惜取少年时”，“莫等闲白了少年头，空悲切”，是的，一切得从年轻时做起。“合抱之木，生于毫末”；文嘉写的《今日诗》、《明日诗》与《昨日诗》，关键是要抓紧年轻时代的今天，“努力请从今日始”！“不识庐山真面目，只缘身在此山中”，“试玉要烧三日满，辨材须待七年期”，要跳出“我执”、“他执”，脱出羁绊，方能看清。“努力崇明德，皓首以为期”，“其身与竹化，无穷出清新”，“纸上得来终觉浅，绝知此事要躬行”，要以德为先，聚精会神，力学笃行，长期不懈。

诗人往往懂得哲理，甚至是哲学家。一个杰出的诗人，一定有很高的思想境界与很活的思维方式。这就不可能不使他的世界观、人生观与价值观有着正确而又独特的取向。李白的“安能摧眉折腰事权贵，使我不得开心颜”，于谦的“粉骨碎身都不怕，要留清白在人间”，王冕的“不要人夸颜色好，只留清气满乾坤”……真是难计其数！我国古代志士仁人一贯重视气节、晚节。“人生自古谁无死，留取丹心照汗青”，这一朴实无华而又十分精彩的艺术语言，充分彰显了文天祥成仁取义的伟大气节。

绝妙的诗句，往往涵蓄深刻的哲理。看起来，似乎就是所写的那么回事，想起来，其味其意无穷。“两岸猿声啼不住，轻舟已过万重山”，看来只是以欢悦心情写出犯大罪逢大赦之时所闻所见之景色，其实含有情景交融的深刻哲理；“纵使晴明无雨色，入云深处亦沾衣”，难道这只是写进入深山老林之中的实际情况吗？“妆罢低声问夫婿，画眉深浅入时无”，难道只是写新婚洞房夫妻之间的画眉之乐吗？“千门万户曈曈日，总把新桃换旧符”，难道只是写大年之日更换桃符这一欢乐场面吗？其实，诗句中不仅蕴含了诗人想讲而没讲的话，而且还蕴含了诗人还没想到而可开拓出的意境与真理。所以，我体悟到诗就是：以最精练、最美好、最富感情、最富内涵而又最能开拓境界的语言来表达的人生感悟与哲理。

费尔巴哈对人的认识是很有道理的。他认为：“一个完善的人，是具有思维的能力、意志的能力和心情的能力。思维的能力是认识的发达，意志的能力是性格的力量，心情的能力就是爱。”如是将这一认识加以深化与推广，他所提三点就是文化的内涵，就是诗魂的内涵：思维的能力、认识的发达就是开拓活跃的思维，意志的能力、性格的力量就是广博深刻的哲理，心情的能力、爱就是丰富动人的情感。这是自然的。完全没有文化，严格讲，就没有真正成为一个人；不能够去实践文化的哲理，就不能算一个完善的人；而诗十分有助于人的完善，有助于人的立德、启智、健心、育美、燃情与创新，即有助于人的素质的提高，此亦即有助于马克思所讲的人的自由而全面的发展。众所周知，国民素质是一个国家的第一国力，当然也是国魂根本所系。

我很欣赏这么一句诗：“华夏赖正气，诗魂壮国魂。”我想再补上一句诗：“国魂盈正气，华夏铸诗魂”。这就是“国魂凝处是诗魂”吧！

践荣止耻 诗砺情操

梁 东

胡锦涛总书记提出的以“八荣八耻”为核心内容的社会主义荣辱观，是党中央加强公民道德建设，提高全民素质，促进社会主义精神文明一次重要的理论建设。践荣止耻，人的情操是根本，情操是人类的高级感情，是情感与理智、情感与价值观相结合的综合体。在日常用语中，情操是情感与操守的结合。现代心理学认为情操包含理智情操、道德情操和美感情操。包括创作与赏读在内的诗性活动，在我国广泛称之为诗教。这个独特的诗传统之根在中华文化经典。两者的结合，也就是运用诗教的传统来强化人们的情操建设，对于中华民族精神的延续和提高，对于新时期社会主义精神文明建设，有着不可估量的巨大作用。通过近现代心理学、美学的视角，人们会发现，诗性活动的本质在于审美，诗教的实质在于情感陶养。这样传统诗教就与当代的教育理念在认识上得以接轨。这对于推动当前以践荣止耻为核心的全民素质教育，具有重大意义。下面，着重就诗教对于情感和道德两个方面的作用，从而促进当前社会主义荣辱观的建设，作一些探讨。

一、诗育爱心

情感及其升华，是人作为高级动物的重要标志。然而情感有炽热和冷淡之分，有高尚与卑下之异。唤起人的情感并使之由冷漠到热烈，由低下到高雅，就是一个激活并进而陶养的过程。中国的传统理论说明，诗（同乐相结合）的教化作用之所以“其化人也速”，原因在于“其感人也深”（荀子《乐论》）。唐代的白居易也说：“感人心者，莫先乎情，莫始乎声，莫深乎义。诗者，根情，苗言，华声，实义。”一个“根情”，就把动人于心灵深处的根本因素在于诗作了言简意赅的说明。也可以认为这是对先秦以来诗乐陶情的理论作了一个精辟的概括。宋朱熹进而引申出“反情以和其志”正是《诗经》具有教化作用的根本原因。如果说，同“情”相对的是“理”，那么，由于情的感染、陶冶、认同、升华而趋于高尚，比由于明理而提高道德的认知要来得自觉和深邃。这是由于情感内化为人的素质所致，这是教化作用的最大化。情感的核心问题是爱心。儒家讲仁爱，“老吾老，以及人之老；幼吾幼，以及人之幼”。墨子讲兼爱，“视人之家，若视其家；视人之身，若视其身”。释家则讲同体大悲，普度众生。爱心既是与生俱来的，又是后天可以加以激活和开发的。爱父母、爱家人直到爱他人，爱及人类，胸襟为之博大；爱生活、爱生灵、爱自然、爱国家，以丰富的同情心和悲悯情怀面对外部世界，内心世界不断追求真善美，摒弃假恶丑，这更是一个激活、深化和升华的过程。中华诗词不论是古典的，还是当代的，都有大量的爱心乐群的颂歌，赤子童心，感人肺腑。对自然，“采菊东篱下，悠然见南山”（陶渊明），“相看两不厌，只有敬亭山”（李白）；对国家，“捐躯赴国难，视死忽如归”（曹植），“苟利国家生死以，岂因祸福避趋之”（林则徐）；对人民，“安得广厦千万间，大庇天下寒士俱欢颜”（杜甫），“衙斋卧听萧萧竹，疑是民间疾苦声”（郑燮）；对友人，“海内存知己，天涯若比邻”（王勃），“我寄愁心与明月，随风直到夜郎西”（李白）；对邻里，“邻家孀妇抱儿泣，我独展转何为情”（韦应物），“豆花似解通邻好，引蔓殷勤远过墙”（高翥）；对亲人，“共看明月应垂泪，一夜乡心五处同”（白居易），“但愿人长久，千里共婵娟”（苏轼）；对父母，“哀哀父母，生我劬劳”（《诗经·小雅·蓼莪》），“谁言寸草心，报得三春晖”（孟郊）……这些真情挚爱的佳章名句，传诵千古。以诗陶养情感，还应从诗心理学的角度作科学考察。审美理论告诉我们，无论是作者还是读者，情感活动是审美活动的主流。但在审美经验（过程）前和审美经验（过程）后，情感活动难免不与价值观、道德影响等理性思维相伴而行（朱光潜《文艺心理学》）。因此，通过诗性审美活动陶养情感，激发爱心，节制私欲，明荣知耻，可以臻于《老子》的注释家王弼所说的“有情而无累”，或即范仲淹所说的“不以物喜，不以已悲”、“先天下之忧而忧，后天下之乐而乐”的境界。这种境界实际上就是基于足够的认知水平，从而能不计较个人的利害、得失，以客观之真为准绳评价事物的理智情操境界。英国的雪莱说得好：“道德中最大的秘密就是爱。”这就是结论。爱国守法，明理诚信，团结友善，勤俭自强，敬业奉献，这是国家颁布的公民道德规范。如果说，这应当是当代社会的伦理标尺，客观而理性，那么以八荣八耻为核心的社会主义荣辱观就是更具善恶、美丑、爱憎等主观强烈感情倾向的价值、是非判断的客观依据，因而具有典型的感情与理智、主观与客观的矛盾同一性。八荣八耻，是通过鲜明的对比和强烈的反差，凸现出对国家、人民、科学、劳动以至个人修身诸方面爱憎分明的感情。一个是九死无悔的深爱之情，一个是深恶痛绝的弃绝之情。刘禹锡有诗云“长恨人心不如水，等闲平地起波澜”，形象地道出了人的情感最具直觉性、冲动性和活跃性，因而常常是人的行为的最直接的原动力。紧急情况下的“见义勇为”，未必是冷静思考的结果；“见财起意”，也未必是不明义利之辨。瞬间起决定作用的常常是高尚的情感和卑劣的欲念。因此，践荣而止耻，应当十分注重后天的陶冶和养成。诗教的历史实践无数次地说明，从小接受诸如岳飞的《满江红》和李绅的《悯农》一类诗章薰陶和教育的人，从心的深处就升腾着对国家和人民强烈的爱心，从骨子里就极端鄙弃卖国、害国以及坑农、浪费等行为。中华文化传统中，释家讲因果报应、修持禅定；道家主张静虚无为，以理化情；儒家要求乐而不淫，哀而不伤。这就是说情感既要陶养，还要讲节制，讲理性化。爱心的要害是抑私，但不是灭私。宋程颢说：“人之情各有所蔽，故不能适道。大率患在自私而用智。”人如果在情感上不那么自私，不那么动心计，就会达到“有情而无累”的境界了。

二、诗砺德操

道德情操是一种高水平的情感体验，

是与评价一种行为否符合道德规范相联系的。历史上制礼，虽定贵贱尊卑，但也还要以社会道德、行为为规范，使之有利于社会的安定和秩序。以社会道德准则作为区分是非、善恶、好坏的标准，是情操的核心。中华传统文化经典关于道德情操及其修养途径，孔子讲仁义、忠恕、复礼。“仁者爱人”，“君子喻于义，小人喻于利”，“己所不欲，勿施于人”。《大学》的三纲八目，归结起来就是“明德”、“修身”。“修身”的目的即在“明明德”。王守仁解释《大学》是学作大人（与小人相对，即君子）之学。《孟子·滕文公下》说：“富贵不能淫，贫贱不能移，威武不能屈，此之为大丈夫。”古人以正气为充塞于天地之间、至大至刚之气。体现于人则为浩然的气概，刚正的气节。这些都是以理智情操修养道德情操的有效途径。扎根于中华文化元典精神的诗教，有着砥砺情操的独特作用。若用现代心理学来观照，就易见其直接作用和当代价值。从诗的创作、欣赏的感情流程来看，存在着一种“移情作用”。这被认为是由德国学者立普斯倡导的美学基本原理。“感时花溅泪，恨别鸟惊心”，鸟似因恨别而惊心，花似因感时而溅泪，物我借移情而统一。移情作用使作品成为沟通作者和读者的桥梁。清王夫之《诗绎》中说：“作者用一致之思，读者各以其情而自得。”这种赏析者的情感投射作用强化了移情效果，使诗人、作品和读者之间产生超越时空的情感谐振，这就是“共鸣”。梁启超读陆游诗集后有“谁怜爱国千行泪，说到胡尘意不平”之叹，这就是戊戌政变失败后的梁启超与一生抗金终悲九州不同的陆游之间的感情共鸣。共鸣的谐振特性会放大情感的互动效应。这是优秀诗作常使人一唱三叹，进而潜移默化、升华情感的机制所在。按照美国当代心理学家马斯洛《人的潜能和价值》中提出的理论，人的“需要”有三个层次。一是生理需要，所谓“食、色，性也”；二是心理需要，即人际的“爱与尊重”等社会需求；三是“超越性需要”，是指“自我实现”。诗在陶养情感中的移情、投射和共鸣机制大有助于有志者实现精神层面上“自我实现”的需要。满足这种需要的任何努力，每前进一步都意味着向道德情操的进一步升华。选择作为优秀文化的中华诗词（包括传统的和当代的）为伙伴，来促进自己的精神层面“自我实现”的需要，则必然从众多的诗人和千万个诗的“受众”中，释放出健康个性和崇高品德的道德光芒。诗教也必然因此为与时俱进的、新时期中华民族伟大精神廊庙的构建添砖加瓦。诗教之所以不朽也正在此。综上所述，爱心、德操等构成了人类最美好的情感和操守。“八荣八耻”中所凸现的爱国、利民、勤政、乐群、助人、诚信、修身、守法和当代公民意识等诸多方面，构成了一个以中华传统文化为基线，又充满时代精神的人文意识的蓝图。它既是中华民族精神家园的回归，又是当代社会主义思想的昂扬。当前，世界经济一体化的大趋势不可逆转，中国人民既是“地球村”中的一个群体，又要在被包围中实现伟大的民族崛起的历史使命，践行社会主义荣辱观，提高全民素质，就是一场在重要的历史时刻提出的精神、思想领域的伟大进军。它鲜明的时代色彩和战斗精神，就在于它同时从正反两个方面提出问题。“八荣八耻”没有采取一般的正面引导的提法，而是把精神生活中应当崇尚什么、反对什么，明确地摆到全国人民的面前。而且这个任务又是如此的紧迫和重要。多年来，“荣”我们讲得很多了。“荣”的概念和追求，人们多半很清楚。而“耻”就陌生得多，尤其是把“荣”和“耻”鲜明地放在一起，就产生了振聋发聩的效应。《管子·牧民》说：“礼义廉耻，国之四维，四维不张，国乃灭亡。”维指纲维，事物之总要，国家之大要。“耻”俨然列其中。因此，国家要明耻，国人要知耻。《论语·为政》说：“道之以德，齐之以礼，有耻且格。”《礼记·中庸》说：“知耻近乎勇。”清代的龚自珍在《明良论二》中说：“士皆知有耻，则国家永无耻矣。”法国莫洛亚说：“无视道德、行为规范的危险之处，在于它将恶行认作美德。”这些都说明，在国家行为中，对“耻”字加以聚光，使国人时刻警醒，实在是太重要了！践荣止耻，有赖于国人的长期努力。然而，千里之行，始于足下。在这场伟大的进军中，诗格砥砺人格，无论是长期浸润、陶养，抑或是即时的顿悟和奋起，诗教无疑是有效而重要的途径。诗教是以人为本，养心种德，使社会和谐、科学发展的强中固本之举。诗教对于国人，尤其是对未成年人来说，其功效可以用十个字来概括。即：启智、立德、育美、燃情、创新。激活智力和情感，立下道德根基，从而践荣止耻，以美好的心灵、健全的人格、聪明、智慧地，日新、又新地投入未来的事业，图民族之昌盛，期国家之富强，应当是现实有效、万众一心的事业。愿诗人们同教育战线、宣传思想战线的同志们一起，让诗教在践行社会主义荣辱观这一事关中华民族前途命运的伟大使命中，发挥应有的巨大作用。

强中固本说诗教

梁　东

党的十七届六中全会作出了推动社会主义文化大发展、大繁荣的决定，弘扬中华民族优秀的传统文化，发挥中华诗词的作用，应该是文中应有之义。弘扬诗教的传统，推进当代诗教，从而强中固本，提高国民素质，培育创新型人才，应该是其中重要内容。

源远流长的中华诗歌，是生发、孕育民族精神、传统道德和人文素养的深厚土壤。不但融汇了历史先贤的智慧、风骨、胸怀和操守，而且凝结了前人的人生、社会、自然万物的文化省察，是人们陶冶情操、净化灵魂、砥砺民族气节、培养爱国操守的精神食粮。应运而生的中华诗教，一直是促进人精神内化、道德自律、人格完善的情动于中的有效教化方式，而且贯穿于中国历史的每个时期。

当代诗教，不是简单的复古，而是在生生不息的历史实践中发展而来，是既承接传统智慧，又焕发当代生机的规模宏大、基础深厚的文化教育事业。诗教不靠灌输和说教，而是发挥诗词通人性情的特质，来达到主体间在思想、感情、行为等方面进行交流的一种文化思维方式，一种文化产物。

历史上诗学理论一直有言志、缘情的两种看法。有的诗家认为诗就是吟咏情性的，不认同诗的教化功能。然而，诗的特质决定了诗通过感染产生教化的实际。几千年来，从孔子“诗三百”的化育苍生，从中华民族精神、气质通过诗的传承，从中华经典通过诗的广泛普及，到近现代诗作为革命号角唤起民众……诗的社会教化作用是客观存在。正是诗和诗教，见证和书写着中华民族的发展历史。

历史走到今天，中华民族伟大崛起的历史使命正面临国民素质状况的制约。提高全民素质的历史任务，比历史上任何时候都更加迫切地摆在中国人民面前。

在此刻，我想起了“钱学森之问”。

“为什么我们的学校总是培养不出杰出人才?”在钱学森同志逝世不久，2009年11月，安徽十一位教授联合《新安晚报》向教育部新任部长发出了公开信。其实这个问题钱学森自己已经做了回答。钱学森提出的“大成智慧教育思想”的构想，包括四个方面，构想之三是“让科学与艺术联姻”。钱曾说，他有一位有见识的父亲，让他学理工，却同时要他涉足音乐、绘画等艺术领域。同时作为音乐家的钱学森夫人，也发挥了耳濡目染的作用。正是这些，使得他“避免死心眼、机械唯物论，想问题得以更宽一点，更活一点”，他还说“搞科学的人同样需要灵感，而我的灵感许多是从艺术中悟出来的”。

当代著名学者、中科院院士杨叔子教授，从民族生存发展的大视野和人的思维方式、思维能力的高度，提出了“双飞燕子”和“相融成绿”的理论，把逻辑思维和形象思维、科学和人文两条时空隧道，在人脑里“打通”了。两般能事，得一手而兼之。他以一位资深教育家和教育部高校素质教育委员会主任的身份，大声疾呼：让中华诗词大步走进大中小学校园乃至千家万户，“经典须诵读，诗教应先行”，“力施诗教于未冠”，“兴于诗——建设中华民族共有精神家园”。

两位学者的真知灼见，是他们积毕生科学和教育实践得出的结论，是痛切地感到我们教育上的弊病而提出的，是有的放矢的。这些见解又是和中华民族几千年的实践共通的，结论是一致的。

中华诗词学会在推进诗词创作的普及与提高的同时，努力致力于诗教工作。实践告诉我们，当代社会的“以诗育人”，正是历史上“化成天下”的继续。诗教的核心特质是对人精神世界的“强中固本”，诗教对人尤其是未成年人，确实具有启智、立德、燃情、育美、创新的功能，这又为二十年来中华诗词学会在一些地方党政领导、教育界有识之士以及许多专家、学者、诗人作为“志愿者”的通力合作下取得的成果所一再证明。

启智。诗性思维是原创性思维，突出地表现了直觉、顿悟和灵感的一面，正是这些，是科学创造的先决因素。诗教，尤其是校园诗教，可以使处在人生最佳脑力开发阶段的孩子们，在快乐和潜化中接受原创性思维的开发。让我们的民族智慧地迎接挑战，面对未来。

立德。诗歌是人类最高的精神仰望。“欲学为诗，须先学立品”，以诗魂铸灵魂，以诗品塑人品，“养心种德”，诗教有用不尽的教化资源。

燃情。通过诗教打开人的情感闸门，

感悟而启智，感化而燃情，通过感悟和感化，唤起激发生存、发现、发展和自由的生命意识，拒绝冷漠，焕发人间大爱，这正是诗和诗教的伟大生命意义之所在。

育美。美育本质上是对人的生命本身进行塑造并使之完美的教育。诗教的美育功能正在于全面培养人，着眼的是整个的人，使“审美的人”升华为道德的人，身心健全、全面发展的人。

创新。诗歌是智慧之歌，是创造之歌。想像力是创造力的核心，诗教促使人们张开想像是的翅膀，改善思维品质，激发创新思维。诗教，可以成为培育创新型人才的摇篮。

以上启智、立德、燃情、育美、创新，有人称之为当代诗教功能的十字箴言。在这个基础上，杨叔子院士建议加上“健心”的概念，即诗教对于脑健康、心理健康的作用。十个字或者十二个字，核心是强中固本。这可以说是近二十年来许多学者、诗人、教育工作者在理论和实践结合的基础上共同努力而取得的规律性认识。我想借此机会告诉大家，长时期以来，遍布祖国大江南北、长城内外的广阔土地上，有一群执著的人们在为诗教工作进行辛勤的耕耘。在他们身上，用不辞劳苦、不计报酬之类的语言已经远远不足以刻画他们。我见到有的诗人一年差不多花上近十万元，用在帮助开展诗教上。不少诗人风霜雨雪，不顾年老体衰，坚持为学生和教师们作诗词创作辅导。在他们的“字典”里从来没有“讲课费”一说，他们能说服学校和教师，同意让他来搞辅导讲座，就是莫大的幸福了。我见到不少中小学校的校长、班主任、老师，甚至地方教育行政负责人，怀着对中华传统文化的激情和强烈的责任意识，在当前应试教育的总形势下，能动地安排诗教时间，创造性地把诗教融入现行教育体制。他们激动地告诉我，接受一定时间诗教的学生，学习主动了，甚至聪明了，纪律好了，在家里劳动了，甚至孝敬父母了……有的老师拿出多年教育记录和学生名单，说明即使毕业班也并未因此而影响升学的成绩。有些学者，也甘于花时间进行这种“冷门”的学术研究。当代诗教正在随着实践的更深更广，而不断结出理论之果。

近年来，我们在诗教实践中，越来越觉察到诗教对于培育创新型人才的不可忽视的作用。有的学者说：“我们讲素质教育讲了多年，素质教育到底应该抓什么？我认为，重要的方向是要抓创新型人才。创新能力是多维的，创新人才是多元化的。”可见，创新教育不仅是英才教育，也可以是大众教育。诗教正是艺术教育、素质教育、创新教育的广阔基石。诗教，正是诗教，不仅是传统意义上的艺术教育、美学教育、素质教育的主要途径，同时应当而且完全可以成为当代素质教育的生力军。广而深的诗教传统，正是造就伟大诗人、学者的丰腴土壤；而重视从诗教到创新教育的开发，则不仅造就诗人，而且造就建设创新型国家所急需的创新型人才。当下，我们完全可以想像，正在接受诗教，在课堂上激情满怀地朗读诗词的少年中，完全可能产生他年的李白、杜甫，也完全可能产生他年更多的钱学森！

今天，中华诗词的盛世正在来临。让传统艺术形式的诗词推动当代的历史，不应该再受到怀疑。为崛起的中华民族和长治久安的中国服务，理所当然地应该包括传统诗词的生命力。在“坚持走中国特色自主创新道路，为建设创新型国家而奋斗”的征途中，也千万不要忘记诗教对强中固本，提高国民素质，培育创新型人才的重大作用。

文化自信来源于文化自觉。在社会主义核心价值体系的引领下，继承和发扬诗教的传统，丰富当代的诗教理论和实践，对于中华民族的今天和未来，善莫大焉！

谈以“形”写“神”

蔡厚示

早在五十多年前，北大宗白华教授曾指导我写艺术辩证法方面的研究生论文。可惜我在宗先生门下的时间很短。不久我即被厦门大学召回教学岗位。近几十年来，我在从事中国古典诗歌的教学和研究过程中，深感到学习艺术辩证法的重要性。前些时候，我写过《谈诗的意境》一文，提出了“情景交融”、“时空流转”、“声色兼备”、“虚实相生”的十六字诀。这些都属于艺术辩证法的范畴。今天我再提出另一个十六字诀，即“以形写神”、“以声表静”、“以小见大”、“以疏间密”。它也是艺术辩证法所包涵的内容。现先谈以“形”写“神”的问题。

诗词和所有的艺术门类一样，都是通过形象来反映社会生活的。所谓形象，即首先包含着“形似”的要求。如果完全撇去“形”和“象”，将何以表达“神”和“意”呢？诚如宗白华先生论中国古代绘画时所指出：“实先由形似之极致而超入神奇之妙境者也”（《艺境》第34页）。诗词也是这样。但任何真正的艺术都不能是生活的自然主义写照和机械翻版。如过于追求形体的酷似，反往往导致艺术的破产。如齐、梁时代的诗歌，它的致命弱点就在于“情必极貌以写物”（《文心雕龙·明诗》），以致“采俪竞繁，而兴寄都绝”（陈子昂：《与东方左史虬〈修竹篇〉序》），终于走入了一条专务浮华辞藻和追求对仗、工整的形式主义死胡同。

晚唐诗歌理论家司空图是反对“极貌以写物”的。他在《二十四诗品·形容》中提出了“离形得似”的主张。许印芳在《与李生论诗书·跋》中指出：司空图的这一主张目的在鼓励诗人们“略形貌而取神骨”。换言之：形只是“貌”，既不可不似，也不可太似，而应在“似与不似之间”（齐白石语）；神才是“骨”，诗人应以形写神，因貌见骨。改用今天的理论术语说，就是强调要用典型化了的艺术形象（取其富有本质特征的艺术细节）去反映生活，使人们能更深刻地认识客观事物的本质，领悟生活的真谛。试举咏物诗两首作对照以说明之。白居易有咏鹤诗多首。其《池鹤二首》（其一）云：“高竹笼前无伴侣，乱鸡群里有风标。低头乍恐丹砂落，晒翅常疑白雪消。转觉鸬鹚毛色下，苦恨鹦鹉语声娇。临风一唳思何事，怅望青田云水遥。”这首诗的确写得不很成功。

它一味图形写貌，绘声绘色，仅规规于咏物，而欠缺传神。诗人的性格也不见了。比照杜甫的《画鹰》诗，确实逊色远矣。杜甫《画鹰》云："素练风霜起，苍鹰画作殊。竦身思狡兔，侧目似愁胡。绦镟光可摘，轩楹势可呼。何当击凡鸟？毛血洒平芜。"这的确是一首难得的好诗。诗为题画而作。但在杜甫笔下，画中的鹰显得何等有生气！仇兆鳌评曰："曰竦，曰侧，摹鹰之状；曰摘，曰呼，绘鹰之神。……老笔苍劲中，时见灵气飞舞。"（《杜诗详注》卷一）正基于此，清王士禛认为此诗首句"五字已摄画鹰之神"。以形写神，足见杜诗之功力所在。从此诗中，也能分明看出杜公的壮志、雄心。

司空图的"离形得似"还包含了另一层意义，那就是"神"比"形"重要，"意"比"象"重要。诗人必须写出人的精神，必须寓以作者的思想、感情。如曹操的《观沧海》之所以成为描写山水的名篇，不在于他所描摹的山水形状是否酷似（当然不能完全不似），而在于它"有吞吐宇宙气象"（沈德潜语），突出地表现了他的远大抱负和宽广襟怀。更难能可贵的是曹操在这首诗中把审美客体和审美主体融而为一，通过对大海吞吐日月星辰那种壮丽景色的描写，抒发了他统一祖国的雄心壮志。在曹操的笔下，景物都写得生气勃勃。沈德潜说曹操诗"时露霸气"（《古诗源》卷五），是有几分道理的。所谓"霸气"，指的正是曹操志在统一的襟怀。你看：海水动荡，山岛矗立，树木葱茏，百草苍翠。祖国山河显得何等雄浑，何等有生命活力！在萧瑟的秋风中，洪波踊跃，一浪高似一浪，这又是何等顽强的斗争精神！"日月之行，若出其中；星汉灿烂，若出其里。"这四句更是气象壮阔，想象宏奇。鲁迅说得好：曹操的"胆子很大，……想写的便写出来"（《魏晋风度及文章与药及酒之关系》）。曹操敢于抒写自己的政治抱负，在诗歌中不隐瞒自己的观点，这些都不失为"以形写神"的典范。

司空图又强调要"行神如空"（《二十四诗品·劲健》），要求像"落花无言"（《二十四诗品·典雅》）似的做到神行无迹。也就是说，诗人必须通过生动的艺术形象来吐露心曲，而不应该用干巴巴的语言直接说出来。1992 年 4 月，我在海南三亚鹿回头写了一首绝句："七尺昂藏背大弓，黎家少女慕英风。天涯有尽情无尽，花鹿回头一笑浓。"诗写得不很好。但我力图通过黎家青年和少女的爱情故事来表达我对爱情的永恒性的追求。而且我把这种永无穷尽的爱定格在黎家少女的回头一笑中。这样写，自然比唠唠叨叨地叙述爱情的发展过程要简洁、隽永得多。这也是我对"以形写神"的一点体会。

古诗的新生命

周笃文

百年浮沉录

1918年胡适之先生在《建设的文学革命论》中断言:"我想我们提倡文学革命的人,固然不能不从破坏一方面下手。但是我们仔细看来,现在的旧派文学实在不值得一驳……因为这二千年的文人所做的文学都是死的,都是用已经死了的语言文字做的。死文字决不能产生活文学。所以中国这二千年只有些死文学。"他在《文学改良刍议》——一篇用"死文字"写的"宣言"中坚持"文当废骈,诗当废律"。直到晚年在《胡适之口述自传》中仍说:"骈体文有欠文明","是中国语文的蛮夷化","(是)中国中古时期的杂种"等等。就这样,在胡适及其同志之士的大力鼓吹下,挟着欧风美雨的优势,开辟出白话文的一方新天地,同时也建立了几乎牢不可破的排摒多元的话语霸权。六十年来,旧诗被主流文学所摒弃,几乎成了不可接触的瘟疫,成为遗老遗少"迷恋骸骨"的代名词。这些都是我们这辈人所亲经亲历的事实。在这种强势的白话文高压下,甚至连柳亚子先生这位诗坛飞将也不自信了。他在1944年写的《旧诗革命宣言》中说:"旧诗必亡","平仄的消失,极迟是五十年以内的事。"

然而事实并非如此。就在风狂雨酷、鱼龙惨淡的半个多世纪里,备受煎熬的古诗群体仍在顽强地坚持着、守护着古诗的文脉,并以自己的声音呼应着时代的风雷,而且取得了骄人的成绩。三十年代创办的《词学季刊》,首开以现代科学方法研究词学之风。在牒谱、词乐、词律、词艺方面取得空前突破之时,还发表了大批忧国伤世、针砭时弊的佳作。涌现出像刘永济、夏承焘、龙榆生等杰出的学者和词家。一些优秀的诗人还获得当局的大奖。如邵祖平的《培风楼诗》获得教育部一等奖。唐玉虬的《国声集》、《入蜀稿》等抗日诗词也于1943年与冯友兰、王力、曹禺、费孝通、周培源、华罗庚等同获教育部褒奖。至于新文学界的巨子如鲁迅、郭沫若、闻一多、郁达夫等也创作了一批大受推崇的旧体诗词。据华钟彦《五四以来诗词选》所收,即达四百余家。刘梦芙《二十世纪中华词选》入选词家838人,词作7000余首。另据胡迎建的《民国旧体诗史稿》所述:此时仅南社诗人即多达千家以上。天津曹镶蘅主持的《采风录》(刊于《国闻周报》)连发旧诗五百期。被誉为"近代诗坛的维系者"、"诗坛的重心"。其数量质量都令人为之刮目。

粉碎四人帮以后,特别是改革开放以来,双百方针得以贯彻,久受压制的传统诗词获得解放,顿呈井喷现象。中华诗词学会现有会员15000余人。地方各级的会员、诗友约在两百万人左右。以湖南汨罗为例,现有诗词人口6800余人，出版的个人诗集124部。为纪念抗日胜利六十周年举办的诗词歌咏会，参加者多达25000人。其“骚坛诗社”的活动曾见载于《人民日报海外版》。以中青年为主体的网络诗词尤为活跃。2003年建立的《中华诗词论坛网》已拥有会员43000余人。诗词网站的主题帖子总数达900万条之多。诗词之热，正在持久升温，成为文化阵线上一道越来越美丽的风景。

打不死的神蛇

新加坡的诗坛泰斗潘受先生曾说：“中国古诗是打不死的神蛇。”毛泽东也说过：“旧体诗要发展，要改革，一万年也打不倒。因这种东西最能反映中国人民的特性和风尚。”它何以有如此顽强的生命力呢？我以为是同以下特点有关：

首先是神奇的汉字：作为古诗载体的汉字，它是人类语言文字中独一无二的天才创造。它具有象形、会意兼及某种程度的标音（如形声字）之特点。而且还有着超常的稳定性、灵活性与呈网状辐射的构词功能，以及词类活用等语法特点。因而最宜于表现意象。能为它提供多元化的文本与广阔想象空间。美国语言学家范尼洛萨是这样评价汉字的：“（它）充满动感，不为西方语法框死”，“诗的思维通过暗示来工作……使它孕育，充电，自内发光。在汉语里，每个字都聚存着这种能量”“（它）充满感性信息，接近生活，接近自然。”（以上均见《汉字作为诗歌媒体》）安子介先生在《劈文切字集》中更说：“汉字是中国的第五大发明”，“汉字是拼形的文字，学了汉字能使人更聪明”，“汉字是发展联想的积木，开发智商的魔方。”郑敏认为“汉字能直接传达文化的感性与智性的内容……是中华文化的地质层。”（《语言观念必须革新》）以上论述极富启发与创见，很符合汉字的特点。就以“人”为例，其篆意象臂膀腿胫之形。“从”字象二人相随。“比”，象二人相密。“北”，象二人相反。“化”，象二人相倒。一正一反，变化之意。“仁”，象二人相合，引申为仁德之义。用极简括的造型变化，表现如此丰富深刻的意蕴，可说是天机迸发的创造。1693年康熙皇帝应利玛窦之请为宣武门教堂撰联云：

无始无终　先作心身真主宰；
宜仁宜义　聿昭开济大权衡。

这副对联表达了他对上帝与人生的觉解，充满哲思妙谛。因而大获法国启蒙主义思想家伏尔泰的赞赏。李鸿章出使英伦，为维多利亚女皇祝寿。在纪念册上题辞云：

西望瑶池降王母，东来紫气满函关。

全用老杜成句。上赞英皇，下切中国，可谓天设地造，妙不可言。使英伦政治家与学者名流无不为之倾倒。上世纪的顶级诗人庞德，在谈到意象派的创造，从不讳言汉字对他的影响。他说：“我要译中国诗，正因为某些中国诗人把诗质呈现出便很满足。他们不说教，不加陈述”。他把“从运用浓缩明彻文化面的并置，到应用中国字形结构作为其诗的内凝涡漩力”作为其重要的艺术经验。他的代表作《地铁车站》：

人群中出现了那些　脸庞
潮湿黝黑　树枝上　花瓣

就是运用中国诗中常见的“意象叠加”与“错乱语法”来突出意象的视觉性，凸显空间的对位关系的成功例证。

其次是韵律的魅力。古诗的平仄韵脚，将汉语的顿挫回环之美发挥到了极致。沈德潜云：“诗以声为用者也。其微妙在抑扬抗坠之间。读者静气按节，密咏恬吟，觉前人声中难写，象外别传之妙，一齐俱出。”（《说诗晬语》）叶恭绰亦云：“第文艺之有声调节拍者，恒能通乎天籁而持人之情性。”（《古槐书屋诗序》）的确如此，诗词声情之美，既可悦听动情，又能强化记忆、有裨构思和欣赏，大增其美感。相似内容，有无韵律之助，高下立判。比如裴多菲的《自由·爱情》，茅盾、殷夫、孙用都有译本。茅盾 1923 年译自英语的文本是这样的：

我一生最宝贵：/恋爱与自由。/为了恋爱原故，/生命可以舍去。/但为了自由的原故，/我将欢欢喜喜地把恋爱舍去。

而 1929 年殷夫译自德文的文本则是：

生命诚可贵，爱情价更高。
若为自由故，二者皆可抛。

他把原来的六行压成四行有韵的古诗。却精华尽出，几乎有口皆碑了。韵律感在人们心目中已成为诗的基本要素，甚至积淀为根深蒂固的本能与潜意识了。试想王敦高吟阿瞒的“老骥伏枥，志在千里”，以铁如意击打唾壶的豪情悲慨；东坡居士泛舟赤壁扣舷而歌“桂棹兮兰桨，击空明兮溯流光”时的出尘风度，是何等令人神观飞越。此外，如诗艺之超妙，诗论之精深，诗风之普及，以及其美听易记、有助风雅等特点，都使它成为人们文化生活的首选。我想这大概就是其历劫不衰而常葆蓬勃生机的重要原因吧。

生面话诗坛

百年诗坛虽潮起潮落，但总是不断地向前推进着。早在一百年前，诗界内部即已涌动着革新的潮流。梁启超就是“诗界革命”的早期倡导者。他说：“欲为诗界哥伦布，玛赛郎，不可不备三长：第一要新意境，第二要新语句，而又须以古人之风格入之，然后成其为诗。”（《夏威夷游记》）又云：“能以旧风格含新意境，斯可以举革命之实矣。”（《饮冰室诗话》）这里所说的“旧风格”，是指形式格律而言的。梁氏的主张是在保持固有形式的框架内，革新其内容。他与“犁庭扫穴”的胡适之不同，走的是一条渐进的“继雅开新”之路。当时颇受欢迎，风气所被，名作迭出。如康有为的《出都留别》：

天龙作骑万灵从，独立飞来缥缈峰；
怀抱芳馨兰一握，纵横宙合雾千重。

气势是何等轩昂壮伟。梁启超的《太平洋遇雨》：

一雨纵横亘二洲，浪淘天地入东流。
劫余人物淘难尽，又挟风雷作远游。

虽经困厄而不坠其擎云气概，固是伟人襟抱。

另如金松岑的《屈原》：

饮沆餐霞意自哀，三闾情种不仙才，
远游已涉青云上，犹为家山雪涕来。

严复的《人才》：

人才鹦鹉能言日，世事蟠蜉换壳时；
如此风潮行未得，老夫掩泪看残棋。

以及柳亚子的《空言》：

孔佛耶回付一嗤，空言淑世总非宜。
能持主义融科学，独拜弥天马克思。

无不想落天外，震灼古今，堪称诗林奇作。此时的词坛亦异彩腾骞，各具胜景。如吕碧城的《金缕曲·纽约自由女神像》：

值得黄金范，指沧溟，神光离合，大千瞻恋。一簇华灯高擎处，十狱九渊同灿。是我佛，慈航舣岸……花满西洲开天府，算当时、多少头颅换。铭座右，此般鉴。

这是何等的境界、笔力，与何等超迈的历史眼光。

夏承焘先生的《玉楼春·北京看节日焰火，次日乘飞机南归，歌和一浮，无量两翁》：

归来枕席余奇彩，龙喷鲸呿呈百态。欲招千载汉唐人，同俯一城歌吹海。　　天心月胁行无碍，一夜神游周九塞。明朝虹背和翁吟，防有风雷生謦欬。

此词作于天安门观礼归来的飞机之上。缩千秋于一瞬，纳万象于毫端，自古词林，无此境界。

寇梦碧的《水调歌头·献给南极考察队勇士》：

鹏翼藐沧海，飞渡向阳轮。凿开长夜混沌，人外辟乾坤……两万里涛狂吼，十二级风怒扫，龙性岂能驯。打破八寒狱，放我浩然春。

词作于1985年我国考察队建成长城站时。健笔振迅，真有笔雄万夫之力。

无论从哪个角度说，这些诗词都是经得起时间检验的诗歌杰作，可是却都被打入另册，长期见弃于主流文学之外，这难道公平吗？除此之外，新文学的一些主将如鲁迅、郁达夫、闻一多、郭沫若等，也都创作了一批深受大众欢迎的旧体佳作。最为吊诡的是坚决反对旧诗的胡适，仍不时技痒，写了一批旧诗。据唐德刚说：1960年胡适把新写的《冲绳岛上口占。赠钮惕生先生》交给他。诗文如下：

冲绳岛上话南菁，海浪天风不解听。
乞与人间留记录，当年朋辈剩先生！

并催他抓紧“与钮惕老联络，赶快把这段历史纪录下来。”（《胡适口述自传》）更有意思的是，胡适在《谈谈适之体诗》一文中坦承，他用《好事近》词牌填的《飞行小赞》就是“胡适之体”并说：“（这）不是新路，只是我试走了的一条老路。”我们是不是可以这么认为：反了一辈子旧诗的胡适之先生，却没有能走出旧体诗的“阴影”呢？还是毛公泽东最痛快、本色。他对陈毅说：“少时不为新诗，老来无兴学。觉旧诗词表现于感情较亲切。新诗于民族感情不甚合腔，且形式无定，不易记，不易诵。”（《夏承焘学词日记》1964年12月21日）。至于毛泽东本人的诗词，以无产阶级革命领袖的胸襟气度施之于笔墨，其境界之高远，影响之深广，自不待言。在那万马齐喑的年代里，他的作品成了撑起诗坛天宇的大柱，发挥了延续一线生机的巨大作用。

粉碎四人帮以后，国步更新，百花齐放。传统诗词重获生机。特别是中华诗词学会成立以后，各地诗会、诗社如井喷一样涌现，诗词刊物遍地开花。几乎凡有井水饮处，都有吟咏声。二十多年来，学会从理论建设与创作交流两方面做了大量的工作。全国性的理论研讨会开了二十三届。它正本清源，就当代诗词的地位与作用，继承与创新等问题展开了充分的讨论。提出了“倡今”“知古”，“求正”“容变”的主张。并号召诗人们适应时代、深入生活、走向大众、做一个发挥艺术个性、表现时代风采的歌者。二十年间精品力作不断涌现。有的作品已编入教材。如刘征的长诗《红豆曲》被刻石立碑。有的诗词风行海外。如赵朴老的汉俳，风行日本。甚至深得瑞典汉学家马悦然的激赏，他在美国耶鲁大学任教时接连不断地写了一百首汉俳。通过大赛来激励创作，也是一种行之有效的方式。许多名作就是这样产生的，如王巨农的《观北海九龙壁》：

久蛰思高举，长怀捧日心。
也曾鳞爪露，终乏水云深。
天鼓挝南国，春旗荡邓林。
者番堪破壁，昂首上千寻。

通篇比兴，以龙为喻，来写小平南巡的重大历史意义。此诗举重若轻，浑化无迹。这就是1992年举行的金榜集大赛的抡元之作。另如甄秀荣的《送别》诗：

南国春风路几千，骊歌声里柳含烟。
夕阳一点如红豆，已把相思写满天。

“夕阳”以下两句十四字，空灵荡漾，把凄迷的别绪表现的如此缠绵，以小形大，妙到了毫端，成为传诵一时的佳句。重头巨制如李成瑞的《千人断指叹》写工人安全得不到保障而酿成的悲剧。欧阳鹤的《镕基赞》写朱镕基总理亲民与刚毅的品格，可谓栩栩如生。马凯的《九八抗洪组曲》写军民同心抗击洪水的大智大勇、气吞山河的史诗性场面，都令人感奋不已。

在传统诗词如何寻根原生态、接轨文艺新潮方面，也有可喜的收获。比如中年诗人蔡世平的《蝶恋花·昆仑兵歌》：

铁色昆仑谁啸傲？血铸黄昏，石垒行军灶。煮个天狼餐饿饱，崖峰队伍鹰呼早。

诗人在构思上摒弃了没有棱角的套话。用浓墨重彩凸现景物的原生态之威狞气势。并运用错位、活用与变形的手法强化意象，以大烈度冲击读者的感官，使你为之怦然心动。这类手法在传统诗词中是簇簇生新，带有突破性的。

“诗文随世运，无日不趋新。”这是赵翼的名言。吴之振亦云：“两间之气，屡迁而益新。人之心灵意匠，亦日出而不匮。故文者日变之道也。夫学者之心日进，斯日变；日变，斯日新。一息不进，则为已陈之刍狗——盖变而日新，人心与气运所必至之数也。”说得多么透彻！当代诗词在全国诗友的共同努力下，已经走出低谷，出现了初步的繁荣。但是也应当清醒地看到，多数情况下，还未能摆脱圈内热闹圈外冷的局面。真正能打动人心、弄潮时代，引领前进方向的诗作还是太少了。如何解决好继承和创新的问题十分重要，这取决于我们对博大精深的诗词文化之各种元素、层次、发展趋势的正确了解，并通过碰撞、解构和融合而获得发展与创新。我们要大力提高诗人的创作水平，提倡不同流派的竞争。要加强理论队伍的建设，还要培养一支高品位的读者群体。通过三方面的良性互动，努力将当代诗词推向一个新的阶段。盛世倡诗，此其时矣。让普天下的诗人们舒彩笔、吐心声，谱写出金声玉振的诗篇，把当代的吟坛装扮得更加生机勃勃无限光鲜吧！

呼唤大众使用的好诗

刘　章

诗人臧克家健在时说“新诗旧诗我都爱”，我就是那样的诗歌作者，我的短文是一个作者有感于诗歌现状，没有理论色彩，只是一些想法。

我以为，当代中国诗坛已经形成了新诗与旧体诗词共存的局面，还应该优势互补，实现共荣，创作出无愧于中华盛世的为老百姓喜闻乐见，所接受，所使用的好诗。

中国新诗已经走过了九十年的历程，成果辉煌，不容否定，出现了诸多大家。诗人群体，灿若星辰。新诗在民族解放斗争中，在社会主义建设过程中，都发挥了巨大的作用。但是，近些年新诗在走下坡路，许多已经问世的新诗，缺乏诗歌精神和时代精神，人间烟火味不足，无规无矩，无韵无味，让人读了不如不读。当代新诗当然有好诗，许多诗人素质很好，也写出了好诗，但是，是诗人圈子内的好诗，得到老百姓认可和使用的还少。就像有些歌曲一样，明星唱，电视台播，追星族追，而老百姓会唱的不多，每到公众场合，还是唱经典老歌。每逢节日群众搞诗歌朗诵，人们到处寻找过去的朗诵诗选，我收藏的朗诵诗选被借来借去。正是人们对新诗不满时，中华民族几千年的文化瑰宝，民族智慧的结晶，汉字最科学的音韵之魂——中华诗词，开始复兴并走向民众，诗词队伍，诗词刊物以及读者，都已经超过了新诗，也出现了刘征、李汝伦等当代诗词大家和许多无愧于当代的新秀，只是因为影视等现代传媒使形象商品化，诗词与新诗都边缘化了。无论新诗还是旧诗，再好的诗，一首诗问世使洛阳纸贵，恐怕一去不返了。诗词创作，因为有共同法则，有共同审美标准，内部分歧较小，可是因为长期停滞，近代可借鉴作品少，使得一些诗词作者读唐诗宋词去写诗词，用词谱格律凑句，书里语言，古里古气，不注意从生活中去发现诗，不够当代化；有的诗词编辑，存在一些误解，重视格律，忽略诗味诗意的选取，尤其是忽略诗词应该与时俱进的当代意识。一些新诗因为没有共同的审美标准，不讲诗体建设，不注意诗的韵律，自由得没边，失去一些读者。

无论新诗还是诗词，尽管有这样那样的问题，都可以补救，诗的生命长青。真正的诗是灵魂的火花，情感的泉流，有影视和小说不可替代的独特功能，如1976年的天安门诗歌，2008年冰雪和抗震，诗歌的巨大作用，永垂青史！只要人类在，历史在，诗永在！有人曾说新诗将消亡，太悲观了。在我看来，诗词如情感之泉，形成江河，波涛喧响，蜿蜒美丽，写出了“野旷天低树，江清月近人”那样的天籁，而新诗则如灵魂之火花，可以形成电闪雷鸣，摇山撼岳，去年的抗冰雪、抗地震，新诗充分发挥了表现生命的优长，使诗词稍逊。马凯同志说那是新诗一次“井喷”，并说“地震救新诗一命”。我建议，诗歌理论家们研究一下，因势利导，把良好势头保持下去，使新诗重振雄风！天安门诗歌，有人只承认内容可取，不承认形式作用，失去了一次诗歌健康发展的机会。其实，天安门诗歌，正是用的旧体诗词，或类似旧体诗词的精练、易记可背的特点，是形式和内容的统一。影响最大、流传最广的是那首五言绝句：“欲悲闻鬼叫，我哭豺狼笑。洒泪祭雄杰，扬眉剑出鞘。”如果是现在一些新诗那样，随便断行，不讲押韵，绝不会那样迅速传播，响如春雷。抗震诗歌为什么感人？不要再失良机。在这里，我顺便多说几句，抗冰雪，抗地震，许多不发表诗歌的报刊都发表了诗歌，冰消雪化，地震停息，诗歌版面又取消了，把诗歌作为意识形态临时工具，不仅是对诗歌的不公，也对诗歌的健康发展不利。

许多同志注意到了一种现象，写新诗的诗人写起诗词，大都出手不凡，有诗意诗味。这是因为这些诗人，首先掌握了诗，因诗用律。而上世纪五六十年代，贺敬之、郭小川等名家名篇都是吸收了古典诗词的营养写成的，因此才影响巨大，走向大众。如《桂林山水歌》开头“云中的神啊，雾中的仙，神姿仙态桂林的山”，本是《长相思》起首基本句式的口语化。因此我说，新诗与旧体诗词已经并存，还要共荣，要互相学习，互相借鉴，写出无愧于当代的好诗。我近年反复呼唤，新诗和旧体诗词诗人，要互相接近，新诗要多吸收传统诗词营养，要注意诗味的营造，诗词要追求当代化，反映时代，写人生，写命运，要当代化。

生活万象，诗歌万种，诗坛需要高雅的好诗，或得奖，或在诗人中间互相欣赏，而中国当代诗坛更需要更多被群众所认可、所使用的好诗。大众认可的好诗，应该是诗人灵魂的火花照亮众多的灵魂，诗人情感的清泉流入更多人的心灵。

象形、象声的汉字，由诗经、楚辞、汉乐府形成中国的诗词，培养了中华民族独特的欣赏习惯。郭沫若的《女神》是中国新诗的开山之作，已经是历史，但是，他的名篇，似乎不走入中国人的家庭。雪莱的《西风颂》里的名句：“如果冬天来了，春天还会远吗?”是好句，基本是流传在诗歌界和文人中间。裴多菲的名诗《自由，爱情》有几种译诗，在中国广泛流传、家喻户晓的是殷夫译的“生命诚可贵，爱情价更高。若为自由故，二者皆可抛”。因为它像中国的古诗绝句。艾青是中国走向世界的大诗人，他的名篇《我爱这土地》中的名句：“为什么我的眼里常含泪水？因为我对这土地爱得深沉……”普通农民知道得极少，在中国人餐桌上使用得最多的是李绅的《悯农》中的：“锄禾日当午，汗滴禾下土。谁知盘中餐，粒粒皆辛苦。”一切名家名诗都是服务大众的，有的直接，有的间接，同样可贵。我呼唤的是直接为大众使用的好诗。中国新诗走过了九十年历程，现在似乎没有走向家庭、让青少年背诵的好诗，这应该引起诗界思考，诗人应该努力。

我常想，恐怕每个诗人发现了诗，写出了诗，都很激动，都想惊人，而流传太难！凭李白的才气和性格，他未必想到他的诗流传最广的是《静夜思》。我常说，如果《静夜思》不是已成定论的绝唱，现在突然冒出来，恐怕很难顺利发表，二十个字，又“低头”，又“举头”，又“明月光”，又“望明月”，还不是律绝。可是，一千多年，人们普遍认可，因灵魂家园的一个“情”字；抗震诗，所以影响那么大，就是因为强震袭来，人们心往一处想，诗人一鸣，众心弦响。我未读全部抗震诗，不敢以偏概全，妄加评说，我参加了石家庄的《大爱心曲》编选，写得最好的往往不是名诗人，而是名不见经传的作者。因为名诗人往往刻意作诗，而有些好诗则是懂诗又不刻意作诗之人的倾心倾诉……呼唤当代通向大众的好诗，便是呼唤当代诗人深入当代大众的心灵！

一首通向大众的好诗，一经问世，往往不胫而走。在我的家乡深山老林，解放初无人知诗为何物，却流传着刘希夷的“年年岁岁花相似，岁岁年年人不同”；“可怜天下父母心”是慈禧为给她母亲祝寿让人代写的诗句，已经家喻户晓，人们很少知道它的来龙去脉。当代旧体诗词为大众所熟悉，用毛主席诗词和鲁迅诗句为例，不足以说明问题，因为他们是伟人，他们的诗句从未间断宣传。我以为，诗人臧克家的名句“老牛亦解韶光贵，不待扬鞭自奋蹄”、“诗情不似潮有信，夜半灯花几度红”最有说服力，是被读者认可的。近几年，朋友几回打电话背诵臧克家《有的人》中诗句，问我作者是谁。我至今记得1958年是一个乡村干部把贺敬之的《三门峡——梳妆台》推荐给了我，我读了一遍，就记住了好多佳句。好诗需要向读者推荐，看大众是否认可。《中华诗词》今年开当代《好诗共赏》栏，很有必要，其中臧克家的《老黄牛》便已经被大众认可，有的报纸曾将“不待扬鞭自奋蹄”作通栏新闻标题，因为这句诗所表现的是一代革命者自觉奉献余热的普遍感情。《中华诗词》在欣赏臧克家的《老黄牛》的同时，也介绍我的《乔迁过罗文峪口》，那是我刚学写旧体诗时写的一首绝句，我不曾想过它有什么影响，是读者朋友把“罗文峪口停车望，从此家乡是故乡”给抬举了，因为，除了少数的农民，很少有人终老一乡，它反映的是人们普遍的乡恋情结。新诗报刊也应有此举措。当代好诗要使用，我就曾将当代诗人的好句多次写入诗文。

中国当代需要走向大众的好诗，人间有好诗，好诗必将不断问世！

精品与创新：从传统诗词形式的弊端说起

寓　真

诗词创作的一个新的高峰似乎正在兴起。越是在这样兴旺的时候，我们越是应该用冷峻的锐利的眼光，来审视和研究诗词这种传统文学形式的弊病。

唐诗宋词经久不衰，许多杰作至今脍炙人口。诗词爱好者踵趾相接，络绎不绝。这就说明中华诗词的生命力不仅仍然存在，而且仍然旺盛着。这是不容怀疑的事实。但是，在上世纪初的时代变革中，在五四新文化运动中，诗词文学受到了猛烈的攻击，诗坛的主宰位置被一跃而起的新诗所占据，传统诗词顿时被冷落排挤到了边缘地带，这是什么原因呢？我在《为中华诗词百年之冤翻案》一文中曾经说到，这甚至是一个带有政治意识的问题，“上一个世纪人多是在革命运动中度过的，以革命的甚至过激的观念和方式否定传统，是那个世纪的显著特征”。现在我想换一个角度来思考：从传统诗词自身来寻找其弊端的所在。我们还不能过于简单地为这段历史的冤案定性，不能一味归咎于革命的过激、潮流的极“左”。需要清醒认识的一点是，从“诗界革命”，到白话诗运动，到新诗的崛起，其中有着历史的必然性，应该说也是旧体诗词自身的积弊和衰弱所导致的必然结果。

回眸中华文学历史，唐诗是一个高峰，宋词是又一个高峰。到了明清两代，写诗作为科举取士的课程，几乎把所有的有文化人都变成了诗人，诗词作品数量空前浩繁，然而精品却极少了。与唐宋相比，明清以后诗词实际已呈现一种衰萎的趋势，产生了大量的应制、酬唱一类的俗不可耐的垃圾诗词。从清朝末年到五四前夕，有识之士感愤于国家民族命运，激发慷慨悲歌，涌现过如秋瑾、苏曼殊等一批优秀的诗词家，只是这段好景时间不长，没有形成规模，而搏击中应运而生的新诗却很快成为一个新的高峰。

新诗一登场就显示着一种鲜活的生命，迎合了思想解放的潮流，鼓荡着新的时代精神。新诗具有的优越性，正是旧体诗词的致命的弱点。新诗试验百年来已经具有的成就，是不可完全否定的。当下的新诗，虽然似乎陷入了结构散漫、语言支离、意象怪诞、诗魂失落的困境，与旧体诗词的复兴形成了显明的对照，但绝不能因此就认为新诗会一蹶不振。走一段弯路是可能的，新诗的优越性也是客观存在的。我们想努力使当代诗词进入文学殿堂，但并不等于说它能够取代新诗。

中华诗词经过历代的发展，形成了非常成熟的凝固的结构形式。一首优美的诗词，是汉语文字的惟妙惟肖的最佳组合，声韵和意蕴的精妙都达到了极致。如一首七律，五十六个字，每个字都布置得恰到好处，往往是易一字不可。通过声调、粘合、对仗、押韵，语言文字的表现力达到了最大程度的发挥，整体构成了一种有情有致的意境，浑然一个微型宇宙，让人欣赏，让人感受它的艺术魅力，让人陶醉，而且易诵易记，朗朗上口，真是妙不可言。诗词可以说是汉语文字的最高最美的运用形态。许多诗词作品正是借助了这样的精美的形态而得以流传千古。但是，值得我们研究的问题是，正是由于传统诗词艺术这种美范和极致，为后人的拓展和创新带来了困难，所谓“前人已将诗写尽”，似乎已经没有了拓展的空间，大概这也是明清以下、以至当代诗词出现诸多弊端的一个原由。

弊端之一：诗词的精妙的结构形式，容易模糊诗与非诗的界线。精美的包装形式会成为糟粕内容的掩饰物。似乎给人们造成一种错觉：只要套用了诗词格律就是诗。这就使大量的非诗的写作与真正的诗混在一起，泥沙俱下，芜杂难分。有些诗人也就不去追求诗魂诗意，而是运用格律纯粹玩弄文字游戏。因而就使诗词作品中的精品越来越少，混杂其中的非诗写作、纯属文字游戏的东西越来越多了。

弊端之二：“以才学为诗”的诗风，容易造成对“情是诗的灵魂”的忽视。中国以诗国著称，诗词居于中华文华的桂冠地位，文人、学者、官宦都以能诗为荣，因而造就了“以才学为诗”的诗风。评价一个写新诗的诗人，要看他是否有灵感，有诗的情趣；评价一个诗词家，却习惯于看他是否有学问，是否“读万卷书，行万里路”。这种区别，大概也是青年们仍然大多喜欢新诗的原因。严羽在《沧浪诗话》中指出：“诗者，吟咏情性也。盛唐诗人惟在兴趣……近代诸公乃作奇特解会，遂以文字为诗，以议论为诗，以才学为诗。以是为诗，夫岂不工，终非古人之诗也。盖于一唱三叹之音，有所歉焉。”许多写旧体诗的人掉书袋子，喜欢套用典故，堆砌文言辞藻，几行诗词后面要加上一大堆注释。新诗是没有这种注释的毛病的。美学家朱光潜认为：“以文字为诗，以议论为诗，以才学为诗”三句话，说尽了中国许多诗人的通病。

弊端之三：古典诗词中的意象和语言结构的凝固，容易成为诗人创新的束缚。评论家张同吾说过：古典诗词的本质局限，并不在于格律的束缚，而在于意象符号和语言结构，都同新时代生活和语境相距甚远。“夕阳残照、孤帆远影、寒江钓雪、古寺闻钟、春晖芳草、清明细雨、窗前明月、寒夜青灯、向晚鸣蝉、高天飞鸿，都那么和谐地渲染了古声古韵，出神入化地表现了一种特定的文化心境，寄托着我们的先人或出世或入世的哲学思想，却很难表现当代的生活情境。”我认为，现代人与古人在对客观世界的感受和审美情趣方面，也并非是绝然割断了，仍然保持着相通的一面，古典诗词中的意象也不是全都不能表现现代生活情境了。但是，客观世界毕竟是发生了翻天覆地的变化，人们的思想感情毕竟也发生了跨越性的变化，如果只会死守着传统的意象符号和语言范式，翻来覆去地重复着古人的东西，那就确实成了局限，写出来的东西就让人有隔世之感，不像是现代人写的，就不可能表现新时代、新生活、新感情。

弊端之四：诗词声韵的程式固定，变化有限，容易出现节奏平庸板滞的问题。朱光潜对中国诗的节奏与声韵的分析认为，旧体诗词的“顿”完全是形式化的，与诗的意义无关，节奏与诗情诗意常常不谐协、不自然。“凡是五言句都是一个读法，凡是七言句都另是一个读法，不管它的内容情调与意义如何。这种读法所生的节奏是外来的，不是内在的，沿袭传统的，不是很能表现特殊意境的。”“节奏不很能跟着情调走，这的确是旧诗的基本缺点。”与新诗作一比较，旧体诗这种节奏上的毛病是明显的。当代的新诗多是自由诗，声韵没有规定的格律，但并不是没有节奏，好的自由诗读起来很有节奏感，那样的节奏是随诗意而变化的，是很自然的。新诗的单位是行，可以一句一行，也可以一个字一行，一句可以排成数行，是随感情语调的变化与节奏的需要去分行。旧体诗词，尤其是诗，是以句为单位的，五言句或七言句，每句都是一个较为完整的意思，这种以句为单位的节奏总是单调而机械地反复着。如果说节奏没有定格，诗人可以自由抒写，纵情咏叹，这是新诗的最大长处的话；那么，节奏呆板僵化，也就是旧体诗词最显著的相形见绌之处了。

以上对旧体诗词的弊病的分析，是我有意做一种反向思维，目的在于寻求诗词创新之路。按照古典诗词的艺术表现程式，写几首小的精品出来，是容易做得到的；但是要创作一大批精品，成为反映当代社会生活的历史画卷，就不那么容易了。而要想使诗词在当代文坛立足，成为当代文学的一个重要部分，就必须创作出一大批表现新时代、新生活、新感情的精品诗词。这就必须走创新之路。只有成功的创新，才可能涌现精品。如果一味因循守旧，即使写旧体诗词的人越来越多，写出的东两越来越多，其中精品只能越来越少，诗词的繁荣就只能是与泡沫经济相呼应的一种虚假的繁荣。当然，我们说的诗词创新，是在精品意识前提下的创新，创新是为了出更多的精品。如果抛开了精品意识，就失去了创新的正确目标。如果把盲目地打破传统格律就视为“创新”，不但不可能产生精品，反而可能走向随意的粗制滥造，结果造成更多更滥的垃圾写作。

立足精品，积极创新，是中华诗词发展的必由之路。如何创新呢？这就要知道诗词这种传统文学形式的弊病在哪里，创作中就要努力避开这样的弊病，只要能避免了旧体诗词的种种弊病，这本身就是创新。欲力求其新，须力避其弊。由上文所谈到的“四弊”可知，这几个方面的问题是我们在诗词创作中必须予以注意的。其一，把握诗的艺术本质，诗就是诗，拒绝一切非诗。新诗也好，旧体诗词也好，其本质特征都是一样的，诗是一种给人以美感的东西。诗的灵魂是情，情趣与意象的契合而成为诗的境界。每一首诗词都自成境界，那是人生最灵动的情绪、最真挚的体验。诗人艾青说过，我们的诗神是驾着真、美、善这个纯金的三轮马车，在生活的旷野上驰骋的。不可允许在诗词格律的掩蔽下，以非诗的东西鱼目混珠，不能把那种毫无情趣、毫无美感的东西塞进格律的包装中冒充为诗。其二，强化诗的形象思维，淡化议论和说理的成分。不要故意利用作诗显示才学，不要生硬用典，割掉“注释”的尾巴。不要让祝颂、赠答、唱和之类的东西充斥诗词阵地，不要把诗词变成完全的文字游戏。要真正写出一唱三叹、回肠荡气的诗词来。这一点也是需要诗评家特别注意的，不能把学识高深作为评价诗词作品的标准，那样会造成误导。鲁迅说过：“诗歌不能凭仗了哲学和智力来认识，所以感情已经冰结的思想家，即对于诗人往往有谬误的判断和隔膜的揶揄。”其三，创造新意象，创造新语言，抒写新感情。不要重复古人诗词中那些陈旧的意象、僵化的语言和远离时代的古人情趣。有人认为旧体诗词就应该古色古香，担心用了新意象、新语言就会失去诗词韵味。这种担心是多余的，创造的意象和语言只要是既新又美，就会使传统的诗词艺术焕发更美丽的青春；刻意制造古色古香的假古董，反倒是对古典艺术的亵渎。其四，积极探索当代诗词的语言和节奏规律。在基本保持传统格律的前提下，吸取新诗的长处，吸收新的语言、包括口语入诗，使诗句的节奏与诗情诗意尽量地谐和起来，增强节奏感和节奏的生动感、新颖感。既不能轻易破坏格律，又不能在新的情趣、新的语言与旧的格律发生冲突时束手待毙。要通过我们积极的创作实践，让诗词的声韵格律能够随着诗人的情趣而适当地变化和突破，这样就能更好地融入现代人的审美情趣中。不废格律、保持古典韵味，才是中华诗词；有所变化、有所创新，富于新的情趣，才是当代诗词。

以上是我的一些学习和创作的体会。我感到诗词创新和造就精品，这是个大题目，不仅是理论上探讨的问题，更重要的是要依靠广大诗人们在创作实践中去解决。

创新是诗魂

李树喜

诗词，是创造性的文化艺术果实。

创造是人才最基本的属性。诗人更是如此。“创作”二字，创是统帅，是灵魂。创是纲，作是目。创造就是出新，就是与众不同，就是展现个性，或立意，或章法，或语言，或意象，或哲思，探索或完成前所未有的东西。《白石道人诗说》云：“人所易言，我寡言之；人所难言，我易言之。则不俗。”创造并不神秘，万绿丛中一点红是创造，万红丛中一点绿也是创造，人无我有是创造，人有我新也是创造，超越别人是创造，超越自我更是创造。“要教读者眼前亮，自己先须亮起来”。就诗词而言，奇词丽句是创造，用平白之语表达深邃的思想和意境更是创造。“蓬莱文章建安骨，中间小谢又清发”。伟大诗人李白所重、所行的正是“清发”二字。杜甫说“白也诗无敌，飘然思不群”，“无敌”者在于“不群”也！

当然，人们一般在创造之前都有一个模仿的过程。模仿是创造的前奏和准备，但在积累和模仿到一定程度之后应及时投入创造。古代诗人往往孩童时代开始创造并卓有成就。而近现代人的普遍的问题积累过多过久，而创造开始太晚。

作为当代诗界的领军人物之一，刘征的诗词总是充满创意的。他曾经自创词牌《蜂儿闹》，描绘蜜蜂“万口杭唷，声超丝竹，哑了千山鸟”的浩大声势。其新作《卜算子》写道：“莫道有荆棘，毕竟多芳草。检点人间万古愁，一点丁丁小。”尤其是“一点丁丁小”语新意深，大彻大悟，既口语化又极为洗炼。创造似于不着力之中。充满了灵动和朝气。

诗人刘章的《山行》：“秋日寻诗去，山深石径斜。独行无向导，一路问黄花。”清代施闰章也有一首《山行》诗：“野寺分晴树，山亭过晚霞。春深无客到，一路落松花。”相比之下，刘章是独行寻诗，没有向导，只有黄花指路。是另辟蹊径，深化了主题，美化了景物，较之松花，黄花则更灿烂出彩，这就是创造和超越。

作为精神文化产品，诗词与生活消费品迥然不同的是：后者需要大路货而前者只需精品。大千世界，诗家以百万计，诗篇以千万计。社会需要和能够流传的不在数量而是质量。精品源于创造，创造是诗词之魂，正所谓：“姹紫嫣红等闲看，奇思创意是诗魂。”

坐而论何如起而行

钟振振

在大学里面，我的工作主要是带研究生，我的硕士生、博士生和博士后是一定要学诗词格律和创作课的，我也给学校的本科生开过诗词格律和创作的选修课。我们的选修课是先开后选，也就是说同学们先听课，听了两个星期之后再决定选不选课，原来我以为这门课应该是一门小众关心的课程，选修这门课的同学应该不多，结果却是：两个星期后，那个年级三百多名学生几乎都选了这门课，而且热情度很高。一学期下来，大家把各自的作品合着编了一本诗集，让我写个序，我说序我就不写了，我赠诗一首，以示鼓励："甘苦每从尝后知，青春岁月亦编诗。他年都做参天树，证鉴新芽破土时。"我给书取名《尝试集》，跟胡适先生的新诗集《尝试集》刚好同名。

除在本校外，近三十年我还在美国的耶鲁大学、斯坦福大学等二十所著名的高校以及美国南部的华人作家协会，在韩国的首尔大学、梨花女大，日本的早稻田大学，还有新加坡港澳台以及国内的近一百所大学讲学，大部分讲的是诗歌和诗教。我自己的感受是：在进行诗教的过程当中，很重要的是要解决同学们观念上的一些问题。

有一回我参加国际学术会议，东道主是重庆工商大学，它的做法也和江汉大学一样，就是在场的除了与会代表外，工商大学的学生可以自由参加并享有同与会代表同等的待遇，他们在听完后都可以站起来向报告者提问。我当时做完报告，有位同学站起来，他说："请问老师，我们在现代学习诗还有什么用?"后来我就想这件事。因为是工商大学，中文的同学很少，多数是学财经的、工商管理的，现在都比较注重实用性，可能都会考虑学了这个以后出去能不能找工作，能不能找到一个好的就业岗位，能不能拿到工资，薪金有多高，能不能让自己过上中产以上的生活。我想他说的"用"可能是指这个。后来我跟他说，如果你想拿它去谋生挣钱，可能不会有什么直接的用处。从这个意义上来讲，学诗是没有用的；但是，世上凡是有具体用处的事物，可能都不是最重要的，或者说是不那么重要，而最重要的东西恰恰是不作具体用的。就卖钱来说，有两样最重要的东西是卖不了钱的：空气和阳光——除了少数像九寨沟那样卖氧气袋的。但是谁能离开空气和阳光生活呢?

所以，我想说的是，中国的诗和诗教其实就是阳光、空气。没有它们我们是不能"活"的。《诗大序》讲到"上以风化下，下以风刺上"，"风"就是《诗经》里面的"国风"，是诗，上层统治者用诗来教化底层民众，人民用诗来讽谏来影响统治者，这样就形成了上层和下层的交流，这个交流是达到和谐社会最基本的一个手段。唐宋时期以诗赋取士，考公务员是要考诗和赋的。过去很多学者想不明白诗写得好有什么用，我也想不明白，后来我想通了。诗赋取士真的不是一个近视和短视的行为，它非常有道理。为什么呢？因为诗歌是创作结晶，诗歌是一种创造性的劳动，需要高智商，如果智商不高素质不高，是写不好诗歌的。所以那些诗人考中进士后，例如在宋代，皇帝会把进士当中前几名的人的名字记下，很可能十年二十年后，等到皇帝的儿子孙子继位，那几名进士就成了宰相、礼部尚书等国家高级领导人。而高级领导的工作就是把最合理的人安排到最合适的岗位上，这样国家才能治理好。你要有良好的诗学素养，干这个工作就可能干好。

因为道理是相同的：格律诗是把最合适的字、最合适的韵放到最合适的位置，填词也是这样。当国家领导人要讲求和谐，这和谐与写诗也是相通的：诗讲究音韵和谐、平仄和谐，词也讲究音律和谐、四声和谐、文字与音乐的和谐。这个道理弄通之后再举一反三，治理国家就可以治理好。唐太宗、魏征、包拯、岳飞、文天祥，都是唐宋历史上著名的人物，没有一个不会写诗，而且其中相当一部分人的诗是第一流的。反过来看一下大奸臣：安禄山、李林甫、蔡进、高俅、秦桧，要么不会写诗，要么没有一首诗流传下来，或者偶尔有一两首，却显得很糟糕。所以诗教真的很重要。

我个人有这样的体会：我初中毕业时十六岁，然后经历两年文化大革命。按照专业对口，如果不搞文化大革命，我高中毕业后就应该出国留学然后进外交部。结果文化大革命中下乡插队，一去就是十年，生活状况等各方面都发生了翻天覆地的变化：家里的变化、人生道路的变化。一下子从大城市来到艰苦的农村，从事重体力劳动，将来的出路遥遥无期。我看到很多跟我一样下乡的人，很多都患了抑郁症，疯了；有人想不开，自杀了；还有的人自暴自弃。十年之后，我考上了七八年全国第一届研究生，我能够熬过来没有其他原因，就是从小喜欢诗，喜欢写诗，中国的古典诗词和传统文化给了我信念、信心和直面人生的勇气，这是没办法用金钱来衡量的。人最重要的是生命、理想和奋斗的精神，这是金钱无法买到的。

还有很多同学有疑问说："我行吗?""读诗还可以，我能够写诗吗?"后来我给他们说这是完全可以的。我讲了一个例子：人们对于"唐诗哪一首最好"的说法各不相同。有一种说法认为，唐人王之涣以四十八字压倒全唐，也就是说唐人中最好的诗人是王之涣，最好的诗是他的两首绝句：五绝《登鹳雀楼》和七绝《凉州词》。《登鹳雀楼》只有二十个字，很多同学在小学就会念这首诗。这二十个字没有一个超出小学生识字的范围，"白日"、"黄河"、"山"、"海"也都是现在的小学生都知道的事物，没有超出小学生的知识范围，它里面包含的"只有站得高才能看得远"或者说"要看得远就要站得高"的哲理，也是小孩子都有过的生活体验。我要告诉大家，从理论上讲，你只要有小学生的文化水平、生活体验，你就完全可能写出一首千古绝唱来。

我发现现在有一个很奇怪的现象：我们科技比古人不知要先进多少倍，可是为什么我们在文学创作的道路上一开始就说"我怎么写得过李白、杜甫，写得过苏东坡，写得过李清照呢?"孟子说"人皆可以为尧舜"，那么为什么不可以"人皆可以为李白"呢？李白杜甫也是人，他们的诗歌也是后天学习实践的结果，我们也是人，为什么不能跟他们比一比呢？做不做得成李、杜不要紧，重要的是要参与，努力了就不用后悔。

所以，我鼓励大家都来学诗和写诗。佛家禅宗讲每个人身上都有佛性，那么我们每个人身上也应该都有诗性，现在大家的条件非常好，有老师，有那么多的书，生活也比古人好了不知多少倍，只要你喜欢，只要你愿意去做，你就一定可以做好！

人皆可以为李杜

钟振振

近几年来，由于笔者在一些海内外诗词创作大奖赛中侥幸获得金奖、银奖，又由于在各种刊物上发表了一些诗词作品，引起不少诗词爱好者暨创作者的注意，故而时常收到他们的来信。论其身份职业，工农商学，党政干部，编辑记者，教师医生，方方面面；论其性别年龄，有男有女，有老有少；论其地域分布，或南或北，或东或西。来信的内容，大多是询问如何创作文言诗词。笔者虽勉为其难，一一回复，但因为工作太忙，或不能及时作答，或不能详所欲言。适蒙《文史知识》编辑部垂顾，约以开辟“诗词创作漫谈”专栏，正好趁此机会，加以弥补。只是以其昏昏，使人昭昭，中夜扪心，不免忐忑。好在《文史知识》的广大作者、读者中，高明甚众，必有见教，故不揣谫陋，聊为抛砖。这是专栏的开场白，先谈一谈个人对当代诗词创作现状及有关问题的宏观认识。

说到当代诗词创作的现状，笔者认为总的形势很好，群众性的创作热潮方兴未艾。全世界不少国家和地区，主要是华人社会，有相当数量的诗词创作社团；国内从中央到各省市县乃至大小基层单位，也有为数众多的诗词学会或诗社词社，还有各种诗词刊物、出版物不断涌现；至于“独行侠”式的诗人词人，在网上发表作品或自印诗稿互相交流者，更是难以胜数。每年都有各种不同规模、不同主题的诗词赛事，参加者成千上万，参赛作品少则数万、多则十数万。可谓盛况空前！从作者的绝对人数来看，恐非过去任何一个时代所能比拟。

有人曾问笔者：作者人数的多寡只是一个方面，作品质量的高下或许更为重要。先生对当代诗词的创作水平有何评价？答曰：试读《全唐诗》、《全宋词》，我们不难发现，一般化的作品总是占大多数，中等以上水平的作品占少数，而精品只是极少数。历代诗词创作的状况都是这样一个“金字塔”，当代诗词创作自然也不例外。这符合文学创作的一般规律，十分正常。如果人人都是李白、杜甫、苏轼、辛弃疾，反倒不正常了。不过，金字塔的底部越大，塔尖的体积也会相应增大，尽管未必“等比例”。因此，不能说作者、作品基数的大小没有意义。

又有人问：照此逻辑去推论，当代诗词创作的水平超越唐宋是必然的了？答曰：当代诗词的数量如此巨大，而且还是一个活的流程，尚未到“盖棺定论”的时候。没有读遍当代诗词，就说它超越唐宋，固然是妄下结论；但要说它没有，甚至根本不可能超越唐宋，同样也是妄下结论。低调一点说，就算当代诗坛词苑出不了李杜苏辛，但如果组织一场五百人以上规模的团体对抗，“当代”队与“唐宋”联队，谁胜谁负还真不好说！赢不了李白、杜甫，还拼不过贾岛、姚合么？三军可以夺帅，匹夫不可以夺志。有志者，事竟成。既然“人皆可以为尧舜”，为何不可为李杜，为苏辛？李杜苏辛是人，我也是人。他们也不是一出娘胎就能写诗填词！当代人在科学技术方面已远远超越古人，怎见得在诗词创作方面便超不过？鲁迅先生说，好诗到唐人已被做完。此话笔者不敢苟同。人类社会在不断前进，科学技术在不断前进，从来没有停步；文学创作的发展也永不会有止境。总之，唐宋诗词并非不可超越。楚霸王项羽年轻时看见秦始皇车驾出巡，说过一句惊天动地的话：“彼可取而代也！”我们当代的诗词作者，应有这样的气魄！最后是否真个超越唐宋，自有后世读者来作评判，当代人说了不算。即便事实最终证明这是大言不惭，笔者在此也还是要“大言”，且决计“不惭”！一开始就认输，不战而自屈其兵，还是男子汉吗？李太白的可贵之处，即在于当他年纪轻轻还什么也不是的时候，便敢给大人物韩荆州写信，自称“长不满七尺而心雄万夫”，如果他在精神气质上也“一生低首谢宣城”，那还有戏？

有人认为：当今已是白话文而不是文言文的时代，诗词艺术赖以生存的语言文化环境业已变迁，所以当代诗词创作不可能再现昔日的辉煌。对此，笔者颇不以为然。不错，现在是白话文的时代。但中国汉语言文字的发展好比万里长江，浩浩荡荡，没有上游，哪来下游？现代汉语也是从古代汉语一步步演变过来，不是外星人带来的。白话文从来没有，也根本不可能割断与文言的联系。文言的许多精华还像鱼儿一样鲜活地游动在白话文的湖水中。例如现在所使用的大量成语，就是文言。“一日不见，如隔三秋”之类，还是两千五百年前《诗经》时代的语言！试想，如果抽掉现代汉语中的文言成分，那我们的语言文学将变得多么贫乏！因此，撇开哲学、思想、文化等大“道”不谈，仅就语言这应属于“器”之范畴的小小载体而言，当代诗词创作也有它存活、成长直至走向辉煌的充足根据。

又有人问：毕竟，对于现代人尤其是年轻人来说，诗词创作的难度还是很大的吧？答曰：做什么事不难？诗词创作的难度并不比搓麻将、打扑克大多少。有兴趣，肯下工夫，再困难的事情也容易；没兴趣，不下工夫，再容易的事情也困难。“白日依山尽，黄河入海流。欲穷千里目，更上一层楼。”唐人王之涣的《登鹳雀楼》，有人认为压倒全唐。是否真能压倒，可以商量；但说它是千古绝唱之一，恐怕不会有争议。试看这短短20个字，哪个不是常用字？哪个小学生不认得？他也只是手持寸铁，并没有核武器。因此，从理论上说，只要有小学文化程度，便完全可能写出这样的千古绝唱来。笔者认识不少写诗词的年轻朋友，基础相当好，很有发展前途，也大都只有中学毕业文凭。有的虽然上过大学，但学的是理工科；就其文学学历而言，也只能算中学。

又有人问：先生前面提到不可能人人都是李杜苏辛，后来又说人皆可以为李杜苏辛，是否自相矛盾？答曰：如从形式逻辑上看，是自相矛盾；但用辩证法来分析，这是对立的统一。两种说法的前提不同，角度不同。“人皆可以为李杜苏辛”是从理论层面，从战略层面说，旨在鼓励大家树雄心，立壮志，“取法乎上”。而从实践层面、战术层面来说，要想实现那雄心壮志，还得付出艰苦努力，且力气要下在点子上。倘若努力不够，或不得其法，那么李杜苏辛虽则可望，也还是终不可及。古往今来，诗词创作之所以一般化的作品多，高质量的作品少，问题的症结还在于大多数作者努力不够，或不得其法。

那么怎样努力才算“得法”？或者换句话说，当代诗词作者最迫切、最应注意的问题在哪里？在提高文学修养，提高创作技巧。当代社会的生活内容那么广泛，当代人的思想感情那么丰富，而且总的来说，当代诗词创作无论题材内容的广泛程度，还是思想感情的丰富程度，都不滞后于时代，但为什么诗坛词坛上还是“一般化的作品多，高质量的作品少”这样一种局面呢？可见对于大多数的诗词作者，缺的不是生活，不是情感，而是反映时代、观照生活、表达思想、抒发感情的艺术技巧。艺术技巧的欠缺，归根到底是文学修养的欠缺。文学修养提高，创作技巧才有可能提高。要提高文学修养，就要努力读书，多读古今名作。不但多读，还要多想：那些名作好在哪里？好到什么程度？知道名作好在哪里，好到什么程度，也就知道一般化的作品差在哪里，差到什么程度了。久而久之，看到任何一首作品，都能辨别它是上品、中品还是下品。能“识好歹”，有了艺术鉴赏能力，自己的创作也就有了标准，“见贤思齐”，向古今名家名作看齐，“该出手时就出手”，一出手自然不凡。最怕的就是不读书，不思考，“不识好歹”。“不识好歹”，写得再多，水平也提不高。关于“创作技巧”，具体内容很多，很细，三言两语无法说完，留待今后慢慢讨论罢。

诗体、诗型、诗格与诗韵

易 行

汉语诗词形式层面的改革创新，似应从诗体、诗型、诗格和诗韵四个方面进行。而这四个方面还有改革创新的可能和空间吗？这确实是一个值得深入探讨的问题。

一、诗体与诗型

汉语诗词的诗体，从总体看只有两种：一种是自由体，如过去的楚辞、古风，近现代的白话自由体新诗，它们自由灵活，不受字、句、行、节、声、韵等限制；一种为格律体，如唐以后的律诗、绝句、词、曲，它们都依一定的格律填成，律诗、绝句依平仄律填写，词、曲依词牌、曲牌填写。所以说“填写”，是说它们篇有定句，句有定字，字有定声，是按定句、定字、定声填写而成的。

自由诗则没有这些限制，怎么创新都可以，但应力求民族化，以便为多数人所接受；格律诗形式则既要继承传统，又应改革创新。其实，格律诗的改革创新，从绝句、律诗出现不久便开始了。先是词的出现，到宋代鼎盛，后是曲的出现，在元代风行。近现代则出现过模仿西方的格律诗，例如冯至、卞之琳的十四行诗，闻一多等倡导的新格律诗，但都未坚持下来。只有大体整齐的，例如四行一节、偶行押韵的新诗，或可称之为“新格律诗”。

格律诗的创新是以其正体为根据的。格律诗的正体，包括五律（五言八句）、七律（七言八句）和五绝（五言四句）、七绝（七言四句）四种，每种均由八或四个律句组成，另要求偶句押平声韵。绝句、律诗在唐代曾被称为“近体诗”、“今体诗”，由于其格律森严、容量狭小而不断被突破。突破正体的格律诗，一般称之为“变体”或“别体”，主要有“排律”（十句以上律诗）、“三韵小律”（每首六句）、“六言律诗”（每句六字）、“六言绝句”（每句六字）、“折腰体”（上下两联不黏反对）、“仄韵体”（偶句押仄声韵）、“词”（多由长短律句组成）、“曲”（多由长短律句间衬字组成），等等。律诗正体中间的颔、颈两联（即三四、五六句）还讲究对仗。如果不是中间两联对仗，则为“变体”。例如首联、颈联对仗的“偷春体”：“城阙辅三秦，风烟望五津。与君离别意，同是宦游人。海内存知己，天涯若比邻。无为在歧路，儿女共沾巾。”（王勃《送杜少府之任蜀州》）又如只颈联对仗的“蜂腰体”：“言从石菌阁，新下穆陵关。独向池阳去，白云留故山。绽衣秋日里，洗钵古松间。一施传心法，惟将戒定还。”（王维《同崔兴宗送瑗公》）还有全无对仗的“无联体”：“牛渚西江夜，青天无片云。登舟望秋月，空忆谢将军。余亦能高咏，斯人不可闻。明朝挂帆去，枫叶落纷纷。”（李白《夜泊牛渚怀古》）等等。

上世纪六十年代初，陈毅元帅在《诗刊》举办的一次座谈会上说：“不按照近体诗五律七律，而写五古七古，四言五言六言，又参照民歌来写，完全用口语，但又加韵脚，写这样的自由诗、白话诗，跟民歌差不多，也有些不同，这条路是否走得通?”之后，毛泽东在给陈毅的信中说：“但用白话写诗，几十年来，迄无成功。民歌中倒有一些好的。将来趋势，很可能从民歌中吸取养料和形式，发展成为一套吸引广大读者的新体诗歌。”在这里，毛泽东与陈毅的看法基本一致，都为格律诗的诗体创新指出一个可能的方向。再后，著名诗人贺敬之开始按毛泽东、陈毅所指方向创作白话古体诗。到上世纪九十年代，评论界开始把贺敬之等所写的白话古体诗称为“新古体诗”。无独有偶，在海峡那面的台湾，有一个理工科学者范光陵，他在上世纪九十年代初，发起“新古诗”运动。范光陵博士倡导的“新古诗”和贺敬之力行的“新古体诗”总体一致：每首四行（或两个以上相关四行），偶句押韵，每行字数相等，可五字七字，亦可二三四六字，不必硬按正体格律诗的平仄律规则相对或相黏。这样的“新古体诗”或“新古诗”又被人称为“解放体”，符合毛泽东、陈毅所指方向，也符合鲁迅先生的看法：“诗须有形式，要易记、易懂、易唱、易听，但格式不要太严。要有韵，但不必依旧诗韵，只要顺口就好。”这样的诗，确实好写，但就其名称而言，是否叫“民歌体”更易于理解和接受一些呢?

当然,“新古体”还不是自由体,它只是不受正体格律诗“声律”(即平仄律:一句之内平仄相间,两句之间平仄相对,两联之间平仄相黏)和“联律”的严格限制,但仍受“句律”(句有定行、行有定字)、“韵律”(偶句尾字押韵)限制。所以它应该归为正体格律诗之“变体”。

国务委员马凯同志在《再谈格律诗的“求正容变”》一文中指出:“对格律诗的继承与发展,概括起来说,在内容上,就是要‘求真出新’,即继承‘诗言志’、‘抒真情’的传统,同时又反映时代风采和现代人的思想感情;在形式上,就是要‘求正容变’,即尽可能地遵循‘正体’——严格的诗词格律规则,同时又允许有‘变格’。”在这里,马凯同志所说“正体”是指格律诗的“正体正格”,即五律、七律、五绝、七绝。他所强调的是“正体”也应容许“变格”,甚至“破格”(不以词害意的“偶有失律”)。当然,容许“变体”更是不言而喻的。因为正体格律诗的“变体”,早已大行其道,屡见不鲜。从前面列举的各种“变体”中不难看出,常见的“变体”只有四种:一排律,二词,三曲,四“新古体”。

至于诗型,只是诗体的外在表现,从总体看也只有两种:一种为齐言型,如五绝、七绝、五律、七律、排律;一种为杂言型,如词、曲,以及杂言自由诗等。当然,齐言型和杂言型还有几行一节、几节一篇等类型。至于“宝塔诗”什么的,则多为文字游戏,不足为训。而以后还会不会创出新诗型,新诗型可能会是什么样子?还很难想象,不敢断言。

二、诗格与诗韵

诗格,特指诗句的文字组合要有一定的格式,即诗词文字组合要符合“声律”亦即“平仄律”。汉字普通话读音有阴平、阳平、上声、去声四声。我国某些区域的方言有平、上、去、入四声。阴平、阳平同属“平声”,而上、去、入则统归于“仄声”。汉语格律诗正体要求在每一行诗句里由字词所组成的“音步”(分为单音步、双音步和三音步)必须平仄相间,偶句的尾字必须是平声且押韵,奇句除首句尾字平仄不拘外,其余必须为仄声。这样由平仄音步相间组成的诗句为律句,共八种,五言四种为:一、仄仄平平仄,二、平平仄仄平,三、仄仄仄平平,四、平平平仄仄;七言四种为:一、平平仄仄平平仄,二、仄仄平平仄仄平,三、平平仄仄仄平平,四、仄仄平平平仄仄。(都是在五言律句前加一个双音步)严格说,只有由这些律句按奇句与偶句平仄相对、上联与下联平仄相黏的规则组成的绝句与律诗,才是正体格律诗。根据“求正容变”原则,正体格律诗的“格”可以变,也可以破,但变和破都要有一定的限度,超过限度就不是“变格”而是“变体”了。

形式是为内容服务的,当形式与内容发生冲突时,实在躲不过,就要变通,使形式适应内容,这是诗词格律灵活的一面。诗词格律经过上千年的总结使用,证明它确如马凯同志所说,是一个“黄金格律”。即使不按平仄律规则作出的“新古体”诗,也难逃汉语言音步相间相错才“易唱”、“易听”、才跌宕起伏顺口而产生音乐美的规律,只不过它“不同于近体诗的严律而属于宽律罢了”(贺敬之语）。

早在1957年，毛泽东在给臧克家等人的信中说：“诗当然应以新诗为主体，旧诗可以写一些，但是不宜在青年中提倡，因为这种体裁束缚思想，又不易学。”1965年，毛泽东跟梅白同志解释说：“那是针对当时的青少年说的，旧体诗词有许多讲究，音韵、格律，很不易学，又容易束缚人们的思想，不如新诗那样自由。但另一方面，旧体诗词源远流长，不仅像我们这样的老年人喜欢，而且像你们这样的中年人也喜欢。我冒叫一声，旧体诗词要发展，要改造，一万年也打不倒。因为这种东西最能反映中华民族和中国人民的特性和风尚。”也就是说，旧体诗词，特别是格律诗词“一万年也打不倒”，但它“要发展，要改造”，包括“求正容变”，既要容“变格”，也要容“变体”。

与诗格密不可分的是诗韵。正体格律诗偶句的尾字必须是平声，而且必须押韵。押什么韵呢？很显然，诗格决定了必须押平声韵。有清以来，诗习用“平水韵”，词习用“词林正韵”，曲习用“十三辙”，这几乎成了诗词曲界的“金科玉律”。但是，时代变了，清以前推重的是吴音、蒙古字音，所以使以吴音、蒙古字音为标准的音韵系统成为“正统”、“主流”；使以吴音为标准音的“平水韵”成了“官韵”。而以北京音为标准音的“中原音韵”和“十三辙”只能屈居“曲韵”，不能用于诗词。可是，“五四”了，“民国”了，推行“国语”了。之后，中华人民共和国成立了，开始推广以北京语音为标准音，以北方话为基础方言，以典范的现代白话文著作为语法规范的“普通话”，并且将其法定为现代汉语的标准语。这样一来，以北京音为标准音的“十三辙”音韵系统就自然而然地转化为“正统”、“主流”，成了中华诗词学会制订“中华新韵”的基础。

如今，“知古倡新”或“容古倡新”已成诗界共识，但“新韵”如何分部却众说纷纭。目前，主要有以下几种分法：

（一）秦似《现代诗韵》依据“十三辙”，将汉语诗韵划分为十三部十七韵。

（二）广东诗词学会《中华新韵府》按照普通话读音，将韵部划分为十九个。

（三）中华诗词学会《中华新韵》共分十四韵。

上述分法皆有所本，也皆有道理，但都不如直接按“汉语拼音方案”《韵母表》划分来得简便。因为“韵”实际上指的就是韵母或复合韵母中的主要元音。韵母（或复合韵母中的主要元音）相同的字就是同韵字。而汉语拼音韵母表中所标韵母（或复合韵母中的主要元音）相同的共有十四类：一啊（a，包括ia呀、ua蛙），二喔（o，包括uo窝），三鹅（e，在i、ü后读“耶”，包括ie耶、üe约），四哀（ai，包括uai歪），五欸（ei，包括uei威），六熬（ao，包括iao腰），七欧（ou，包括iou忧），八安（an，包括ian烟、uan弯、üan冤），九恩（en，包括ien——写作in因、uen温、üen——写作ün晕），十昂（ang，包括iang央、uang汪），十一eng（eng为“亨”的韵母，可用“庚”代称，另包括ieng——写作ing英，ueng翁，ueng——作为“轰”的韵母写作ong，üeng——写作iong雍），十二衣（i），十三乌（u），十四迂（ü）。这十四类亦即十四韵。考虑到实际读音，衣（i）与迂（ü）十分接近，可将迂（ü）并入衣（i）韵（另有一儿er韵，只有几个常用字，亦可并入）；而衣（i）韵中的知（zhi）、吃（chi）、诗（shi）、日（ri）、资（zi）、疵（ci）、思（si），读起来与其他衣（i）韵字不很谐，可另分一知（-i）韵。经过这样变通，便形成了普通话实用十四韵部：一啊、二喔、三耶、四哀、五欸、六熬、七欧、八安、九恩、十昂、十一庚、十二衣、十三知、十四乌。当然，上述十类或十四韵部还可细分成十八韵。即将“二喔”（o）分出一“鹅”（e）韵，“十一庚”（eng ing）分出一“东”（ong iong）韵，“十二衣”（i）分出“鱼”（ü）、“儿”（er）韵。这十八韵与民国于1941年颁布的《中华新韵》相同。这样一分便成了“新韵”（北京音韵）十四部十八韵：

<table>
<tr><th rowspan="2">韵名
韵母　韵部</th><th rowspan="2">中原音韵</th><th rowspan="2">十三辙</th><th rowspan="2">中华新韵</th><th colspan="3">北京音韵</th></tr>
<tr><th>十四部</th><th>十八韵</th><th>备注</th></tr>
<tr><td>a　ia　ua</td><td>家麻</td><td>发花</td><td>麻</td><td>麻(啊)</td><td>麻</td><td></td></tr>
<tr><td>o　uo</td><td>歌戈</td><td rowspan="2">梭波</td><td>波</td><td rowspan="2">波(喔)</td><td>波</td><td rowspan="2">同用</td></tr>
<tr><td>e</td><td>车遮</td><td>歌</td><td>歌</td></tr>
<tr><td>ê</td><td>皆来 1</td><td>乜斜</td><td>皆</td><td>皆(耶)</td><td>毕</td><td></td></tr>
<tr><td>-i</td><td rowspan="2">支思</td><td rowspan="4">衣期</td><td>支</td><td>支(知)</td><td>支</td><td></td></tr>
<tr><td>er</td><td>儿</td><td rowspan="3">齐(衣)</td><td>儿</td><td rowspan="3">同用</td></tr>
<tr><td>i</td><td rowspan="3">鱼模</td><td>齐</td><td>齐</td></tr>
<tr><td>ü</td><td>鱼</td><td>鱼</td></tr>
<tr><td>u</td><td>始苏</td><td>模</td><td>姑(乌)</td><td>姑</td><td></td></tr>
<tr><td>ai　uai</td><td>皆来 2</td><td>怀来</td><td>开</td><td>开(哀)</td><td>开</td><td></td></tr>
<tr><td>ei　uei</td><td>齐微</td><td>灰堆</td><td>微</td><td>微(欸)</td><td>微</td><td></td></tr>
<tr><td>ao　iao</td><td>萧豪</td><td>遥条</td><td>豪</td><td>豪(熬)</td><td>豪</td><td></td></tr>
<tr><td>ou　iou</td><td>尤侯</td><td>油求</td><td>侯</td><td>侯(欧)</td><td>侯</td><td></td></tr>
<tr><td rowspan="5">an　ian
uan　üan</td><td>寒山</td><td rowspan="5">言前</td><td rowspan="5">寒</td><td rowspan="5">寒(安)</td><td rowspan="5">寒</td><td rowspan="5"></td></tr>
<tr><td>桓欢</td></tr>
<tr><td>先天</td></tr>
<tr><td>监威</td></tr>
<tr><td>廉纤</td></tr>
<tr><td rowspan="2">an　in
uen　ün</td><td>真文</td><td rowspan="2">人辰</td><td rowspan="2">痕</td><td rowspan="2">痕(恩)</td><td rowspan="2">痕</td><td rowspan="2"></td></tr>
<tr><td>侵寻</td></tr>
<tr><td>ang</td><td>江阳</td><td>江阳</td><td>唐</td><td>唐(昂)</td><td>唐</td><td></td></tr>
<tr><td>eng　ing</td><td>庚青</td><td rowspan="2">中东</td><td>庚</td><td rowspan="2">庚(庚)</td><td>庚</td><td rowspan="2">同用</td></tr>
<tr><td>ong　iong</td><td>东钟</td><td>东</td><td>东</td></tr>
</table>

注：一、表中“中原音韵”的“皆来 1”与“皆来 2”为同一韵部。

二、北京音韵十八韵只是将“中华新韵”中的“模”改为“姑”。

三、北京音韵十四部中加括号的字系汉语拼音《韵母表》中的标音字。

按汉语拼音《韵母表》划分不仅简便，而且好查易记（按音序查现代汉语字典、词典均可），因为任何艺术形式的规律、规则，都是以简易便当为上。文字要简化，语言要简朴，诗句要简练。声韵自然也不能太繁琐，本来只有十几种，硬分成二百多、一百多，不是要命么？我们不是以往那些食古不化的骚人墨客，没有时间去舍本逐末，更不能用繁琐得要命的东西把广大爱好者拒之门外。我们的诗词只有走出文人的书房，到现实生活中去，才能获得生机与生气，才能获得广大受众的“喜闻乐见”而获得恒久的生命。而要做到这一点，诗词声韵的变革简化，易于绝大多数中国人接受，是势在必行的。当然，简化诗韵，提倡推广以普通话语音为标准的新声韵，不能只停留在口号里，而应实现在所有能说普通话诗人的创作实践中，使以往的“新旧韵双轨并行”尽快转到有主有辅的高速路。新声韵是“主路”，“词林正韵”等方言韵仍可沿用，但它们在今天已是“辅路”，最终也许会像古栈道那样予以保留、保护，成为民族文化遗存的一部分。

三、结　语

综上所述，不难看出，汉语诗词改革创新确是一个很长很繁复的过程，它不可能有精准的日程表，但可以有一个大概的路线图：一路从古体诗创新出“近体诗”即格律诗（正体），再创新出词、曲，现在又创新出“新古体”和“自由曲”等；另一路从古体诗、民歌与西洋诗相结合创新出白话自由诗（新诗）。韵则从“平水韵”、“词林正韵”等古韵逐渐转换为“新韵”。

“新韵”、“新古体诗”均冠一“新”字，这体现了创新，也可以区别旧韵、旧体。但“新”、“旧”都是时态词，具有时效性，昨天是新的，今天或明天就是旧的了。今天再说唐代创新出的格律诗是“近体诗”或“今体诗”，就很让人“莫名”、费解。既然“新古体诗”是古诗和民歌嫁接出来的，叫“民歌体”岂不更好？既然“新韵”是以普通话的标准音——北京音为标准的，叫“北京韵”岂不更贴切？其实音韵随时间变化的幅度非常之小，几百年上千年难得一变。但随地域变化的幅度却非常之大，有些地方隔一座山其语音就天差地别。所以语音、声韵以地域冠名较为科学。例如：“平水韵”、“中原音韵”等。其次，以“新”冠名还容易造成误解。其实，现在的“新声韵”与古韵——元代的“中原音韵”、清代的“十三辙”同出一辙，是一脉相承的，它只是古韵的另一个系统（曲韵系统）罢了。总之，时代变了，诗的内容、语言和形式都应紧随其变。这就是格律诗和自由诗，不论新旧都要不断创新的根本原因。“变”是大势所趋，是谁也阻挡不了的。

（选自《诗词通变新论》）

"新古体诗"向何处去?

易 行

最近出席了《诗国》举办的《新古体诗论稿》(线装书局2010年版)出版座谈会,听了几位专家的精彩发言,很受启发。会后我一直在想,"新古体诗"或"新古诗"就是我们诗词改革创新的"样板"吗?它还要不要发展,向何处发展?

有专家撰文说:"中国诗歌要改革、要发展、要创新,主要的突破口就是在这'三性'(时代性、民族性、群众性),主要的诗体就是新古诗","新古诗是中国诗歌发展的新方向。"(岳宣义《中国诗歌发展的新方向》)"新古诗"或"新古体诗"是什么呢?其概念,据说是台湾的范光陵博士提出并大力倡导的。他所倡导的新古诗"完全尊重中国传统诗的格式,每诗四行或几个四行,每行四、五、六、七言皆可;不讲平仄对仗,只要第二、四行末一个字有韵即可;韵也是现代自然韵,不必用古韵;用词都用现代的词,不要用古代的词,尽量使用流畅的文字;在有限的篇幅内尽量地表现出情感和一些哲理来"。如果新古诗按着这样的方向发展,其结果与民歌何异?我在选编《中国诗词年鉴》稿时,也读了一些新古诗,其中有一些确实像极了民歌,有的其实就是"顺口溜",使中国传统诗的乐感和韵味荡然无存。

毛泽东曾反复强调:"旧体诗要发展,要改造","将来趋势,很可能从民歌中吸收养料和形式,发展成为一套吸引广大读者的新体诗歌",这"新体诗歌"是"古典同民歌这两个东西结婚,产生第三个东西",是"比较精炼,句子大体整齐,押大致相同的韵"。也就是说,要以旧诗核心的东西,以其千百年传下来的"基因""吸收民歌的养料和形式"创新,而不是以四行五言、七言等外壳为基础改造。

旧体诗格律的核心是什么呢?就是它的"声律",即"平仄律"包括"韵律"。因为汉语诗如果"不讲平仄",就将其独有的构成音乐美的特质丢掉了。而丢掉了它的主要特质,丢掉了它的传统,"不遵守基本格律,那么形式上虽然仍是'五言'、'七言'、各种'词牌',但实际上已异化为'顺口溜'或别的什么诗体,中华诗词会名存实亡"(马凯《致郑伯农先生》),我们说的改革创新,不是铲旧换新,而是"求正容变"。小变变格,大变变体。词、曲就是五七言正体格律诗的变体,新古诗也应该是正体格律诗的一种变体。变体当然不是完全抛弃,而是改造。怎么改呢?不是"不讲平仄"而是不过分拘泥或严守前人制定的"平仄"规则,即可以不按正体格律诗的固有格式"填"诗,而尽量顺应汉字平仄规律写诗。这就是"解放",这就是"改革"!事实也是这样,但凡新古诗写得好的,多与正体格律诗的平仄律暗合。试看陈毅元帅的《冬夜杂咏·青松》:

大雪压青松,青松挺且直。

仄仄平平平　平平仄仄平
要知松高洁，待到雪化时。
仄平平平仄　仄仄仄仄平

这首诗的一、二句其实就是标准律句（“压”字有人读去声），三、四句虽非律句，但出句与对句平仄相对，读起来也很顺。

再看贺敬之先生的《富春江散歌》：

壮哉此行偕入海，钱江怒涛抒我怀。
仄平仄平平仄仄　平平仄平平仄平
一滴敢报江海信，百折再看高潮来。
仄平仄仄平仄仄　仄平仄仄平平平

这首诗每句句内都是平仄交错，读来抑扬顿挫，一如律绝。

还有台湾诗人范光陵的《君在》：

君在红尘中，不见名利苦。
平仄平平平　仄仄平仄仄
极目高山上，烽烟满今古。
平仄平平仄　平平仄平仄

也是平仄交错，每句都像律句。

上述三首诗是公认的经常被引用的新古体好诗，它们足以说明汉字平仄交错可以产生抑扬起伏音乐美这一点是普遍存在的，是规律！灵活运用这一规律，自然会产生好诗，而且易写、易诵。贺敬之先生说得好，自己的新古诗“不仅都是节拍（字）整齐，严格押韵（用现代汉语标准语音），同时还有部分律句、律联。就平仄声律要求来说，绝大多数对句的韵脚都押平声韵（不避‘三平’），除首句以外的出句尾字大都是仄声（不避‘上尾’），因此，至少和古代的古体诗一样，不能说它是‘无律’，即无任何格律，只不过是不同于近体诗的严律而属于宽律罢了！”

贺敬之先生是新古体诗的倡导者和力行者，他在新诗之外，写了大量的新古体诗。但他并未完全抛弃“格律”，而是顺应汉字的特点，灵活运用“格律”，以便较自由地表达情感，反映时代。这才是新古诗发展的方向！这才是既传承了汉语诗的民族性，又张扬了它的时代性和群众性。舍此，就不是传统汉语诗，而成民歌、“顺口溜”什么的了。所以，格律诗作者可以给自己松一松“绑”，写较为自由的新古诗；新古诗作者也可紧一紧身，熟练掌握“严律”后，可以写出更好的新古诗。总之，万变不离其宗，新古诗不是格律诗的对立物，而是它的变异体，是它与民歌结合生出来的“混血儿”。如果说传统诗是“美声唱法”，民歌是“民族唱法”，新古诗则是“通俗唱法”。三种唱法各有所长，可以并行共荣。由于新古诗的“通俗唱法”比较自由灵活、易学、好掌握、宜普及，可以大众化，理应成为中国诗歌的主体、主流。而正体格律诗包括词曲，作为“美声唱法”的“阳春白雪”和作为“民族唱法”的民歌，也可以自行其道，高歌猛进。说到底，新古诗，就是“古典”加民歌的派生体，关键是如何将二者结合好，不能顾此失彼，舍本逐末。马凯同志说：“如果完全固守旧制，不与时俱进，不从内容和形式随时代变化而发展，中华诗词也会枯萎。”（《致郑伯农先生》）为了不使中华诗词枯萎，新古诗的改革是必要的，问题是不能抛弃传统的核心部分，而应在继承中发展改进。

当代诗词创作漫谈

——在北京诗词学会中青年诗词创作座谈会上的发言

杨逸明

当今时代，何谓“诗人”？记得有个诗人说：“诗人是商品时代苦苦坚持赠送礼品的人。”说来真有点悲壮！我们自费印刷出版诗集，到处送人，还不大有人要。我们苦苦赠送礼品，居然不受欢迎，其中一个重要的原因是：我们的诗词不是精品。诗被冷落了，远离了以政治为中心的官场和以经济为中心的市场，诗成了“弱势群体”。

“五四”新文化运动，创造了新文学，产生了白话新诗。这是不可磨灭的功绩。然而，一些先驱者对于传统诗词采取了全盘否定乃至打倒的态度。十年浩劫中，传统文化、中华诗词更是到了奄奄一息的时刻。中华诗词在长达一个世纪的漫长时期，基本上处于生存、发展的极端困难的境地。胡适、鲁迅、钱玄同等人甚至鼓吹要消灭汉字。钱玄同说：欲使中国不亡，非取消记载道教妖言的汉字不可！胡适说：汉字不废，中国必亡。鲁迅说：劳苦大众身上的结核菌都潜藏在（汉字）里面，倘不先除去它，结果只有自己死。鲁迅又说：为汉字而牺牲我们，还是为我们而牺牲汉字呢？这是只要还没丧心病狂的人，都能够马上回答的。先驱们呼喊要废除中国戏剧，废除中医中药……今天我们打算申报为非物质文化遗产的宝贝，当年全成了先驱们深恶痛绝、必欲置之死地而后快的革命对象。幸好到了今天，国画不叫旧画，古琴不叫旧琴，中药中医不叫旧药旧医，国粹京戏不叫旧戏，中国书法也不叫旧书法。然而，旧体诗词，叫旧诗，常常带有贬意，一直沿用至今。我们不必责怪近百年前的先驱们，但是如果百来年后我们还是这么认为，我们就有点发昏了。

如今，有些人提出要振兴中华诗词，甚至提出要拯救中华诗词。我觉得，汉字不灭，中华诗词就不会亡。汉字的音、义、形，美轮美奂，举世无两。诗词在演绎汉字的音、义之美，书法在表现汉字的字形之美。我总感到是中华诗词拯救了我，我可拯救不了中华诗词。如果没有中华诗词，我不知今天如何活法？我是把中华诗词当作自己的事业，信仰，宗教。聂绀弩、胡风、李锐当年关在监狱里还在创作诗词，出发点恐怕不是为了拯救中华诗词，当时他们自己生命的存活都发生了问题，应该说是中华诗词拯救了他们，使他们终于度过了劫难。

今天，中华诗词渐渐在走出低谷。报纸上见过许多名人、领导的诗词，赫然冠名“七律”、“满江红”、“沁园春”……除了凑成字数长短排列外，都是一些与七律、满江红、沁园春毫不相关的文字。一些知名度不低的作家，也写旧体诗词，却写得叫人啼笑皆非。谁要是上绿茵场不守规则乱踢足球，参加象棋比赛不照规则乱走棋子，一定会被人赶出场外。唯独旧体诗词不然，对于标榜为旧体诗词却不按旧体诗词规则写出的文字，大家（包括外行内行）照样捧场，大报、大刊照样开绿灯刊用。在这些人眼里，旧体诗词的规则可以说改就改，说废除就废除，有的人说这是“改革”，有的人说这是“大众化”，有的人说这是“适应时代的需要”。旧体诗词自己不会说话，只好任凭世人蹂躏、作践、糟蹋、玩弄，到头来还要依靠世人来“拯救”，来“从良”。

在上海的一次诗歌研讨会上，有人提出，鲁迅说过好诗到唐代已经被写完了，所以当代的人不必再写了。我说：阁下是写游记散文的，到现在似乎也没有写出一篇《滕王阁序》、《岳阳楼记》、《前赤壁赋》那样的经典作品来，看来好的游记散文到王勃、范仲淹、苏轼已经写完，阁下也不必再写游记散文了！这几位是写长篇小说的，写到现在也没有写出《三国演义》、《儒林外史》、《红楼梦》来，长篇小说到罗贯中、吴敬梓、曹雪芹已经写完，你们也不必再写长篇小说了！那几位是写文学评论的，写到现在也没有写出《文心雕龙》、《诗品》来，好的文学批评到刘勰、钟嵘已经写完，你们也不必再写文学评论了。我们生活在当代，为什么我们的诗会被古人写完？我们的前辈创造了文化艺术的高峰，不应成为我们故步自封、停滞不前的理由。我们确实有辉煌灿烂的唐诗，使我们作为中华民族的后代引以为自豪。可是我们不能因为我们的前辈写过好诗，我们自己就丧失了继续写出好诗来的信心。为什么世人对于中华诗词的要求就如此苛刻？我觉得，我们应该理直气壮地创作诗词，我们会写出当代的诗词精品来！

会上又有人说：唐代有那么多的好诗，为什么当代人写的好诗我一首也没有读到过啊？我发表看法：唐诗流传到今天有《全唐诗》，大约五万首。可是真的为今天有中等文化水平的人所熟悉的作品，恐怕也只有几百首，而能被一般的老百姓所熟悉并朗朗上口背得下来的恐怕就只有一二十首了。唐王朝近三百年，如果以流传下来并为当代人耳熟能详的好诗有三五百首计，一年也就大约只流传一两首。这就是我国诗歌的黄金时代了！据统计，当代有几十万人创作诗词，每天有五万首诗词诞生——相当于《全唐诗》的总数！以每天 50000 首乘以 365 天，得出的简直是一个天文数字。在这个天文数字的诗词作品中，如果有一两首诗（词）能够流传后世，我们的诗词就像唐诗一样辉煌！看来，谁在当代就能读到这一两首将来会流传的好诗，比中福利彩票的大奖还难哩！所以说，当代有诗词精品，可是绝对不会铺天盖地。

创作格律诗词，我有几位长期的读者，这是我熟悉的几位有中等文化水平、喜欢阅读各种文学作品（包括诗歌）、但自己却不写诗词的友人。每次写好诗词，让他们成为第一读者。他们说不懂，就改到他们懂。他们说不好，就改到他们认为好。一直改到他们觉得有意思并认为满意为止。当年白居易将自己的作品读给“老妪”听，这“老妪”们恐怕也不会是一点文化修养也没有的群体。这实在是当今诗词创作者极需重视的问题。作者群体的作品交流当然很重要，但这仅仅是类似于厨师之间的学习交流，都是免费品尝，有许多人还带一点门户之见。只有在圈子以外有食客愿意掏钱品尝你做的菜肴，你这才能真正开成饭店。当今诗词界，作者就是读者，读者就是作者，甚至许多作者还不愿当读者，作者只管写，也不管谁要读，写了许多合格律但去诗甚远的绝句律诗，却埋怨读者不懂诗。这样的诗词创作现状，实在堪忧。哪一天诗词界的小圈子（即使有号称一百万的创作大军，也只是一个小圈子）以外也有了诗词读者，当代诗词才真正有社会价值，中华诗词事业的振兴就真有希望了。

我十四岁买了《诗词格律》、《唐诗一百首》、《宋诗一百首》、《唐宋词一百首》，开始写格律诗词。从此或一年一两首，或一年十几首，写了三十多年。到一九九六年，我已经五十来岁。人生的经历，有许多感想、感慨、感悟，想写出来，想来想去决定采用诗词这个形式。一天中午饭后从单位出来溜跶，在静安寺的一家报刊门市部买到一本《诗刊》，见到有旧体诗词高级培训班，马上报名参加。不久收到杨金亭老师的回信。杨老师看了我二十来岁到五十来岁写的诗，说我写诗的水平三十年在“原地踏步”。于是我每月寄三首诗，一学就是四年，可算是诗词“本科”毕业了。一共寄了144首诗，杨老师精心点评批改，对我帮助极大。这些批改稿件我现在都完好保存着。杨老师说我学了四年，很努力，终于突破了一次自己。

通过诗词创作，我总结了自己的经验和体会，写出了《诗词创作的“金字塔”原理》一文。现在择其要谈一谈。

我们可以先画出一个三角形，从上到下分成三等分。三角形最下一部分是技术层面。包括平仄、黏对、拗救、押韵、对仗等。这个层面的功夫是熟练工的本领。人们的审美情趣原则有一个基本的要求，就是要有变化，避免单调的重复。汉字一字一形，一字一音，字分四声，读来抑扬顿挫，分成两大类，平和仄。就像《易经》中分成阴爻和阳爻两大类，分别组合成六十四卦，演绎天地万物，变化无穷。平仄声的交替是诗词中最基本的一种变化。一句中平平后是仄仄，仄仄后是平平，要“交替”，这是为了每一句中产生变化。两句中上句平平仄仄，下句是仄仄平平，上下要“对”，这是为了两句产生变化，否则两句会重复。两联中的前一联的下句第二个字与后一联的上句的第二字要“黏”，如果不黏，则前一联和后一联完全重复。这是平仄“交替”、“对”和“黏”的理由。对仗有对称美，但也要在同中求异，不断变化。对仗不要字字求工，主要部分对得工整了，其他就不要太工整。有经验的诗人往往宽中求工，即在诗句中着意锤炼几个关键的字或词，使之对得非常工整，其他的部分就不必十分严谨。押韵可以用“平水韵”，也可以放宽，用普通话新韵也无不可。其实诗词好坏并不是由押何种韵决定的，大可不必非要争得某种韵的正统地位后才吟诗填词。为此争得面红耳赤有点“劳民伤财”。

三角形的中间一个部分是艺术层面。包括意象、意境、语言风格、章法布局等。诗要形象思维。就是有了一个好的意思不直接说出来，却找一个“形象大使”来说话。屈原在《离骚》中，以美人芳草为“形象大使”，来抒发对国家的热爱和对理想的追求。有了意象，就要有语言跟上，写到位。袁枚在《随园诗话》中引有一段话：“凡人作诗，一题到手，必有一种供给应付之语，老生常谈，不召自来。若作家，必如谢绝泛交，尽行靡去，然后心精独运，自出心裁。及其成后，又必浑成精当，无斧凿痕，方称合作。”要成为一个诗人，必须要具备驾驭语言文字的能力。语言要有一种“熟悉的陌生感”，要做到这点很不容易。古代流传至今的一些唐诗名篇，大多读来通俗易懂，语言新鲜得就像是昨天才写的，不像当代有些人的旧体诗词，倒反而像是几百年前写的。诗的句式、用典、章法，都是需要不断变化才能创新的。心里有美好的感情，就像有了一泓清澈的源泉。有这种美好感情的人都可以写诗。但是你如果把这泓泉水随便地放出，就像打开一个自来水龙头一样，水是哗哗地流出来了，可是一点也不美。你必须让这泓泉水流入石头和草木构成的景致之中，使之忽隐忽现，有时曲折，有时跌宕，有时闻其声不见其水，这样便成了一道靓丽的风景。这才是诗！通常的“造景”程序的规律是“起承转合”。但是各人有各人的造景手段和风格。如果只有一种模式，那就成了批量生产的商品，绝对不是诗。戏法人人会变，各有巧妙不同。变数越多，越精彩，吸引的人会越多。会三十六变是猪八戒，会七十二变是孙悟空。老孙还有很多妖魔鬼怪打不过，可见艺术没有止境。又要会变，又要变出美来被人承认并且欣赏。

三角形最高的小尖角部分是哲学层面。包括诗人的见识、襟怀、思想。掌握了技术层面和艺术层面的手法就像是学会了酿酒术，不要以为无论什么水都能酿出美酒来，关键的问题是有没有“好水”。只有优质的泉水加上精湛的酿酒技术，才能有美酒诞生。诗人的“心泉”在某种意义上说是来源于天赋，所以古人说：“诗有别材，非关书也。”有了哲学层面的内容，所有的艺术，包括音乐、雕塑、绘画、舞蹈、书法等，甚至自然科学，都可以进行对话和互相交流。有了这个层面的内容，诗词作品给予人们的东西，可以比生活给予人们的更多。诗词创作者呕心沥血，是为了用极为简练的汉字，高度概括最丰富的思想感情。如果没有这个层面，那么，所有的艺术创作者，都只能成为匠气十足的熟练工。诗人如果没有哲学的思考，没有人生的感悟，没有自己的真知灼见，诗人也就成了诗匠。如果诗词创作不能上升到哲学层面，就没有了较高的立意，那么以上所说的技术层面的打造和艺术层面的雕琢，都成了空忙，只能够打造出平庸的诗词作品来。诗人表现的思想是积极的，抒发的感情是健康的，说理的逻辑是正常的。诗人要感情丰富，思维敏锐，见识不凡，头脑清醒。有了哲学层面的认识，诗人才会有天人合一的精神，悲天悯人的情怀，地球是人类和万物的共同家园的思想境界。诗人会充满忧患意识。忧患意识也常常是诗词创作的重要动机之一。纪昀评论陆游的《书愤》两首诗时说：“此种诗是放翁不可磨处。集中有此，如屋有柱，如人有骨。如全集皆‘石砚不容留宿墨，瓦瓶随意插新花’句，则放翁不足重矣！”诗人不是不能写风花雪月，但是全写雕栏玉砌，就像只有砖瓦，而无梁柱，总造不成像样的房屋来。陆游说：“位卑未敢忘忧国。”当今社会堪忧者正多：国堪忧，民堪忧，市场堪忧，官场堪忧，环境堪忧，生态堪忧，地球更堪忧。诗人的忧患意识应该比世人稍稍拔高一些，超前一些。如果当今诗人，只忧晓风残月，甚或饱食终日，无忧无虑，则诗人不足重矣！要达到哲学层面的高度，诗人们有各自的人生经历和感悟方式。现在提倡和谐社会。和谐社会并不是诗人都不发牢骚了，诗人发牢骚，其实是好事，宣泄出来，才能平和。牢骚埋在心里不发，表面和谐了，其实只是一种假象。

诗词创作要有一个“临帖”的过程。人们只知道书法创作有个临帖的过程，否则路子太野，会缺少书卷气。总不会有人看了一些王羲之、米芾、王铎的帖，一字不临，提起笔就搞起书法创作来。诗词创作的“临帖”过程，却往往被诗词创作者所忽视。所以许多诗词爱好者，读了些诗经楚辞、唐诗宋词，提起笔就创作诗词，却老是进入不了诗词的语境，把白话语言硬性压缩增删，符合平仄要求，以为就是诗词，其实离开诗词的语言要求还远。我创作诗词“临过帖”。先是“临”陆游的“帖”，《剑南诗稿》我读了好几遍，后来“临”元好问、杨万里、黄仲则，这对我创作诗词影响极大。后来我又学习新诗的手法。我不写新诗，只写旧体诗词，但是我多年来一直自费订阅《诗刊》、《诗选刊》、《星星》这些新诗刊物，学习新诗新颖大胆的意象塑造和语言错位手法，获益匪浅。新诗和旧诗这对难兄难弟，在被世人看不起的情况下依然互相看不起对方。新诗的作者看不上旧诗的形式，有酒不愿意装进旧瓶，宁可将好酒散装，让人闻到酒香，却难以永久储藏，成了“散装酒”（也有很多劣质酒）。旧诗的作者却收藏旧瓶成癖，瓶中注满水以为已经有了好酒，成了“瓶装水”。

诗词创作有三大快乐。一是创作的快乐。有了感想、感慨、感悟，写出来，写到位，绝对快乐。这是有钱也买不到的快乐。二是知音的快乐。写出来的诗词，居然有人阅读，有人欣赏。知音必须包含两个方面：说我的诗好能说到位，说我的诗不好也能说到位。这都很快乐！三是小名小利的快乐。我们都是凡夫俗子，没有那么清高。小名小利，不必追求，但是如果有奖金和稿酬，来者不拒，照单全收，未尝不可。我们创作诗词，有了第一大快乐，足矣！再有第二大快乐，锦上添花，更好。第三大快乐，可有可无，不必当一回事，更不能当成第一大快乐。我们写诗，写的时候要认认真真当一回事，写完就不要当一回事，因为没有你的事，都是读者的事了。可是现在有许多的人，颠倒过来了：写诗时不当一回事，一气呵成，一挥而就。写完后当一回事了，又是求发表，又是买奖杯，宣传炒作，忙碌得很。

学习古人诗论，推进当代诗词

尹 贤

改革开放三十年的历史，是中华诗词从复苏、振兴到初步繁荣的历史。为了达到真正的兴盛繁荣，笔者以为需要在全国倡导学习诗歌理论，大面积提高创作质量。我国古代诗论异常丰富，积累了很多艺术经验，至今仍有重要意义。

梁钟嵘《诗品序》是我国第一篇完整的诗论，其中的光辉思想和理论主张很值得我们重视。钟嵘在《诗品序》中，继陆机、刘勰把“味”作为有特定涵义的审美概念，在我国诗史上明确地提出了诗味说。今天我们仍常说某诗“有味”或“无味、味同嚼蜡”，可见诗味说影响的深远。

《诗品序》说：“五言居文辞之要，是众作之有滋味者也”，“指事造形，穷情写物，最为详切”。这就告诉我们，诗味关乎体裁。钟嵘认为五言诗是各体诗中最有滋味的，因为之前的四言诗比较简约凝重，骚体诗又较繁复曼长，而五言诗适中，穷情写物最能达到“详切”的程度。中华诗歌体裁是不断发展和嬗变的，新体产生而旧体不废。当今，诗体比齐梁时多得多，自然不能以钟嵘所言五言诗为最有滋味的诗体。五、七言，律、绝、古，诗、词、曲，诗词曲变体和新体，白话诗、歌词、民歌，各有所长，又各有所限。有的可以似天风海雨而出气势，有的是小巧玲珑而易于出神韵，有的适宜典雅凝重，有的适宜爽快流畅，长篇短章，情况不一。作者要根据抒写的题材内容、思想感情，选择最适宜的诗体。因此，诗人自己，必须加强修养，最好兼擅新旧多体，十八般武艺俱全，也才能就特定的思想内容而选定最合适的诗体，写出最有滋味的作品来。否则，只会舞枪弄棍，到需要飞镖放箭时就无所措手足，自己也会感到无趣无味。

选择好诗体，只是第一步，并不能保证所写的诗就有滋味。要诗有滋味，钟嵘认为必须运用艺术手段。《诗品序》说：“故诗有三义焉：一曰兴，二曰比，三曰赋。文已尽而意有余，兴也；因物喻志，比也；直书其事，寓言写物，赋也。宏斯三义，酌而用之，干之以风力，润之以丹采，使味之者无极，闻之者动心，是诗之至也。”他对赋、比、兴的解释虽非定论，但是以之为诗的主要表现方法，则是不错的。钟嵘把兴提前，而赋居后，是他的创见，但不是说赋可有可无。“若专用比兴，患在意深，意深则词踬；若但用赋体，患在意浮，意浮则文散”，赋、比、兴三者缺一不可。他强调“宏斯三义”，其实就是强调诗的文学性、形象性和精炼性。当代诗词作品，总的情况是赋多而比、兴少。

我们重温《诗品序》，就是要注意比兴的运用。我们注重比兴的同时，还须注意钟嵘下边的两句话：“干之以风力，润之以丹采。”即是说诗要讲风骨和辞采。如刘勰所言：“练于骨者，析辞必精；深乎风者，述情必显。捶字坚而难移，结响凝而不滞。”（《文心雕龙·风骨》）这样的作品，言近旨远，形象鲜明，文质彬彬，才有很浓的诗味，才是好诗，令人玩味不尽。

当代诗词，这三十年中的作品，虽然也有佳作不少，但总的说来，概念化流行，陈词和廉价颂歌太多。这和多年来“政治挂帅”、“思想第一”的流风遗响有密切关系。广大诗词作者，不少人的文化文学修养不足，要参酌交互使用兴、比、赋，已有所难，还要加上“干之以风力，润之以丹采”，风骨和文采都结合得好，当然更为不易。这就是当代诗词多数缺乏诗味的重要原因，这也是我们要使当代诗词进一步繁荣所必须解决的重要课题之一。

《诗品序》正确地阐述了诗歌产生的根源。一开头就说：“气之动物，物之感人，故摇荡性情，形诸舞咏。”钟嵘认为，春风春鸟，秋月秋蝉，夏云暑雨，冬月祁寒，是自然景物使人感动而写诗；楚臣去境，汉妾辞宫，负戈外戍，塞客衣单等等，是社会环境的变化使人产生写诗的激情。这就是说，诗人要直接参与社会生活，感受自然，要到创作的源泉中去，写自己的真感情、真感受。这个思想观点谁都赞同，但真要实践起来，却是阻碍多多。不少作者，不待别人阻、上司阻，首先是自己阻自己，在动笔之时，往往掂量、权衡，观风向，看大流，穿上保险的流行时装，自觉甚至不自觉地将真感情、真感受，部分或全部隐蔽封闭起来，或者借对真诗、纯诗和艺术的追求，绕开社会，避开对个人灵魂的接触和拷问，这能写出感人心的好诗吗？因此，在诗歌产生的根源上，在这看似不成问题的问题上，似乎还值得我们深深反思。这个问题的解决，有赖于对言论自由的开放，更有赖于作为社会良心的诗人，自己心灵的开放。当代的小说、报告文学、杂文都已突破一些禁区，独有诗词不能（个别人例外），不能认为是正常的。

当代诗词自然不可妄自菲薄，短短的三十年中，已取得显著成绩。《中华诗词》的发行量已跃居各类诗刊之首（这可是白话自由诗低迷的帮助）。但是受众面不宽，远未达到“有井水处歌柳词”的程度。这不能以高雅文学而自慰，以“我的诗要百年以后才有人欣赏”而自我开脱。我们总结过去，开拓未来，在解决概念化、庸俗化的同时，有必要注意仿古泥古的问题。诗词界有一些耆宿行家，过于崇古，以至泥古，诲人责众，孜孜以求形似和神同于唐宋某家某派，影响到不少人食古不化，文理欠通，语言可议。为解决此问题，我们也有必要学习钟嵘的诗论。

钟嵘认为有诗味的作品，贵乎写得真实，写得自然，不在形式上刻意求工，不必追求典故。《诗品序》说：“至乎吟咏情性，亦何贵乎用事？‘思君如流水’，既是即目；‘高台多悲风’，亦惟所见；‘清晨登陇首’，羌无故实；‘明月照积雪’，讵出经史？观古今胜语，多非补假，皆由直寻。”直寻，就是诗人直接感受生活，捕捉到“自然英旨”，以白描手法表现出来，从而产生有滋味的妙句。所举徐干、曹植、张华、谢灵运的名句，就是直寻得来的“胜语”，虽是白描，却有意境，合乎近人王国维所说的有我之境与无我之境，所以是有滋味的。借典故来指事写物抒情，不是不可以，有时很需要，有好处，可以“假”，但不能“补假”，像当时任昉、王融那样句句字字用典和讲来历，“拘挛补衲，蠹文已甚”，就太不好，无味了。当今诗坛，对用典和“直寻”的关系的正确处理，似未引起重视。有功力的作者，未绝补假，直寻的胜语寥寥；欠功力的作者，将直述、浅俗等同于直寻，胜语也少。这是当代诗词尚未征服广大读者的一个重要原因。

钟嵘的远见卓识，还表现在对待声律上。他认为有滋味的作品，不一定讲究声律。《诗品序》说：“古曰诗颂，皆被之金竹。故非调五音，无以谐会。……今既不被管弦，亦何取于声律耶?”这里说得可能有点过头，难以解释后来律诗虽不合乐仍长盛不衰的事实。钟嵘认为沈约的四声八病说，声律繁琐，“使文多拘忌，伤其真美”，这是正确的。他说，诗“本须讽读，不可蹇碍，但令清浊通流，口吻调利，斯为足矣”。这就是说，诗是要吟咏诵读的，只要声音和谐，念来适口顺耳舒心，流畅自然，这就够了。这对于写律诗或许有不足，但对于写各种诗体，有普遍意义；对于写新体诗词曲，写格律体白话诗，更有指导意义。

回顾中华诗词近三十年的历程，可以发见一个现象：格律至上，诗味其次。开始阶段，许多人不懂诗律，不懂平仄，诗师们讲清格律声韵是必须的、重要的；但是可能对诗的本质和诗味，没有讲或没有讲全，没有讲清，致使许多学诗写诗者以为合律就大事毕矣。编辑们要求又不严，在客观形势下也难以从严要求，以致“格律溜”泛滥至今不止，废品次品多。格律至上的一个表现，还在于对诗律作过度要求，禁忌太多，连唐代和后世也容许的三仄脚都忌，有人还要忌什么“孤仄”、沈约的“平头”等。有诗家以编辑格律最严密最完备的诗集为能，不是坏事，是好事，但客观上却是为格律至上推波助澜。

格律至上者再一表现，是“平水韵”至上，必诗遵“平水”，词合《正韵》。一部分人以个别名家为代表，对普通话韵即新声韵《中华新韵》，百般抵制。先是视为异端谬种，坚决批判，继而口头承认存在，但不允许以新声韵写律诗绝句，即使按律绝格律写的律绝也认为不合律，不得称为律绝，要新声韵只写新体诗和现代歌词。经过中华诗词学会的大力倡导，《21世纪初期中华诗词发展纲要》的颁布，众多诗友的积极推行，后来各地征稿启事，除了少数例外，都在声明“新旧声韵不限，但不得混用”。这合乎《诗品序》的精神，是近三十年中华诗词显著进步之一。但是新韵迄今推而不广，无形暗礁存在，还需时间和继续努力。

当然，《诗品序》也非全对，后边对诗人的具体品评有不适当之处。

我国古代诗论，尽管有时代的烙印，不能不存在某些局限，但是瑕不掩瑜。其中许多有价值的议论主张，特别是有关诗的写作艺术和成功经验，在中华诗词发展推进的新三十年中，大可利用起来。家有粱肉而食糟糠，虽下愚所不取也。

“性灵说”扫描

王亚平

当代诗坛前三十年受“工具论”影响，多功利心；近三十年受商品经济大潮冲击，染市侩气。为提高当代诗词品位，有必要重温“性灵说”，倡导诗写性灵。

一

以“性灵”一词说诗，始见于梁钟嵘《诗品》。《诗品》论阮籍《咏怀》云：“《咏怀》之作，可以陶性灵，发幽思。”而以“性灵”一词入诗，则早见于杜甫《解闷》：“陶冶性灵存底物，新诗改罢自长吟。”然钟、杜二氏之所谓“性灵”，实与“诗言志”（《毛诗序》）之“志”以及“诗缘情而绮靡”（陆机《文赋》）之“情”并无实质性区别。故后之论诗者亦云：“性灵者，即性情也”（钱泳《履园谈诗》）。

赋予“性灵”一词以特定美学意蕴并以之为论诗纲领者，为明代之“公安派”。明前后七子鼓吹“文必秦汉，诗必盛唐”（《明史·文苑传·李梦阳传》），故诗坛复古摹拟之风大盛，伪体杂呈。《四库提要》云：“盖明自三杨台阁之体，递相摹仿，日就庸肤。李梦阳、何景明起而变之，李攀龙、王世贞继而和之，前后七子遂以仿汉摹唐，转移一代之风气。迨其末流，渐成伪体，涂泽字句，钩棘篇章，万喙一音，陈因生厌。”公安三袁（宗道、宏道、中道）“乘其弊而排抵之”，于是“性灵说”闪亮登场。

袁宏道《序小修诗》：“大都独抒性灵，不拘格套。非从自己胸臆流出，不肯下笔。有时情与景会，顷刻千言，如水东注，令人夺魄。其间有佳处，亦有疵处。佳处自不必言，即疵处亦多本色独到语。”此即“性灵说”之开山纲领。其要有三：一为“独抒性灵”，强调性情之真。对此，袁宏道在其《行李园存稿引》中曾作更深刻之说明：“行世者必真，悦俗者必媚。真久必见，媚久必厌，自然之理也。”一为“不拘格套”，即不拘成法，不事摹仿。袁宏道曾在《与张幼于》中对专事摹拟者严词痛斥：“粪里嚼渣，顺口接屁，倚势欺良，如今苏州投靠家人一般。记得几个烂熟故事，便曰博识；用得几个见成字眼，亦曰骚人。计骗杜工部，囤扎李空同。一个八寸三分帽子，人人戴得。以是言诗，安在而不诗哉?”一为“本色独造”。为推尊“本色独造”，袁宏道曾对明代民歌大加赞赏：“今闾阎妇人孺子所唱《擘破玉》、《打草竿》之类，犹是无闻无识真人之作，故多真声。不效颦于汉魏，不学步于盛唐，任性而发，尚能通于人之喜怒哀乐嗜好情欲，是可喜也。”（《序小修诗》）多“真声”，即“本色”也；“不效颦”、“不学步”，即“独创”也。

公安派“性灵说”出，“清新轻俊”（《明史·袁宏道传》）之风大盛，复古摹拟之风为之一扫，故“学者多舍王、李而从之”（同前），正势所必然也。

二

集“性灵说”之大成者，实为清代之袁枚。袁枚所处时代，王渔洋“神韵说”、翁方纲“肌理说”与沈德潜“格调说”笼罩诗坛，一时称盛。对“神韵说”，袁枚敬而远之：“我奉渔洋为貌执，不相菲薄不相师。”（《随园诗话》卷二）是其证也。而对“肌理说”与“格调说”，袁枚则抨击不遗余力。

“肌理说”主张以儒家经义与考据之学入诗，自与“性灵说”大异其趣，故袁枚指斥其为“填书塞典，满纸死气，自矜淹博”（《随园诗话》卷三）。袁枚还曾仿元好问作《论诗》绝句，对其进行嘲讽：“天涯有客号聆痴，误把抄书当作诗。抄到钟嵘诗品日，该他知道性灵时。”（《随园诗话》卷五）

“格调说”重儒家诗教，鼓吹“温柔敦厚”，更与“性灵说”大相径庭，故袁枚对其抨击尤为激烈。袁枚曾明确表示：“至所云：诗贵温柔，不可说尽，又必关系人伦日用，此数语有褒衣大袑气象。仆口不敢非先生，心不敢是先生。”（《答沈大宗伯论诗书》）并以“温柔敦厚”一语非出自《论语》为由，强调“温柔敦厚”说之全不可信：“仆以为孔子论诗，可信者，兴观群怨也；不可信者，温柔敦厚也。”（《再答李少鹤》）

重性灵而重独创，袁枚“性灵说”与公安派可谓一脉相承；然重性情更重“灵机”，此又袁枚“性灵说”之独到处。袁枚“灵机”之内涵有二：

一为“天籁”。《随园诗话》卷十四：“诗文之道，全关天分。”《何南园诗序》：“诗不成于人，而成于其人之天。”此皆注重人之天赋。因天赋而求“天籁”。袁枚诗云：“但肯寻诗便有诗，灵犀一点是吾师。夕阳芳草寻常物，解用都为绝妙词。”（《遣兴》）“老来不肯落言筌，一月诗才一两篇。我不觅诗诗觅我，始知天籁本天然。”（《老来》）天赋高妙而天籁自鸣，此乃诗之极境。张健《清代诗学研究》云：“性灵说也谈后天的学识，但实是以才为中心，这样就使得性灵说的审美创造力更多地带有原初生命感。才的这种原初生命感与性情的生命感是一体化的，正是人之才性的不同侧面的展露。诗歌中所呈露的天才也具有审美意义，它让读者由此而欣赏主题的才性之美。”情境美与才性美相映生辉，诗因天籁自鸣而生机勃勃。此正显示出袁枚性灵说之深刻性。

一为“人巧”。袁枚重“天籁”，但并不废“人巧”。《随园诗话》卷四：“萧子显自称‘凡有著作，特寡思功，须其自来，不以力构’。此即陆放翁所谓‘文章本天然，妙手偶得之’也。薛道衡登吟榻构思，闻人声则怒；陈后山作诗，家人为之逐去猫犬，婴儿都寄别家。此即少陵所谓‘语不惊人死不休’也。二者不可偏废。盖诗有从天籁来者，有从人巧得者，不可执一以求。”作为诗人，袁枚对创作之甘苦自有深刻之体验：“毕竟诗人诗，刻苦镂心肝。”（《意有所得，辄书数句》）对太白“斗酒诗百篇”与东坡“嬉笑怒骂皆成文章”之说，袁枚表示怀疑：“太白斗酒诗百篇，东坡嬉笑怒骂皆成文章，不过一时兴至语，不可以词害意。若认以为真，则两家之集，宜塞破屋子，而何以仅存若干?”（《随园诗话》卷七）又称“名手作诗，经营惨淡，一日中未必得一二佳句”，而所谓对客挥毫万言立就者，皆不过欺人之谈。（《答章观察招饮》）古语云："巧夺天工。"重"天籁"而不废"人巧"，正显示出袁枚"性灵说"之周密性。

袁枚以其"性灵说"与性灵诗享誉诗坛。潘瑛、高岑称其诗"惊才绝艳，殊非株守绳墨者所能望其项背"（《国初诗萃初集》）；王豫称其诗"每一操翰，内无乏思，外无遗物。名人献老，皆相钦服"（《群雅集》），洵非过誉。钱钟书则对其《随园诗话》给予高度评价："往往直凑单微，隽谐可喜，不仅为当时之药石，亦足资后世之攻错。"（《谈艺录》）袁枚之"当时"已成历史，而重温其"性灵说"，对疗救当代诗坛之沉疴无疑具有"药石"之效与"攻错"之功。

三

诗入当代，步履维艰。当代诗坛前三十年受制于"工具论"，诗多发乎情而止于政治斗争，故满目标语口号，满耳谄谀之歌。熊鉴有句刺之："自古帝王称万岁，而今万岁更无疆。"（《杂咏》）堪称痛天下之痛。近三十年沉溺于经济潮，诗多发乎情而止于追名逐利，故字染铜臭之气，句绕"三应"之声。刘梦芙曾有句哭之："商潮卷地文场蹙，群儒下海争相逐。"（《登采石矶翠螺峰瞻太白塑像浩然作歌》）可谓忧天下之忧。诗运多蹇，性灵泯灭，人神同叹！

当代诗坛首揭性灵大旗登高而呼者为广东李汝伦。李氏初刊诗词集名《性灵草》，其审美取向已不指自明。《性灵草》后记乃李氏自撰，题为《性灵所至，缘情而发》，持论颇近袁枚。1988年李氏《紫玉箫集》问世，其《作者自传》曾以近二百言概述性灵诗学，当代"性灵说"之要义，可谓尽在其中矣。现全文征引如下：

> 写诗主张性灵，服膺才子袁子才。能寄托感慨，便有真诗人在；能反映生活，始有真价值在。诗有"真"字，方称了得。继承优秀传统，应有民族气魄，自家声口。鄙视模仿古人、洋人、他人。非万般无奈，不掉书袋，以为腹中诗料不足，始向袋中掏也，况余袋中空乎！论诗人，感当有"别材"，有胆识，心同赤子，笔如醉汉。发宜冲冠，头宜生角。善善恶恶，不许含糊。

若浑言之，则李氏重真情，轻模仿，斥用典，倡独创，自与明清"性灵说"同脉同根。若析言之，则李氏反映生活之"价值论"，敢怨敢怒之"胆识论"，则又绝非明清"性灵说"所能牢笼。

现试分说之。

一、价值论。李氏云："能反映生活，始有真价值在。"李、袁皆重"真"，然此李之"真"并非彼袁之"真"也。袁之"真"在个人之性情，所谓"先天真性情"（《再答李少鹤书》），所谓"性情得其真"（《寄程鱼门》），皆言"真"而不言"善"。李氏之"真"则强调"关切人民家国的襟怀"，"诗人应该有的良心"，强调"反映生活，反映时代，关心国家，不忘苍生，透过他的性灵，流露他的纯真，爱其所爱，憎其所憎，大约可以达到诗的真善美境界"（《性灵所至，缘性而发》），既求"真"，复求"善"，而归结为真善美之统一。

二、胆识论。如前所述，袁枚论诗以"温柔敦厚"为非，然终以《论语》为归，止于"诗可以怨"。而李氏论诗则主张爱憎分明，敢怨敢怒。对朱熹之"怨而不怒"说（《论语集注》），李氏曾予以毁灭性抨击："诗可以怨，此夫子

‘文艺政策’之明智通达也，余激赏之。然以‘温柔敦厚’为诗教则令我不敢全部赞同。‘乱世之音怨以怒’（《诗大序》），考之诗史，怒诗，其不多乎哉？多也。《诗经》之‘取彼谗人，投畀豺虎’，真有切齿之音；屈原有‘凤凰在笯兮，鸡鹜翔舞’，‘邑犬之群吠兮，吠所怪也’（《怀沙》），怒之为禽为兽，怒中有詈。元结‘使臣将王命，岂不如贼焉’（《贼退示官吏》），怒官吏之害民，比贼还不如。而杜甫读此诗，则盛赞元结为‘国桢’。白居易‘愿快直士心，将斩佞头’（《李都尉古剑》），怒不可抑矣。‘生当作人杰，死亦为鬼雄’，‘对山河二百，泪盈襟血’，怒出妇人之口，前为李清照，后为王清惠。陈亮‘于中应有，一个半个耻臣戎’，能令有血气者奋起；岳武穆‘凭栏处’，发怒而冲冠，其词则怒而冲天矣。”论诗之怨怒，情辞慷慨，痛快淋漓，真可谓前无古人也矣。李氏曾以“烛天照夜，天鼓隆隆，振聋发聩，惊天动物”为“诗人的极致，诗的最高”（《性灵所至，缘情而发》），而此种境界袁氏未至，唯李氏足以当之。

李氏“性灵说”因贴近时代而获得当代品格，复因注重胆识而获得审美个性。当代诗坛借李氏之善鸣而鸣之，故李氏“性灵说”实乃改革开放时代之必然产物。“文变染乎世情，兴废系乎时序。”（《文心雕龙·时序》）信不诬也。

“性灵说”自明季萌生，迄今已四百余年矣。公安之“本色”，袁枚之“灵机”，李氏之“胆识”，各有所至，各呈异彩。梳理其脉络，考察其得失，融会之，贯通之，必将有助于当代诗坛之净化，促进当代诗词之发展。本文笺笺，言不尽意，聊作引玉之抛砖云尔。

重视和关注当代旧体诗词创作是中国文学的时代要求

蔡世平

一

今天，旧体诗词面临着两种境遇。一方面是旧体诗词创作活跃，创作队伍大。不仅中老年创作热情高，就是“七十年代人”、“八十年代人”也在创作旧体诗词。旧体诗词受到大家的普遍喜爱。在孩子的启蒙教育中，背诵唐诗宋词是一个普遍的现象。另一方面旧体诗词几乎被完全排斥在主流文学之外。新时期以来，人们不难发现，以《人民文学》、《十月》、《收获》、《当代》、《芙蓉》、《花城》、《大家》、《山花》、《钟山》等为代表的主流文学阵地，很少看到大方的、大气的、大块的旧体诗词刊发，有之，也只是表示性的、补白性的、照顾性的。即便像《新华文摘》这样一个具有广泛包容性，为中国文明导航的权威选刊，在我的印象里好像还没有发过严格意义上的当代旧体诗词。人们还会发现，标志当代文学创作成果的全国大奖，可以有小说、散文、诗歌、评论甚至报告文学奖，但是唯独让旧体诗词这一文学样式缺席。这与全国美术大展和全国书法大展形成强烈的反差。在汉语世界，旧体诗词与国画与书法具有同等重要的地位，应当是不成问题的，现在居然成了一个“问题”。人们还将发现，我们虽然有《中华诗词》这样一本国家级旧体诗词刊物，但各省、市的地方性诗词刊物，大多没有全国刊号。各地诗词社团每年也印一些诗词本本，也只限于社团内部和会员之间交流、赠阅，更谈不上走向社会，与更多的读者见面。国家和各省市的旧体诗词协会，也没有像“作家协会”、“美术家协会”、“音乐家协会”一样进入文联体制，这实际上是对旧体诗词的倾向性歧视。全国有那么多文学选刊，却没有一本旧体诗词选刊。

造成今天旧体诗词这种寒碜、尴尬局面的因素是复杂的。它的表层的、直观的原因，一眼就能看出来。

比如，旧体诗词创作队伍普遍年龄偏大，致使旧体诗词作品缺乏应有的生气。在今天，具有鲜明的时代特色，能够反应当代人生活的生动活泼的旧体诗词少之又少，更多的旧体诗词作品千篇一律、千人一面；陈词滥调，充斥其间；老气横秋，叫人不忍卒读。

又比如，我们的主流媒体因为毛主席说过旧体诗词难学，青年人最好不要学，就一直宣传这个观点。而一些掌握了旧体诗词门径的先生们自以为了不得，把旧体诗词的平平仄仄搞得高深莫测，似乎是一门大学问，非常人能及。即便你懂得旧体诗词的一般作法，他也会师爷式地告诉你“易学难工”。致使许多年轻人心存畏惧，望而却步。这样就把一批又一批年轻人挡在了旧体诗词的门外。要知道一个没有年轻人广泛参与的文学艺术是不会有真正前途的。而与此同时，又有大量的“旧体诗词”出现在报纸版面上。这是因为一些人认为只要掌握了平仄，也就掌握了旧体诗词。他们把旧体诗词等同于“平平仄仄”。他们的诗词写作完全可以由一个公式来表述：几句时髦口号＋几个生僻字眼＋平平仄仄＝旧体诗词。于是“平平仄仄”在报纸上，尤其是地方报刊上泛滥成灾。旧体诗词剩下了一个没有灵魂的空壳。这更加倒了读者的胃口，也败坏了旧体诗词的当代声誉。

还比如，旧体诗词没有出现“精英写作”。各个门类都有各个门类的精英人物。文学艺术界的精英，他们的书写和表达形式，往往决定一个时期文学艺术的走向。李白、杜甫是唐诗的精英，苏东坡、李清照是宋词的精英，这是不言自明的。而新时期以来，人们没有看到或者说还没有出现旧体诗词的旗帜性人物。我想，即便已经产生了这样的人物，也因为没有得到主流文学的充分肯定与宣扬，而事实上没有发挥应有的作用。在今天文学界的精英如：张承志、史铁生、莫言、贾平凹、韩少功、王安忆、陈村、铁凝、余华、格非、周涛、余秋雨、陈启文等等，几乎都不写旧体诗词，更没有看到他们为旧体诗词说过一些建设性的话语。如果不是舒婷在去年出了一本《影响我的200首诗词》的书，读者几乎不相信这些新时代的精英们还会去读老掉牙的旧体诗词。他们对今天旧体诗词创作更多的是负面影响。在这里，我丝毫没有诋毁他们的意思。这不是他们的过错，社会也没有理由要求他们一定要创作旧体诗词，为旧体诗词做一些什么。当然，今天的这些文学精英如果能够创作一些旧体诗词，像鲁迅、钱钟书那样，对他们来说也不是一件坏事情。对他们要求高一点也属正常，因为他们毕竟是从中华文明土壤里成长、站立起来的中国当代文学的代表人物。他们为新时期中国文学作出的巨大贡献是人所共知的。我以为，他们的文学成就，固然因为他们本身的才华出众，但也应当看到与主流文学阵地的集体塑造分不开，因为新时期中国主流文学阵地旗帜非常鲜明，那就是张扬主流文学，排斥旧体诗词。

造成这一现象的思想根源，是新时期主流文学对诗歌本身发展规律的复杂性认识不足，或者说，主流文学急于同世界接轨，让先进的西方文学样式颠覆或是取代落后的古老的中国文学，从而完成“五四”以来尚未完成的中国文学革命，如先锋文学的大起大落就说明了这一点，这本身也是新时期中国文学不够成熟的一种表现。中国的诗歌经历了从诗经、乐府，到唐诗、宋词、元曲，再到五四自由体这么一个漫长的历史发展过程。新时期的到来，全面的对外开放，学习西方先进文化和思想观念，大大刺激了中国当代文学的胃口，面对如此崭新的世界，旧体诗词看来已经走到了它的尽头，那么就让它自生自灭吧。命当如此，有什么办法！但是，意味深长的是，正如先锋文学并没有像某些人期待的那样迅速繁荣一样，旧体诗词也并没有像某些人期待的那样迅速死去。它还活着，活在汉语言世界里。今天还有不少人在写旧体诗词。而用网络、手机写诗词，针砭时弊，表达友谊与感情，差不多成为今天年轻人的一种新时尚。

二

优秀的传统文化，具有永恒的魅力，是中华民族宝贵的精神财富，应当得到当代人的尊重与珍视。在今天，旧体诗词得到包括年轻人在内的相当一部分读者和作者的喜欢，是由汉语言本身独特的音节美、韵律美决定的。这种从汉语言、文字直接产生、提炼出来的旧体诗词，犹如从土壤里生长出来的花草，体现了“适者生存”的自然规律。只要汉语言没有根本改变，中国人的思维方式、说话方式，以及文学表达方式没有根本改变，旧体诗词就一定会存在下去。这是毫无疑义的。辽阔的、深厚的汉语言、文字体系，是旧体诗词赖以生存的土壤，亦如白居易的“原上草”，是“春风吹又生”的。旧体诗词作为一种文化基因，已经留存在汉民族的血液里，无论什么时候，它都会顽强地表现出汉民族的文化特征。旧体诗词从民间歌谣起源，经过了几千年的变迁而没有消亡，就足以说明问题了。中国还经过了几个北方少数民族王朝的统治，而且时间不短，应当说它对汉民族文化的冲击和改变不会小于新时期改革开放的西方文化对中国文化的影响。但是具有标志性意义的旧体诗词仍然保存了下来。在清朝，旧体诗词，尤其是词得到了前所未有的繁荣，清代因此被称为词的中兴时代，也能够说明这一问题。时代再怎么发展，改革开放再怎么深入，西方文化再怎么冲击，但是中国人吃饭还是用筷子，中国人说话还是短句子，中国人写文章还是方块字。这是没有办法的事。一厢情愿地去改变一种根深蒂固的东西，起码在中国这么一个历史悠久、人口众多的国度是不可能的。何况旧体诗词还能自由进入世俗化的现实生活，传递当代人的感情信息。

我这里丝毫不是说，旧体诗词就如何如何的了不得，可以和主流文学并驾齐驱，不相伯仲。旧体诗词因为本身的条条框框太多，架子太小、格局太小，是难以负载当代社会的重大题材的。它当然不可能成为当代文学的主流。在今天，主流文学就是主流文学，旧体诗词就是旧体诗词，这是谁也改变不了的事实。主流文学和“支流文学”（姑且这么定义吧）同时流淌，才是一种健康的文学发展局面。今天，旧体诗词仍有它的表现空间。尤其是词，它在表达人的细微的、灵动的感情方面，具有相当的优势，这也是人们喜爱它的真正原因。文学样式不存在谁优谁劣。无论是小说散文，还是旧体诗词都要受到应有的尊重。一个成熟民族的文学，应当允许各种文体的平等、自由发展，犹如太阳的照耀对谁都一样。

民间，是旧体诗词生存的肥沃土壤。旧体诗词的创作在民间，出路也在民间。因此，特别需要主流媒体和主流文学对旧体诗词这一块的关注，引导它朝着一个好的健康的方向发展。要给予适当的版面，让旧体诗词感受时代的温暖，吸收时代的养料；要进行艺术上的甄别，使旧体诗词真正成为旧体诗词，恢复旧体诗词的当代声誉；要建立起读者对旧体诗词的信心，让人们知道，今天的人也是可以写好旧体诗词的，旧体诗词也是可以反映现实生活的。

旧体诗词传承，是民族的一副重担，需要全民族来承担。我们应当看到，主流媒体和主流文学阵地对旧体诗词的关注与扶持，创造旧体诗词生动活泼的局面，“不让美好的东西在我们这代人手里失传”，是中国文学的时代要求。

诗性思维的现代构建

刘庆霖

思维方式往往受人的思维习惯所决定，而一般人的思维习惯未必就是诗性思维。我曾写过一篇文章，题为《日常思维与诗性思维的转换》，谈的就是在诗词创作过程中，应该首先训练和培养自己的诗性思维。那么，究竟哪些思维方式是诗性思维？诗性思维体系在当代又该如何构建呢？

纵观古今诗坛，可以称得上是诗性思维方式的也很多，诸如大家耳熟能详的形象思维、比兴思维、感悟思维，等等。这些思维方式当然没有过时，我们应该很好地研究和运用它。然而，二十一世纪的今天，诗词要创新发展，只有这些思维方式是远远不够的。我们应该重新审视并全面打造现阶段的诗性思维体系。这样，才能更好地与时下鲜活的文学相融。根据多年的创作实践，我认为，至少有以下几种思维方式应该请入诗性思维的殿堂。

一、生命思维

生命思维，就是尊重自然，尊重万物，人与自然建立起平等亲切的关系。一方面，是把一切有生命和无生命的物象，都看作是有生命的，有情感的，有灵魂的，甚至是有思想的，即赋物以生命；另一方面，就是把人作为大自然的一部分，物化自我，物我同一。这种自然的生命化和人之物化的统一，会产生更多的优美的诗意。

首先，赋物以生命。这种生命思维在过去的诗词中已有所表现，只是没有人把它提升到生命思维的高度来认识。例如，龚自珍的《己亥杂诗》其一：

浩荡离愁白日斜，吟鞭东指即天涯。

落红不是无情物，化作春泥更护花。

诗中后两句，就把无灵魂的“落红”说成“不是无情物”，进而情到深处又“化作春泥更护花”。这就是一种典型的生命思维。过去有人把它叫做“拟人化”，我认为叫“生命思维”更为确切。因这类诗有时不是拟人，只是赋予它灵魂和情感。如我的《野塘鱼》：

家在寒塘远洞庭，芦花影里听蛙声。

误食月钩光满腹，偶眠莲帐梦多清。

在这首诗里，鱼还是鱼，但已非一般之鱼，它可以主动地“听蛙声”，也能被动地“光满腹”和“梦多清”，显然已经有了灵魂和情感。另外，我在《西藏绝句百首》中有一首写冬虫夏草的诗：

遥山雪色白云封，鹰隼盘旋下碧空。

大野荒芜梵寺远，草根禅定一只虫。

（《慧根》）

把冬虫变为夏草这种生物的自然生存方式，看作是一种有意识的禅修行为，并赋冬虫夏草以生命和灵魂。

其次，物化自我。物可以生命化，我同样可以物化。如诗人可以把自身想象为一棵树、一座山、一滴露，等等，以这种方式去体物。例如“不要把我当成男人，我只是一片穿裤子的云。”（马雅可夫斯基《穿裤子的云》）这句诗至少有二层含意，一层：我是云；二层：云可以穿着裤子。这不是借物抒情，也不是所谓的“移情”，而是一种天人合一，是自我与对象的同一化，是情感的客观化，是一种生命的融注。再如我的《清晨过小昭寺》：

煨桑烟雾绕经堂，大殿众僧超度忙。

我是石狮门口坐，胸中有佛未开光。

这里，我把自身想象为一座石狮，想到狮子也应该有心，然后想到“心即是佛”的佛教通语。暗示了连寺庙门口的狮子胸中的“佛”都没有得到“开光”，何况我一个过客。这首诗通过对自身的“物化”，反过来赋予了石狮灵魂和生命。这种物化自我连同把无生命的事物当作有生命来对待，都是对生命思维的诠释。

生命思维有些类似儿童时期的思维方法，但我这里要强调一点，切不可把生命思维简单化。就如同儿童看雕塑家雕刻一匹马就问：“你怎么知道石头里有一匹马呢?”而真正意义的生命思维是按着儿童思维的方式，深度地感悟世间事物。如《稻草人》：

田间埂上扭风姿，底事为谁守望痴?

超短衣裙还未脱，爱情哭泣已多时。

这就是把情感和思想赋予事物，进而让事物“开口”，说出作者不便直言的义理，而绝不是石头里有一匹马那么简单了。

二、美感思维

美感思维，是一种类似现代绘画的

思维理念，主要追求一种唯美，进而在美的某一个层面上达到极致。

首先，美感思维具有广泛的实用范围。这种唯美不关心写什么题材，用什么形式。它既可以用于小桥流水的闲适，也可以用于描写严酷的现实，还可以用于针砭时弊、怀古幽情等等。

诗坛上常有人反对写风花雪月，认为这样离现实太远了。这种观点过于偏颇，真正的好诗不论题材，只要写得美，风花雪月也是好诗。如："月黑见渔灯，孤光一点萤。微微风簇浪，散作满河星。"（查慎行《舟夜书所见》）多么简单的一个"舟夜所见"，却被查慎行写成了千古绝唱。为什么？主要原因还是美感思维起了作用。

大家知道，红军两万五千里长征是被迫之举，其艰苦惨烈是世人皆知的。然而，就是这样一个题材在毛泽东笔下却是雄壮美丽的："红军不怕远征难，万水千山只等闲。五岭逶迤腾细浪，乌蒙磅礴走泥丸。金沙水拍云崖暖，大渡桥横铁索寒。更喜岷山千里雪，三军过后尽开颜。"有人说这首诗体现了毛泽东的革命乐观主义胸襟，而从诗美的角度看，是毛泽东想用最美的诗赞颂最美的人和最伟大的历史事件。事实上，毛泽东做到了这一点。

记得苏曼殊有一首《有赠》的诗："春雨楼头尺八箫，何时归看浙江潮？芒鞋破钵无人识，踏过樱花第几桥？"按说，漂泊之苦，失恋之痛，加之长期寺庙的孤寂生活，已经让苏曼殊心灰意冷，万念俱灭。但即使这样，苏曼殊这首诗依然写得极其唯美。"芒鞋破钵无人识，踏过樱花第几桥？"虽然有些寒意，却像一幅踽踽独行的凄美画卷，不知不觉将你引入他的诗美之中，欲罢不能。

其次，美感思维的表现形式具有多重性。真是美，新是美，活是美，静是美，空是美，力是美，柔是美，雅是美，朴是美，善是美，等等。选择哪个类型的美是我们的自由。

在日本，艺术界崇尚一种"空寂与闲寂、清淡与纯真、幽玄"的审美理念。其实，这种审美理念在中国诗词中早有表现。例如：王维的"空山不见人，但闻人语响。返景入深林，复照青苔上。"（《鹿柴》）就是"空寂与闲寂"；贾岛的"松下问童子，言师采药去，只在此山中，云深不知处。"（《寻隐者不遇》）就是"清淡与纯真"；孟浩然的"移舟泊烟渚，日暮客愁新。野旷天低树，江清月近人。"（《宿建德江》）就是"幽玄"。以上这三首诗，既无浮华之气，也无嘈杂之音，确实给人一种空旷、幽静、唯美的神韵，其质地就是空、静之美。

我认为，美是诗的第一要素。诗人在打造诗境的时候，首先想到的应该也是美。我写《北疆哨兵》组诗的第一首：

口令传呼换哨回，虚惊寒鸟绕林飞。
秋山才褪军衣色，白雪先沾战士眉。

其特点就是美。这种美来源于作者美的思维。在北国边陲站岗巡逻的战士，生活条件很艰苦，训练值勤很繁重。表现这一主题可能有写不完的角度，但我唯独选择了"换哨"。而且，选择在"虚惊寒鸟绕林飞"的环境，选择在"秋山才褪军衣色"的季节，选择在"白雪（先）沾战士眉"的天气，这无疑是精心设计的。这种设计的初衷，就是美感。几乎通篇使用白描的手法，没对要写的边防战士添加一点议论和溢美之辞，但这首诗却产生了很好的反响。诗发表以后，许多干部战士给我写信，表达他们的共鸣，最多的时候，一天竟达二十四封。

这首诗就突出反映了新与活、动与静之美。

美，有写不完的题材，歌颂可以写得很美，讽刺也可以写得很美。如：

怀揣公款乐悠悠，走罢杭州走广州。
堪笑鄱阳湖里雁，年年自费北方游。

（《有感于公款旅游》）

这首诗，前两句写公款旅游的人，开门见山，毫不含糊，大有批判的架势。然而，后两句笔锋一转，突然说起南来北往的候鸟——大雁。把人与雁比，公款与自费比，而且不直接提出对人的批评，只说大雁“堪笑”。诗的后两句设计了一个画面，留下一个画外音，便戛然而止。这就是美感思维对诗的处理方式，不失为真与善之美。

美感思维的适用范围及多重性还有很多，不一一赘述。值得一提的是，提倡美感思维，还有利于克服当前“老干体”的诗病。

三、意象思维

意象思维是作者在心中对客观事物进行加工、梳理、取舍或添加，再把它表现出来的过程。意象思维与形象思维有相同之处，但又有很大的差别。形象思维主要强调“状难写之景如在目前”；意象思维则带有明显的想象和情感的成分。比如，宋代诗人苏轼有一首写杭州西湖的诗：“欲把西湖比西子，淡妆浓抹总相宜”，由此，人们把“西湖”叫做“西子湖”。不难看出，如果单说“西湖”，它还是一个物象（形象中的一种），而若说“西子湖”就已经是意象了。再比如画龙，形象思维好比是画全龙；意象思维是先凌空画一龙首，余地多画云雾，于云雾隙，时现一鳞一爪，却完龙可见。故意象不完全是对客观事物的描摹和表现，如康德所说：“想象力有很强大的力量，去根据现实自然所提供的材料，创造出仿佛是一种第二自然。”（《西方美学史》390页）这种创造“第二自然”的过程就是意象思维。

意象思维在古人、今人的作品中都有突出表现。这其中又包括顺势思维与逆势思维两种形式。

一是顺势思维，象中取意，以虚务实。如秦观的《春日》：

一夕轻雷落万丝，霁光浮瓦碧参差。
有情芍药含春泪，无力蔷薇卧晓枝。

这首诗的前两句“一夕轻雷落万丝，霁光浮瓦碧参差”是对客观事物的描绘，尚处在形象思维阶段。但接下来“有情芍药含春泪，无力蔷薇卧晓枝”就是地道的意象思维了。因为这里面加入了作者的思想情感，有意把带着雨珠的芍药说成是“有情”且“含春泪”；把被风吹得歪斜的蔷薇说成“无力”而“卧晓枝”，这就是象中取意。其中“芍药”、“蔷薇”为实物存在，是作者要表达的主体；而“有情”、“含春泪”，“无力”、“卧晓枝”为虚化，来证明主体怎么了，是典型的以虚务实。此句诗像一幅写意画，在写象的同时，着力渲染了作者的情愫。这正是作者根据意象思维的规律从自然中吸取材料，进而加工，营造出和自然另样的、超越自然的东西。我们再看一首当代青年写的诗：

犁垄青青涨鸟音，夕阳一点半山心。
林梢那抹霞如带，系向荷锄老父亲。

（田成名《田野印象》）

这首诗的起承句直写夕阳下刚刚犁过的田垄一片青葱，“犁”字暗示了人物的存在。作者在前两句铺垫完成后，便一气呵成，说出了这首诗要表现的中心意象

——“林梢那抹霞如带，系向荷锄老父亲。”整个诗的意象以田野为底色，以鸟音、夕阳、半山和林梢那抹霞来陪衬“荷锄老父亲”。“老父亲”是作者要表达的实实在在的核心，而系向他的那抹如带的霞彩是虚笔，表达了作者对田野中辛勤劳作的老父亲深深的关爱。仔细审视，整首诗意象鲜明，别具一格，给人留下深刻的印象。这里，用的也是象中取意，以虚务实的手法。

二是逆势思维，意中取象，以实务虚。如我的《过大年》：

爆竹烟花充宇庭，相围电视酒卮倾。

灯笼光引春归路，子夜钟声已泛青。

这首诗前两句写实，对过大年这一典型的事象进行了高度地概括和描写；后两句笔锋一转，由现实切入想象。年又叫春节，春天应该是万物葱茏，于是作者思维逆势而上，对现实的“灯笼”和“钟声”进行了心理加工，打造出两个鲜明的虚象——“灯笼光引春归路，子夜钟声已泛青。”“春归路”、“泛青”的春天是年复一年的，但它又不可能存在于灯笼光里和子夜钟声之中。因此，“春归路”和“泛青”皆为作者意中的虚象。但这种意中取象，以实务虚的手法却引起了美好的联想：春天来了，尽管塞北的春节还是冰天雪地，但春天似乎已经看得见摸得着，这春天，就在泛青的钟声里荡开……

值得强调的是，不论前面提到的象中取意、以虚务实，还是意中取象、以实务虚，都应尊重一种无理而妙的原则。否则，过犹不及，仙道与魔道也只有一步之遥。

四、环境思维

环境思维，是一种新的提法。它是指人的思维在不同的环境影响下，所产生的作品风格也有所不同。正所谓“铁马秋风塞北，杏花春雨江南”是也。环境思维的获得，主要有两条途径，即直接获得和间接获得。

直接获得的环境思维，就是诗人到所想表达的环境中，亦或让以往的生活经历再现，并去体味、感受环境氛围而获得的灵感。

也许大家都有这样的体会，有时想写一首郊游题材的诗，在家憋了几天也写不出来，可一旦走出家门，来到郊外乡间或深山野林，诗便自然地产生了。2003 年 7 月，我去西藏旅游，因高原反应严重，转而到了四川九寨沟。一踏入九寨沟人间天堂般的境地，忽有恍如隔世、第一次来到地球的感觉：“水奏琴音下断崖，野花倒挂涧边开。我是地球村外客，山床一觉梦生苔。”（《游九寨沟》）因为全身心地进入了这里的环境，这首诗就像山谷中流出来的泉水一样自然。这说明写诗需要身临其境，有了这个“境”，才会有“环境思维”。写诗 20 多年，我有一个感觉，就是每当写军旅诗的时候，便会自然而然地出现境界。印象最深的一次是，我在县武装部工作多年，武器库保管了数万支枪，但并没有感觉它多么重要，当有一次回乡走边防，看到边境线上手握钢枪的哨兵时，方觉得枪在军人手里的分量。很快写下了：

桦林哨所立黄昏，眼底苍苍是国门。

三尺钢枪关社稷，一身荣辱系乾坤。

（《故乡边境行》之二）

直到现在，退役已经四年多了，只要一涉及军旅题材，就会自然而然地流露出一种胸襟和气度。如《翻看昔日戎装》：“昔日牧边士，今朝择业人。走留从大局，进退为强军。但使心存国，何妨身属民。戎装压箱底，为染旧征尘。”究其原因，就是我从军 30 年，每当写军旅诗的时候，就会回到当年火热的军营生活环境中去，是环境思维的必然体现。

间接获得的环境思维，最主要的途径就是读书。我最近写《西藏绝句百首》时就发现，原来积攒下来的大约五百条零散诗句，一句也派不上用场，后来终于明白，原来的零散诗句都是在西藏以外的环境下产生的，自然不符合反映西藏那个特殊的环境。于是，我决定重新到西藏的自然环境、生活环境和语言环境中去寻找西藏的诗。就这样，我不但第二次去西藏感受那里的环境，而且用了八个月的业余时间，阅读了二十几本大约 500 万字的关于西藏的纪实散文。这样做确实产生了很好的效果，一首又一首咏西藏的诗在特定的“环境”中产生。如：

啄食牧歌藉梦孤，长空展翅向平芜。
一钩寒暮夕阳血，撕烂荒原残雪图。
（《雪域雄鹰》）

玛尼堆石映霞红，串串经幡曳晚风。
一列欢声不缺氧，穿行众佛眼神中。
（《火车进藏》）

雪花仓储在高原，垛满群山垛满川。
偶有天风从此过，吹携数片到人间。
（《雪山赏雪》）

可以说，这些诗只能在西藏的环境中产生，连续数月的耕读，我在西藏广袤苍茫的氛围里徜徉，像冬虫夏草一样在经幡下禅定。这充分证明，经常地、反复地阅读某一类书籍，也是产生环境思维的重要途径。

为此，我们要充分认识环境对人思维的影响，并努力培养自己的环境思维能力，回到自己熟悉的环境中去，开拓自己向往的环境，打造独特环境下的独特诗词。不难看出，环境还是一个诗人形成个人风格，一个地方形成诗歌流派的重要因素。同时，环境更有另一个深刻的寓意，那就是说，我们不能模唐仿宋，因为我们的社会环境和自然环境早已与唐宋时期大相径庭了。

五、联想思维

联想思维应该属于形象思维的范畴，之所以把它单独提出来，是因为联想思维隐藏在形象思维之中，从来没有得到应有的重视，而它对于诗性思维又起着至关重要的作用。

前苏联心理学家哥洛万斯和斯塔林茨曾经用实验证明，任何两个词语都可以经过四五个步骤建立起联系的关系。比如木质和足球，是两个风马牛不相及的概念，但联想思维可以使它们之间产生联系：木质——树林——田野——足球场——足球。根据这个规律，我们就可以理解“踏花归去马蹄香”这句古诗了。从前有人令学生根据这句古诗作一幅画，一个学生画了几只追逐马蹄的蝴蝶，得了满分。这个学生用的就是联想思维，他的联想线路图是：马蹄——草原——花香——蝴蝶。这种举一反三的联想，多是由此及彼，由近及远地进行。

有人把联想分为近距离联想和远距离联想。根据诗词创作的实践，为了便于操作，我把联想大致分为六种类型：

（一）以形似进行联想。我到新疆吐鲁番路过达板，听到这样一个故事：有一位在吐鲁番居住的老汉，70 多岁第一次去乌鲁木齐，发现这里要比吐鲁番凉爽得多。回来路过达板时，又发现所有风力发电机的风扇叶都朝向乌鲁木齐的方向，于是恍然大悟地说：“怪不得我们那地方热，乌鲁木齐那地方凉，原来有这么多‘风扇’向他们那里吹啊!”这虽然是个笑话，但这位老汉的联想就是通过形似产生的。再如：“小时不识月，呼作白玉盘。又疑瑶台镜，飞在青云端。”(李白《古朗月行》)是以圆月像玉盘，又像明亮的镜子，以圆月与这两个物件的形状相似展开联想的。再比如：北斗星的形状像一个大勺子，我以此展开联想，也曾经写了一首诗：“列成诗阵一长吟，吟地吟天吟古今。吟到九霄情未尽，大勺北斗舀星云。”(《关东诗阵成立志贺》)

（二）以神似进行联想。神似多属于远距离联想。如豆子与人本不是同类，看起来很难进行类比，但曹植却做到了：“煮豆燃豆萁，豆在釜中泣。本是同根生，相煎何太急。”曹植这首《七步诗》之所以能写得这么快，没有这种“本是同根生”的联想是不可能的。我有一首《包拉温都赏杏花》的诗：

广漠青黄识草芽，春风昨夜入农家。
林间坐到夕阳晚，撩起黄昏看杏花。

2004年去白城包拉温都赏杏花，当我站到漫山遍野的野杏林前，看也看不够的时候，就希望太阳不要落山，天不要黑下来。然而，大自然是不以我们的意志为转移的，黄昏毕竟会来临，夜幕也不可避免地降下。我就从这夜幕的“幕”上联想到窗帘，想到窗帘是可以“撩起”的，于是才有“撩起黄昏看杏花”的诗句。这就是以神似进行联想。再如：

远处雪山摊碎光，高原六月野茫茫。
一方花色头巾里，三五牦牛啃夕阳。
(《高原牧场》)

这首诗的后两句，把牧场看成“一方花色头巾”，把“三五牦牛啃夕阳”也作为这“花色头巾”里的“图案”，这也是由神似而展开联想得来的诗意。

（三）以地名、物名、人名展开联想。大约是1990年，我去辽宁铁岭拜访于海洲先生，当时他恰巧不在，我一个人游龙首山，由此山名联想，写下了：“神龙翘首入层云，我到山前不见君。欲把心思说柳色，担心叶落负归人。”(《龙首山访友不遇》)另外，2002年去张家界写的“手握金鞭立晚风，一声号令动山容。如今我是石天子，统御湘中百万峰。”(《题张家界天子山》)也是以地名进行联想的。再如，根据人名展开联想，也可以写出诗来。如许清泉这个名子就曾给了我诗的灵感：“岂唯诗酒名，风骨亦铮铮。世水由它浊，心泉许我清。”(《嵌名赠许清泉》)而我的另一首诗《美人松》，也恰恰是由它的名子引起联想而得：

衣上阳光味总新，几经风雪长精神。
发巢差可孵明月，脸颊原能栖彩云。
溪畔参娃陪近侍，天边鹿石证前身。
休言冷艳终难嫁，除却白山不是君。

（四）以历史事件或古迹进行联想。我因曾经在西安上过大学，对西安这个十三朝历史古都比较熟悉，看过西安附近的许多名胜古迹，因此才写下：

秦腔唐乐古今闻，霸业风干剩几斤?
渭水枯成黎庶井，烽烟凝作帝王坟。
阿房烧尽星分火，雁塔劫余云抱尘。
欲向城头寻旧事，有人独自夜吹埙。
(《西安怀古》)

这首诗就是通过“雁塔”、“阿房宫”、“古城墙”、“帝王坟”等历史遗迹，生发出的历史悠思，并由此展开联想得来的诗境诗意。这种联想常常需要身临其境才能产生。如《西安怀古》，本来在西安住过两年，想通过回忆写点西安的诗，可是，从西安回来十几年都没能写出诗。

2001年我再次去西安，往城墙上一站，诗马上就来了。这其中还是个环境思维的问题，我们在前面已经说过了。

（五）以文字中的意境进行联想。中国文字具有象形、多义等特点，以此进行联想往往也能写出诗来。如“愁”字，就是由秋与心组成的。我曾写过：“自从仓颉造文字，谁解秋心是个愁?”就是由这个字展开联想的。再如《象棋遐想》：

炮打隔山山欲倾，争雄楚汉过江东。
兵车滚滚横田野，帅纛频频指垒城。
直到局残慌将相，方知仕儒误峥嵘。
其中岂少风流士，良马卧槽空自鸣。

这首诗是根据中国象棋中的汉字展开的联想产生的，其中还巧妙地嵌入了炮、兵、车、帅、将、相、仕、士、马九个象棋中的汉字。这不是文字游戏，是对中国象形文字的特殊理解。

（六）全方位联想。全方位联想就是不局限于联想的某一种方式，而是调动一切可能的联想手段进行联想。例如：“站立军姿记得清，深埋依旧恋行营。曾经我亦效君法，火浣泥身成士兵。”（《与兵马俑对话》）这首诗首先通过“形似”进行联想——站立军姿。通过兵马俑的“站立”想到军人站立的“常态”。其次，这首诗通过“人格化”进行联想——“记得清”和“恋行营”都是兵马俑的人格化。第三，是通过“我”的“物化”进行联想——“曾经我亦效君法，火浣泥身成士兵。”像这样，在一首诗中运用了两种以上方法进行联想的诗，就是全方位联想。再如《题长白山石壁》：

大荒绝顶壁生风，流水滔滔万壑中。
云帐散成虹雨露，春巢飞出夏秋冬。

这首诗先是由长白山原名“大荒山”这名字生发开来，然后想到松花江、图们江、鸭绿江由天池冲波而下，再由云想到雨，由雨想到虹和露，最后由山中的鸟巢飞出的鸟联想到“大荒山”这个“巢”飞出了春、夏、秋、冬这四只“大鸟”。可以说，这首诗由近至远，由地到天，由现实到虚幻，有人说这是神来之笔，但我自己知道，这是运用联想的结果。

以上列举了五种思维方式，加上过去人们常用的形象思维、比兴思维、感悟思维，便构成了现代诗性思维的整体框架。这就是我对诗性思维现代构建的一些粗浅体会，是一家之言，还有待于进一步完善和修正。但它在我写诗二十几年的时间里，给我帮助很大，让我的思维由不自主变为自主，由青涩趋向成熟。

对当前诗词状况的思考

陈仁德

一、诗词现状的不同层面

诗词在忍受了漫长的压抑和歧视后，从上世纪八十年代开始重新焕发出顽强的生命力，以其特有的魅力回到了中国的文化舞台，经过二十年的发展，到现在，已经出现欣欣向荣的景象，即使是那些曾经对诗词十分鄙薄的人，都无法否认诗词正在走向复兴的事实，要想忽视诗词的存在，几乎已经没有可能。放眼今日之中国，何处无诗词团体？何时无诗词吟诵之声？庞大的诗词队伍，已经成为最大的文学群体，由于网络的出现，诗词的领地大大拓宽，无数的文学论坛上都辟有诗词专栏，聚集着不可胜数的诗词爱好者。本来就是中国国粹的诗词终于有了在自己国土上的户口，可以名正言顺地和白话诗平分秋色，白话诗一统天下的历史已经一去不复返。我们参与并见证了诗词从低迷到复苏的历史过程，而且还在继续推进这个过程，幸甚至哉。

对当前诗词界的总体评价，应该可以用这样的话来表述，即：创作队伍之庞大、诗词团队之众多、诗词刊物之宏富、作品数量之惊人，超过任何历史时期，仅仅从这些方面来看，应该说诗词已经出现了空前的繁荣。但是，这只是事物的一个方面，如果我们全面地看问题，就会发现，空前繁荣的背后，其实是另外一番景象。在庞大的创作队伍中，能写出较好作品的诗词作者只是少数；在众多的诗词团队中，有较高品位的有所建树的团队只是少数；在林林总总的诗词刊物中，有较高质量的刊物只是少数；在数不胜数的诗词作品中，能够传世的作品只是少数。

这是从普及和提高两个层面作出的不同的判断。仅就普及而言，我们已经取得了巨大的成绩；而就提高而言，则只是万里长征刚走出第一步。

诗词的普及，比之从前的打入冷宫，肯定是一大进步，是一大喜事，大量的爱好者执著于诗词，使社会平添了许多文化气氛。无疑，多一个爱诗的人，社会就会减少一个庸俗的人。不论怎么说，诗词都是高雅的，附庸风雅总比附庸下流的好。子曰：“不学诗，无以言。”孔老夫子的意思是说，不学诗的人就不懂得恰当地说话，可见诗对于一个人的品位有多重要，在这个意义上说，诗词的普及真是功德无量。尤其是那些南征北战的老干部，辛苦一辈子，离退休才来学习诗词，而且不遗余力地为诗词组织奔走，其精神足以令人肃然起敬。我们所说的繁荣，多半就是他们的功劳。

但是，仅仅普及是不够的，因为诗词作为一种艺术，是要讲究艺术质量的，任何时代的艺术都不是以数量，而是以质量取胜。一首高质量的诗词，和一大堆低质量的诗词作品之间，几乎没有可比性，大呼隆似的一哄而上，转眼就会被历史冲刷得干干净净，只有那些精品才能经受历史浪潮的冲洗沉淀下来，成为传之后世的文化遗产。唐代的张若虚留下的诗只有两首，王之涣留下的诗也只有很少几首，可是他们却因此奠定了在诗史上的重要地位；清代的乾隆皇帝写了四万多首诗，却与诗史无缘，从没有人称颂过他的诗。

由是观之，诗词质量的提高是比诗词普及更为重要的一个问题。换句话说，我们今天要面对的，已经不再是普及，而是如何在普及的基础上努力提高。我们一方面为诗词在广度上的普及而欣喜，另一方面，却又不得不为诗词在高度上的欠缺而担忧。

二、诗词作者的不同层面

前面说到，如今诗词创作队伍之庞大超过任何历史时期，然而，在庞大的创作队伍中，能写出较好作品的作者只是少数，这是由作者的不同层面决定的。

我们现在来研究一下诗词作者的不同层面。

诗词作者出于各自的不同目的，呈现出不同的层面，但是主要有两个层面，一种是把诗词当成人生的乐趣，诗词成为他们生活的一部分；另一种不仅仅把诗词当成乐趣，更把诗词当成了人生的追求，诗词成为他们生命的一部分。

对于前者，诗词使他们生活得高雅而充实；而对于后者，除了高雅充实外，还生活得很累，因为他们在不断地探索和思考，不断地深入和提高，付出的代价更大。

需要说明的是，介于两者之间的人也为数不少，而且两者之间随时可能角色互换，但是从前者转为后者的，即从简单的乐趣转为追求的无疑更多。

把诗词当成人生乐趣，显示了一个人的文化品位和艺术修养。把诗词当成人生追求，则更多地显示了一个人的文化担当，其深刻内涵是，他要努力担当起诗词文化传承的历史使命。

现在我想提请诗友们审视一下自己，你是属于哪一个层面？

如果你属于前者，很好，由于爱好诗词，你的生活充满了诗意，由于你和无数诗友的参与，才汇成了当今的“诗潮汹涌”，你在诗词复兴的历史进程中献出了自己的一份力量，诗坛应该感谢你。现在你面前有两种选择，一是继续保持这种乐趣；二是在此基础上再进一步，把诗词写得更好些，向着更高的质量标准努力。

如果你是后者，那就请你继续担当下去，不要撂担子，一个民族总得要有人挺身而出，把祖宗的优秀文化传承下去。在这个物欲横流的时代，诗词没有任何功利可言，你在选择将诗词作为终生追求时，就已经选择了清贫和寂寞，就注定了你要为之付出代价，为之作出牺牲。但是，由于有了诗词的熏陶，你的心灵永远是美丽的，精神永远是富有的，可能在不经意间你就把自己的名字留在天地之间。你还有一个使命，就是要尽可能地用诗词的魅力去影响身边的人，特别是广大的诗词爱好者，让更多的人来一起担当起诗词文化传承的重任。

三、学养欠缺是不争的事实

低质诗词的大量产生固然有多方面的原因，但是首先是诗词作者的学养欠缺。

杜甫的名句大家一定记得，“读书破万卷，下笔如有神”。要读破万卷书才下笔如神，仅从字面来讲，破字有两解，一是超过，二是破损，两解都发人深省。我宁愿理解为后者，要把万卷书都读破，决非草草翻阅一下就行，一个破字道出了杜甫为读书所下的工夫有多深。

坦白地说，我自己就没有读过多少书，所以写作时经常感到捉襟见肘文思枯竭，正因为如此，我才深知读书的重要。我没有做过认真调查，不知道广大诗词爱好者到底读过或者读破了多少卷书，但是从日常和诗词界朋友的交往以及经常读到的诗词作品中，可以看出，读书一定不会很多，因为读书多少是会在谈吐和写作中反映出来的。

我们不妨对现在的诗词作者作一个分析。

现在的诗词作者，大致是以老年人为主体，中年次之，青年又次之。我这里所说的老年人大致是指七十左右或者更年长的人，中年人是指五六十上下的人，二十到四十来岁的人一概归入青年之列。这样划分并不科学，只是为了叙述方便而已。

作为诗词作者主体的老年人虽然见多识广阅历丰富，但是我们仔细分析一下就会发现，他们的青年时代，正是诗词被打入冷宫的时代，以现在七十多岁的人为例，上世纪五十年代初他们才一二十岁，那时要想学习诗词已经没有什么机会了，即使在更早的时候他们已经掌握了很多知识，经过长期的荒废，都已经所剩无几。更有部分老前辈年轻时投身革命南征北战，根本就没时间学诗词，只是退休后才在老年大学知道了一些简单的诗词常识。

中年诗词作者比起老年作者学力更浅，他们生在“读书无用”的时代，年轻时正遇上文革浩劫“停课闹革命”，其中很多人亲手参与了焚书，然后去当农民或者工人。那是一个空前绝后的可怕的文化断层，几乎所有传统经典都成了“大毒草”，除了毛选，他们很少有机会读其他什么书，整个青春岁月被完全荒废，文化底子很差。

青年诗词作者赶上了改革开放的时代，但是由于竞争的加剧，欲望的膨胀以及市场经济对文化的冲击，人心已经变得非常浮躁，人们都忙着追名逐利，很难得静下心来认真读书。如果说他们读过一些书的话，不外乎是为了应付考试或者为了娱乐，很难说是为了做学问。

由于全社会的国学修养都不能和民国以前的任何时代相比，低质诗词的大量产生就毫不奇怪了。

当然，这里要特别说明，我对当代诗词作者所作的分析只是就总体而言，如果从个体的差异上看，则仍然有部分佼佼者在任何情况下都始终如一地执著于诗词文化，通过各种方式坚持学习，具有较深的学养，这就是我前面说到的把诗词当成人生追求的那一种人，老中青皆然。

四、写作草率难免质量低劣

写作过于草率，也是低质诗词大量产生的原因。

我们经常见到一些朋友动辄就是十首八首的组诗，一点风吹草动都要写一大堆作品出来。刚刚过去的奥运会，就有人为每一个奖牌得主赋诗一首，据说更有甚者，能够一晚上写几十首古风。汶川大地震发生后，一位诗友一口气写了七绝、七律、五律，《渔家傲》、《浪淘沙》、《沁园春》等多首作品。这些朋友才思敏捷诗如泉涌，较之古代的“七步成诗”和“温八叉”有过之而无不及，让人惊叹不已。但是，遗憾的是，这种一挥而就的作品，由于写作过于草率，大多质量低劣，不堪卒读。

这使人联想起上世纪五十年代的大跃进民歌。当时人人都是诗人，农村每个村都要完成写诗的任务，开始还要统计写了多少首诗，后来一些地方干脆把诗稿用大箩筐装来称秤，改成统计写了多少斤诗。这种草率至极的作品已然成为笑话，短短几十年间，就全部被淘汰了，没有一首能够流传。

诗词贵在锤炼，古人留下的“两句三年得，一吟双泪流”，“吟安一个字，捻断数茎须”，虽然夸张了些，却道出了锤炼的重要。出口成章的高手确实有，但是，曹植的七步诗并非他的杰作，温庭筠“八叉手而韵成”的作品也绝不是精品。真正的好作品，无不是认真锤炼出来的。

所谓锤炼，具体讲就是修改。一首诗词作品在脱稿前，应该经过反复的修改，这种修改不一定需要纸笔，就在脑子里反复修改也行。我同意一种说法，好作品不是写出来的，而是改出来的。

我自己的经验是，为了改好一首诗词甚至一联一句，常常是走在路上，坐在车上都如痴如醉地思考着。有时半夜里忽然想出一个好句子，就马上披衣起床记下来，怕的是灵感稍纵即逝；有时改到一半，忽然觉得用另外的写法更好，就干脆另起炉灶重新写，写完后的定稿已经与最先的初稿完全无关。

我想，那些动辄写十首八首甚至更多首的朋友，如果把时间用于修改一首，作品质量肯定会明显提高。写了四万多首诗的乾隆皇帝，如果把时间用来修改一百首诗，可能就全部是精品，没准就留在诗史上了。乾隆皇帝的文化修养并不差，我们今天有几个人能超过乾隆皇帝的文化修养？我们的写作是不是应该更严谨一些，更注重修改呢？

五、题材狭窄限制了诗意表达

我们经常说，大千世界无奇不有。我们生活在一个日新月异的时代，这个世界每天都在发生着变化，每天都向我们呈现出千姿百态五光十色的风貌。作为诗人，我们需要关注的东西太多了，值得咏叹的东西太多了，可惜恰恰相反，我们通常看到的诗词作品却局限于很狭窄的题材。

如果把重庆诗词学会的会员来稿归纳一下，绝大多数作品都是应景之作。应景之作有两大特点：

其一，习惯于政治表态，类似“坚决拥护”、“坚决支持”、“热烈欢呼”、“热烈庆祝”之类的发言。有的作者似乎除了这些就没有另外的东西可写，脑子里已经形成了固定的思维模式，怎么也跳不出来，他们“七一”写了写“八一”，“八一”写了写“十一”；“一中全会”写了写“二中全会”，“二中全会”写了写“三中全会”；“神五”写了写“神六”，“神六”写了写“神七”。他们就这样一年又一年地写来，一直写到白头。如果把他们的作品编一个集子，从头到尾都是这种主旋律。立场是坚定了，可是题材也太狭窄了，除了作者自己，还有谁愿意看？这样的作者只有一个也还好，如果整整一个时代的作者群都像这样，那岂不是太乏味了？

其二，缺少个性和艺术感染力。政

治色彩太浓，必然强调统一的共性而忽视个性，而诗词作为一种艺术，最需要的恰恰是个性而不是共性。过于强调政治化，则必然削弱艺术的力量，因为用艺术语言进行政治表态毕竟是一件难事。在此情况下勉强写出的诗词作品，难免流于空洞空泛，缺少诗词应有的美感，所有的作品都是一种声音一个调子，像从一个模子翻出来的。我从最近的来稿中随便翻出几例让大家看看：

万众一心齐抗震，众志成城建家园。
万众一心排灾难，顶天立地中国人。
马列主义放光芒，中国特色创辉煌。
泽东思想放光芒，为民服务永不忘。
和谐社会振纲常，执政为民奔小康。

这种语言在政治上一点错误也没有，在艺术上一点感觉也没有，很难称为诗词。

既然我们的生活是如此的多姿多彩，既然我们的社会是如此的变幻无穷，我们为什么不可以将诗词的题材拓宽一些呢？我们可不可以写血浓于水的亲情，可不可以写缠绵悱恻的爱情，可不可以写惊心动魄的人生经历，可不可以写俯仰慨叹的思古幽情，可不可以写嫉恶如仇的抨击，可不可以写对国事民瘼的深情关注，可不可以写人情冷暖世态炎凉，可不可以写对生命的感悟，可不可以写酒后的狂欢，可不可以写梦醒后的凄凉？我们可以写的东西实在是太多太多了，那么我们为什么要把自己的题材搞得如此的狭窄呢？

六、缺少批评导致恶性循环

如前所述，诗词圈里的好作品本来就不多，在此情况下，如果能营造一种良好的学术批评的氛围，无疑能有助于诗词水平的提高，因为善意的中肯的批评永远都是具有积极意义的，所谓以人为镜可以知得失也。但是现在我们看到的却往往是相反的情况：一个人的作品并不怎么样，却得到众口一词的夸奖。我所知道的一位年轻朋友的诗集上，居然有不少国家级艺术名家题词赞扬，而其人的诗词远未登堂入室。此类捧场，虽然不乏积极意义上的鼓励和奖掖，但只要言过其实，就会失之毫厘谬以千里。官场里的阿谀奉承之风，最好还是不要带到诗词净土里来。

如果某个作者朋友在创作上已经有了非常明显的毛病，他自己并不知道，而知道的人又不告诉他，他完全得不到批评，这样，他就可能盲目地走下去，成为恶性循环，一辈子都难成“正果”。

一些具有较好潜质的青年作者，正处于求知如渴的时期，他们需要很好的引导。由于阅历不够，他们还缺少必要的判断力，这时前辈给他们的指点应该严格一点，让他们有较好的起点。除了给予热情鼓励扶持外，更需要随时指出他们的不足。如果让他们自我感觉太良好，满足于现状，就进不到更高的境界。人都是有虚荣心的，虚荣心如果不过分，就是人的尊严；如果过分了，就会走向反面。对诗词而言，我们每个人还是多一点敬畏的好，还是多一点批评的好。

批评分为批评和被批评两方面，批评者要坦诚中肯，要认真慎重；被批评者要虚怀若谷，要从善如流，两者相互作用，必将推动诗词创作水平的大大提高。

最近，我们成功地组织了两次小范围的个人作品研讨会。我们明确提出，研讨会以批评为主，尽量少说优点，为此我们把研讨会戏称为“批斗会”。“批斗”对象即诗词作者态度非常端正，恳请到会诗友“狠揭猛批”，并且主动提供“罪证”（作品）。到会者作了充分的准备，把作品的毛病罗列清楚，逐一批评，可谓一针见血。事实证明，这样的“批斗会”是大有好处的，被批评者都感到收获很大，明白了许多以前不明白的道理，看到了许多以前没发现的毛病。

学术批评蔚成风气之时，就是诗词水平提高之时，我们期待着。

七、结　语

综上所述，可以列出一个公式：学养欠缺＋写作草率＋题材狭窄＋缺少批评＝低质诗词。为了解决低质问题，当然只能从这个公式本身着手。

一是多读书。除了读书，没有其他办法可以充实我们的学养。现在不再是焚书时代，到处都能买到书。但是对书应该有所选择，那些花里胡哨的书，东一个“戏说”，西一个“大话”，千万不要看；看书还是要看那些经过历史检验的永垂不朽的经典之作。此类书非常多，选看部分足矣。

二是多修改。诗词创作千万不要图数量，宁要精品一首，不要废品千首。一首作品一气写出后，要用至少十倍的时间修改，直到自己反复看都看不出毛病了，才可以脱稿。如果连自己的水平都没达到，一定不要急着给人看，因为你还能写得更好。给人看的一定是自己的满意之作，这是对别人的尊重，也是对自己的尊重。另外，作品请别人修改固然是谦虚的表现，但是，别人的修改不能提高你的水平。要想进步，还是得自己修改，你在修改过程中一定能有所感悟，从而得到一种难以言喻的愉悦；而别人帮你修改，你是不会有这种感受的。

三是拓宽思路。不要老想着一个路子，那样会越写路越窄，越写越走不出来，我们生活在一个多元的时代，生活像万花筒般美妙，我手写我口，不知有多少东西可以“拿来”，我们不是经常讲时代精神现代化吗？那就放手写去吧。

四是营建学术批评的气氛。大家不是以文会友吗？就一起来“华山论剑”吧。如切如磋，如琢如磨，把毛病都找出来，让诗词健康发展，让大家共同提高，让诗坛更加兴旺，岂非幸事！

谨此与朋友们共勉。

借鉴上乘诗作，克服平庸六病

胡迎建

新中国成立六十年来，经过诸多运动的风风雨雨，中华诗词仍能冲破迷雾，展现出动人的魅力，显示出可以不断拓展的广阔空间。大致可分为两个阶段：前三十年冷清，后三十年由复苏走向繁荣。各级诗词组织的成立与发展，在开展活动，创办刊物，团结新老诗人、诗词爱好者诸多方面做了大量的工作，使诗词这一民族瑰宝很好地起到了“兴观群怨”的作用，为三个文明的建设作出了重要贡献。后三十年来的海内外诗词组织之众、刊物之多，在中国诗史上是空前的。这一蓬勃局面应归功于思想解放、百家争鸣的开明政治。三十年的复兴，正是对长时期被打压被冷落歧视的反弹；其次，与新诗散漫无序、逐渐晦涩费解、脱离群众的倾向相比，中华诗词有着源远流长的传统与丰厚遗产，有着结构均衡美、音韵抑扬美、意境含蓄美，深深积淀于人民大众的心里而便于记诵。从这一时期的创作实绩来看，无论创作人数还是数量，都达到空前的规模，也说明诗词日益走向群众化。

从其成就来看，众多诗人力求突破陈旧狭窄的题材范围，开掘富有时代感的主题和构造新鲜生动的意境。题材与主题呈多样性倾向，反映了广阔的社会生活画面，表现改革开放的新时代。从鞭挞不正之风、讽刺世态到反腐倡廉，显露诗人们的积极干预政治的人生观与爱国精神；呼吁两岸统一；咏赞祖国辉煌建设成就特别是高新科技方面；描写祖国大好河山乃至海外风光。在科学日益昌明的时代，诗人关注的眼光从田园到生态环境保护，从本地到环球乃至宇宙，忧虑更为深远，胸襟更为博大。力争有新的意境，新的哲理、新的生活体验，在语言上锤炼新词语，出现焕然一新的思想境界，生动新奇的语言、意象与情景交融的意境。

但从另一方面来看，当前诗坛创作人气虽旺，作者虽多，却出现大量平庸之作。正因如此，中华诗词学会提出精品战略，是非常及时而必要的，要做到要花大气力。前两年有一论文谈到，平庸是精品的大敌。此言不妥，一是易挫伤广大诗词爱好者的学诗积极性；二是没有平庸，哪来精品？即便李白、杜甫，不能要求其诗作皆精品。平庸与精品是相对性的，并非敌我关系。只要作诗力戒平庸，克服平庸，则平庸也有可能转化为精品。今结合日常阅读诗稿所发现的一些毛病，归纳为平庸六病，提出改进意见：

一曰概念化，模式化。往往表现为空泛，高调或四平八稳，空洞无物，类似宣传诗，摆脱不了术语套语。有些人偏爱写众所周知的大事件，喜根据电视新闻题材写诗，或在诗中克隆报刊或宣传文章上的一些提法，出现不少时事诗、节日诗、祝贺诗，观念性、说理性的成分过多。往往爱写大场面、多件事。其实一首诗难以概括很多内容，贪多则易流于空泛。跟着感觉走，紧跟形势，但终觉缺少个人独特见解，人云亦云，千人一面。

即以2003年《中华诗词年鉴》一书中的诗词为例（此书均选自其他刊物，按说已有编辑筛选把关，属优中选优），其中《香港回归纪念碑前怀感》一诗云："心潮澎湃告先烈，岛上同胞已乐归。"内心激动，何须直说？又《西江月》写两会召开："中华两会起春雷，一辈紧跟一辈。历史翻开新页，征程又竖丰碑。同心同德显神威，建设小康社会。"把口号标语搬入诗中。还有《寄语和平》中两联："民族歧视劣政策，战火不休多烟尘。渴望和平净世界，消除战乱益族民。"对仗不工，族字重用，而内容空洞。又《槐林镇新貌》中两联："十里长街如画展，两旁树木绿荫稠。小车彻底迎来往，大道通天达美欧。"夸饰不当，唱高调。

究其原因，一是题目过大，热衷于写大场面、大事件，却并非亲历者；二是受过去文艺宣传品的影响，主题先行，根据宣传目的作诗。其实一味唱高调、喊口号决非时代精神。诗人应有"独立之精神，自由之思想"，有独立不返之勇气，有深沉的忧患意识与正义良心，然又决非咒世骂世，讽者婉言也。

克服方法，应多从周围的观察着手，直书所见，方有生活气息，方有趣味。选择角度，切入事物某一侧面，以小见大。人多言之，己则罕言。以独抒性灵与社会责任相统一，则有望出佳作。写律诗与绝句更不能企图写很大或很多的事情。再就是不要跟着感觉走，热点题材，人多言之，己则罕言之。

清末范当世评陈三立《江州杂感》"千回百折，笔势遂乃蟠天际地，然毕竟直书即目"。不论如何联想，仍从眼前所见写起，不落空泛。当年胡风说："生活就在身边。"这个说法遭到批判，其实很有道理。写身边事，留心观察，当然，仅此不够，还要融入情感，加以升华，就有了诗意，加以遣词造句琢字上的锤炼，就能出佳篇。我认识的一位农民诗人，作诗不写套话、空话，大多写眼所见，耳所闻。即目成诗，清新自然。如下列一组诗，似小镜头：

龙睛个大且称真，满口生涎树下人。
举手随枝扳一串，廿枚刚好半公斤。

——《安义杨梅》

此首第二句用的是倒叙句法，言树下人满口生涎。一串杨梅有半公斤，也够肥的了，呼应首句个儿大。又：

盼到西瓜上市时，夫妻盘算喜开眉。
哪知连日黄梅雨，淋得心寒贱卖归。

——《瓜农》

"喜开眉"转为"心寒"，缘于雨连绵而只好将丰收的西瓜贱卖。四句中有波澜。

二曰：缺少形象或形象干瘪，缺少想象与联想。不少写景诗往往滞于物状而不能发挥，不能由形似走向神似，缺少灵动与想象。如今人有一首《春游庐山感赋》云：

匡庐胜迹历千秋，秀水名泉冠九州。
漫步幽林藏古寺，遥看翠竹隐红楼。
七贤有约观云海，五老相邀涌客流。
纵览桃源花满径，无边风月任人游。

除了七贤峰、五老峰用拟人手法，其余句句写实，未见物之神态。诗题名感赋，其实并无多少感受。

诗是形象的语言，诗人要通过具体生动的形象才能抒情达意。最忌抽象空洞，要善于以景物形象构成特定环境之中的抒情氛围。有常见形象与偶然形象两类。生活现实中经常存在的客观事物，一般人无动于衷，而诗人因某种感情的激发，摄取形象，经过思维活动而创作出优美诗篇，如王士禛的《真州绝句》："白沙亭下潮千尺，直送离心到秣陵。"寻常景一经诗人道出，便有妙境。也有的是偶然出现的眼前景，被诗人捕捉，经艺术处理为一鲜明活脱的画面。如杨万里的《小池》："小荷才露尖尖角，早有蜻蜓立上头。"不仅写物象之形，更要写物态之神，两者结合，形神兼备。

诗讲意境，意境是主体化的客体，抽象化的形象，理性化的感悟。情理事景，须有情趣、景趣、理趣。不论采用什么手法，其妙用在于使诗境空灵而得其神，而不使之质实而拘于形。空灵能启以联想而回味无穷；质实则令阻塞读者思路，一览无余。只有深于情，明于理，通于法，巧于辞，继承并发展传统艺术手法，深化境界。

作诗要善于想象，有联想、奇想、幻想、设想与推想等。针对特点，捕捉形象，以小见大。要擅长感悟，尽可能从眼前所处之物境生发开去，去驰骋想象。杜诗《阁夜》诗中两联说："五更鼓角声悲壮，三峡星河影动摇。野哭千家闻战伐，夷歌几处起渔樵。"前一联实写眼前之景，然实写中有想象夸张；后一联虚写想象之景，并非实在眼前之景。杜牧的《江南春》："千里莺啼绿映红，水村山郭酒旗风。"因眼前所见而联想广远。有人说杜牧不可能看到千里，实在不明白想象的作用。李白的《蜀道难》、《梦游天姥吟留别》莫不是以景为媒，想落天外。有成就的诗人，均擅长想象，冥思孤往，神游于恢奇空旷之境，致广大、尽精微。广可入宇宙银河，身与天地同游；微乃托意于一草一叶，小非琐细，乃以小见大。一动一静，可以俯仰天地之际，求索万物之理。钱基博即认为韩愈诗"以想象融事实"，"以想象出诙诡"。如果没有想象，就无法成为诗人。

又如咏瀑之诗，必须运用艺术手法，大胆想象，比喻夸张，如拘于形迹，则如一团死墨，无光鲜照人。且必咏此瀑是此瀑，不可挪为彼瀑，咏此泉即此泉，不可移至彼泉，否则不能表现瀑泉之特色。白居易任杭州刺史时，徐凝、张祜都希望得到他的推荐做官，白居易请他们以同一诗题赋题作之，然后评徐凝为第一名，张祜不服气，说："我的甘露寺诗'日月光先到，山河势尽来'，金山寺诗'树影中流见，钟声两岸闻'，即使是綦毋潜诗，也比不上。"徐凝说："怎如老夫'今古长如白练飞，一条界破青山色'?"白居易微笑而首肯。后来苏东坡游开先，大发感慨，认为徐凝诗尘陋，远不及李白《望庐山瀑布》诗"飞流直下三千尺，疑是银河落九天"，戏题一绝以嘲之："帝遣银河一脉垂，古来惟有谪仙辞。飞流溅沫知多少，不为徐凝洗恶诗。"谓之为"恶诗"。

苏东坡为什么如此说?他在《书鄢陵王主簿所画折枝》中认为"诗画本一律"，都须形神兼备；又说："作诗必此诗，定知非诗人。"如果仅有形似而不能走向神似，仅能描写而无神意，必定呆滞。所以在他看来，徐凝的诗仅有形而无神。明代王思任认为苏东坡言之过甚，说："徐凝浅俗犹非恶，李白夸张未免攻。"凭心而论，徐凝诗描摹逼真，如工笔画，亦有所长，然赋物而粘滞于物象，读者无想象空间；李白驰骋想象，大胆夸张，传神写照。可见诗写景须在似与不似之间，形神兼备，方为妙品。

即便是咏史诗，也可以用形象描述的艺术手法来直接或间接说明诗的主题。富于生活气息，引起共鸣。如章碣《焚书坑》：“竹帛烟销帝业虚，关河空锁祖龙居。坑灰未冷山东乱，刘项原来不读书。”第一、二、三句形象描述，四句总结主题，鲜明有力。我的学生陈光文有《咏史》二首，其中咏姜维云：

孔明去后欲如何，复汉勤王北战多。
一统宏图虽未愿，不屈进取永难磨。

咏史诗以议论为主，但须要议论挟情韵而行，要尽量有形象掺进来。如杜牧“东风不与周郎便，铜雀春深锁二乔”。用可见的画面说话，方见高妙。但此诗缺少这一点。就用词而言，“勤王”不妥，勤王乃是指朝廷中或皇权受到威胁，遭遇危难，皇帝下诏四方兵马入京城营救，用在姜维身上并不恰当，蜀国成都当时无此危险。“一统”两句过于直说了一些。

三曰：诗中内容与己无关，诗中无我在。所谓我，即我之怀抱。有的诗只是客观描述过程，或只知写景，缺少诗人情怀与抱负，缺少个性张扬，缺少人文关怀，缺少以天下为己任的责任意识与忧患意识。比如，有的山水诗中诗在赞美一番自然风景后，作者还要直说风景如何美，通篇没有个人的胸襟怀抱寓于其中。只知道写景，最后还来一句，拖出巨笔写美景，美则美矣，诗中无情、无魂。情者何？魂者何？作诗者自己的怀抱。所以我以为写山水的律诗一般来说，至少有二句议论抒情。如《漓江即兴》诗云：

桂林山水甲天下，夏日漓江尤怡神。
隐隐渔歌潆有韵，粼粼碧水净无尘。
奇峰壁立千年秀，宝鼎风来百虑泯。
最是清幽银子洞，千姿百态更迷人。

此诗的缺陷一是缺少了“我”个人的胸襟怀抱；二是“秀”字“千姿百态”等字空泛，用在什么地方均可。用词要力求新颖。前人说过的话，要改换说法，稍变一变，不可照搬，首句即有此毛病。再看另一作者的二首诗：

矶山风力发电站远眺

驭电排云千手旋，威风八面翠微巅。
矶山隐隐春雷动，灯火辉煌不夜天。

孟春游南山登高

重来胜地寄游踪，驾雾腾云逸兴浓。
石罅听泉怀野老，梵宫诵佛撞晨钟。
凝眸蠡水烟波渺，鸟瞰城区瑞气融。
烈士陵园讶春早，青松溢翠血花红。

此诗作者来信中，承询何以要“诗中有我在”。我以为渊明诗“采菊东篱下，悠然见南山”，太白诗“我本楚狂人，凤歌笑孔丘”，老杜诗“亲朋无一字，老病有孤舟”之类，虽或为田园诗，或为游览诗，莫不有己之怀抱在其中。又“洛阳亲友如相问，一片冰心在玉壶”，是朋友问我也；“劝君更尽一杯酒”，是我劝人也。处处有自己在。而这二首诗客观描写较多，应力求将自己摆进去，则令人感同身受。故建议第一首第三句“矶山”易为“如闻”两字，是“我”在闻也。末句改为“输送光明不夜天。”第二首第七句改为“我料英魂应笑慰”。

如何议论抒情，这就是立意的问题，要力求识见高卓。诗有诗味，就需有丰富感情。或触景生情，或借物抒情，叙事抒情。一般由景及情，也有情先后景的。王勃《山中》：“长江悲已滞，万里念将归。况属高风晚，山山黄叶飞。”末句写景。或移情入景，如白居易《长恨歌》：“行宫见月伤心色，夜雨闻铃肠断声。”将主观感情移入客观景物之中，使“物皆着我之色彩”（王国维语）。或以景寓情，如杜牧诗：“远上寒山石径斜，白云深处有人家。停车坐爱枫林晚，霜叶红于二月花。”全写景，情景交融，不写情而情自见。或由实写转入虚写，如李白的《望庐山瀑布》，前二句实写景，后二句虚写景。也有全是悬想而虚写，如杜牧《寄扬州韩绰判官》：“青山隐隐水迢迢，秋尽江南草木凋。二十四桥明月夜，玉人何处教吹箫?”诗人此时并未在扬州，也不知玉人在何处吹箫。或造境以表达无限感悟，紧扣主题。或借景寓理，如朱熹诗云：“擘开苍峡吼奔雷，万斛飞泉涌出来。断梗枯槎无泊处，一川寒碧自萦回。”由写景连带怀古，如杜牧《泊秦淮》：“烟笼寒水月笼纱，夜泊秦淮近酒家。商女不知亡国恨，隔江犹唱后庭花。”不论以何种方式通过景物融汇感情，都以达到情景交融境界为上。清代王夫之说：“情景名为二，而实不可离，神于诗者，妙合无垠。”（《姜斋诗话》）如林散之论作诗有四要：“情、景、意、事，情与意发于内，景与事受于外。”

四曰不知章法布置。不少诗不能作起承转合的布局。表现在诗题与首句的重复，诗中叙述过程成份过多，生怕人家不知道。有一首《井冈山红色之旅感咏》云：

红色旅游上井冈，多年夙愿幸今偿。
参观革命光辉史，晋谒元戎俭朴房。
五指峰雄留笑影，黄洋界险赞忠良。
葱茏万木如岳立，血沃红花世代香。

井冈山景点与故事很多，最好选某一场面写，切入深化。而此诗叙述成份稍多，缺少对某一具体场景的描绘。应在前面写景，后面抒情或议论。我劝作者应“省过程，重场面。换意象，求变化。”如第一句“红色旅游”与题目犯重，且不能给人具体印象，故将第七句移过来。次句“夙愿”即含有多年之意，故我改为“眼明此境愿终偿”。将意思尽量压缩，达到一句含两意的效果。次联也是一般化的叙述，我略作修改，为避空泛，以地名与人名相对仗以求具体。第六句句中“笑影”与“忠良”，一为偏正结构，一为并列结构。不妨将下句改为“铜墙”，用“铜墙铁壁”意。把忠良的意思移至第七句，并用反问句，使句子空灵一些，改作如下：

万木葱茏满井冈（以景切入），眼明此境（点题）愿终偿。
重温湘赣光辉史，顿悟朱毛俭朴房。
五指峰雄留笑影，黄洋界险仰铜墙。
征途记否忠良众，血沃红花代代香。

又如另一作者的《丁亥岁末奇冻有感两首》诗云：

猪年岁底寒潮虐，雪阻路封车马违。
可叹天公留远客，异乡游子几时归。

此诗第一句交待过程是浪费笔墨。因为在前面还有序，把时间过程都写在小序里。且“猪年”入诗不雅，宜改有形象的画面。次句中的“车马”不合今日时代，现在南方很少有马用作运输工具。第三句天公若是“留”，则是有情有义，不必以大冰灾来为难游子了。所以我稍改一下，以加深状出游子心中的感情：

雪飘冰冻交加虐，路阻车停与愿违。
可叹天公欺远客，异乡游子怅难归。

又如另一人的《马尾罗星塔登览》诗云：

独上罗星塔，天飚壮九畴。
合流旋海口，危帜扶江洲。
出没千重浪，沉浮万里秋。
烟波生意气，暮雨不知愁。

此诗的优点是题材不趋人所同，写自己所感与己之怀抱，力求炼字用奇，避免熟烂，努力方向是正确的。但过奇则欠妥帖，如能恰到好处，如韩愈所说："妥贴力排奡"，则尽善尽美矣。首句罗星塔与诗题重复，浪费了诗的容量，且首句末字如不入韵，则应求首联对仗，观老杜诗"两个黄鹂鸣翠柳，一行白鹭上青天"，孟浩然"人事有代谢，往来成古今"即可知。"合流"为动宾结构，与偏正结构"危帜"不对仗。第三联似是承"危帜"而来，仍是写景，全诗抒发个人怀抱的比重少了。我改为：

高览万里秋，天飚荡海沤。
合流旋海口，扬帜挟江鸥。
世局千重浪，人生一叶舟。
风尘俱抖落，意气与谁俦？

五曰缺少特征，力度不够。有的山水诗，写庐山与写黄山差不多，可以互换。有的感怀诗也是同样，普泛性多而特征不鲜明。对策是用字加强力度，稳准狠。有一首《贺中华诗词学会二十年华诞》诗云：

东风万里扫阴霾，滚滚春潮带雨来。
瑰玉蒙尘还净洗，寒梅破雪又新开。
申功伐罪诗千首，琢句敲章鸡五排。
喜见小荷今吐艳，难忘巨手廿年栽。

此诗整体布局结构还不错，但首联两句落套，可以形容大好形势，而不仅是诗的形势。次联"蒙尘"犹嫌份量轻，诗词走入低谷，岂止蒙尘。腹联"琢句""敲章"义亦嫌重复，浪费有限空间。末联言少年得到培育，但毕竟当今诗坛是老中青年为主，应反映整体情况。末句巨手指的某个伟人，但诗坛之振兴非赖某一人之所为，乃有赖于群公之努力浇灌。试改如下：

天风荡荡扫阴霾，花雨翻为锦浪来。
瑰玉湮泥还净洗，寒梅破雪喜新开。
申功伐罪诗千首，琢句搜肠鸡五排。
待看樟楠荫处处，谁能忘却苦心栽。

有的诗中描绘缺少特征与针对性，如有一首《戒烟》诗云：

吐雾吞云笑尔颠，面容灰暗两鬓斑。
声吁气短喘何促，胸闷痰壅咳不眠。
飒飒秋风孤影瘦，炎炎酷暑五心烦。
劝君戒毒医羸骨，留得青山夕照妍。

这是对抽烟者的劝告，有社会意义。但应尽量用准、狠、重的词汇，有特定的针对性，极力渲染，才能发聋振聩。第一句用"笑"字不妥，不如用"悯"字；第二句"两鬓斑"，乃是上了年纪者必将如此，故我易为"鬓先斑"。第二联写烟民后果，尚能形象逼真。但第三联又坠入一般化，无非是说秋寒人瘦，夏热心烦，并非烟民特别的感觉。故改为"彻夜风寒孤景颤，归途力竭六神烦"。末联祈使句本来用得好，但烟民抽烟拔高为戒毒，与海洛因等，似乎不妥。末句"留得青山夕照妍"，普泛化，老人均可用，无特定义。故我改为"休拈尼古丁成癖，苦海回头困转安。"

六曰陈词滥调。诸如"辉煌"、"千秋万代"、"中华儿女"、"四海欢腾"之类层出不穷，可见作者所掌握的词汇量之贫乏。特别是打开北京一些文化公司编的大型诗词集，里面更是比比皆是，其他一些刊物，此类者也甚多，如有一首词《鹧鸪天》：

四海欢腾奥运临，中华儿女拌精神。
千年夙愿今朝现，万国体坛骁将行。
交谊原，建奇勋。金牌夺冠播佳音。
炎黄崛起寰球仰，旷代辉煌赖伟人。

象这样人人能说得出、写得出来的词句，可以谓之陈词。须将类此一般化的字句删汰，寻找最恰当的字，尤其是动词，求奇避俗。何谓俗，俗即平凡乃至于平庸。须避熟就生，人人能道出之词，则避用之。新诗提出要“陌生感”，诗词的创作同样也要追求“陌生化”。

以上试图拈出平庸六病，提出改进之道。克服平庸，努力创新，这就是中华诗词的生命力所在。

中国人的精神谱系与新旧体系

杨　义

为什么要提出“精神谱系”这样一种说法呢？自从上世纪初至今的一百年来，中国人经历了波澜壮阔而又复杂曲折的中学与西学、旧学与新学的冲突融合、并存共进，思想文化在打开世界视野之后，出现了迅猛的转型、困惑的追求和丰富的创新，精神谱系出现前所未有的多层次、多脉络的错综复杂的状态。所谓谱系学，西方称为 genealogy，是研究姓氏家庭渊源的一门学问，可以列出树型的或者河网状的祖先传宗接代的序列表谱。我们讲精神谱系，就是清理现代中国错综复杂的文化因素、文化脉络和文化 DNA。它是认识自己，研究我们的文化精神的起源、血脉、流向和构成的基础性工作。文学形式的分析，是分析一个民族的精神谱系的最有效的手段。

现代中国的文学精神谱系是从 90 年前的五四运动开始的。五四新文学运动由《新青年》上发表的白话诗八首，白话词四首（包括“采桑子”、“生查子”、“沁园春”等词牌）开始，次年，《新青年》的白话诗歌栏，又有沈尹默、刘半农、周作人、鲁迅、俞平伯、陈衡哲等人的加入。1920 年上海亚东图书馆出版了胡适的《尝试集》，收白话诗词 43 首，附旧作文言诗词 22 首，是现代文学史上实质性的第一部诗集。非常明显，五四文学革命是以白话文作为第一个切入口的，而它的文体革命又是以白话诗作为第一个切入口的。这是五四先驱者的文化战略的关键点所在。自此以后，中国文学的精神谱系中就有新旧体诗、新旧体小说、新旧体戏剧、新旧体文章的分裂、冲突、并存、交融，以及它们在整个文学价值体系的位置转移和文类秩序的重建。

经过大约十年的文学激进思潮的涌动和文学社团流派的蜂起，以良友图书公司的赵家璧邀集蔡元培、胡适、郑振铎、沈雁冰、鲁迅、郑伯奇、周作人、郁达夫、洪深、阿英等选编的《中国新文学大系》十卷为标志，一代新文学终于占领中国文学精神谱系的主流和先锋位置。中国人的文学方式、精神方式和创新方式，发生了深刻的变化，打开了一个广阔的现代性的发展空间。这是五四新文化运动的杰出贡献。但是历史是不可能完全断裂的，历史与它的文化精神方式的延续、更新和发展，作为主流的新文学形式的补充和并存、反衬，也在顽固地延伸着。只有兼顾文学的主流和它的支流、潜流，我们才能避免对历史解释的简单化和肤浅化，才能把握住中国文学精神谱系的完整性。

值得强调的是，诗是文学中的文学，语言中的语言。新文学运动选择语言上的文言和白话，体裁上的文言诗和白话诗作为第一切入口，它采取的文化战略是核心爆裂，精神震撼力也就格外强烈。爆裂的精神冲击波，表现为三个方面的裂变：一是个人的裂变，二是文学界的裂变，三是全社会的裂变。

先看个人的裂变。五四新文学运动的主持者蔡元培支持白话诗成为主流，却认为旧诗不应禁绝，他在《国文之将来》一文中说："旧式的五七言律诗与骈文，音韵铿锵，合乎调适的原则；对仗工整，合乎均齐的原则，在美术上不能说毫无价值，就是在白话文盛行的时候，也许有特别传习的人。譬如我们现在通行的是楷书、行书，但是写八法的、写小篆的、写石鼓文或钟鼎文的，也未尝没有。"他主张有主流的并存方式。他是晚清翰林，因此擅长律诗绝句，也不足为怪。陈独秀是五四新文化运动的总司令，他早学宋诗，格调高健，意境雄奇，曾指教苏曼殊做旧体诗。1934 年囚禁在南京老虎桥监狱，还作有《金粉泪》旧体诗五十六首，寄托着他对历史和现实社会的悲愤的批判。

鲁迅作为新文化运动最深刻的思想家和主将，1918 年在《新青年》杂志上曾以唐俟的笔名，发表过《梦》、《爱之神》、《桃花》、《他们的花园》、《人与时》五首白话诗。但他一生从 1903 年写《自题小像》"我以我血荐轩辕"开始，写过四五十首格律诗，如 1932 年写的《自嘲诗》"横眉冷对千夫指，俯首甘为孺子牛"，成为他的战斗者人格的极好表达。沈尹默、康白情、刘大白、闻一多、朱自清、俞平伯等早期的白话诗人也是工于律诗和绝句的。以《女神》开一代白话诗风的郭沫若，也写了大量的文言诗词，比如 1937 年卢沟桥事变后他从日本归国，作《归国杂吟》两首，是步鲁迅《无题》"惯于长夜过春时"之韵的，郭诗云："又当投笔请缨时，别妇抛雏断藕丝。去国十年余泪血，登舟三宿见旌旗。欣将残骨埋诸夏，哭吐精诚赋此诗。四万万人齐蹈厉，同心同德一戎衣。"至于以《沉沦》等新浪派、甚至颓废派色彩颇浓的白话小说震惊文坛的郁达夫，平生只写飘逸苍凉的旧体诗，尤以七言律诗最有神韵，因而自我告白"我是始终以渔洋山人的神韵、晚唐与元诗的艳丽、六朝的潇洒为三一体"（《〈不惊人草〉序》）。从这些新文学的重要作家的双重写作状态来看，他们自我的精神结构已裂变为自觉的新文学追求和自娱的传统诗艺表达的两个层面，对应着当时的新文学报刊等公共空间，以及自我言志、朋友应酬的私人空间。他们把新文学作品发表在公共空间上，以传统诗词用在私人空间上，这一点纯然出自个人的修养、情感、趣味，比起在公共空间上发表的白话作品更无功利目的。应该指出，拥有这双重性的精神结构，这才是现代中国文化的真实精神特征，才能呈现中国现代文学精神谱系的复杂的完整性。

其次的裂变发生在文学界。文学界划分为新派作家和旧派作家，专写旧体诗词者属于后者。姑不论老一代的同光体诗人陈三立、郑孝胥、沈曾植，以及樊增祥、易顺鼎等人，甚至包括南社的柳亚子、陈去病，在五四以后还写旧体诗，他们的诗篇以千百计，其中易顺鼎一生作诗上万首，樊增祥则三万首。汪辟疆《光宣诗坛点将录》以《水浒》一百单八将作比拟，将陈三立推为呼保义宋江，将郑孝胥推为玉麒麟卢俊义。但在五四作家看来，他们已是隔代人。

还有一支写作古典诗词的中坚力量，就是大学中的古典文学教授和书画家。前者以专业性的诗词学养和精神体验，诗词风格倾于典雅，如马一浮、夏承焘、陈寅恪、钱钟书、吴世昌、钱仲联、沈祖棻、霍松林、叶嘉莹等人都以功力称著，也见才情。书画家中林散之、邓散木、齐白石、溥心畬、张大千诸人的诗作别见神韵，或见画趣，以悟性称长。这类教授艺师在燥热的主流白话文坛之外，承传着中国传统文化的幽雅流脉，为现代中国修筑着一座曲水回廊的后花园。正是由于中国现代文学界裂变出大江急流和庭院深深等多样性的空间，才为中国文艺保留了多一分精彩，多一分滋养。

裂变之三，涉及到整个社会。从政军诸界到平民百姓都有能诗者。如国民党元老于右任笔力雄健，晚年所作的《望大陆》：“葬我于高山之上兮，望我大陆；大陆不可见兮，只有痛哭。葬我于高山之上兮，望我故乡；故乡不可见兮，永不能忘。天苍苍，野茫茫；山之上，国有殇!”读之令人荡气回肠，神思邈远。延安时期的一批老革命家如林伯渠、李木庵等人取“老者安之，少者怀之”之义，成立怀安诗社，出有《延水雅集》，言志抒怀，有诗二千五百余首。

领袖人物中诗词成就最大者，当然是毛泽东和陈毅，陈毅的诗磅礴着戎马人生的豪气，如《梅岭三章》之“此去泉台招旧部，旌旗十万斩阎罗”，显示了何等气概。毛泽东的诗词以七律《长征》和《沁园春·雪》境界最高。1945 年毛泽东出席重庆谈判，把《沁园春·雪》录赠给柳亚子，刊载于重庆《新民报晚刊》和《大公报》，一时轰动山城，蒋介石授意一批右翼才子写《沁园春》，皆反愧才拙，许多民主人士和知识分子为毛泽东词的魄力和气象所折服。如果毛泽东当时写的是白话诗，如胡适在《新青年》上发表的第一首白话诗《朋友》：“两个黄蝴蝶，双双飞上天。不知为什么，一个忽飞还。剩下那一个，孤单怪可怜，也无心上天，天上太孤单。”这类诗绝不可能具有毛泽东的词那种学力、气魄、风范和力量。因此对于一个政治人物，诗词修养已成一张文化名片，一种身份和才能的象征，这是白话诗所没有的文化分量。

如果以上的分析能够成立，我们就有必要反思一下应该如何写现代中国的文化史和文学史的问题。百年中国的现代文化进程，绝不是仅有一条文化线索，一个文化层面，一种文化形态。如果要完整、全面地展示现代中国文学的精神谱系，我们尽可以区别主流和支流，新潮与古风，公共空间和私人空间，但它必须兼顾多种文化线索、文化层面、文化形态。比如在文学史中要写白话诗，也要写旧体诗；既写新小说，也要通俗小说；既写新戏剧，也写传统戏曲。这才是真实的中国，而且要给这个真实的中国以一个具有历史理性的“中国说法”。中国文化哲学既有“天行健，君子以自强不息”的创新奋进的一面，又有“地势坤，君子以厚德载物”的和谐包容的一面。如此才能使我们的文化生生不息，与时俱进，又在海纳百川中把我们的文化做大做强。这就是中华文化历久弥新、千古不灭的秘密所在。

辩证地把握当代诗词创作的继承发展问题

钱志熙

如何正确地处理继承和发展的关系，是文学创作中的基本问题，并不单单存在于当代诗词领域。不过，在当代诗词创作领域，这个问题表现得尤其突出，并且有它的特殊性。可以说，在其它文学创作领域，这虽然是一种需要重视的基本关系，但不一定是当前创作中最重要的问题，或者说，这个继承与发展的关系，已经得到比较好的解决。而在当代诗词领域，这个问题业已成为最突出的问题。当代诗词如果要进一步的发展，成为当代诗坛上重要的甚至是占主要地位的一个体裁种类，使传统诗词真正复兴，就必须正视这个问题。所以，我认为，这是当代诗词领域最重要的、必须集中力量去解决的理论问题。又由于当代诗词迄今为止，在文学创作领域还只有一种“在野”（这个词也许用得不大准确）创作，当代的文学批评、文学研究还没有将其纳入，而当代古典文学的研究者们也只把自己的研究范围限于古代和部分近现代的诗词作品。所以，目前来看，这个问题只有诗词创作领域自身来解决。这对于虽然具有一定的创作实力但理论素养一向比较缺乏的这个领域来说，的确是一件并不轻松的事。而事实上，关于继承与发展或继承与创新这类问题，目前的文学理论界也是缺乏很深入的研究，文学概论一类的书中，在这个章节，往往阐述的十分空洞，除了说既要继承又要发展，有继承才有发展之类的话之外，就不能作更进一步的、更创作上指导意义的阐述了。而对于文学史的研究者来说，这个问题也是横亘在他们面前的一个没能得到很好解决的大问题，它阻碍了文学史研究者对文学史发展真相的更深入的了解。所以，当代诗词界如果能将这个问题解决好，不仅它自身能获得良性的发展，而且反馈影响于文学理论和文学史这两个研究领域，至少是对其有所启发。也许可以说，只有到了那样的佳境，当代诗词在当代文学舞台上的成功才有了某种标志。

继承与发展这一对范畴，在古人那里常常用“通”与“变”来表示，这对范畴最早来自刘勰的《文心雕龙·通变》。那里边的观点，在今天看来，仍然具有某种指导意义。刘勰将通变的问题落实在具体的创作中，将其作为任何一个作家在其创作活动中都要面对的问题。所以将之称之为“通变之术”。刘勰认为，对于一个具体的作家来说，他所运用的文体及基本的创作方法，甚至是风格、技巧等，都是带有一种相对规定性的，是属于“常”的因素，但个人语言艺术和创作个性，则是属于“变”的因素，是最能发挥个人的创造性的地方。为此，作家从事创作，必须充分地继承、研究这些“常”的因素，以作为必要的基础。他说，一个作家在这方面的缺乏，就譬如一个人往深井里汲水，而井绳短得远远够不着水面，其结果是可想而知的。那就是“绠短者衔渴”。这个思想在古代作家那里影响很大，将其当作常识对待。韩愈有句云：“汲古得修绠”，就是对这个思想的正面发挥。在汲古、学古的“通”的同时，个人在“文辞气力”即具体的语言艺术上，则必须体现个人创新和变化，刘勰将不能很好地做到这一点的作家比作不走长路的人，走着走着就停下来了：“足疲者辍途。”用我们的话来讲，就是没有发展。从整个文学史的情况来看，刘勰看到这样一个现象，每一代的文学，都是在充分借鉴前代文学的基础上发生的，同时又似乎必然性地形成了自己时代的文学的时代风格。“暨楚之骚文，矩式周人；汉之赋颂，影写楚世；魏之篇制，顾慕汉风；晋之辞章，瞻望魏彩”，这是通的一方面。“商周丽而雅，楚汉侈而艳，魏晋浅而绮”，这是时代文学风格变化的一方面。在分析了创作和文学史中的这些事实之后，刘勰最后确定了这样的通变原则：“文律运周，日新其业。变则堪久，通则不乏。趋时必果，乘机无怯。望今制奇，参古定法。”这样的认识是很能辩证的，也是迄今为止，对于继承与发展关系所作的最为合理的一种解释。

我们天天讲继承发展，却并不很明白到底该继承什么，到底该发展什么。我认为，所谓继承，就是继承艺术传统，而发展则是发展时代风格。我们不妨接着刘勰的话说下去，那就是齐梁诗不同于晋宋诗，唐诗不同于齐梁诗，宋诗不同于唐诗，其下元、明、清、近代，都有其时代风格。今天的诗词创作，如果能通过一代乃至几代人的努力，最终形成新的时代风格，那就是当代诗词的成功。这种新的时代风格相对于古代诗词来讲，不是什么异质的东西，而是同质的艺术。是对传统的一个有机发展。

艺术传统是一个丰富的存在，需要进入其中长期地涵泳。具体的学习方法是多种多样的，不必拘泥。古人有宗法某家、某派、某代的学古方式，也有融合百家的学法。前者适合于初学者，后者则常常是已经卓然成家者的行为，通过融合百家而自成一家。今天的诗词创作者可以不必过于拘泥，可以采取比较自由的汲取方式。在创作某种体裁的同时，广泛地研阅、观照古人之作，既开拓词源，又得以了解此体的基本的艺术规范和体裁特征。这就是刘勰所说的“参古定法”。在这里，我想最重要的收获就是培养一种识力，对古人艺术高度的认识，能够分辨诗的高低好坏。一种衡鉴力或称鉴赏力很重要。我们日常所说的功力，有很大一部分是属于这种鉴赏力。个人的才华天赋是一个定数，很难说会有什么发展。所能发展的就是这种包括鉴赏力在内的艺术功力。清人袁昶自叙其诗云：“晚悔少作，多不称意。天才分定，未必加增。直所览差广，稍能别择妍媸耳。”（《渐西村人初集叙》）这种鉴赏即古人所说“识”，史家有史识，诗人要有诗识。识见不高，终沦尘钝，纵有才华，也很可能会被浪费掉，很难成为大器。而识力的养成，除了创作的磨砺之外，更主要的是通过广泛而又合理的学古而得到的。现在有一种倾向，在掌握了基本格律、稍稍涉猎古人之作后，就放弃对古人的继续学习，一任自己薄弱的艺术功底去驰骋。也有一些初学诗词者，仅知有今人之作，而不知有古代丰富的艺术传统的存在，舍本求末。养成不太高明的一种识力。我甚至看到有这样的现象，有些青年学生，写旧体的热情很高，也费了许多的精力。

但因为缺乏正确的引导，不知道该从学习古代作品入手。而以新诗的作法行之。并且是以现代派诗的作法行之。结果他的诗从头到尾没有一首读得懂的。我在这里不评价现代派诗风。写旧体，自然地吸收一点新诗的素养，甚至现代派诗的素养，原则上也是可以提倡的。但如果没有对诗词艺术传统的丰富汲取和深厚功力，这样做会完全破坏诗词的美。也是作不成真正的诗的。我们常喜欢说李义山、吴梦窗的诗有现代派、象征派的味道，我更喜欢这样看待。他们的诗词相对于普通风格的一种变化，正是他们对传统诗词艺术的有机发展的结果。是这两位诗人的极其深厚的艺术功底的自然创造。近代的诗人在诗词艺术上形成了自己的风格，用旧诗词比较成功地反映了近代社会的风貌，尤其是成功地表现出他们身上所存在的一种可以称之为“近代情绪”的东西。那是古人那里所没有的。能够做到这一点，与他们深厚的艺术功底是分不开的。这一点值得我们好好地去借鉴。

艺术的发展是必然的趋势，没有事物是停滞不变的。学习古人是一个基本方法，但不同人、不同的创作场合，都有不同的学的特点。这里面有许多变数，这些变数本身就是发展变化的一种表现。所以不必担心学古就会学成古人的仿造品，造成千篇一律的现象。只要创作态度是认真的，有忠于艺术的精神，是不太可能会出现那种局面的。我们毕竟是当代人，我们的生活方式、思维广度、思想感情和艺术观念，与古人都有所不同。我们能够造成时代新诗词艺术的风格，依据也正在这里。但是我们不要过于人为去追求时代风格，时代风格有时是自然而然地形成的。操之过急，违反了艺术史发展的基本规律，就会破坏诗词艺术传统，造成中国古典诗歌艺术传统真正的坠失。我们的时代是一个比较功利的时代，要防止这种现象的发生。如果能够将这个古典诗词传统成功地弘扬于当代和未来的世纪，对中华民族的文化将是很大的贡献。

继承与发展是一对矛盾统一的关系。在不同艺术发展阶段，有不同的表现。就现在的诗词创作的状况来看，继承应该是矛盾的主要方面。要提倡广泛的学习古典作家，深入研究古代作家的艺术经验。只有当我们今天的诗词界能够对传统有了比较全面的认识，我们才有可能创作出新的时代风格。

论 唱 叹

周啸天

在诗词尤其是七绝中，唱叹是无所不在的，它是构成诗味的重要元素。杂取古今数例，如“桃花一簇开无主，可爱深红爱浅红”（杜甫）、“可怜夜半虚前席，不问苍生问鬼神”（李商隐）、“深处种菱浅种稻，不深不浅种荷花”（阮元）、“拼得相思到头白，宝刀不负负柔情”（李维嘉），等等。

然而人们谈技巧，很少言及唱叹。修辞书中也没有唱叹这一条。故值得一谈。

唱叹一词，原于《荀子·礼论》：“清庙之歌，一倡而三叹也。”盖周时宗庙奏乐，一人唱歌，三人赞叹而应和之。曲艺的书帽，有“四川人，爱高腔，前头唱来后头帮。”虽不能说就是那么回事儿，但道理总是一样的。清人据此发明一辞，曰“唱叹之音”（恽敬）。

“清庙之歌”代指《诗经》。以风诗而论，《关雎》不用说，即如《汉广》《桑中》《黍离》《蒹葭》等，至有副歌，借助曲调，无不一唱而三叹，唱叹的目的，是为了尽情、够味。“在心为志，发言为诗。情动于中而形于言。言之不足故嗟叹之。嗟叹之不足故永歌之。”（《诗大序》）

《诗经》风诗中有很多诗，分正歌和副歌两部分，正歌部分每一段是有变化的，如《汉广》的前四句：“南有乔木，不可休思。汉有游女，不可求思。”下段就成了：“翘翘错薪，言刈其楚。之子于归，言秣其马。”第三段就成了：“翘翘错薪，言刈其蒌。之子于归，言秣其驹。”副歌的部分是不变的，如“汉之广矣，不可泳思。江之永矣，不可方思。”我揣测，正歌部分就是一人唱的，副歌部分就是多人和的。

一唱三叹的根据，在诗的内在韵律。“内在韵律便是‘情绪的自然消涨’……这种韵律非常微妙，不曾达到诗的堂奥的人简直不会懂。这便说它是‘音乐的精神’也可以，但是不能说它便是音乐。”（郭沫若）

诗脱离音乐，内在韵律依然存在，林庚论曹操《短歌行》：不知道什么时候悲哀没有了，变成欢乐，也不知道什么时候欢乐没有了，又变成悲哀——这本来就是人生的两个方面，难得它表现得如此自然。这就是《短歌行》的内在韵律，也便是唱叹之音。

李白《将进酒》：“君不见黄河之水天上来，奔流到海不复回；君不见高堂明镜悲白发，朝如青丝暮成雪”，是联与联的唱叹。上一联的出句与对句，自成唱叹。下一联的“朝如青丝暮成雪”，是当句唱叹。宋代有两人对本朝诗抨击最力，一个是刘克庄，他说：“少者千篇，多至万首，要皆经义策论之有韵者尔，非诗也。”（《竹溪诗序》）严羽更一针见血地指出：“不问兴致”、“盖于一唱三叹之音有所欠焉。”（《沧浪诗话·诗辨》）于一唱三叹之音有所欠焉，诗就缺少风神。什么是风神？风神一词可以讲得很玄，也可以讲得平实。讲得平实一点，就是风诗的神韵。

从刘、严二人的话可知，诗乏唱叹之音，亦是一弊。当然，对宋诗也不能一概而论，如陆放翁律诗、王荆公绝句，岂乏唱叹之音耶。

在唐诗中，尤其是唐人绝句中，唱叹之音是不绝于耳的。而且由内在韵律，固化为一种写作模式。简言之就是一句唱，一句接，“承接之间，开与合相关，反与正相依，正与逆相应，一呼一吸，宫商自谐。”（杨载）一呼一吸，乃自然的、生理的节律，这正是内在韵律的很好的描述。而开合、反正、正逆，则是唱叹的表现形式。或一句肯定、一句否定，如“桃花潭水深千尺，不及汪伦送我情”（李白）、“莫道今兹风不古，古风长在野人家”（赵洪银）。或半句肯定、半句否定，“不爱江山爱美人”（陈于王）。或半句说彼、半句说此，“数声风笛离亭晚，君向潇湘我向秦”（郑谷）、“一个诗囚扯两半，君宜分浪我分仙”（滕伟明），等等。

前人说七绝独主风神。也就是说七绝饶有风诗的神韵，有唱叹之音。有的绝句一开始就唱叹，如李慈铭评王昌龄《从军行》“琵琶起舞换新声，总是关山旧别情”，说是以“新”、“旧”二字相起。在这首诗中，相起的两个字并不放在对等的位置上，四川人说，这是“偏起对”。正着对的如“世有难伸理，人无必报仇”（曾渊如），当然这不是绝句，是五律，道理还是一样的。王士禛称“大江流汉水，孤艇接残春”（费密）为“十字千古”，我认为可以移用来说这十个字。这十字节，也充满唱叹之音。

但七绝中，更多的是唱叹是放在后半，即下一联——“多以第三句为主，而第四句发之”、“婉转变化工夫全在第三句”（杨载）。“绝句精要，第三句是”、“绝句健决，第四句是”（明·周履靖《骚坛秘语》）。正因为如此，今人钟振振以打排球喻七绝，说第三句是二传，第四句是扣球，这也便是跌宕，也便是唱叹。滕伟明说第三句要捂盖子，第四句要抖包袱，这也便是开合，也便是唱叹。

一联诗句的唱叹，上句要让人感到是半截话，是提唱；所以对下句有所期待，即应答。因此有勾勒字面，也就是把两句联系起来的字面。

勾勒的方法很多，或用否定词，如“深林人不知，明月来相照”（王维）、“不及汪伦送我情”的“不知”、“不及”；或用限制语，如“只今唯有西江月，曾照吴王宫里人”（李白）、“唯有门前镜湖水，春风不改旧时波”（贺知章）的“唯有”；或是设问，如“此夜曲中闻折柳，何人不起故园情?”（李白）、“日暮征帆何处泊，天涯一望断人肠”（孟浩然）的“何人”、“何处”，“肃立碑前思痛哭，几人无愧对英灵”（张榕）的“几人”；或用假设语，如“洛阳亲友如相问”（王昌龄）的“如相问”；或是呼告语，如“莫愁前路无知己”（高适）的“莫愁”，“醉卧沙场君莫笑，古来征战几人回”（王翰）的“莫笑”；或为关联词，如“见说白杨堪作柱，争教红粉不成灰”（白居易）的“见说”、“争教”；“小荷才露尖尖角，早有蜻蜓立上头”（杨万里）的“才露”、“早有”，等等。勾勒要不落套，如杜诗“岱宗夫如何”、“白也诗无敌”，用语气词作勾勒字面，完全是跟着感觉走。

对仗的属性之一，也便是唱叹。以对仗作唱叹，可称对仗式唱叹。这里要说说一种含有对仗因素的句法。这种句法初见于楚辞带“兮”字的七言句，常常成对出现，《国殇》通篇充斥这种句子，如“旌蔽日兮敌若云，矢交坠兮士争先”、“霾两轮兮絷四马，援玉枹兮击鸣鼓”，等等。在唐诗中，单列的情况更多。仍以李白为例，如“霓为衣兮风为马”、“虎鼓瑟兮鸾回车”、“兄九江兮弟三峡”等，虽属单列，仍觉唱叹有味。

当“兮”字被逐出唐诗，上四下三怎么对？对仗的要素之一是字数相等，字数不等怎么对？照理说是对不起的。然而，对不起，唐人不但对了，还对得特别有意思——“葡萄美酒/夜光杯”（王翰）、“黄河北岸/海西军”（杜甫）、“黄衣使者/白衫儿”（白居易）、“主人奉觞/客长寿”（李贺），等等。有意思在哪里呢？原来这种句中对的上四，有一字是可以忽略不计的，如前两例；或有两个字捆绑在一起，与对应句的一个字相对立，如后两例。

在并不以对仗为必要条件的七绝中，单列的当句对，对整饬诗句的效果特别显著。李商隐是频繁地将这种当句对施于七绝的第一人，如“长河渐落/晓星沉”、“不问苍生/问鬼神”、“竹坞无尘/水槛清”、“得宠忧移/失宠愁”、“日射纱窗/风撼扉”、“半作障泥/半作帆”、“已带斜阳/又带蝉”、“雨中寥落/月中愁”、“一片降旗/百尺竿”、“薛王沉醉/寿王醒”、“露欲为霜/月堕烟”、“斗鼠上堂/蝙蝠出”、“红露花房/白蜜脾”、“地险悠悠/天险长”、“他日未开/今日谢”、“但保红颜/莫保恩”、“碧鹦鹉对红蔷薇”、“李将军是故将军”、“雏凤清于/老凤声”、“刻意伤春/复伤别”，等等。

近人所作如：“英雄多故/谋夫病，泪洒崇陵噪暮鸦”（鲁迅）、“行太卑微/诗太俊，狱中清句动人怜”（郁达夫）、“杀人无力/求人懒，千古伤心文化人”（田汉）、“情最生疏/形最密，与君异梦却同床”（钱钟书），“汝亦中年/吾已老，情亲灯火话儿时”（杜兰亭），“望梅亭外枝枝白，知是梅花/是雪花”（李伏波），“前村无路凭君踏，夜亦迢迢/路亦长”（遇罗克），“流水高山自古弹，鼓琴不易/听琴难”（欣托居），等等。

这种句法，一定要作得自然，天然凑泊，因势利导，或妙语天成，或语有出处，最好富于哲理，如“横看成岭侧成峰”（苏轼），其次富于感触，如“但保红颜莫保恩”（李商隐）。不要矫揉造作，浅薄游戏，徒具形式，如“东涧水流西涧水，南山云起北山云”（白居易），可则可，然何妙之有？

最后现身说法一下。最近收到但仲廉老人的四首诗，就写了诗和他。一首专说知音，要反过来说对牛弹琴这层意思，但这个成语不能照用，因为不新鲜。必须陌生化，因此联想到李白的另一个说法“有如东风射马耳”，好，于是作成第一句“招风马耳/听琴牛”，这就有意思了。全诗为：“招风马耳听琴牛，所贵人生臭味投；曲竟知音若不赏，出门一笑大江流。”

又，最近得见高手治印，冲刀极妙，连刻朱文也一刀是一刀，痛快之极——不意白石手段，竟于亲眼见之。佩服之至，当时就得一句：“苍石篆情/白石刀”，“苍石”对“白石”就是天然凑泊，遇了缘。当然，吴昌硕的别号很多，如“昌石”、“老缶”、“苦铁”，都可以用，但既有一个“苍石”在，当然是铸句的首选了。后足成一绝，诗中充满唱叹，不妨就教于各位：“铁笔无毫胜有毫，恢恢游刃细推敲；须弥快意入方寸，苍石篆情白石刀。”

好诗要在“感”字上下功夫

袁忠岳

叶嘉莹先生在《境界说与传统诗说之关系》中说：“兴发感动之作用，实为诗歌之基本生命力。至于诗人之心理、直觉、意识、联想等，则均可视为心与物产生感发作用时，足以影响诗人之感受的种种因素；而字质、结构、意象、张力等，则均可视为将此种感受予以表达时，足以影响诗歌表达之效果的种种因素。”（《迦陵论词丛稿》）她把前者简称为“能感之”，后者简称为“能写之”。这“能感之”应该是第一性的。“能感之”如无一定的“能写之”的功力，不一定就能写出好诗；但如无“能感之”的本领，没有“兴发感动”之真心，即使“能写之”的功力再深，也是无济于事写不出好诗的。纵观当今诗词界所以存在诗多而佳作少的现象，盖在于这“能感之”的普遍缺失。

正如叶先生所说，这“感发作用”产生于“心”与“物”之间，无可感之“物”或无能感之“心”，这感发作用就不会产生。可感之“物”需要发现，能感之“心”需要打造，都对诗人主体性和能动性提出了苛刻的要求。刘小枫先生在《诗化哲学》中就说过，“诗人自身的内在生活的结构本身，决定了他的体验程度的深浅，也决定了他的内在价值的深浅。缺乏内在感受、缺乏内在精神的人，不可能成为真正的诗人。”他是在谈及狄尔泰的诗学时说这番话的。狄尔泰认为诗离不开想象，也离不开体验，他说：“那唤起一系列想象的构想过程的力量，来自心灵的深处，来自那被生活的欢乐、痛苦、情绪、激情、奋求振荡着的心灵的底层。”（《诗化哲学》）也就是说，心灵有了深切独特的体验，才能唤起新颖出众不同凡响的想象，这也就是前面提到的被叶先生视为“诗歌之基本生命力”的“兴发感动之作用”。灵感附身是以诗人心灵震动之剧、情感体验之深为前提的。走马观花、浮光掠影、隔靴搔痒、浅尝辄止等均与灵感无缘，但以此应景敷篇者不在少数。本文拟取2009年和2010年《中华诗词》上的部分作品作例，谈谈“感”字在提高作品成色中的作用。

2009年恰逢建国60周年，是一个甲子，以此为题的诗词铺天盖地，其中让读者记住的能有几首？更不要说流传下去了。但《中华诗词》2009年第十期“峥嵘岁月”栏目里段天顺的《追忆1949纪事诗》却能吸引读者、打动读者，使有相似经历的人获得一种与诗人会心同忆之乐。新中国建立之初的情景和心情不正是这样的吗？“‘护厂护校’迎解放”，“举城奔告庆和平”。解放军入城，“老少倾城涌道逵”；共和国成立，“泪涌天安座座桥”。特别写到参加北平地下党员大会的特殊经历，更让人感慨系之，“相逢把臂无多语”，“全把心潮化掌潮”。正是在这次聚会上，父子才以相同的党员身份意外相遇，谁也没有想到啊，怎不“凝对移时堪似梦，泪花湿了眼镜边”？所感对象具体至微，又是亲身经历，真事加真情，是这组诗远胜过那些宏大空泛作品的地方。真事用文，真情用诗，诗文相配，两相映衬，这样一种诗体设计，其效果是不错的。霍松林先生的《九十思亲七首》也是用诗文相配的形式，不过把前文后诗改为前诗后文，用诗扬文，用文注诗，效果也很好。先生已是九十高龄，却对父母的养育之恩仍是如此刻骨铭心，读后既羡先生有此贤父，又敬先生有此孝心。当读到“教书高校六十年，运动纷纭变化繁，……亲方困饿儿无米，儿始宽余亲已仙。”（2010年4月）时，诗中蕴涵的家国兴衰之叹、亲恩难报之憾让人感慨不已，所引发的同感共鸣也是难以言传的。

上述两组诗的情真意切与诗人所感之事是具体的又是亲历的分不开，而这正是两位诗人“能感之”的优势。亲历者的体会是任何旁人都无法替代的。不过亲历者还需要一颗敏锐善感的心，否则就会出现视若无睹、冷暖不觉的情况，虽是亲历却无体会，这“能感之”也就无从谈起了。譬如对于贫富不均的社会现象，有此同感者多，能像孔祥庚的《考察深圳观澜高尔夫球场》那样，从球场的柔柔青草这一细小事物上敏感到场地的金贵，由此而生不平感叹的少，“低头怯踩青柔草，漫步多逢尊贵人。海上观澜澜不尽，梦中思富富难均”（2010年1月）。这就比泛泛的托物寄意、借雪为喻，说什么“天分无厚薄，落地不均匀。”（2010年9月）具体深刻多了。还有，刊物上咏竹之诗甚多，但大多是从竹子挺拔向上的形象来着笔的。陈伯良的《观打退笋》却抓住当地山民“打退笋”的风俗（即用锄删去不留为竹的笋）来发感慨，就别具新意，“可怜本是参天物，却饱人间口腹来”，“谁知多少难兄弟，才出头来便丧生”。留下就成竹，砍去就为笋，取舍就在这随意的一锄。这很容易让人联想到世间人才弃用、命运穷通的偶然性和不公。“打退笋”的事虽亲见，如不敏感，看到了也想不到，哪里还有这首诗？再说打水漂，恐怕没有几个人没有这样的经历，小时候谁没打过水漂？可是谁又想到，这里也隐藏着诗呢。请读希国栋的《打水漂咏石》：“别笑轻微一片身，低飞也似燕穿云。自知终是沉河底，只盼多留几点痕。”（2010年10月）人微心重，意味深长。善于从平凡中见不凡，于细小处得灵气，这是“能感之”的前提。

能感之的另一要求就是诗人必须有自己的思想，能对所感之物进行自我反省，如牛之反刍然。所谓思想决非抄袭文件报刊的现成教条，也不是人云亦云的习惯性思维，而是以人民和真理为旨归作出的独立判断。2009年7月1日北京青年在沪袭警，死伤惨重。事情原由是非曲直众说纷纭，简单的谴责是容易的，难在如何化解深层的矛盾。这样的诗不好写，但诗人高昌写了。他的《惊闻海上起波澜》并没有就事论事、简单论说是非，而是跳出个案，从当今社会事件频发的现象出发，由衷建言：“一团火冒零星炭，三尺冰凝几日寒？早使春风到心底，重霾或许化晴岚。”（2009年6月）诗人是有深切体会的，也有着自己的思考。判刑是司法的事，诗只管事件的意义。在写端午节的诗中有两首诗值得一提，一是蔡正辉的《见龙舟赛有感》：“民生苦难汨罗汨，竟使龙舟千古摇”（2009年5月）立足于民生，赋予龙舟竞赛以新的含义，提醒为官者“续写离骚”。一是彭继旺的《重五深思》：“汨罗一跃冤沉底，淘洗千年犹未消。”（2009 年 4 月）则侧重冤案本身，冤还未清，“胡将角黍喂馋鲸”。这两首诗的角度不同，但都是反思所得，有亲身的体会在内。提到冤案，我们不能不为王澍先生的《同柏森兄〈读林昭绝命诗〉》叫好：“批鳞句擂惊天鼓，绝命诗敲警世钟。女杰英名埒秋瑾，灌顶醍醐瀹愦庸。”（2010 年 2 月）苦难中华有多少冤案迄今未雪清？面对女杰英魂，吾辈都应自惭自省。

归根到底，感受体验要有个性，有特异性，才能独标诗林，辉映词坛。老诗人刘征的《读龚定庵〈西郊落花歌〉》就对龚自珍“一扫千古伤感的眼泪，赋予落花以生气、壮气，以生命的跃动，以欢乐的飞旋”大加赞赏，称“古今罕有其匹”，并赋诗曰：“壮于潮涌灿于霞，大笔西郊唱落花。”（2010 年 5 月）对于晚清诗人金和写的《东施》一诗没有随波逐流地贬低东施，反认为她“自家未必无颜色”，而予以肯定，诗曰：“我爱《东施》张个性，鹤长凫短自为容。”（同上）老诗人在这儿是拿古人说事，给我们上课。以此观之，在《中华诗词》上就能发现不少张扬个性富有特色的作品。就拿咏花来说，刘宗群写梨花的开与落就很不一般：“昔日枝头乌发昂，今惊头上雪茫茫。莫非树也多愁事，竟似昭关一夜霜。”这是《梨花初放》（2009 年 8 月），在其笔下花开的乐事竟成愁事，却又愁得合情合理，否则怎能像伍子胥那样一夜愁白了头？又，“清姿着雪景融融，不向人间斗艳红。一夜吹残花满地，春风何事不相容。”这是《诗会前日值风，花落》（同上），诗人不是伤感落泪，而是愤愤不平，代梨花向春风质问，雪白清姿不与他花竞艳，你为何还要下狠手非予吹落不可？社会不公，难免会有梨花的遭遇，怎不叫人愁白头？

发表在《中华诗词》2010 年第 5 期上的老诗人刘征的五首诗（包括前面所引两首），都是读书有感，感而思之，笔落成诗的。格式也是前诗后文，诗后附记，诗文互注。意犹未尽用文，文不达意用诗。这五首诗都很有思想，很值得玩味，前面已谈到几首。再如第五首《读卡夫卡〈变形记〉》，这部西方现代派的荒诞小说写主人公一早醒来发现自己变成了甲虫，老诗人则“反其道而思之”，想“又有多少虫豸变为人形，欺人，害人，吃人？所谓‘沐猴而冠’‘虎而冠’‘衣冠禽兽’，皆其类。传媒报道，有少数巨贪伪装成‘慈善家’、风流倜傥的作家艺术家，亦其变种也。”（附记）故此赋诗曰：“难将愚鲁解先生，反道思之蓦地惊。且看浑浑尘世里，几多虫豸变人形。”人变虫由于社会生存压力，虫变人呢，是金钱权势地位美色的诱惑和人性的堕落，对现实的针砭真是入木三分。

旧体诗词写作的审美体验

张永芳

审美体验是人类的高级精神活动，其实质就是对人类自身力量的肯定。陈圣生《现代诗学》指出：“诗歌和其他艺术品的创作和欣赏，是人类高度的精神文明的一种标志。因此，人类活动所特有的意向性（或称“目的性”）也是这类艺术实践的重要特征。”换言之，诗歌写作和欣赏，都带有一定的社会性，并不仅仅是个人的消遣娱乐。前引《现代诗学》阐发了德国哲学家康德关于“美”是“无目的而合目的性”的形式这一论点，但同时指出：“实际上，‘无目的’或‘无利害考虑’只涉及审美主体当下的心理状态，‘合目的性’才是社会和个体对于诗和美的长远设想和要求。诗的社会功用，理应是诗学的重要目标之一。”

因此，要讨论旧体诗词创作的审美体验，首先应弄清诗歌本身有哪些功能，创作主体个人又有哪些主观需求，看一看客观可能性会在多大程度上满足主体的愿望，从而使其得到快感。这种创作快感，就是所谓的审美体验。

诗歌的社会功能，孔子有简明的概括：“诗可以兴，可以观，可以群，可以怨。”（《论语·阳货》）“兴”即感物起兴，也就是反映创作主体的表达欲望，还指调动欣赏者学诗的兴趣，亦即“主体写诗和读诗的前前后后的某种审美心态”，“综合表现了诗的审美价值和激发灵感的作用”（《现代诗学》）；“观”即创作主体对外界的认识，也指读者读诗时引发的共鸣，无论对创作还是欣赏“都有审美关照（沉思）和审美知觉之意”（同前）；“群”即人与人之间的诗性交往，也就是诗歌的交际作用，即使反对写作旧体诗词的人，也不能不承认传统诗词对民族凝聚力的巨大影响，这种作用广泛的魅力自然也是一种深刻的审美体验；“怨”不仅是“怨刺”，即表达主体的不满情绪，更是宽泛的审美要求，就是主体对社会生活进行干预、施加影响的努力，既是创作主体积于内心不得不吐的意识表露，也是欣赏者寻求其识的审美过程，可使当事人获得宣泄或共鸣的极大快感，《毛诗序》云：“上以风化下，下以风刺上……故曰风”，与“怨”的功能较相近。由此可见，这几种诗歌的主要功能，也正是诗歌审美快感的主要来源；这些功能的实现，也正是审美的完成。

人们之所以需要通过诗歌创作来满足自身的表达欲、表现欲、交际欲乃至功利欲，不仅因为诗歌有这样的功能，更因为这种审美完成形式是其他形式难以取代的。散文、小说、戏曲以至其他语言文字表现形式，也可以在相当程度上满足前述主体需求，但它们都不能代替诗歌。从本质说，诗性的思维是人类最初的思维方式，诗性的语言是人类最初的语言。德国学者格奥尔格·哈曼断言“诗是人类的母语”，现代学术界也公认“最先出现的原始文化是诗歌”（见《现代诗学》），德国诗人荷尔德林的诗句：“人，劳绩累累，但仍/诗意地栖居于大地”更脍炙人口。广义的诗指所有文学艺术的灵魂与基础，也就是人类生命的兴会与感动，即人们对自身和外界的认识以及表达这种认识的强烈冲动；狭义的诗偏于抒情与感悟，但仍是最精炼、最强烈的表达形式，也最容易引发读者的感动。这就决定了诗歌创作与欣赏的审美体验，格外强烈与深刻，是最为真切而具体的精神愉悦，往往能使人处于最昂奋的心理状态。

其次，诗歌审美的完成，是一种探险或征服的过程，它的快感不像感官直接得到满足那样轻易和肤浅，而是需要付出巨大努力，经历创造性的艰辛。法国学者雅克·马利坦指出：“考虑到诗的特定的构成方式，它需要艺术的或技术的理性；但若考虑到诗的本质和它所涉及的真正的‘疯狂’，它更得依靠创造性的理性。”（《艺术与诗中的创造性直觉》）具体到旧体诗词写作来说，反对者主要持三个理由：一是其习惯用语已经过时，不太容易表现现实生活；二是它受格律的束缚，技巧繁难，不易掌握；三是个体性较强，不大适应表现如今集合性的主体意识。殊不知，恰恰是这些困难，使得旧体诗词的写作有了特别的审美快感，正体现出“创造性理性”的特殊魅力。

先说诗歌语言。旧体诗词流行多年，确有许多习惯性用语，如白居易《赋得古原草送别》中：“又送王孙去，萋萋满别情。”“王孙”之称，今天当然不能再用。不过，这首一千多年前的古诗，让今天的小学生去读，也能顺利地理解大半，这正是我国汉语的传承优势。著名史学大家钱穆先生在《中国文化与中国文学》中自豪地指出：“与语言较相近之文学，易受时地之限制，而陷于地域性与时间性。中国文学则正因其文字与语言隔离较远，乃较不受时地之限制。”（《中国文学论丛》）因而，与现行口语有适当距离，也许正是旧体诗词胜过白话新诗的一个特点。就现实来说，便于打破疆域的限制，加强与海外侨胞及外籍华人的联系；就长远来说，传播更远一些时间，让更多的子孙后代直接读懂，这又有什么不好呢？而且，用旧词借代新词，如以灯火指电灯、以轮舟指轮船，并增补些新词，如将“改革”、“四化”写进诗中，并不难做到，也无碍传统的诗美。晚清“诗界革命”时，便已经提出“旧风格”、“新意境”与“新语句”三长具备的创作标准，要求革新语言，而且取得相当的成功，说明这一问题并不妨碍诗作与时俱进。

再说格律限制，这只是相对的困难，并非多大的障碍。其实不只旧体诗词有形式上的讲究，任何文学形式乃至艺术形式，都有创作与交流的阻隔。文盲难以读小说，不懂方言的人难以听懂地方戏，尽管它们或许很通俗，对于不掌握相对条件的人来说，不也是有所限制吗？马克思早就指出：“如果你想欣赏艺术，你必须成为一个在艺术上有修养的人。”（《1844年经济学—哲学手稿》）我国古人也早就认为诗本身就是一种法度，亦即不得不认同的限制。如宋代文人姜白石就说：“守法度曰诗。”（《白石道人说诗》）当代大学者钱钟书先生亦曰：“大匠之巧，焉能不出于规矩哉。”（《谈艺录》）毛泽东同志在《与冒广生谈诗词格律》中也指出：“旧体诗词的格律过严，束缚人的思想，我一向不主张青年人花若大精力去搞；但老一辈的人要搞就要搞得像样，不论平仄，不讲叶韵，还算什么格律诗词?”“要搞就要搞得像样”，的确是较高的要求，但学习格律本身便是一种乐趣，掌握了格律更有一种新的创作自由，因为高度成熟的旧体诗词形式独具的艺术魅力，特别便于诗歌创作。《现代诗学》论曰：“只有精通诗式才能抓住可能的诗意，甚至可以将看似无诗意的题材转化为诗。”如果单从写作难度来说，白话新诗因为没有固定的诗形，必须抓住核心意象才能成篇，而旧体诗词只要有创作的需求便很容易写出相当完美的篇章，未必比新诗更受束缚。笔者本人新诗旧诗都写过，对此深有体会，曾在《旧体诗词的生命力》（刊于《写作》杂志）一文中写道：“从某种意义上说，新诗比旧体诗词更难写。旧体诗词因有格律可循，写好了不容易，写得大体像样则比较不那么吃力。稍有一点感触，结撰成旧体诗词比撰写成新诗，似乎更为方便。新诗对内容涵量和意境的要求，似乎更为严格。如果单就难易来说，旧诗实在构不成对新诗的挑战，写旧诗也未必比作新诗更为高雅。”简言之，旧体诗词的格律限制，不但不是审美障碍，而且具有独特的审美价值。

次说个体性较强的特征，这也正是旧体诗词的优势之一。我们现在所处的时代固然是集体性、统一性远比往代更强的历史阶段，人们也比已往更多地以集合性的主体意识进行思考和表达，但并没有抹杀个性的存在和个体的差异；相反，随着社会的发展，个体与个性更加受到重视。因而，文学的交际、自娱等功能，虽一度受到贬抑，却并未能消泯。近年，已有许多批评家认为白话新诗过于偏重社会内容，创作的路子越来越狭窄了，所谓“新的美学原则的崛起”，正是想纠正这一偏差。笔者的小文《旧体诗词的生命力》曾论到：“稍加留意，就不难发现，新诗多反映社会生活，旧体诗词则大多同个人经历相关。新诗的生命力似乎是外在的，旧体诗词则是内在的。这种内容上不期而然的分工，大约正是旧体诗词一个比较特别的长处。……的确，在个人生活的抒写上，旧体诗词更为适宜。”而这一特点，又与格律有关。前文也提及这点：“可知格律的存在，使得旧体诗词容易写得比较像诗，而且因其容量有限，更便于表现个人生活的一个片断。这可能正是它仍有生命力的主要原因。”古人写诗很讲究“占身份”，办即写诗时要求合乎本人的身份，要合乎与写作对象的特定关系，因而其诗作串联起来阅读，可以当作自传来看，而从新诗创作中很难考见作者的生平。旧体诗词的这一传统，似乎应该继承下来。

综合前述几点，可知旧体诗词独具的审美魅力，尽管要求主体付出一定努力，不是毫不费力便能达成的审美经历，但也正因如此，一旦得以具备特定的审美情境，达到必要的审美条件，也确有无法替代的审美体验和审美愉悦。对于诗体的选择，实在是出于表达的需要，而且是作者在熟悉各种诗体后的精心选择。吴思敬《诗学沉思录》指出：“诗人在每次创作冲动产生之后，都有一种骨鲠在喉、不吐不快之感，与此同时就有个用什么形式来倾吐，也就是面临着一个诗体选择的问题。……诗人具有关于诗体分类尽可能丰富的知识是作出最佳选择的前提。”旧体诗词至今仍有生命力，是相当多的当代诗人的自觉选择，恐非出于偶然。

实在说，快感不同于美感，但美感

的基础是快感。王明居《通俗美学》指出："快感是官能享受，美感是心灵享受。……快感虽然不是美感，但美感经常借助于快感。快感常常是达到美感的最初阶梯。"旧体诗词的创作过程，虽是艰苦的劳作，却有许多身心的快感伴随着创作过程，从而使这一过程能够升华为具体而深切的审美体验。具体说，可以有会心的快感，就是与外界感受达成一种默契，从而引起身心的清爽愉悦，进入"此中有真意，欲辨已忘言"（陶渊明《饮酒》）的情境；也可以有宣泄的快感，就是将积塞于心中的种种感受和想法倾诉出来，从而得到一种酣畅淋漓的舒适感，产生"大雅久不作，吾衰竟谁陈？……正声何微茫，哀怨起骚人"（李白《古风》）的自豪；可以有承担社会责任的理性认同，就是有意利用诗作干预生活、影响时政，从而得到实现自身理念的满足感，如白居易便自觉地以"惟歌生民病，愿得天子知"（《寄唐生诗》）为作诗的宗旨；也可以有进行艺术推敲的自我娱乐，就是在格律束缚中寻觅创作自由，从而获得创造性的成功感，如杜甫即曾陶醉于"陶冶性灵在底物，新诗改罢自长吟"（《解闷》）的文人积习中。另外还可以有与人交流的快感、自我肯定的快感、吟哦声调的快感、品味情韵的快感等等。即使仅仅从大脑的体操、心灵的鸡汤等滋养作用来看，创作旧体诗词也是十分有益的艺术实践，也有令人难忘的审美体验。

文学创作，尤其是诗词的写作，其审美体验很难用语言表述，更难直接传递给其他人，需要自己亲身体味才能确有所获。而且，审美体验具有很大的个体差异性，究竟有何收获，只能靠每个个体自己去摸索和体会了。

当代旧体词中孕育着现代民族诗形

宋湘绮

一

老诗人郑敏"世纪末大回顾"时说："为什么有几千年诗史的汉语文学在今天没有出现得到国际文学界公认的大作品、大诗人?"这个问题实在问到了中国诗歌的痛处。在全球化的进程中，中国文化已经遭到大规模的同化和改写。汉语是我们中国人的文化身份，诗歌是我们民族的精神家园，在全球化浪潮对文化多元性侵蚀中，在现代化进程中保持传统文化的稳定延续性至关重要。"现代民族诗形"是我们守护精神家园的旗帜，现代性和民族性的统一是新诗诗体建设的理想，也是新诗发展的关键。

在旧体诗词边缘化后，百年来中国新诗一直艰难跋涉在继承传统与创造新体的路上，从20世纪20年代胡适和郭沫若开始倡导中国诗歌现代化，30年代以戴望舒、何其芳、艾青等杰出诗人将中国新诗推向成熟；40年代冯至、穆旦的哲性理趣凿穿了中国现代诗歌的精神隧道；50年代至70年代政治抒情诗红遍天下；80年代朦胧诗异军突起，直到海子以生命祭奠当代新诗的没落，此后新生代的诗人们一直在中国诗歌多元化的探索中迷惘。

五四时期，文学创作和理论研究处于破除旧观念和旧规范，树立新观念、新规范的革命性变革时期，尚处于探索、争鸣和分化、融会的过程。在这一过程中，还有许多问题尚待进一步解决，其中之一就是对传统文体的深刻变革。

20世纪是理论发展千载难逢的机会，梁启超、王国维、闻一多、梁宗岱等先驱对旧体诗词现代化的努力正是由此展开，实现从“现代词藻”到理想“现代诗形”的转换，既是对西方现代诗潮的本土化，也是对发育成熟的古代诗形的现代化。从哲学层面上讲，成熟意味着衰亡，意味着新的诞生——民族诗形现代化的序幕无声拉开。

20世纪内忧外患使旧体诗词错过了走入现代性的历史机遇而边缘化了，旧体诗词至今仍然卡在古典形态向现代诗学转化的节骨眼上，没有形成像西方的现代诗学言谈方式与作为语境的当代思想理论协调发展的局面。新诗这只孵化不足月的乳燕在五四特殊的历史语境中破壳而出，过早离开了母体，伸着幼稚的颈项，啾啾地鸣叫着，梁实秋甚至说“新诗其实就中文写的外国诗”。

可以说，中国现代民族诗形一直在酝酿之中，20世纪末，边缘化的旧体诗词创作的悄然复苏促进了这个酝酿的过程。

旧体诗词的边缘化可能意味着“非主流”，但也可能意味着“超主流”，尤其是在网络信息时代，边缘视角正是对世界丰富性、复杂性认识的途径之一。“在野”的当代旧体诗词回到了诗歌的故乡，文人的案头理性转向了民间的歌喉感性，在文学的原生态中自然演进，闯入现代艺术的王宫，提供了一个新诗格律体的美学标本①。然而，“新诗”一方面陷入诗体多元化的探索焦虑中，一方面又不屑“旧体”，对目前百万当代诗词创作者②的集体漠视，是诗国的悲哀。一个民族对即将逝去的传统诗形深情挽留的脚步坚守在文学主流阵地的边缘，发出了“新诗主体论可以休矣！”的呐喊③。

“寻找永远只能找到他人存在的结果，因而永远不能代替我们对自己存在之发现。”④ 中国诗歌的命运不得不回到中国诗歌自身，从唐诗宋词的辉煌中寻找中国诗歌的生命之根，发现自己的某些存在必然，中国诗形的发展是自我否定的结果，而不是中国传统诗形和西方诗形的外在冲突，百年来，新诗排斥传统诗形，所以发展陷入僵局。

二

“艺术发于心性，艺术传统、艺术批评的形成，往往是民族心性的自然流泻，里面的必然性远远大过迫于外因而做出的一时一地的选择。”⑤ 旧体诗词的“格律”就是这样的必然性，从近年兴起的

① 宋湘绮：《西方文论下的当代旧体词》，《船山学刊》2008年第1期，第153页。

② 郑伯农：《关于格律诗的回顾与前瞻》，《文艺报》2005年12月15日。

③ 丁国成：《新诗主体论可以休矣》，《中华诗词》2008年第3期，第30页。

④ 吴炫：《穿越中国当代文学》，《江苏教育出版社》2007年版，第199页。

⑤ 赖力行：《体验：中国文学批评古今贯通的民族特点》，《中国文学研究》2006年第3期，第25页。

短信文学中依然可以看到“格律诗”的影子，其文体特征的短、平、快、灵、巧，其审美方式上私密会心的互动沟通、简约凝炼的语体风格、睿智幽默的即兴表达，所体现的声韵之美令人感到“似曾相识燕归来”的旧体风尚，再一次唤起我们对旧体诗词的怀念，如果这样的短信“能够”生成“诗意”，也许会孕育出格律体新诗，守格律不一定就美，但美的句子与格律有关，格律诗被誉为“中国诗形”。

格律借音调、用韵、章法这些与汉语本质特有的关系而建立，规定了汉语诗歌的形式因素，创造了意义载体，诗重词轻曲俗说明“形式”本身是有意义的。

最早的中国诗歌并没有格律限制，格律不是被创造的，而是逐渐被发现、完善的，“传统之中包含着某种东西，它会唤起人们改进传统的愿望，最卓越的伟人不停地为更高的真理、更大的清晰性和融惯性，用以更充分地表达知觉和想象。”① 从《诗经》到楚辞、唐诗、宋词、元曲乃至十四行格律体新诗的进程中，可以看到诗歌形式的变化是在不同时代精神作用下，保持着某些结构特质，自身演变的结果，与汉语特点和民族审美习惯乃至人类情感的运动形式有神秘的有待深入探索的关系，在语言发生变化的过程中，新的规律是不断产生，有待被发现，这些规律是“非如此不可”的选择，是制定“形式原则”的依据。格律演进的过程中有清楚的轨迹和里程碑式的人。

在感悟诗学传统中，“格律”中包含的秘密与诗意的生成之间的关系至今还是“只可意会，不可言传”，很少以理性方式深入到诗词的内部结构，有条理地分析诗词与构成诗词的因素的联系，而这些联系恰恰是诗词神秘的美感源头，寻找构成诗词艺术的某种形式原则，即，某种人类诗学的相通性，并解释它特定的功能、它实际要求的条件，以及值得我们珍视的原因，才能保持中华民族诗歌的个性，注入现代艺术的血液，创造出可以和世界诗学对话的中国现代民族诗形。

经典“格律诗”是一种非封闭的象征结构，蕴涵着意绪之源，“格律体”是个能量转化的“意义结构”，“妙手偶得”的语言使能量转化在动态中生成，浓缩和高压给了玲珑自在的格局以诗意爆发的触点；“格律”内部应和着诗人与读者共通的情绪上抑扬顿挫的脉动，外在体现着前人对汉语规律的掌握；旧体诗词因格律而符合中华民族思想上深沉、婉约、含蓄，形式上空灵、俊俏、均齐的审美心理，格律与民族性格有深层的默契，所以延续至今，“格律诗”是中国诗歌不容背叛的“民族诗形”。

作为一种艺术形式，格律诗永远都不会过时，因为它只是一个抽象的形式，形而上化的意态承载着不确定化的意旨，艺术创新，更多地来自精神质地的变化，以至于引起形式原则的变革，即，不是要不要格律，而是要怎样的格律？并由此发展出新的艺术类型。

守“格律”的句群可能创造出意义结构，对于真正的诗人，声韵美所造就的某种节奏为表达人类精神活动与情感活动的深层次心理结构提供了自主、灵活、开放的形式，与其说是一种束缚，不如说是对节奏冲动的一种呼唤和牵制，几乎每个构成词语的汉字都是形音义的累积，汉字、词语在格律诗中形成画面多

① E. 希而斯：《论传统》，上海人民出版社1991年版，第6页。

维、音韵袅娜的立体结构，实现意义叠加，旧体诗词的艺术魅力由此而丰富饱满；这种文本潜能是印欧语系那种单纯表音体系的文字无法实现的，这就是任何一种外语无法准确翻译“采菊东篱下，悠然见南山”的根本原因。

情绪脉动与“格律”规定产生的“时的节奏”和“语音的节奏”在经典诗词中产生谐振，成为调动诗人心灵体验不可替代的力量，唐诗宋词正是因此达到中国文学的巅峰。

西语有重音，其诗的节奏是力的节奏和时的节奏；汉语没有重音，诗的节奏只有时的节奏，所以旧体诗词通过“音”，即，押韵及韵式（格律的形式要素）造成的节奏来弥补这个缺陷，诞生于古代语境的“格律”难以对现代语境生效，造成新诗穿着“西装”，当代旧体诗词穿着“古装”的诗坛“奇”观，进一步探寻当代语境下诗歌形式美的规律、原则，才能彻底完成西方诗歌的本土化和旧体诗词的现代化，创造穿“唐装”的新诗。涉及两个层面的问题：

一是现代汉语受西语影响，白话入诗又是中国诗歌的传统，“现代汉语”“普通话”“白话”“古代汉语”“西语”之间的关系和互相之间的影响，是语言学问题。

二是这种语言的变革，绝非仅仅是形式的变换，我们称之为“本体性”变革，其中必连带含蕴着人的存在情形的改变①，是美学问题。

20世纪推进现代意识的哲学家罗素、文学理论家瑞恰慈、美学家傅来、政治家狄金森、诗人庞德都不约而同地认为旧体诗词具有“惊人的现代意识”，世纪末社会大转型，将“个人”视为绝对的价值主体，强调其不受阶级关系、社会历史乃至文化建构限定的自由和自我创造的属性，产生了“多元化”和“个性化”的审美需求，激活了诗词中潜在的现代意识。

“诗无达诂”消解着某种意识形态导向的意义深度和集体话语，使更广泛的意义成为可能；与其他文体所谓预设的“主题”相比，旧体诗词“非主题性”使得作为作者和读者的“个体”有更大的创造空间，与现代艺术有效对接；诗词的“跳跃性结构”“片段化经验”瓦解公共话语，自由抵达不同“个体”灵魂深处，这正是人类精神活动的终极目标，这个“体”给了我们无限可能性。

作为现代艺术的新诗期待的正是一个这样“有机”“可塑”的“体”，当代旧体诗词的自然演进提示的是“旧体”可以反映时代精神变化。

值得注意的是时代精神与诗的关系，余虹分析过五四新文学理论那种内在政治追求和艺术现代性追求矛盾纠结中的悖论所在：“两种追求导致的新文学工具论和新文学自主论的话语内涵及相互冲突，它影响到整个20世纪中国文学艺术及理论的发展走向，它是我们深入反省20世纪中国文学的重要路标，也是我们今天以及在未来世纪必须面对，并力求圆满解决的一个重要的学术理论问题。”②

回顾旧体诗词百年沉浮，忍不住追问，为什么要诗？诗有什么现实“功利”？如果一定要说它有什么用的话，是为心灵之依托，是为处于不同困境中

① 吴康：《“新文体”与“新小说”之思》，《中国文学研究》2004年第3期，第67页。

② 余虹：《“五四”新文学理论的双重现代性追求》，《文艺研究》2000年第1期，第30页。

“人”的“安宁”，不了解时代的困境，就无法知道心之焦虑所在，旧体诗词与时代精神因此而密切，倒不是表面看来的能不能“直接反映时代精神”，当代旧体诗词回到了人的文学上，不再是闲情逸致的倾泄，关注的是“人”在社会转型时的精神建构，在现代汉语取代古代汉语百年后，旧体词现代性开始发育，人的生存情形的巨大变化促使词文体突破了某些形式原则。

钱理群先生说：“尽管旧体诗词写作已经边缘化，但它也没有按进化论观点所预言的那样，完全遭淘汰，被新诗所替代。而且也不仅是一种旧的残余，而是按照自身的特点在不停地发展着。迫使人们关注并思考旧体诗词在20世纪的命运、历史变迁、特点、价值与地位；这是一个尚待开拓的研究领域，有许多文学现象特别值得注意与深思。”①

这个“自身的特点”应该是在现代汉语对古代汉语的替换中，为表达变化着的时代精神，由汉语诗歌“细胞”发展变化生成的有关新规则，来源于“规律”，作用于“现实”，这些新规则是“中国现代民族诗形”不得不考虑的“必然”。

“中国现代民族诗形”应该是一种遵循现代格律、融会现代艺术观念，创新艺术规范，重构词体、穿越古典的新诗形；是映象现代生命的内容和形式的统一，是从适合古汉语的格律所限制的旧形式中创造出一个新的适合现代汉语的、能贴近现代灵魂的诗歌形式；是在对传统诗形自觉尊重和透彻理解的基础上，对时代精神准确把握的前提下，创造性赋予传统艺术形式以现代美学意义。与旧体诗词千年濡养相比，“中国现代民族诗形”的发育的确刚刚开始，这是以当代中国人的活动和行为为支点的一个古、今、中、外诗学的四方对话的结果，是五四以来新文学运动、现代汉语发展中诗体运动的必然产物。

三

“否定”在汉语诗歌发展中始终扮演重要角色，对诗的某些形式原则的继承和“否定”产生了词，对词的某些形式原则的继承和“否定”产生了曲，每一次合理的否定，都意味着艺术上质的变化。真正的否定从来都是与创造密切相关，不断变化的格律“体”中始终是一个抽象的、开放的，与个人情绪、思维节奏合拍的想象力的建筑，诗、词、曲都既有着“格律”的共性，又有着各自独特形式原则，体现出与其产生的时代气息相契合的文体性格。比如，中唐时期的律诗，方寸之间气度恢弘，诗人慷慨激烈的精神奔腾而出；而北宋二百年文盛武衰，缘情之词文体日益发达，从儿女私情到兴亡之慨，留下许多仿佛在极低的燃点燃烧而永远不会成为灰烬的千古名句，极尽“弱德之美”，体现我们时代气质的诗体是当代诗人创造的，整个清代诗歌停留在模仿前人的层面上，没有出现突破性的进展。

“一代有一代之文学”，顽强的遗传因子适者生存，不少新诗之所以优秀，是在吸收了旧体诗词的营养后创新的结果，某些要素是汉语诗歌的形式密码，戴望舒的《雨巷》不但有韵脚，还运用复沓、叠句、重唱等手法，造成了回环往复的旋律和婉转悦耳的乐感；冯至的

---

① 钱理群：《20世纪诗词注评》序，广西师范大学出版社2005年版。

十四行格律体新诗充分借鉴了古典诗歌若即若离的弹性和关联的形式风格，且各节有自己的韵脚；舒婷的《四月的黄昏》中押韵的句数和句子的字数都有某种潜在的规定性，较格律诗有变化而又不是散漫不节。现代新诗与旧体诗词剪不断、理还乱的关系说明中国诗歌的“怀旧”怀的是“格律”背后某种暂时描述不清的更为深刻的，与生命、情绪、诗意、时代精神有关的“规律”。

在新诗的参照下，旧体诗词也暴露了其局限性，闻一多批评旧诗：“我们的旧体诗大体上看来没有时代精神的变化了，从唐朝起，我们的诗发育到成年时期了，以后似乎不大肯长了，直到这回革命以前，诗底形式同精神还差不多是当初那个老样子。”①

五四时期，文艺被赋予干预现实、救亡图存的历史使命，旧体诗词无法逃脱中国文学20世纪的普遍命运，过于强调“文为世用”，诗词的社会功利性被强化时，诗词作为文学的人学本质就被忽视，作为艺术的审美属性就被挤压。老态龙钟的旧体诗词不堪重负，诗人迫切意识到要更直接地反映时代精神，要激起民众改造社会，非白话诗文不可。

必须看到新诗对旧体诗词的突破之处正在于新诗受西方近现代哲学思想的影响，看到了更广阔的人类精神景观，一踏上文学舞台就揭开了日常人生状态温情而安详的面纱，正视现代人生存的空虚和混乱，大胆融会西方现代诗歌艺术手法，从个人体验上升到对人类普遍生存状况的关注。产生旧体诗词的文化土壤是农业文明，千年来一如既往表达的是友情、爱情、春愁、怨别、乡思、感怀等典型的情感，与现代人灵魂的内涵、深度拉开了距离；新诗诞生在剧烈动荡的现代都市文明，世俗矛盾的纠葛、异质文明的冲撞、主体意识的觉醒使诗人勇敢揭示人性之真，以空灵和闲适为美的旧体诗词如何履行现代诗歌的艺术天职，书写心灵的真实？这显然不仅仅是“形式上”的改头换面，还有精神上的换血。这个艰巨的转型一时难以完成，闻一多们之所以转向新诗，因他们认为“大体上”看，旧体诗“没有时代精神变化了”，在特殊历史时期，“工具文学”观主宰天下，新诗取代了旧诗，“民族诗形”被时代一举抛弃，面临着文化的大变革，前辈们对传统束缚的突围难免矫枉过正，但是在文明史上，艺术的气数从来不是外在强制力可以决定的，艺术的生命力是自在的。

换言之，如果旧体诗词“有时代精神变化”，历史一定会更正这个误会。“对每一代新人来说，知识传统都存在着修正的可能性，这不是因为人类的心智存在着任何必然犯错误的倾向，而毋宁在于，既或是伟大的天才的智慧之光也不能照射到未来几代人将会认识到的事物的外缘。”②

正如“旧体”为新诗提供了中国“民族诗形”的特质，新诗也为旧体诗词精神质地的拓展开创了可能性路径，多元化是中国诗歌发展的历史真相，也是现实选择，百年跋涉，“富有现代气息的当代旧体词与先锋小说和新生代作品已经站在了同一起跑线上，不期而遇发掘

① 闻一多：《闻一多全集》第三册，三联书店1982年版，第361页。

② E.希而斯：《论传统》，上海人民出版社1991年版，第6页。

着寻找英雄和精神重塑的母题。”①

中国正处于转型时期，非理性现实十分突出，对非理性现实的理性把握肯定不能仅靠传统“温柔敦厚”的方式解决，个别当代旧体词正是大胆借鉴了现代艺术的创作手法而改变了精神面貌。在这里，形式的选择是服从于内容表达的需要。

恪守“民族诗形”的美感特质，追求思想内容、精神气质现代性和文学语言、文体样式、创作思维等文学本体形式的现代性，重构古典，创造现代民族诗形，是实现新诗多元化的一条最接近民族审美趣味的熟门熟路。

从诗歌发展源流和当代旧体词创作质变上看，词文体与“现代民族诗形”最为接近。

第一，词文体中至今遵循的平仄交替律（一句中二、四、六位置平仄的交替）和平仄对应律（对句中平仄的对应）是“格律诗”的美学要素，是创作规则，也是形式原则，是近体诗、词、曲一路走来，万变不离的“宗”；词文学之所以具有超乎语言之外的神秘美感，正是因为这个“律”和我们的感觉、理智、情感生活所具有的动态形式有神秘的联系。作为诗的女儿，词文体原始的形式原则是很富有乐感的。早期的民间曲子词，“以乐传辞”，文辞随意，其基本稳定旋律是人们喜闻乐见的；后期的词是“以文化乐”，文辞的平仄、句读、协韵、段数有定，音乐是依字声行腔，李清照在《词论》中说：“诗文分平侧，而歌词分五音，又分五声，又分六律，又分清浊轻重”②，词调把字声的平仄阴阳化成旋律，规定了片数，句法、声韵等方面的模式，虽然旋律失传，但依此制定的形式原则在，固定下来的模式还包含着乐感。不起于音乐，不来自民间，甚至不产生于中国的新诗正缺乏音乐性的美学要素，从词文体的形式原则中可以汲取建设“现代民族诗形”乐感的分子。

第二，词为“小道”，是词文体初创时的不幸遭遇的伦理歧视，是典型的工具论文学观，在文学的人学意义上，脱去面具，词可以抒发“贤人君子幽约怨悱不能自言之情”③，可以使“贤人君子”的主体性，有力地独立于“主流意识形态和集体话语”发“不能自言之情”，来自性命深处的声音才是真正的文学。几千年来在不自由或不完全自由的中国文学中，词难得地保留着主体意识的火种，其天生的自由精神和原始的民间品格本身就包含现代意识。

中国目前还处在为建立真正“本体论”意义上的“个体”而努力的阶段，中国诗歌的现代化一直在追随西方，没有将传统诗学与现代艺术观念有效对接，现代诗歌的文化使命是直接诉诸人类觉悟境界，从词文体中“个人”意义上羞涩的“主体意识”中培养出“个体”意义上骄傲的“主体意识”，强调诗人的主体性和价值性，以科学理性将“个人”状态提升到“个体”高度，建设诗人的独立自足的精神，毕竟，诗人是“现代民族诗形”的创造者。

第三，词文体阴性弱德的气质适合表现灵魂动作，叶嘉莹先生提出词之美感特质在于“弱德之美”，“这种美感所

---

① 宋湘绮：《“词亦有史”解——兼评当代词创作》，《中国韵文学刊》2008年第2期，第91页。

② 李清照：《李清照集》，岳麓书社1999年版，第82页。

③ （清）张惠言：《词选序》，载唐圭璋《词话丛编》，中华书局1986年版，第1617页。

具含的，乃是在强大的外势压力下所表现的不得不采取约束和收敛的一种属于隐曲姿态的美。”① 现代艺术以创造性表达心灵的真实为文化使命，视野转向内部、转向虚无幽冥的心灵王国，我们正经历从专制文明向人的文明转型期，价值迷乱，心灵动荡，人的生存情形陷入前所未有的困顿，“弱德之美”的文体特性可以使诗歌摆脱工具性文学的理路，从痛处表现灵魂、精神、价值的衰落时发出的沉重无形、落地有声的人性本质。

词文体具有普泛化抒情、主语的不确定性等先天优势，淡化主题指向，强烈但不确指的情感反而向内心世界延伸了文本的艺术张力，使意旨穿越写实走向形上，有更多逐渐接近精神本质的可能性，探索造成“弱德之美”的奥秘可能发现建设“现代民族诗形”的形式要素。

第四，“长短句”、“自度曲”与现代艺术的形式和创作理念遥相呼应，现代艺术之所以以意绪代替了传统以情感话语为特征的艺术，其原因在于艺术的目的是创造一个“超现实”世界，以独有的方式透析人生和世界。现代诗歌以“创造”性表达心灵真实为旨归，抚慰忧患的心灵，是一个“安放”人的精神的不在之在，通往灵魂深处的路原本无序而复杂，正如当初依声填词，冲破齐言句的拘谨，一切由“主体”依“乐”“自度”，长短句增加了抒情的婉转性，少了律诗的阳刚庄严，平添几分含蓄缅邈。正是由于构造诗歌的艺术原则不断波动，才有可能导致诗歌艺术形式的进化。

与现代新诗的自由诗体、白话诗语、自然音节、现代诗意相比，词文体的内在规定性是服务于诗歌目的的技术财富而不是模仿的规矩，词文体的演进显然还大有空间，诗人把握这个意义结构，自主介入当下社会历史话语实践，现代诗意可以自由着落。

千年来，词文体的组成原则、特定功能和它实际要求的条件都在演进，“自唐五代迄南宋之世，词的创作经历了歌辞之词、诗化之词、赋化之词三个阶段，这些无不与治乱、盛衰等世事变迁有关”② 当代社会已经进入市场经济时代，市场激发出的“物欲”对以往全部历史以“价值中心”为演进形态的文化构成强烈冲击，世变导致旧体词的现代性正常发育，词文体的演进是语言的变革，是人的巨变导致的，固有的形式原则驾驭不了这种变化，就需要进一步从美学角度，从词文体构成要素（片数、句数、句式、韵、句内平仄等）的变化中创造新的形式原则。百年前，王国维先生在外来参照系的比照下，开始了词文学的学科性认识，承认人的认识的有限性和历史性，承认变化是不变的，就会坚信诗词的美学研究不能停留在百年前，不能离开当代语境，正如叶嘉莹先生在2007年的学术访谈中指出：对中国传统词难言的美感还有待于继续研究。③

① 叶嘉莹：《论词的弱德之美》——石汉生《荔尾词存》序。

② 叶嘉莹：《论词之美感特质之形成与词学家对此种特质之反思与世变之关系》，《南京师范大学文学院学报》2002 年第 3 期，第 57 页。

③ 胡静：《用生命感悟古典诗词——叶嘉莹教授访谈录》，《社会科学家》2007 年第 4 期，第 5 页。

黄钟大吕

李元洛

张养浩，元代曲坛的黄钟大吕。八百年后我在江南侧耳倾听，那铿锵，那沉雄，那激越，仍然从遥远的北方深远的岁月里隐隐传来。

黄钟，我国古代音乐二律中六种阳律的第一律，音调最为洪大响亮；大吕，六种阴律的第四律，其音调也属于“洪亮级”。“黄钟大吕”，后来就用以形容音乐或文辞的庄严与正大、华妙与高扬，而“黄钟毁弃”，则喻指有才德的人或优秀的作品被忽视甚至弃置。与之相反的是“瓦釜”，“瓦釜雷鸣”是说泥制的锅或瓦器被敲得很响，喻指无才无德之人身居高位或平庸低劣的作品风行一时。从古至今，如恒河沙数的作品都如“瓦釜”，而“黄钟大吕”之声却难以多得多闻。元代的曲家中，张养浩作品的数量仅次于张可久与乔吉而位居第三。但作家地位的高下并非以作品数量的多寡为转移，最终还是以质量定胜负。21 世纪之初，我远赴去倾听众多曲家举行的歌唱会，让我眼睛一亮的是张养浩的出场，让我耳朵也一振的，是他的组曲《中吕·山坡羊》黄钟大吕般的歌声。

在元曲家的大合唱中，张养浩是在开幕之后众星闪耀丝竹已酣之时登场的。在他出场之前，元好问、关汉卿、马致远和白朴等人都已作过精彩的演出了。他的作品，多是 50 岁辞官归隐之后所作，或寄情山林而咏唱隐居之乐，或回首生平而咏叹官场之险，其中当然不乏佳篇秀句。但他的乐章的华采乐段，毕竟还是演奏于他的晚年，更准确地说，是在他的最后一息。他点燃而高照的，是他的生命最绚美的红烛。他引吭而高歌的，是他的黄钟大吕般的绝唱。

在元代的汉族文人中，山东济南的张养浩是一个异数。由于得到好心的识人者的举荐，他年轻时即步入仕途，后来成了一般汉人难以企及的高官，更成了举世浑浊而我独清的难得的清官。因为常常直言进谏而屡屡遭到排挤与打击，历经宦海浮沉，看透官场险恶，他在 50 岁时即元英宗元年（1321 年）即辞官归里，日听泉声，夜邀明月，优游于远离红尘浊世的山林之间。流水十年间，十年之中朝廷七次征召，这于一般热衷官场的古今“瘾君子”们是求之不得的机会，但他却每次都力辞不就。元文宗天历二年（1329 年），“关中大旱，饥民相食”。因张养浩廉洁奉公而颇具才干，加之养尊处优的官员们都不愿去干那费力不讨好的苦差，朝廷特拜他为“陕西行台中丞”，负责救灾工作。他虽然年已六旬，这回却毫不迟疑地登车就道，将家财全部散发给家乡的穷苦百姓。在四个月的救灾中真是“鞠躬尽瘁，死而后已”，终因积劳成疾而死于任所，用今天的语言就是“因公殉职”。他的自然生命虽过早地结束了，但他的创作生命却挥洒成壮丽的晚霞。那晚霞永远也不会消逝，辉耀于历史的天空，辉耀于我们的眼前，至今仍可以引发我们许多深远的联想。那就是他以《中吕·山坡羊》为曲牌所写成的七首力作精品。

这是系列性的怀古伤时的组曲。以怀古为题材和主题的作品，前代已汗牛充栋，其中不乏独具只眼的佳作，如杜牧与王安石等人的颇具史识史见之篇。然而，前人也有不少作品落入程式化的老套，即多为或抒写感时伤世的个人之情，悲叹时光易逝，或嗟叹一朝一姓的兴亡，惋惜盛景不再，就像遵循一条生产流水线而出生的产品，缺乏独特的令人耳目一新的思想与艺术的魅力，又像平地蜿蜒起伏的丘陵，没有一览众山的让人眼界大开的视野与高度。张养浩这一组写于西行途中的怀古之作，将深刻的批判性与强烈的现实感结合起来，别开天地。在他此作之前，元散曲的题材多半始终囿于作家的个人小天地。是他，才开拓了俯视古今关心民生疾苦的社会大世界。且让我们欣赏霞光之壮美与山岳之嶙峋吧：

> 悲风成阵，荒烟埋恨。碑铭残缺应难认。知他是汉朝君、晋朝臣？把风云庆会消磨尽，都做北邙山下尘。便是君，也唤不应；便是臣，也唤不应！
>
> ——《北邙山怀古》

从东汉以至唐朝末年，洛阳是许多朝代的首都或陪都，为许多封建帝王与达官贵人风云庆会之地。洛阳之北黄河之南的北邙山，西起渑池东至郑州长达四百里，也是他们曲终人散后的殊途同归之所，至今山上还留有千坟万墓。前人写北邙山，少不了触景生情、对景生哀，从晋人张载《七哀诗》的“北邙何垒垒，高陵有四五。借问谁家坟，皆云汉世主”，到唐代沈佺期《邙山》的“北邙山上列坟茔，万古千秋对洛城，城中日夕歌钟起，山上唯闻松柏声”，都是同一曲调的前后反复，令人的耳鼓颇感疲劳。及至张养浩登临一唱，才唱出了新的境界和天地。“把风云庆会消磨尽”，想当年，那些封建帝王皇亲国戚有谁不是权欲熏天、聚敛无度而挥霍成性？结果无一例外地“都做了北邙山下尘”，都逃不脱自然的铁律。万人之上的君，一人之下的臣，都早已长瞑不视、千呼不应。张养浩没有一般性地伤逝，而是矛头直指封建社会权力中心的“君”与“臣”，其胆识绝非流俗可比。马可·奥勒利乌斯是公元前二世纪的罗马皇帝，但他又是哲学家，所以他在《沉思集》中才会一语惊人：“死使马其顿的亚历山大王和他的赶驴人平起平坐。”中国的帝王与权贵们能这样想，会这样说吗？

至高的君臣们的生死如此，那一时的功名又当如何呢？请听：

> 天津桥上，凭栏遥望，舂陵王气都凋丧。树苍苍，水茫茫，云台不见中兴将，千古转头归灭亡。功，也不久长；名，也不久长！
>
> ——《洛阳怀古》

洛阳乃历史名城、九朝故都。东周、东汉、曹魏、西晋和隋炀帝、武则天等先后于此建立王城。但曾几何时，那些为封建王朝的建立而叱咤风云的英雄，和为一统天下之私而用尽心计的帝王，都“千古转头归灭亡”，无论是“功”抑或是“名”。即使赫赫奕奕、轰轰烈烈，都无法千秋万世，都未能万寿无疆。天津桥，故址在隋唐皇城正南的洛水之上、今日洛阳旧城西南，现在只有几个残留在水中的石墩，在测量也在挽留流走的千年岁月。其侧则是新建的现代化的公路大桥。有一年我远赴洛阳，特地去寻觅天津桥的旧址，伫立于新桥之上俯眺旧桥的遗痕，我当然想起曾咏叹此桥的张养浩。为一家之天下而戮力，替一姓之王朝而卖命，其功名虽煊赫一时，转眼却灰飞烟灭。而张养浩拯民于水火的事功，他开创散曲新天地的名声，却一直传扬到今天。为一己或一姓之私的不长久，为百姓效力甚至效命则不能说不久长吧？一时的功名如此，那一朝一代的输赢又当怎样呢？请看：

> 骊山四顾，阿房一炬，当时奢侈今何处？只见草萧疏，水萦纡，至今遗恨迷烟树。列国周齐秦汉楚。赢，都变做了土；输，都变做了土！
>
> ——《骊山怀古》

秦始皇一统天下，征发宇内民夫七十万人，穷二十年之功，于骊山下修筑自己的陵墓。不仅此也，他还在渭水之南今日西安西郊的阿房村、古陈村附近，修建他的安乐窝阿房宫。一千五百年后张养浩前来，只见当年的雄图霸业飞阁重楼均已荡然无存，交给了一片荒凉，只有河山依旧。然而，岂只是二世而亡的暴秦如此，列朝列代谁能例外？张养浩由小及大，由点至面，由具体而概括，认为封建统治者之间的争夺与厮杀，无论胜利或失败，到头来最终都是一抔黄土！人文精神的关怀中有所谓“终极关怀”，而批判精神中也应该有“终极批判”吧，那就是从永恒的时空的立场，以超越一切的大历史的眼光，从终极的意义上所作的批判。张养浩此作就是如此。它是一帖清凉散，也是一记警世钟，更是一把锋利无情的解剖刀，锋芒所至，天地无言。

勘破生死，藐视功名，否定输赢，张养浩以振衣千仞的宏大气魄，以直指鹄的的批判精神，以形而上的高屋建瓴的思考，表现了他对人间生死、功名利禄乃至历史兴亡的大彻大悟。然而，更可珍贵的、他念念不能忘情的、他一切思考的出发点与归宿处，却是受苦的百姓、蒙难的苍生：

> 峰峦如聚，波涛如怒。山河表里潼关路。望西都，意踟蹰，伤心秦汉经行处，宫阙万间都做了土。兴，百姓苦！亡，百姓苦！
>
> ——《潼关怀古》

位于陕西省潼关县的潼关，古称桃林塞。秦有潼关，蜀有剑阁，皆国之门户，潼关扼秦、晋、豫三省要冲，雄踞山腰，下临黄河，是由洛阳赴长安的要道，被称为“三秦锁钥”、“四镇咽喉”，历来为兵家必争之地，有史可考的重大战事在此就上演过三十余次。历代写潼关之诗多矣，早出而最有名的是杜甫的《潼关吏》，“艰难奋长戟，万古用一夫。请嘱关防将，慎勿学哥舒”，他着眼的是哥舒翰出战安史叛军而失败的故事，告诫新的守将不要轻敌。晚出而最有名的是谭嗣同的少作《潼关》：“终古高云簇此城，秋风吹散马蹄声。河流大野犹嫌束，山入潼关不解平。”他作此诗时年纪远未弱冠，借壮美的山河抒发自己的胜概豪情，如同黎明的号角始吹、雄鹰的劲翅乍展，还来不及低头俯察世上疮痍、民间疾苦，何况绝句一般也很难接纳巨大而沉重的历史容量。在写潼关的诗词曲的联赛中，张养浩一举夺得的是当之无愧的冠冕。这，不仅是“峰峦如聚，波涛如怒，山河表里潼关路”的对潼关形胜的抒写，情景交融而形神毕现，不仅是“望西都，意踟蹰。伤心秦汉经行处，宫阙万间都做了土”的怀古，时空阔大而寄寓深长，更是由于伤今的出人意表。他不仅仅只是叹息历朝历代的先后消逝，也不仅仅只是由物及己地抒写个人性的感伤，而是出于民本思想的情系苍生，发前人之所未发：“兴，百姓苦！亡，百姓苦!”这是力透三札的笔墨，是穿透青史的洞见，是振聋发聩的暮鼓晨钟，是中国古代诗史上并无第二人的真知高论。全曲的境界正是由此离平地而飞升，古今许多诗人作家因此而只能遥望张养浩高大的背影！

纵观中国几千年的历史，且不说春秋战国的纷争杀伐，自秦始皇以来的改朝换代，无非是成功或失败的帝王们为了“家天下”的你争我夺，受苦受难的从来就是广大的黎民百姓。张养浩的感慨既是历史的，也是现实的；既针砭历史的盛衰兴亡，也是对残暴的元朝统治者意在言外的讽刺与鞭挞。且让我们翻阅历史如同回放血泪斑斑的黑白片吧。

如果往后倒带，不必为时太远，且看安史之乱中各路人马的镜头。“（安）禄山步骑散漫，人莫知其数，所过残灭”（《通鉴》），这是意图夺取天下的叛军；回纥助唐平乱，进入洛阳以后，“肆行杀掠，死者万计，火累旬不灭”（《通鉴》），这是异族的所谓援军；“朔方、神策军亦以东京、郑、汴、汝州皆为贼境，所过掳掠，三月乃已。比屋荡尽，士民皆衣纸”（《通鉴》），这是所谓的王师亦即国军。安史之乱前后八年，时间之长相当于当代的“文革”。据载，安史之乱前天宝十四载，全国户数为8914709，人口为52919309，乱后只余1933134户，人口6990386。终唐之世，人口虽有所增加，但最多之时也未能达到战前户口的一半，这是令后世的我们何其触目惊心而不敢置信。

崛起于漠北的元蒙统治者呢？由于原始与野蛮，他们嗜杀成性，给中外百姓带来的苦难可谓绝后空前。正如志费尼在《世界征服者史》中所浩叹的：“天，我们活在残暴的年代，倘若我们在梦中看见他们，我们要给吓坏。百姓处在水深火热之中，死者倒值得释怀。”我们不妨并非“秋后”而是“元后”算账，略引几笔血迹并未风干的账目：蒙古铁骑在南下攻宋进军途中，“其城一破，不问老幼、妍丑、贫富、顺逆，皆诛之，略不少恕”（《蒙鞑备录》），真是在屠杀面前人人平等；“两河山东数千里，人民杀戮几尽，金帛子女、牛羊马畜皆席卷而去，屋庐焚毁，城郭丘墟矣”（《建炎以来朝野杂记》）。泰和七年（1207年），金朝有768万多户，人口4581万，蒙古灭金后，金朝原来版籍只有87万多户，人口只余十分之一。伐金后继之伐宋，大规模的“三光”式的杀戮虽略有收敛，但仍争地以战，杀人盈野，争城以战，杀人盈城，抛给汉人百姓的仍是如上所述挂一漏万的“血泪账”。

百姓之苦，中外皆然。从1218年秋蒙古大军由成吉思汗亲自统帅誓师开始，元蒙统治者前后曾有三次西征。成吉思汗美其名曰他的西征是“上天之罚”，译成欧洲文字，就变成了“上帝之鞭”。他率蒙古铁骑驰骋万里，灭国四十，许多百万人口的城市都夷为废墟，真是王钺一挥，伏尸万里，鞭锋所及，生灵涂炭。

本是同根生，相煎何太急？统治集团的内斗相残无分中外。成吉思汗原名铁木真，他在统一蒙古诸部的内部斗争中，就曾有以铁镬七十只烹煮俘虏的记载。内战如此，何况外战？花剌子模国的大部分国土为古波斯地（即今日之伊朗），成吉思汗借故兴兵讨伐，攻陷撒马尔汗城，杀兵卒3万，攻克玉龙杰赤城，纵火将全城夷为平地，并将全城壮丁杀死，妇孺则一律罚为奴婢。蒙兵 5 万平均每人杀 24 人，共屠平民 120 万，真是一场天地失色的浩劫。其爱孙木秃干在攻打巴曼时中箭身亡，及巴曼陷落，成吉思汗下达屠城的“必杀令”，全城生灵在刀光剑影中无一幸免。一代天骄如此，其子孙无不磨牙吮血，杀人如麻。例如成吉思汗之子窝阔台 1236 年第二次西征，攻入莫斯科后杀人之数以割耳为记，每杀一人，即割一耳，共 27 万只。攻陷匈牙利的布达佩斯，逢男即杀，逢女即辱，逢财即劫，逢屋即焚。1257 年蒙哥可汗即位后，命其弟旭烈兀第三次西征，攻陷回教国王哈里发之都城报达，屠城七日，将军民 80 万人全部杀死。至于忽必烈称帝灭宋之后，变蒙古式的可汗而为中国式的皇帝，对百姓政治高压经济盘剥加上民族歧视，更甚于前代列朝。如果时光倒流，如果 800 年后的今人生活于斯时斯世——此种时空倒错的假想都会令人不寒而栗。

成吉思汗曾与人议论人生之乐，他的快乐原则是与人斗其乐无穷：“人生最快乐的事是战胜敌人，追逐他们，抢夺他们所有东西，看他们的亲爱的人以泪洗面，骑他们的马，臂挟他们的妻女。”［（法）雷纳·格鲁塞《蒙古帝国史》］成吉思汗的妻子前后多达 500 人，正是上述自白的注脚之一。由此可见，统治者的享乐纵欲以及他们的家天下的兴亡，都是建立在百姓的血泊泪海之上。张养浩小小的小令，道破的是大大的真相与真理。成吉思汗的埋骨之地当时就已如谜，至今无从寻觅，800 年后，张养浩的墓却仍然完好无损地保存在他的家乡山东济南的张公坟村。墓碑虽仅三尺，却永远矗立于天地之间，而他的永远传扬于诗史和青史中的黄钟大吕啊，仍然让我们一听惊心、一见倾心、一读铭心！

旧体诗形式创新之我见

王永明

旧体诗创新是个提了多年的老问题，它包括两个方面：形式的创新和内容的创新。这里只谈形式的创新。说来也挺有意思，尽管包括毛泽东、鲁迅等领袖级人物对此都有明确的意见，人们还是年复一年、不厌其烦地提出来。似乎事情一旦涉及艺术，天王老子的话也不作数，所以，一直争到今天也没个结果。

李白诗曰：“白日不照吾精诚，杞国无事忧天倾。”人们希望旧体诗创新的心情是好的，各抒己见亦无可厚非，但总惦着“今天晚上打冲锋，明天早晨一统天下”却不现实。杞人忧天没必要，诗人忧诗也没必要。自然界有其客观发展规律，人类社会有其客观发展规律，作为社会意识形态的文学艺术有其客观发展规律，作为文学艺术之一翼的诗歌自然也有其客观发展规律。事实上，随着社会的发展和进步，中国诗歌从来没有停止创新的脚步。但这种创新不是某个诗人或者某些诗人的发明创造，更不是得力于哪位帝王或权威的圣旨或教导，而是社会经济文化发展的必然结果。从西周春秋时流行的四言诗，到战国末年的楚辞；从盛极一时的汉赋，到经久不衰的五言古诗；从为宫廷服务的音乐机关，到一种特有的诗歌形式——乐府；从格律严谨的近体诗，到相对洒脱的词曲；从遵循传统的诗歌体式，到清新活泼的自度曲，所有这些变化和创新都不是哪一个或者几个诗人能够完成的。而每一种新的诗歌形式总是在旧的形式中潜移默化，孕育生长。《诗经》以四言为主，其中也有三、五、七言。两汉魏晋南北朝五言古诗，格律在其中悄悄萌发。唐宋以降，近体诗盛行，古体诗与之并驾齐驱。一部《李太白集》，茫茫诗歌海洋中，两首质量绝佳的词居然露出尖尖小角！事情就是这样，无数专业和民间诗人用自己的辛勤劳动培育了中国传统诗词这株大树，使之枝繁叶茂，新芽频生。当诗人发现需要有一种新形式更新旧形式时，新形式已经站在人们面前，你要做的只要把它从幕后推到前台介绍给观众就行了。

以《诗经》为例。《史记·孔子世家》说："古者诗三千余篇，及至孔子去其重，取可施于礼义……三百五篇，孔子皆弦歌之。"司马迁是主张英雄创造历史的，所以要为帝王将相树碑立传。孔子虽然当过几天鲁国司寇，但很快下野，再去做他的社会名流。司马迁景仰孔子到骨髓，破格以诸侯的资格为他立传，在罗列一大堆丰功伟绩之后，又把删定"诗"为功劳算在他头上，以增加伟人的分量。古今学者却大多不买他的账。最有力的证据便是《左传·襄公二十九年》载，吴国公子季札在鲁国观赏周乐，乐工们先奏十五国风，再奏小雅、大雅，最后奏颂，次序和内容基本上与今本《诗经》相同，其时孔子只有八岁。八岁的男孩子虽然比四岁读《论语》的女孩子大了一倍，要完成删"诗"这样专业的任务却不可能。原因嘛，孔子自己说得很清楚："吾十有五而志于学"，十五岁才开始发愤，八岁怎么可以删诗？由此可见，孔子删诗之说不可取。上古之人对英雄的崇拜绝不亚于今天粉丝对歌星的崇拜，总要把某些重大历史进程归功到英雄头上。比如火是燧人氏发明的，房子是有巢氏发明的，八卦是伏羲氏发明的，农业和医药是神农氏发明的，指南针是黄帝发明的，文字是仓颉发明的，桑蚕是黄帝夫人嫘祖发明的，等等。鲁迅在这个问题上的态度很明确："然而做《易经》的人，（我不知道是谁）却比较的聪明。他说：'上古结绳而治，后世圣人易之以书契。'他不说仓颉，只说'后世圣人'，不说创造，只说掉换，真是谨慎得很。也许他无意中就不相信古代会有一个独自造出许多文字来的人了，所以就只是这么含含糊糊地来一句。"说来说去，又回到"是英雄创造历史，还是奴隶创造历史"这个头疼的问题。古今著名诗人毫无疑问都是诗坛英雄，他们对诗歌的贡献也无可争辩，但迄今为止，所有诗体没有一种贴上个人标签也是事实。我相信他们谁也不敢说，某种诗体是自己独家创造发明。

诗是什么？现在某些打着国学旗号的人动辄拿《说文解字》吓唬人。我们就看看《说文解字》是怎么说的吧。"诗，志也。"志是什么？"志……心之声。"心声是什么？心声即性情。性情是什么？《荀子·正名》说："性之好、恶、喜、怒、哀、乐谓之情。"已经很清楚了，所谓"在心为志，发言为诗"（《毛诗序》）。诗是表现性情的重要形式（散文小说也可以表现性情）。有性情便有诗，人是有性情的，所以，人类从一开始就与诗歌相伴。这说的是诗歌的内容也就是实质。从形式上看，诗歌有着自己独特的文体。章太炎先生说：“文学可分两项：有韵的谓之诗，无韵的谓之文。”并举唐朝史朝义作诗的例子嘲笑无韵新诗。说：“诗至清末，穷极矣，穷则变，变则通；我们在此若不向上努力，便要向下堕落。所谓向上努力就是直追汉、晋，所谓向下堕落就是近代的白话诗。提倡白话诗人自以为从西洋传来，我以为中国古代也曾有过，他们要访祖，我可请出来。唐代安史之乱罪魁之一史思明的儿子史朝义封为怀王。有一天怀王高兴，也咏一首樱桃诗：‘樱桃一篮子，一半青，一半黄，一半与怀王，一半与周贽。’有人劝他，把末两句对调，成为‘一半与周贽，一半与怀王’，便与一半青一半黄押韵。他怫然道：周贽是我的臣，怎能在怀王之上呢？如在今日，照白话诗的主张，他也何妨说‘何必用韵呢’？这也算是白话的始祖罢。”二十二岁的曹聚仁要保卫新诗，撰文批评前辈大师，说“韵者诗之表，犹妇人之衣裙也”。他的意思，韵对于诗原是可有可无，却没想到，妇人一旦没了衣裙，岂不成为裸体？我想，现在那些宣传写下半身甚至光腚开诗歌朗诵会的诗人一定是受了聚仁先生的影响，真的以为没了衣裙的妇人会更具艺术魅力罢。

《诗经》以四言为主，押韵，排列整齐，诗的要素它都具备。在此以前的诗是什么样子？从清沈德潜编纂的《古诗源》看，好像也是四言为多，且多是民间歌谣一类的东西。由民间歌谣到官方《诗经》当然是提高和创新，谁是这次创新的领导者呢？我们知道，周朝有采诗的传说。《汉书·食货志》：“孟春之月，群居者将散，行人振木铎询于路以采诗，献之太师，比其音律，以闻天子。”说，正月新春，冬闲的人们要下地干活了（经过一个冬天，民间又创作出不少新诗），朝廷赶紧派人下到基层，摇着手铃走村串乡四处采风，将采来的民歌献给太师，经过整理后呈献天子。天子看这些东西除了热爱艺术外，更重要的是为了“观风俗，知得失，自考正也”。文艺为政治服务，这才是最重要的。这些采诗的人中间，或者太师组织的专家学者们中间有没有作出过特殊贡献的人呢？肯定有，只是我们不知道他们的名字罢了。但这样的人必须有，实在没有就“钦定”一人总而统之，这个人就是孔子。

《诗经》以后直到《楚辞》，几百年间这种短小精悍的四言诗似乎没有了来者。不作四言诗，不等于没有诗。民歌民谣自不必说，大儒荀子就曾作《成相》五十六章，其第一章：“请成相，世之殃，愚闇愚闇堕贤良。人主无贤，如瞽无相何伥伥。”意即大家听我唱一唱，啥是人间大祸殃，愚昧无知弃贤良。君王若是无贤良，就像瞎子无人帮。你看，这种诗体与后世曲子词是不是很相像呢？但“成相”这种体式也不是荀子发明的，而是流传已久的民间说唱文艺，他不过现在借用而已。其他如荆轲的《易水歌》：“风萧萧兮易水寒，壮士一去兮不复还。”大有南音浩叹悲怆之情。楚国则有《越人歌》、《子文歌》、《沧浪歌》以及大量民间巫歌等等，说明《诗经》之后诗歌创作一天也没有停止。《楚辞》即是楚国民间巫歌知识分子化的结果。可见，由《诗经》到《楚辞》的创新也不是屈原的专利。但屈原在创作《楚辞》中取得的伟大成就，足以使之彪炳文学史册。

我们现在谈论传统诗歌创新，主要是指格律诗创新。古诗、词曲也都可以创新，但都没有格律诗急迫。因为想学的人多，自然成为众矢之的。而古诗之类，一向没有太多清规戒律，主要是语言通俗化问题。比如毛泽东的《八连颂》、李成瑞的《千人断指叹》等等，都是很好的尝试。

宋湘绮教授说："最早的中国诗歌并没有格律限制，格律不是被创造的，而是逐渐被发现、完善的。"这话对了一半。中国（也许还有外国）诗歌一开始就是有格律限制的，比如字数、句型、押韵等等，没有这些限制就没有诗歌这种体裁。后来又加入更严格的限制，如对偶、平仄等等，所有这些都是广大作者在长期创作实践中逐步发现并不断完善起来的。正是这些有如精雕细刻的限制，使得中国传统诗歌由一块混沌璞玉变成一件精美工艺品。我们讲创新，一定要珍惜前人创新的成果，要在前人创新的基础上更上一层楼。马凯先生说得好："所谓求正，就是要尽可能地严格按照包括平仄、对仗等格律规则创作诗词。因为这些是前人经过千锤百炼，充分发挥了汉字的特有功能而提炼出的；是一个黄金格律，不能把美的东西丢掉。"如果嫌麻烦难学，可以选择诗歌其他形式，如古体诗、自度曲或者新诗。创新正如建楼，上一层总是建在下一层基础上，没有坚实的基础，上面的楼层再漂亮也不会长久，更别说否定基础试图建造空中楼阁了。

事物总是发展的，世界上没有一成不变的东西，诗歌也不例外。从上世纪初新文化运动算起，新诗出现还不到一百年，当年所向披靡的新诗倡导者矫枉过正之后大多"勒马回缰作旧诗"。这个活生生的例子告诉人们，凡是速成的东西往往速朽，矫枉过正之后必然是无情的反弹。只有深深扎根于民族沃土之中，不断从大地母亲那里吸取乳汁，艺术植株才能有顽强的生命力，虽历经千年风雨仍然枝繁叶茂，后劲无穷。中国的旧体诗词正是这样的植株，在它的生命旅途中，旧的枝干之上不断长出新的枝干，新的枝干并不否定旧的枝干，而是和旧的枝干一道托起高楼万丈，大木参天。从《诗经》那遥远神秘的天空，到当下眩人眼目的时尚，谁能料到旧体诗词这株古木竟能焕发出如此超强的活力呢？谁能解释这种奇异现象呢？旧体诗这只旧瓶也许真的像元青花那般，时间愈久便愈珍贵啊！

这等说来，旧体诗形式果真添一分则长，减一分则短，秾纤得衷，修短合度，完美无缺啦？果真没有改革创新的余地啦？当然不是。即使是旧瓶吧，像尊、爵、觥、缶这些酒器业已过时，需要加以改良甚至改革才能适应新的形势。以格律诗为例，被某些人奉为金科玉律的《平水韵》至今已经七八百年，古今语音发生了很大变化，特别是入声字的消失，使得这部韵书基本上失去了实用价值。如果我们还顽固地抱着这具僵尸不放，被扣上一顶泥古不化的帽子应该不算冤枉。其实《平水韵》也是创新的产物。宋代《广韵》分为 206 韵，南宋刘渊的《平水韵》合并为 107 韵（后为 106 韵），删繁就简、革新旧韵的目的不就是为了方便写作、适应时代要求吗？古人能够改革创新，今人为什么不能？我们读古诗词应该懂得"斜"读 xiá，"儿"读 ní，以便更好地欣赏前人的作品。我们写作旧体诗词却不必再用旧音，因为旧音已经不复存在，再用，就必然胶柱鼓瑟、弄巧成拙。诗歌一定要押韵，但要押今韵而不是古韵。《红楼梦》中贾宝玉有句名言：押韵就好。押韵是诗歌最重要的特征之一。法国作家雨果说："一首诗就像一群人一样纷乱，而有了韵脚，它就像一个军队踏着有节奏的步伐。没有韵脚，就没有诗。"如果大家都踏着今韵的步伐，你却按旧韵挪步，岂不乱了阵脚！道理再简单不过了：有韵，就顺口；没韵，就不顺口。用今韵，今天的人读起来顺口；用旧韵，今天的人读起来不顺口。你说是用今韵好还是旧韵好？这有些像汉字的繁体和简体，推行简体字只是为了适应今天和明天的文化发展，不废繁体是为了继承昨天和前天的文化成果，但不能走回头路、开倒车，再回到繁体字的时代去。

和押韵相比，声调的起伏节奏和句式的艺术处理则要复杂得多，旧体诗难就难在这些地方。如果写古体诗（古诗），只须照顾文言和押押韵就行，写近体诗（格律诗）则字数、韵脚、声调、对仗各方面都要讲究。一首工整的格律诗就是一个完整的系统工程，一旦出律，就不成为格律诗。少有变通也无不可，但有条件，条件是："果有了奇句，连平仄虚实不对都使得的。"（林黛玉语）当香菱说道："怪道我常弄一本旧诗偷空儿看一两首，又有对的极工的，又有不对的，又听见说'一三五不论，二四六分明'。看古人的诗上亦有不顺的，亦有二四六上错了的，所以天天疑惑。如今听你一说，原来这些格调规矩竟是末事，只要词句新奇为上。"黛玉道："正是这个道理，词句究竟还是末事，第一立意要紧。若意趣真了，连词句不用修饰，自是好的，这叫做'不以词害意'。"黛玉的诗观就是曹雪芹的诗观，要说诗词改革创新，曹雪芹可说是我们的前驱。但曹雪芹说归说，真正动笔写起来，并不敢在太岁头上动土。这又像极了今天某些鼓吹改革创新的专家学者，嘴上斩钉截铁，轮到自己写却不敢越雷池一步。青年看了不免一头雾水：导师们是真要改革创新呢，还是图嘴巴快活！其实，对于格律诗来说，基本的黏对规律即平仄要求是不能变通的，否则便没有了律诗特有的起伏节奏，没有了诵读和听觉的美感。可以变通一些过于苛刻的要求，比如南朝所谓"八病"、"四声递用"之类，后人就不怎么当回事，因为按他那些讲究，这诗就不要作了。即使后人为格律诗定下的一些起码规矩，如"重字"，即一首诗内最好不要出现重复字；如"合掌"，即对仗中出句和对句完全同义或基本同义；如"三连仄"，即出句末三字仄声；如"三平脚"，即对句末三字平声，等等，如果能做到内容形式高度统一固然很好，一时不能兼顾，我看也是可以通融的。

格律诗创新要在原有的格律基础上创新，不合理的苛捐杂税自然应该蠲除，合理的还应该坚持，不能只要权利不要义务。毛泽东说：不讲平仄就不是律诗。格律诗创新出来的仍是格律诗，而不能是别的什么。正如袁隆平的杂交水稻是对稻的创新，但毕竟还是水稻而不是别的什么作物。格律诗是中华文化宝库中的一朵奇葩，自然会一直生存下去，"一万年也打不倒"（毛泽东），但这是有前提的，就是要不断改革，不断创新，否则，等不到一万年，恐怕就已经衰老消亡了。

格律诗以及其他形式的旧体诗，如果只是在学者之间小范围交流，写得艰涩一点，用典多一点，也无所谓；如果受众是广大读者，就必须通俗易懂，尽量口语化。看看家喻户晓的那些诗词，无不言浅意深。语言通俗贴近生活不见得写不出传世佳作，语言晦涩用典生僻肯定写不出好作品。唐朝李贺的诗诡异艰涩，读者就不如白居易的多。再有就是要吸取民歌优点，民歌的优点主要是语言通俗，贴近生活。歌曲无不大量吸取民歌的优美旋律；相反，那些坐在酒店客房里硬着头皮“创作”出来的所谓流行歌曲大多如鬼哭狼嚎、蛇虫哀鸣，除催人作呕外，毫无艺术性可言。

话说回来，格律诗的创新，形式并不是最重要的，最重要的是内容的创新。旧瓶装新酒，酒是一定要新的；酒如果不新，新瓶旧瓶又有什么区别？中国历次诗歌改革创新，也大多是针对内容的改革创新。在今天，旧体诗内容的创新显得尤为迫切。但这不是本文论述的范围，也就无须多说了。

开发自我的诗性智慧

田子馥

中国诗学的转型与发展，离不开当代诗词创作的发展与繁荣。因而，若想开发自己的创作水平，就应该调整自己的诗学思维。学习古人的思维方式，开发自己的智慧。诗学思维是望远镜，可以使你开阔视野；诗学思维是挖土机，可以使你进深到事物的内里、思想的本质深处。

古人说有诗在于灵感，而灵感在于兴。王夫之说：“能兴即谓之豪杰”（《俟解》）。有人说，古代诗人所以形成了多维思维，是由于古代有理想的豪杰之士，他们精神上受到压抑，理想上受到挫折，行为上受到限制。像屈原、李白、辛弃疾那个时代，满腔幽怨无法申诉，是社会环境逼出来的，真是诗人不幸诗词幸。他们为中国社会创造了一大笔精神财富。当然也有例外，历来没受任何压抑者也有好诗存案的如曹操、王勃、范仲淹、纳兰性德、毛泽东等，以及许多大诗人的青少年时代，也都佳作连篇。而今的诗人，精神上得到极大的解放，理想得到宽容和扶持，行为获得极大的自由，无忧无虑，摇笔写诗，绝无障碍，想写什么，就写什么，想怎么写，就怎么写。创作是一种自由的精神生产，还要什么委婉含蓄、弦外之音呢？这样一来，自由是获得了，可是诗味呢，却寡淡如水了。另一个原因，中国社会正处于历史上最繁富的时代。人民的社会物质生活得到空前的满足，没有什么牢骚可发，没有什么怨气可申，要写只能是歌颂、赞扬，顶多对于不公平的现象略有嘲讽，写诗还要拐弯抹角干什么？因此写诗只要“叙事思维”一种思维方式足矣。第三，当代盛行网络，都想急功近利，精神浮躁。人们大多不读书，也很少读诗。读者观者都需要浅薄有趣的东西，甚至逗得哈哈一乐的东西，就视为文化的本质而满足，哪里用得着那么多的思维范式。

所谓开发自己，首要的是开发自己的想象，开发自己的智慧。所谓思想乃从生活得来的智慧。如何开发自己？顾随先生有深刻的论述：

> 我们创作不能学别人，我们的东西别人也不能学得去。王献之与王羲之字不同，因其不学他老子。
>
> 一个天才可受别人影响，但受影响与模仿不同，受影响是启发。模仿也可算受影响，但受影响不是模仿。
>
> 每人心灵上都蕴藏有天才，不过没开发而已。开发矿藏是别人的力，而自己天才的开发是自己的事。受影响是引起开发的动机。
>
> 所谓受影响是引起人的自觉，感到与古人某点相似，喜欢某处。喜欢是自觉的先兆，开发之先声。假如不受古人影响，引不起自觉来，始终不知自己有什么天才。我们读古人的作品，并非要模仿，是要从此引起我们的感觉。
>
> 天才在自觉开发以后，还要加以训练，这样才能有用。
>
> （《顾随诗词讲记》，中国人民大学出版社 2006 年版，第 65 页）

缪钺先生说：

> 凡第一流之诗人，皆感自己之所感，言自己之所言，其读古人之作，亦不过取精用宏，借以发挥自己之才情，其所作或偶肖古之某家，则以其才情本相近，发抒于外，自然相似，非必自有意模拟也。
>
> （顾随：《诗词散论》，陕西师范大学出版社 2008 年版，第 57 页）

老先生认为多读书也不是模仿某人，而是为了储备涵养，“取精用宏”，为了开发自己的才智。因为诗词创作全凭个人的感悟、独到的发现、全新的创造，所以“心中不可存一个人才成”，扫除任何框框，才能创作属于自己的诗。

在欧洲德尔菲神庙的墙上铭刻着这样的箴言：

> 认识你自己！

人最困难的是不能正确地认识自己。所谓“自觉”，就是自己对自己的慰悟和觉醒，能悟到了，自己是开发的主体，又是开发的对象，能自觉地排除自己的心理障碍。如鲁迅所说：“凡是人的灵魂的伟大的审问者，同时也一定是伟大的犯人。”所谓犯人，就是自我，毫不留情地拷问。还要有正视自己的勇气。能认识到这一点，那就是“自觉”，那是开发自己的第一步。

第一要拷问自己对诗词的创作态度，是既重视诗歌的语言形式，又重视诗歌的思想内涵，还是只注重写作技巧？顾炎武说的如果诗歌写作技术化了，诗学就衰亡了。如果写诗是一种技艺，和做鞋子、做桌子一样，那么，诗人遇到什么题目都可以写出诗来，那样诗词就可以批量化、产业化生产了。那还有诗的存在吗？诗所以不能单凭技艺来写作，是因为诗包含着绝不雷同的思想、灵感和神韵。高超的诗词作品，毕竟不是单凭技艺，而是要有深刻的思想、幽深的意境，含有浓厚的时代光彩。

第二要拷问自己，面对你的写作对象，你是执著地写实，还是发挥自己的想象？长久以来受西方的模仿诗学影响，以为模仿现实就是诗。诗的原始时代的思维方式是浑融的，没有明确的思维分工。到了刘勰的时代，他才提出“神思”的理论。“神思”是一种人的精神状态、思维的主宰，是指脱离了、超越了日常实务思维定势的自由的精神能力、高效率的创造性思维状态。它的特征是：超越时空性、虚构性、情绪性。它所表现的时空范围，既可以上溯远古洪荒也可以遥想未来世界，“思接千载，视通万里”，凭借想象得以实行。想象是记忆表象的加工，包括对原有经验的转移和重组，把事物的某些特征加以突出夸张。一个诗人，特别需要很强的形象记忆能力、再造想象的能力。他的原料库越是充实，创作的基础越是雄厚。而情绪是艺术想象力的动力，也是神思的动力。我们所说的开发自己，实质是开发自己的想象力。艺术需要驰骋想象，而情感是想象的翅膀；形象需要孕育，而情感就是催生剂。

第三要拷问自己是不是摆脱了逻辑思维的羁绊？近百年来，西方的理性逻辑思维，无形中已成为当代诗词作家的思维惯性，因而写起诗来，条理是清晰了，但也清白如水，水流过后，留不下醇厚的诗味。逻辑思维与诗性思维有时是根本对立的。诗需要形象铺张、诗思跳跃、想象的飞升，“荡胸生层云，决眦入归鸟”（杜甫）有什么逻辑可言？“青山欲共高人语，联翩万马来无数”（辛弃疾）有什么逻辑？

为什么亟待摆脱逻辑思维？

我们掌握诗词格律，那是中国独特的诗学形式，如果仍然一味使用逻辑思维，那是西方的诗学思维，怎么能写出具有中国韵味的诗词呢？岂不是在洋人身上穿上汉唐服装，形式与内容不相符。丧失中华民族诗学个性，这就是导致创作中的直、白、浅、露的根本原因。

写诗的灵感主要来自直觉感悟而不是逻辑。对此，朱光潜先生说得十分明确：

> 思想与联想只是一种酝酿工作。直觉的知常进入为名理的知，名理的知亦可酿成直觉的知，但决不能同时进行，因为心本无二用，而直觉的特色犹在凝神注视。读一首诗和做一首诗都常须经过艰苦思索，思索之后，一旦豁然贯通，全诗的境界于是灵光一现似地突然现在眼前，使人心旷神怡，忘怀一切。这种现象通常人称为“灵感”。诗的境界的突现都起于灵感。灵感并无任何神秘，它就是直觉，就是“想象”（imagination，原谓意象的形成），也就是禅家所谓“悟”。
>
> （《朱光潜美学文集》，上海文艺出版社 1981 年版，第 52 页）

为了摆脱逻辑思维的羁绊，我们还须改善我们的观察能力。观察不是用技巧，而是用观念，用诗人之眼观之，而不是用普通之眼观之；用诗人之眼观之，是用心观察，亦即“第三只眼”。这样的观察才能见他人所未见，才能冲破传统的惯性思维的制约。

因此，摆脱逻辑思维，就是斩断捆绑思维与想象的最后一道绳索，也就是超越西方诗学理论最后一道樊篱。

诗人们将无所顾忌地开发自己，诗人也将从理性逻辑的捆绑中获得最高层次的解放，从而建构中国诗学的价值体系，这便是诗学的觉醒。

所谓诗学思维及其他

——田子馥先生《开发自我的诗性智慧》读后

彤 星

读了田子馥先生发表在《中华诗词》2010年第3期上的文章《开发自我的诗性智慧》以后，受到很大启发，同时也觉得文中有些概念和提法值得商榷。

一、所谓诗学思维

田先生开篇即说："若想开发自己的创作水平，就应该调整自己的诗学思维。"于此可见诗学思维的重要性。那么，什么是诗学思维呢？田先生紧接着说："诗学思维是望远镜，可以使你开阔视野；诗学思维是挖土机，可以使你进深到事物的内里、思想的本质深处。"这样的比喻确实很生动，然而只是说明了诗学思维的功用，并没有揭示出诗学思维的准确内涵。田先生在后面还说到："使用逻辑思维，那是西方的诗学思维。"原来，诗学思维还有"西方的诗学思维"（逻辑思维）。既然如此，那就还应有"中国的诗学思维"。什么是"中国的诗学思维"呢？遗憾的是田先生惜墨如金，始终没有只言片语的阐释。问题就出在这里：既然诗学思维可分为西方的和中国的两种诗学思维，那么，田先生在文章开头部分所说的"诗学思维是望远镜……是挖土机"的比喻，包括不包括西方的诗学思维呢？按田先生的本意，当然是不包括的。然而田先生并没有明确地加以区分，显然犯了概念混淆不清的错误。

二、所谓诗学形式

田先生说："我们掌握诗词格律，那是中国独特的诗学形式。"在田先生看来，诗词格律"是中国独特的诗学形式"。笔者认为，这样的判断是错误的。

先说诗学这个概念。诗学来源于古希腊文艺理论家亚里士多德的一部重要著作——《诗学》。欧洲在历史上曾将阐述文艺理论的著作统称诗学；到了现代，各国则把研究诗歌的理论著作称为诗学，以区别于一般阐述文艺理论的著作。可见诗学指的是诗歌理论，而不是诗歌作品。

再说诗词格律问题。众所周知，诗词格律是建立在汉语这个基础上的，是传统诗词这样的诗歌体裁所具备的。它的内容主要有三项，一是押韵规则，二是平仄规则，三是对仗要求。对于诗词作品而言，诗词格律是形式，是内在的形式；诗词作品的外在形式则包括句式要求、篇章结构和表现手法等。可见，笼统地说，诗词格律是诗词的形式，是可以的，但它绝不是"诗学形式"。对于中国诗学来说，诗词格律理所当然地是不可缺席的研究对象。因此，诗词格律是中国诗学不可或缺的组成部分，是中国诗学的内容之一，而绝不是什么“中国独特的诗学形式”。至于田先生所谓的诗学形式到底应该是什么，还是由田先生继续做深入的研究吧。

三、所谓摆脱逻辑思维

田先生在谈到如何正确地认识自己的时候，特别指出“要拷问自己是不是摆脱了逻辑思维的羁绊”，反复强调“亟待摆脱逻辑思维”，“摆脱逻辑思维，就是斩断捆绑思维与想象的最后一道绳索，也就是超越西方诗学理论的最后一道樊篱”。笔者以为，田先生关于诗歌创作要摆脱逻辑思维的提法，是片面的，也是不正确的。

思维是人的精神活动，其活动方式主要有两种：一是逻辑思维，亦称抽象思维；一是形象思维，也叫艺术思维。科学的文艺理论认为，文学创作，包括诗歌创作，主要是运用形象思维，通过形象来表达作者对社会人生的评价及自己的思想感情和审美理想的，而不是运用逻辑思维来表达的。诗词的形象主要体现在意象和由意象构成的意境上。毛泽东说：“诗要用形象思维，不能如散文那样直说，所以比兴两法是不能不用的。赋也可以用……然其中亦有比兴。”（毛泽东《致陈毅》）这是极为深刻的经验之谈。

“诗要用形象思维”，是不是可以排斥，甚至“摆脱逻辑思维”呢？不是的。科学的文艺理论认为，文学创作主要运用形象思维，但并不排斥逻辑思维，反而需要逻辑思维相伴而行。文学形象的最后形成是这两种思维交替进行、相互作用的结果。所以《文学理论基础》说：“当他打腹稿时，是文学家；当他想一想所打腹稿行不行时，是批评家。当他振笔疾书时，是文学家；当他停笔斟酌凝想时，又是批评家。还有，当他写初稿时，是文学家；当他审阅所写的初稿时，又是批评家。在这一完整的写作过程中，往往要循环往复多次。因此，当他以文学家身份出现的时候，主要用的是形象思维；当他以批评家的身份出现的时候，主要用的是抽象思维。”（上海文艺出版社，1986年4月版）可见，逻辑思维与形象思维之间，既是对立的，又是相互制约、相互作用、相辅相成的。田先生提出诗词创作“亟待摆脱逻辑思维”的主张是脱离创作实践的门外之见。

时下不少诗词作品确实存在浅露直白的问题。如何解决呢？笔者以为，首要的是学会运用形象思维，学会比兴之法，即运用比喻和象征来创造意象，用意象说话，而不是用概念即标语口号说话。这是作为诗人的最根本的创作能力。这种创作能力的获取主要有两个途径：一是向古典诗词学习，向现当代的优秀诗词作品学习，借鉴古今大家在创造意象方面的艺术经验；二是刻苦实践，在实际的创作中不断得到提高，从而进入自觉的境地。如此，所谓直白（直说而无味）的问题大概可以避免了。

所谓浅露就是意浅，人云亦云，了无新意。意是诗词作品的主题，是作品的生命所在。古人所谓“意犹帅也”，是很有道理的。解决浅露的问题，最主要的办法仍是学习，即结合个人的实际，不断地学习古今名家学说和百科知识，包括政治的、历史的、经济的、文化的，从而不断提高个人深刻认识历史和现实、自然和人生的能力。清人沈德潜说：“有第一等襟抱、第一等学识，斯有第一等真诗”，验之古今诗词大家，确为至言。非毛泽东，谁能创作出《沁园春·雪》这样的绝唱！荣获“中华诗词终身成就奖”的五位诗人，哪一位不是思想丰富、学有专长的学者、专家或社会活动家！他们不但有极强的形象思维能力，而且有卓越的逻辑思维能力。卓越的逻辑思维能力也是成就他们诗人品格不可缺少的条件之一。当然单有很强的逻辑思维能力，还不能写出好诗，要写出好诗，还要靠很强的形象思维能力。我们应当辩证地来看待逻辑思维和形象思维之间的关系，不能把二者绝对地对立起来。田先生所谓“摆脱逻辑思维，就是斩断捆绑思维与想象的最后一道绳索，也就超越西方诗学理论最后一道樊篱”，完全是误人之谈。

说到这里，该回过头来再认识一下田先生所谓的诗学思维。田先生在文章里大谈摆脱逻辑思维，却只字没有谈及形象思维，其目的显然在于用自己创造的“诗学思维”来代替形象思维。学术向来允许和欢迎创造新理论，包括新概念、新命题的。问题是这种创造是否具有科学性，是否能通过实践检验而为人们所接受。如前所述，所谓诗学思维是一个没有明确内涵的混淆不清的概念。甚至在需要阐述诗学思维的时候，田先生却提出什么“逻辑思维与诗性思维有时是根本对立的”。这里的“诗性思维”与“诗学思维”是不是一回事呢？有什么区别呢？我们都无法从田文中找到答案。

挺起脊梁审视中国诗学

——与彤星君商榷

田子馥

读了彤星君发在《中华诗词》2010第7期对拙文的批评文章，感到十分欣慰，没想到我的一篇小文能引起先生如此重视。感谢彤星君诸多善意的提醒，所提出的问题很值得我深思。这里恐怕是一种误解和我的疏忽。拙文《开发自我的诗性智慧》，原是拙著《中国诗学思维》（人民出版社出版）《引论》中的一节，类似“诗学”、“诗学思维”一些概念在前文已有论述，而且这些年已经成为业内的常识性的语言，感到没有必要再加以赘述。何况，这些概念非我首创，没有阐释权，而我不过是在先人开辟的园地里略加耕耘，举别人的旗帜，消自己胸中块垒而已。

在中国若说“诗学”一语，未必是源于亚里斯多德的《诗学》。中国是个泱泱诗国，诗歌的创作及其诗学理论源远流长，拥有几千年的历史。中国最早的诗学理论发端于“言志说”，始见于战国时代的《尚书·尧典》，是追记公元前二十一世纪的舜帝对他的乐官夔所说的一段话：“诗言志，歌永言，声依永，律和声。”这个时候恐怕亚里斯多德还没有降生呢。中国最早的诗学概念恐怕要算《汉书·翼奉传》的“诗之为学，性情而已”。汉之后的诗学理论有了愈全面愈切实的发展。在中国诗学经典中最早出现“诗学”字样的是十三世纪的元代诗人范椁撰《诗学禁脔》，其后有明代黄溥的《诗学权舆》，周鸣的《诗学梯航》，清代顾龙振的《诗学指南》。1928年杨鸿烈出版了《中国诗学大纲》，朱自清1931年发表论文《论诗学门径》，开篇写道：“本文所谓诗，专指中国旧体诗而言；所谓诗学，专指关于旧诗的理论与鉴赏而言。”寥寥数语，就把诗学阐述得十分透彻。而亚里士多德的《诗学》在西欧文学中产生影响已是十五世纪中叶，第一次翻译到中国来是1936年。显然，中国古典诗学与亚里斯多德的《诗学》毫无关联。到二十世纪初叶，西学东渐，西方十八世纪以后形成的一些理论概念如诗学、美学、哲学、心理学才传入中国。经过上百年的实践与应用，除了个别的还保持西学的原型，大部早已是中国化的理论了，形成中国诗学、中国美学、中国哲学、中国建筑学了。这些年来，诗学的应用，早已超出旧体诗的范畴。鉴于目前中国文化语境西化的势头未减，为维护中国诗学优势的主流，张扬民族诗学的个性精神，这是激起我研究《中国诗学思维》的一个重要原因。

中华民族成为五千年文化与历史的优秀的东方文明古国，就因为有一种独特的思维方式支撑起来，传习下去。自从十九世纪中叶“欧洲文化中心论”传入中国，打破了天朝大国的梦想，感到经济、文化都远远地落后于西方，而对西方某某主义开始顶礼膜拜，挺不起脊梁来。十九世纪末以来，由于民族文化的衰败，那些探索文化振兴和民族出路的近代精英们，如康有为、严复、梁启超、胡适等，都把民族落后的原因归根于传统思维方式的不科学，一方面极力鼓吹西方理性思维，一方面对传统的感悟思维方式发起了亘古未有的批判和攻击。作为传统诗学的感悟思维愈加被激进的现代中国人弃若敝屣，争先恐后地效仿西方理性思维方式。更有激进者，试图抛弃中华民族使用了五千年的汉字，改用拉丁文。一时间真的美国的月亮比中国的圆了。中国固有的诗学感悟思维对于中国现代学者来说已逐渐变得生疏和遥远，而西方理性思维却深入人心。由于上百年形成的惯性思维，甚至到了二十一世纪，很多中国知识界人士在语境西化的汹涌浪潮中迷失了方向，对中国注重感悟思维的传统诗学不屑一顾，而对西方讲究逻辑推理的现代诗学却敬若神明。当今世界正处于世界性的民族文化大交流、大融合的时代，中国人仍然背负着沉重的文化自卑，一味向西方看齐。

对于借鉴和使用西方优秀的文化，我一向拥护和赞成的，只是反对“欧洲文化中心主义”泛滥成灾，不赞成在中国传统诗学面前挺不起腰杆子，自觉不自觉地硬往西方诗学上靠。只要在文章中用上了西方的什么主义，就觉得踏实，显得很有学问；一用上中国传统诗学的什么东西，就觉得不是自己的血肉。对于西方的逻辑思维，我并不是绝对反对使用。我所以提出“摆脱逻辑思维，就是斩断捆绑思维与想象的最后一道绳索，也就是超越西方诗学理论最后一道樊篱”，就是当前在诗学领域创作界和理论界（不含先觉者获大奖的精英们的个案），用得太多，用得太滥，以至于创作中出现千人一面的局势。上个世纪六十年代出版的几部《中国文学史》，都用西方诗学的逻辑推理的方式说李白是浪漫主义诗人，杜甫是现实主义诗人，实际李白哪里不现实，杜甫又哪里不浪漫呢？简单地用西方的什么理论硬套中国古代伟人，是不准确的。中国诗词本不是西方诗学的现实的摹仿，也不是纪实文学。可是有一些当代诗词作者不仅普遍用了纪实手法，最多的是直叙其事的方式，还要讲究逻辑严密、事实清楚、有根有据。有的为了说明自己的诗的“真实”性，往往在诗的后面加上繁琐的注释，终因堆垛而缺乏诗味。在理论界则多用“真实”标准（忽视艺术真实）和逻辑准则来要求诗词作品。如有的文章批评杜甫的“霜皮溜雨四十围，黛色参天二千尺”没有科学根据；批评李白的“白发三千丈”不现实；批评李贺的诗是“逻辑混乱、层次驳杂、结构断裂”，颠三倒四没有逻辑性。中国古典诗词绝大多数不是纪实摹仿，大多是不讲什么逻辑性的。“鸡声茅店月，人迹板桥霜”（温庭筠）、“枯藤老树昏鸦，小桥流水人家”（马致远）有什么逻辑性；“庄生晓梦迷蝴蝶，望帝春心托杜鹃”（李商隐）、“无边落木萧萧下，不尽长江滚滚来”（杜甫）有什么逻辑性；“青山欲共高人语，联翩万马来无数”（辛弃疾）有什么逻辑性。当然一首诗若完全没有内在的联系也不好懂。中国诗学是多维思维的，不能只讲一种叙事思维，更不是纪实的。毛泽东在一次与人的谈话中曾指出：“写诗不能够太现实了。假如作品就是对现实生活的真实写照，那你也只能是记者，就不是作者了。”（转引自田绪清《论毛泽东登临诗词美学观》）因此我认为“摆脱逻辑思维”，就是摆脱西方诗学的困扰，就是更新观念，就是对思维方式的解放。当然我也绝不否认一些诗人难免要使用逻辑思维和摹仿说，因为“摹仿是人的天性”。中国诗不要求理性，却追求理趣。

当然当前对于这种感悟诗学的建立，有人也持不同的想法，这是必然的。但是决定独立诗学的建立，取决于独立的思维方式。曾有论者指出：“思想史、科技史和艺术史分明地显示出，几乎每个民族都有自己独特的思维方式。而且思维方式的差异，正是构成不同文化类型的重要原因之一”；“思维方式是人类文化现象的深层本质，属于文化现象背后的、对人类文化行为起支配作用的稳定因素”。（张岱年、成中英等：《中国思维偏向》）用民族思维方式的不同来说明民族文化的区别，这无疑是极有见地的。它启示我们，要把握中西诗学的本质区别，必须深入到各自不同的思维方式上去。由于社会环境的不同和文化底蕴的差异，中国诗学思维与西方诗学思维是发生抵牾的。欧阳文风、周秋良著文写道：“西方诗学注重的是概念演绎和逻辑推理的理性思维，理性思维铸就了西方诗学条理严密、逻辑贯通和表述清晰的体系特征；而中国诗学则注重的是感悟体验的非理性或超理性的感悟思维，感悟思维培育了中国传统诗学直观体验、灵气飘逸和整体把握的生命形态。”（《感悟诗学现代转型之可能性及其意义》）应该说，西方诗学也有感悟体验，中国传统诗学亦有分析推理，就其主要表征而言，并不是绝对的。

所以我说脱离西方诗学的逻辑思维，可以回到中国诗学的多维思维的轨道上来。写诗固然需要形象思维，但就中国诗学的多维思维来说，仅仅一个形象思维是涵括不了的。中国诗学总体是感悟思维，此外就不止是叙事思维、比兴思维，还有生命思维、神话思维、宇宙思维、梦幻思维、取势思维、隐喻思维、诙谐思维、意象思维、会意思维等多种思维。当然李杜时代，中国还没有“思维”的概念，李白杜甫在诗的创作的时候，也绝不是有意用某种思维，不过是“积学”储存在头脑深层的文化喷涌和生命体验。今天我们说李白杜甫在某首诗用了某种思维，不过根据诗的形态揣度分析和阐释而已。何况一个诗人不能一生之中只用一种思维方式，就是在一首诗里，也不见得只用一种思维方式。而且各种思维方式之间，往往互相包容，它们之间难有清晰的界限，就此形成中国诗词的多义性、模糊性。所以我很赞成季羡林老的中国诗学模糊说。他认为：“西方的思维方式是一分为二，是分析的，中国是合二为一，是综合的”；“西方思维特点是整体观念不强，是解剖性的”；“我认为，中国的语言好就好在模糊”；“不能学西方给每个概念下定义。为每个概念下定义是西方的玩意儿”；“‘风骨’是什么？用西方任何科学术语都说不清”；“西方主分析，想把世界上万事万物都搞个清清楚楚，泾渭分明。但是，根据一般人的经验来看，宇宙间绝对清清楚楚、泾渭分明的是没有的”；“中国这些话语，表面看起来似乎很笼统，很不确切（指“鸡声茅店月，人迹板桥霜”）……我现在却认为，妙就妙在模糊上。模糊能给人以整体概念和整体印象。这样一来，每个读者都有发挥自己想象能力和审美能力完全的自由”。（季羡林《中外文论絮语》，《文学评论》1996年第6期）文化的大融合是这个时代的本质特征，但是再融合也不能放弃中华民族的文化个性。要说汲取西方文论的有益精神到中国诗学里面，那也只是在今天中国诗学处于新的转型时期，在今天中国走向世界、世界走向中国的历史时期，才有可能。因此，建构一个完整的中国诗学思维，当下有十分必要性和迫切性。

诗不是现实生活的复制品，应是感情与生命的诗化过程。所以我以为，我们摆脱逻辑思维，使得思维方式的解放和生命价值的提升，实现诗学的觉醒，方能浮想联翩，打开思路，使我们的诗词创作质量百尺竿头，再有提高。这就是我对“中国诗学思维”理论的一种初步探索。褊狭与缺憾，恳请诸君批评与指瑕。

顺便说一句，能站我的对面对我提出批评者，我视为良师益友。我不忍出有伤对方感情的语言。何况，自古“诗无达诂”，千人千解，而我只是千山搏采一叶，这绝非“欺人之谈”。

今韵说略

星　汉

押韵是我国诗歌在形式上的第一个特征和最重要的条件，是我国古代诗歌形式的优秀传统。可以说，无论古今，无论什么诗体，无论其创自民间或始于文人，只要叫做诗歌就应该有韵。传说尧舜时的《击壤歌》、《康衢谣》、《南风歌》等，从思想内容和词语来看，显然都是后人的伪托。王力先生认为，我们不能因为它们出典不古，就怀疑它们本身不古。现在看来不押韵的古韵，决不是汉以后的人所能伪造的。因为伪造古韵最难，直到明末陈第以前，并没有人意识到古今韵的不同（详见《汉语诗律学·导言》）。所以我们说，千百年来，有韵的文字不一定是诗，但诗必须有韵。没有韵的文字可以是别的文学作品，也不妨碍它是好的文学作品，但它绝不是诗。

魏晋以前，没有韵书，人们作诗完全以当时当地的口语押韵。华夏幅员辽阔，诗人们押韵，难免带上方言土音。魏晋时韵书初见，但和作诗用韵无关。韵书通行以后，诗人限于韵书的框框，就成为有一定强制性的划一。韵书实际上是反切的总汇：以韵部为纲，以便人们依韵吟诗，然后在每一同音字下注明反切，以便矫正人们的方音。韵书的出现和通行，无疑在文化发展史上是一种进步。唐和唐以后的韵书，多为官修钦定，是音韵学家们“奉诏”干的事儿。朝廷钦命，士子们应试作“试帖诗”必须严格遵照韵书，否则只有落榜的份儿。因为韵书和个人功利有关系，士子们不得不围着考场的指挥棒转。人家考什么，你就得学什么，古今一致。

时代在前进，语音也在变化。古今语音不同，用普通话去读古代的诗歌，有些就不美听。于是有人就想了一个招儿：临时改变某些押韵韵字的读音，以求其和谐。比如把杜牧《山行》中“远上寒山石径斜”的“斜”读成 xiá，把《敕勒歌》中“笼盖四野”的“野”读成 yǎ。前几年的中学课本就这么做过。这种作法是错误的。我们今天不可能也没必要按古音去读古人的诗。古代没有留声设备，我们今天不可能知道当时每个字音的标准读音。音韵学家标出来的古音，只是个“假定音”，只是根据语音变化规律的拟音而已。这种作法，前人叫“叶韵”。始作俑者是南北朝时的沈重，其著《毛诗音》就是如此。唐代的陆德明对此就提出过异议。南宋朱熹在注《诗经》时，有了更进一步的发挥。这种随心所欲地改变古诗读音的作法，不免为后世所讥。

今天我们如果再用古韵作诗，就显得有些食古不化。朱光潜先生在《诗论》中说：

> 我们现在用的韵至少还有一大部分是隋唐时代的。这就是说，我们现在用韵，仍假定大半部分字的发音还和一千多年前一样，稍知语

音史的人都知道这种假定是很荒谬的。许多在古代为同韵的字现在已不同韵了。作诗者不理会这个简单的道理，仍旧盲目地（或则说聋耳地）把“温”、“存”、“门”、“吞”诸音和“元”、“烦”、“言”、“番”诸音押韵；“才”、“来”、“台”、“该”诸音和“灰”、“魁”、“玫”诸音押韵，读起来毫不顺口，与不押韵无异。这种办法实在是失去用韵的原意。

现在有些人在诗词创作时，遇上平水韵的十灰、十三元这样的一个韵目含今天读来两个以上韵母的情况，为了迁就平水韵，又在押韵时显得和谐，就选择一个韵目的一个韵母押韵。比如十灰韵，凡 111 字。现代能用的活字，韵母收 ei 者 29 字，韵母收 ai 者 26 字。押灰韵时，要么在 29 字中选用，要么在 26 字中选用，这么一来，选字择词的自由就受到更大的限制。

早在 1934 年，黎锦熙先生等几位音韵学家就提出作旧诗押新韵的主张（详见《佩文新韵》、《汉语诗韵》黎锦熙序）。1942 年朱光潜先生在《诗论》中也提出格律“诗如果用韵必用现代语音，读出的韵，才能产生韵所应有的效果”。姜书阁先生于 1982 年出版的《诗学广论》一书中说：“我主张废止旧日韵书，另订以普通话为准，按照当前汉语元音表（包括复合元音）的顺序，另编诗韵”。普通话是现代汉民族的共同语，它的语音是以北京语音为标准音的。《中华人民共和国宪法》规定：“国家推广全国通用的普通话。”不符合普通话的语音标准，是不规范的。在某种意义上说，不讲普通话是不合法的。《汉语拼音方案》是记录汉语普通话的记音符号系统，是推广普通话的有效工具。新中国成立后，中国文字改革委员会普遍征求和广泛收集各方面对拼音方案的意见，然后进行分析和研究，于 1952 年 2 月拟订出《汉语拼音方案》（草案）。这个草案经过全国政协和全国各界人士广泛讨论，又经过国务院成立的汉语拼音方案审订委员会反复审订和多次修订，再由中国文字改革委员会提交政协全国委员会常委扩大会议讨论，报请国务院全体会议通过，最后在 1958 年 2 月由第一届全国人民代表大会第五次会议批准作为正式方案推行。既然是全国人民代表大会批准了的，那它就是“钦定”的。他的权威性，恐怕要大于历代官修的韵书。《中华人民共和国国家通用语言文字法》2000 年 10 月 31 日由第九届全国人民代表大会常务委员会第十八次会议通过，自 2001 年 1 月 1 日起施行。其中赫然写着“国家推广普通话”，“国家通用语言文字以《汉语拼音方案》作为拼写和注音工具”。《汉语拼音方案》使每个汉字都有了标准读音，这个标准读音就是我们今天押韵的依据。把过去的有关政策性的文件，以法律的形式固定下来，确定了普通话和《汉语拼音方案》在国家通用语中的地位。这使我们今天制定新的韵书，有了法律依据。

我们现在见到的今人编的某些韵书，虽然以普通话的读音开列韵部，但又把入声韵单列出来。这种作法是错误的。普通话里没有入声字。我们中华诗词的未来和希望在青少年身上。现在的青少年大都讲普通话。在没有入声的地区，让青少年们辨别出那么多的人声字是非常困难的。不管你把“怎样辨别入声字”的道理说上多遍，让他们记住平水韵中那么多的入声字，又谈何容易！本人从事高等教育多年，深知只会讲普通话的大学生们辨别入声字的苦恼。

用普通话去读入声韵的诗词，再也体会不出那种所谓“高亢激越”的音韵美。如苏轼的《念奴娇·赤壁怀古》的韵脚是：物（wù）、壁（bì）、雪（xuě）、杰（jié）、发（fā）、灭（miè）、发（fà）、月（yuè）。在这样的韵脚中能体会到音韵美才见鬼呢！

我们讲授诗词创作，要求押韵必须用普通话语音，不能继续以平水韵为范本。古人作诗往往和功名利禄、甚至饭碗联系在一起。现在就不然了，诗词创作并不一定在经济上带来什么好处，往往是赔钱的事儿。如果我们再抱着平水韵不放，使青少年望而却步，那不是自己把自己的事业往死里整吗？

诗词创作不能用方音押韵。诗词创作的目的，是给人看的，看到它的人越多越好。用方音押韵，也只是使用这个方音的人听起来美听，那毕竟只是使用汉语的一部分，其弊病是显而易见的。在交通发达、通讯迅速的今天，以国家通用语为基本用语的广播、电影、电视等已普及到全国城乡每个地方，推广普通话的步伐大大加快了。诚然，推广普通话不是为了消灭方言，只是为了消除方言隔阂，以利社会交际。但是，随着社会的进步，讲方言的人会越来越少，它会自行消亡的。

我们又怎样依照《汉语拼音方案》来分列韵部才算合理呢？请看《汉语拼音方案》的韵母表：

	i 丨衣	u ㄨ乌	ü ㄩ迂
a ㄚ啊	ia 丨ㄚ呀	ua ㄨㄚ蛙	
o ㄛ喔		uo ㄨㄛ窝	
e ㄜ鹅	ie 丨ㄝ耶		üe ㄩㄝ约
ai ㄞ哀		uai ㄨㄞ歪	
ei ㄟ欸		uei ㄨㄟ威	
ao ㄠ熬	iao 丨ㄠ腰		
ou ㄡ欧	iou 丨ㄡ忧		
an ㄢ安	ian 丨ㄢ烟	uan ㄨㄢ弯	üan ㄩㄢ冤
en ㄣ恩	in 丨ㄣ因	uen ㄨㄣ温	ün ㄩㄣ晕
ang ㄤ昂	iang 丨ㄤ央	uang ㄨㄤ汪	
eng ㄥ亨的韵母	ing 丨ㄥ英	ueng ㄨㄥ翁	
ong （ㄨㄥ）轰的韵母	iong ㄩㄥ雍		

汉语音韵学把一个音节分为两部分，即声母和韵母。韵母是字音中声母以外的部分。如果一个字音（音节）没有声母，那么它的全部都是韵母。在韵母中，有韵头（介音）、韵腹（主要元音）和韵尾三部分。有的韵母没有韵头，有的韵母没有韵尾，但它不可能没有韵腹。同韵就是指韵头以后的部分相同。把同韵的字组织到一块儿就是韵部，把同一个韵部的字摆在需要的位置上就是押韵。音韵学又有所谓四呼：没有韵头，而主要元音又不是i、u、ü的叫开口呼；即韵母表左起第一竖行。主要元音是i或i为韵头的叫齐齿呼，即韵母表第二竖行。主要元音是u或u为韵头的叫合口呼，即韵母表第三竖行。主要元音是ü或ü为韵头的叫撮口呼，即韵母表第四竖行。

按韵母表，依照一个韵母韵头以后的部分相同就是同韵的界定，我们可以把韵部分为 15 部，即 i、u、ü、ɑ、o、e、ɑi、ei、ɑo、ou、ɑn、en、ɑng、eng、ong。就以韵母表上的汉字为代表字。eng 横行没有相应的常用字，就以后边的“英”作代表字。ong 横行同理以“雍”为代表字。

在诗词中，不同声调的字不能算是同韵，现代汉语有阴平、阳平、上声、去声四个声调。作诗填词用韵如果精细一些，把四个声调严格分开就是；如果粗略一些分成平（阴平、阳平）仄（上声、去声）也未尝不可。那么填词时遇到要求平水韵的入声韵怎么办呢？笔者以为不妨用去声字去代替。

鲁迅先生在《致窦隐夫》中说新诗“要押大致相近的韵”。现在不少人主张诗词创作也可以押大致相近的韵。这“大致”如何掌握尺度，却是众说纷纭，莫衷一是。笔者以为，以《汉语拼音方案》韵母表为依据分为 15 个韵部，是最大的“大致”，超越这个范围，就超越了“大致”的范围。

在衣（i）韵中，它实际上包括“离奇”的韵母（即 i），还包括“自私”的韵母（用－i 来表示）和“时事”的韵母（也用－i 来表示）。“自私”的韵母是舌尖前高不圆唇元音，出现在 z、c、s 的后面，“时事”的韵母是舌尖后高不圆唇元音，出现在 zh、ch、sh、r 的后面；这两个韵母都不能自成音节，所以在小学教小孩儿汉语拼音时只好整体认读。王力先生说，i 和－i 的音色近似，所以被认为是同一个韵部，《汉语拼音方案》把 i 和－i 统一为 i，是有理由的（见《汉语音韵》）。

在鹅（e）韵中，实际上包括 e 和 ê 两个韵母。ê 是“耶”和“约”的主要元音。从汉语语音发展史上看，ê 取得主要元音的地位的时代较晚。从舌位图可以看出，e 是舌面后半高不圆唇元音，ê 是舌面前半低不圆唇元音。e 只能在开口呼的音节里出现。ê 在开口呼音节里出现时，现代汉语的四个声调只有一个“欸”字，况且这个字还读 ei。ê 加韵头时，《汉语拼音方案》中去掉它头上的竖箭头儿。因为 e 和 ê 的音色接近，所以《汉语拼音方案》用一个 e 来表示，ie、üe 在形式上就成了 e 的齐齿呼和撮口呼。

韵母 er 在韵母表中没有表现出来。er 是 e 的卷舌化，发音时舌尖卷起，由于舌尖活跃，就和－i 及 i 接近了，因而音色也相似了。发 er 音的字在现代汉语中只有二十几个，常用的字只有七八个。如果把它单列一个韵部，用这个韵部作诗是很困难的；如果用这个韵部来作近体诗那是根本办不到的。历来的韵书都是和－i 韵合并使用。我们今天只能把它并入衣（i）韵。

韵母表中的“恩”、“因”、“温”、“晕”四个韵母，传统音韵学家认为，它们应当拼成 en、ien、uen、üen，才合于音韵学开齐合撮的音韵系统。《汉语拼音方案》为了减少字母，切合实际读音，规定为 en、in、uen、ün。in 和 ien 的音色相近，ün 和 üen 的音色相近；in 是 en 的齐齿呼，ün 是 en 的撮口呼。这样一来，这四个韵母的韵腹都是 e，韵尾都是前鼻音 n。

同样，韵母表中“亨的韵母”、“英”、“翁”、“轰的韵母”、“雍”五个韵母应拼成 eng、ieng、ueng、üeng 才合乎音韵学四呼相配的系统。但《汉语拼音方案·韵母表》将 ieng 改为 ing，ing 是 eng 的齐齿呼。ueng 是 eng 的合口呼，在零声母里是 ueng（翁），在声母后用 ong（公）。iong 拼成 üeng 时，就成了

eng的撮口呼。有人主张将韵母表中的eng、ing、ueng、ong、iong合成是一个韵部是有道理的，因为他们的韵腹都有e，韵尾都是后鼻音ng。但在韵母表中，似乎ong和iong的韵腹都是o，iong是ong的齐齿呼。这是《汉语拼音方案》的特殊处理，从音韵学角度上讲，ong和iong的韵腹都不是o。如果在形式上取得一致，如喔（o）韵和鹅（e）韵一样分列，那么ong、iong当另立一部。这样eng、ing、ueng这一部和平水韵的八庚九青十蒸大体相当，ong、iong这一部和平水韵的一东二冬大体相当。笔者以为，这种办法是可行的。

从诗韵发展的历史看，诗韵分部分目有一种逐渐简化的历史趋向，这里把《汉语拼音方案·韵母表》中反映出来的的35个韵母分为15个韵部，也是在讲得通的情况下，从简化的角度着眼的。从音韵学的角度讲，用《汉语拼音方案·韵母表》来划分韵部当然不会尽善尽美，但笔者认为，这样划分韵部至少有十二个字的好处：便于教学，便于记忆，便于操作。

还有几点要说明的：一是诗词中没法用儿化韵。儿化是一种音变现象。er与前面的韵母相配失去了元音e，r不能代表一个独立的音节，所以不能列一韵。二是轻声不必另立一韵。有的音节，在词或者句子里，因受词义、语法、口语习惯的影响，失去原来的音调变成了轻声。轻声不归四声，难分平仄。所以，轻声无论在句中或在韵脚上都应恢复原读音。三是字音变调一般以读音为准。普通话的语音在音节和音节连续发音时，其中有些音节的声调会起一定的变化。诗中的平仄应以读音即变音为准。因为诗的平仄在写时体现不出来，在诵读时才能体现出来。

本文主张以《汉语拼音方案·韵母表》中反映出来的35个韵母分为15个韵部，在作近体诗时，各韵部之间再没有通押的必要。特别指出的是，前鼻音和后鼻音的韵母不能押。前后鼻音韵母各有8个，混同现象多表现为en行韵母和eng行韵母的不分。唐宋词人填词，地不分南北，人无论男女，地位不别官民，词风兼及婉约、豪放，都有这种现象的存在。流风所及，一至元曲。散曲有，杂剧也有。笔者曾遍检唐宋元填词制曲时前后鼻音en行韵母和eng行韵母不分的作者的诗作，却极少有这种混押现象。解释这种现象的出现，其主要原因是词曲能唱。一般说来，词和曲的韵字都在句尾，即所谓“韵脚”。试想，前一句唱完听到的韵字，再到下一句唱完听到韵字时，已有相当长的时间；这两个韵字的押韵情况，听众已经很模糊了，所以大致过得去就行了。听众的注意力主要集中在唱腔的优美与否，而不是韵脚如何。

笔者以为，今日作诗填词制曲都不应出现前后鼻音en行韵母和eng行韵母不分的现象，因为今天创作的词曲大都是没有音乐的律诗。今天的诗词曲只能吟只能诵，而不能唱。句与句之间的韵字，在吟诵时所用的时间要比唱的词曲少得多，稍有不谐，就能听出来。

晚唐由于首句入韵的律体诗，借用邻韵的韵字作为首句的韵脚，至宋，几成风气，视为定例，叫做“借韵”，特起名号，谓之“孤雁出群”。但古人所谓的邻韵，并不一定是指平水韵的序号相邻者。某韵与某韵通，大抵是古体诗所用韵，与后来的词韵相去不远。无论如何，庚青蒸与真文不是邻韵。清人沈德潜在

《说诗晬语》中说："律诗起句可不用韵，故宋人以来有入别韵者，然必于通韵中借入。如冬韵诗起句入东韵，支韵起句入微，豪韵起句入萧肴是也。若庚青韵起句入真文寒，删先韵诗起句入覃盐咸，乱杂不可为训。"以普通话语音度之，支微二韵之间及本韵目中的有些字，仍不能通押；删先与覃盐咸却可归同一韵部。以上二者，姑不详论，但庚青与真文，无论古今，其韵是不能相通的。故今人作诗若以"晴"与"春"、"新"押，"春"和"城"、"晴"押，都是不合适的。这种押韵在平水韵和普通话的韵母中都找不到依据，当是方言方音使之然。

2001年2月28日中华诗词学会会长扩大会议讨论通过的《21世纪初期中华诗词发展纲要》指出："声韵改革，势在必行。"同时又指出："鉴于目前声韵使用的实际情况，我们一方面尊重诗人采用新韵或运用旧韵的创作自由（新旧韵不得混用）；另一方面又要倡导诗词的声韵改革，执行'倡今知古'、'双轨并行'的方针。即大力倡导使用以普通话语音声调为审音用韵标准的新声新韵，同时力求懂得、熟悉、乃至掌握旧声旧韵。"笔者以为，作诗用韵必须有所遵循。《纲要》所指的新韵当然是普通话语音，旧韵当然指平水韵。作诗用韵，二者必居其一，那种胡乱用韵，而又自诩为"突破"、"解放"者似不可取。这"突破"、"解放"的背后，往往隐藏着对音韵方面的无知和在掌握词汇方面的无能。

"该死十三元"平议

星　汉

平水韵的"十三元"这个韵目中，单凭普通话的语感，"魂浑温孙"诸音很容易和上平声的"十一真""十二文"和下平声的"十二侵"混淆；而"元烦言轩"诸音很容易和上平声的"十四寒""十五删"，下平声的"一先""十三覃""十四盐""十五咸"混淆。一个"十三元"就扯进去平水韵10个韵目，占了平水韵30个平声韵目的三分之一。以其不易分辨，当今从事传统诗词创作的人，几乎无人不知"该死十三元"这句话。于其所自，笔者知道有十余种记述，它们都和清代的高心夔有关。高心夔（1835～1883），字伯足，号碧湄，江西湖口人。咸丰十年（1860）庚申恩科进士，官吴县知县，《续碑传集》卷80有传。所见有关高心夔的记述，多有歧义，笔者于此略作剖析，以就正于方家。

笔者所见最早记述"该死十三元"的当是李慈铭《越缦堂日记》光绪八年十月二十六日日记，谓高心夔：

> 朝考以诗出韵，置四等归班。以己未会试中式，复试诗亦出韵，置四等，停殿试一科。其出韵皆在十三元。湖南人王闿运嘲以诗云："平生双四等，该死十三元。"京师人以为口实。久馆故尚书肃顺家，肃待之厚。庚申殿试，肃方管权张甚，必欲得为状元。询之曰："子书素捷，何时可完？"高曰："申酉间

> 可。”至日，肃属托监试王大臣于五点钟悉收卷，以工书者必迟。未讫则违例，而高可必得第一矣，然高卷竟未完。于是，不满卷者多至百余人，概置三甲。而仁和钟雨人，素不能书，自分必三甲者，竟捷状元。说者以为有天道焉。然高实名士，文章为江右之冠。己未、庚申两榜中人，罕能及之者。后为令江苏，两署吴县，无政声。尝断一富人买妾事，误信市魁，诬为他姓逃妾，致妾及其母皆缢死，富人伤之，亦自缢。高遂病失心一年卒。

李慈铭（1830～1895），浙江会稽人，同治九年庚午（1870）举人，光绪六年庚辰（1880）进士。此人乡试考了11次才考了个举人。中举人后，北游京师，谋得一职，又“为人所绐”。在北京竟然连回家的路费都没有，是在家乡的老娘卖掉田地，才使其返里。其后，又考了五科，才中的进士。这样一位比高心夔还年长5岁的人，对科场上“开后门”的肃顺和“走后门”的高心夔憎恶之情，自在情理之中。这段文字对肃顺、高心夔极尽揶揄挖苦之能事，也就不难理解了。文中的钟雨人即咸丰庚申恩科状元钟骏声；文中的王闿运（1832～1916），字纫秋，又字壬秋，自号湘绮老人，湖南湘潭人，咸丰五年乙卯（1855）举人。《清史稿·肃顺传》谓：“肃顺日益骄横，睥睨一切。喜延揽名流，朝士如郭嵩焘、尹耕云及举人王闿运、高心夔辈，皆出入其门，采取言论，密以上陈。”此处将“平生双四等，该死十三元”的“著作权”归之于王闿运，当是王闿运亦为肃顺门客，彼此熟悉的缘故吧！翁同龢《翁文恭公日记》咸丰十年七月七日日记谓：“碧湄曳裾侯门，为时讪笑。”可以看出当时的人们特别是士林对高心夔的鄙视态度。李慈铭认为，肃顺和高心夔折腾一阵子，仍然是竹篮打水一场空，因为“有天道”的存在，才使“素不能书，自分必三甲”的钟骏声白捞了个状元。高心夔做官后竟然“无政声”，甚至由断案致死人命，不能不说是对这位“名士”“名流”的极大讽刺。

在高心夔中进士的前年，也就是咸丰八年，发生了清朝科举史上的重大案件——“戊午顺天乡试科场案”。此案牵扯到顺天府主考官、文渊阁大学士柏葰。《清史稿·柏葰传》谓：“柏葰素持正，自登枢府，与载垣、端华、肃顺等不协”，“（咸丰）九年，谳上，上犹有矜全之意，为肃顺等所持”。薛福成《庸庵笔记》谓肃顺当殿力争，认为科举是“取士大典，关系至重，亟宜执法，以惩积习”，最后才使“柏葰遂伏法”。此案总计惩处91人，其中斩决5人。《清史稿·肃顺传》最后“论曰”认为“以执法论，诸人罪固应得，第持之者不免有私嫌于其间耳”。就是说指肃顺假借科场之名，行张扬权势之实，故意罗织罪名以泄私忿。

笔者对李慈铭记述的疑问是：柏葰被杀的事儿才过去一年，肃顺就敢如此张狂，把“开后门”的事儿，敢“属托”地位极高的“监试王大臣”？他就不怕“监试王大臣”参他一本，落个柏葰的下场？肃顺和高心夔之间的这种高档机密，知情者只有“监试王大臣”和高心夔，在肃顺被杀之前，他们不可能将此事张扬出去，因为他们也在参与舞弊，一旦被劾，罪名可知！李慈铭说的这次是“庚申殿试”，殿试是由皇帝亲自主持的考试，咸丰皇帝是要在场的。《清文宗实录》卷317咸丰十年四月戊子条谓：“上御勤政殿，召阅卷官入，亲阅定进呈十卷甲第。”肃顺就敢当着咸丰帝的面如此胆大妄为？他去年说过的“取士大典，关系至重，亟宜执法，以惩积习”，这么快就置之脑后？在肃顺被杀之后，也没见朝廷对“监试王大臣”和高心夔有任何不利的动静，高心夔还去做他的知县。倘若真有此事，参加这场殿试的“概置三甲”贡士们还不个个衔恨，趁着肃顺倒霉的时候来个“集体上访”，慈禧太后和恭亲王奕䜣正需要这些材料呢！但是肃顺被杀的罪状里却没有这项内容。另外，值得注意的是，李慈铭所记述的“该死十三元”的问题，出在“会试”和“朝考”上，和“庚申殿试”没有关系。

《庸庵笔记》是薛福成（1338～1894）自同治四年（1865）至光绪十七年（1891）“平生见闻随笔记载”，关于高心夔一事的记述与李慈铭所记大体相同，但也小有修正：一是对高心夔的人品有所提高，谓高“以知县分发江苏，权吴县数年，颇有声绩。然性偏而政酷，卒以此被劾，忧愤而卒”。二是第二次出韵是因为“碧湄因急欲交卷，心手忙乱，试帖诗又出韵，遂列四等”。所以，“碧湄两次出韵，皆在十三元韵中。衡阳王纫秋孝廉（闿运）赠以诗曰：‘平生两四等，该死十三元。’”

刘体仁《异辞录》一书，主要记述咸丰、同治、光绪、宣统四朝的人物和史实。刘体仁的父亲刘秉璋和高心夔同是咸丰十年同榜进士，且都在二甲。刘秉璋后官至四川总督。文中，刘体仁称其父的谥号“文庄”，刘秉璋光绪三十一年（1905）病逝，此条记述最早不会超过光绪三十一年，距高心夔中进士已过了45年。《异辞录》给人的印象是刘体仁记述的内容源于其父，但他却是照抄《越缦堂日记》，他也只能照抄，过去了近半个世纪的事儿，他能说清吗？不同处在于：“庚申殿试”，道是肃顺是“素爱才”，而高心夔又是“国士”，肃顺才让高“必欲得为状元”。这使肃顺的人品又高了一步。《异辞录》中没有高心夔做官后的记述，显然有意对高心夔作了回护。如果咸丰十年庚申恩科闹出许多是非，对刘体仁的二甲第八名的父亲又有什么光彩？

崇彝《道咸以来朝野杂记》云：

> 高心夔，字伯足，江西名士也。居京入肃顺幕，甚尊礼之。会咸丰己未中进士，肃以大魁许之。及复试日，试题为柳暗花明又一村得村字，属十三元韵。高诗出韵，多涉十四寒，遂置四等，罚停殿试一科。次年，置庚申恩科，始得殿试，肃嘱诸监试大臣待高氏完卷，不论时之早晚，即一律收卷。于是不完卷者甚众，其实为高大魁计也。高列于二甲中，并非高第。朝考日，诗题为纱窗宿斗牛得门字，又属用“十三元”韵。（自注：本唐人孙逖夜宿云门寺诗。）高复出韵，置四等，归班铨选。（自注：此项既未指定何官，永无选期，空言耳。）当时有人嘲之曰：‘平生双四等，该死十三元。’高氏后捐纳知县，分发江苏，署苏州某县，因案而自缢，究莫名其妙，盖俗所谓缺德之果也。当庚申廷试抓卷之事，肃虽为高氏谋，其蓄害人之心，士子无不切齿。故其大辟之日，人心大快，不仅为屡兴大狱也。

文中所谓“复试”，指会试中贡士后的复试。会试考试帖诗不能带韵书进入考场。商衍鎏《清代科举考试述录及有关著作》中提到考场例外带入韵书的情况，就是会试后的复试，“题目前为四书文一、五言八韵诗一，每名给官韵一本。”这种复试，既然有“官韵”在手，高心夔再蠢，也会翻翻韵书，何至于出韵？商衍鎏为光绪三十年（1904）甲辰恩科，也为清代最后一科的探花，所记当不会有误。清代的读卷标识，有○、△、＼、｜、×（即圈、尖、点、直、叉）五种，代表五个不同的等级，类似我们今天的五级记分法。如果是“四等”，就是“｜”，类似我们今天的“不及格”。“罚停殿试一科”，就是“没考上”。

崇彝说是高心夔连续两年的考试，都“栽”在“十三元”上，在这里出现了以“十三元”为韵的具体题目，即“柳暗花明又一村得村字”和“纱窗宿斗牛得门字”，第一次还“多涉十四寒”。考场上的一首试帖诗，最多八个韵字，出韵一个字，就不得了，高心夔倘是“多涉”就无异于白痴了。“高氏后捐纳知县”和“因案而自缢”等语，都是想当然地瞎说。对“该死十三元”的著作权的归属也只是模糊地说成“有人”。此书记有丁巳年（1917）的事儿，距咸丰十年（1860）已过57年，所记有误，不足为奇。又崇彝此人是咸丰朝大学士柏葰之孙，行文中谓高心夔的“自缢”，是因其“缺德”，“肃虽为高氏谋，其蓄害人之心，士子无不切齿。故其大辟之日，人心大快，不仅为屡兴大狱也”。愤恨之情，溢于言表。

商衍鎏《清代科举考试述录及有关著作》第八章“科场案件与轶闻”谓：

> 又有恃势力而卒不能达其志者，咸丰九年，肃顺正当国，新贡士高心夔，江西名士也，在肃顺幕中，肃欲以大魁与之。及殿试肃顺为监试王大臣，倡言整顿场规，请颁寿字御印出，而阴告监场御史及收卷官，候高心夔交卷，即传撤卷。时尚未黄昏，凡用意求工者，均未交卷，于是尽以寿字御印钤之，皆置三甲。当时皆深愤肃之专横，不惜扼抑群士，以庇一私人，高遂为人所指目。读卷大臣内有某公，性素倔强，高卷适分其手，即加以巨点，置之次等。并语阅卷同列曰，今科殿试极不公，外议籍籍，此高某卷，吾以勒抑之，倘有诘责，吾愿受过，诸人遂不敢加圈，缘是高卷竟不得登科。及朝考又因试帖出韵，降列四等，以知县归班。高自叹诗，有“平生双四等，该死十三元”之句。谓其皆因出十三元之韵，而两次列四等也。其后任江苏吴县知县，而巡抚为吴元炳，即前殿试时身受其害者，至此未忘前事，遇事与高为难，而高终于去官。众怒难犯，专欲难成，恃势凌人者，又有何益也。

商衍鎏强调的是，不能“恃势凌人”，否则“众怒难犯，专欲难成”，不但考试时“为人所指目”，就是以后当官也让你不顺心。咸丰九年这一科，如果高心夔不遇上“性素倔强”的“读卷大臣某公”，高心夔的卷子不是“适分其手”，在“肃欲以大魁与之”的情况下，弄好了就成状元了。在这段文字不同于其他记述者在于，“殿试肃顺为监试王大臣”。肃顺竟然敢用“寿字御印”作为“未交卷”的记号，这很难令人相信。查《清代帝后玺印集成》，在六册2919方玺印中，“寿”字印只乾隆朝有一方，咸丰朝无此玺印。当是由《清史稿·肃顺传》“肃顺擅坐御位，进内廷出入自由，擅用行宫御用器物”敷衍而来。高心夔会试、殿试、朝考只是发生在“咸丰九年”这一年的事儿。殿试是不考试帖诗的，“殿试的内容，为时务策一道，从清初至清末相沿未变。”(《文史知识》1984 年第 4 期王道成《清朝的殿试》) 所以，商衍鎏只说“及朝考又因试帖出韵，降列四等”，这样一来，下文的“双四等”就没有了着落。这段文字“缘是高卷竟不得登科”也是误记，高心夔不是在咸丰十年“登科”了吗？另外，“某公”对高心夔的卷子“即加以巨点，置之次等”的说法也有漏洞，考卷上加上的“点”再“巨”，还是个点儿，属三等，不是“次等”，更不是“四等”。这里商衍鎏说是“高自叹诗”，而不是“王闿运嘲以诗云”或是“有人嘲之”。据商衍鎏自记，此文作于 1956 年，上距高心夔的“新贡士”，已近百年了，据传闻所记，难免有误。

后来的文人们，对高心夔的同情渐渐多了起来，编故事时，总是为高心夔的“平生双四等”找到合适的理由，如费行简《近代名人小传》说到高心夔殿试时，“是日忽腕作楚，书颇缓”，才导致“置三甲末”。(其实，高心夔是二甲第十五名！) 另外，郭则沄《十朝诗乘》、李宝嘉《庄谐诗话》、孙静庵《栖霞阁野乘》、黄浚《花随人圣庵摭忆》等均有记述，都提到了“该死十三元”，都有一些大同小异的故事。

现代的人对远去的肃顺、高心夔已经不感兴趣了，只是这副联语还在人们的生活中作为茶余饭后的谈资。如张伯驹《素月楼联语》云：

> 高久不第，一岁成进士，复试后肃索其诗稿，悄通关节，乃诗十二文韵，高误押十三元，榜出置四等。及朝考，诗题限十一真韵，高又误押十三元。肃见之，顿足曰：“该死。”遂又列四等。闿运调以联曰：“平生双四等；该死十三元。”肃闻为捧腹。

肃顺说的“该死”是对高心夔恨铁不成钢，肃顺的“捧腹”，是因为王闿运的联语中有他说的两个字。1961 年编成《素月楼联语》的张伯驹已不去再管前人是非，只是认为对联“自来佳制如天造地设，虽鬼斧神工，难穷其妙”(《素月楼联语·自序》)。

百余年间，李慈铭和以后的文人于高心夔的故事和“平生双四等，该死十三元”这一联语屡载不绝，五花八门，各有说词，究竟是为什么呢？笔者以为，不外乎三点：一是肃顺政敌在政治上的需要。肃顺当政时，“持不同政见者”敢怒不敢言，“肃顺败，论者摭拾事故诬之”(李宝嘉《庄谐诗话》)。二是书生求得心理上的平衡。读书人十年寒窗，甚至几十年寒窗为搏一第，但最后还是名落孙山；即便是考中，也不如高心夔来的便当。便编写“走后门”者的故事，以泄心中怨气。三是考生对平水韵的不满。“十三元”确实给考生带来许多麻烦，“该死十三元”，人人心中皆有，但人人口中却无。恰值高心夔两次出韵，加上出句“平生双四等”工整的对仗，也就流传开来。笔者以为，前两个原因，已成为历史的陈迹，但是后一个属于音韵的问题，还在困扰着当今一部分从事传统诗词创作的人，我们就不能不予重视了。

“十三元”为科举考试和平时作诗都带来不必要的麻烦，作诗的人当然痛恨“十三元”。除“十三元”外，平水韵的其他韵目，也有类似的情况。这种脱离实际语音的平水韵，让科举的考生们吃尽苦头，他们当然想废除这种音韵，但是时代不允许。我们在全国通行普通话的今天，再去创作传统诗词，为什么还用平水韵和由平水韵改造过的“词林正韵”呢？“十三元”该死，难道整个平水韵系统就不该死吗？

声韵改革不容否定

——驳一篇所谓的《宣言》

形　星

最近，网上发表的《关于传承历史文化，反对诗词“声韵改革”的联合宣言》（以下简称《宣言》）打出“传承历史文化”的旗帜，给二十年来的声韵改革扣上了“损害传统诗词的文化质量”，“割裂和消解历史文化”，“割断了与海外的文化纽带”等罪名，必欲置之死地而后快。对此，倡行今韵的同志，理所当然地要给予批驳。

先说“传统诗词的文化质量”问题。什么是“传统诗词的文化质量”？从《宣言》的行文中看出，其内涵包括“音声之美”、“精神境界和审美观念”。“音声之美”与声韵有关，而且关系密切；“精神境界和审美观念”与声韵无关。诗词的“精神境界和审美观念”是由作者的思想观念、艺术修养和生活经验所决定的。用古韵（平水韵）写作的诗词，未必都有很高的精神境界和审美价值，用今韵（普通话声韵）写作的诗词未必没有很高的精神境界和审美价值。近些年来，发表在《中华诗词·新声新韵》栏目里的诗词，其“精神境界和审美观念”并不次于发表在同期刊物上的古韵诗词。可见，从“精神境界和审美观念”方面看，《宣言》说声韵改革“损害传统诗词的文化质量”是毫无根据的不实之词。

所谓“音声之美”，实质就是音乐美。诗词的音乐美主要体现在平仄和押韵上。平仄协调可以增强诗句的节奏感，押韵能“构成声音回环的美”（王力语）。这是诗词讲究格律的意义所在。由于古韵已经在很大程度上不符合全国通用的普通话语音实际，今人继续依据古韵来押韵取声，往往出现平仄失调、音韵不谐的弊端；而采用今韵，则可以完整地展现诗词固有的音乐美。可见，声韵改革，即用今韵更替古韵是诗词格律的要求。就传统诗词来说，不押韵能称为诗词吗？而今人用古韵，往往写出不押韵的诗词。如《中华诗词》2005 年第 11 期载有一首小诗：“顷刻八千里，长空展银翼。为觅江南春，却望天山雪。”“翼”和“雪”是古入声字，按古韵可以通押。但今天谁能读出“翼”和“雪”的古入声呢？只能读作 yì 和 xuě，还有“音声之美”吗？从“音声之美”方面看，“损害传统诗词的文化质量”的并不是今韵，而恰恰是古韵。

再说“传承历史文化”问题。党的十七大报告指出：“要全面认识祖国传统文化，取其精华，去其糟粕，使之与当代社会相适应，与现代文明相协调，保持民族性，体现时代性。”这是我们正确对待传统（历史）文化的指导思想。

平水韵确实属于历史文化范畴。其实，平水韵并不是一部韵书的名称，而是一种分韵体系。它的源头是隋人陆法言编撰的《切韵》。《切韵》是适应隋王朝统一后文化上需要全国通用的“正音”标准而出现的。早在隋文帝开皇（581～600年）初年，学者型官员刘臻、颜之推、卢思道、李若、萧该、辛德源、薛道衡、魏彦渊聚会于时任太子洗马的陆爽的府邸，展开了一次编写新韵书的讨论。陆爽之子陆法言“灯下握笔，略记纲纪”。将近二十年后，陆法言因受牵连而被罢官，于是整理当年的记录，撰成《切韵》，时在隋文帝仁寿元年（601年）。《宣言》说《切韵》“由隋末颜之推、萧该、卢思道等著名文学家、音韵学家加以整理和审定”，显然有违历史事实。

《切韵》反映的是南北朝和隋代的汉语语音。《宣言》却说：“《平水韵》始终不是一种活在口头或曾经活在口头的现实语音，而是一种拟合的长期保持恒定的‘书面语音’。”这是不符合历史实际的主观臆断。很难想象，《切韵》的编撰者，以及参与《切韵》纲纪讨论的那些学者们，不是根据现实的口语语音来审音立韵，而是凭空“拟合”。诚然，《切韵》不是单一的语音系统，而是具有折中“南北是非，古今通塞”的综合性质。这既是历史的局限，也是现实的反映。

唐灭隋而兴，把《切韵》定为官韵是正确的选择。正如王力先生指出的那样：“这种韵书，在唐代，和口语还是基本一致的；依照韵书押韵，也是比较合理的。”（《诗词格律》）《切韵》对唐代诗歌的空前繁荣起到了积极作用。

从历史上看，汉语语音总是处于不断变化中。这从我国不同时代的诗歌用韵有所差异中可以得到证明；反过来也证明与现实的口语语音相一致是诗歌的用韵规律。不但中国如此，外国也是如此。所以王力先生又说：“宋代以后，语音变化较大，诗人们仍旧依照韵书来押韵，那就变为不合理的了。今天我们如果写旧诗，自然不一定要依照韵书来押韵。”（同前）可见我们今人用今韵更替古韵是历史发展的结果，并不是好事者的异想天开。

经元、明而至清，汉民族共同语的标准语音——北京语音已经自然形成，其语音系统较《切韵》代表的中古汉语语音系统已有很大变化。然而封建统治者无视这些变化，一直奉《切韵》（《广韵》）为“正统”、“雅音”、“正音”，而把通行的口语语音视为“俗音”、“时音”、“讹音”。清王朝仍把平水韵定为官韵（《佩文诗韵》），正是封建皇权和封建文化保守性的最后表现，是毫不奇怪的。

辛亥革命的成功开启了中国现代化的征程。1913年民国教育部读音统一会颁布了注音字母，确立并推行以北京语音为语音标准的国语，1941年民国教育部国语推行委员会编辑出版《中华新韵》，并延续至今。新中国成立后，《宪法》规定“国家推广全国通用的普通话”，全国人大通过《汉语拼音方案》，颁布《国家通用语言文字法》。这就标志着现代汉民族共同语已经完备，进入完全自觉的时代。在这样的时代，现代汉语仍然要发展，还会出现一些变化，如新词汇的出现，新的语法功能的形成，某些字音的变更等等；但就语言三要素的基本词汇、基本语法和语音系统来说，则是稳定的，不可能再变了。因为这是我们民族的文化命脉所在，我们会更加自觉地来加以维护和保卫。《宣言》以“政治文化中心的转移、民族融合、大迁徙、外来文化的冲击，以及其它各种不可预测的因素，都可能造成现实语音的重大变化”为根据，断言“没有任何理由相信，我们今天的普通话，会是我们民族从此一成不变的终极语音”；只有平水韵才是“维系整个民族的历史文化的基石”。不从现实出发，而以主观预测的不确定的“可能”为立论根据，这是诡辩，是唯心史观的表现，也是民族自信心丢失的表现。即使真如《宣言》所预测的那样，在未来发生了“民族融合”或“外来文化冲击”，致使普通话发生了“重大变化”，那么，在这种汉民族被融合，或汉语文化被冲击的情况下，独独平水韵还能安然无恙，还能成为“维系整个民族的历史文化的基石”，岂不是痴人说梦！

汉语语音既有变化性，更有隐定性。语音的变化也是有其规律的。古四声演变为今四声是一个历史渐变的过程。古入声消失了，但平、上、去三声基本保存下来；古入声字转读阴平、阳平、上声、去声也是有迹可循的。因此普通话语音与中古语音是一脉相承的，并不存在历史的断裂。平水韵三十个平声韵目中，有二十一个韵目与今韵基本相通，只不过平水韵比今韵分得更细些。因此，有相当数量的古典诗词，我们今天读来仍然是押韵的。这正是汉语语音稳定性的所在。《宣言》说平水韵“可以构成中国各大方言的最大公约数”，这是毫无根据的。我国七大方言中，北方方言区占全国汉语人口的百分之七十，其它六个方言区仅占百分之三十。如果说平水韵与各种方言有“最大公约数”的话，这“最大公约数”也只能是汉语语音的稳定性。这才是汉语语音“恒定不变”的要素。

综上所述，不难得出结论：普通话语音是汉语语音历史演变的必然结果。今人作诗填词采用今韵是时代的要求，是国家宪法和法律的要求。从今韵可以完整地展现诗词固有的音乐美这个意义上看，诗词使用今韵是对传统诗词这一文学体裁的继承和发展，既保持了民族性，又体现了时代性。由于平水韵已不适应时代的要求，它只能作为一种音韵知识保存在传统文化中。今天的诗词作者仍有必要学习它，甚至掌握它，目的在于从源头上弄懂弄通诗词格律，全面地欣赏古典诗词。这正是中华诗词学会提出的倡今知古，双轨并行这一方针中“知古”的含义所在。至于平水韵在音韵学中的学术价值，与诗词创作并无关系。《宣言》把“割裂和消解历史文化”的罪名加在声韵改革身上，实在是无稽之谈。

下面说“与海外的文化纽带”问题。众所周知，经过三十年的改革开放，中国已经和平崛起，与世界各国包括华人、华侨的交往与联系，从来没有像今天这样广泛与密切。很多国家出现了学习汉语的热潮。普通话是我们国家标准明确的规范化共同语。我们只能向世界推介普通话以及作为国际标准的《汉语拼音方案》。新加坡是以汉语、英语为通用语的国家，它早已推广普通话，使用简化汉字。最近台湾（虽然不属于海外）当局已“决定调整中文译音政策，改采汉语拼音”（见《参考消息》2008 年 9 月 23 日第 12 版）。我国与海外联系的纽带是多方面的，从文化纽带上讲，汉字和普通话是最重要的纽带，这是我们民族的骄傲。至于如何看待有些华人、华侨和日本、韩国有些人用古韵写作诗词的问题，也是不难解决的。须知声韵改革一方面主张倡今知古，一方面赞同双轨并行，尊重选择用韵的自由；同时主张使用今韵的诗人和使用古韵的诗人和谐相处，互相学习，甚至竞争，让历史作出评判。这当然也适用于海外人士。相信海外人士对声韵改革能够理解甚至赞成；即使不赞成，我们也尊重他们的选择。《宣言》说声韵改革“割断了与海外的文化纽带”，“几近于闭关锁国”，实在是危言耸听。

《宣言》还有一些言论，如挖苦老年诗词作者，诬说声韵改革“导致劣诗泛滥、伪诗横行”等言论，也是站不住脚的，限于篇幅就暂不批驳了。总之，《宣言》是一篇少见的“奇文”。人们从中看到的除了玩弄概念、乱扣帽子、硬伤累累，剩下的唯有狭隘的仇视——对中华诗词学会倡导并写进《21世纪初期中华诗词发展纲要》的声韵改革的仇视。这就从反面警示人们，要继续做好声韵改革的宣传，认真贯彻倡今知古、双轨并行的方针，同时更加努力学习，刻苦实践，创作出更多更好的为人们所喜闻乐见的精品力作，为繁荣当代诗词作出积极的贡献。

旧韵虽难　新韵更难

——与尹贤先生商榷

邹博爱

尹贤先生在《诗韵改革的难关》（《中华诗词》2005年第10期）中说：2001年以来，“诗词刊物能零星地登几首新韵作品就不错了，大多数诗刊仍是平水韵的一统天下，只有极个别诗刊是以新韵为主……为什么新韵难以推行……笔者以为，是一部分人，主要是某些名家和地方掌‘权’人物（会长、主编等）的思想认识，还没有很好解决问题，是习惯势力作怪……入声成了诗韵改革的难关”。

从2005年《中华新韵》试行以来，又过了三年，新韵的推行情况，依然进展不大，上述尹先生所描述的情况基本未变。但依鄙人看来，改革的难关，似乎不是思想、习惯、入声等问题，那么是什么呢？

鄙人以为“势在必行”的诗韵改革，之所以“难以推行”，其原因恐怕还得从新韵本身去寻找。现就新韵使用中出现的一些不尽如人意之处，试列举于下：

山东《江北诗词》2007年第1期22页，梁启义《感兴》（今韵）：“莘莘学子炎黄骄，三箭风雷洞九霄。”炎、骄均为平声，此处当有一字为仄声。又24页，杨世清《菩萨蛮·齐棹舟》（新韵）：“神六月宫访，铁龙岷脊徉。”访，仄声，此处当用平声。

《中华诗词》2008年第11期26页，路焕京《谒汤阴岳飞庙》（“新声新韵”

栏）："庙柏犹有冤狱痕，屡经不敢访汤阴。"有，仄声，此处当用平声。又31页，赵忠亮《行船》（新声韵）："浪花簇簇难分季，鸥鸟依依也为朋。"为，平声，此处当用仄声。

山西《难老泉声》2003年第1期9页，孔汝煌《辞午迎未杂咏》（中华今韵）："飞碟礼仪通前好，灵药因缘续旧情。"仪，平声，此处当用仄声。

四川《天府诗苑》，其稿约中规定"可用新韵"，但创刊以来，上刊的新声韵诗却很少。仅第7期第42页上，用了尹贤先生的新声韵诗《小平故里行三首·佛手山邓母墓》："中华慈母应笑慰，亿万同胞敬小平。"笑，仄声，此处当用平声。

贵州诗词学会《爱晚诗词》总第182期，兴华《谈中华诗词创作的导向问题》，把"世纪颂"一等奖的《赠杜岚女士》（见《中华诗词》1999年第4期）一诗拿出来，说什么"觉得这首诗读起来那么别扭，一点也不顺口……读起来别扭的原因是用了清朝《佩文诗韵》的四支韵"。该诗的韵为：期、旗、兹、词、葵，其汉语拼音均以"i"结尾。按王力《诗词格律》，都"算同韵字"，所以《佩文诗韵》放在四支里。到底它错在哪里？同韵字，就应当顺口。如果不顺口，就是念错了！那与韵书有何关系？恐怕兴华先生的普通话还差一点，甚至还不太懂声韵！却大肆指责诗界名家孙轶青、刘征、周笃文、霍松林、袁第锐、杨金亭诸先生"错导"，真有点冤枉！（详见《远景》第12期，拙文《衣不如新，韵不如旧》）

《中华诗词》，无疑是倡导新声韵的主导刊物，但其中所刊新声韵诗的数量却远比不上《江北诗词》。这也许是稿源的困难！卢亚元《浅议"入派三声"》云："据统计目前用此法投稿的只占投稿者的百分之几，有的想用总不顺手，就连霍松林教授这样的诗坛泰斗，在所作二十余首新韵诗中就有数次出错，而且都是出在入声字改平声字上，（见《中华诗词》2004年第1期陈明致文）可见入派三声也不一定有利于创作实践。"（见《江北诗词》2005年第2期）

末了，我们再回到尹先生《诗韵改革的难关》这个话题上来。尹先生说："为什么新韵难以推行？"其实根本不是认识、习惯问题，而是新韵本身难学、难用；不存在尹先生所说的一部分人、名家和掌权人物"不愿或不屑"写，而是"许多作者仍然不会"写；更不存在什么入声问题。否则就不会像教授和尹先生这样的名家和掌权人物也会出错误！同时从前面所举例中看，炎、骄、访、有、为、仪、笑等字也并不是因为入声出错！因为都不是入声。至今普通话已经推行了六十年，现在再也没有谁敢不说的，人们只恨自己学不会，说不好。正像国语、官话、雅言一样，是一种优良传统，谁都想继承。但是却有少数普通话流利、善用《新华字典》、谙练《中华新韵》的诗人，却不用普通话读诗、写诗，成了当前诗坛的怪诞现象！

据《中华诗词学会通讯》2008年第2期，2007年加入学会的人数为1020人，"集合在当代诗词旗帜下的作者已逾百万"。可以肯定：其中百分之八九十的诗友都是赞成或者使用通韵的，但赞成或使用新韵的诗友却不多，为什么？因为通韵宽松自由，比旧韵容易得多；新韵有许多约束，比旧韵难得多！所谓新韵只比旧韵晚七十年，新韵"新"不了多久，旧韵"古"不到哪里去！（见《中华诗词》1995年第1期刘友竹《诗韵改革必须以平水韵为基础》）其实"新"字的实质，只不过是少数人为消灭旧韵，滥加种种溢美之词所装饰出来的幌子而已。新韵不新，它是与旧韵同时代的北曲曲韵，不是华夏诗韵，也不是中华词韵，更不是全民音韵。它难学，故罕有人用。作者不用它，诗刊的编辑又能奈何！还不是"来稿照登"，管它什么新旧呀！

简论古今音韵中的标准语

王国赋

要繁荣和振兴中华诗词，无论是写作、鉴赏，还是吟诵，都要研究古今音韵学，研究它的历史衍变和发展。正如钱仲联在《梦苕庵论集》中所强调的两个关键：即必须抓住诗词的"声"与"色"。所谓"声"，就是诗词的声调和音节表现于格律之中，即诗词的音乐之美。早在2000多年前，《尚书·尧典》就指出"诗言志，歌永（咏）言，声依永，律和声"。强调诗词要声律美。而"色"，则是诗词的文采与藻饰，诗人通过修辞设色，描绘生动的形象，增强言志抒情的作用，将读者引入丰富美妙的意境。

吟诗作词要达到声律美，就必须研究和精通音韵学。因为音韵学是研究汉语语音沿革，辨析字音的声、韵、调，并研究其不同历史时期的分合变化的学科。当然更要研究古今音韵学中合乎规范的标准语，诗词作者并且要精通标准语，也就是我们今天所说的共同语或普通话。懂得语言音韵学的都知道，现代汉民族的标准语或普通话的定义是以北京语音为标准音，以北方话为基础方言，以典范的现代白话文著作为语法规范。一般说来，一个国家的共同语或普通话，通常是在政治、经济、文化较发达地区方言的基础上发展起来的。古代的标准语也是如此。

我国古代的普通话基本上是以河南话为标准音。古代的普通话称雅言，即在语音、词汇和语法方面都合乎规范的古代通行的标准语。我国最古老的词书叫《尔雅》，意为解释雅言以逼近正音。而雅言又来自夏言，古时"雅"、"夏"互通。孔子论诗，"大雅"、"小雅"也作"大夏"、"小夏"；墨子也称"大雅"为"大夏"。孔子在《论语·述而》称"《诗》、《书》执礼，皆雅言也"。《尚书·汤誓》中记夏民诅咒夏桀"时日曷丧？予及汝皆亡！"这些民谣都是押韵的，押韵系统与周代古音基本相同。所以说，夏、商、周三代的标准语基本是一脉相承。

由此看来，我国夏、商、周时即有标准语或普通话了，至今已有4000年的历史了，它早于文字和诗歌。那么当时又是以什么地方的语言为标准音呢？通过大量的文献资料和现代考古考证发现，东周的"雅言"是以王都洛邑（洛阳）语音为准。再往上追溯至夏、商两代，也是如此，因为夏朝起于晋南和豫西，长期建都于伊、洛地区。司马迁《史记·货殖列传》说："昔唐人都河东，殷人都河内，周人都河南……建国各数百千岁。"又说："昔三代之居，皆在河、洛之间。"并形成了最有影响的"河图洛书"。

因为河、洛地区这片广袤的沃土是中华先民最早繁衍生息之地，更是中华文明诞生的源头之地。河、洛地区是炎黄二帝诞生和活动的主要地区，当时的农牧业已相当发达，人口繁盛，并率先进入了奴隶制社会，进而建立了中国最早的国家——夏王朝。登封的告成即夏朝的首都。"国家是文明社会的概括"（恩格斯语）。尔后，在河、洛地区即出现了更为成熟的文字和城市，标志着中华文明已经发展到了全新的阶段。所以说河、洛地区孕育了华夏文明，河、洛文化是中华民族的核心文化，成为中国儒家经典之来源，洛阳边上现存的偃师二里头古都遗址完全可以印证。最早"中国"这个概念的外延极小，仅指中州、中原一带，其四周，东方称"东夷"，南方叫"南蛮"，西方为"西戎"，北方呼"北狄"（由于历史局限，古人有种族歧视倾向）。因此，古代的标准语也只能是以洛阳为中心，以此地的语音为准。此后，历代皆以洛阳太学教书音为标准音，作为读书音薪火相传，影响了中国以后数千年。

夏、商、周三朝长期建都于洛阳一带，东周时的普通话是以王都洛阳语音为准，往上承自周人学习殷商文字，商代则继承夏朝文化。语言是有规律的发展，可以用一些材料，根据音韵学规律来复原古音系统，把古代音重建出来。通过对上古音的研究，雅言的音我们已经重新构拟出来了，如今已经能够将《诗经》、《论语》用孔子时代的上古音读出来。我们现在的普通话中仍包含有一半左右的上古音。

周代以后历朝也都以中原语音为标准，教育与办公都要求学标准音。首先是师教，我国自实行由小学开蒙学至太学的制度，童子上学的第一步就是识字，不许教土话和方言，要教标准音。相传，孔子有弟子三千，来自四方，他是用雅言标准音授课，同弟子相互交流的。于是，标准音才能一代一代地传承下来。

汉代大学者扬雄在其巨著《方言》中称普通话共同语为"凡语"、"通语"或"凡通语"，有人认为，扬雄是以秦晋话为通语。实则不然，当时的秦晋仍是一支方言，并非标准音。即使到了唐宋时期，都城虽然迁至长安和开封，可当时的标准音既非长安语也非开封音，仍推崇洛阳读书音为正音，"因其居天地之中，禀气特正"（唐李涪语）。"中原惟洛阳得天地之中，语音最正"（《陆游·老学庵笔记》）。唐代学者孙湎著的《唐韵》，宋代陈彭年著的《广韵》（我国第一部官方编修的韵书）和丁度编著的《集韵》，以及元代所编著的我国第一本拼音韵书《蒙古韵略》，也同样以宋、金的洛阳读书音为标准。元代文人周德清在《中原音韵》序中云："欲正语言，必宗中原之音。"至于明初编辑的《洪武正韵》，仍然声称"以中原雅音为定"。但此时的标准音也叫官话，即官场的办公用语，为教学读书唱诵用语。明代的官话依然以河南的中州音为准，以历史上洛阳的读书音作为办公用语，并非洛阳口语。即使明代燕王朱棣篡位后将皇都从南京迁到北京之后，也还是以洛阳读书音为标准音。

从东周到明代，洛阳的标准音地位延续了几千年，雅音随着时代虽然也发生了某些变化，但变化不大。唐代曾有人尝试用长安音编韵书，可是不能流传，原因是它不标准。公元 601 年，隋代制定的《切韵》共 5 卷，颜之推、陆法言等八个学者，都是从邺下到长安作官的，但论韵时标准点只提洛邑，不提长安，还批评关中音不标准。这部音韵学著作问世后，统一了当时南北书面的音韵，奠定了我国音韵学的基础。唐、宋、明各朝，虽然京都离开了洛阳，其语音虽发生了一些变化，但也只是出现某些官话支派，并没有改变洛阳的标准音地位。

世界上任何事物都是在不断地发展变化，古汉语的标准音也是如此。公元 1644 年 5 月，清军由白山黑水间闯入关内，入主中原统一中国后，随着政治、经济和文化的变化，语言音韵也跟着发生了相应的变化。满清统治者，一方面要保证满语的“国语”地位，另一方面又要推行汉民族共同语“官话”。到了清代中期以后，由东北旗人语、北京官话和北京老话三者结合成一种新的北京话，成为普通话语音的基础。北京话的底子是中原与河北官话的结合。清代学者夏仁虎指出：京师“言庞语杂，然亦各有界限。旗下话、土话、官话，久习者一闻而辨之”（《旧京琐记》）。

清代初期读书人还坚持原来的标准音（洛阳读书音），后来坚持不住了，也学起当朝皇帝的官话了。为了获取民心，加强专制，加速语言文化融合，清雍正六年（1728 年），雍正皇帝还破天荒地下了一道推行汉语普通话的上谕：以福建、广东人多不谙官话，著地方官训导，廷臣议以八年为限，举人生员贡监童生不谙官话者不准送试。上谕颁布后，闽粤两省的各个郡县普遍建立起了正音书院，教授官话，凡是走读书、考试、当官之路的读书人都要懂得官话，但并没有取得立竿见影的效果。对全国官话标准来说，北京话的地位是到了清代中后期才逐步提高的。到了民国时期，教育界才提出以北京音为国语标准音，但当时的教育部没批准。直到新中国成立后的 1955 年，全国文字改革会议和现代汉语规范问题学术会议才正式确定：普通话“以北京语音为标准音，以北方话为基础方言，以典范的现代白话文著作为语法规范。”从此，才正式取代了延续了千年的以洛阳读书音为标准音的地位。中华数千年的优秀文化，是靠汉语继承下来的，普通话一直是中华民族一股巨大的凝聚力。

声韵是诗词音乐美的载体，也是诗词易于传诵的艺术要素之一。汉语诗歌，从两千多年前的《诗经》开始就合辙押韵，尤其是到了唐代，白居易等名家每写完一首诗或词，都要先送到乐府给女艺人试唱品评，看其是否符合标准音，是否具有音乐性和声韵美，中华传统诗词是这样，当代诗词创作更是这样要求，更要严格讲究标准音。因为当代诗词要富有节奏感和音乐美，便于吟诵读唱，必须按照普通话的标准音来创作。正如著名语言学家王力先生所强调“新的诗韵是以现代的北京实际语音为标准的，这样，才不至于弄成四不像的韵语”（《汉语的起源及其流变》）。当代诗词专家霍松林教授也说：“诗，特别是律诗绝句，既是看的，更是吟的，唱的，诉诸听觉的。”当代诗词要做到平声高扬，仄声下抑，二者交互搭配，有抑扬顿挫，往复回旋，相应相和的韵致，必须依普通话的语音规范来创作。我们泱泱大国，民族众多，地域辽阔，方言众多，如果都我行我素，各用各地音，各唱各的调，写出来的诗词人们可能听不懂，也看不明白。

为此，《国家通用语言文字法》已于2001年1月1日正式颁布实施。同年9月9日，《人民日报》又专题发表了《推广普通话，促进语言文字规范化》的评论员文章，着重指出："在工作和业务活动中使用普通话，不再单单是个人行为，而是一种法律行为，应当成为公民的基本能力和自觉行动。"与此同时，2001年2月28日，中华诗词学会也正式推出了《21世纪初期中华诗词发展纲要》，明确"倡导诗词声韵改革，执行'倡今知古'、'双轨并行'方针，即大力倡导使用普通话语音声调为审音用韵标准的新声新韵，同时力求懂得、熟悉，乃至掌握旧声旧韵"。这无疑为当代诗词的繁荣和健康发展指出了方向和途径。所以，广大诗词创作者与爱好者必须明白，现代汉民族的共同语就是普通话。

前人早就指出："时有古今，地有南北，字有变革，音有转移，亦势所必至。"（《毛诗古音考》）所以，当代诗词研究者和广大爱好者，要想创作出无愧于时代、脍炙人口的当代诗词精品，必须了解并精通中华传统诗词古汉语音韵学中的标准音的衍变及其发展规律，研究古今音韵学的共同点与不同点，掌握现代汉语的标准音，在诗词写作中尽量采用新声韵，只有这样，我们才能推陈出新，倡今知古，古为今用，呈现古韵新声并存，老树新花争艳的态势，学习掌握并推广现代汉语的普通话和标准音，在继承优秀民族文化传统的基础上，繁荣当代诗词的创作，推动当代诗词持续、健康地发展。

加强对网络诗词和诗词网络的关注和领导

国印周

一个时期以来，随着互联网业务的迅猛发展，网络诗词异军突起，迅速占领阵地，在全国建立起了一批大大小小的诗词网站（论坛）。队伍形成之快，参与作者之众，点击数量之多，大大超出了人们的意料。为了适应这种局面，一些综合性文学网站，也纷纷开辟诗词板块，以吸纳更多的作者。网络诗词大军的迅速成长壮大，对中华诗词的传播、发展起到了很大的推进作用，这已经成为一个不争的事实。在这种形势下，顺应潮流发展，承认并肯定网络诗词的成果，规范网站的诗词业务，引导网络诗词沿着正确的轨道发展，已经成为摆在各级诗词学会和广大诗词工作者面前的一项及其重要而紧迫的任务。

下面，我对近年来网络诗词的情况进行剖析，并对其发展谈几点粗浅的看法。

一、网络诗词的特点和优势

网络诗词之所以能够在较短的时间内得以快速发展，得益于它有四个明显的特点和优势：

第一，开放性。网络的开放性是显

而易见的。目前，电脑作为最先进的传播工具之一，正以极快的速度进入千家万户，逐步成为城乡居民工作、生活之必需。电脑的普及为网络诗词的发展大开方便之门。诗词爱好者坐在家中只要用鼠标轻轻一点，众多的诗词网站就立即进入了屏幕。你喜欢阅读吗？这里应有尽有。唐诗、宋词、元曲，律诗、绝句、古风，立即展现在面前，不管是全集、选集还是某一作者的任何一部作品，查询起来得心应手。你想学习诗词创作吗？许多网站或论坛将诗词格律、词谱刊列在显要位置，不少网站的论坛在显要位置设立了《诗律浅说》、《平水韵部》、《平仄粘对》、《白香词谱》等栏目。有的网站（论坛）把目前在新华书店很难买到的诗词格律工具书，如《唐宋词格律》、《康熙钦定词谱》等全文搬在网页上，任你阅读或复录。你想看到当代作者的诗词作品吗？只需打开这些网站的诗词论坛，每天都有大量新作品问世。诗词网站的开放性，大大满足了人民群众学习诗词的需要。一些诗词网站还通过搞沙龙、办讲座来培训作者。有的还开办了“中华诗词网络学院”，请多位名家授课，初学者足不出户就可以学习诗词创作知识。

第二，便捷性。所谓便捷性，就是快。只要你到任何一个诗词网站（论坛）注册，就立即成为这个网站的会员。不需要再办理任何手续。就可以在这个网站上发表作品，参加学习，参与评论。由于诗词是文学作品，发表时一般不必经过编辑审查，所以作者随时写出，随时即可发表，节省了许多中间环节。同时，一个作者可以同时在多家诗词网站注册，作品亦可同时在多家发表。更有利于初学者听取多方面的不同意见。诗词网站的便捷性，推动了网络诗词以极快的速度发展，成为广大诗词爱好者最方便的发表平台。

第三，互动性。网络诗词的互动性，是它得以快速发展的重要因素之一。我们的作者写出了作品，总是愿意同人交流的。在交流中，一是能够听到肯定或否定的声音，有助于学习改进；二是能够听到不同意见，取长补短；三是能够及时读到别人对作品的见解，了解和掌握靠自学一时得不到的东西。在诗词网络中，人们互为老师，同时又互为学员，相互帮助，相得益彰。当然，在一个诗词网站上，总会涌现出一定数量的诗词高手，他们的才华会在网上得到充分肯定，成为一些作者学习和崇拜的对像。

第四，号召性。诗词网络在诗人队伍中的号召性是显而易见的。它十分便于在一定范围内组织诗词创作活动。一篇优秀诗作发表后，往往可以得到几篇、几十篇和诗。在较大型的网站（论坛），一篇征稿帖子发出，在数日内即可得到几十首甚至数百首作品。遇有重大题材或重大活动，一篇帖子便可“号令”全国诗坛。其号召力、时效性是其他文艺媒体无法相比的。从这个意义上讲，它十分适合从中央到地方各级诗词学会（协会）指导工作、发布信息、公布意见和决定，做到传达精神不过夜，听取意见面对面。

二、网络诗词的问题和现状

由于诗词网站（论坛）是各地或某些个人自发建立或组织起来的，在目前尚没有统一的指挥系统和指导机构，全国上下各个诗词网站缺乏统一的管理和要求，在运行上，好多问题已经显现出来，归纳起来主要是：其一，“政令”不统一，缺乏统一意志。中华诗词学会是全国性的诗词社团，但据笔者观察，除广东顺德张弛创办的“中华诗词论坛”能够较多地发表一些中华诗词学会的消息外，在全国许多网站（论坛），从来没有中华诗词学会的任何消息发布。其会员（即在所在网站注册的人员）只知道有其网，不知有中华诗词学会和所在省市诗词学会（协会）。更谈不上接受全国和所在省市诗词组织的领导。这样，就出现了各级诗词组织和诗词网站的“两张皮”状态。这样一来，全国和各级诗词组织的声音在网上受到梗阻，这对于中华诗词的再度繁荣，无疑是一大损失。其二，诗词业务不规范，无章可循。二十世纪九十年代以来，中华诗词学会在诗词改革和繁荣发展上颁布了一系列重大举措，如新声新韵同旧声旧韵双轨并行的问题；大力推行新声新韵的问题；实施精品战略的问题，在全国创建“诗词之乡”的问题；诗教问题等等。在这些重大举措面前，全国许多网站处于“不了解”、“不知道”、“不配合”状态，在执行上各行其是。与此同时，不少网站不仅不谈诗词改革，反而对古代诗词的教义越抠越细，诗词创作和社会现实越拉越远，不少注册会员不知道当代诗词为何物，有的甚至公开拒绝诗词改革，反对实行新声新韵，对初学诗词者造成了误导。其三，“山头”林立，各行其是。由于全国大大小小的诗词网站（包括其他文学网站设立的诗词板块）大多独立于各级诗词学会（协会）之外，形成了当今诗词界特有的“山头”。这些“山头”，各自覆盖着不同的地域和人群，有的影响很大。在一些网站，不同程度地存在中华诗词学会的声音听不着，各级诗词组织抓不着，地方政府和有关组织不会管、管不着的问题。在当代诗词的发展趋向上，存在着很大的自发性和盲目性。在这种情况下，有些网站的诗词作者，对近年来推行的诗词改革一无所知，导致诗词创作一味“复古”，甚至对表现新思想、新语言、新事物的贴近时代的作品冷嘲热讽，自觉不自觉地同诗词改革唱着反调，网站组织者却浑然不觉。

对于上述问题，并不是所有的诗词组织（协会或学会）都漠然视之。据笔者观察，近年来，一些诗词组织已经采取了相应的应对措施，取得了十分明显的效果。在广东人张弛开办的“中华诗词论坛”上，就有两个诗词组织十分活跃。首先是吉林省诗词协会。他们在“中华诗词论坛”上，牵头组建了《关东诗阵》板块，团结了东三省和全国大批诗词工作者。几年来，他们借助《关东诗阵》这个阵地，多次举办大型重点采风活动；每年都召开“关东诗阵”年会，总结部署工作；推动“诗词之乡”建设；以板块为依托，为重点名胜、重点历史人物征集诗稿，编纂诗集等，取得了积极的成果。《关东诗阵》每天帖子发表数都在五百到八百之间，甚至达到一千以上，成为“中华诗词论坛”的金牌板块，全国任何一个诗词网站，其点击率、实效率都无法同它相比。其次是河北省隆尧诗词学会，从2006年起，在“中华诗词论坛”组建了《燕赵风骨》板块，并把它作为自己的网刊（与纸刊《尧乡诗词》并列），确定一名副会长担任首席版主。近五年来，这个板块在隆尧诗词学会的直接领导下，借助网站这个阵地，团结凝聚了河北地区及全国大批诗友。他们还建立了一支强有力的版主队伍，勤恳工作，无私奉献，坚持网络诗词的正确方向；培养锻炼了一大批诗词队伍，赢得了诗词界的好评。上述实践证明，由各级诗词学会来领导诗词网站（论坛）的工作，将是一条成功的路子。

三、加强对网络诗词、诗词网络的领导

毋庸讳言，蓬勃发展的网络诗词已经成为活跃在中国诗坛上的一支新军，它以便捷的方式、独有的魅力吸引着千百万诗词爱好者。目前，不仅是初学者，中老年诗人（包括一些专家、学者）也正在越来越多地加入到这支队伍中来。因此，高度重视、正确引导、积极推动网络诗词的发展，已经刻不容缓地摆在各级诗词学会（协会）面前。

第一，提高认识，尊重并肯定近年来网络诗词对普及和发展中华诗词事业作出的贡献和成果。要端正对网络诗词的看法。网络诗词不是“另类”诗词。一个诗词作者（包括名家、专家、大家）撰写的诗词作品，发表在网络上，就是所谓网络诗词。它同我们在诗词刊物上看到的诗词作品，并没有严格意义上的区别。所不同的是，刊物上发表的作品，是经过编辑层层把关遴选出来的，是比较成熟的作品；网络上发表的诗词作品，是作者自主发表上去的，是没有经过编辑遴选的作品，是直接来自人民群众的“绿色”产品。从某种意义上讲，网络诗词所反映的，是群众性、普遍性和普及性，它是中华诗词走向复兴阶段群众性诗词作品的集结地，是群众性诗词创作的海洋。

第二，采取措施，积极加强对诗词网络的领导。网络诗词本身就是中华诗词的重要组成部分。目前存在的各级诗词学会（协会）同诗词网络“两张皮”、“分门另过”的现象是历史原因形成的，是不正常的，这个问题必须妥善解决。各级诗词学会（协会）应该通过协商，把现有诗词网站（论坛）统一纳入到各级诗词学会（协会）的旗帜之下。当务之急，是摸清现有诗词网站（论坛）和兼有诗词论坛的综合性网站底数，理顺与现有诗词网站（论坛）的关系，改变“两张皮”的现象，变“分门另过”为一家人合起来过，组成新的“诗词大家庭”。在方法上，可以采取“派进去，请进来”的方法，区别不同情况，分别解决对诗词网站的领导问题。各级诗词学会（协会）都应该有一名主要负责人主管诗词网络的工作。

第三，发挥作用，让诗词网站成为繁荣发展中华诗词的重要载体。诗词网络是当今诗词界最先进的传播媒体，是信息时代作用于当代诗词的重要体现。为此，它应该是从中央到地方各级诗词学会（协会）联系全国诗词队伍的桥梁和纽带。各级诗词学会（协会）应该通过诗词网站（论坛）传递声音、发布信息、听取意见、了解情况、指导工作，让网站真正成为自己工作的左右手。

第四，总结经验，制定政策。在充分调查研究的基础上，对各地诗词网络的活动经验进行总结，同时召开全国网络诗词工作会议。这是一项极其重要的工作，其重要意义在于，推进中华诗词传播媒体的现代化；进一步壮大队伍，凝聚人心，推动全国诗词界的大团结；保证全国诗词界信息通畅，政令统一。

当前，全世界已经和正在进入信息时代。有专家预言，在本世纪二十年代，作为印刷品的报纸、刊物将在全世界消

失，代之而来的就是电子阅读。我们姑且不去讨论这个预言是否可靠，但电子媒介的发展速度之快已经成为无可争论的事实。因此，只要我们迅速占领了网络诗词这块高地，就一定会赢得更大的主动权，中华诗词再度复兴的目标就会加快实现。

日本古代汉诗初探

林　岫

日本汉诗是用中国汉民族文学语言和传统诗歌创作形式表达日本诗人思想感情的诗歌作品。它是日本汉文学艺术宝库中最主要和最有价值的文学珍品。

日本汉诗，跟至今活跃于日本书坛的汉诗文书法一样，昭示了借助中国艺术语言表现日本艺术家审美理想的可能性。这个特殊的文化现象，在中日文化交流史上有着重要的研究价值。如果抛弃“淮北生枳”的陈见，从比较学的角度进一步研究和正确评价日本汉诗，对了解日本汉文学，研究诗歌创作心理学，甚至更深刻地理解中国古代诗家作品，无疑也具有重要的意义。所以，本文拟从不同的发展时期对日本古代汉诗作初步的探索。

日本古代汉诗的发展，至 1868 年日本近代史上划时代的明治维新为止，大致经过了奈良平安时代的贵族汉诗、镰仓室町时代的禅林汉诗和江户时代的儒士汉诗三个时期。

从飞鸟时代经奈良时代至平安时代结束，其间六百年（593～1192）之久，是汉诗在日本破土萌蘖而生的时期。

据《隋书·东夷传》和《北史·倭国传》载，日本推古天皇十五年（607）派遣小野妹子等赴隋之前，就已经跟隋朝有文化往来。史载有名的遣隋留学生虽然仅十余人（一说 13 人），但并不以学佛法为主。在漫长的二三十年留学期间他们广采中国礼文政治等，东归后对当时日本上层社会的文化影响是极为明显和深远的。478 年日本倭王武（即雄略天皇）致刘宋顺帝的表文，散骈合体，就一如六朝散文。后来的天皇都雅尚汉字书法和汉诗文，并以此奖掖皇子、朝臣，汉文便逐渐成为王朝中通行的官方文字。从现存的资料看，最早的汉诗作品是大友皇子（648～672）写的《侍宴》和《述怀》。

奈良时代（710～784）的日本皇室推重萧统《文选》，并以此作为学习汉诗文的范本，朝臣多能暗诵，所作汉诗取典或安章之法多据《文选》，诏策、文告等用骈散交互的汉文，如 719 年表彰入唐十八年学而有成的释道慈的诏书（见《续日本纪》）、756 年光明皇后御制《东大寺献物帐》（见《东大寺要录》）等皆如是。此风一直延至平安朝（794～1192）初期也唯增无减。718 年曾有过“凡进士试时务策二条，帖所读《文选》上帙七帖、《尔雅》三帖”的规定，至平安朝延历十七年（797）太政官又宣令 16 岁以下“大学生”须先习《尔雅》和

《文选》，所以在这个背景下，编纂于751年的汉诗集《怀风藻》（辑60家诗120首）显见饮承秦汉六朝和初唐诗风的痕迹，是十分自然的。联系之后的作品来看，《怀风藻》无疑属于已经逝去的飞鸟和奈良时代。《怀风藻》是日本诗歌史上第一部汉诗集，江户汉学家江村北海在《日本诗史》中说“古昔诗可征于今者，莫先乎怀风藻”，足见其镒金拱璧之位。

《怀风藻》中大部分汉诗的句式、句意或篇法皆有祖构，用典也多出于中国神话和秦汉六朝诗文。其中句式相袭者最为多见，如：

凤盖随风转，鹊影逐波浮。

（日）藤原史《七夕》

姮娥随月落，织女逐星移。

（梁）庾肩吾《七夕》

句意相袭者，如：

巫山行雨下，洛浦回雪飞。

（日）荆助仁《咏美人》

飘摇兮若流风之回雪。

（魏）曹　植《洛神赋》

洛浦疑回雪，巫山似旦云。

（梁）何思澄《南苑逢美人》

这些汉诗形象地展示了日本诗人由憧憬到追摹的过程，故学步之艰难也历历可见。从内容题材和表现手法等看，《怀风藻》部分作品确实存在着牵文缝合的问题，但作为最早的汉诗集，《怀风藻》荟萃了汉诗在日本早期的萌芽作品，仅此，就确立了它在中日文化交流史上的重要地位。

九世纪初，平安朝的嵯峨天皇（810～823在位）敕撰《凌云集》和《文华秀丽集》，淳和天皇（824～833在位）又敕撰《经国集》。这三部汉诗集在内容和诗体体制特点等方面的变化，显示了平安诗风的新气象，也展示了日本汉诗经历过由秦汉六朝而隋唐的嬗递历程。这个历程虽然比同期中国的诗歌发展要滞后一百多年，而且奈良汉诗那种贵族气氛仍笼罩遍至，但以唐朝文化为源头的平安汉诗毕竟因获得新的契机而趋创新，为诗坛带来了一股清新之气。

从奈良朝前舒明天皇二年（630）到平安朝宽平六年（894）派遣唐使为止，日本共派出遣唐使191次（人数最多的一次达六百名）。加之其间商船往来，遂为大量移植唐朝文化开了方便之门。八世纪中叶，“仿唐风”已无所不及，学汉语和吟汉诗成了朝臣贵绅的日课，使和歌等本土文学一度受到压抑。当时上层社会还流传着《离骚》、《庾信集》、《太宗文皇帝集》等抄本，汉诗人“涉汉魏六朝唐诸家必矣”（见《本朝一人一首》卷十）。待中唐元（稹）、白（居易）二氏诗传入后，朝野随即翕然相从，诵读和学作白诗一时蔚为风气。日本《本朝丽藻》（卷下）说“我朝词人才子以《白氏文集》为规摹，故承和（834～847）以来言诗者皆不失体裁矣”，可知当时步趋白诗盛况。在中唐诗风影响下，汉诗的创作也由原来皇苑内写侍宴从游之类，扩大为贵绅间的唱和题咏等。诗人在用汉语表情达意，甚至平仄声韵的使用上都远比奈良时期成熟。受白居易《新乐府》、《秦中吟》诸诗的影响，有些诗人还写出了一些咏史言志和反映民生疾苦的作品。诗体上，七言歌行、近体和乐府诗的出现，也使《怀风藻》以五言为主的格局大为改观。这时的汉诗人都是厚学博闻的贵族或皇亲国戚，著名的有菅原道真、三善清行、嵯峨天皇、都良香、纪长谷雄、藤原为时，女诗人有智子内亲王、惟氏等，他们的作品代表了这个时代汉诗的创作倾向。例如嵯峨天皇（786～843）的《渔歌子》（五首，选二）：

溪边垂钓奈如何，世上无家水宿多。
闲酌醉，独棹歌。浩荡飘飖带沧波。

寒江春晓片云晴，两岸花飞夜更明。
鲈鱼脍，莼菜羹。餐罢酣歌带月行。

明显模仿唐代张志和的《渔歌子》（西塞山前白鹭飞，桃花流水鳜鱼肥。青箬笠，绿蓑衣。斜风细雨不须归），张诗（后定为词）尾句用了“不”字，嵯峨五首均用“带”字。当时奉和者也有用“送”、“入”等字的，皆略得玄真风神。以天皇至尊之身写渔家生涯本属难为，但这组诗还是写得情趣盎然且造语俊逸疏快，唯“鲈鱼脍，莼菜羹”用《晋书·张翰传》见秋风思吴中莼羹、鲈鱼脍事说本土渔家，未免牵强。

又如菅原道真（845～903）组诗《何人寒气早》（十首，选后二首）：

何人寒气早，寒早卖盐人。
煮海虽随手，冲烟不顾身。
旱天平价贱，风土未商贫。
欲诉豪民推，津头谒吏频。

何人寒气早，寒早采樵人。
未得闲居计，常为重担身。
云岩行处险，瓮牖入时贫。
贱卖家难给，妻孥饿病频。

菅原道真是平安朝著名汉学家，曾官至右大臣兼右近卫大将，此组诗是901年冬季遭谗迁九州，在领地赞州哀平民疾苦而作。当时豪族大肆兼并土地，并纠集地方富绅爪牙欺压平民，诗中写的十种苦寒之人实为平安平民痛苦生活的写照。类同此诗的，还有菅原道真的《路遇白头翁》、纪长谷雄的《贫女吟》等。对这类诗，有些研究者断为白诗的仿造之作。其实，参照白诗原本，从命意或篇法处理上分析，这类诗与《怀风藻》中的部分步踵之作绝不可相提并论。《何人寒气早》虽然在篇法上借鉴白居易《春深》（何处春深早，春深富贵家），但菅原之诗专写平民苦寒，直歌其事，自然浑成，并无斧凿之痕。又如《路遇白头翁》，虽然在命意上本自白居易《卖炭翁》，但前诗采用诗人与白头翁对话的叙述形式，与后诗纯写诗人眼中所见不同；又前诗借白头翁之口对官府先贬后颂以表达诗人对统治者“愿因积善得能治”的愿望，与后诗以“苦宫市”抨击社会现实自不相同。又如菅原道真的《不出门》（七律）中“都府楼才看瓦色，观音寺只听钟声”，研究者都认为是撷取白居易的“遗爱寺钟倚枕听，香炉峰雪拨帘看”而来。平心而论，不但句意不能断为沿袭，而且从句式上看，后者显然是白诗中最常见的“四二一”（或作“二二三”）结构，如“昭阳殿里恩爱绝，蓬莱宫中日月长”、“陶令门前四五树，亚夫营里百千条”等，而前诗“都府楼—才看—瓦色，观音寺—只听—钟声”却是“三二二”结构，如同白诗的“巫女庙花红似粉，昭君村柳翠于眉”等。上述这些同异互见的现象，不单关系到对日本早期汉诗作品的评价问题，重要的是，透过这些现象，我们看到了平安汉诗诗人对唐朝文化巨大冲击下的新思考和新作为。这恰是平安汉诗的价值所在。

平安诗风的变化，除题材范围的扩展，汉语语汇量的增加和表现技巧的进步外，还表现在平安汉诗人不安于故步，竭力缩短与同期中国诗人的距离并力求汉诗日本化所作出的姿态和努力。编纂于九世纪末期的《新撰万叶集》将表现同主题、同意境的和歌与汉诗一一对排，相对奈良朝后期的《万叶集》，不难看出汉文学对和歌的渗透和影响。之后，藤原公任（966～1041）又编出了第一部日本诗歌名句选，即《和汉朗咏集》。这两部集子的和汉并排，是饶有深意的。提供比较的机会，就有启发、撷取、醇化或靠拢的可能。这就是不安于故步的反思。在此之前，日僧空海（774～835）所辑《文镜秘府论》曾提倡“以敌古为上，不以写古为能”、“凡高手言物及意，皆不相依傍”等，可以说，已从理论上为反思指出了方向。再加上唐诗云水般地涌入，又从题材革新和诗体嬗变等方面作出了示范，故诗风在平安一变当事出必然。

还有一点必须提及的是，以嵯峨天皇为首的平安朝数代皇家诗人和以菅原道真为代表的一批贵族诗人，显然构成了汉诗在日本能扎根生长的最强有力的政治支撑力。尽管在这一点上显示了与中国诗歌初自民间口头创作而后登假于文苑殿堂的不同走向，但这种支撑无疑有利于汉诗在日本的生存，可以看作是客体文化移植的一种特殊性。当然，平安朝及其之后较长一段时间汉诗人多据耳食和史典闭门造诗，作品缺乏生活滋养而了无余味，汉诗极难庶民化也是一个重要的原因。

日本汉诗的第二个发展时期是镰仓时代至室町时代。其间四百年（1192～1602），汉诗主要是指以禅宗五山为中心的诗僧创作的作品，故又称“五山时期”或“禅林文学时期”。

在这之前，因日本停派遣唐使，中日文化交往曾出现过一段时间的断层。随后，中国经五代十国战乱到北宋结束，两国间交往都极为冷淡。据日本《百炼抄》和《中日交通史》载，日本一度锁国，凡私入宋者皆处以流放重罪，僧人入宋虽属例外，也比唐朝时锐减（仅20余人）。由于唐朝时那种活跃的文化传播媒介长期中断，又缺乏北宋新文化的刺激，刚入佳境的平安汉诗到后期忽然变得萎靡起来。南宋中叶后，日本禅风日盛，入宋僧五十年内竟增有百余人之多。在南宋已经烂熟的禅宗借入宋僧和渡日宋僧的传法，在日本大阐宗风，很快便东呼西应。纵宋元之际忽必烈两次东征，也未有过间断。其间，宋朝新文化开始大量入日，不但影响其文学艺术，而且“仿宋风”几乎遍及衣饰、烹调、种植、起居等各个方面。这时僧人说禅作诗皆用汉语，入宋多称不为求法而单为修行而来，游历江南名山禅院如得江山之助，皆祈愿“法海无边，诗囊饱满”。大德十一年（1307）因倭寇焚捣庆元，元军逮捕了天童山的日僧十余人，禅僧雪村友梅（1290～1346）以间谍嫌疑被拘于湖州狱中，执刑时雪村朗诵赴日僧无学祖元（1266～1286）诗偈（“乾坤无地卓孤筇，且喜人空法亦空。珍重大元三尺剑，电光影里斩春风”），方得幸免。后放逐西蜀，长达十余年，遂有《岷峨诗集》，集中佳作不逊于宋元诸家。如《中秋留别觉庵元文》，笔寄深慨，写情能到真处，也是至诚墨沈。又如《杂体十首》（其一）云：“吾不欢人誉，亦不畏人毁。只缘与世疏，方寸淡如水。一身缧绁余，三岁长安市。吟哦聊适情，直语何容绮”等，又似得陶潜风神。这时日本禅林中事概效宋元，最突出的就是镰仓末期仿南宋宁宗时期所建之“五山十刹”。围绕五山禅林的汉文学始终是镰仓以至室町时代最具有影响力的，所以评论家皆以“五山文学”指称这个时期的全部禅林文学。

镰仓末期正值元朝，两国禅林的双向对流更加频繁。东渡的元僧，如一山一宁、明极楚俊、竺仙梵仙、清拙正澄等原本就是博学多识的高僧，渡日后又董理名山大刹，对五山汉诗影响极大。史册留名的入元僧有220余人，入元前大都通汉语且长于诗文，入元后于天目山挂锡，靠一钵一杖四处巡历。如在华居住45年之久的龙山德见（1284～1358）的《倚明极（楚俊）老人山中杂言十章韵言志》有“我昔过东海，清游到江西。爱此江山好，驻锡已忘归”。五山僧对汉诗的仰慕和实践确实出于“本心”，即使面对虔诚的宗教膜拜也不隐藏半分。文词本是禅家务斩之葛藤，素有不立文字之说。唐释拾得有“我诗也是诗，有人唤作偈”句，宋人更从禅意诗中发现“此物以意”的“象外句”，《香祖笔记》说“舍筏登岸，禅家以为悟境，诗家以为化境，诗禅一致，等无差别”，看来，“以言消言”也在情理之中。不管怎么说，五山僧虽“生乱世，无有所以，偏以翰墨之游戏余波”（中岩圆月语），用诗集记录其心声，毕竟是缁流中之卓识者。

这个时期的后二百多年是室町幕府时期（1393～1602）。其间，经“战国时代”（1467～1573）的大名混乱和“一向宗”起义，直至德川家康篡夺丰臣政权和翦除大名。这个时期相应于中国明朝的洪武至万历间。

武家参禅始自镰仓，禅林所谓“两头俱截断，一剑倚天寒”的生死观正是镰仓政治和军事斗争中求之不得的精神支柱，尤其是1281年北条时宗靠渡日高僧无学祖元下语击退忽必烈的元军之后，幕府武士遂与禅林释子互为依傍，故禅悦之风愈盛。中国元明之际间“五十年来，狮弦绝响”（见《紫柏老人卷》），到明代中叶，禅宗忽又席卷江南，释子广交文人名士成风，如达观（1543～1603）与汤显祖、袁宏道、董其昌等文学家、艺术家，均“声气相求，函盖相合”。这种风气自然与日本五山文风妙合神契。明朝三百年间东瀛入明僧有110余人，且多雅尚诗文者。入明僧中最著名的五山诗僧是绝海中津（1336～1405）。入明朝八年，常以诗和明代诗僧来复、怀渭等。绝海晋谒明太祖言及徐福事时，曾赋诗并蒙太祖赐和。又杭州中天竺的如兰师曾为其《蕉坚稿》作跋，称“虽我中州之士老于文学者不是过也，且无日东语言气习，而深得全室之所传”，绝非过情之誉。其诗取境淡远，情致尤胜。如《题梅花野处图》的“淡月疏梅野水湾，何人注意写荒寒。一枝瘦影清波上，应是孤山雪后看”，造语秀拔，自成气象。

五山汉诗取法宋元明，标榜醇雅，力求语言遒炼，寓意隽深，与奈良平安朝那些演迤拘谨之作相比，诗人驾驭这个独特的诗歌创作形式已渐纯熟，长期接受汉文化熏陶和直接体验中国禅林生活等使五山诗人获得了更多的创作自由。宋诗多议理以及明诗宗唐等创作倾向在后期的五山诗中能声磬相和，说明平安朝那种滞后距离正在缩短。从采览和驱使典籍看，诗僧多悟翻转一法，料是缘自禅宗破壁斩关、六祖翻转神秀偈而来。不少作品的开阖变化，也足以较量元明诸家。如杜甫以“时闻杂佩声珊珊”写玉佩声，愚中周及《三月二日夜听雨》以审美幻觉写雨声：“佩玉珊珊鸣竹外，谁家公子入山来。今宵赚我一双耳，明日桃花千树开。”又如欧阳修有“游人不管春将老，来往亭前踏落花”句写诗人游春所见，景徐周麟《山寺看花》改视觉为听觉，从审美联想中产生的错觉去写落花："居僧不识惜春意，数杵钟声惊落花。"又如写秋扇，自班婕妤《怨歌行》写出"弃捐箧笥中，恩情中道绝"后，历代吟秋扇诗皆落笔怨人，西胤俊承（1358～1422）《秋扇》"一朝秋至宠还断，恨在西风不在人"，迥异旧调，也深涵咏。又如明人许邦才《送友人归射洪》有"自从筇竹通西夏，汉使年年出夜郎"句，景徐周麟《题宋宫殿钱塘观潮图》的"观潮亭上七行酒，北使年年带雪来"显然点化许诗而出，但讽喻蕴含、意趣独至，远胜原作。当然，五山汉诗中也有一些缚茧体式的作品。如虎关师练（1278～1346）《秋日野游》"浅水柔沙一径斜，机鸣林响有人家。黄云堆里白波起，香稻熟边荞麦花"，体从杜牧《山行》，"机鸣"句意仿宋僧道潜"隔林仿佛闻机杼，知有人家在翠微"，后两句以黄云言香稻，以白波喻荞麦花，似借王安石"缫成白雪桑重绿，割尽黄云稻正青"句法，但王诗皆含蓄春容，虎关诗偏重体式且风韵不逮，若度长计短，自不难辨蜀腻浙清。不过，这些诗是不足以影响五山汉诗的成就的。无论从个性化风格的形成和对中国文学的借鉴上看，还是从平安贵族诗或后来江户的儒士诗相比较而言，五山汉诗都是日本汉文学中最有生气的优秀作品。

进入 17 世纪后，汉诗诗风又为之一变，这就是日本汉诗发展的第三个时期，即德川幕府时期（1603～1867），因幕府设在江户（今东京），故又称"江户时代"。其间 260 余年。

室町末期，作为五山文学的副产物，出现了有助于阅读和理解汉文典籍的"和点"（即用日语读汉字的"训读"）、"抄"（即汉文的抄释）。后来江户的荻生徂徕（1667～1728）又用唐音直读汉文来取代"和训倒读"的方法，使原来望而生畏的汉文典籍变得易读和通俗起来。这些努力，均为普及汉学和提高普通日本人学习汉学的兴趣起了重要作用。加之，地方讲学之风日盛，便出现了一大批和汉并擅、儒佛兼通的文人学士，如玄树桂庵、桃源瑞仙、笑云清三等。德川幕府初期研究儒家经学的学者多出其门下，楚材晋用，故有"室町儒学之风乃德川文运先声"之说。

江户初始，正值明代万历攻击"狂禅"、斥佛教为异术之时，日僧虽不再西向，渡日僧人却络绎不绝，如超然、隐元等，皆为明清文化东渐的传播者。后来幕府为了巩固其"幕藩体制"推崇宋儒朱熹的理学为官学，又恰与清初统治者力倡程朱理学桴鼓相应，于是五山禅悦之风渐趋式微，汉诗诗坛也渐归儒士。这时著名的汉诗人有林忠、藤原肃、新井君美、石川凹、伊藤维桢等。这些诗人除诗集外，皆有多种儒学著作，平素仍结交学衲，诗作多追求平易恬淡之趣。如伊藤维桢（1627～1705）《嵯峨途中》："十里嵯峨路，往还天欲昏。钟声云外寺，树色雨余村。相伴只筇竹，所携唯酒樽。阿宣与通子，双立候柴门。"清而不薄，取材宏富，仿佛中唐，以陶潜自比，风致淡雅，也是五山气格。

这时因复明无望而流寓日本的明儒朱之瑜（1600～1682）被幕府聘为庠序之师、国师，正在提倡荟萃儒学精华的"理实学"，对日本儒学大兴和程朱理学内部的门户纷争产生着重大影响。与朱同时赴日的学者陈元赟（1587～1671）携来的《袁中郎全集》，后来在日本汉诗界也掀起过轩然大波。稍后以荻生徂徕为首的汉诗人主张明七子的“复古学”，“天下翕然向之，遂至风靡一世”。汉诗作品唯上六朝，下中唐，或舍律而古，或取法李杜，似与中国明代嘉靖、隆庆时文风相应。《袁中郎全集》传播后，袁宏道反对蹈袭和要求“独抒性灵，不拘格套”的文学主张，颇得山本北山等人的响应，始与荻生徂徕“复古派”分树旗旌，诗风复由唐归宋。最早接受并传播公安派文学主张的诗人是陈元赟的学生元政。元政（1623～1668）俗名石井吉兵卫，日莲宗僧，他与陈元赟的唱和集，即《元元唱和集》，是中日文化交往的重要资料。其诗不事雕琢，语言洁净明丽，异于流尚。如《草山偶兴》：“晦迹烟霞避世尘，云松为屋竹为邻。闲中日月不知岁，定里乾坤别有春。会面何嫌青眼友，慈颜每爱白头亲。门前流水净如练，好是无人来问津。”着力幽致，有宋诗佳境，尾借用谢朓“澄江静如练”、陶潜“后遂无问津者”，写山居之乐，又是五山嗣响。由于元政和北山的传播，后来日本的汉诗人仰慕袁宏道者日众，如市河世宁、井上纯卿、村濑之熙等借以公安派主张与荻生派对垒，于是汉诗至德川中期又斐然中兴。

荻生徂徕是江户汉学家，倡古文辞学，其七绝及古体蕴藉流丽，似出入盛唐。《少年行》“猎罢归来上苑秋，风寒忆得鹔鹴裘。分明昨夜韦娘宿，杜曲西家第二楼”，得王维绝句之风神。其弟子皆尚唐风，太宰纯（1680～1747）的《神巫行》：“宕邱之山郁崔嵬，朝云暮雨去复来。宕邱巫女何姣丽，弱质阿娜倚高台……”服部元乔（1683～1759）的《明月篇》：“长安八月秋如水，夜色纤尘空万里。河汉已收星欲稀，江天初照月相似……希逸毫端霜露陨，仲宣楼上岁年深。楼上遥情凄复凄，万户千门落月低。旧时月落情难歇，落月今宵望迷转。唯有远山长河色，斜影沉沉落月西。”皆效唐人歌行，篇中顶真句法等也如唐人《春江花月夜》、《长安古意》中常见。江户学唐风的汉诗人多重体式而风骚偏远，有的揽采唐代各家，合而为一；有的套用篇法，意各有主。

德川中期，尤其是天明（1781～1788）前后日本汉诗人翕然尊宋，鼓吹范（成大）、杨（万里）、苏（轼）、黄（庭坚）、陆（游）。江户诗人本来寝馈汉籍殊深，故此时创作愈重才情学问，并于唐宋以来字句篇法等莫不留意。如诗用虚字一法，自古有之。天明前后，日本汉诗也多用虚字，如“虫隐者游青藻雨，花君子立碧汀烟”（森田居敬句）、“名场老矣头将鹤，故国归欤意似鸿”（藤森大雅句）、“得意花于闲处看，无心云只自然飞”（福田俭夫句）、“未醉以前多俗虑，除诗之外绝常谈”（村上大有句）等，皆用于近体诗对仗，以添迤逦之概。

诗讲字句篇法，虽神气体势皆由之见，若不重神理气味，毕竟还是学诗之肤浅者。如赤田元义“借问村家何处住？看花直到野桥西”本唐代杜牧《清明》，仅得形似。重神理气味且翻腾新意、构思奇巧者，则谓之夺胎换骨。如西岛长孙《落叶》“楮衾菊枕得眠迟，叩户真如雨作时。从此秋声无处着，唯留宿鸟守闲枝”，前两句由唐代释无可“听雨寒更尽，开门落叶深”化出，通篇不着一“叶”字，写秋声由有到无，落叶飘尽自见于言外。又如横山谊夫《枕上作》“隔厨灯火小于萤，幽梦初回近立更。虫语满庭元自乐，被人枉作恨秋声”，翻千古秋虫寒吟悲时之案，韵味亦厚。从整体看，江户多汉儒，汉诗主要是文人诗。南宋刘辰翁《须溪集》卷六《赵仲仁诗序》说“后村（刘克庄）谓文人之诗，与诗人之诗不同”，此言甚是。五山僧诗从游历中来，以才情写见闻，所谓“句法端从履践来”，江户儒士所取宽博，多在锤炼词语、驱使典籍上用功，虽兼取各家而渐趋老成，不少作品虽比五山诗有深意，却伤生气。所以，待清朝乾隆、嘉庆后的“考据”学风影响到日本儒家和史学界，汉诗创作便自然出现了列典如阵的拟古主义和绨章绘句的形式主义诗风。如古贺朴的一句一典诗，赖惟杏坪的“代语诗”等，皆堪例类。到江户末期，诗人不满于风流日下，纷纷结社，各具作法，雅集与教学并行，为日本汉诗在明治维新前的最后繁荣起了推动作用，这时才出现一批有独特风格的杰出诗人。其中最有影响的是赖襄（1780～1832）。赖襄，号山阳，著有《日本外史》、《日本乐府》等，识议宏博，以布衣终老。殁后六十年，中国首任驻日本大臣何如璋与参赞黄遵宪过山阳道时犹为之心折淹留。其诗远取秦汉三唐，径造宋明大家，兼取众善，七律雄浑蕴藉，七绝俊雅深婉，俱以风调取胜。《修史偶题》“囊册纷披烟海深，援毫欲下复沉吟。爱憎恐枉英雄迹，独有寒灯知此心”，至诚真情兢逐笔下，道尽史家苦辛。《随园诗话》谓“有性情便有格律”，于山阳诗可见。比赖襄稍后又一位著名诗人是广濑吉甫（1870～1863），其号梅墩，著有《梅墩诗钞》。清代学者俞樾《东瀛诗选》评其诗谓“长篇大作，极五花八阵之奇，而片言单词，又隽永可味”。其诗，五言能尽雅，七律荡放流转，七绝意蕴涵咏，如《春寒》“梅枝几处出篱斜，临水掩扉三四家。昨日寒风今日雨，已开花羡未开花”，后两句仿唐宋“当句对体”（如白居易“今日心情如往日，秋风气味似春风”、“东涧水流西涧水，南山云起北山云”，到宋明用此法已如填作匡格），却别有自裁。除赖襄、广濑吉甫外，还有梁川孟纬、远山澹、大槻清崇及女诗人梁川景婉等，皆各擅胜场，时称特出。

除汉诗创作外，江户大量论诗诗、诗论和诗话的出现，表明日本汉诗人创作主体意识的自觉性正在增强。唐代元兢《诗髓脑》、梁钟嵘《诗品》等在平安时代影响过日本的“歌学”和汉诗创作，宋明清的诗论和诗话东渡也对日本汉诗的品鉴和创作产生过重要影响。江户汉诗人祇园瑜的《明诗俚评》、太宰纯的《诗传膏肓》、市河世宁的《陆诗考实》、菊池桐孙的《五山堂诗话》、广濑建的《淡窗诗话》、江村北海的《日本诗史》等汉诗理论著作，以及长谷允文《客中论诗》、坂井华《次韶诗僧东林作·诗不必》、赖襄《夜读清诗人诗戏赋》等论诗诗，对中国历代诗歌风会迁移、流派主张和诗家作品的评价，或者对日本汉诗创作的新认识，都显示了这个时代日本汉诗人的觉醒。

钟谭驱蛩真衰声，卧子拔戟领殿兵。
牧斋卖降气本馁，敢挟韩苏姑盗名。
不如梅村学白傅，芊绵犹有故君情。
康熙以还风气辟，北宋粗豪南施精。
排奡群推朱竹垞，雅丽独属王新城；
祭鱼虽招谈龙嗤，钝吟初白岂抗衡。
健笔谁摩藏园垒，硬语难压瓯北营。
仓山浮嚣笔输舌，心怕二子才纵横；
如何此间管窥豹，唯把一袁概全清。
渥温觉罗风气同，此辈能与元虞争。
风沙换得金粉气，骨力或时压前明。
吹灯覆帙为大笑，谁隔溟渤听我评。

安得对面细论质，东风吹发骑海鲸。

赖襄《夜读清诗人诗戏赋》（选一）

这种觉醒，是来自不同于平安时代基点上的反思。群星璀璨，佳作如云，立足于本土，写自己跻身的这个时代，可以看作是汉诗真正日本化的开始。虽然这个开始在明治时期的“欧化飓风”冲击下随着汉诗的江河日下而稍纵即逝了，但是我们在日本美术、书法等领域中常见的那种汲取或熔融中国文化以丰富主体文化的自主性，却客观存在在江户汉诗之中。

汉诗传入东瀛，并非单生日本汉诗一脉。它对日本文学的影响是全方位的。汉诗丰富的辞藻，奇妙的文思和变幻无穷的表现技巧，不仅丰富了日语的语汇量，刺激了和歌等本土诗歌的嬗变，而且结合汉魏六朝传奇文学和唐本事诗等催生了日本的物语文学。随汉诗接踵而至的诗学，使日本的“歌学”和诗学另开新境，恐怕也是始料不及的。汉诗渗入日本文学，历时1300年余而始终保留用汉语言表情达意这个客体形式，有人称之为“文化病症”。或许这恰如珍珠是牡蛎的病症产物一样，它才为日本文学留下了卷帙浩繁的文化财富。

现在日本仍活跃着近百个民间汉诗社。吟作汉诗，跟书道和茶道一样，被看作是最富有日本文化情趣的雅事。汉诗在日本不会绝迹，“异域知音代有人”，它同两国的文化情缘一样久长。

评鉴与推介

壮丽崇高和谐美的政治抒情诗典范

——试谈毛泽东描写社会主义革命和建设的诗词

秦中吟

毛泽东诗词是记录中国革命历程的史诗，而他描写社会主义革命与建设的诗词是新的光辉篇章。总体上说来，这些诗词开创并树立了社会主义时代政治抒情诗的崇高和谐美的典范。针对近几十年来，一些人高喊诗歌要远离政治，淡化意识形态，把边缘化、私语化的诗抬到无以复加的高度，并以此贬低社会主义时代政治抒情诗的情况，研究毛泽东诗词对拨乱反正、建设有中国特色社会主义诗学，为中国诗学在世界争得话语权有着十分重要的意义。

一定文学是一定社会生活能动的审美反映，又能动地影响社会生活。生活的多样化和读者需要的多样化决定了诗歌多样化。

人既需要反映自然本能需要的抒情诗，如山水田园、生命体验的诗，也需要抒发作为社会人更高层需要的政治抒情诗。政治不论任何时代，不论直接间接、正面反面都是关系国家民族命运的大事，又渗透在社会的方方面面，又都是每个人最根本的利益和愿望的集中表现。反映社会生活的文学，自然就会有着政治内容；作为社会的人，自然也需要政治抒情诗。政治自然也就成为文学评价的首要标准。

一个时代有一个时代的政治，社会主义政治是人类历史上最文明进步的政治；一个时代有一个时代的诗歌。作为描写社会主义时代人们对政治生活体验、感受的抒情诗，自然是这种政治生活形象艺术的反映，自然能满足社会主义时代人民参与社会主义革命与建设政治热情的需要，也有着帮助人民认识社会主义革命与建设的复杂现实、分辨是非善恶，审视美丑的认识和审美功能。毛泽东说：我国当代文艺应是社会主义内容与民族形式的结合。这种有机结合就是政治抒情诗的特色。

说政治抒情诗为非诗，既不尊重文学原理，也不尊重中国诗歌的文学传统。政治抒情诗在我国诗歌史上古已有之。周公“制礼作乐”，是为着政治的目的，而“礼乐”文化中包含的重要内容就是“诗”。《诗经》中的“风”、“雅”、“颂”各篇或美或刺，都是服务政治的。屈原的《离骚》、汉乐府，以及唐诗宋词元曲、明清及近代诗词，也都传承了这一传统，都有描写政治生活的，也都以崇高和谐美陶冶了一代代爱国主义情操，鼓舞人们为政治理想和正义而斗争。但那都属于旧的范畴，且在“五·四”时期随着新文化革命运动造成了断层，以后相当长的时间基本上没有人再写政治抒情诗，多的是沉湎于山水田园，离开社会政治背景，去作狭隘的个人抒怀，或受西方“唯美主义”影响，只单纯追求形式。其实世上万物根本不可能有“纯形式”、“纯审美”，审就是意识活动。西方惠特曼的《草叶集》、艾略特的《荒原》、庞德的《地铁车站》等诗不都是以西方政治为背景和灵魂的政治抒情诗吗?

当然诗的形式是多样的，从个人爱好说，写不写政治抒情诗，当然有个人的自由。但毛泽东作为人民革命领袖、伟大思想家，他无心也无暇去玩文艺，他的“身份”决定他把写诗作为唤起和鼓舞民众进行社会主义革命与建设实现政治理想的使命。

毛泽东政治抒情诗继承了古代政治抒情诗传统，填补了“五·四”断层，又发扬光大，创造性地开创了社会主义时代诗歌的重要形式。他早期的以革命政治理想主题写于井冈山革命战争的诗，写于长征路上的诗词，都关系救国爱民，民族和民主革命政治。新中国成立以后描写社会主义革命与建设的诗，不仅拓宽了政治抒情诗的题材主题（即思想情感内容），也创造了更豪迈的民族化抒情方式，不论意象营构、组合（结构）语言运用、意境描绘，还是抒情形象塑造都有新的创造。从内容上说最大创造是“叙人民之事，抒人民之情”，歌颂人民创造历史的丰功伟绩，抒发革命和建设的豪情壮志，从艺术形式上说运用了与内容相一致的直率豪迈，意象粗犷雄伟，语言形象生动、节奏明快，意境深宏雄浑博大、壮丽。这样新的崇高和谐美诗词是时代的要求，也最能反映我们这个伟大时代的精神风貌。比起那些单纯描写山水田园、自然风光，个人生命体验的诗，有着深刻的思想性，宽广深厚的社会内容，时代的真实性和感人的艺术魅力，也最能感染人，提升人们的精神境界，使灵魂净化，释放能量。这也就是毛泽东诗词广为读者热爱，广泛流传的原因。

政治抒情诗不仅是诗歌多样化的主要一种形式，它本身也是多样的。毛泽东的诗词就是主旋律与多样化的统一。有歌唱光明的颂歌，也有对国际帝国主义和反华反动势力的揭露批判。不论歌颂、批判都不是政治概念化的，有的借物言志，借景抒情，都融情于景物；不论描写怎样的情景，总也离不开社会主义现实历史大舞台、大背景和政治灵魂，也富有诗的意境。

如写于1950年的《浣溪沙·和柳亚子》是在国庆看戏，对柳亚子即兴赋诗的奉和。此词写“长夜难明赤县天”因革命“一唱雄鸡天下白”，是对伟大历史巨变的艺术概括。诗中喜悦之情、明丽色调是他写战争年代诗少有的。写于1954年夏天的《浪淘沙·北戴河》，通过对北戴河的壮丽海景和渔民乘风破浪的英雄概况的描写，抒发了怀古的心情，对比往事，热情歌颂了新时代的新生活。北戴河的今天，代表着新时代换了人间，是对伟大祖国现实的热情歌颂，诗轻松、喜悦、自豪的心情正是新中国社会主义改造、建设五年的时代风采的反映。比之旧时文人的单纯吟咏千年不变的江山、个人的闲情逸致，自是崇高，也自与时代和谐。这崇高情怀与壮美和谐的艺术境界，不仅能帮助人认识社会主义革命的历史，也能给人强烈的美感，激起热爱社会主义革命之情，这是把山水与政治热情相结合的典范。

古代写海的诗很多，最有名的是曹操的《观沧海》。诗虽不乏想象，也写了海的汪洋恣肆，“水何澹澹，山岛竦峙，树木丛生，百草丰茂，秋风萧瑟，洪波涌起。日月之行，若出其中，星汉灿烂，若出其里，幸甚至哉，歌以咏志”。美则美矣，但总是常人眼中的海，千年不变的海。而毛泽东笔下的海则是个性化的，“萧瑟秋风今又是，换了人间”，反映的是岁月沧桑与时代变迁；感染人的则是诗人海洋般的豪迈激情。这些诗都没有一点概念化，完全是情景交融，将政治意识融于形象。1956 年写的《水调歌头·游泳》是毛泽东视察湖南以后，又到武昌视察，曾利用休息时间，在武汉江中游过三次。不单纯写游泳的乐趣，而是通过游泳的感受和联想，写了武汉长江大桥与三峡水利工程建设，热情地歌颂了伟大祖国的现实。如果将这首诗与他在 1925 年写的《沁园春·长沙》作个比较，就不难了解毛泽东描写社会主义革命建设诗词的特点。《长沙》写毛泽东青少年时的革命活动，与同学一起到湘江游泳，敞抒壮怀，畅谈革命理想。但那首诗，境界正如湘江，而《游泳》的境界则是长江、大海，感受与时代贴得更近，艺术概括力也更强，反映的时空也更广阔，因而是史诗新的一章。“一桥飞架南北，天堑变通途，……高峡出平湖，神女应无恙，当惊世界殊。”这是时代的沧桑巨变，艺术表现手法上既有对客观形势的直观白描，又有“子在川上曰，逝者如斯夫”的哲学思考和人生感叹，叹时光的飞渡，说明一切事物都在不断改变，不断革命。“神女”则用了巫山之女的典故，料想神女无灾害而惊讶于祖国面貌的空前巨变。这是只有社会主义时代才有的富丽浪漫主义色彩。这首诗构思奇幻缜密，意境深远，高贵典雅中显示极雄浑豪放，正是新中国建设现实的反映。写于 1958 年《七律二首·送瘟神》，是社会主义革命与建设的生动反映，是典型的颂歌。作者在题记中说，是读了《人民日报》报道江西余江县消灭了血吸虫，浮想联翩，夜不能寐，非常兴奋激动，可见领袖热爱人民的真挚情感。写于 1959 年 6 月的《七律·到韶山》是毛泽东参加革命 32 年后重回故乡见面貌巨变，欣今慨昔之作。韶山是毛泽东的故乡。毛泽东曾在 20 世纪 20 年代在这里建党和农会，领导故乡农民革命。韶山人民为革命做出了壮烈牺牲。经过十年土地革命，八年抗日战争，三年解放战争，新中国成立以后，经过十年社会主义建设，正是“为有牺牲多壮志，敢教日月换新天”，新在和平建设。“喜看稻菽千重浪，遍地英雄下夕烟”，更呈现一片明丽的新景象。

同《登庐山》一样“云横九派浮黄鹤，浪下三吴起白烟”、“陶令不知何处去，桃花园里可耕田?”通过对新农村的所见和对大江的想象反映了社会主义美丽的现实生活；塑造的庐山形象，如公木所说，比苏轼的《题西林壁》，更写出了庐山真面目，并不在于数它有几座峰岭，而是写出庐山的真性格、真精神、真中的新。郭沫若也说“这首雄伟超迈的诗永远铭刻在中国人民的心里，也使庐山的真面目将更加显豁地永远铭刻在中国人民的心里”。

以上是毛泽东直接和间接描写反映社会现实生活的诗词。写于1961年的《七律·答友人》则是侧面描写诗人以无边逸兴，传娥女之优美，壮河山之寥廓，答友人之豪兴，歌颂今日楚国之朝晖，以神话、象征的形式衬托社会主义建设的现实，以革命现实主义与革命浪漫主义相结合的方法生动深刻地反映乐观主义精神，虽经三年自然灾害，但却唱出了社会主义好的赞歌。赞社会主义不仅有美好的感受，而且有着美好的未来。从这里也可以看到毛泽东藐视一切自然灾害的革命气派和求实精神，这是唯物辩证法艺术观在创作中的应用。

写于1961年2月的《七绝·为女民兵题照》、1963年8月的《杂言诗·八连颂》都是通过纪实和白描手法对社会主义时代新人的歌颂佳作。《题照》通过对女民兵的赞美，集中地揭示出中华儿女崭新的精神面貌，更深地表现出毛泽东对青年一代的热爱、赞美，期望和亲切之情。《八连》则是对驻守上海最繁华地段南京路驻军好八连身处繁华闹市而一尘不染，勤俭节约，克己奉公，热爱人民，助人为乐等的赞扬。

“颂歌”是我国古典诗词的传统。秦有秦颂，商有商颂，历朝历代都有自己的颂歌，大都歌颂统治阶级，也有歌颂真善美的。但歌颂劳动人民丰功伟绩的，毛泽东则是第一人，也可以说是他开创了歌颂人民之先河。比其他歌颂革命战争的诗，歌颂社会主义建设的诗更有宽广内容，更崇高，更有人民性，与时代更和谐，俱是高格至境，色彩也更明丽。

毛泽东社会主义时期的诗，除正面的颂歌外，还有反面的揭露批判、讽刺的诗。写于1961年9月的《七绝·为李进同志题所摄庐山仙人洞照》、1961年11月的《七律·和郭沫若同志》、1961年12月的《卜算子·咏梅》、1962年12月的《七律·冬云》和1963年1月的《满江红·和郭沫若同志》五首词和诗共同的背景都是描写20世纪50年代末60年代初，帝国主义和各国反动派联合起来进行反华叫嚣，闹得最凶的时辰，也是我国遭受三年自然灾害，经济上最困难时期。《题照》“暮色苍茫”、“乱云飞渡”就是反面形象的象征。在《七律·和郭沫若同志》中“今日欢呼孙大圣，只缘妖雾又重来”，更是有力的批判。《卜算子·咏梅》中的“梅花”，《七律·冬云》中的“梅花”，都通过象征坚持真理、英勇卓绝斗争的革命者的高贵品质，表现了无产阶级伟大革命家威武不屈的战斗意志、大无畏气魄和革命乐观主义精神，对帝国主义和反动势力“冰雪”和“苍蝇”的藐视。

历史上批判假丑恶的讽刺诗也有，但大都哀而不怨，怒而不争，又都难以揭穿社会本质，而毛泽东的诗则爱憎分明，深刻彻底，笔锋犀利，给人深刻巨大的认识和思想力量。

还有两首诗是写革命友谊的，如《和周士钊》、《悼罗荣桓》。这友谊不是个人之间的私情，而是共同革命理想的豪情，与个人私情比，不论在境界、品格上都有着天壤之别。

所有这些都说明毛泽东的政治抒情诗的多样化，但又“化而不失本调”（胡应麟）。这个本调就是歌颂人民改天换地的丰功伟绩，抒革命壮志豪情的主旋律，而这些又都是写着满足社会主义时代人民革命的需要。

比起历史上的政治诗，毛泽东的政治抒情诗在意象运用上也是多样的。有历史意象、也有自然意象、象征意象，这些意象又多为创新时代意义。历史意象都结合社会主义革命现实。如“华佗”、“牛郎”、“神女”，都为表现建设主题。自然意象生动活泼，贴近生活，易为人民接受。象征意象如“梅花”，则是对陆游“咏梅”的“反其意而用之”，将陆游笔下“寂寞开无主”、“黄昏独自愁”的梅花，赋予傲雪迎春，俏不争春，只为人民报春的崇高姿色，从而抒发了豪迈的思想情感，具有革命浪漫主义色彩。

粗犷豪迈诗的意象，如：“云横九派浮黄鹤，浪下三吴起白烟”、“坐地日行八万里，巡天遥看一千河”、“天连五岭银锄落，地动三河铁臂摇”，以大开大合，上天入地，天马行空式的组合，就形成非毛泽东莫属之磅礴气势、高远境界、博大胸怀，十分强烈感人的艺术效果。从这里也可以看出毛泽东诗词的浪漫主义，这是社会主义相对和平时期想象空间开阔的表现。

毛泽东诗词开创的一代具有豪放阳刚崇高和谐美的诗风，正是中国社会主义诗歌特色，不仅为我国当代旧体诗词创作树立了典范，也影响了柳亚子、郭沫若等现代诗词大家，影响了臧克家、郭小川、贺敬之等为代表的我国一代新体诗人的创作沿着社会主义民族化诗歌方向发展，同时也有力地推动了我国的散文、小说、戏剧、电影等文学艺术朝社会主义、民族化发展，最根本的是提高了全民族的政治素质，使我们顶住了国内外压力、战胜艰难险阻自然灾害，昂然挺立于世界东方，不断实现着社会主义建设的政治理想。这样的文艺不仅成为17年文艺的主流，也成为改革开放新时期以来我国文学艺术和诗歌的主流。对此我们应该自尊自信，相信只要社会主义存在，社会主义诗歌、文学会永不过时，永远成为振兴中华民族的精神法宝、世界诗歌百花园中独具姿态的奇葩。

毛泽东诗词平议

——《毛泽东诗词鉴赏辞典》序

周啸天

谈到当代诗词，有一个绕不开的话题，就是毛泽东诗词。

在新中国建立后的近半个世纪中，旧体诗坛几乎完全为毛泽东诗词的光芒所笼罩。在新诗大获全胜，旧体诗词边缘化生存的时代，这一现象显得尤为奇特。乃至在一段时间内，人们认为，这就是传统诗词最后的辉煌。

然而，“毛主席诗词”垄断诗坛，并不是毛泽东的初衷。《沁园春·雪》是最早发表的一首毛泽东诗词。这首词的写作在1936年，发表在1945年。并不是由中共党报刊登，而是为重庆一家民营报纸《新民报晚刊》所披露。该报编者收集到两个文本拼成全豹，未经毛泽东本人授权，就自作主张地发表了。

毛泽东诗词的成批发表，是在1957年年初。先是，臧克家致信毛泽东，要求在《诗刊》创刊号上发表老人家的诗词。毛泽东将记得起来的旧作，加上臧克家寄去的八首，一共十八首，寄去，附信说：“这些东西，我历来不愿意正式发表，因为是旧体，怕谬种流传，贻误青年；再则诗味不多，没有什么特色。既然你们以为可以刊载，又可为已经传抄的几首改正错字，那末，就照你们的意见办吧。”你看，这完全是被动的口气。

虽然毛泽东称之“谬种”，认为“不宜在青年中提倡”，但毛泽东诗词的发表和广传，则无异于讽一而劝百。上个世纪的成年人，随口背上十来首毛泽东诗词，大约是不成问题的。能背诵三十来首毛泽东诗词的人，比能背诵三十来首李、杜诗篇的人多得多，这也是事实。眼下五六十岁的人，对于诗词的爱好，大抵不是从《唐诗三百首》开始，而是从《毛主席诗词十八首》（或三十七首）开始的。不少人在最初写作诗词时，都或多或少受到过影响。要说老人家沾溉了一代，也不为过。

爱好古典诗歌并写作旧体诗词，本是毛泽东精神生活的一部分——虽然并非主要、却是不容忽视的一部分。郭沫若谓之“经纶外，诗词余事，泰山北斗”（《满江红·读毛主席诗词》）。中共老一辈革命家会写旧体诗词的人不少，但真正形成个人风格而足以名家者不多。毛泽东诗词远出侪辈之上，是当之无愧的第一人。

毛泽东诗词以兴会为宗，不作无病呻吟，没有客气假象，是真诗。自序云：“这些词是在1929年至1931年在马背上哼成的。年深日久，通忘记了。《人民文学》编辑部搜集起来，要求发表，因以付之。”（《词六首引言》）“读6月30日《人民日报》，余江县消灭了血吸虫。浮想联翩，夜不能寐。微风拂煦，旭日临窗。遥望南天，欣然命笔。”（《送瘟神诗序》）——又是“马背上哼成”，又是“浮想联翩，夜不能寐”，又是“遥望南天，欣然命笔”，这是何等的兴会。吟过了，就放下了，就“通忘记了”。好事者“搜集起来，要求发表”，才“因以付之”。这种平常心，就让人佩服不已。比起那些写得一两首仿古的诗词，就自恋不已的文人，真不知高明到哪里去了。

郭沫若啧啧称叹：“充实光辉，大而化，空前未有。”（《满江红·读毛主席诗词》）“大而化”本是前人对杜诗的评价。毛泽东本人对“化”字就有个解释，说是“彻头彻尾彻里彻外之谓也”，杜诗“上薄风骚，下该沈宋，言傍苏李，气夺曹刘，掩颜谢之孤高，杂徐庾之流丽，尽得古今之体势，而兼人人之所独专”（元稹《唐故工部员外郎杜君墓系铭并序》），始谓之“化”。而毛泽东诗词并不以风格多样见长，所以这个“化”字是有待商榷的。

而一个“大”字，确实能概括毛泽东诗词给人的总体感受。

论者经常谈到毛泽东诗词的史诗气概。而史诗是与叙事性和宏伟规模相联系的。毛泽东所擅长的词体和七律，都是篇幅短小之作，根本不具备史诗的规模，何以给人以史诗的感受呢？原来，毛泽东诗词有一个非常显著、足以和最辉煌的史诗比美的特点，就是主题重大。

毛泽东诗词所反映和表现的，是中国有史以来最伟大最深刻的一场历史变革，即中国共产党领导下的工农革命——从武装割据到夺取全中国的历史过程和革命豪情。写于第一次国内革命战争期间的有《沁园春·长沙》、《菩萨蛮·黄鹤楼》等等；写于中央苏区革命根据地的有《西江月·井冈山》、《清平乐·会昌》等等；反映长征的有《忆秦娥·娄山关》、《清平乐·六盘山》等等；写于抗日战争期间的有《沁园春·雪》等；写于解放战争胜利时刻的有《七律·人民解放军占领南京》等。虽然没有展开叙事，但将其诗词标题中的地名串联起来，就是一串历史足迹：长沙——黄鹤楼——井冈山——广昌路上——大柏地——会昌——娄山关——昆仑——六盘山——南京等等，足以引起深远的联想，使读者窥斑见豹地重温历史，仿佛看到这位伟大战略家，怀揣“以农村包围城市”的锦囊妙计，胸有成竹地带领在黑暗中盘旋的中国共产党和红军走出迷津，在抗日战争中发展壮大，最后把蒋介石撵到一个海岛上去。这段历史风云，实在令人神往。毛泽东诗词津津有味地歌咏着的，就是这一伟大的历史事实及其延续。“我自欲为江海客，更不为昵昵儿女语”，“天若有情天亦老，人间正道是沧桑”——这便是作者的自白。

毛泽东的人生哲学十分明快地包含在他青年时代的座右铭中：“与天奋斗，其乐无穷。与地奋斗，其乐无穷。与人奋斗，其乐无穷。”这个大个子湖南人，喜欢吃辣椒，是个天生的叛逆者。我们都背诵过他的名言：“革命不是请客吃饭，不是做文章，不是绘画绣花，不能那样雅致，那样从容不迫，文质彬彬，那样温良恭俭让。革命是暴动，是一个阶级推翻一个阶级的暴烈的行动。”（《湖南农民运动考察报告》）当他成为领袖的时候，把共产党的哲学概括为斗争哲学。而毛泽东诗词另外一大，就是抒情主人公形象高大。

这个形象一出场就是那样自信——“自信人生二百年，会当击水三千里”（《断句》）。如果说这还有点个人英雄主义色彩的话，往后就不一样了——“怅寥廓，问苍茫大地，谁主沉浮?”词中人已在思考更为重大的问题——革命领导权的问题，当然，这里还包含着宇宙人生的思考——“看万山红遍，层林尽染；漫江碧透，百舸争流。鹰击长空，鱼翔浅底，万类霜天竞自由。”这是诗的《天演论》，这里达到了诗情、历史与哲理融合。往后，这抒情主人公形象逐渐成为一个大我，较之“独立寒秋”的形象又进了一步——“敌军围困万千重，我自岿然不动”、“红旗跃过汀江，直下龙岩上杭。收拾金瓯一片，分田分地真忙”、“此行何去？赣江风雪迷漫处。命令昨颁，十万工农下吉安”、“百万工农齐踊跃，席卷江西直捣湘和鄂”、“唤起工农千百万；同心干，不周山下红旗乱”等等，句中的“我”，是与百万工农结合的大我。

江西苏区岁月是毛泽东生命中最够味的时期之一，也是他诗词创作最活跃的时期之一。“此行何去”、“今日向何方”等关于方向、路线的诗句，使人联想起作者本人说过的，即这些诗词原是“在马背上哼成的”。这很有意思——人在马背上，没有徒步奔波之苦，而面对广阔天地，各种新鲜印象纷至沓来，应接不暇，这正是灵感的温床、诗思的摇篮。无怪唐代的郑綮在别人问他“相国近为新诗否”时，应声答道：“诗思在灞桥风雪中驴子背上，此处何以得之!”

在中央党校一次理论研讨会上，有人曾经指出，毛泽东的主体观，概括起来就是：人作为革命者，以阶级、革命群体及其政党为主要载体；作为实践者，则具有改造世界的主观能动性。而毛泽东诗词的抒情主人公的形象高大，实植根于他的这种哲学的主体观。影片《开国大典》中有一段对话，在中南海，毛泽东对程潜说：“‘数风流人物，还看今朝’，并非就指毛某人嘛。”无论现实生活中的毛泽东说过、还是没有说过这样的话，这一细节的艺术真实性是无可怀疑的。

毛泽东诗词还有一大，就是气象大。曹丕说“文以气为主”，韩愈说“气盛言宜”，明人谢榛论诗，有堂上语、堂下语之说。堂上语，即上官对下官，动有昂扬气象。气象这东西，关乎个人气质、抱负、经历、学养和地位，不可力强而致。帕瓦洛蒂就是帕瓦洛蒂，腾格尔就是腾格尔。正如风起云扬之歌的雄盼英风和草泽之气只能出自刘邦一样，大气磅礴的毛泽东诗词也只能由毛泽东本人写出。明人谭元春评曹操诗，说“此老诗中有霸气，而不必王；有菩萨气，而不必佛。”“一味惨毒人，不能道此，声响中亦有热肠，吟者察之。”余谓毛泽东诗词亦然。

毛泽东诗词想象飞动，喜欢运用古代神话、民间传说的材料，常有超现实的瑰丽色彩。如“黄鹤知何去，剩有游人处”、“赤橙黄绿青蓝紫，谁持彩练当空舞”、“惊回首，离天三尺三”、“飞起玉龙三百万，搅得周天寒彻”、“今日长缨在手，何时缚住苍龙”、“问讯吴刚何所有？吴刚捧出桂花酒。寂寞嫦娥舒广袖，万里长空且为忠魂舞”、“牛郎欲问瘟神事，一样悲欢逐逝波”、“借问瘟君欲何往，纸船明烛照天烧”、“神女应无恙，当惊世界殊”等等，而“九嶷山上白云飞”一律，更是达到极致。

毛泽东写景大笔如椽，挥洒于广阔的时空之中，善于展示鸟瞰的、全景式的壮丽场面——“北国风光，千里冰封，万里雪飘。望长城内外，唯余莽莽；大河上下，顿失滔滔。山舞银蛇，原驰蜡象，欲与天公试比高”、“五岭逶迤腾细浪，乌蒙磅礴走泥丸”、“山，倒海翻江卷巨澜”、“一唱雄鸡天下白，万方乐奏有于阗”、“大雨落幽燕，白浪滔天。秦皇岛外打渔船，一片汪洋都不见，知向谁边?”“天连五岭银锄落，地动三河铁臂摇”、“高天滚滚寒流急，大地微微暖气吹”。毛泽东诗词以挥斥而不以追琢见长，其中经心推敲细致之处，如“腊象”改作“蜡象”、“浪击悬崖暖”改作“水拍云崖暖”、“有心——无意”改作“随心——着意”，等等，多是采纳了别人建议，他很尊重这样的“一字之师”，有一种山不厌高、海不厌深的雅量。

在语言上，毛泽东诗词有一种大气。其措语伐材于古典诗词和民歌，一面是“沉浸秾郁，含英咀华”，一面是“清水出芙蓉，天然去雕饰”。他曾说，朱自清文章不神气，鲁迅文章神气。他自己的文章也神气，所以有很强的阅读快感，如“国际悲歌歌一曲，狂飙为我从天落”、“雨后复斜阳，关山阵阵苍”、“东方欲晓，莫道君行早”、“不到长城非好汉，屈指行程二万”、“我失骄杨君失柳，杨柳轻飏、直上重霄九”等等，成如容易，岂容易哉!

毛泽东词最为人津津乐道者，是1936年陕北观雪之作即《沁园春·雪》。这首词先大笔驰骛全景式描绘北国雪景，上片煞拍处“须晴日”三句突发奇想，将江山比作美人。作者抛开“逐鹿中原”那个现行譬喻，而把政权的更迭比作情场角逐，《离骚》之“求女”，是其依据。过片后一笔勾掉了五个皇帝，却不流于叫嚣——只用“略输文采”、“稍逊风骚”、“只识弯弓射大雕”等形象化语言轻描淡写。这是一首豪放词，人们喜欢它的不可一世，也喜欢它于壮采中寓妩媚之姿。这首词的和词有那么多，赞的有、骂的也有，就是没有一首在艺术上可与之颉颃的，即使是柳亚子、郭沫若的和词，和原词相比，也是高下立见。说句玩笑话，柳亚子一笔才勾掉三个词人，怎么比呢。人们说李白诗不可学，这首词也是不可学的。

毛泽东与陈毅论诗说：“诗要用形象思维，不能像散文那样直说。”《忆秦娥·娄山关》的大背景是第五次反围剿以后到遵义会议那一段历史，小背景是娄山关之战——长征中打的第一个胜仗，它使红军摆脱了长时间的乌云压顶的沉闷情绪，又只是万里长征第一步，摆在眼前的困难不知比顺利大多少倍。作者没有事件过程的实录，也没有一句概念化的议论，纯以兴会为宗，用两组景色和两句抒情，就形象地概括了红军在当时的心境。“苍山如海，残阳如血”，据作者自己说，这是在战争中积累了多年的景物观察，到娄山关大捷时，这样的景物就与作者的心情突然遇合了。这首词很雄浑，也很悲凉，是形象思维的典范。

遍览毛泽东诗词，却又并非“吟看首首是琼琚”。有人说毛泽东诗词有戾气、甚至有俗笔，这是事实。有一些诗词流于粗豪，也是事实。毛泽东自己就明确说某一首不好，或不满意，或不愿意发表，这并不是出于谦虚。然而，衡量一个诗人的成就，要看他能够写到多好。俄国有句谚语：“鹰有时飞得比鸡还低，但鸡永远也飞不到鹰那么高。”

毛泽东时代行时的创作方法是“革命现实主义和革命浪漫主义相结合”，简称“两结合”，现在已不大有人提起。在那个“红旗歌谣”时代，彭老总曾情不自禁写了一首谣体诗：“谷撒地，薯叶枯。青壮炼铁去，收禾童与姑。来年日子怎么过，我为人民鼓与呼。”（《故乡行》）几乎就在同时，毛泽东写出了“喜看稻菽千重浪，遍地英雄下夕烟”（《到韶山》）、“陶令不知何处去，桃花源里可耕田”（《上庐山》）等诗句，这是多大的反差呀。阅读这一时期的毛泽东诗词，不应该忘记这一段历史。由于众所周知的原因，毛泽东晚年心境悲怆，却没有一首诗词。据身边工作人员的“口述历史”，老人家有一次在书房失声痛哭，桌上摊着一本宋词，翻到的那一页是陈亮《念奴娇·登多景楼》，词云：“危楼还望，叹此意、今古几人曾会!”

哲人已云逝。毛泽东诗词作为一份文化遗产，还会长久地流传下去。人们会不时吟诵和谈论他的诗词，一如毛泽东生前不时吟诵和谈论唐宋名家诗词一样。后人读到毛泽东那些气壮山河的作品时，也不免会产生无尽的感慨和缅怀之情——“横空出世，莽昆仑、阅尽人间春色。飞起玉龙三百万，搅得周天寒彻。夏日消溶，江河横溢，人或为鱼鳖。千秋功罪，谁人曾与评说?”“江山如此多娇，引无数英雄竞折腰。惜秦皇汉武，略输文采；唐宗宋祖，稍逊风骚。一代天骄，成吉思汗，只识弯弓射大雕。俱往矣，数风流人物，还看今朝!”

南社诗人的艺术追求与五四以来的诗歌发展

——在纪念南社百年座谈会上的发言

杨天石

诗随世而变。世界变了，时代变了，社会生活变了，语言变了，诗也要随之而变。这种变化首先体现在内容方面，然后逐渐地、缓慢地引起诗歌形式的变化。鸦片战争以后，列强入侵，西方文化传入，中国出现两千年未有之变局，自然，诗歌也在逐渐发生变化。戊戌变法前后，谭嗣同、夏曾佑、梁启超等人提倡“诗界革命”，先后产生过三种类型的“新体诗”。一种是以佛、孔、耶三教经典，特别是《新约》中的语言和故事入诗，其代表作是谭嗣同的《金陵听说法》，如“纲伦惨以喀私德，法会盛于巴力门”之类。这类“新体诗”。表现了谭、夏等人表现新思想，寻找新诗料，增添新词语的努力，但是，它以堆砌“新名词”为特点，无视诗的艺术特点和要求，因此，很快就遭到梁启超的否定。一种是“以旧风格含新意境”，在传统诗词的格式里，表现新思想、新意境。梁启超认为这才是真正的“诗界革命”。其代表诗人是黄遵宪。第三类是新式歌词。如黄遵宪的《军歌》、《幼稚园上学歌》等。这类诗，黄遵宪称之为“杂歌谣”，题材取之现实，“弃史籍而取近事”，形式上则“斟酌于弹词、粤讴之间，或三言，或五言，或七言，或九言，或长短句”，已经摆脱传统诗词的格律，比较通俗，能够配谱歌唱。黄遵宪很重视，声称“此新体择韵难，选声难，着色难”，要求梁启超等“拓充之、光大之”。

南社诗人接受过“诗界革命”的影响，三种形式的“新体诗”都写过，但是南社诗人选择的基本上是第二种形式，即“以旧风格含新意境”。柳亚子，以唐诗和辛弃疾词为楷模，推崇明末的陈子龙、夏允彝、夏完淳父子的诗风。高旭，不赞成学唐，主张“漫追魏晋隋唐体，独抱文周屈宋思”。马君武，长期留学德国，受西方文学，特别是英国诗人拜伦影响很深，南社成立时，他以诗代函，劝告南社诗人们：“唐宋元明都不管，自成模范铸诗才。须从旧锦翻新样，勿以今魂托古胎。”尽管主张各异，但是，他们写作诗词，使用的都还是中国传统诗词的格式，其特点都可以概括为“以旧风格含新意境”。

南社主要成员、革命烈士宁调元诗云：“诗坛请自今日始，大建革命军之旗。”在清末，南社诗人高扬“革命军”的旗帜，歌颂革命，鞭挞对外投降、对内镇压的清朝统治者，批判君主专制制度，宣扬爱国主义、民主主义；在民国初年，南社诗人批判辛亥革命的妥协和不彻底，谴责袁世凯的帝制复辟，表达对共和、民主理想的坚持。他们的创作前所未有地扩大了中国传统诗歌的题材、内容、思想、境界，展现了民主主义革命时期一代革命党人和爱国志士的救国、救民情怀和丰富的精神世界。这种情况说明，中国传统诗词格式具有强大生命力。它虽然产生于漫长的中国传统社会，但它完全可以用来反映新的时代和新的生活，为民主主义革命斗争服务。五四以后，仍然有不少人用传统的诗歌格式写作，其中最成功、最杰出的代表是毛泽东。他的诗词，完全用旧格式，但表现出来的却是全新的思想和感情。毛泽东之外，鲁迅、陈寅恪、聂绀弩等文化人，陈毅、叶剑英等老一辈革命家也都用这种格式写作。今天，全国各地倡导传统诗词的诗社风起云涌，以旧体诗的格式写新思想、新生活、新意境的作者恐怕要以百万、千万计。郭沫若、臧克家本来都是白话诗的健将，但是，到了晚年，也回头写起旧体诗词来。这种情况，再一次雄辩地显示出中国传统诗词格式的强大魅力以及它的强大生命力。那种认为五四以后，中国旧体诗词已经衰退、陈旧，没有生命力，必须退出诗坛主流的观点是错误的，不客气地说，那是一种片面的形式主义的观点。在这种形式主义观点的影响下，有一段时期，我们的新文学史著作不讲旧体诗，我们的文艺刊物、报纸副刊不登旧体诗，这种状况不能认为是正常的。

当然，承认中国旧体诗词的格式和艺术经验仍然具有强大的生命力，可以反映新时代，表现新思想，歌颂新生活，并不是说旧体诗词的格式、传统、风格、艺术经验就不需要变革，不需要改造、发展了。南社发起人之一高旭在《愿无尽庐诗话》中说过一段话：“世界日新，文界、诗界当造出一新天地，此一定公例也。黄公度诗独辟异境，不愧中国诗界之哥伦布也，近诗洵无第二人。然新意境、新理想、新感情的诗词，终不若守国粹的用陈旧语句为愈有味也。”这段话的前半段是正确的，文学的发展，诗歌的发展都要不断地开辟新天地，也都要有发现新大陆的哥伦布，但是，这段话的后半段认为“守国粹的用陈旧语句为愈有味”，这就不完全正确了。时代发展了，诗的形式、格律、语言也都应该发展。否则，陈陈相因，肉腐羹酸，天天见到的、听到的、尝到的都是老面孔、老调子、老味道，有什么意思！

南社成立之时，中国文化界流行着一种思潮，叫“保存国粹”。南社不少人都受到这一思潮的影响。当然，对于民族文化的精粹，保存是必要的，但是，有保存就必须有改革，有继承就必须有创新，只讲保存、只讲继承，不讲改革、不讲创新，世界就不会变化，历史就不能前进，精神产品，包括文学艺术就不能推陈出新。高旭之所以不愿割舍“守国粹”的“陈旧语句”，南社诗人的艺术追求之所以止步于“以旧风格含新意境”，其故当在这里。

五四前夜，胡适提倡白话文学，不仅以白话写小说，而且以白话写诗，这是历史的进步。他说：“文学革命的手段，要令国中的陶、谢、李、杜皆敢用白话高腔京调作诗；又须令彼等皆能用白话高腔京调作诗。”“文学革命的目的，要令中国有许多白话高腔京调的陶、谢、李、杜，换言之，则要令陶、谢、李、杜出于白话高腔京调之中。”“与其作似陶、似谢、似李、似杜的诗，不如作不似陶、不似谢、不似李、杜的白话高腔京调。”他认为，当时的白话诗远远超过南社的作品，在答复梅光迪的一首长诗里公然宣布：“诸君莫笑白话诗，胜过《南社》一百集。”1915 年 8 月，《青年》第 3 号发表南社诗人谢无量的诗，誉之为扬雄、司马相如之后“仅见斯篇”，甚至说杜甫“只有此工力，无此佳丽”，但是，胡适却坚决不同意，写信给陈独秀，批评南社诗人“夸而无实，滥而不精”，“几无足称者”。柳亚子对胡适的批评不服气，他说：“文学革命，所革当在理想，不在形式。形式宜旧，理想宜新，两言尽之矣。”柳亚子这里所说的，“形式宜旧，理想宜新”可以说概括了南社诗人的艺术追求，也概括了南社诗词的特点。对此，胡适仍然不以为然，他反驳说：“理想宜新，是也；形式宜旧，则不成理论。若果如此说，则南社诸君何不作《清庙》、《生民》之诗，而乃作‘近体’之诗，与更‘近体’之词乎?”胡适的意见是正确的。尽管和内容相比，形式具有更大的稳定性，但是，在历史的长河中，中国诗歌形式仍然不断在发展、变革，这是不能否认的事实。由古体而近体，由四言而五言，由五言而七言，而歌行，而长短句，而散曲，就是明证。传统诗词的格式有其弱点。毛泽东曾经批评旧体诗“束缚思想，又不易学”，“不宜在青年中提倡”，这是有道理的。因此，我们今天写作旧体诗词，固然可以要求人们严格遵守旧体诗词的格律写作，但是却不能，也不应该墨守成规，反对人们突破和改造旧体诗词的格律，更不能反对人们创造新的格律。以词牌而论，最初不过《菩萨蛮》、《忆秦娥》等少数几种牌子，后来发展成为一千多种，不都是后人的发展、创造吗?现在有些作者，论诗、作诗、选诗，都以“平水韵”为准，我觉得不合适。“平水韵”是南宋平水人刘渊在唐韵的基础上编的。今天，我们的语言和宋代、唐代已经有了很大不同，怎能要求人们按宋代、唐代的“平水韵”写诗呢！柳亚子在批评清末诗人王闿运时曾经写道：“古色斓斑真意少，吾先无取是王翁。”我们不应该提倡制作各种各样的假古董。

五四时期，胡适等人提倡“白话诗”，有其正确性和必要性。五四以来，中国诗坛涌现过郭沫若、艾青、臧克家、田汉等一批优秀的白话诗人，出现过许多优秀的白话诗。但是，从总的方面看，白话诗的写作似乎不能认为很成功。毛泽东曾开玩笑地说过，他是不看白话诗的，除非给他三百块大洋。我觉得，白话诗的最大缺点是过于口语化、散文化，和音乐脱节，缺乏诗歌所应有的韵律和节奏。至于还有些诗人以西方的现代主义和后现代主义为创作原则，写的诗，形象支离破碎，晦涩朦胧，不知所云，就更难以为群众所欣赏和喜爱。个人认为，白话诗人应该更多地向中国古典诗歌学习，向民歌学习，既吸收白话中生动、活泼的新鲜语言，又保持传统诗词的精炼和音乐性，从而写出新风格、新意境的作品来。“诗言志，歌永言。”中国诗歌的优秀传统，一是它的高度精炼，言有尽而意无穷；一是它和音乐的紧密结合。一切诗歌都应该可以吟唱，易于背诵。今天，稍有文化的中国人都能背诵许多首中国古诗，有多少人能背诵几首白话诗呢？

中国是诗的国度。中国古代为我们留下了数量庞大的优秀诗歌，它们长期哺育、塑造了中国人精神性格和人文修养，是极为珍贵的精神财富。对于这一份遗产，我们要继承、发扬，因此，旧体诗要改革，白话诗也要改革。两种诗，旧诗和新诗，应该地位平等，长期并存，互相学习，互相融化，争妍斗艳，并且力争创造出一种或多种不新不旧、有新有旧的新的诗歌样式，写出更多的无愧于我们的祖先、我们的民族的优秀诗歌来。

霹雳狂飙卷大江

——在纪念南社成立100周年座谈会上的发言

郑伯农

1909年11月在苏州成立的南社，是以宣传革命思想、振奋民族精神、弘扬民族传统、革新诗词艺术为宗旨的全国性文学社团。它和辛亥革命紧密相联系，是二十世纪我国最重要的文学团体之一。

虎丘雅集是南社成立的标志。在这之前，南社这个名称已经在社会上出现了。1908年1月，高旭、柳亚子、陈去病与刘师培、何震等在上海聚会，相约结社。后因陈去病赴杭州聚众祭奠秋瑾受到清廷缉拿，被迫逃往汕头，南社的成立不得不延期。上海聚会之后，陈去病、柳亚子的诗作中多次出现南社的字样。1909年10月，高旭在《民吁报》上公开发表“南社启”，郑重宣告“与陈子巢南（去病）、柳子亚庐（亚子）有南社之结”。南社这个名字暗含对抗清廷的意思。陈去病说：“南者，对北而言，寓不向满清之意”。柳亚子说：“它底宗旨是反抗满清，它底名字叫南社，就是反对北庭的标帜”。南社成立的时候，有十七个成员，其中十四人是同盟会会员。不久，大江南北的许多同盟会、光复会会员纷纷加入南社。1910年，浙江成立越社（鲁迅为其社员），沈阳成立辽社。1912年，广东筹建广南社，南京成立淮南社。它们都是南社的分社。至武昌起义前夕，南社成员达二百二十八人。他们赋诗撰文，呼啸呐喊，以“掊击清廷，排斥帝制”，激励人心，振奋民魂。他们不仅挥毫泼墨，许多人赴汤蹈火，站在革命斗争的第一线，赢得了全国各界的交口赞誉。辛亥革命成功后，南社继续扩大。到 1916 年，会员达八百二十五人，最高时达一千一百八十多人。它聚集了我国近代史上一大批优秀人才。政治家黄兴、宋教仁、廖仲凯、沈钧儒、邵力子，戏剧家李叔同、吴梅、欧阳予倩，小说家包天笑、周瘦鹃、徐枕亚、沈雁冰，画家黄宾虹，书法家沈尹默，诗人苏曼殊、于右任、柳亚子等都是它的成员。南社有自己的会刊，社方多次组织社员进行雅集，前后举行过十八次。社员的作品和雅集的唱和大多登在社刊《南社丛刻》上，共出了二十二期。1924 年，社员胡朴安从会刊中选出一部分有代表性的诗文，编成《南社丛选》，在上海出版。2000 年，解放军文艺出版社重印此书，把它列为“百年百种优秀中国图书”之一。

清朝被推翻后，南社中的不少人坚持三民主义，反对军阀称霸和袁世凯称帝，继续举起革命的旗帜。宋教仁、宁调元等被袁世凯杀害，用自己的生命谱写出感人肺腑的革命乐章。但也有人认为反抗清廷的目标已达到，革命已大功告成，可以偃旗息鼓了。还有人看到推翻清廷后，中国社会仍然处于动乱之中，黑暗并未消除，于是产生了悲观情绪。1917 年，南社内部有人大肆吹捧以清朝遗老自居的“同光体”诗人，受到柳亚子等人的坚决抵制，引起了社内的一场大动荡。1923 年 10 月，北洋军阀曹锟贿选总统，包括高旭在内的十九名南社成员收取贿金违心投票。陈去病、柳亚子等宣布“不再承认其社员资格”。南社内部矛盾进一步加剧，不同意见者很难包容在一个大的统一体内。此后它很难组织起统一的活动，实际上已经解体。1923 年 5 月，柳亚子、廖仲凯、茅盾等人成立“新南社”，宣布它的精神是“鼓吹三民主义，提倡民众文学，而归结到社会主义”。这实际上是一个新的组织，由于种种原因，只存在一年多就停止活动了。

南社虽然只活动了短暂的十几年，它在中国革命史和诗歌史上却有着非常重大的意义。1899 年，梁启超等人提出“诗界革命”。南社则把“诗界革命”演进为大规模的全国性诗歌实践，演变为汹涌澎湃的革命诗潮。他们把传统诗词和民族解放、民族独立的革命斗争结合起来，不但在推翻清朝统治，反对北洋军阀中发挥了巨大的思想动员与鼓舞斗志的作用，而且开拓了古典诗词的一个崭新局面，实现了中华诗词从古典到现代的过渡，产生了一批优秀的作家作品。像柳亚子、陈去病、苏曼殊、高旭、马君武、周实、宁调元、于右任等，都有骄人的创作成就。他们的诗词不仅限于反清反袁，也宣传资产阶级的民主自由观念。苏曼殊作为“革命和尚”，写了大量爱情诗。他的作品蕴含着丰富的个性解放内涵。马君武把西方哲学、自然科学的新知识写入诗词，他逝世时，周恩来在挽词中称其为“一代宗师”。宋教仁不但着力推进宪政和法治，他的诗也很有魅力，尤其工于五律。总之，南社诗歌是一座尚未被评论家和文学史家充分开采的富矿，其中有不少珍宝值得后人去挖掘。

南社把“诗界革命”推向高潮，把

我国的诗词带到又一个活跃繁荣的新时期。然而，历史的发展常常超出人的想象。南社成立十年之后，我国爆发了震惊中外的“五四”新文化运动。与之紧密相联系，在五四前夕，一种崭新的诗歌品种——自由体诗歌在神州大地上横空出世。五四运动给中国大地带来了灿烂的思想光芒，然而并没有给中华诗词带来光明前景。新诗给诗歌园地注入新的生机，然而并没有给传统诗词带来新的发展空间。正如毛泽东同志指出的，五四运动的不少代表人物不懂辩证法，思想方法带有浓厚的形而上学色彩：好的一切皆好，坏的一切皆坏。他们在提倡新文学反对旧文学的时候，把民族传统中许多好东西当成封建余孽而加以抛弃；他们在引进西方种种文艺形式的同时，把传统文艺中的许多经过千锤百炼、深受民众欢迎的艺术形式，也当作无用的赘物加以排拒。他们认为诗词格律、平仄对仗、工整押韵，这些统统是束缚诗情的枷锁，应予以彻底打破。上个世纪二十年代之后，格律诗处在一种很尴尬的生存环境中，许多人视其为落后于时代的老古董，只能供士大夫吟风弄月，不能反映新的时代。辛亥革命前后红火一时的诗词，一夜之间跌入低谷。随着中华诗词陷入窘境，对南社遗产的保护与开掘也很难引起社会的重视。回顾南社成立以来的历史沧桑和中华诗词的大起大落，人们可以看到，南社在人们心目中的地位和中华诗词的历史命运是分不开的。当诗词受到歧视和冷落的时候，南社不可能得到公正的评价；当中华诗词的社会地位有所提升之后，对南社的研究与继承，就不可避免地要提到文化界、诗歌界的议事日程上来。新时期以来，中华诗词从复苏走向复兴，诗歌领域逐步出现了新诗和旧体诗词比翼双飞的局面。目前，全国除西藏外，各省市自治区都有了自己的诗词学会，中华诗词学会和各地学会的会员加起来近百万。《中华诗词》发行两万五千多份，是全国发行量最大的诗歌刊物。在诸多专家学者的共同努力之下，南社研究也逐步走向正常化。上个世纪八十年代以来，北京、广东、南京、上海、云南、香港等地先后成立了多种研究南社的学术社团，进行了扎扎实实的收集资料与学术研究工作。今天，当我们全力以赴地建设中国特色社会主义文化，努力把中华诗词推向新的高度的时候，我们能从南社前辈那里得到什么启示呢？刚才陈进玉主任已就这个问题进行了深入的论述，我在这里补充几句。

一、我们要学习南社前驱者那种以天下为己任的精神，紧扣时代脉搏，反映人民心声，自觉地用诗歌促民族解放和民族振兴的大业。南社的同仁们认为“文学者，国魂之所寄也”，“近世各国之革命，必有革命文学为之前驱”。他们明确地要用文学振民魂、促革命。南社的代表人物不仅是时代的歌者，首先是时代的先锋战士；他们不仅挥毫泼墨，更要赴汤蹈火。在反清反袁的斗争中，许多社员为国捐躯。一个文学团体出了那么多革命烈士，在这一点上，大约只有后来的“左联”能和它相比。读南社的诗作，我们不能不被诗中洋溢的视死如归、慷慨赴义的精神所感动。“当为效死沙场鬼，忍作偷生歧路人”（王大觉）。“愿播热潮高万丈，飞雨不住注神州”（宁调元）。这些诗句今天读来，仍能使人热血沸腾。

也许有人会提出这样的问题：让文学承担革命的使命，把文学和革命紧紧地联系在一起，是否会泯灭文学的特色，取消文学的独立性？是的，文学要有自己的独特魅力，要有自己的独立性，但文学的独立性是相对的，它不应该也不可能离开时代和人民而独立。鸦片战争之后，中国的社会矛盾迅速加剧，酝酿着一场翻天覆地的大变革，它呼唤着新的文学，新的诗歌。让文学承载激励民心、振奋民魂的使命，是时代的要求，社会的需求，它不但是不会降低文学的水准，还会给它提供巨大的生长动力，赋予它以丰富的社会历史内涵。今天，我们所处的时代和南社时期大不一样了，但我们同样需要文学艺术来净化民魂，振奋民心。南社先驱们与时代同步，与人民同心的精神永远不会过时。离开了时代，离开了人民，文学之花就要枯萎。这已被无数事实所证明。

二、我们要学习南社前驱们的大胆创新精神，兢兢业业地继承遗产，认认真真地开拓进取，发展和繁荣社会主义时代的新诗词。在艺术追求上，南社基本上实践的是梁启超等人关于“诗界革命”的主张。即“新语句”、“新意境”、“古风格”。南社的高旭、马君武等人早期是“诗界革命”的积极参与者。柳亚子曾提出“文学革命所革当在思想，不在形式。形式宜旧，思想宜新”。这和梁启超“当革其精神，非革其形式”的主张是完全一致的。在南社代表人物的诗作中，确实有着前所未有的“新语句、新意境”。那里的抒情主人公仍以知识分子为主，但已不是传统意义上的士大夫。他们沐浴过欧风美雨，少了几分温柔敦厚，多了几分忧患与沉思。从龚自珍、林则徐、黄遵宪、丘逢甲、秋瑾，一直到南社同仁的诗词，我们可以看出中华诗词从古典到现代逐步转变的轨迹。当然，在肯定南社在诗歌革新上的重要贡献的同时，我们也要看到他们的局限性。南社重视弘扬民族文化传统，反对丢开老祖宗另起炉灶，这是难能可贵的。但只革内容，形式完全不变，这是很难做到的。旧形式可以表现新内容，新形式也可以表现旧内容。旧形式一旦与新内容相结合，它就不可能完全不变。梁启超自己也看出，“盖由新语句与古风格常相背驰”。正是因为艺术革新的力度不够，五四新文化运动的大浪冲来，新生的革命诗词就被冲得七零八落。我们应当比南社那一代人更成熟，要更科学地处理继承与革新的关系，一方面，认认真真、扎扎实实地继承民族优秀遗产，一方面坚定不移推进诗词改革。马凯同志最近提出，诗词改革要“求正容变”，这是很正确的。

在回顾南社风风雨雨的时候，我们很自然地想起一个重要人物，就是柳亚子。在三个南社发起人中，柳亚子年纪最小，排第三，然而，他始终是南社的灵魂人物。1906 年，不到二十岁的柳亚子加入同盟会和光复会。武昌起义胜利后，有人消极了，有人倒退了，柳亚子却一直坚持激进民主主义立场。特别可贵的是，在中国共产党成立之后，他一直是党的忠实朋友。1927 年，蒋介石发动“四·一二”大屠杀，他写诗加以痛斥。1941 年发生“皖南事变”，他赋诗悼念新四军将士。他不仅是著名的诗家，还是散文家、史学家，撰写过《南明史纲》。他和毛泽东同志的友谊是众所周知的。他和鲁迅的友情也非同寻常。茅盾的《在中华全国第四次文代会上发言》高度评价了柳亚子：“柳亚子的诗词反映了前清末年直到新中国成立之后这一段时期的历史——从旧民主主义革命到社会主义革命的历史，如果称它为史诗，我认为是名副其实的”。

去年11月，我有幸到陈去病、柳亚子的故乡吴江参观访问，写了一首怀念南社的小诗。请允许我用这首真诚而不成熟的小诗结束我的发言。

文弱书生聚水乡，拼将热血铸华章。
百年犹见遗风在，霹雳狂飙卷大江。

新田园诗词发凡

李旦初

全国第四届新田园诗歌“河东杯”旧体诗大赛评奖揭晓后，2003年12月出版了此次大赛获奖作品结集《新田园诗词三百首》。从传统文化的角度来看，这是我国第一部新田园诗词总集，书名又是第一次标出“新田园词”的名目，与“新田园诗”并举，这在中国诗词史上无疑具有全新的开创性意义，必将在文化界产生深远影响。本文就古今田园词名实问题略陈刍议，意在抛砖引玉。史无田园词名目的原因：田园词和田园诗一样，古已有之。但文学史上有“田园诗”之名，而无“田园词”之目，这是为什么？究其原因，大体有三：

一、田园词产生的年代比田园诗晚很多。中国最早的诗歌总集《诗经》即已开创田园题材，产生了首批田园诗精品，如《周颂·良耜》，《豳风·七月》，《小雅》中的《信南山》、《甫田》、《大田》等篇，都描写了农夫一年四季耕作、采桑、收获、狩猎、酿酒、祭祀活动，诉说了农家生活的疾苦。而词是一种后起的抒情诗体，它形成于唐，盛行于宋，因此田园词到唐代才初见端倪，白居易的《忆江南》虽带有田园词风味，但还不能算作标准的田园词。直到宋代，才出现了苏东坡一组专写农村风光的《浣溪沙》（五首），范成大写苏州水乡田园风光的《蝶恋花》，辛弃疾的《清平乐·村居》、《西江月·夜行黄沙道中》、《鹧鸪天·代人赋》、《鹧鸪天·游鹅湖醉书酒家壁》、《沁园春·灵山齐庵赋》等田园词名篇。

二、田园词创作的数量比田园诗少得多。田园诗自《诗经》首开先例，中经汉魏乐府《采莲曲》、《陌上桑》等名篇，至东晋陶渊明成为田园诗派鼻祖，从此便沿着两条不同的创作路子向前发展：一条是在陶诗以回归自然、感悟自然、超尘绝俗、宁静悠闲为旨趣的创作风气影响下，至唐代形成王孟山水田园诗派，名家辈出，洋洋大观；一条是在《诗经》农事诗以揭示田家繁忙艰辛劳动和贫困苦难生活为主旨的创作风气影响下，至唐代形成元白新乐府诗派，新乐府系统的田园诗大量涌现，以至宋元明清历代以“田家”为题的诗作源源不绝，热闹非凡。相比之下，田园词的创作就冷落得多了。这是因为词兴起后很长时期内，在“诗文体尊而词体卑”等传统观念制约下，创作题材十分狭窄，基本限于抒写男女恋情和离愁别恨，许多重大题材与词绝缘，田园题材也不例外。以发展和创制慢词著称的北宋词人柳永，开拓了词的新题材，但仍限于都市生活，而未涉足田园领域。尽管柳词中有些精彩片断田园风味很浓，如“重湖叠巘清嘉，有三秋桂子，十里荷花。羌管弄晴，菱歌泛夜，嬉嬉钓叟莲娃。”（《望海潮》）“望中酒旆闪闪，一簇烟村，数行霜树。残日下，渔人鸣榔归去。败荷零落，衰杨掩映，岸边两两三三，浣纱游女，避行客、含羞笑相语。”（《夜半乐》）但就全篇总体构思而言，显然不能算作田园词。只有前面提到的苏轼、范成大、辛弃疾的几篇杰作，才是地道的田园词。可惜此类田园词精品，即使在词的创作繁盛期也寥若晨星，何况自元代散曲流行，词乃退居次要地位以后，更是凤毛麟角了。

三、田园词的创作成就远远不如田园诗。文学流派的形成是文学繁荣和取得辉煌成就的重要标志。在田园诗领域，由陶渊明开创、初唐王绩等人接续，至盛唐形成的山水田园诗派，盛极一时，影响深远。这派诗人除主帅王维、孟浩然外，还有储光羲、祖咏、卢象、常建、刘眘虚、綦毋潜、裴迪、丘为等名家，如群星璀璨，在诗国天空闪烁，至中唐韦应物、柳宗元振其馀响，依然异彩纷呈。而田园词由于产生年代甚晚，作者和作品甚少，因此不可能形成流派，其创作成就和影响也就不可能与田园诗相提并论了。古代田园诗有广义、狭义之分：广义是指一切描写农业生产劳动和乡村景色、表现农村生活和农民思想感情的诗；狭义则特指以陶渊明为鼻祖、以王孟诗派为主体，抒写隐逸闲适生活情调的诗。文学史上所称田园诗，一般都是指的狭义的田园诗。既然古代田园词未能形成流派，其创作实力始终未能与田园诗分庭抗礼，于是文学史上有“田园诗”之名而无“田园词”之目，便是很自然的了。新田园词正名依据荀子有言：“名定而实辨”，“制名以指实”（《荀子·正名》）。孔子则说：“名不正则言不顺，言不顺则事不成”（《论语·子路》）。如果说，由于古代田园词创作不甚景气，因而不另立名目还算正常的话，那么，随着词学观念的转变和田园词创作的新发展，这种有其实而无其名的状况就很不正常了，尤其是面对当代新田园词创作蓬勃发展的事实，“制名以指实”更是迫在眉睫了。当前，我们为新田园词正名的主要依据是：

一、词学观念的更新。词盛于宋而衰于明。词的盛衰与词学观念的演变密切相关。自明末清初以降，词学观念有了新的变化。以陈子龙为代表的云间词派，以朱彝尊、汪森、厉鹗为代表的浙西词派，以陈维崧为代表的阳羡词派，以张惠言、周济为代表的常州词派，尽管其美学追求各不相同，但都推尊词体，从不同角度冲破“诗庄词媚”、“词为艳科”等正统观念的樊篱，推动了词的中兴。常州词派后继者况周颐还明确表示，不赞成“词者诗之馀”的说法，认为词在文学史上有其独立的地位。观念的转变，进一步扩大了词的创作题材，一批新的田园词佳作便应运而生。如陈维崧继承白居易新乐府的创作精神，以现实的社会题材入词，写出了反映江南农村苦难生活的《南乡子·江南杂咏》（六首）、《贺新郎·纤夫曲》、《东风齐著力·田家》、《金明池·夜宿翁村时方刈稻苦雨不绝记田家语》等纪实名篇，令人耳目一新。他的《新荷叶·采莲》，写江南水乡姑娘的采莲活动和微妙心理，充满清新活泼的生活气息。又如曹贞吉的《蝶恋花》十二首，写故乡农村的风土人情，也别开生面，独具一格。这些情况表明，为田园词制名已势在必行，只是当时的条件尚不成熟罢了。

二、田园词创作的飞跃。在清词中兴浪潮中，田园词创作虽有新的突破。但依然未成大的气候。此后由于众所周知的历史原因，整个诗词创作又陷入低谷。直到进入改革开放新时期以来，由于社会各个领域的重大变革，由于农村改革的逐步深化，随着传统诗词的复苏，田园词创作才跨入由量变到质变的飞跃过程，出现了前所未有的新局面，进入了前所未有的新境界，取得了前所未有的新成就。一部《新田园诗词三百首》，便是有力的印证。这部书分上、下两编，上编为诗，下编为词。共收作品 329 首，其中词 134 首，占总数 40.7%。而在一等奖作品 18 首中，词 11 首，占 61%；二等奖作品 60 首中，词 34 首，占 56.6%。这几个数据表明，新田园词作者之众、数量之多、质量之高，均创历史最高记录。稍加浏览又可发现，新田园词题材之广泛、风格之多样、时代精神之强烈、审美趣味之更新，也是历史上任何时期所未曾有过的。仅从作品编排分类的标示的“春水新澜”、“田野新韵”、“乡村新事”、“农村新貌”、“商海新潮”、“婚恋新歌”着眼，就像一个个引人入胜的路标，把我们领入一片百花争艳的词林新天地，令人眼花缭乱，流连忘返。从此，名实相副、名正言顺的新田园词就如闪亮的明星，在诗国天空独放异彩。由此可见，为新田园词正名是创作实践发展历史的必然要求，是顺乎潮流、水到渠成、顺理成章的事。确立和标举“新田园词”之名，必将有利于新田园词与新田园诗并驾齐驱，同步发展，更有利于新田园词保持具有独立品格，促进其多种风格流派的形成而日益繁荣兴盛。

新田园词特色引例：新田园词的特色可从两个方面加以阐释：从思想内容方面来看，新田园词具有从根本上区别于古代田园诗词的新品质，即表现新的时代、新的生活，抒发新的感情、新的志趣，采用新的题材、新的语言，在这个方面它和新田园诗大体相同；从艺术形式方面来看，新田园词是依传统词谱填写的，其平仄、押韵、对仗、句式、章法都与新田园诗有着明显的区别，因而自具独特的韵律感、节奏感和独特的审美情趣。这里侧重从内容和语言方面引例说明新田园词究竟新在哪里。

一、内容新。新田园词创作源于当代农村生活。改革开放以来的我国农村，从生产方式、生活方式到人的精神面貌都发生了深刻变化，新田园词从不同侧面反映了这种变化，迸射出耀眼的时代精神的火花。如董纯仁《行香子·改革春风到山乡》、张鼎昌《沁园春·春》、尹华震《沁园春·农村放歌》等篇，描绘农村新貌，讴歌富民政策，感情真挚，表达了亿万农民的心声。傅如一《水调歌头·万家寨引黄工程走笔》，思接千载，视通万里，造语警拔，气势非凡，既有强烈的现代感，又有深沉的历史沧桑感。王守仁《贺新郎·有感李昌平为民上书国务院》，则以写实手法揭示农村减负问题，切中时弊，发聋振聩。王齐孙《鹧鸪天·小两口取款备耕》、纪桐云《鹧鸪天·农民上网》、陈荔华《浪淘沙·农民上技校》、彭琦《虞美人·村姑》、曾有才《蝶恋花·渔家女》、涂丽玲《卜算子·卖菜女》、丰波《青玉案·蚕姑》等，塑造了一系列光彩夺目的当代新型农民形象，体现了现代化进程中农民的新观念、新情怀、新志向、新追求。

二、题材新。现代农村不断出现的许多历史上从未有过的新事物，为新田园词创作提供了十分广泛多样的题材。除了古代田园诗词中普遍采用过的题材外，还出现了许多前所未有的新题材，如科技下乡、农民上网、大棚蔬菜、网箱养殖、订单农业、农民进城经商打工、农民子女出国留学等等。即使是传统题材，如写田园风光或田间耕作之类，也比过去要广泛得多、新颖得多，诸如菜农、果农、茶农、花农、棉农、蚕农、牧民、渔民生活，无所不包而无不散发清新气息。题材的多样、新颖，是新田园词能够全方位折射时代精神的重要条件之一。以王洗尘《鹧鸪天·农家即事》为例：紫燕无由觅旧庐，黄花有意曳新居（按："曳"字用词不当，此句可改为"黄花引路到新居"）。小楼不见财神像，四壁遍悬科技图。邻翁问："上网无？真知才是护身符。三姑欲寄求师信，侄女已邮电脑书。"此词以科技兴农为主旨。上片写景物，由紫燕觅巢起兴，托出主人"旧庐"变为"新居"，室内布置由"财神像"变成"科技图"，今昔对比，天翻地覆；下片写人物，通过邻翁、三姑、侄女的对话和行动，揭示农民观念由信神到信科学的深刻变化，从电脑、上网等新生事物，展现新农村建设的灿烂图景。前后照应，一气贯通，写得生动有趣。

三、意境新，新田园词的意境，大都没有世外桃源式的宁静悠闲，也少有悲天悯人式的痛苦哀怒，有的是来自自然美、生活美和心灵美的新鲜体验，来自情景交融、物我一体的特殊感悟。以乐本金《一剪梅·插秧》为例：滴翠青秧似画帘，桃欲争妍，李欲争妍。花衫如蝶扑秧出，笑语清甜，歌更清甜。晚照明霞接暮烟，累在田间，乐在田间。农家妹子竞争先，抢个晴天，绣个春天。上片用两个精巧的比喻，状写田园风光之美和插秧姑娘形象之美，如诗如画，有声有色；下片层层推进，步步深化，将田间劳动诗意化，以一个"累"字和一个"乐"字的强烈对比，揭示农家妹子心灵之美，而以"绣个春天"作结，虚实相生，拓开境界，含不尽之意于言外，令人回味无穷。与此词一样描写村姑插秧的周笃勋《临江山·春插抛秧》、张启郑《鹧鸪天·田间小咏》、郭秀兴《浣溪沙·插秧姑娘》诸篇，也创造了优美的意境。周词中的"恰同天女撒鲜花，抛完人未倦，染就一天霞。"张词中的"精点彩，巧抛梭，东裁西剪任婆娑。问渠底事风风火，只为心中美事多。"郭词中的"点水蜻蜓纤手巧，沾泥粉脸柳腰斜。一支健笔绘兰花。"诸如此类，妙句联珠，美不胜收，情融于景，引人入胜。

四、语言新。新田园词的语言是经过提炼的农民语言，具有通俗易懂、明白晓畅、生动形象、贴近生活、贴近大众等特点。而且，随着农村的不断开放和变革，许多新的语汇如彩电、荧屏、冰箱、电话、手机、电脑、大棚、网箱、科技、小康、市场、世贸、外商、客户、订单、合同、打工、留洋等等，已经进入农民的日常生活，也大量涌入新田园词中，为它注入了新的活力，使之在语言方面显示出鲜明的时代特色。例如："摩托随哥飞上路，归来买了《茶经注》。"（唐甲元《蝶恋花·茶乡春色》）"喜见大棚如栉比，灌区流水源长。汽午摩托驶城乡。塘中鱼对对，湖上鸭双双。"（彭见恒《临江仙·农村即景》）

“泥一身，水一身。一片冰心不染尘。田间点点春。”（牛牛《长相思·插秧》）“遍地小楼如塔矗，鸡咯咯，犬汪汪。”（耿德育《江城子·秋日郊游》）“农家致富修华厦，爷们喜拉家常话。家常话，猪娃好卖，嫩茶提价。”（贺志云《忆秦娥·农家乐》）“谈业务，坐飞机，名花引自法兰西。”（黄心培《鹧鸪天·花果专业户》）“哼小调，诉衷肠，粮多正好娶新娘。低头妹妹含羞笑，手弄镰刀不答腔。”（徐一品《鹧鸪天·收获》）此类佳作的共同特点是：将贴近农村生活习惯的方言土语和业已普及到千家万户的时髦现代词汇很自然地融入合乎词牌格律的话语环境之中，有力地表现了新的现实生活和新的思想感情，读来又朗朗上口，韵味十足。这种新的语境的确是历史上未曾有过的。新田园词这株艺术奇葩正在茁壮成长，我们应该好好爱护它、培育它。

试评《新田园诗词三百首》

侯孝琼

所谓“田园诗”，应当是那些以田园生活及与之密切相关的人情、风物为主要歌咏对象的诗。作为农耕民族——中华民族的传统诗歌，不言而喻，一开始便与“田园”结下了不解之缘。相传尧帝时期的《击壤歌》“日出而作，日入而息；凿井而饮，耕田而食。帝力何有于我哉!”大概就是最早的田园诗。自此，田园诗一脉相承，无代无之。这一方面是因为诗人们多继承着“饥者歌其食，劳者歌其事”的，切近生活的诗歌传统，一方面还因为“田园”与山水结合，成为“自然”的理想境界。在“倦世情之易挠”后，失志的士人从一定的艺术距离外看田园生活，以士人之心，度农夫之腹，猜拟他们如何顺应自然，乐天知命，淡泊利名，安定闲适。他们赞美这种生活态度，表示对险恶仕途的绝裂和归真返朴，保持清操的意愿。旧社会的农民，多半目不识丁，除民歌而外，田园诗的作者和鉴赏者，几乎都是文人，因此这类透过文人的有色眼镜所描写的田园诗，倒成了主流。

当代的农民则不然，特别是改革开放以来，科学种田成为农村发展的必然。与之相应的，农民文化素质正全面提高，农村作为诗歌接受的市场日益拓展，农民诗人也逐渐增多。其中那些曾经上山下乡的，一度务农的知识青年和一度为“牛鬼”下放务农，接受“改造”的文化人，他们都具备足够的学识而又在相当长的时间和农民共过甘苦，一同备历栉风沐雨的稼穑之艰，也一同品尝过春种秋收之乐。这些人有较丰富的田园生活积累和农民情结，又有诗意地表现它们的文化积淀，他们是当代田园诗人群体的重要成员。

当然，更多的田园诗创作者，他们没有落户农村的经历，但是，改革开放以来，在广阔天地的十亿农民身上发生的巨变，不能不令人刮目，成为他们的诗材。随着传统诗词的中兴，新一代田园诗悄然崛起。

在此基础上，从1993年到2002年的十年间，连续举行的四届田园诗大赛，更是起到了推波助澜的作用。特别是“第四届田园诗·河东杯旧体诗词大赛”，选择了最富于民族特色，最为广大农民喜闻乐见，最贴近民歌形式的传统诗词形式作为载体，使参赛人数猛增，佳作迭出。大赛获奖优秀作品，结集为《新田园诗三百首》，共收诗词曲332首。它集近十余年田园诗之大成，体现了当代田园诗的成果和特色。

《新田园诗三百首》最鲜明的特色是“新”。

首先，它反映了农村生产和销售方式的现代化。如周笃勋《临江仙·春插抛秧》下阕“今日栽田非赤脚，银盘手托秧芽。恰同仙女散鲜花。抛完人未倦，染就一天霞。”李树林《机插》“束束秧苗机后青，纵横疏密巧天成。瞬间撒满千厢绿，播下春光一片情。”胡文仲《春耕》“沃野霜风不见牛，机声轧轧土波流。”《大棚春色》“莫虑棚撑千里雪，黄瓜清脆菜花香。”段惠民《销售》“鼠标昨夜频频点，胜券而今稳稳操。”此外，如胡迎建《陇上引水行》“水路开通即活路，齐心攻路千重艰。”刘张《喜见深山修公路》，李莲《飞播造林》等等。总之，“三百首”将农业生产销售的逐步现代化和发展生产的远景规划如造林，兴修水利，发展交通事业方方面面都摄入诗中，使人们通过它全方位地了解到新农村变化的基石——生产销售方式的变化。

农业生产方式的变化使农民的观念形态也随之而变，他们认识到科学种田的重要性，如黄金明《农民捐资建校舍》。为了“拥抱明天世贸潮”（纪桐云《鹧鸪天·农民上网》），他们自觉地挤出时间学英文，如孙振声《河边小景》“树上鸟鸣琴，水中鹅似云。河边牧鹅女，静坐学英文”。特别是王洗尘《鹧鸪天·农家即事》一首：“紫燕无由觅旧庐，黄花有意曳新居。小楼不见财神像，四壁遍悬科技图。邻翁问：上网无？真知才是护身符。三姑欲寄求师信，侄女已邮电脑书。”词用对比的手法写出了农民如何由寄望于神到寄望于科技。农民观念形态的改变还表现在他们对市场的普遍关注，连老农也“打开报纸览商讯”（史文山《农家乐》），他们设法解决生产过剩的问题“老板挥鞭小调高，粮多我自有新招。磨它二斗粘黄米，好进城中卖豆包”（吕尚《肇州冬日农村》）。他们不仅“种地犁田称好手，进城下海有新招”，还“敢驾轻舟闯大潮”（杨俊容《村姑吟》）以解决农村剩余劳动力的问题，“三百首”中有不少以打工仔、打工妹为题的诗，既颂美了他们敢于闯世界的豪情，也反映了他们抛妻别子的乡愁。有一些作品如何象贤《看邻人食蛙有感》，又如韦优《山娃》“两跳三翻过大坡，鹊巢捣罢捣鸦窝。路逢校长知羞了，昨日刚教爱鸟歌。”都反映了当代农民的环保意识。

与此相应，“三百首”还反映了农民的生活方式发生的巨变：衣则“赶新潮”，追求时尚。郭省非《村姑》：“荧屏日夜播妖娆，撩得村姑眼更高。挑担时鲜城里去，换回时尚赶新潮。”食则“汽蒸腌板鸭，锅煮活鱼汤。鸡腿烹姜蒜，荞丝伴蜜糖”（张镇东《访农村学生家》）住则“茅舍变楼房，瓷砖紫白镶。十星楣闪亮，双桂院飘香”（同上）。行则“郎骑摩托妹相随”（王齐孙《鹧鸪天·小两口》），又如石镜廉《接外公》：“身骑摩托快如风，母命城中接外公。腰里手机传话语，已乘的士到家中。”“三百首”抓住了新农村衣、食、住、行的方方面面。物质文明还推动了农村文化生活的提高。青年男女自不必说，连七十岁的阿婆也“夕阳狂跳迪斯科”（姜必荣《阿婆》）。农民们劳动归来？并不“但道桑麻长”，也有了“平仄悠然哼到家”（刘宗群《田园韵》）的雅兴，他们从劳动中发现诗意，“渔歌牧唱寻常事，信手拈来便是诗”（黄正南《田园趣》）。农民已不只是追求衣食温饱之乐，还追求“琴棋书画烟酒茶”（胡荫华《农家乐》）的乐趣。这正是新田园诗繁荣发展的肥田沃土。

《新田园诗三百首》的332首诗词曲中，最接近民歌形式的七绝共120首，占了三分之一强。难能可贵的是，一直以典赡精工，不宜田园的七律，在吸取了泥土的芳香后，也变得朴实、清新流畅。如白冰《辽东农家》：“蔷薇夹道绕篱笆，绿树红楼映彩霞。大敞院门人是客，轻摇铜铎狗看家。香茹架上堆金垛，银耳棚中亮白花。号拨手机寻场主，应声走出一甜丫。”“当今曲的创作不多，唐天人的《［中吕］朝天子·小村即景》“杏花、李花，竞艳阳光下。春光送绿到田家，一幅江南画。顺水渔舟，截河新坝，沿坡也种茶。舍边的地瓜，树旁的苦瓜，藤蔓儿爬上葡萄架”。它充分运用曲押韵的自由，以尖新、活泼、生动的语言铺排出小村的勃勃生机。

“三百首”既大量运用时兴语，又大量运用农民的俚语。如因特网、信息、投标、世贸、老板、新潮、创名牌，小丫、乖女、爷们、娃、蛮多、打盹等等。有时还用方言，如黄心培《鹧鸪天·花果专业户》下阕“畅销最数仙人掌，味道串鲜刎是吹”，用田家方言土语，写田家情事，何等相称。

总之，“三百首”塑造了在改革开放的春风中奔赴小康的新农民群体和令人耳目一新的新农村、新农业形象。传统的形式表达了崭新的内容，令人折服，令人振奋！

《新田园诗三百首》也不免有令人遗憾之处。那就是在绝大多数诗作的一片赞歌声中，忘了当代农村的发展还不平衡，没有脱贫的农民还不在少数，农村还存在不合理的负担，还存在村官贪腐，买官卖官的现象，农民养老、求医、子女上学的问题还没有完全解决。这正是钱钟书先生在《宋诗选注》中评范成大诗中所说的，西洋“牧歌”中，漏掉了一件东西——狼，“中国传统的田园诗，也常常觉得遗漏了一件东西——狗”，这种代表着贪婪、腐败、落后的狼和狗还存在着，揭露它们，正是诗歌直面现实，关注农业、农村、农民的体现。长堤蚁穴，见机知微的忧患意识，是一种积极的主观心态，是中华诗词最优良的传统之一。

我衷心希望，新田园诗词，不要再忘了“狼”与“狗”。

试论夏承焘的词学观与词体创作历程

钱志熙

在二十世纪的词家中，夏承焘是在词的艺术上能够推陈出新，形成独特风格的一位。他的艺术成就，我认为即使就整个词史而言，也是可以列入名家之流的。有论者认为，夏氏“填词则欲合稼轩、白石、遗山、碧山于一家，所作均有感而发，情辞并茂”；“词笔则坚苍老辣，每以宋诗之气骨度入词中，外柔内刚，戛然独造，并世词家，殆罕其匹”。这样的评价，我认为是符合事实的。实际上，早在二十世纪四十年代，马叙伦就曾对夏词作过“上揖灵均，下攀柴桑草堂”这样的高度评价，并且指出夏词的艺术渊源不仅局限于词史，而且对词体之外的更广大的诗歌传统也有所汲取。我对于夏词，虽然十分爱好，其《天风阁词集》与《天风阁学词日记》，于二十年间时时阅读，并有所体会与思考，但由于词学一门，极为精深博奥，我对它缺乏专门的研究，自己填词也未得三昧；所以这篇论文对夏氏在词学渊源和他的创作历程的尝试论述，恐怕也只能属于管窥蠡测而已。其意图是希望引起学术界与诗词界对夏词在二十世纪的词史甚至现代文学史中的地位的重视，同时也希望通过对夏氏词作的研究，为当前的诗词创作提供某些借鉴。除了词，夏氏的古近体诗写作，也有很高的成就，并且他的诗与词两方面的创作，有相互交融的地方；所以最好的做法，是将他的诗词艺术放在一起来论述。但那样会更难以把握，也难以深入，所以本文只能将夏词从其诗词创作的整体中独立出来作专门的论述。

一

夏词艺术成就的取得，与二十世纪词坛风气是分不开的。二十世纪整体来看，是传统的诗词艺术走向衰落的时期，诗词的命运也基本上一样。但仔细分析，词学比起诗学来，却有较强的余衍。这种情况，也许要从整个词史来理解。中国古代的诗歌体裁，多出于音乐歌词，在发展过程中逐渐脱离音乐，转化为文人的徒诗系统。这可以说是中国古代诗歌史的一个基本的发展规律，词史也体现了这个规律。整个词史的发展，经历了从入乐的曲子词到逐渐脱离音乐的带有徒诗性质的文人词的发展。这个过程也是词境、词风不断地变化的过程，是词体呈现活力的过程。比起古近体诗来，词体最后出，属于更加年轻的一种体裁，所以比同期的古近体诗呈现更多的活力。词的文人化，当然应该追溯到文人开始参与曲子词创作的中晚唐时期，但从中晚唐至北宋的文人词，基本的性质还是曲子词。但在这其间，随着苏、黄一派的以诗为词，和周邦彦、姜夔一派的词艺上的高度发展，词的文人化特点越来越明显了。但是就其创作的机制来说，宋代的文人词一直没有完全摆脱音乐的体制。也就是说，词在宋代，一直没有完全转化为徒诗体。到了元、明时代，南、北曲兴起后，词的地位变得尴尬了，一方面，徒诗的性质还没有完全明确，另一方面，歌词的优势又已经失去。元、明词风的不振，我想这至少是原因之一。可以说，作为一个徒诗系统的词体，其全面的发展在清代。所以，清词的繁荣与艺术成就的突出，是与此分不开的。词史在晚清出现创作的高峰，并且在进入民国之后，仍然呈现出较强的余衍之势，也是与词体的这个发展趋势分不开的。夏承焘先生在晚清诸大家之后，仍然能够对词风与词境作出某种新的发展，这不仅仅是利用了二十世纪历史与文化的新因素，更是词体本身的活力的体现。

夏承焘的词，从词境、词风与词艺来看，是属于典型的文人词。其与清词的关系，则与浙派关系最近。清词的两个代表流派即浙西词派与常州词派，是在两宋时期初步确立的文人词的基础上继续发展起来的。但它们体现了不同的词史观，浙西词派以南宋词为宗尚，尤其推崇姜、张，可以说是从宋代文人词的发展的最后一期来取法的，这符合词史的常规，可以说是文人词发展的一种很自然的选择。因为明代是词体发展的低谷，文人词发展的机制还没有完全形成。清词以前的文人词发展高峰，只能是南宋词。所以清代有时代特色的词史，其实是从南宋词史结束的地方重新开始的。而常州词派则可以说是在浙西词派的基础上继续追溯词史渊源。常州词派不满于浙西词派的空疏，同时又感到浙派还没有给词体以应有的地位，于是在理论上对词进行一番尊体的工作。要尊体，就要从本源入手，所以常州词派的宗尚在于五代、北宋词，并且是以曲子词为正宗的。这可以说是对浙西词派的一个辩证的发展。但他们并不是还原曲子词的本相，而是以诗学传统的比兴寄托之说来阐释曲子词传统，尤其是推出温庭筠的词，将其提高到与屈骚并论的地位。这种词学观与浙西词派的宗法南宋词看是异趋，但同样是属于文人词的词学途径。这充分地证明了清词发展的本质，是文人词的发展。但客观地说，以常州派为代表的通过将曲子词阐释为文人词的做法，毕竟不完全符合词史发展的实际情形；而浙西词派从南宋文人词发展的最后阶段取法，进而取法整个南宋词，并由此上溯北宋、五代的做法，却是符合文人词发展的自然趋势的。所以，晚清的词坛的主体，从词法来讲，主要是从浙西一派发展出来的。当然，常州词派的尊体、重视意内言外、重视内容与寄托的宗旨，在词学思想上还是有很大的影响的。晚清四大家王鹏运、郑文焯、朱孝臧、况周颐及文廷式这一批词人，其实对两派是有所融合的。

虽然由于时代背景与文学观念的变化，夏承焘没有斤斤计较词史的流派与门户，而是力求有所融合，但其基本的取法宗旨，是接近浙西词派的。他自述早年在温州就读时，“得读常州张惠言、周济诸家书，略知词之源流正变”。可见早年的词学观也曾受到常州词派的影响。但他又说：“早年妄意合稼轩、白石、遗山、碧山为一家，终差近蒋竹山而已。”这一取法途径，又很明显地看出是受浙西词派以南宋词为主要取法对象、“家白石而户玉田”的词学宗尚的影响。他上面提到的几家，除遗山是金人之外，其他都是南宋人，但在时间上他们差不多都是同时代人。但是，夏词的渊源，其实不仅局限于他自己所述的这几家。一方面，南宋词及金词是北宋词的发展，稼轩与遗山都是深受苏词影响的词人，白石、碧山在语言艺术上对周邦彦也都有很多吸取。所以学南宋词，不可能不上溯北宋乃至更早的词史。这也是文人词取法南宋的合理之处。因为学南宋肯定不会只局限于南宋，但学晚唐五代或北宋，则很可能不能下逮南宋。夏承焘先生的词体创作也是这样，他在词风与词境方面，夏先生对于苏词的清雄豪放的风格的借鉴也很明显。而且，夏词的取法，还由词史扩大到诗史，他的诗风深受江西诗派的影响，尤其是七律与七古，受黄、陈的影响是很明显的。这种学习的经验，也自然地运用到词体创作中去。这也是借鉴南宋词人姜夔的经验，他论姜词的取法云："白石的诗风是从江西派走向晚唐的，他的词正复相似，也是出入于江西与晚唐的，是要用江西诗派来匡救晚唐温（庭筠）、韦（庄）、北宋柳（永）、周（邦彦）的词风的。"这其实也是他自己的一种取法途径。他的词也吸取了江西诗派的一些因素，尤其是在句律之遒峭、章法之顿挫方面。其实，他在词体创作方面所接受的影响，还有更广阔的一个背景。马叙伦就曾对夏词作过"上揖灵均，下攀柴桑草堂"的评价，可以说是独具只眼的。夏词具有浪漫的风格，想象力丰富，追求奇情壮彩，并且有较深的现实关怀情绪，尤其是抗战时期的一些词，流露家国之忧，有郁愤之气。这可以说是受到屈骚与杜诗的影响的。另一方面，夏词又有一种平淡、闲适、从容的境界，尤其是其山水词，受到了陶、谢一派的影响。总之，夏词的渊源是比较深远的。他之所以在词体创作上较古人有所开拓，与其汲取之广分不开。

我们说夏词属于典型的文人词，还是由于夏氏在词体的审美趣味上，也是典型的属于文人词一派的。词发源于燕乐，本为艳科，所以表现艳情一直是词史的一个传统。但是自从词进入文人的创作之后，也逐渐发展出以表现文人的思想情调为主的新传统。夏承焘先生的词，在摆脱艳科方面表现得相当突出。作为词史家，他并没有忽视词的艳科传统，并且认为词是软性的文学。但他在选择个人的词体创作道路时，则完全是以文人词为本位的。他在1948年为邵潭秋的历代词选本《词心》所写的序里，从文人词的角度阐述词心，同时也提出了他的词史观：

> 词之初起，其体至卑，《云谣》、《花间》，大率倡优儇士戏弄之为。常州词人以飞卿比董生《士不遇赋》，或且已上儗屈骚，皆过情之誉也。后主、正中，伊郁惝怳，始孕词心。南宋坡、稼以还，于湖、芦川、碧山、须溪之作，沉哀激楚，乃与《匪风》、《下泉》不相远。盖身世际遇为之，非偶然矣。夫有身世际遇，乃有真性情。有真性情，则境界自别。
>
> 词虽小品，诣其至极，由倡优而才士而学人，三百年来，殆骎骎方驾《诗》、《骚》已。

夏氏的这种词史观，与其创作倾向是一致的。他主要是接受文人词中以表现文人自身的思想情调、高雅的审美趣味为特点的这一派。一般来说，即使是以豪放、清刚为尚的词人，也难免会有少数艳科之词，但夏先生的词，似乎要有意识地回避这个艳科的传统，立意追求以气象为主、清空与豪放相兼的词风。少量婉约词，也是采用比兴寄托之法来写的。在这一点，可以说又是受到常州词派的意内言外的词学观的影响的。

夏氏基本上不为艳词的审美趣味的形成的原因，是值得多方面研究的，我看主要应该从其个性及早年经历着眼。夏承焘先生出身寒素，自学成才，继承了传统文人关心现实、经邦济世的一些理想，所以他的文学价值观，还是倾向于儒家的一派的。他写词不走绮艳一派，我想与这种个性有关。但这里，我还想指出一点，就是地域的影响问题。温州从历史上看，是一个移民的地区，境土狭小，生存竞争比较突出，所以形成一种比较严肃的民风与士风，少冶游奢靡之风。尤其是永嘉学派的事功经制之学，对温州历代的文人学者多少都有些影响，夏氏也深受这个地域学术传统的影响。他早年曾立意治宋史，并著《唐铸万学考》，追其渊源，都是继承永嘉学术传统的。就诗词两方面来看，温州传统，是以诗为主，词的传统比较缺乏。“瓯括一郡，人文辈出。独以词鸣者，视吾浙他郡为鲜。”“永嘉词学衰”，南宋温州可以说是名公巨卿辈出，诗方面形成了永嘉四灵这样一个流派，但是词方面的名家，却只是一个卢祖皋。可见在对待作为艳科的词的态度，两宋的温州文人都还是比较保守的，毕竟两宋温州是以经学与理学为主要传统的。元明清三代，温州的词风也不太发达，至少不及诗风发达。逮至晚近，冒鹤亭、林铁尊等客籍词人游宦温州，温地治词者渐多，夏先生可以说是是其中成就最大的。所以，夏承焘可以说温州有史以来在词体创作方面成就最为卓越的。但上述的地域文学传统，也深刻地影响了夏氏的词体创作道路。这使得夏先生的词，少了婉约的一种，并且他对婉约词的评价也偏低，此点从夏词《瞿髯论词绝句》中可以看出。但同时也成就了他那一种独特的清新伉爽、青山妩媚的文人词的风格。相比之下，并世的一些沿袭艳科传统而无实质性创新的词家，虽然走的像婉约词的主脉，但未免显得陈陈相因。因为艳科本就是曲子词的传统，文人词的真正开拓是在艳科之外的。

二

夏承焘在诗词创作方面是一个早熟的天才。他自述十四五岁开始写诗词，在他们那一辈人中，这不算早，但他很快就表现出诗词方面的天赋。艺术上成熟得很快，在二十岁前，他已经创作很多作品，并且多有为前辈同侪所赏识传诵的。王季思回忆因为与夏承焘的早年诗友李仲骞是邻村，因而认识夏氏，并说在童年时就念熟了他们那些风流自赏的句子。如“昨夜西风今夜雨，催人愁思到花残”之类。夏氏自己在《三十生日》诗中亦云“数句诗工前辈传”，可谓实录。在词作方面，《天风阁词集后编》的第一首《百字令·和厚庄前辈灵峰摩崖石拓原韵》已是成熟之作：

巨灵孤擘，问何年推出，撑空岩壁。劫火烧残山骨冷，丹篆犹摩拳石。云护精灵，天开图画，奇句江山辟。银笺重拓，墨花还绣苔碧。

我羡老去刘晨，竭来丘壑，爱着寻幽屐。断碣残碑闲送日，何似岣嵝郐峄。胜地神游，故山春到，梦境迷仙迹。何时鸾背，和公云外吹笛。

此词写雁荡山摩崖石拓，窥入形容，笔力雄张，力避凡近，其豪放有力出于稼轩，而修辞琢句则受到吴文英的影响。

另外，这首词从题材与风格来看，都是典型的文人词，有以学问为词的特点。

夏承焘在诗词艺术上真正摆脱习作，走向成熟并初步形成独特风格的，是在他二十二至二十六岁在西安任中学教师的时期。对此，王季思先生曾有过论述，他认为“西北的五年壮游，使瞿禅在人生道路和诗词创作上都开辟了一个新境界”。同是温州人的他，还注意到温州知识分子不太到外边谋生的心态，并从这个角度来理解夏先生这次西北之游对打开他的创作境界的意义。他说：“瞿禅到西北后，汉唐故都的雄伟，华岳莲峰的高寒，打开了他的眼界。军阀内战对人民、民族带来的灾难，改变了他的诗笔与词风。”他对夏氏此前的风格是熟悉的，所以当从友人陈仲陶处读到夏氏此时所作的《清平乐·鸿门道中》、《鹧鸪天·郑州阻兵》等作品时，认为“格调悲凉慷慨，反映了军阀割据给北方人民带来的灾难，沉痛次骨。比之他少年时旖旎风光、惆怅自怜的词风，是两种截然不同的境界”。他主要是从阅历的变化来论述夏氏词风的转变。这是很正确的。从另一方面来讲，夏承焘在这个时期，借助阅历的增加与思想感情的发展，自觉将自己的创作转向以辛弃疾、元好问为代表的一派，其走文人词的发展道路的意识，应该是更加明确了。所以此期创作对于夏氏后来的词风发展是有奠定意义的。我们看这两首词：

清平乐·鸿门道中

吟鞭西指，满眼兴亡事。一派商声笳外起，阵阵关河兵气。
马头十丈尘沙，江南无数风花。塞雁得无离恨，年年队队天涯。

鹧鸪天·郑州阻兵

鼓角严城夜向阑，楼头眉月自弯弯。梦魂险路辗辕曲，草木军声寒战山。　投死易，度生难。有谁忍泪问凋残。纸灰未扫军书到，阵阵哀鸿绕古关。

这两首小令，声情相赴，缓急相间，可以说调声与调情结合得相当完善。据王季思回忆，这两首词在当时就获得他的激赏。此外，从《鹧鸪天·宿潼关》、《西江月·普陀坐雨，读东坡乐府》这两首早期的小令，我们可以看到夏氏小令特有的淘写冷笑、兴会自得的风格也已经开始形成。试以前首为例：

过眼秦皇与汉皇。马头但有路尘黄。扫眉人唱三峰媚，折臂翁耕百战场。　风浩荡，劫苍茫。旁观莫笑客郎当。贾生涕泪无挥处，要上潼关看夕阳。

词人以一种热切的心体会历史，但语气中带有冷笑，这来自对历史感伤情绪与一定程度的虚无感，也来自俯仰身世所生的闲愁。夏承焘虽然终其一生，只是一个诗人与学者，但他与那个时代的许多有才华、有理想的知识分子一样，继承中国古代文人的积极的政治理想，同样也继承了他们消极的、多挫折感的书生情绪。还有，一个形成独特风格的词家，不仅在题材、风格、修辞等方面有自己独特的个性，而且还会创造一种他个人独特的韵律感，从这些词中我们可以看到夏氏小令词的闲咏从容、自得闲放的韵律感。

夏词风格与境界的进一步发展是他在严州中学任教的“桐庐时期”。这时期标志性的成果，是他的那些充满了江湖情调、写景清空入神的山水词。山水诗发源于古体，后来发展到近体。山水题材在词里的出现，则是比较晚的。词毕竟源于艳体，词中描写山水景物的因素，最初也都是与情事结合的，到了北宋初的潘阆《酒泉子》十首写杭州景物，欧阳修《采桑子》十首写颍州西湖，可以说是山水词的初步形成。但潘、欧的这类词，从广义来讲，也还是属于风俗性的内容，有不少还是山水与艳丽事物的结合。这也是南朝艳体的一个传统，山水中有涉艳的内容。真正剔除艳丽内容，以描写山水景物与士大夫的山水情怀的词，还是开始于苏、辛一派。南宋的姜白石，则将山水之景与江湖之思结合起来，创造出一种清空幽迥的境界。清代浙西词派作者厉鹗，其身世与姜夔相似，因此能继承白石词的一些因素，在山水词方面做出了很大的贡献，他的桐庐及西湖风物的一些山水词，创造了一种匪夷所思的清新绝俗、像南朝山水小品般的高逸境界。夏承焘的山水词，对上述诸家都有所继承，从早年的情况来说，尤其是对白石词与樊榭词的风格因素有所吸取。张尔田给他的信里，也有“尊词胎息深厚，足为白石词仙嗣响，不易得也”之语。

浪淘沙·过七里泷

万象挂空明，秋欲三更，短篷摇梦过江城。可惜层楼无铁笛，负我诗成。　　杯酒劝长庚，高咏谁听？当头河汉任纵横。一雁不飞钟未动，只有滩声。

水调歌头·泊桐庐

惟有雁山月，知我在江湖。泷滩七里如镜，照影过桐庐。不见羊裘老子，为问浮名何在，水色古今虚。把酒欲谁语，汀鹭夜相呼？

十年后，数椽旁，客星居。关山南北，总怜清景世间无。落日黄河一线，风雨长江片练，气概一何粗。何似泛银汉，月底此舟孤。

虞美人·过桐庐

十年梦想桐江碧，双桨今相识。新蟾与我在江湖，照我满身风露过桐庐。　　滩声一枕潇潇雨。无觅浮名处。水窗朝旭忽闻莺，准拟此生挈酒作诗人。

夏氏出身寒素而才调纵横，至少就其早年的经历来看，与白石与樊榭是有些类似的，所以有很浓厚的江湖情绪。这些作品中表现得很明显。将这些词与樊榭词相比，意境之高迥闲静虽然不如樊词，但遥吟俯唱、才调纵横则似过之。这当然也是因为他写这些词时，毕竟还是一个青年学人，对人生还是充满着幻想的。另外，从这些作品中，已经可以反映出夏氏飘逸与清空、豪放相兼的风格个性，以及如万斛泉源一样的才气。这种才气不是一般积学贮宝就能养成的，而是天赋所具。他让我们很自然地想起李白、苏轼那样的天才。这也是他同时代的人每每称他为词仙的原因。

桐庐时期是夏氏开始比较自觉地学习白石、碧山一派的诗作时期。他自称“早年妄意合稼轩、白石、遗山、碧山为一家”，应该主要是指桐庐时期与杭州时期，细察其时词作，也往往是出入于上述数家的。如《酹江月·词仙何许》(1928)一首咏周草窗诞生处：

词仙何许？呼片云去问，洞天消息。一道银潢星斗满，梦见吟商踪迹。宋玉生前，子云身后，落落千秋客。江山如此，与谁分占秋色？

此处地下词流，放翁莱老，高咏长沉寂。欲挈山河鸾背上，一和诸公横笛。辽鹤归迟，江城寒早，抚劫遥相忆。古人如见，海天惊吐孤魄。

这是一个比较复杂的题材。一般来

说，曲子词多为抒情叙事内容，表现社会流行的某些带典型性的题材，所以艺术上的处理也比较简单一些，有一种鲜明的美，单纯的美。文人词则要表现文人的思想、生活、趣味，甚至是他的学问、赏好，所以题材就比较复杂。其所表现是一种更为综合、丰富的美感。文人词家成就的一个重要标志，也正在于处理这种复杂题材的能力。这首词的写作起因是一个比较复杂的事件。作者得知自己寓居的建德字民坊校舍，自宋至清都为县斋所在之地，而从周草窗的《癸辛杂识》中又得知，草窗于绍定四年其父出宰建德时生于县斋。于是十分惊喜，不禁浮想联翩，写了这首词。面对这样一个复杂的题材，作者不用简单的交代办法，而是有意识地将古今的时空打通，也就是将时间空间化。此词结构复杂，转折层次很多，处处出人意外，但又落笔自然，并不晦涩。这种风格，让我想起稼轩、遗山之类的大手笔。所以此词虽然用的是周密《蘋洲鱼笛谱·中秋对月》的韵，并且意境上受到厉樊榭的一些影响，但风格之豪放则是受稼轩、遗山影响的，清空之处又得于姜白石。又如《清平乐·严州大雪》一首的上阕："敝裘轻举，送我泠然去。忽讶诗来无觅处，天外数峰清苦。"境界明显地受到姜白石的影响。可见作者自叙"早年妄意合稼轩、白石、遗山、碧山为一家"，其自觉的起点应该是在桐庐时期。其作为一代词宗的气象，也可以说在此时已见端倪。

1930年6月，夏承焘因邵潭秋之介，任之江大学教席，九月份到任。取得大学的教席，意味着夏氏从此进入学术的主流舞台，是他的学术生涯中的重要事件。但从少年开始的一直占据重心的诗词创作，则相对来说退居到次要的地位。他在《天风阁词集前言》中也说："三十左右，居杭州之江十年。讲诵之暇，成词人年谱数种，而词则不常作。"还有，大学教席的取得，以及进入到第一流的学术圈子，一定程度上改变了他在前一个时期的心里占主要地位的江湖隐逸之士的心态。但是，前期所积累的山水词写作的经验，在这个时期中仍然发挥着作用。之江大学在钱塘江边的秦望山上，风景异常优美，令夏承焘颇为心醉。其间他也经常游览西湖、九溪十八涧等处。这个时期的山水诗，多用小令出之，《望江南·自题月轮楼》七首是他此一时期山水词的代表作，其中描写景物比较集中是以下两首：

秦山好，飞观俯西兴。沧海未生残夜日，鱼龙来啖半江灯。人在最高层。

秦山好，面面面江窗。千万里帆过矮枕，十三层塔管斜阳。诗思比江长。

能写出景物的特征，并且境界动中有静，是具有词心的。《鹧鸪天·九溪十八涧茗坐》虽然不是专门写景，但写在名山胜水中游览景物的美感享受，并且融入若干哲理体悟，是他中年以后山水词的新因素：

滩响招人有抑扬，幡风不动更清凉。若能杯水如名淡，应信村茶比酒香。　　无一语，答秋光。隔年吟事亦沧桑。筇边谁会苍茫意，独立斜阳数雁行。

这首词有另一个版本，见于琦君的回忆文章：

短策暂辞奔竞场，同来此地乞清凉。若能杯水如名淡，应信村茶比酒香。　　无一语，答秋光。愁边征雁忽成行。中年只有看山感，西北阑干半夕阳。

两个版本各有所长，前一版本更带哲理色彩，后一版本不同的部分，琢句更为苍老浑成一些。

词中略带逋峭感的句法、硬折的章法，也可以看出江西诗派诗风的影响。

同时，这个时期的一些写湖山景物与幽赏情怀的作品，仍然比较明显地受到厉樊榭与姜白石的影响。《石湖仙·题孤山白石道人像》一首，风格上也受白石词影响。《丑奴儿·题友人画荷》：

西湖千顷烟波窟，画舫清尊，宝钿香尘，满地江湖恋绿人。
何时苕霅扁舟去，一月随身，一水如银，三十六陂看绿云。

而《十二郎》纪西湖夜游之作，则可以看出樊榭体的影响：

梦华逝水，剩一鉴、冷光未凝。换语鹤湖山，听萤灯火，过我翩然一艇。水佩风裳无人唱，问旧谱、凌波谁定？容独占鹭汀，一竿人外，万千人境。　　归兴，浮家旧约，待描奁镜。挽百丈秋潢，白荷花底，看谁高寒双影。问讯南鸿，江楼今夜，风露衣应冷。嘱晓角，莫唤城乌，隔水数峰犹暝。

像这样的作品，其境界与神韵上是明显地受厉鹗《百字令·秋光今夜》等作品的影响。文学作品的影响，有作家整体风格的影响，有名作的影响，后者事实上更为常见。文学史的一些名作，有时一首作品就可以影响到后来的一个作家甚至一个流派。所以我们要判断一个作家对另一个作家的影响，要特别注意其代表作的影响。

三

抗战时期到1949年解放之前，应该是夏承焘词体创作中最重要的时期，也是奠定其在当代词坛重要地位的关键的时期。这时候他在杭州、温州、龙泉等处流转，江山景物，触处生愁，其看山观水的心情也不同于昔日。但在就这个时期，他的词艺达到炉火纯青的境地，创作出一种将家国时事之忧与山水风光奇特地结合在一起的词风，代表了夏词艺术的成熟。也可以说是夏氏在山水词境界上的一种新创造。

虞美人·自杭州避寇过钓台

年年单舸哦诗到，不负江风好。夜乌声里酹西台，为报这番不是看山来。　　一星在水依然碧，世外今何夕？故人出处幸相忘，容我五更伸脚过桐江。

桐庐的美景，曾经酝酿他无数的诗情。“好山只觉浙西多，又向桐君招手过。”但这次过此，却无看山心情，只有谢翱曾经痛洒亡国之泪的西台，倒是对景。虽然这样说，江山美景毕竟是客观存在，并且当此国家蒙难、时世离乱之时，更觉名山秀水之可贵。这也许正是夏氏在抗日战争时写作了大量的山水纪游诗的原因所在。“一星在水”，是厉樊榭《百字令》中的句子。

1944年8月，温州沦陷，此时正从龙泉浙大分校返回家乡度暑假的夏承焘，应吴鹭山之邀，避地乐清。同年10月，应雁山师范学校之邀，入雁荡山中讲学，寓居灵岩寺，至次年7月末才离开。雁荡是浙南名山，游遍了各地名山的他，很自然地称雁荡山为家山。正如龚自珍《己亥杂诗》所云：“踏遍中华窥两界，无双毕竟是家山。”夏氏也是带着这样感情来游赏、讴歌雁荡山的。他的一大批雁荡山诗词，不同于前人那些的摹山范水、标题景物而大多缺乏个性的作品，而以抒情笔调来写山水，并且融入浓厚的感时的情绪，有时还以禅入词，内容上有一种综合之美，正是典型的文人词的美感特征。其写景则以清空为尚，并且仍然可以看出姜白石、厉樊榭诸人的影响。其中的小令，继续杭州时期的那种平淡脱俗、闲咏自适的风格，琢句自然中见奇警，情感沉郁，但情调则豁达大度：

鹧鸪天·雁荡山中诸生迎予至灵岩

丘壑招邀仗故人，正愁归路堕胡尘。林峦劫外家家好，陶谢心头字字真。　　闲粥饭，谢沙门。流离尚有舌堪扪。救饥援溺看谁验，待唤牛翁细讨论。

鹧鸪天·到灵岩示诸从游

灯火升堂闹笑喧，隔江消息正销魂。未能蹈海逃秦地，那忍看山学晋人？　　持苦语，却芳樽，君知我有白头亲。从今归梦愁无路，万壑千峰正绕门。

临江仙·灵岩重九示成圆上人

天柱峰头看雁字，平生无此重阳。吹衣吹帽任风长。有诗酬远肇，无酒属山王。　　自写楞严医小病，灯前山瀑浪浪。听秋畅好借僧床。到家余半偈，飞梦已千江。

鹧鸪天·游显胜门归，过真际寺

前路千峰初放晴，夕阳好处是归程。常因觅句成迷路，会得看山不问名。　　三日别，万重青，自家丘壑最多情。不因踏得芒鞋破，那肯安心住二灵？

鹧鸪天·报张云雷先生问山居近况

抛却西湖有雁山，携家况复住灵岩。不愁尽折平生福，并欲先支来世闲。　　无一字，落人间。野僧诗债亦慵还。但防初写禅经了，便有龙神来叩关。

夏氏这些词，境界非前人所有，充分体现他的创作个性与艺术创造。我们现在要具体地分析他的特点，是很不容易的。首先风格上是平淡中见深厚，对家山之美心醉与对横流的时事的忧伤，以及对仍然留在沦陷区的家人的思念，这些内容通过他娴熟的词艺表现出来。可以说是以山水词的平淡清新的外表，寄寓时事词的深沉抑郁的内容。这在前人词中是少见的。另外，夏氏词法，具有一种清刚硬折的风格，它较多地吸取近体诗的句法，在一定程度上融合诗词的句法与章法。这不能理解为对词的文体特性的削弱，而是作者试图创造一种新的词法。这一点上我们可以为夏词在词史的源流归属作一个定位：夏词是接近于苏、黄以来的以诗入词这一派的。夏氏论白石词风时，曾揭示在其诗学方面是从江西诗派入手，是从江西派出来走向晚唐的。并说南宋中期的吟坛“指出江西派的流弊，拿晚唐诗来修改它的是杨万里，拿江西诗风入词的是姜白石”。夏氏的诗歌，七绝近于晚唐，用他自己评白石诗风的话来说，就是“饶有缥缈的风神而缺少现实内容”，他早年的桐庐山水词的风格也是这样的；其七律、七古等体则受黄陈影响较明显，追求的是瘦硬通神的效果。他的词，尤其是小令，也在相当程度上吸取了这种瘦硬通神的诗法。如果追溯它的渊源，也可以说是以江西诗风入词。

从夏氏上述小令来看，似乎并不刻意于景物的描写，而是着重于看山的心情。但山水的美感，自然地氤氲于篇中。常常是一两句，就能使全篇生动，有尺幅之中见千里之妙。如“林峦劫外家家好”，“那能看山学晋人”，“从今归梦愁无路，万壑千峰正绕门”，“天柱峰头看雁字，平生无此重阳”，“会得看山不问名”，“三日别，万重青，自家丘壑最多情”，“抛却西湖有雁山，携家况复住灵岩”。这种写法，与传统的摹山范水的确有很大的不同，总的来看是以情调为主，可以说是抒情性很突出的山水词。这很符合词体的特点。

另一方面，夏氏的雁山词，继续桐庐山水词与杭州山水词的景物描写方面的经验，也有一部分的作品，力图用传神的笔法，集中地表现雁荡山水的独特的美：

清平乐·甲申九月望，访无闻于雁荡常云峰

啸声天半，酌斗浇河汉。赠我长筇龙欲变，咒起身云千片。
四更奔走山灵，海舟万里都惊。谁放峰头光怪，先生枕上诗成。

水调歌头·九月十七日灵岩寺楼夜起看月，万峰雪玉相映，光景奇绝，作此寄鹭山

谁种万莲朵，镵破一青天。天边看涌凉叶，云片各田田。我挈横江鹤梦，来觅藏山藕孔，尘劫此何年？欠子一枝笛，离思满风烟。

千嶂顶，倘招手，有飞仙。笑予不肯轻举，未了几吟篇。唤起五峰浪语，重对双鸾天柱，掷笔复茫然。一笑愧禅老，闭户已酣眠。

清平乐·乙酉四月望，宿龙壑轩，夜半沐大龙湫下看月

雪崩雷斗，欲语先摇手。消得病秋肝膈否，分掬清冷数口。
一峰冷月冥冥，寻诗梦路程程。不信龙眠能稳，四更犹有箫声。

清平乐·深夜行灵峰、净名寺道中，望铁城嶂

乱峰千笏，醉墨谁挥泼？拂下一身皆绿雪，来踏松梢旧月。
溪头无数云归，筇边犹未成诗。不信铁围压枕，有人秋梦能飞。

这些雁荡山水词，继承了桐庐诸作的风格，其中仍然荡漾着一种出世的情调，表面上看来，与他此期的忧国伤时的情感基调相矛盾，但也反映了词人心灵世界中复杂的一面，既不放弃忧世甚至济世的志向，又常有自适其志，超然世外的心理需求。但也许因为中年对力量之美的追求，与桐庐山水词以缥缈风神见长不同，雁荡山水词则更多的是以气势为主，追求一种力量与飞动的结合，有笔扫风雨之概。这是对苏辛一派的继承与发展。对于夏词，龙榆生当年曾经做过一个评价，“专从气象方面落笔，琢句稍欠婉丽”。这当然也有一定的道理，但主要是从传统的词学标准着眼的，并且偏于婉约一类。夏词之境界的静逸虽不如樊榭，体物的生动入神不如白石、碧山，豪放有力不如稼轩，气象不如东坡，沉郁婉丽不及彊村，但能结合诸家之长，而自成一体。在现代的词家中，能达到如此取精用弘的境界的，是不多见的。

四

夏词在抗战与三年内战时期，词风与词境都有很大的发展。由于时世背景的相近，他自然地吸取南宋辛、陈诸家的豪放词风，并形成豪放伉爽中兼有沉郁气质的夏氏词风：

水龙吟·丁丑冬偕鹭山谒慈山叶水心墓，时闻南京陆沉

九原人比山高，海云过垄皆奇气。草间下拜，风前共忍，神州凄涕。梁甫孤吟，南园尊酒，谁知心事？招放翁同甫，精魂相语，南渡恨，鹃声里。　　沉陆相望何世。送千鸦，苍茫天水。遮江身手，可堪重听，石城哀吹。临夜回飙，排阊余愤，定惊山鬼。待铜铙伴打，收京新曲，唤先生起！

叶水心也是南渡抗金志士，又是与作者同乡的古人。当此神州再度陆沉的时候，他凭吊水心墓，正可充分地寄托其忧世念乱，盼望抗战奏凯的全部感情。此词可说是情词相赴的绝唱，足可与辛陈一流的词家抗手。作者的这种词风，晚年仍有出现，其代表作就是1975年所作《满江红·柴市谒文文山祠》。其中当又渗入作者经历十年浩劫之后的另外一些体验。

除了风格趋于豪放一种变化外，夏氏抗战时期的词作，还出现从前没有出现过的一种作风。就是采用传统的婉约体与比兴的方法，每以男女离合之事来委婉寄寓抗战时期一些离合浮沉的人事，尤其是对屈身汪伪政府的某些友人的痛惜、劝谏甚至愤慨的心情。这样的词，大概不下十余首。如《玲珑四犯·过旧友寓庐感事》：

听笛江关，已过尽春鸿，还劝离罣。残柳官桥，日日送春车马。妍唱艳舞谁家？漫斗扫，淡娥如画。数燕环，一例尘土，临影定惊腰衩。　　不成便没相逢梦，漏沉沉，似年遥夜。当时背面回身地，重到余凄诧。谁信镜约易寒，应相惜双鬟无价。待东窗，换了颓阳，才许袖罗重把。

这首词，从外在的形象来说，叙述主人公与一位以歌舞笑唱为生涯歌女的情感合离的故事。一方面痛惜其斗扫蛾眉、屈身另事；另一方面也知其并非甘心于此，而是因为利害的关系而这样做，所以劝谏她一定要爱惜双鬟，并且隐隐地期待将来仍有重见的一天，但那应该是世事全新的时候。今天不太了解当时复杂的历史背景的读者，如果以比较简单的是非观来看，作者对这样一位屈身汪伪政权的人仍然有一种不能忘怀的思忆，并且还希望他有回身转向的一天，似乎是不好理解的，但这才是历史的真实样相。并且作者创造性地借鉴词的传统表达方式，成功表现了这种复杂的事情。我们知道夏氏早年接受过常州词派周济等人的诗论观，此词正是常州词派寄托说、意内言外说的出色的实践。《菩萨蛮·有寄》也是一首有寓意的情词：

酒边记得相逢地，人间更没重逢事。辛苦说相思，年年笛一枝。　　吟成江月碧，吹作秋潮咽。无泪为君垂，潮平月落时。

琦君的回忆文章里引了这首词的上半阕，认为是写他早年的一段恋情，而后来出版的《天风阁词集前编》吴无闻注，则说“此首假托情词，谴责失节旧友”。吴注是在夏氏指点下做的，等于是夏氏自注，是可信的。但琦君之说，也不是没有依据的。很可能这首词的前半阕，原本是写真实的恋情的，后来又将它移在这首“谴责失节旧友”寓意之作中。夏氏在写作上有一个习惯，一些好的句子，甚至段落，常常会多次使用。

最典型的就是“池草飞霞，梦路犹应绕永嘉”，原是悼郑振铎词中用的，后来又在赠琦君时再次使用，又如“五车身后事，眼前百辈恩”，原是写他与原夫人游柔庄的关系，又用在赠给吴无闻夫人的词里。又如“人虽瘦，眉仍秀，玉镜冰心同耐久”，原是赠张牧石夫妇的，后来又用在赠吴无闻的词中。琦君所说的那首情词，虽然我们不能见到下阕，但很可能是真的写过的。本词的下阕，是说斯人移情别恋，不顾原来的情人，撒手而去的意思。“潮平月落时”，化用唐人白居易赠元稹的诗：“明朝又向江头别，月落潮平是去时。”用了夏氏喜欢的歇后的方法。

另一些作品，则用传统的寄托咏物的作法。如《水龙吟·皂泡》，是以传统的咏物词的体制，讽喻在汪伪政权中得意一时的那些人物。他们的行为是不道德的，因此他们的荣华也是虚幻的：“九天咳唾何人？乱珠零琲风多处。斜阳影里，儿童气力，吹嘘徒苦。咒水初成，花梢偷度。有玲珑楼阁，夭斜人物，乍明灭，看来去。”这是本词的上片，其对汪伪政权和一切与它一样缺乏道德与历史的合理性的伪政权的描摹，可谓传神入照。下片则预料其最终要遭遇不光彩的灭亡：“只道青冥易到，仗轻风片时抬举。等闲谁料，未容着地，已随零露。扫尽繁星，一轮端正，乍惊窥户。是旧时片月，山河无恙，看骊龙吐。”这真如苏轼诗句所说：“云散月明谁点缀，天容海色本澄清。”作者对复杂变化的事物的表现力，也正得力于前人的这些艺术经验。从这些地方我们可以看出夏词推陈出新的艺术功力。《木兰花慢·题嫁杏图》也是一首咏物寓意词：

似夭桃年纪，乍惊见，燕飞还。费几日春工，初匀脂粉，便怯孤单。风前强支病骨，怕宫妆浓淡入时难。多事江干黄竹，年年问讯平安。

日边，消息路漫漫，心事几凭栏。甚侧帽重来，官桥野店，都是关山。香泥委身何恨，到飘零，便不当花看。倘忆逋梅眷属，相依一鹤天寒。

前半写嫁杏，正是寄寓失节事伪政权的友人，但很委婉。杏初着春工，便怯孤单，暗寓此人难耐寂寞，不顾时机与对象是否合适，跃跃欲试，并且是深恐不合，“怕宫妆浓淡入时难”。“多事江干黄竹，年年问讯平安”，江干黄竹，用朱彝尊词句：“爱他黄竹子，织就女儿箱。那得银灯下，卷衣裳。”原词写词人看到一个少女所引起的幻想，此处说，伊人已嫁，无劳江边黄竹问讯平安，等待着为她作出嫁的箱奁。当然，也可以理解“江边黄竹子”指伊人的旧日女友，仍为自然贫贱的身份，还忆念伊人，然伊人早已飞上枝头了。这里其实又用吴梅村《圆圆曲》“传来消息满江乡”一段的写法，以旧时女友衬托伊人。当然梅村那里是旧友羡其富贵，这里则是旧友痴情想念。下面“日边”用“日边红杏倚云栽”的意思，换头仍是从旧日友人这边写的，说其一入侯门深似海，消息杳然。“侧帽”数句写关山依旧，暗寓物是人非之意。“香泥”三句仍是惜其陷于污泥之中。最后仍痴望其能够翻然悔过，学梅花之高节，嫁于高士林和靖。前面我们说过，夏氏追求高格，基本上不作婉约词，尤其不为艳科。但这个时期的作品，却使用了婉约言情的体制，但其寄托深远，是对情词的一种改造。

《长亭怨慢·壬午四月十九日，闻海东近讯，日军有败象，次日与无闻上海周园看樱花，缤纷谢矣》这一首，内容也很复杂。其实是用樱花飘零寓意日军之将败，如“辛苦劝春归，可自信，春归无路”。下阕寄意更明：“归去，任飘江浮海，难过河干淮浦。流红旧水，有波底蛟龙腾怒。是旧识，垂柳垂杨，也能作漫天风絮。剩一寸乡心，便托鹃魂怎诉?”词人并没有以剑拔弩张的语言来谴责、诅咒这些即将灭亡的侵略者，而是用飘零樱花来比喻，这既是词体寄托的本色，同时也显示作者具有一种真正的悲天悯人的胸怀。即使对于这些罪恶累累的侵略者，仍然将他们作为人来对待。当然，作者也将侵略者元凶，与实际上同样是受害者的一般的日军士兵分开来了。在这一些地方，如说它难过河干淮浦，波底有蛟龙腾怒，仍然含蓄逗露出寄托的本意。所以从寄托咏物的艺术来讲，是做到了不即不离，妙在似与不似之间。

在抗战时期，忧国伤时成了夏词的一种基调，各种人事、各种题目，都会触起他的这种情绪：

燕南赵北今何世，鹃语堪垂涕。围城玉貌十年心，忍见幽州日与陆同沉。（《虞美人·望孟劬翁南归》）

夷甫诸人风吹去，满九州一片狼烟黑。（《金缕曲·题名山先生遗作》）

一冥希真，免作胡尘过岭人。（《减字木兰花·读彊村语业》）

横流吟烛外，孤兴野鸥前。（《临江仙·呈劇隐师，时予阻兵不得归省》）

酒后乡心，雁边兵气，隔年盼断相思字。笳声绕枕梦先惊，花枝照眼诗都废。（《踏莎行·报鹓雏》）

忍听大河声，四野哀鸿，盼天外、斗横参转。（《洞仙歌·东坡生日与诸老会饮》）

相逢休唱念家山，正是江南兵火路漫漫。（《虞美人·贺顾雍如、徐绮琴结束婚北平》）

何路问关山，山山鹃血斑。（《菩萨蛮》）

万事兵戈有是非，十年兵火梦凄迷。（《鹧鸪天》）

倦矣平生津梁兴，念兵尘藕孔今何世。（《贺新郎·雁荡灵岩夜与鹭山夜坐》）

川原龙战尚玄黄，桑梓仪型存想象。（《玉楼春·偕鹭山谒王梅溪墓》）

弥天兵火，尘劫何年消一唾。家祭何辞，白雁横江又一时。（《减字木兰花·题孙仲容先生经移室集》）

这些词句，论其境界，很像杜甫的“感时花溅泪，恨别鸟惊心”。并且的确也是受到杜诗的影响。马叙伦说他“上攀灵均，下挹柴桑、草堂”，正是说夏氏抗战时期词作中表现出来的与杜甫诗相近的气质。

五

1949年新中国成立，夏承焘正好50岁，从这时到文革开始前，是他生活上比较平静的时期。作为一个关心国家命运，有着一定的政治理想的知识分子，他对新建立的国家，是充满着希望与热情的：“醉里哀歌愁国破，老来奇事见河清。著书不作藏山想，纳履犹能出塞行”（《杭州解放歌》），“五十开端，趁未老、共君抖擞。正眼前，乾坤旋转，风云奔走。万世一遭犹旦暮，百年方半休辜负。唤青瞳，换骨脱胎人，为君寿”（《满江红·庚寅春，止水来杭，值其五十生日，作此为寿》)。可以看出来，他准备全身心地迎接这个新国家，要为人民而著述，而讴歌，不再像旧时不得际遇的文人学者那样，只能将自己的著作藏之名山，待之后人。夏氏对新中国有这样的热情，与他出身贫寒有一定的关系。因此，他也能很快地适应新的文学环境，自觉地跟上了主旋律的歌唱。尤其是在二十世纪五、六十年代，这一点表现很明显。因为他本来就是倾向豪放词风的，所以艺术上也很容易适应当那种高歌猛进的风气。《满江红·皖北土改，夜行垓下阴陵大泽，息农舍作》、《满江红·皖北五河县治淮》、《满江红·访五河县治淮工农》、《洞仙歌·赠阿昌》、《满江红·庚寅春，止水来杭，值其五十生日，作此为寿》、《鹧鸪天·往绍兴筹备鲁迅博物馆》、《好事近·天安门国庆节观礼》、《临江仙·六十岁生日》、《菩萨蛮·访桐君公社》、《踏莎行·梅家坞公社》、《玉楼春·北京看节日焰火》、《玉楼春·陈毅同志枉顾京寓谈词》、《清平乐·赠乒乓球诸健将》等作品，完全是属于主旋律的。由于作者投入真实的感情，并且其词艺早就经历了成熟期，所以在写作上几乎是无物不可入词。所以这些作品，艺术成就还是相当高的。其中尤其是《玉楼春·北京看节日焰火》、《玉楼春·陈毅同志枉顾京寓谈词》，作者自己一直视为得意之作，晚年还多次书写赠人。这两首词，即继承了辛陈的风格，同时也接受革命浪漫主义的新美学。这一点在他同期的其他作品中也有所反映。可见在内容适应主旋律外，在艺术表现方法上，作者这个时期也有一些自觉的探索。

当然，在这个时期，作者也并没有放弃传统题材、风格的写作。他最擅长的山水纪游的词作，在这个时期也还在延续，小令如《望江南·避暑莫干山》六首，长调如《水调歌头·自吴淞泛海》、《水调歌头·泛舟武夷九曲》，基本上是延续前期风格的，但更趋于豪放。其他的赠答、怀古、题卷之类的作品，风格也大都是属于豪放一类。其中《水龙吟·谒辛稼轩墓》、《满江红·拟王越谒岳坟》，是这个时期的代表作。前一首犹佳：

> 坟头万马回旋，一筇来领群山拜。长星落处，夜深犹见，金门光怪。化鹤何归，来孙难问，长城谁坏？料放翁同甫，相逢气短，平戎业，论成败！　　莫恨沂蒙事去，恨半生驰驱江介。词源倒峡，何心更恋，长湖似带。试听新吟，烟花万叠，山河两戒。待明年来仰，祁连高冢，几云峰外。

值得注意的是，如果将这首词与作者抗战时写的谒叶水心墓的《水龙吟》相比，我们会发现，作者的这类怀古的豪放词，其实还是受到新时代思想的影响，以一个身处盛世的人的眼光来凭吊古人，为其惋惜。尤其是词中“试听新吟”这三首，将这个信息逗露得很清楚。由此也可以看出，这种主旋律写作对夏词的影响之大。但由于作者具有高度艺术经验，深谙词的艺术风格，所以这个时期作品，基本上没有出现概念化的情况。

文革中，夏先生受到很大的冲击，现在出版的《天风阁词集》前、续编，从1967年到1969年的词没有看到。重新存词，始于1970年，1974、1975两年，所作渐多。我发现，重新开始的创作，开始回归到自我抒情：

鹧鸪天

到骨新恩是嫩凉，水边枕簟小胡床。一尊自酌西江月，四海谁知两鬓霜。　灯动荡，笔淋浪。扁舟梦路到鲈乡。老来郊岛从人笑，醉唤家人检锦囊。

现在还不完全清楚，文革初受冲击的那几年，夏承焘是否经历了一个封笔的时期。但从这首词中我们明显感觉到，他重新赢得了自我，恢复了创作的活力，“老来郊岛从人笑，醉唤家人检锦囊”。而且，开始了晚年在艺术与思想感情上都富有老境之美的创作。这时写作的一些酬赠之作，也无泛泛应酬的常态，而是渗透一种人际的真情与人生丰富体验：

天仙子·读陈龙川寿妇词，拈其两句为此首上下两片开端，并寄牧石夫妇为索画易安双江图

一点浮云人似旧，唤下长庚斟大斗。双江阁上梦词仙，人虽瘦，眉仍秀，玉镜冰心同耐久。　指点芙蕖凝伫久，落手光珠能夜走。兴来搴月上南山，光欲透，波不皱，江似银潢湖似酒。

鹧鸪天·湖上答古津邀游太湖

过了梅花乍放晴，楼头柳眼已纵横。春归南陌无多日，我住西湖过半生。　劳雁札，问鸥盟。卅年诗鬓梦中青。来朝休讶公年少，白月秋衣上洞庭。

这些词在格调、韵律上，又恢复了早年吟咏自适，从容淡定的风致。江山豪兴，人物风流，这些在那个时代看起来是格格不入的一种旧文人的风味，但正说明夏氏经此文革浩劫，已经完全从过去的主旋律写作中淡出来，恢复了他更加真实的自我。

1975年7月末，夏承焘76岁，赴北京疗养，从此开始了他生命中最后十年的治学与写作。这时期，他声誉日盛，实至名归，又逢国家百废待兴，日渐呈现治世景象，一批学界、吟坛、艺苑的耆宿们都在久蛰之后，重新开始创作，展示他们一直被压抑着的艺术才能，并且发挥余热，作最后的传薪。于是京津形成了一个以夏承焘、张伯驹、黄君坦、张牧石、寇梦碧等人为代表的吟苑。同时在全国各地，诗词创作的活动也渐渐开始复苏。夏氏以其深湛的学问与卓越的才能，赢得众名流的推崇，并终至被奉为“一代词宗”，确立了当代词坛上无人能出其右的地位。年华已老，椽笔未衰，在他健康情况尚好的时候，创作了许多晚年的佳作。其中尤以小令成就为高，一些作品词律精深，格调闲雅、风味堪称入神：

减字木兰花·乙卯秋日，北京诸词友邀游西山

西山爽气，今日京华图画里。唤起辛陈，倘识尊前我辈人。
酒痕休浣，梦路江南天样远。如此溪山，容易重来别却难。

减字木兰花·有怀西谛学兄

峥嵘头角，记得当年初放学。池草飞霞，梦路犹应绕永嘉。
百编名世，十载京华携手地。杰阁秋晴，遥指层霄是去程。

作者一向擅长的山水记游词，在他最后的一个创作时期，仍有所作：

虞美人·潼关道中

关东百里夸形势，虎掷龙拏地。崤函京索夕阳红，过我风窗跋脚一龙钟。　放船砥柱无人共，倚枕还惊梦。四围天乐与谁听，夜夜万千鼙鼓大河声。

水调歌头·游承德避暑山庄

天外复湖底，突兀见奇峰。峰头看涌凉月，纳袖满荷风。昨梦鞭笞鸾凤，醉路共排阊阖，伸脚见离宫。欲唤刘越石，伴我啸长风。

登临兴，能自了，一枝筇。磬椎藏之袖底，欲和四山钟。分饮河源一勺，莫问围场万马，猎火几回红。关塞定何许？晴旭九州同。

豪放清空的风格一如从前，可见夏词自始至终，就是以这种风格为基调的。可以说是融辛陈、姜张为一家，成功地造就当代词坛巨擘的地位。

夏承焘的长达七十余年的词体创作，是二十世纪词坛的重要成果。夏氏不仅继承宋词、清词的艺术传统，而且成功创造了现代人特有的词境，在词风上也有所创新。这充分说明词体在新的文化与文学环境中，仍有很强适应性，有继续发展的活力。

试论夏承焘先生诗作兼及对今人的启示

胡迎建

夏承焘（1900～1986），字瞿禅，浙江温州人。少年喜好作诗，在温州师范读书时，与同学李骧“晨夕共处，日以诗词韵语相研讨，乃稍稍得识门径”（《天风阁诗集前言》）。老师张震轩对他来日振兴诗学抱有厚望，毕业时赠诗，中云：“诗亡迹熄道沦胥，一发千钧唯教育。空虚未许嗤欧九，风雅钦君能起予。”既有对社会失序的哀叹，更有对新文学运动之后旧体诗走入低谷的慨叹。希望他能大雅扶轮，担负大任。老师是有眼光的，夏承焘毕业后，锐志研究不为时人所重的词学，后来果然成就斐然，并终生创作诗词不辍，同样卓有成就。

所著《天风阁诗集》，吴无闻注，按年代编排，从1922年至1981年集诗300篇，1984年由浙江文艺出版社出版。有的诗未收入，足见抉择之严。作诗不算很多，毕竟大学者有论著事业在，然诗作内容丰富，风格多样，富有书卷气，可谓兼诗人之诗与学人之诗于一身。他的创作道路与经验给今人带来的启示甚多，本文试从五方面略作浅论。

一、重交谊，互切磋

夏承焘先生深明“诗可以群”，每与前辈耆宿、诗友、同事相唱和，以激发写诗的兴趣，并相互攻错，且能发现并欣赏对方写诗的长处，取其所长。早在温州读书时，“同里梅冷生、郑姜门诸友筹组慎社、潮社等诗会，予厕身其间，常得诸诗友切磋之益”（《天风阁诗集前言》）。为了提升水平，他力争与吟坛高手过招。1920年，林铁尊师游宦瓯海，与温州诸子结瓯社，时相唱和。夏承焘侧身其间，受益甚多。林铁尊，号半樱、无垢居士，吴兴人。曾在北京政府任职，后任国民政府内政部参事。有《半樱词》。

夏承焘年轻时就很尊崇诗坛前辈名诗人如钱名山、金松岑等。前辈也颇垂青于他。1929 年清明，钱名山往富阳，告知将路过严州看望他。他高兴赋诗云：“昨宵奔走忙山灵，闻有高人此经行。千百年间见此客，沙鸥与我眼俱明。”（《常州钱名山先生书来……兼视予于严州，寄此奉迓》）钱名山（1875～1940），常州阳湖人。清末曾在刑部任职，后归故里。有《摘星诗草》、《名山诗集》。诗风清奇朴茂，老而愈真。

1930 年，夏承焘往游太湖，与任教无锡国学专修馆的诗人冯振、苏州学者金天羽相会而唱和。作《太湖舟次用振心韵呈鹤望翁》诗，中云：“十年唤我苕溪月，一笑相逢笠泽春”；“迟公霜鬓垂垂老，阅世丝杨劫劫新”。相见之乐，尊仰之意，盎然笔端。“迟公”即久慕之意，相见时此公垂垂老矣，可见阅世多矣。“劫劫”即世世意，白居易《画水月菩萨赞》：“生生劫劫，长为我师。”据此赞语，用“劫劫”一词隐寓“长为我师”之意。

金天羽（1873～1947），字松岑，号鹤望，又署爱自由者，江苏吴江县人。1927 年任南京政府江南水利局长，后离去，任光华大学教授。著名诗人，于唐诗学高、岑、王、孟，得韩昌黎之雄骜，兼张籍之隽爽；于宋诗学苏黄欧王四家，偏重浑雄豪宕一路。钱仲联将此老归入“诗界革命派”之后劲。著有《天放楼诗集》。此番相见后，金天羽将诗集寄给夏承焘，夏先生因作《谢吴江金松岑先生寄诗集》诗云：

> 谈翁兀兀口无闲，淮海髯曹旧往还。乱后商歌邻变徵，老来奇气梦函关。千峰筇杖腰仍瘦，九牧声华鬓未斑。公器人间戒多取，乞留秦柳共名山。

诗中赞对方“兀兀”用心而好辩不已。其诗凄凉悲切，为变风变雅之音。老而有奇概，遍历千山万壑而身仍瘦健，名满九州而鬓毛未衰。末联似婉劝不必过多参与政治，留得诗作，自能与秦观、柳永一般成就名山事业。

任教之江大学时，夏承焘与邵潭秋为同事，两人常相唱和。邵有《之江大学风景绝佳为世界大学第二胜区戏成此诗》，用漾韵，夏承焘欣然唱和，其《潭秋有诗赞之江大学江山之美，即用其韵》也用漾韵，但非每句步韵。1930 年春，夏承焘邀邵潭秋同游绍兴赋诗，有《一九三〇年春游兰亭、禹陵邀潭秋同作》诗。此年清明，邵潭秋将回故里南昌。夏赋《月轮楼别培风戏效其体》诗赠行，中云：“谈端共避王安丰，诗城百垒怯争锋。曹郐请降指顾中，晋郊返旆何匆匆?”赞邵潭秋有如“诗成百垒”，严阵以待，而他怯于争锋，不敌大国，正欲投降，忽然邵如楚军到达晋郊，不欲交战，匆匆返回。《左传》：“晋师既济，令尹南辕返旆。”注云：“孙叔敖不欲战，回车南向。旆，军前大旗也。”风趣诙谐，自惭为小邦，不如对方诗雄如楚国之大。诗题言“戏效其体”，足见夏先生对邵潭秋诗风有所把握，并有意效法邵诗，相知相钦，于此可见。夏先生转宗宋诗，与邵氏或有关系。夏承焘对近代宋诗派、同光体赣派也有研究。夏承焘《天风阁学词日记》中云：“读《范伯子诗集》，陈伯严从伯子游者，此同光体先声也。”（《范伯子诗文集·附录三·范当世评论资料辑录》）范当世，字伯子，号肯堂，江苏南通人。作诗师法苏东坡、黄山谷，往往以文为诗，主张参之于“放炼”之间，范氏的诗学创作，促成了赣派的形成。夏先生认为，陈三立宗韩黄，与范的影响有一定关系。

邵潭秋（1898～1969）名伯平，字潭秋，号培风，南昌人。其诗气骨清峻，峭拔沉厉，宏肆健举，出入江西诗派。陈三立《培风楼诗序》中说他“冥搜孤造，艰崛奥衍，意敛而力横，虽取途不尽依山谷，而句法所出颇本之，即谓之仍张西江派之帜可也”。

夏承焘有《题潭秋〈培风楼集〉兼坚湖上觌面之约》诗，此诗未收入《天风阁诗集》，而见于邵氏《培风楼诗续存》题诗部分。诗云：

吾生具眼愧岩电，看云不到香炉峰。
荡胸灵气梦五老，因读君诗恍相逢。
昔年风雪过彭蠡，浮江归计迫穷冬。
茫茫禹迹不敢留，恐无语答洪涛舂。
君诗状物怨真宰，烟雾搜扢愁蛟龙。
使我灯火动颜色，夜夜合眼翠连空。
西湖花柳欠飞动，倘嫌句律近纤秾。
家山落落一雁荡，谢屐未到谁追踪？
迟君有兴扛健笔，雕刓七十青芙蓉。
匡山不须待头白，各约东道辨芒筇。[2]

一至四句，憾当年未能见到庐山香炉峰，唯梦见五老峰。而今读到君诗，恍然与五老相逢。第五句转忆当年风雪之日过鄱阳湖，迫于冬暮归家，未能往游庐山。庐山紫霄峰有百余古字，相传为大禹所遗迹。也未作诗以状洪涛之舂撞。至第九句又一转，而今您的诗能状物态而上怨造化主，搜取烟雾而使蛟龙发愁，也使得我在灯火之夜读之动容，夜夜闭眼，便见翠色无边而远连天空。第十三句又一转，您既有状物之才，而西湖花柳欠有飞动之句以描写，您能否一偿西湖花柳呢？倘嫌历来咏西湖之诗的句律近纤秾。何不到雁荡山一游，那里也有待您去追踪谢灵运之屐痕。至十七句又一转，久慕您有兴趣扛健笔为众多奇秀山峰雕琢好句。“青芙蓉”喻青峰。李白《望庐山五老峰》有“青天削出金芙蓉”句。七十言峰之多。“匡山”句反用杜甫“匡山读书处，头白好归来”（《梦李白》）句，言不必待头白归庐山，各能与东道主约好行程。此诗用笔婉曲多变，有飞动奔逸之势。

夏承焘与吴鹭山唱和最多。吴鹭山（1911～1986）名天五，乐清人，既有同乡之谊，而又均有深厚的学术造诣。1934年，吴鹭山邀约游雁荡，因有《鹭山来书约游雁荡山》诗云：

故山笋蕨向春肥，夜夜龙湫挟梦飞。
白月苍岚非世好，支筇横笛共谁归？
駏蛩相倚应偕老，鸥鹭都猜始见机。
唤醒渴羌休匿笑，明年还我芰荷衣。

首句点题并写故里风物之美。梦飞于雁荡龙湫，用“挟”字化无形为有形。“白月苍岚”，故乡月夜之情景，非世人所好。持筇杖，横竹笛，能与谁归以得此乐。“谁”其实指吴鹭山，明知故问法。腹联中的駏，形似骡。蛩，蟋蟀。《淮南子·道应训》：“北方有兽，其名曰蹷，鼠前而兔后，趋则顿，走则颠，当为蛩蛩駏驉取甘草以与之，蹷有患害，蛩蛩駏驉必负而走。”后以“駏蛩”形容关系密切，此喻两人交谊。“鸥鹭猜”，言江湖中鸥鹭都在猜测我们何日归来。用辛弃疾《水调歌头·盟鸥》词意：“凡我同盟鸥鹭，今日既盟之后，来往莫相猜。”末联以“唤醒”提顿，言已被唤醒后何妨大笑。渴羌谓嗜酒茶者。晋王嘉《拾遗记·晋时事》：“有一羌人，姓姚名馥……好啜浊糟，常言渴于醇酒。群辈常弄狎之，呼为‘渴羌’。”末句告知我将归隐。“芰荷衣”出于“制芰荷以为衣兮”（《离骚》）。后世借“荷衣”以指隐者服装。

1936年秋，吴鹭山来访并赠诗给夏

先生。夏因有《和鹭山饯行》诗，中云："一笑临觞忽洒悲，胜情负汝百罍欹。"宴请饮酒之欢，忽又转为悲伤之情，乃因"乡关笳鼓听鹃地"。悲笳鼓声而听鹃啼，愁此世不太平。

中日战争时，夏承焘与吴鹭山同在浙江大学龙泉分校教书。有《雁荡阳明洞夜坐联句为七律》，两人笔力可谓旗鼓相当：

> 巉壁飞楼梦易惊，深灯古榻话更更（鹭）。
>
> 未愁偕老终无地，但恨看天不肯明（焘）。
>
> 窥户星辰如有语，因风竽籁本无声（鹭）。
>
> 茶香诗卷兵尘外，记此林泉一夜情（焘）。

首联吴鹭山作，写当夜洞中情景。周围皆巉岩峭壁，易受惊而难入睡，继言燃灯联床夜话，过了一更又一更。颔联夏承焘作，言不愁偕老无地可去，只恨天不肯明。天本无情，偏设想老天有情而可恨，故意迟迟不明。化自杜甫《客夜》诗："客睡何曾着，秋天不肯明。"腹联吴鹭山继作，言星辰窥门，如有话要说，竽籁本无声，却因风起而发出响声。末联夏先生结得妙，言除了战事之外，记得此夜茶香诗卷，记得此夜林泉与人有情。用笔精到，情趣横生。

夏承焘与吴鹭山情同手足。鹭山诗也赢得他高度赞扬。1939 年所作《寿鹭山》，推崇其"诗笔如神"。同年作《东海舟中梦鹭山》，中云："设想百般到家事，但思第一扣君门"；"何时对榻得深论"。梦中想君，到家百事，第一要事就是叩访鹭山家门，希望对榻高论。友谊之深，非同一般。

1941 年，夏承焘在沪怀念老友，作《上海苦热寄鹭山》诗云：

> 君家朝日似探汤，我室宵风不到床。
> 欲就一杯楼月白，其如十丈路尘黄。
> 万流趋市堪占世，八表同昏尚望乡。
> 试展龙须遣归梦，灵湫夜瀑正浪浪。

首联从两方处境着笔，日光强烈，触之似探汤，我室小，而夜风吹不到床头。颔联言欲与君共饮酒，却无奈十丈黄尘高涨，无法相会。腹联上句写世态之争于朝市；下句叹神州陆沉，望乡难归。末联言铺展家乡草席，好作归乡梦。思乡、思友之情盎然。

夏承焘与龙榆生同研词学。龙榆生，江西万载人，暨南大学教授，时在上海主编《词学季刊》。1934 年他邀夏承焘来游上海，夏有《答榆生招游春申》诗云：

> 天末春申首屡回，隔年负汝百书来。
> 娉婷不嫁名原赘，糠核能肥念莫灰。
> 只手波澜愁瀣渤，几时人物胜楼台。
> 共君放眼层霄上，一喟戈铤满大槐。

他感慨龙先生屡次来信邀相见，自愧有负其约。颔联自比娉婷女未嫁，喻君子守节操而不混同于世。"名原赘"，认为名声不过是多余之物。《庄子》："彼以生为附赘县疣。"引用此典表明他视名声为无足轻重的外物。又以"糠核"喻其清苦。麦糠不破者曰核，言生活艰苦可以经受，但志念莫灰。腹联言只手欲挽狂澜，但日寇咄咄逼人而令人愁，不知九州人物何时大盛。瀣渤即渤海。《初学记》："东海之别有渤瀣，故东海共称渤海，又通谓之沧海。"末联言总有一日，能与君一同纵目远眺层霄。喟叹争战之戈铤，不过如大槐安国之蚁争而已。

前辈名家陈衍（1856～1937），字叔伊，号石遗，侯官人。清末学部主事，清亡后，晚年寓居苏州，与章太炎、金天羽创办国学会，后任无锡国学专修馆教授，思想能与时俱进。他对夏承焘青眼有加，曾将己作示夏先生。夏有《和石遗翁示近作》诗以感慨世乱：

朝堂日日策高勋，衮衮筹边腹负君。
快意唯传堕郈费，寒心岂但失燕云。
仓皇朱喙归千里，恸哭苍头剩几军。
翻使药师笑张觉，汴京此局昔无闻。

首联讽国民党政府官员只忙于记功晋级，实皆筹边无能。“腹负君”：《长编》：“党进食饱扪腹叹曰：‘我不负汝。’左右曰：‘将军固不负此腹，此腹负将军。’谓其未尝出少智虑也。”颔联言当局忙于剿共，摧毁苏区，对外妥协，放弃边地，致使东北三省为日寇占据。“堕郈费”，春秋时鲁国君毁堕郈、费两邑以增强君权。“燕云”，五代晋高祖石敬瑭割燕云十六州赂契丹。喻东三省。腹联言爱国志士每恸哭爱国军队又损失几支。“朱喙”，谢翱于桐江西台吊文天祥，作《朱鸟歌》，末云：“化为朱鸟兮，喙将焉食。”“苍头军”，《汉书·陈胜传》注：“应劭曰：“时军皆着青巾，故曰苍头。”张觉，以辽节度副使降金。徽宗时内附于宋，为金军所袭，奔宋。药师姓郭，本为辽将，辽亡降宋。宋使与王安中守燕山。安中杀张觉，药师怨惧而降金。金师攻宋，药师尽得宋军虚实，助金军胜。此句斥国民党军将领叛变投敌者。

此诗在陈衍《石遗室诗话续编》中题作《感北省近事》，次陈衍《避乱》诗韵。字句稍有不同。《诗话》所收当为初稿，收入《天风阁诗集》中的为改定稿，但系年1938年当误，因陈衍于1937年去世，且《诗话》也早于1936年刊印。

陈衍去世后，夏先生有《挽陈石遗翁二首》，前一首云：

闽赣论诗派，翁宁私一乡？
星辰自鸿庑，身世亦龟堂。
衰志文原忌，危弦晚亦伤。
但怜钓台约，梦路比江长。

首联言陈衍论诗公正，不私己乡人。流寓苏州，有如东汉梁鸿之隐居吴下。而晚年身世有如陆游。陆游自称“龟堂病叟”。石遗论诗忌衰飒，却不料晚年其诗有如急弦之伤。遗憾生前钓台之约，未能前来。

姚鹓雏（1892～1954），上海松江县人。南社中的重要诗人，先后编过《太平洋报》、《民国日报》等，晚年任松江县长。有《恬养簃诗集》、《红豆簃诗》。少年作诗，步趋同光体大家陈三立、陈衍，好为硬语，后从南社诸子宗唐音，境界渐得开朗，最后自成一家。夏承焘十余岁时就读过其诗，景仰思慕，无由面谒。1948年，作有《和姚鹓雏赠诗两首》。其一云：

卅年数句久低回，欲逐云龙但自咍。
几复声名惊换世，江关词赋惜生才。
已闻楚国兰先槁，会见吴门檟可材。
玉貌围城重回首，倘容钟阜隐宗雷。

他说他一直希望能如云从龙，却自嘲才薄，恐自寻讥笑。《易·文言》：“同声相应，同气相求……云从龙，风从虎。”“几复”，明末以夏允彝、陈子龙为首的几社，天启年间以张溥为首的复社。借喻南社当年声名之盛而今衰歇。“江关词赋”句，以庾信晚年遇变乱而辞赋哀感动人比喻姚鹓雏在抗日战争时所作诗之哀痛悲愤。杜甫诗：“庾信平生最萧瑟，暮年词赋动江关。”（《咏怀古迹》）腹联言贤士不得其用，如楚国之兰先槁，而见其材如吴门檟之良木。末联回首姚鹓雏久困围城，而钟山能否容许他在那里隐居，有如南朝时宗炳、雷次宗呢？诗中表达了他对诗坛宿将姚鹓雏的敬重之情与惋惜其才未能大展之意。

此外，他与马叙伦相唱和，有《雁荡山中答马夷初翁》一诗。新中国成立后，夏先生还先后有诗赠陈寅恪、陈兼与、茅以升、茅以美等，足见重视诗谊，古道热肠。

启示一：文人不可相轻，尤须存互敬之心，特别是对前辈诗人更要尊仰，方能知己不足，取人之长。夏承焘先生正是以谦虔之心与人交往唱和，方能互相切磋而成大家。

二、重游历，壮诗境

二十世纪二十年代，为开扩胸襟，夏承焘有意壮游，北上河北长城、西登陕西华山，“长行万里，阅历较多”（《天风阁诗集前言》）。东南人气质偏柔，故有意识游历北方，磨砺志气，以增粗犷豪放之气。1923年有《登长城》诗，写景壮阔，末有“归拭龙泉剑”以卫国之气概。作于1940年的《忆早年行潼洛道中》一诗，回忆青年时游历情景栩栩如生：

西笑当年掉臂行，下床万里是平生。
晓同健翮争危磴，夜与疲骡共鼾声。
有梦但惭攀岳客，闻鸡犹壮度关情。
大床高枕今何世？四十头颅只自惊。

首联发调高远。“掉臂行”即摇臂而行，义无反顾。颔联“晓同健翮”句写攀登高山危道，与鸟同行，则其险可知。“夜与疲骡”句写夜眠与骡相邻，可见旅店之简陋。腹联言如今只有梦中远游，惭不能成为攀登五岳之游客。闻鸡起舞而心犹壮，犹有当年度越关山之情。现在睡大床，眠高枕，不知今世何世？年过四十，暗惊头颅仍在。暗寓乱世之感。

他对早年西行念念不忘，如言：“长行万里为何人”（《江楼诗思》）；“一笑平生攀岳兴，短筇日日绕孤山”（《西湖杂诗四十四首》）；“颇忆早年吟境异，终南太白榻头青”（《西湖杂诗四十四首》）。可见当年攀登西岳华山，面对终南山、太白山，留下了美好印象，能令他写出奇异诗境。又：“莲花峰下竹筇轻，旧梦殽函第几程？”（《与馨一谈少年游秦事》）津津乐道当年扶筇游莲花峰事。又《追昔游四首》其一云：

百二山河岳影间，放翁无路梦函关。
黄流九曲蟠胸次，七字看谁收华山。

首二句言祖国山河之壮阔，而陆游当年因函谷关一带已沦陷，无路能到，徒作梦想，而今黄河蟠我胸中。放翁《过灵石三峰》诗中云“胸次先收一华山”，却未能登上华山，反不如我之登岳。其二云：

金天岳顶梦初还，玉女盘头胆高孱。
免被高人笑韩愈，矮窗支枕和南山。

前二句言己曾登华山之顶，过玉女洗头盘（华山一地名）。既有此胆量，然登上则又不免感到孱弱。金天岳，张衡《思玄赋》：“顾金天而叹息兮，吾欲往乎西嬉。”此指西岳华山。后二句言己为免于被人讥为如韩愈登山之胆怯，故勇于攀登。韩愈尝登华山，不得下，哭泣作书与家人诀别。末句“和南山”，言自己也想步韩愈《南山》诗韵。南山即终南山。作者客长安五年，寓庐正对终南。韩愈有五古《南山》为其名作。其三云：

一灯拥鼻坐中宵，万里扬鞭续大招。
要与黄生比风骨，五更残雪过中条。

在旅店灯下，独自吟诗至半夜。“拥鼻”，《晋书·谢安传》：“谢安能为洛下书生咏，有鼻疾，故其音浊。名流爱其咏而弗能及，或手掩鼻以效之。”后用为吟诗之典。万里之行，扬鞭欲续《大招》。《大招》为《楚辞》中一篇，写招魂事。诗中有为黄仲则招魂之意。作者爱读黄仲则《两当轩诗集》，二十余岁过山西解县，有凭吊诗词。中条山在山西。揆之诗意，似欲与黄生比较诗之风骨，为增豪宕之气，则冒残雪、五更时过中条山，万难而不辞。其四云：

有峰满眼不待寻，有诗满口不敢吟。

吞个天都填酒膈，十年未死看山心。

满眼皆峰，无须寻找而诗思涌来。满口皆诗，却未敢高吟。恨不能将个天都峰吞入酒怀。古人诗中常云“胸藏丘壑”，此言天都峰藏于胸，气魄更大矣。看山之心愿十年未曾死，足见他对游山的痴迷。

杭州西湖、钱塘江是夏先生流连之地。面对钱塘江，他希望以奇句状此奇境：“诗境分明江槛前”，“若要看江出奇句，有风有雨试来凭”。（《江楼诗思》）游普陀山而“吟思争来客枕前”，“一诗脱口一钟圆”。（《普陀山》）故乡雁荡山更在他梦寐以求中：“不归已白九分头，龙壑年年续梦游。”（《追昔游》）

启示二：黄山谷诗云：“江山为助笔纵横。”（《忆邢惇夫》）经山历水，登山临水，有助于诗境之壮阔、笔力之纵横。夏承焘深明此理，勇于壮游，为其诗增加奇气，锻炼了奇句。然其时条件孰如今日？今人欲作诗人，不妨学夏先生热爱山水，去漫游、神游、忆游吧！

三、择门径，入能出

古人学诗必先择取门径而入。从大处看，明清以来，分为学唐、学宋两大门径。然无论学唐学宋，还要择某家或几家以作为效法的对象。在一生若干阶段，可效法不同诗家，而非一成不变，此即“转益多师”之谓也。近代诗家也如此，以同光体为例，郑孝胥学王安石、梅尧臣等，陈衍学陆游、杨万里，陈三立青年时学汉魏六朝诗，中年改学韩愈、黄庭坚。

摆在夏承焘面前有多条路径，唐韵宋调，各有千秋。近代以来，有宗宋诗的同光体、崇西昆体的江左派，有中晚唐诗派、汉魏诗派，各有宗旨与门径。夏先生选择了什么门径呢？

夏承焘幼年时喜好陆游诗，他说：“儿时学诗好豪语，坐卧挂口翁佳句。”（《严州读放翁诗》）少年在温州师范读书时，主要学李义山、黄仲则、龚定庵、王渔洋诸家诗，偏好情韵丰润绵邈一路，这都是学唐的路径。18岁时作闲情诗十首，其中一首云：

淡罗衫薄怯轻寒，无赖闲情独倚阑。

昨夜东风今夜雨，催人愁思到花残。

此亦青年善感多愁之情，不免“为赋新诗强说愁”，但毕竟清浅无骨力。

夏承焘又说：“中年以后，亦曾喜学陈后山律体。久之嫌其苦涩，始稍稍诵习简斋，期得其宽廓高旷之致。于古诗，则好昌黎、东坡、山谷，于昌黎取其炼韵，于东坡取其波澜，于山谷取其造句。”（《天风阁诗集前言》）由此可见，夏先生早年主要学唐，中年改学宋，从江西诗派门径入，师法陈后山之瘦劲，以陈简斋高旷韵致以济之。其七律得宋人瘦健之格，如：“撄人忧患矜啼笑，阅世风霜逼老成”（《客思》）；“剩欠双声唱香影，合添百纸画横斜”（《贞晦丈嘱题梅花百咏》）。类此一句含双意，而非一泻无余。又前所举一诗《忆早年行潼洛道中》诗起句“西笑当年掉臂行”，句意紧密深到，“西笑”两字突兀，此均宋人风味。

夏承焘古诗学山谷，亦有例证。《月

轮楼别培风，戏效其体》诗中云：“曹郐请降指顾中，晋郊返旆何匆匆？”自嘲已作有如曹、郐小国。化自黄庭坚《子瞻诗句妙一世，乃云效庭坚体，次韵道之》诗：“我诗如曹郐，浅陋不成邦；公如大国楚，吞五湖三江。”此用黄庭坚诗意。又《鹭山家有草堂以来禅名楼，用董玄宰来仲楼故事……》诗中云：“我诗如风枝，但供秋蝉用，得荫出宫商，何知有鸾凤。君诗如樛松，飞龙谁能控。”此化用黄山谷句法而喻体有所不同。又，夏承焘有诗云：“此情除唤黄双井，解说龙宫夜宿诗”（《楼头听江》）；“寄讯并时苏玉局，肯分片席让黄秦”（《和姚鹓雏赠诗两首》）。黄指黄山谷，秦指秦观。也可见他对黄山谷极为推崇，时有追摹。

夏承焘为王季思所题绝句，清楚表明他的诗学观点。题为《季思嘱阅其诗集〈越风〉，皆浅显如话。予近日教学生学诗，亦主从江弢叔入，再一转手，便另一境界。弢叔致力韩、黄甚深，能入能出，所以为高。作此赠季思二首》。诗云：

窗明日暖几新篇，斫鼻搜肠枉可怜。
出手肯从元祐后，用心要到建安前。
不识字人知好诗，冯君此语耐寻思。
试从江郑重翻手，倘是风骚觌面时。

第一首主旨是，学诗如果仅如斫鼻般讲技艺之高明、搜索枯肠以求句，则未免太可怜了。“斫鼻”喻技艺高超，典出《庄子·徐无鬼》：“郢人垩漫其鼻端若蝇翼，使匠石斫之。匠石运斤成风，听而斫之，尽垩而鼻不伤。”既要从北宋元祐诗家出手，主要是以苏、黄为代表的宋调，学其句调句法。更要远溯汉魏，“建安前”指两汉诗以及建安风骨，务求内容深厚。第二首主旨是，冯振论江弢叔诗，不识字者读来也知是好诗。近代诗家宜从江湜、郑珍入手，更上溯宋、唐。江湜（1818～1866），号弢叔，江苏吴县人，诗宗韩愈、孟郊、梅尧臣、黄庭坚，以白描、拗峭取胜，能以“浅语”道至情。郑指郑珍，贵州遵义人，诗学韩愈、孟郊、白居易。夏先生主张从江湜、郑珍入手以创新，转入韩昌黎、黄山谷拗峭一路。我以为，夏先生不仅指导学生从此入手，也有规劝王季思作诗循此途而入之意。这是夏先生以金针度人。

作诗择门径而入，如法名帖，临摹到一定阶段，则需要走出来，自写心手，自成一体：“人人能写自家诗，陶谢平平了不奇。会得尧章学即病，瓶梅看吐两三枝。”（《会得二首赠长沙何申甫、彭岩石二君》）尧章即姜夔，姜夔自序谓少时曾“三薰三沐师黄太史氏，居数年，一语噤不敢吐，始悟学即病，顾不若无所学之为得，虽黄诗亦偃然高阁矣”。又“笑他两句三年得，多少关门蒙被人”（《一九五〇年十二月偕浙江大学中文系友生参加嘉兴土地改革》）。到了这一境界，反而觉得贾岛的“两句三年得”、陈后山的关门蒙被苦吟过于雕琢了。应效韩昌黎力扫陈言，何须费心多事与杨万里相计较：“看扫陈言效韩愈，何心多事比诚斋”（同前）。他最快意的是写诗有如神助：“脱手疑神助”（《自赠》），“一诗脱口一钟圆”（《普陀山》）。如此而言，夏承焘具有作诗之雄心卓识，不是昭昭然吗？

启示三：不少初学诗者，迷信“熟读唐诗三百首，不会作诗也会吟”之说。其实靠学《唐诗三百首》这类选本难以作好诗，因为名家众多，眼花缭乱，无所适从，而每一名家不过选几首，最多十几首，无法学得诗家真气象、真精神。

甚至还有人仅学毛泽东诗词，就浅尝辄止，信笔而作。无其胸襟阅历，易坠入空泛。如果不认真读几家诗家集子，不能领悟诗家之妙，那就始终徘徊门墙之外而不得入。最好据己之兴趣与性情之所近，选择一两家重点学，然后针对性地再择数家摹习以矫己之不足。夏承焘的择径与入而后出的体会，可以给我们有益的启示。

四、明体式，讲章法

诗的体式各有不同特征。七古最早有柏梁体，每句押韵。唐代发展为两种，一是歌行体，婉畅风华；一是经杜甫、韩愈发展的三平调古风。所谓三平调，即句末三字用平平平或平仄平，押仄韵的为仄仄仄或仄平仄。古风宜写大场面，但应避免平铺直叙，宜铺张扬厉，驰骤疾徐。要有叙事、描写、议论。方东树《昭昧詹言》说："七言长篇，不过叙、议、写之法，颠倒顺逆，变法迷离"；"无写，但叙议则不成情景。"写即描写，突出细节。

夏先生年轻时所作七古不少，如《严州读放翁诗》、《常州钱名山先生书来……》、《严州西湖看桃花》。作于1930年的《之江寓楼看日出》云：

千金不须买画图，之江旦景画难摹。
江楼忍寒四更起，沮兴幸无妻孥呼。
片练茫茫挂窗户，雨脚满江不见雨。
天鸡未唤颒云开，水底孤暾却先吐。
初看卵色紫犹冻，旋展金蛇不可控。
须臾异彩分江天，绛霞不动绯波动。
西兴诸山烟外青，烟中无数打鱼声。
琉璃光中欹帆过，榜人指发见分明。
长空转眼展晴碧，雁飞不尽江无极。
乍惊衣袂染红云，返见鱼龙动素壁。
江山缩手叹奇哉，才弱定受江神咍。
短吟未就闻惊雷，天边又报早潮来。

首二句议，三四句叙。然后转入描写。茫茫一片，雨脚满江却不见雨，铺垫日出之景，欲扬先抑。水中孤暾渐渐变化。初似鸡卵之圆而嫩，冻紫色，忽如金蛇，有一股无法制控的力度在旋转。顷刻间，异彩纷呈，散于江天，凝集处的绛霞不动，周围绯波浮动。将瑰丽变幻的景致描摹得生动可爱，见其随物赋形，形而有神。具体方能生动。如果没有这段描写，则如方东树所说的"不成情景"。此诗最后四句才由写转入议。

诗句末"妻孥呼"三平。"不见雨"、"却先吐"三仄。而上句转韵处押韵，不押韵处"颒云开"、"分江天"三平。下面"紫犹冻"、"不可控"、"绯波动"均三仄。再转平声，"烟外青"三平。此诗随诗意变化而随之平仄转韵。

前所举《题潭秋〈培风楼集〉兼坚湖上觌面之约》诗为一韵到底，"香炉峰"、"洪涛春"、"愁蛟龙"、"谁追踪"、"青芙蓉"均三平，上句落脚字均仄。

又《郁蒸半月余，九月七日乃大雨，是日传我军血战复宝山》一诗为七古押平韵，一韵到底。每句末三字为："求偕亡"、"来八方"、"围匡床"、"敌难防"、"空徬徨"、"寻归航"、"看鹰扬"，除"敌难防"为仄平平外，其余悉按三平调。而上句除首句外，最后一字均仄声，避与下句同用平声。

大抵波澜壮阔之内容宜用七古；深厚蕴藉，宜用五古。夏先生年轻时所作五古也不少，如《将去月轮楼》、《一九三〇年春游兰亭、禹陵》、《潭秋有诗赞之江大学江山之美》等均用仄韵，七古《郁蒸半月余》用平韵。诚如詹安泰所说："用仄处见骨力，用平处见气韵"；

“矫健之作，用仄声，易刻削”（《无盦说诗》，载《古典文学论集》，广东人民出版社 1984 年版）。

古风不妨参插些骈句、排比句，如前所举《之江寓楼看日出》诗中“乍惊衣袂染红云，返见鱼龙动素壁”。又《夜意》：“初如沸轻铛，旋已应大谷”；“仿佛立沧溟，仿佛走蛟鳄。”前为骈句，后为排比句。《送之江大学成业诸生》中的“愧以昂藏身，而有腼腆颜”；“非云乐肥遁，将欲振凋残”均骈句。但不可多用，多用则拘束少变化。

律诗八句须讲求起承转合的章法。然有法而又无法，大体则有，细绎则无。夏承焘《登长城》诗云：

不知临绝顶，四顾忽茫然。
地受长河曲，天围大漠圆。
一丸吞海日，九点数齐烟。
归拭龙泉剑，相看几少年。

起句以“不知”写其恍然大悟的感觉，言他登临最高处，四顾茫然。中两联则是“四顾”之景的承与转，是“四顾”的具体化。末以“归”、“相看”绾合。

再看其七律《一九二九年六月建德大水》一诗：

严江楼上水连天，灯火平时闹管弦。
俄见哀鸿来泽国，谁从沧海问桑田？
江流不复成丁字，城堞争看泊钓船。
自叹诗情无着处，东西失却两湖圆。

首联逆挽法，上句“水连天”是总写其眼前境况，下句是忆以往。中两联是大水的具体情景。颔联议论后果，责问当局。腹联再写水涨“盛况”，江流因水大而满，不见丁字形，船竟停泊在城头边。末联转为议论，感慨自己连“诗情”都无落脚处，因为水淹得湖的圆形状都失去了。“诗情”乃无形之物，却想象为有形而无什么“着处”'，理之外，情之中，无理而妙。

七绝即兴抒情，写心灵之闪光、刹那之感触，贵空灵隽永，语近情遥。《天风阁诗集》中七绝最多。作于 1930 年冬的《游仙》诗云：

飞琼昨夜宴蟠桃，归路天风拥海涛。
吹堕鬓钗忘拾起，至今北斗七星高。

起句先叙昨夜飞琼赴蟠桃宴，次句写宴罢归来中的天风海涛。飞琼，仙女名。《汉武帝内传》：“王母乃命诸侍女……许飞琼鼓震灵之簧。”唐顾况《梁广画花歌》：“王母欲过刘彻家，飞琼夜入云軿车。”第三句意转，归途中天风吹落了鬓钗，却忘了拾起，末句言鬓钗化作北斗七星，回应上句。顿挫跳荡，想象力奇瑰而丰富。

绝句在第三句转折，作势喝起，多用疑问词、设问词之类。末句乃顺流而下，如剡溪之棹，余味无穷。夏先生甚明此法，运用之妙，存乎一心。

祈使句如：“塔影波光应识我，这番梦路为君来”（《挽游泽丞教授二绝》）；“今夜月湖应属我，野鸥都不耐西风”（《西湖杂诗四十四首》）。

设问法如：“眼底与谁商句法，一鸥来蹴水纹圆”（《西湖杂诗四十四首》）；“有谁知我纱窗底，一线炉烟兀不摇”（《江楼观潮》）。

疑问句多在第三句如《莫干山杂咏三首》：“谁共风床话诗思”，“谁共溪头结吟屋”，“谁代西泠寻梦去”。又：“梅花偶向东风笑，谁识冰霜一片心”（《病起》）；“天边谁挂欹帆影？看度匡床一片云”（《江楼晓坐》）。或将疑问词置于首句：“谁家杰阁俯南屏”（《西湖杂诗四十四首》）。或置于末句：“攀条词客鹃声里，谁画斜阳如此红”（《题吴昌硕作谭复堂烟柳斜阳填词图》)。以疑问逗起好奇之心，句法顿见活脱不滞。

有时用“谁”，是明知故问法。如：“比邻谁识鸢肩客，飞虎营头拥鼻行”(《过湘绮楼》)；“词境他年谁画得，六和塔顶月轮高”(《题夜珠词》)；“谁唱箫韶横海去，扶桑千载一竿丝”(《瞿髯论词绝句》)。

假设句用“倘”、“欲”、“待”、“唤”、“付与”等字词以设想未来之事。如：“欲上烟篷寻好句，细看水色不如休”(《西湖杂诗四十四首》)；“弓影倘添桥几座，疑浮画舫看苏堤”(同前)；“疏影暗香容刻划，待呼白石老仙来”(《题畅安翁刻笔小言》)；“唤起龙洲斗豪语，九天星斗满匡床”(《谢刘海粟画家赠墨荷》)；“唤起文姬应羡我，春风词笔写阴山”(《内蒙古杂诗四首》)；“欲挂仙帆摇梦去，黄金大海浪滔滔”(《下乡八首》)；“付与山僧看定力，欹帆轻命访金焦”(《追昔游六首》)。

反问句用“何须”之类词语。如：“梦路何须寻栗里，眼前到处有南山”(《捷克女诗人泽陶诗成，北京龙人介其来杭相访二首》)。

否定句用“莫”，“除”即除非，“不须”等。如：“香影孤山莫浪传，梅花知己一龙川”(《读陈龙川梅花诗》)；“莫讶小诗吟不响，九州脚底起风雷”(《乘飞机到北京三首》)；“此情除唤黄双井，解说龙宫夜宿诗”(《楼头听江》)；“垂老不须嗤秃笔，自呵冰雪写春光”(《一九五〇年十二月偕浙江大学中文系友生参加嘉兴土地改革》)。

或用转折词“却”、“但”、“忽”字。如：“相思却在千峰顶，放汝飞行趁晓风”(《挽任心叔二绝》)；“但得一丝能把稳，升高原在逆风中”(《观放纸鸢》)；“忽忆故人偕老约，水禽归去各成双”(《西湖杂诗四十四首》)。有的以第三句铺垫，第四句转：“正无诗思宜坚坐，忽放夕阳红半窗。”(《江楼夕照》)

夏承焘先生认为作诗要诗心灵动：“底怪诗心欠飞动”(《西湖杂诗四十四首》)。观其七绝，不由得不敬佩其诗心之飞动。夏先生晚年基本上以作七绝为主。

启示四：根据不同题材与内容，选择不同体式，运用不同方法，则有望写出好诗。夏承焘先生为我们作了很好的示范。

五、重句法，炼奇字

通常七言诗作前四字、后三字语顿，但宋人作诗往往有意拗折以避平弱。夏承焘学诗既从宋诗入，其诗也讲究句法，造成拗峭而瘦健的效果，可谓之炼句。其七古如：“寻夫者谁语吞声”，“寻妻者谁得之薮”，“寻爹者谁童三尺”，“寻儿者谁抱破席”。(《寻尸行四首》)此为三一三句法。

律诗二五句法如：“快意唯传堕郈费，寒心岂但失燕云”(《和石遗翁示近作》)；“劫罅今难逃藕孔，歌腔旧爱醉花阴”(《寄内人温州》)；“并世可无知我者，一秋惟有忆君时”(《鹭山新成草堂以来禅名楼惠诗相招》)；“老去本应置高阁，吟成剩可问新灯”(《新年移居月轮山头龙头新宿舍》)；“叩关未践黄花约，渡海先惊白雁来”(《和云雷翁九日诗》)；“欲就一杯楼月白，其如十丈路尘黄”(《上海苦热寄鹭山》)。还有五二句法等。一首诗中，颔联、腹联句法应力避雷同。

七绝有时也用拗句，如：“舀一瓢黄浇寸碧”(《下乡八首》)，“无一丝风只有凉”（《寿鹭山》）。此为一三三句法。

作诗要重推敲，谓之炼字。有时炼一字之妙，全诗皆活，往往成为句眼。炼字重在炼动词，或名词形容词动用。要寻求最生动贴切的动词以表现动态之美。历来炼字之佳话多矣，夏先生在这方面也可谓之高手。如“风雨潼关驴背上，自携秋色出长安”（《二十五岁过潼关，忆放翁“衣上征尘杂酒痕”句》），炼“携”字以见秋色如有形。前所举《登长城》诗中炼“受”、“围”、“吞”字。又“万松浮梦到西湖”（《莫干山杂咏三首》），炼“浮”字以见惝恍迷离之状。又“玻璃流作绕窗蓝”（同前），炼“流”、“绕”字以作色如玻璃透明之状。又“窥林眉月亮晶晶”（同前），炼“窥”字以见月拟人之态，移性情于月。又“沧桑不挂山僧眼，独立斜阳数雁来”（《六和塔》），炼“挂”字以无形化为有形。又“大月江天初孕黄”（《江楼对月》），用“孕”字见黄色之形成，其色之嫩。又“万千星斗压归船”（《温州江心寺》），炼“压”字以见星斗之多且重。炼字以求精警、奇警，要炼得响亮之境，这是夏老追求的境界。诚如所云：“莫讶小诗吟不响，九州脚底走风雷”（《乘飞机到北京三首》）。

启示五：夏承焘诗耐思耐诵而有味，与他炼句、炼字有关。今人创作，不可不讲求句法以求劲健，讲求炼字以求奇警。

以上试探夏承焘的诗歌成就，兼及对今人创作的启示。掇拾皮毛之论，还祈方家指正。

参考文献

［1］夏承焘著，吴无闻注：《天风阁诗集》，杭州，浙江文艺出版社，1984。

［2］邵潭秋：《培风楼诗续存》，民国二十八年成都刊本。

继承与创新的完美结合

——论启功先生诗词创作的时代意义

赵仁珪

现在古典诗词的创作热潮空前高涨，创作刊物以数百种计，创作人数以数十万计，创作出的作品更是难以计数。但是要想成为好作品却不容易，它必须符合两个基本的原则：既要继承，又要创新。就前者说，因为我们要创作的是旧体诗词，所以无论从形式到神韵都必须有古典的味道，否则仅把句式切割成五、七言或规定的长短句，然后完全用今人的思维方式、审美情趣和表达方式来写，即使写得再好，恐怕也难称为旧体诗。就后者说，因为是当代人写，所以不但要写出时代气息，而且要在创作风格上体现出新特点、新发展，否则从语言到情调都是旧的，那如何称当代人的作品？与其如此，还不如径直去读古人的作品，因为在这范畴内，我们作不过古人。只有将继承和创新完美地结合在一起，才是当代人写的古典诗词，在这方面启功先生的诗词创作为我们树立了很好的典范。读他的诗词我们可以明显地感受到不同的风格：有的古韵十足，有的新颖之至，有的又能将二者完美地结合在一起，很值得我们深入地加以研究。

古典诗词的创作传统是几千年的积淀自然形成的，今人的创作是在这客观基础上进行的，因此必须立足它、正视它、延续它，否则我们的创作将成为无根之木、无源之水。在这方面，启先生可谓当代旧体诗人之翘楚。他有深厚的旧学渊源，他能熟练背诵数以千计的诗词作品，并以它们为底蕴进行创作。读启先生的诗词，我们可以深切地感受到这一传统的深厚内涵和强大张力，感受到他正是用他最熟悉、最得心应手的方式在进行创作，从而使形式和内容得到了完美的统一——内容、思想、情感是现代的、我的，但形式上却是古色古香的；而不像有些人那样，是用一种与古典诗词风马牛不相及的形式来进行创作；或虽在极力靠近这种古典的形式，但又显得那么力不从心、那么费力生硬地来进行创作。这种效果首先来源于他对古典传统臻于化境的继承。他有四句话，可作一部诗歌史纲鉴读：唐以前的诗是“长”出来的，唐代的诗是“嚷”出来的，宋代的诗是“想”出来的，宋以后的诗是“仿”出来的。看来他对“仿”出来的作品稍有微词，但这并不妨碍他对宋以后作品的继承。他虽然更喜欢“我手写我口”的具有真情实感的“嚷”出来的盛唐作品，但对元、明、清诸多诗人仍青睐有加。他常称赞王渔阳的诗韵味之深长、音调之流走真酷似唐人，又指出其实这都是元人的格调，又常称赞王闿运的诗毕肖六朝，深得其神韵。从这些看法中，我们可以体会出这样一个观点：“仿”其实有两重含义：一是走向死板机械的因袭模拟，这当然不足取；一是学习传统的必要途径，只要正确对待，就能走上继承之路，成为今后发展的开端。这足以说明启先生对继承传统有充分的、自觉的认识。让我们不妨先读一首他二十来岁的作品《题画二首》其二：

八月江南岸，平林欲著黄。
清波凝暮霭，鸣籁入虚堂。
卷幔吟秋色，题书寄雁行。
一丘犹可卧，摇落慢神伤。

当他把这首诗拿给当时文坛领袖溥心畬看时，溥惊奇地说：“这是你作的吗?”言下之意是赞叹它太像古人的作品了。可见在继承古人传统方面，启先生从一开始就打下深厚的基础。

古典诗词的传统是多方面的，既表现在词汇、用典、对仗等语言、学力、形式等方面，又表现在立意、格调、韵味等情感、气质、才情方面。在这两方面，启先生都为我们提供了榜样。

词汇是语言的基础，词汇所显示的语言色彩、形式色彩最能标志时代的差别和文体的异同。古典有古典的语言，这是不言而喻的，要想驾驭它已不是很容易的了；而同属古典中，诗有诗的语言，词有词的语言，这就是一般人所忽略的了，要想驾驭它就需要有更高的艺术功力。这就要求我们能熟练地掌握一大批生动的、尚富有生命力的古典词汇。比如，文中可以直白地说“船”说“舟”，但在诗词中却要说“扁舟”、“危樯”、“楼船”、“蓬窗”或“桂棹”、“兰桨”、“画舫”、“兰桡”了。这是因为诗词的语言更需要精美，更需要富于装饰性和感情色彩。“长袖善舞，多资善贾”，只有具备丰富的语库，我们才能有充分的语言材料去构建这美丽的诗词殿堂。虽然我们不必像有些人标榜杜甫那样，非要“无一字无来历”，更不必像沈义父所言那样“炼字下语，最是紧要。如说‘桃’，不可直说破，须用‘红雨’、‘刘郎’等字，说‘柳’不可直说破，须用‘章台’、‘灞岸’等字”（《乐府指迷》），但如果满篇都是普通平实、毫无文体特色的今体词语，那也很难成为旧体诗。

启先生的旧体诗，使用的是纯粹的、精美的古典诗词语言（除了因内容的需要故意不使用外），读起来给人一种声与情，言与体完美谐合的感觉。如称老师、教席为“函丈”（语出《礼记》）、“宫墙”（语出《论语》），“绛帐”（语出《后汉书》），“后堂丝竹”（语出《后汉书》）等，称敬仰、向往为“钦迟“（语出《晋书》）、“瓣香”（佛教语）、“心香”（佛教语）、“羹墙”（《后汉书》）等，称令人神往、带有仙气之地为“玉楼”（语出《十洲记》）、“道山”（道家语）、“林屋”（道家语）等，称与离别相关之地为“河桥”（苏李诗）、“霸陵”（唐人常用语）、“鄂渚”（楚词语）等，称史书为“麟笔”、“青编”等，称毫芒之地为“卓锥”、“棘刺”等，称残杀功臣为“功狗或无生”（见《古诗二十首》），称希望来信指正为“钳锤希来鸿”（见《狮城友人》）等，不一而足，吉光片羽熠熠生辉，珠联璧合浑然一体，显得那样的古色古香、典雅华赡，富于书卷气。

用典又是诗词常用的语言修辞技巧。即使现在诗歌，也不免偶一用之；即使古文，也不免经常用之，更何况具有高度凝练性的古典诗词呢。这是中国古典诗词创作的重要传统，也是最能体现诗人学力深浅的重要标志，不会用则笔力窘迫，用得好则锦上添花，用不好则画蛇添足。启先生本人非常注重用典，且对典故的性质、作用有精辟的见解：“用典是把事物压缩成为信号，供人联想或检索，是比喻的简化，也是比喻的进一步发展。”“无论剪裁、压缩、简化、命名，任何办法，都是要把那件事物，作为一个小集成电路，放在对方的脑子中。”“首先它有助于说理”，“又可唤起读者某些感情”，“还可在少数字句中，输入多项内容”，更“有助于发表不愿直说的思想或事物”，“有助于（读者）的联想”。（见《汉语现象论丛·比喻与用典》）启先生的诗中就有很多精彩的用典。如《姑苏建城二千五百年纪念征题》：“旧迹依稀响屧廊，胥涛无改尚轩昂。行人犹记吴王事，共说今朝草最芳。”用与吴王相关的西施响屧廊和伍子胥死后化为钱塘潮神的典故来歌咏苏州，十分贴切。又如《题文与可晚霭图卷》（自注：图为江安傅氏世守，经劫遗失，为熹年兄复得）有“秦火枉图燔大器，楚弓重得获先型”之句，上用秦始皇焚书之典，说明它曾经历那场浩劫，“发表了不愿直说的思想”；下用楚人遗弓，楚人得之之典，说明它终于又被自家所得，非常巧妙而得体。

启先生还有更巧妙典故。有时他反用典故、戏用典故，如《年来肥而喜睡，朋友见嘲，赋此答之》云：“宰予获圣心，昼寝真法乳。汉儒强解事，‘画寝’非达诂。咄咄朽木训，岂是由衷语。夫子惜金针，不度聋与瞽，寄声陈希夷，慎传混沌谱。”不但戏谑地翻了孔子斥责宰予昼寝为“朽木不可雕也”的案，而且还煞有介事地为此考证一番，最后又拉扯上陈抟老祖，让他不要再把睡觉的秘诀“混沌谱”传人，非常有趣。又如

《颈部牵引》有云："董宣强项名，几以性命换。朱云指佞臣，拽得栏杆断。"因自己做颈部牵引，便拉扯上"强项令"董宣，又顺便拉扯上一样"强项"的朱云，使严肃的典故顿生奇趣。有时他还用一些专门的、少见的典故，如刑典。启先生有《西江月》一首，咏因颈椎病而做牵引之事，最后曰："《洗冤录》里每篇瞧，不见这般上吊。"原来《洗冤录》是古时验尸专著，记载各种上吊的方式。又如引佛典、禅典，《听杨君大钧弹琵琶》云："广坐威音真入胜，深灯永夜欲通禅。"《友人家昙花一盆，盛开速落因赋长句》云："根蒂几时来异域，声华毕竟藉空王。轻拈迦叶成微笑，一笑阎浮识淡妆。"《题石涛画卷二首》云："毫端一踢铜瓶倒，云在青天水自流。"甚至用西方之典，如《司铎书院海棠，用东坡定惠院海棠诗韵》云："崇坛素炬分光气，宝铎仁音异丝肉。"盖天主教祭祀神坛用白蜜腊，故有上句，唐时就有天主教的分支景教流行，他们"击木振仁惠之音"（见《景教碑》），而后来的神甫也称司铎，传播仁音，故有下句。下面又说："玉局诗歌谁继响，墨井丹青我私淑。"玉局，指苏轼，他曾做定惠院海棠诗，应题面所说。墨井，指清画家吴历，号墨井，是天主教徒。两典相配，非常切题。又如《司铎书院海棠二首》第一首云："池边绿长恩波永，林下香稀道力安。"上句是说绿叶生长乃是基督所赐，下句是说按《新约》规定，修道者不能闻香气，以免不能专心修道，而海棠花，恰恰没有香气。而第二首又用了"夭桃警悟理同真"——用禅师见桃花开而悟道的典故，真可谓中西合璧。还有更巧妙的学问之典，如《陆俨少为韩天衡作黄山图袖卷》有云："画笔探微输后劲，诗情务观怯先鞭。劫波流转名山换，始见韩陵片石坚。"前两句说晋朝大画家陆探微的画和宋朝大诗人陆务观的诗都不如作者，用两个陆姓的典故来应题中的作者陆俨少；后两句用《朝野佥载》典：庾信认为北朝的好文章只有温子升的《韩陵山寺碑》，用"韩"陵山寺碑来应题面的"韩"天衡，且指出这些作品都是经过劫难才保留下来的。这种咏某人就专门用某姓的典故，且能巧妙而贴切地同时照顾到两组，实属不易，即使在古代，也只有苏轼、辛弃疾等人才有这种才力和学力。

与用典相似的一个手法是点化前人的诗句，点化好了，确实可以起到画龙点睛的作用，因为古人的某些描写确实生动精辟到无以复加的地步。适当地借用这些描写有如适当地使用典故，往往会以少胜多，化繁为简，化难为易，化陈为新。对饱读诗书的启先生来说，这当然是轻车熟路、易如反掌。这里仅以点化杜甫诗为例。这样的例子在启先生的诗中出现了十三、四次之多。如《题南宋人画瓶梅二首》"名山北固钟神秀"，是点化杜甫《望岳》"造化钟神秀"的。《题繁枝红梅图》"佳句少陵频误诵，'野人相赠满筠笼'"，是直接引用杜甫《野人送朱樱》的，借以调侃画中的红梅像是红樱桃。《论诗绝句》"试问少陵葛郎玛，怎生红远结飞楼"，是点化《晓望白帝城盐山》的，是说杜甫的很多诗句是不能用语法分析的。《藻鉴堂即事》"石栏点笔坐题诗"，是点化杜甫《重过何氏五首》"石栏斜点笔，桐叶坐题诗"的。《喜晤牟润老》"敢附青云效羽毛"，是点化杜甫《咏怀古迹五首》"万古云霄一羽毛"的。《写字示友》"行笔如'乱水通人过'，结字如'悬崖置屋牢'"，是直接引用杜甫《山寺》的。《题齐萍翁画册八首》“老杜四更山吐月，古今诗境并无殊”，是直接引用杜甫《月》诗“四更山吐月，残夜水明楼”的。《潘君虚之》“拈髭夙具平生乐，步屧偏多水石缘”，下句是点化杜甫《遭田父泥饮》“步屧随春风”的。不一而足，都用得恰到好处。体现了能把传统材料信手拈来的功力，这种笔下有古人神助的本领当然会极大地提高诗的表现力。

对仗是中国诗歌又一重要传统，能否继承、发扬这种传统是决定诗歌创作水平高下的又一重要关键。启先生凭借他深厚的传统功力为我们创作了很多精美的对句。这里有很多生动的巧对，如：“心放不开难似铁，泪收能尽定成河。终归火葬新规律，近距风瘫剩几何。”（《对酒二首》）前一联写自己对亡妻难以割舍、绵绵不断的思念，非常感人。后一联写自己近来多病，难逃一死，用“风瘫”对“火葬”，属五行相对；用“几何”对“规律”，盖几何乃是建立在规律之上，十分巧妙。又如：“小子如今才懂得，圣人从古最糊涂。饮余有兴徐添酒，读日无多慎买书。”（《频年》）前一联写人生的感慨，把难得糊涂和尽信书不如无书等多种感情一语收尽，而两句在结构上又形成流水对。后一联写诗酒自娱，情调高雅，韵味悠长，“徐”字和“慎”字尤见功力，据启先生自己讲，“慎”，最初拟作“快”字，又改作“不”字、“戒”字，最后才选中“慎”字。可见启先生也非常注重传统的手法——炼字。又如：“莫名其妙从前事，聊胜于无现在身。”（《一九九四年元旦书门大吉》）对人生诙谐、幽默而富于哲理的感慨尽收于两句之中，难怪很多人读后都欷歔不已。

启先生还有很多更讲究的对仗。如能把对仗和用典巧妙地结合在一起。前面举的“秦火”、“楚弓”之句，“崇坛”、“宝铎”之句等都是很好的例证。兹再举几例：“佛祖传心如指月，诗人得句在闻钟。”（《苏州寒山寺联》）不但对仗工稳，而且上句用《指月录》典，下句用张继《枫桥夜泊》典，都切合寒山寺情事。又如：“红袖夜船孤，蛤蟆陵边，往事悲欢商妇泪；青衫秋浦别，琵琶筵上，一时怅触谪臣心。”（《题九江琵琶亭联》）用高度精美的对仗语，将有关的典故高度概括其中，“红袖”对“青衫”，“商妇泪”对“谪臣心”，可谓天下巧对。还有讲究形式技巧、花样翻新的对仗。如“常将动气发风手，写到翻云覆雨时”（《临池》），这是流水对。“片瓦遮天裁薜荔，方床容膝卧僬侥”（《卓锥》），“水仙新叶参差绿，秋菊残花烂漫黄”（《友人为余摄影》），这是双声叠韵对。“鸩毒沦肌来雅片，燕嬉销骨积牛毛”（《虎门炮台征题》），不但语词古雅考究，字有来历，而且“雅”借“鸦”的音，与“牛”相对，这是撞声对。“矫矫东方赞，峨峨北魏碑”（《赵悲庵画扇面集册》），这是物名对。“杜甫湘中句，韦庄剑外踪”（《心畬公画小像》），这是人名对。“净业在加持，无垢湖光，四众心开圆镜智；慈云垂庇荫，常明山色，三时人仰佛头青”（《净慈寺联》），不但对仗极其工整，切合佛事，而且上联第一字“净”，与下联第一字“慈”，分别对应题目“净慈”，这是冠顶格。“江海聚英贤，门迓高轩，樽盈美酒；山川钟秀气，筵开广座，宾上层楼”（《江山楼饭馆征联》），上联第一字“江”与下联第一字“山”，对应“江山楼”的“江山”，上联最后一字“酒”与下联最后一字“楼”，关合“酒楼”这一特点，这是上有“冠顶”，下有“粉底”的“双钩格”。“双松光腾金，一纸色吐火”（《硃笺上金笔画双松》），“风梢摇天寒，石濑润地渴”（《壮暮翁画墨竹》），这是五平声对五仄声。真可谓琳琅满目，美不胜收。前人谓天下的好对都被陆放翁用尽，读了启先生的诗，我们有理由相信，只要努力继承，仍大有潜力，更何况再创新呢？

当然对古典诗词传统的继承更重要的应该在格调、意境、神韵上。在这方面启先生也为我们提供了很好的借鉴。众所周知，在书写时事时，古人有两个传统：一是比较直接地把事件表现出来，如杜甫的很多史诗、白居易的很多乐府诗等；一是不愿径直地写出，而是通过借物言志、双关寄托、比兴设喻等手法委婉含蓄地加以表达，如李白、李商隐、南宋末期骚雅词人等。前者显得更痛切锋利，后者显得更温柔敦厚，前者虽曾傲视百代，后者却是传统诗教，二者本不应偏废。但几十年来，文学批评界却出现了偏差，认为前者是现实主义的，而后者则有唯美主义、形式主义之嫌。应该说这是对诗歌传统的一种割裂和误解。所幸的是，这种偏见最近逐渐得到了纠正，这为我们探讨启先生的诗奠定了一个公正的基础，因为启先生的诗不像有些人所误解的那样，不写时事，而是用后者的情调和手法来写时事。笔者曾多次聆听启先生有关的观点，他认为诗最好不要过于就事论事，如社会上今天发生了一件什么事，马上就以这件事为题做一首；也最好不要过于直抒感慨，如遇到一件令人愤怒的事，就直接斥骂一番，用这种方法来反映现实并不可取。因为诗的功能不仅仅在于记载和暴露，而在于对自我、对周围世界的情感感受与表达，只不过这种感受不是凭空而来的，而是从生活的感受中得到的。对此，启先生虽然没有正式的文字阐述，但他的某些诗句也能透露出这一信息，如云：“朋友诗多健，凄凉忆废兴。有时抒义愤，怒发指冠缨。唾斥伤元气，仍传丑秽名。何如心与笔，倾耳莫从听。”（《终夜不寐》）当然，启先生所说的“莫从听”决不是根本不过问世事，而是不要逞一时之愤耳。古人确有这种诗论，如黄庭坚。对这种诗论如何评价，可以见仁见智，但我们不能不承认这是传统诗教之一。从这个角度看，正像启先生所云：“古今诗境并无殊”。基于这种观点，启先生的很多诗都呈现出“多目金刚怒，双眉弥勒开”的面目——在婉曲含蓄的背后往往包含了很多积于内心的情感。让我们从具体例子谈起。

《杨柳枝二首》：

绮思余春水一湾，流将残梦出关山。
王孙早惜鹅黄缕，留与今朝荡子攀。

青骢回首忆长杨，玉塞春迟月有霜。
一样春风吹客梦，独听羌管过临湟。

这两首诗表面看来和传统的咏柳抒别毫无二致，是典型的传统的调子。第一首第一句写杨柳生活的环境，旖旎多姿；第二句写离别，缠绵多情；第三句用典，写王孙的相思之情，古雅深沉；第四句用典，写荡子的冶游，颇多感慨。第二首第一句写杨柳生长之地，因长杨羽猎之地多柳也；第二句感慨塞外荒凉，杨柳迟生；第三、四两句顺势而下，写塞外客子的孤寂，全诗大有“羌笛何须怨杨柳，春风不度玉门关”之意。如果我们仅这样照字面理解，它也不失一首格高意远的佳作，置入古人集中，也毫不逊色。但远非如此。据启先生讲，此诗乃作于1944年汪精卫死于日本之后，诗中的种种描写都影射汪精卫的有关事迹。第一首所谓“流将残梦出关山”者，乃指汪精卫最后叛离祖国，“王孙”乃指清末摄政王载沣，“荡子”乃指日本人。原来当年汪精卫曾谋杀摄政王，未遂，被捕，恰是摄政王保释了他，这样才给他留下日后投靠日本人的机会，成为日本人任意摆弄的工具，而汪精卫本人则成了“者人攀了那人攀”的“杨柳枝”。第二首所谓“玉塞春迟月有霜”，是说东北自沦丧到日本人手中，一直没有明媚的春光。后两句用典：当年金灭北宋，在中原曾扶植伪齐刘豫的傀儡政权，刘豫失宠后被迫徙于金人所指定的临潢（在今内蒙巴林左旗），并死于此。而汪精卫最后也是被弄到了日本，并死于日本，其下场与当年的汉奸刘豫相同，故曰“一样”。请看，这种种时事多么巧妙地被关合到传统的咏柳之中！谁说启先生的诗不写时事呢？只是他的写法不同罢了，他是借助于托物言志的手法来写时事。在这里，“杨柳枝”仅是借托之物，仅是入手之处，讥讽汪精卫卖国求荣才是真正的主题。笔者原来读诗词，见到对古典诗词类似的解释，如云姜夔的《暗香》、《疏影》乃是为“恨偏安”而发，总不相信，觉得太牵强，通过启先生这一实例，可以充分证明诗词创作确实有此一路。

类似的例子还很多。如年轻时所作的《社课咏春柳四首拟渔阳秋柳之作》、《社课咏福文襄故居牡丹》等作也都大有深意。王渔阳的《秋柳》原是为感慨南明福王兵败事而发的，而启先生的这些诗恰写于东北事变及溥仪被日本人诱入东北之后，这就决定它们不能不带有言外之意，味外之旨。仅以《春柳》其一为例：

如丝如线最关情，班马萧萧梦里惊。
正是春光归玉塞，那堪遗事感金城。
风前百尺添新恨，雨后三眠殢宿酲。
凄绝今番回舞袖，上林久见草痕生。

第二联是写想起关外之东北就给人以“何以堪”的感慨；第三联后句写即使在春天，柳枝也会有变蔫的时候，暗示不测之事随时都会发生，前句的“添新恨”更是直咏此事。第四联是写溥仪此番出关，见到的只能是一片凄凉而已。《社课咏福文襄故居牡丹》与前首稍有不同，它虽然大部分篇幅是咏社课之事，但结尾两句“莫问临芳当日事，寸根千载入危邦”，又感慨到此事上，当日临芳殿前可能尚存繁华，但今日竟以“寸根”（即南宋末帝赵昺的太后所说的“宋家一块肉”之意）的身份而入危邦，其花不能不凋零。总之这些感情都是作者当时想说，但又不便明说的，便借助于咏物来加以表达了。后来写于北京沦陷后的《金台》也有异曲同工之处：

金台闲客漫扶藜，岁岁莺花费品题。
故苑人稀红寂寞，平芜春晚绿凄迷。
觚棱委地鸦空噪，华表干云鹤不栖。
最爱李公桥畔路，黄尘未到凤城西。

二、三两联咏叹沦陷后北京的荒凉，最后两句是说自己任教的位于城西李公桥（即李广桥）附近的辅仁大学属教会学校，尚未受日本人统治。全诗虽都是曲折含蓄的描写，但仍不失为咏叹沦陷景物及沦陷生活的佳作。又如《题丛碧堂张伯驹先生鉴藏捐献法书名画纪念册》一诗，前六句盛赞了张伯驹先生收藏品的精美及他高超的鉴定功力，最后两句曰：“暮年牖下平安福，怀宝心同胜卞和。”上句写他最后得到善终，下句写他捐献的义举。但我们只要明白卞和的典故，就能明了他的“献宝”必定有过一段不幸的遭遇。事实上他“献宝”不久，就被打成右派，但作者不愿在诗中明言此事，便以用典的方式委婉言之，真可谓不言而喻。

最值得注意的是作于新时期的《近见沈石田与诸友唱和落花诗，文衡山以小楷录为长卷，因拟之，得四首》，现仅以前两首为例：

弥天万紫与千红，一霎风来几树空。
火急催开劳羯鼓，夜阑不寐听僧钟。
轻难入地香添溷，落未盈堆绿已丛。
毕竟萧郎遗业重，缤纷大梦忏无功。

晴空点点入云衢，红雨如山阵可呼。
金谷草生行碍马，玉关人远出无车。
余香分后歌声换，高烛残时笑靥孤。
不殉恩留铜雀上，阿瞒深意古来殊。

这两首表面看来句句都是歌咏落花的。大致看来，第一首第一联写花阵最初虽有“弥天”的气势，但最终也难逃落空的命运。第二联写当初之盛亦非完全出于自然，而是靠权势催成，当然最后灭亡（夜间听到的僧钟乃丧钟也）也就决非偶然了。第三联写落花的结局：有的难免成为污点，有的很快被绿叶代替。第四联说想改变这种“缤纷大梦”的命运也是不可能的，因为它生前的遗业太重。第二首第一联写落花由始至盛，盛至铺天盖地，但危机也就埋伏其中，随时会遭到全部毁灭的灾难。第二联、第三联写败后的命运：气势全无，被困一隅，无人理会，备遭冷落。第四联写悔当初还不如在临败之前为它们安排好退路。因此它确是咏落花之作。但如果我们再深入领会一下其中所用的典故含义，就会发现这里面还大有深意：如第一首第二联用以帝王之尊来催牡丹早开的典故，第四联用梁武帝为自己好妒的郗夫人做“梁皇忏”而不得的典故，第二首第一联用淝水之战朱序一呼，秦军即兵败如山倒的典故，第二联用石崇之典，联系到落花，马上令人想起绿珠，三、四两联用曹操临死前吩咐姬妾安分守己、分香卖履，反而保全了她们的典故。第一首用了这么多关于帝王，第二首用了这么多关于后妃的典故，自然能引起人们的种种联想：作者在吟咏落花背后是否还有什么更深的含义？这些更深的含义是否特指某些人？这就需读者自己领会了。这正所谓其言愈微，其意愈深；其言愈曲，其意愈直；其言愈婉，其意愈劲。这种含蓄委婉、隐喻象征的的手法在古人的集中所见多是，启先生不但继承了这种手法，而且安排之巧妙、韵味之深厚，甚至是很多古人都难以企及的。

以上所论都围绕本文第一方面观点——继承，至此我们应再详尽地论述第二方面的观点——创新，启先生在这方面也有非常突出的成就。惜乎篇幅所限不能一一具列，只能概其所要，略加陈述。所幸笔者已有《旧体诗的新作法——读启功诗词所得的启示》（发表于《启功学术思想研讨集》）一文，对此问题已作了较详尽的论述，可参看。

首先是新观点、新思想、新内容、新情感的展现。启先生的诗虽然有深厚的传统渊源，但一读，即知为他自己的诗，其故何在？盖其中有“我”在也。那深邃的思想，那丰富的情感，极具鲜明的个性化特征。这种特征是不可能被任何传统的题材、传统的形式、传统的手法所掩盖的。

启先生虽然没有论诗的长篇大作，但偶一提及，即体现了他对诗歌创造的新观点。他说："用韵率同词曲，隶事懒究根源。但求我口顺适，请谅尊听絮烦。"（《启功絮语·序》）又说："佳者出常情，句句适人意。终篇过眼前，不觉纸有字。"（《古诗四十首》之三十一）又说："天仙地仙太俗，真人唯我髯苏。"（《游唐昭陵》）"美成一字三吞吐，不是填词是反刍。"（《论词绝句·周邦彦》）"清空如话斯如话，不作藏头露尾人。"（《论词绝句·李清照》）"有意作诗谢灵运，无心成咏陶渊明。"（《论诗绝句·谢灵运　陶渊明》）"非唯性僻耽佳句，所欲随心有少陵。"（《论诗绝句·杜子美》）"我爱随园心剔透，天真烂漫吓人时。"（《论诗绝句·袁子才》）"我心写我口，造物失其私。"（《读王朝闻〈论凤姐〉》）总之启先生论诗主张以表现自然之我、真实之我为最高原则，有了这样的论诗观点，还愁不能创新吗?

启先生诗中有很多见解独到、锐利机智的新思想。如感慨封建政治之残酷云："书中人物千千万，细分来，寿终天命，少于一半。试问其余哪里去，脖子被人切断。还使劲狺狺争辩。檐下飞蚊生自灭，不曾知、何故团团转。谁参透，这公案?"（《贺新郎·咏史》）感慨时光易逝、人生苦短云："每天八万六千余，不停不退针尖秒。——百年一样有仍无，谁能不自针尖老。"（《踏莎行》三首其一）这些看似老生常谈的题材，被启先生剖析得何等痛快淋漓！最有代表性的是《昭君辞二首》。古来咏昭君的诗词不下千首，但正如启先生所云，不是"老生常谈"便是"愤激之语"，而启先生却机智地从心理分析法入手："按俚语云：'自己文章，他人妻妾'，谓世人最常衿慕者也。昭君临行所以生汉帝之奇慕者，为其已成单于之妇耳。"难怪启先生自衿道："余所云'初号单于妇，顿成倾国妍'，则探本之义也。论贵诛心，不计人讥我'自己文章'。"这种能翻古人案而自出新意的咏古之作，还所在多是，如《古诗二十首》、《古诗四十首》等。启先生的诗中还充满禅意般的哲理，如《踏莎行三首》其三：

> 昔日孩提，如今老大。年年摄影墙头挂。看来究竟我为谁，千差万别堪惊诧。　　貌自多般，像为一霎。故吾从此全抛下。开门撒手逐风飞，由人顶礼由人骂。

真可谓大彻大悟。凡此种种都得益于他深邃的新思想。

启先生的诗中还有很多得益于对生活深入体会后所得到的新内容。如《鹧鸪天八首·乘公共交通车》（其四）：

> 铁打车厢肉作身，上班散会最艰辛。有穷弹力无穷挤，一寸空间一寸金。　　头屡动，手频伸。可怜无补费精神。当时我是孙行者，变个驴皮影戏人。

如果不是天天挤车，岂能写出如此生动的诗来？至于启先生悼念亡妻的那些作品更是对几十年感情生活的高度锤炼："相依四十年，半贫半多病。虽然两个人，只有一条命。""枯骨八宝山，孤魂小乘巷。你且待两年，咱们一处葬。"（《痛心篇二十首》）"莫拂十年尘土厚，千重梦影此中埋。"（《镜尘一首，先妻逝世已逾九年矣》）不管是俗是雅，无不是真感情的自然流露。其感人的程度远胜潘岳、元稹的同类作品。

其次是新语言的成功运用。

如巧用今语、今典。启先生的诗有很多是写自己害病的。这些诗与古代诗人笔下动辄就是"文园消渴"的描写不同，写得非常的生活化、个性化、现代化，一看便知是今人之作。如《蝶恋花·就医》云：

> 医术高明经验富。细诊详观，心领兼神悟。历询病情听主诉。安排疗法亲吩咐。　此病根源由颈部。透视周全，照遍倾斜度。骨刺增生多少处。颈椎已似梅花鹿。

不但巧妙地将现代医疗的检查诊断都写入，而且写得相当专业，但作者又没仅满足于此，一句“颈椎已似梅花鹿”可谓曲终奏雅，将就医时无可奈何的心情描写得十分幽默而生动。随着现代生活的发展，一些词汇逐渐成了新典故，巧妙地使用亦会增加生动的生活气息。如《自撰墓志铭》云：“瘫趋左，派曾右。面微圆，皮欠厚。……六十六，非不寿。八宝山，渐相凑。……”《友人索书》云：“左臂行将枯，左目近复坏。左颧又跌伤，真成极右派。”其中的“右派”、“八宝山”都可视为对今典的巧妙使用。使用今语、今典并不妨碍古语、古典的使用，两者结合得巧妙反而可以更好地表现今我。如《北风》云：“北风六级大寒时，气管炎人喘不支。可爱苏诗知病理，‘春江水暖鸭先知’。”《渔家傲》云：“是否病魔还会闹。天知道，今日且唱渔家傲。”通过古典雅语的衬托，就连“气管炎人喘不支”，“是否病魔还会闹”这样的俗语也都变得生动活泼起来，真堪称“夺胎换骨”、“点铁成金”、“化腐朽为神奇”。

再如用浅显语写深意境。这往往比用艰深语来得更生动、更耐人寻味。如前举的“莫名其妙从前事，聊胜于无现在身”（《一九九四年元旦书门大吉》），“饮余有兴徐添酒，读日无多慎买书”（《频年》）都属于这类作品。又如《古诗二十首·其九》：

> 老翁系囹圄，爱猫瘦且癞。七年老翁归，四人势初败。病猫绕膝号，移时气已塞。人性批既倒，猫性竟还在。

真可谓言简意深、诗小题大。这说明诗的好坏主要取决于立意的高下，只要立意高，用通俗语照样能写出意境深远的好诗。

再次是对幽默风格的大发展。古人的诗虽然有不乏幽默者，但尚给我们留下许多余地，启先生抓住了这一点，对开拓旧体诗的风格作出了重大的贡献。有人称之为“俳谐体”。但必须指出的是，启先生的幽默和一味地耍贫嘴、发噱头、打猛诨截然不同，他是高品位的幽默。

他的幽默反映了他旷达的胸襟。如生病，在别人看来是难以忍受的痛苦，但到了他的笔下也无不幽默起来，这种逆境中的幽默比顺境中的幽默更为难得，更具高品位。如写患高血压云“血压不高才二百，未妨对酒且婆娑”（《对酒》），写颈部牵引云“《洗冤录》里每篇瞧，不见这般上吊”（《西江月》），写患眩晕症云“车轮转有数，吾头转无休。久病且自勉，安心学地球”（《转》）。我们读这些诗，如果只觉得好笑就太肤浅了，只有体会出它背后旷达的人生境界，才能真正体会到幽默的价值。

他的幽默还具有深刻的哲理。幽默与哲理并不矛盾，高品位的幽默往往就是会心微笑的哲理。如前举的《古诗二十首·其九》咏猫，《贺新郎·咏史》都是典型的代表作。

他的幽默又是以深厚的学问为根底的。如《南乡子》写戴颈架治颈椎病，于是想起六祖死后，弟子为防止别人盗其头颅而在颈上加铁架一事，并云“多少偷儿不屑顾，嫌昏，六祖居然隔一尘”，而这种打趣又深合禅理。又如《转》在拿自己的眩晕症解嘲时，将韩愈诗、佛家典、《西厢记》、《诗经》以至现代天体理论都拉杂用来，给人以目不暇接的感觉，这岂是一般幽默所能比的呢?

他还善于用漫画式的手段及细节描写来加强幽默的效果。如《鹧鸪天八首·乘公共交通车》写“司机心似车门铁，手把轮盘眼望天”的冷漠；写从车上被撞倒在车下，连眼镜都撞飞了的狼狈：“行人问我寻何物，近视先生看草根。”这种漫画式的细节描写真令人忍俊不禁。

以上我们详尽探讨了启先生诗词对传统继承的一面，也简要论述了对传统发展创新的一面。值得指出的是，这两方面绝对不是非此即彼的关系，它们可以形成一个有机的整体，和谐地融于作品中，启先生绝大数的作品都可以作如是观。深入地体会这些特点，对古典诗词的爱好者和写作者都是大有启发的。

笔者曾在启先生生前作过一首《读〈启功韵语〉、〈启功絮语〉》诗，可作为对此文观点的总结，惜乎先生已仙逝四年矣，诗曰：

余事作诗人，三年成二册。开卷目不暇，篇篇映奇色。驱得五车书，纷纷来听喝。拘来古诗翁，奔走门前过。轻松白香山，滑稽东方朔。蓬莱驾鹤仙，曹溪参禅客。西江次第排，竹林散淡坐。义山送精研，东坡献疏阔。更有杜少陵，诚心输魂魄。掩卷闭目思，毕竟只一个：风调与音容，分明启元白（白，读如帛）。幽栖坚净居，吟榻独自卧。烟云过眼空，笔底吟不辍。更兼性情真，天生多幽默。敏捷世无双，才高无人和。小诗信手拈，只需一磨墨。有时稍费时，至多一入厕。也有呕心篇，推敲费斟酌。所幸长失眠，月下细雕刻。莫嫌住院频，正堪增吟课。药液如琼浆，滴滴酿奇货。归家病债消，诗稿增一摞。愿公从今后，精神更矍铄。新诗日日堆，直把楼冲破。

注：先生字元白，自名其书斋曰“坚净居”。

孙轶青当代中华诗词发展的思想要义与文化品格

李文朝

众所周知，中华诗词学会会长孙轶青当代中华诗词发展的思想要义，是与时俱进，改革创新。

在《论走向大众》一文中，孙轶青明确指出：“社会主义时代是与旧时代有着本质区别的新的时代。新旧时代的不同决定了当代诗词必须具有不同于旧时代的新的特点。所以，中华诗词学会提出了开创社会主义时代诗词新纪元的口号和适应时代，深入生活，走向大众的方针。毫无疑问，这样的口号和方针，同我们党在社会主义初级阶段的基本路线和文化建设总方针完全一致，是正确的。”在《重振诗国，奋力前行》一文中，孙铁青强调："从根本上说，诗词属于上层建筑意识形态的范畴，它必须服务于一定的经济基础；背离了一定的经济基础，便丧失了自身存在的意义和价值。即使在封建社会时期，一些有远见的诗人也提出诗词应当不断'出新'。"

在《健全领导，增强团结》一文中，孙铁青又说："继承和发展传统诗词，开创社会主义时代诗词新纪元，我们必须完成两个重大转变。理由是，现在我们所处的时代是社会主义时代，当代诗词必须适应社会主义建设的需要，具有我们时代的新的特点；社会主义是人民当家作主的时代，而且人民具有了受教育权利，文化程度有所提高，当代诗词必须走向人民大众，为人民大众服务，为人民大众所喜闻乐见。……转变与否，是当代诗词事业成败的关键。具体地说，如果不实行这种转变，让传统诗词永远停留在古代，即如某些人追求的所谓'原汁原味'，那势必同社会主义时代格格不入，同人民大众格格不入，最终为我们新的时代所淘汰，为人民大众所摈弃。"

在《继往开来，同心奋进，重振诗风》一文中，孙铁青进一步指出："对于诗词创作来讲，继承不是目的，目的在于创新，在于创作出反映新时代、反映人民新的思想感情的新诗词。""诗词创新，首先是内容上的创新"，"要善于运用前人所积累的艺术经验和前人所创造的艺术形式，表现时代的新内容"。"是否创造出优美而新颖的诗歌意象、意境，这应成为衡量诗歌艺术、包括格律诗是否创新的一个重要标尺。"

在《深化改革，与时俱进》一文中，孙铁青还讲到，要"认清时代特点，增强诗词改革的紧迫感与自觉性"。"中华诗词必须与时俱进，方不愧居于中国先进文化的行列。"在《适应时代，深入生活，走向大众》一文中，孙铁青进一步强调，"当代诗词创新的时代精神，应当从作品的题材、思想、情感、语言、声韵等方面加以体现"。"现在有些人的诗词创作仍以艰深古奥为荣，好像一明白晓畅就有失身份似的。这其实是一种错觉和糊涂观念。须知我们今天作诗，不是为了给古人看的，而是为了给今人看的；不是为了给自己看的，而是为了给大多数人看的。人民大众是否能懂，是否喜爱，是检验我们诗词创作水平高低和社会效益好坏的重要尺度"。

在倡导声韵改革，提倡今韵的问题上，孙铁青讲得更是立场坚定，旗帜鲜明："我们知道，古人吟诗，大都用的是古时的'今韵'，而不是当时的古韵。诗词吟唱只有同当代语音相一致，才能充分体现诗词自身的音乐美，才能为亿万人民所喜爱。今人用今韵，应当是一条定理。"（《传统诗词与时代精神》）

孙铁青关于当代中华诗词发展的文化品格的观点，也为诗词界的同志所熟知。它有两个鲜明特点：一个是它客观辩证的科学性，一个是它和谐共荣的包容性。首先看客观辩证的科学性。孙铁青在《诗词必须跟时代同步前进》一文中指出："近百年来，传统诗词曾受到了新文化运动的冲击和考验。我认为，就其实质来说，这是时代的冲击，时代的考验。在这种冲击和考验面前，我们应当从两个方面进行反思：即一方面，要看到传统诗词是有强大生命力的，我们必须十分珍视和认真继承这份文化遗产；另一方面，我们又要看到，传统诗词尚有落后于时代的某些弱点。即遭受冲击的不可避免性。""我们反对蔑视传统诗词的民族虚无主义倾向，也反对抱残守缺的保守主义倾向。”“振兴和发展诗词，既不能否定传统，也不能墨守成规。我们一方面要努力继承传统诗词中一切积极的优秀的东西，使之发扬光大，一方面要勇于创新，对不适应时代要求的过时的东西加以改革和摒弃。”（《传统诗词与时代精神》）

在《论格律诗词的声韵改革》一文中，他讲得既态度鲜明，又客观辩证。孙铁青说：“大力提倡今韵，推广今韵，但不废除古韵，允许用古韵进行创作。”“改革声韵，无论对格律诗词来说，或是对整个传统诗词来说，都是大势之所趋。”“在提倡今韵的同时，为什么还要允许古韵呢？这是因为，诗词是一种艺术，也同其他艺术形式一样，应实行创作自由的原则，尊重作者的自主权。”“唯一正确的方针是：倡今知古。”

他在许多篇什中，还就“继承与改革”、“普及与提高”、“雅与俗”、“尊重诗词特点及其合理的格律方面的要求与允许和鼓励有所突破、创造新体”等辩证关系，作了精辟透彻的分析与阐述。可以说，处处闪耀着辩证唯物主义的思想光辉。

再看和谐共荣的包容性。在《开创社会主义时代诗词新纪元》一文中，孙铁青指出：“为了繁荣诗词创作，当代诗词更应当有一个宽松和谐的环境。我们要遵循民族的科学的大众的文化纲领和双百方针。各诗体要共存共荣。诗词形式与内容，在有利于社会主义的前提下，实行自由创作原则，提倡主旋律与多样化并举。”“我们热爱传统诗词，为振兴传统诗词而奋斗，但绝无门户之见。新体诗是传统诗词的兄弟姐妹，自应相互尊重、并肩前进。”（《我很赞赏生命进行曲》）

在《深化改革，与时俱进》一文中，孙铁青还指出，“关于诗体，我们应坚持多种诗体并存。即无论古体、今体，无论律绝词曲，无论三言四言五言六言七言杂言，只要是诗，有读者喜爱，就都应加以欢迎，给以发表，真正做到百花齐放。”“一些诗人、词家在创造新诗体方面进行了大胆的尝试和探索，并取得了可喜的成绩，应当给予肯定和鼓励。”

总之，孙铁青当代中华诗词发展的理论建构，是在当代中国改革开放的时代背景下，中华诗词从复苏到振兴二十多年来实践经验的总结与理论概括，是中华诗词学会历届领导和广大诗词界同仁集体智慧的结晶。中华诗词事业蓬勃发展的实践成效，进一步验证了这一理论建构的科学性与正确性。

给诗词插上音乐的翅膀

——在中华诗词发展与创新暨《心声集》出版座谈会上的发言

王立平

线装书里，印上谱子，我在过去没有见到过。所以我翻开马凯同志的这本线装书便感受到一份荣幸。在这里我想我先用音乐人的身份说两句话。我跟马凯同志过去不熟，我知道他是个大家。我作为音乐家在政坛上为人民服务的时候，在几次外事活动中，接触过马凯同志。后来我觉得此人为人平和，很亲切，感觉很舒服。当拿到他这本诗集后，我真的很震撼。和大家一样，我也是个文化人，从小热爱文学。这些年在音乐文学协会也管点事，给乔羽当助手，因为多年从事歌词创作，所以很关注中国的诗词。现在有些写歌词的，何其太俗，有的连词句都不通，老师对小孩说“你写错了”，小孩说“那歌词就这么写的”，这简直就是误人子弟啊。所以我就特别希望提高。另外还有一些，包括在座的，写的很多诗，又何其大雅！真是非常规范、押韵、合辙，而且很讲究。既符合古，又符合今。袁先生的东西就是这样。我就总想，这么好的东西怎么就不能让大家唱唱呢？让它插上翅膀，让更多的人来欣赏、来享受，去感动或是熏陶更多的人。所以一看到马凯同志的诗，我就心生萌动，在心里打上稿，就决心为马凯同志的诗词谱曲。我最近也写袁先生的东西，已经写了两首，一个是《北大校歌》；一个是他的《黄山》，那首词真是写得精妙。我从一个音乐家来说，特别希望把这音乐与诗词结合起来。

因为给我时间有限，我对马凯同志的诗歌不作分析，大家说的，我也有感悟，有同感。我只讲几点我自己的感受。真正激动我的是他的抗洪、抗震的诗。这些东西我觉得不是诗人怎么表现诗人的情怀，而是站在一个人的高度，讲感受，这是真真实实的感情，这是最有意义的。我看完了很激动。我没想他是用了什么手法，它有什么文学功能，我就觉得，这确实是真正的力量所在，不是我们所看见的那些格律、平仄所能够限定得了的。这是第一个。第二个，是他太勤奋了，他很多诗都写得很精辟，所以我给我自己出了一个最难的题，选了《青玉案》四首词，而且都那么长。我加加劲儿，给它们谱曲。我想了很多办法，觉得还可以。我想虽然它不是大家口头流传的，但是我相信它有可能进音乐学院的声乐教材和艺术歌曲的行列。作为音乐家来讲，我很喜欢他的词，既有丰富的内涵，又有非常精美的形式，特别是入韵，可以唱。我很难有机会跟诗界的这么多诗兄、学长在一起。这么多年了我就希望我们的古典诗词那种风格、那种韵味、那种笔韵、那种风采，能够影响现代人们的生活，人们的审美，人们的情趣，人们的境界，我自己也是这么追求的。可不可以？我觉得完全可以。像到处传唱的“日出嵩山坳，晨钟惊飞鸟，林间小溪水潺潺，坡上青青草”。这《牧羊曲》，这是我在河南只给我一天多的时间写的，那大家不是很喜欢接受吗？

古典诗词内在的魅力，既有抑扬顿挫的声韵美，还有长短句的错落美。像乔羽写的那个《说聊斋》：“你也说聊斋，我也说聊斋，喜怒哀乐一起都到那心头来。鬼也不是那鬼，怪也不是那怪，牛鬼蛇神它倒比正人君子更可爱。”也是个词牌的样子，怎么写？这个就得从民间的说唱学，从民间的民歌学，从民间戏曲学，从民间的诗词学。有人说今天是写诗的时代，我不敢这么说；有人说不是诗的时代，我也不敢苟同。为什么？这个时代本来该是一个诗兴盛的时代，我最近为《母亲》这本诗集写的序里头说的话，对诗坛大不恭敬，我说，什么叫诗，码成条条块块、长长短短的句子就叫诗？我说我最喜欢的诗，已经与诗坛渐行渐远，我说真可悲。但是现在看来不是渐行渐远，也有好多好诗。地震以后，包括马凯的诗集，包括原来诗坛根本没有人能写出的好诗，我觉得别说是诗人，就是让我们这些搞文化的人、认字儿的人，都应该想一想，诗从哪儿来？诗从生活中来，诗是原本的生命中的一部分。人是爱美的，有生活就有了诗，所以我就从这个原则上来说，我没有这个派那个派，包括什么韵，新诗我喜欢，旧诗我也喜欢。但是，从现在来说，缺少文化底蕴、也缺少真情，浮躁。我觉得真正抑制当代浮躁，就是要从优秀的传统文化学起。有人说，我喜欢《红楼梦》。我说我喜欢《红楼梦》是因为我爸爸让我看《红楼梦》。我猜想，我爸爸是怕我成为浮躁的、一事无成的人吧。就让我看点古典的东西，因为古典的东西是沉甸甸的。我对各位是敬仰有加，为什么呢？因为像刘征、袁行霈老师都是大家，当今有知识的人很多，但有学问的人太少。看电视、听歌、每天开会，这种社会生活使很多人沉不下心来读古典的书，并耐下心来从我们的传统文化中学点东西，我觉得在这一方面要提倡，要向袁先生、马先生，向你们的好诗学习，用这些好诗去引导人们上进，更好地学习和工作。

最后，我再说几句，就是希望大家都来关心群众的歌唱，这也是毛主席说过的。我们要关心群众的歌唱，这唱起来就给词儿“插上了翅膀”，飞起来可就不是眼前这个天地了。现在那么多歌，可为什么有些词儿唱得咿咿呀呀，我觉得就是因为现在大家懂得太少，好的东西太少，让人着迷的东西太少。所以我希望大家多写，而且要跟音乐家结合起来。歌词跟诗词本来就是一家人，可现在分成两家了，互相不往来。其实词就是唱的，所以我觉得要把歌词也放进来。老周（易行）跟我说要为我出一本书，我心里想不敢，但是又想如果出一本大家喜欢的歌词，算在诗词里头，也不妨开个先例。《红灯记》里说，拆了墙是一家，我说拆不拆墙诗和歌词都是一家。我希望把群众歌唱放在我们的视野里，把音乐家也请进我们的朋友圈儿。另外，写歌词的也该提高的提高，放下身段，写一些老百姓可以唱、喜欢唱的，高雅的，有什么不好的？

让诗成为闪耀真理之光的生命吟唱

——在中华诗词发展与创新暨《心声集》出版座谈会上的发言

杨金亭

非常高兴，又有一次机会参加学会与线装书局召开的“中华诗词发展与创新暨《心声集》出版座谈会”。对于像我这样的诗歌编辑来说，这将是又一次接受各方面的专家、诗友们关于诗歌文化的学理新见，并当面向诸位约稿的难得机遇。为此，请允许我代表《中华诗词》杂志社，祝座谈会开得成功，并祝贺马凯同志《心声集》与线装书局《中国诗词年鉴》(2009)、《中国当代诗词百家》的出版。这三本书的问世，必将以它们各自的精品文化品格引领风骚于盛世，对中华诗词文化的繁荣和发展也必将作出切实有效的贡献。

对于《马凯诗词存稿》中的诗作，我曾写过一篇以《未妨余事作诗人》为题的读后感(《中华诗词》2006 年第 7 期)，对他的大题材、大襟怀、大境界所创出的具有“充实之为美”、“充实而有光辉之为大”的“大气”风格的作品，作过一些粗浅的点评，对“感悟篇”中的《日月人》三首哲理诗，作过如下的概括：

> 英国大诗人雪莱曾说：“一首诗则是生命真正的形象，用永恒的真理表现出来。”马凯的包括《日月人》在内的一些哲理诗和一些带情韵以行的言志抒情之作，便是闪耀着历史唯物主义真理之光的关于生命的吟唱，这叫做“生命留痕化作诗”。我注意到那个在《红日》“煦相接，绿相偕”句中，第一次作为生命象征出现的那个“绿”的意象，曾在他的诗中反复出现。如“洗绿轻梳柳，滴红细润颜。”“雪压根不死，春到绿乾坤。”“问万花集锦，可离黛绿?”“甘为绿叶平生事，默添砖瓦不张扬。”“三月乘风偕绿去，神州处处尽留春。”“泛绿大荒哪见头。”“东风一夜绿山坡，花海人潮竞比多。”“柳绿海风柔，茶余信步游。”“布子排峰棋信手，挥毫抹绿画由才。”“满树晨曦梢吐绿，唐松汉柏正逢春。”“吮了甘露，绿了千树，何处无春驻?”……在诗人的笔下，绿是色彩，绿是春天，绿是生机生命，绿是力量。尤其难得的是，诗人已从“黛绿”与“万花”生态平衡的规律中，悟出了“自在人”“甘为绿叶平生事”的默默奉献精神。

至此，如果允许我为马凯诗中富有哲理特色的篇什的主题作一个也许片面的概括，我以为：乃是对包括自然生态平衡在内的和谐社会的诗意栖居，以及社会主义条件下关于“自在人”生命价值和人生境界的追求。而诗中反复出现的那个“佳句联翩照眼明”的绿色意象，便是人们心中向往之的那个“环球同此凉热”的“太平世界”“天人合一”的绿色旗帜！我用一首诗表示他的创作：

倚剑昆仑播绿风，尧天十亿起豪雄。
悲歌唤出经纶手，指点江山入大同！

《心声集》中新收入的《抗雪》、《抗震》各十首，以及以《漫漫复兴路》为题的三首《满江红》，都是关系到民族、国家和人民命运的重大题材。这些作品在先进的政治倾向性、历史真实性和尽可能完美的艺术性结合上，已进入一个更加成熟的诗美境界。我在一个音乐会上，聆听了《抗震组歌》部分篇章的演唱，得到了一次令人震撼的艺术享受。可以毫不夸张地说，这些作品，已达到了萧华《长征组歌》那样的大型音乐史诗的成就。从这个意义上说，马凯同志的创作，为传统诗歌的复兴、传统的回归，为新时代的中华诗词与音乐、歌舞艺术的结合，作出了开拓性的贡献！

诗词，没有创新就没有生命

——在中华诗词发展与创新暨《心声集》出版座谈会上的发言

赵京战

《心声集》的出版是诗词界的一件大事，我自己有机会参加这个座谈会非常荣幸。首先我对《心声集》的出版表示衷心的祝贺，对线装书局的这种举措也非常敬佩。我感觉这本书的出版，从大的方面来说，是向我们国庆60年的一个献礼，也给我们诗坛在引导创作、引导欣赏方面确实起到了非常巨大的促进作用。从小的方面来说，对《中华诗词》杂志社也起到了很大的促进作用。我们在办刊的审稿、指导思想和办刊理念上也会得到很大的教益。对我个人的今后诗词创作，也会提供很大的值得学习的地方。今天的会让我感到非常受益，这是非常难得的一个机会。对于马凯秘书长这些诗呢，几位老先生都作了评语，也提出了好多理论上的对诗词发展很重要的一些理论，这是我们很难得能听到的，回去以后我们好好理解，好好消化。平时要想请教这些老先生确实很难，今天能够当面聆听老先生的一些教诲、一些观点、一些看法、一些指导性的思想，非常受教益。

马凯秘书长的诗，大家分析了好多，我感到有三点非常值得我学习，一个就是诗人的格调，像七绝《登岳阳楼》、七律《游袁家界》，都写得非常好，都是诗人的手笔，开篇舒张大气，承接摄人心魄，非常人笔下所能，意境非常好，收结也非常得当，非常有力，非常得法。第二个方面是常人的情怀，就是人民的至情，人民的牵挂。他写到自己的家庭生活，像《江城子·小女出嫁》，看了以后确实能够和群众的心连在一起，因为老百姓女儿出嫁就是这种心情。这就是民族的、人民的心融化进自己的诗里面来了。虽然写的是自己的事，可代表的却是整个民族的风俗、习惯、心理，把它们都融在其中了。前一段时间我写过一篇小短文《有我与无我》，就是说诗里面有自己的真实感情是没错的，但是自己的真实感情必须要升华到民族的、人民的这个大的层面上去，如果仅仅是个人的喜怒哀乐，就太个性化了，可能大家也不大喜欢。我感到马凯秘书长的诗，确实是通过自己的亲情、家庭生活来体现整个社会、整个民族的这种感情，这个就是我说的时代气息。第三个特点是哲人的思想，其中的“感悟篇”非常感人，像七绝《一介尘》、《几曾留》，都是通过一些小事来感悟人生，感悟哲理，给人以启迪，给人以开智的作用，读了以后能够让人沉思，令读者来思考自己的人生，思考自己周围的环境，思考自己一生的道路。所以说，整个《心声集》给人的启迪力量是非常大的。它不光是在艺术上，包括在人生的哲理、在更高的境界层面上，传达了很多的精神信息，所以我相信，这个(《心声集》)在读者中肯定能引起长久的、深刻的反响。再一个我感觉到马凯秘书长作为国家领导人，应该说是日理万机，在这个情况下，写诗只能占自己的休息时间，没有专门的时间来写。这一条给我一个很大的鞭策，给我们专做诗词工作的是一个鞭策。马凯秘书长的诗里有《抗洪十首》，这是1998年到长江抗洪，是陪同温家宝同志去的，他们乘坐的专机的机长就是我。在荆江大堤上，我亲眼看到了中央首长那什么叫日理万机，什么叫夜以继日，什么叫忧国忧民。首长日理万机、夜以继日、忧国忧民，我对这个有切身的感受。当时我不知道马凯秘书长写诗，更没有预见到我会在十一年以后参加马凯秘书长《心声集》的研讨会。所以我感到能写出这么好的诗来，实在令人佩服，对我们诗词工作者来说实在是一个鞭策，是一个榜样。

我顺便再谈一点诗词发展与创新的事情。我感觉到确实没有创新就没有生命，古人呢，特别是唐宋，已经创立了成熟的诗词意象库，好多语言、形象都经过几百年的积累，是比较成熟的了。而我们现在的创新呢，我感觉到在形式上的创新似乎不是主要的，在内容上创新是主要的。在形式上创新，你说原先是七律，我创造八律，那行不行呢？得经过好多年的实践才能得到公认。有些很可能在历史上有人创过，经过几百年的时间觉得不好，就淘汰了。杜甫有好多五句的诗，我们不知道叫什么，但总而言之这个形式就被淘汰了；柳宗元也有好多六句的诗，像“欸乃一声山水绿”，后来人们也不写成六句了；后来就剩下八句的诗，形成了共识。那么现在我要在这方面创新，我创造八句，我创造六句，你一出来你说是新的可能它也不一定是新的。我觉得在形式上应该以继承为主。要创一个新的形式，可能得经过一定的历史时期才能被公认。在内容上来创新，就是刚才袁先生说的那两条，一条就是为群众喜闻乐见，一条就是时代气息。这个时代气息对我们来说好像比古人李白、杜甫要难得多，古人的社会情况它变化慢，从唐代到宋代，唐代说小儿拔秧大儿插，宋代也说小儿拔秧大儿插。我们现在呢，它变得太快，你还没来得及去创造这个意象呢，这个意象早过时了，所以对咱们来说，这个任务更艰巨。有些古代的诗、古代的意象，有些也可以用，继承它，把它有机地结合起来。你像我们那年举行的香港回归诗的大赛，有一首诗是《饮马香江》，有人就反对，说解放军不是骑着马去的，你们说饮马香江，你们违反了历史，这是对历史不尊重。其实这是历史任务没有解决，不是哪一个人的问题。还有我们常用的“秉烛夜话”，现在没有点蜡烛的了，但是你不说秉烛夜话，你说点电灯夜话，日光灯夜话，它就不行。有些古人留下的意象，有的还可以用，有的部分可用，有的就死亡了。有的年轻女作家自称妾、奴家，男的自称仆，我认为这种称法确实应该死亡了。有些词像秉烛夜话，还是可以用的，这里是把烛作为一个形象，它已经不是具体的了。但是主要的我们还是把当代的生活给诗化，提炼出当代生活的语言来。我觉得这是一个历史任务，得由几代诗人共同努力，还得经过一定的历史时期，还得加着劲快跑才能完成。有些人试验把一些新词插到诗里来，有一个人写诗就说“一窍不通因特网，十分怕吃麦当劳”，对仗挺好，词汇都有，虽算不算诗化的语言还不能定，但是这种探索是非常好的。

马凯秘书长给我们树立了一个很好的榜样，他在这方面的探索已经有了长足的进步，给我们开辟了前进的方向，我们一定向马凯同志好好学习。作为一个诗词工作者，争取为中国诗词的发展作出更大的贡献。

霍松林先生关于中华诗词创新的理论

韩梅村

诚如霍松林先生描述的那样：“源远流长的中华传统诗词在‘五四’以后由于受到不应有的排斥而一度陷入低谷。改革开放，大地春回……全国兴起了诗词热，诗会、诗社、诗刊、诗报有如雨后春笋，诗词创作队伍迅速扩大，诗词创作水平迅速提高，中华诗词顿现振兴之势，令人欢欣鼓舞。”（《长岭集·前言》，《唐音阁随笔集》300页）而伴随着中华传统诗词创作热潮的兴起，有关中华诗词创新的问题也顺理成章地被提到了议事日程，并且很快出现了热烈争论的局面。面对这一局面，特别是面对“许多诗词刊物和诗词大赛的征稿启事一般都有‘诗要用平水韵’的要求”（《律诗及其“改革”》，《唐音阁随笔集》214页），而“有不少人还不懂格律，却鼓吹‘突破格律’；压根儿不想费力气继承丰富的诗词遗产，便鼓吹‘创新’”（《在继承的基础上创新》，《唐音阁随笔集》219页）两种极端意见，先生既坚决反对后者的主观随意，也不赞成前者的过于绝对，而是从中华诗歌发展史的高度出发，指出，“一部中华诗歌史，是变的历史、不断创新的历史。”（《试论中华诗歌传统的继承和创新》，《唐音阁论文集》160页）

既然如此，那么，如何进行中华诗词创新，便成为一个在理论上必须阐释清楚的问题。先生提出：“至于创新，则有个前提或基础，那就是继承。在继承的基础上创新，这是一条规律。”（《在继承的基础上创新》，《唐音阁随笔集》219页）就是说，在先生看来，要实现中华诗歌的创新，有一个逻辑上的起点，这就是全面了解并且熟知中华诗歌优良传统，在全面继承的基础上创新。先生通过对源远流长的中华诗歌全面系统地梳理与检视，连续撰写了一系列论文，详细深入地阐发了中华诗歌所具有的优良传统，这就是：（1）先生首先“从广义上粗略地论述了中华诗歌拥有的许多品种”，从而说明“体裁、风格的多样性和丰富性，是我国诗歌的优良传统之一”；（2）先生进而认为，“在表现新内容的前提下，新诗和传统诗歌的创作应该百花齐放，而这，也正是我们的优良传统之一”；（3）先生还指出，“讲到内容，便涉及诗人的主观条件问题”，他说，“清人叶燮在《原诗》里提出诗人必须具有高尚、开阔的‘胸襟’和卓越的‘才、识、胆、力’，然后‘因遇得题，因题达情，因情敷句’，才能写出好诗”。先生说，“这一点，更是中华诗歌的优良传统。”（《试论中华诗歌传统的继承和创新》，《唐音阁论文集》156、160、163页）

正是在梳理、检视中华诗歌优良传统基础上，先生提出了他关于中华诗词创新的具体思路。先生说：“我始终强调，诗词的创新，应从内容和形式两方面入手。题材新，观念新，感情新，语言新，艺术技巧和表现手法、表现角度新，总之，从内容和形式的完美结合中创造出崭新的意境，这才算创新之作。当然，这里面还有音韵谐美的问题。中华诗词不管如何‘革新’，他独具魅力的音乐美不应削弱。”（《唐音阁诗词选集·自序》）又说：“创新，既要语言新，更要题材新、思想感情新。结合起来，要意境新，要唱出时代的新声。”（《论于右任诗的创新精神》，《唐音阁论文集》299页）

具体说到内容上的创新，先生说：“内容上的创新，主要是要求词（诗）的思想新、感情新，营造新意境。词（诗）作者遵循先进文化的前进方向，自觉投身改革开放和现代化建设的伟大实践，通过词（诗）的崭新意境体现时代前进的步伐，弘扬爱国爱民、自强不息、与时俱进的民族精神。”（《试论词的创新》，《中华诗词》2002年1期55页）而在如何理解中华诗词的诸如观念新、思想新、感情新、选材新、取境新、语言新等概念时，先生有两段十分精辟的论述，我以为对我们有极大的启示意义。其一，先生在引录了唐代元稹《乐府古题序》：“自风雅至于乐流，莫非讽兴当时之事，以贻后代之人”后，分析道：“这概括得很准确。既然‘讽兴当时之事’，那么和前人的作品相比，便是题材新。而‘讽兴当时之事’的当时人自有当代意识，与前人相比，其观念新、感情新。新题材、新观念、新感情要求与之相适应的新的语言形式。”（《鹿鸣集·前言》，《唐音阁随笔集》297－298页）可说极其简明地将一组抽象的概念阐述得十分具体明白，让人有一种茅塞顿开之感。其二，先生在引录了于右任先生《克里木宫歌》、《红场歌》及《布里亚特共和国立国五年纪念歌》结尾部分后，这样分析道：“这些诗的创新首先表现在思想新、感情新。忧心四亿劳民的苦难，高呼全世界无产阶级与被压迫民族联合，追求全人类的自由解放，歌颂十月革命成功所开辟的新世界。如此光辉的新思想，如此炽烈的新感情，充溢于字里行间，怎能不令人耳目一新！其次是选材新、取境新。异域之山川云海，外国之历史风俗，红场上瞻仰列宁遗容的人流，克里姆林宫的巨钟巨炮和迎风飘荡的红旗，这一切与前述的新思想、新感情熔铸而成瑰奇宏丽的新意境，令人目眩神摇，精神振奋。第三是语言新、形式新。许多新名词、新术语、新口号络绎笔端，五彩缤纷。而多音节的名词、术语和口号的大量运用，冲破了五、七言句的老框框”，“作者把‘十月革命’、‘苏维埃社会主义’等多音节的词汇都驱遣于笔下，自然就出现了许多长句。有些长句，又吸收了散文的造句方法，使诗句更有弹性，更富表现力……”（《论于右任诗的创新精神》，《唐音阁论文集》298—299页）。通过具体的作品分析，以说明什么是观念新、思想新、感情新、取境新和语言新。这对于我们在中华诗词创作中，主要如何从内容方面进行创新，以“唱出时代的新声”，无疑作出了十分具体的说明。

在谈及整个中华诗歌形式方面的创新时，先生特别说明，中华诗歌体裁十分多样。他说：“从文艺学的角度看，韵文中的诗、词、曲等都属于诗歌范畴。”（《试论中华诗歌传统的继承和创新》，《唐音阁论文集》152页）正是基于这一基本认识，先生认为，充分运用中华诗歌各种传统体裁，努力“开拓当前诗歌创作的广阔领域，从而多方面地反映新的社会生活，抒发新的思想感情，表现新的时代精神，以满足多层次的读者们的精神需要和艺术享受”（《试论中华诗歌传统的继承和创新》，《唐音阁论文集》164页），对于每位中华诗歌作者来说，十分重要。其次，先生申明，中华诗歌体裁的多样化，并非一夜之间突然出现的，而“是随着社会、文化的发展，随着表现新内容的需要，在继承传统的基础上不断吸取新营养，从而不断创新的结果”（《试论中华诗歌传统的继承和创新》，《唐音阁论文集》156页）。正因为这样，先生殷切地期盼广大中华诗歌作者：“时代发展了，社会生活愈益丰富多彩了，因而我们不仅应该扩大视野，尽可能运用多种多样的传统诗体，而且需要探索更适合表现新时代的新诗体。”因为“不同的诗体各有独特的性能，因而诗体愈多，愈能表现纷纭复杂的现实，愈能体现诗歌创作的高度繁荣”。先生针对部分诗作者的一隅之见，谆谆告诫道：“诗歌发展史告诉我们：每一种新诗体的出现，只给诗歌的百花园里增光添彩，而不取代任何尚有生命力的原有诗体。”（《唐音阁诗词选集·自序》）因此，没有必要用一种诗体排斥，甚或否定另一种“尚有生命力”的诗体。正是站在这一开放的立场上，先生热情鼓励那些有志于中华诗歌创新的诗作者“在多种诗体的创作争妍争丽的过程中交流融会，孳乳繁衍，逐渐形成一整套吸引广大读者的新体诗歌”（《试论中华诗歌传统的继承和创新》，《唐音阁论文集》164页）。第三，先生进一步认为，“原有诗体”也需要“适应表现新现实，抒发新情感的要求，不断地发展和创新”（《唐音阁诗词选集·自序》）。由于“中华传统诗歌的各种诗体”，尽管“都可以说是格律诗；但如果同‘今体诗’和词相比，则各种古体诗和乐府诗，特别是其中的杂言诗，还是相对自由的。曲尽管也有曲牌曲谱，与词类似，但可以大量加衬字，比较有弹性”。因此，先生多次提倡多用这些相对自由的诗体表现广阔的现实。

而“从目前的情况看，在传统各种诗歌的样式中，一般人最喜欢写律诗和词。而各种古体及曲则极少有人问津”（《试论中华诗歌传统的继承和创新》，

《唐音阁论文集》163－164 页），因此在谈论中华诗歌形式方面的创新时，先生就将着重点放在了对律诗和词的阐述上。

先生认为，要想在格律诗中寻求突破和创新，首先得弄清楚格律诗本身的基本特点；只有弄清楚了格律诗的基本特点，才能知道从什么地方入手进行突破和创新。先生申明，“律诗的主要特点即是它有特定的‘律’。最重要的，便是平仄律和对偶律”——“就平仄律说，‘四声’虽是南齐永明时期沈约等人提出来的，但一字一音而音有平仄，却是方块汉字固有的特点”，“汉字音分平仄的这一特点极有利于创造语言的音乐美”；“就对偶律说，方块汉字是形、音、义的结合体”，“合对称美、整齐美、节奏美为一，只有方块汉字才能办到。利用汉语的独特优点并吸取千百年来诗人们积累的丰富经验，总结出平仄律和对偶律，便为包括律诗、绝句在内的近体诗的形成奠定了基础”。在此基础上，先生接着进一步具体就近体诗独用五言和七言的原因作了独具慧眼的分析，他说：“丰富的成功经验充分证明：五、七言句最适于汉语单音节、双音节的词灵活组合，也最适于体现一句之中平仄音节相间的抑扬律。而且，五、七言句既不局促，又不冗长，因字数有限而迫使作者炼字、炼句、炼意，力求做到‘以少胜多’、‘词约意丰’。”先生又就绝句和律诗分别定型为四句和四联阐述了其中原因，他说：“绝句定型为四句，是由于四句诗恰恰可以体现章法上的起承转合和音律上的和谐完美。近体诗的平仄律不外三点：一、本句之中平仄音节相间；二、两句之间平仄音节相对；三、两联之间平仄音节相黏。而由四句两联组成的绝句，恰恰体现了这三条规律，从而构成了完整的声律单位。律诗每首八句，从声律上说，是两首绝句的叠合；从章法上说，每首四联，也适于体现起承转合、抑扬顿挫的变化”，而且“首尾两联对偶与否不限，中间两联必须对偶，体现了单行与对称的统一，听觉上的平仄谐调与视觉上的对仗工丽强化了审美因素”。通过上述从宏观到微观的精辟论析，先生认定：“五、七言律诗充分发挥了汉语的独特优势，兼具多种审美因素，是最精美的诗体。”（《律诗及其“改革”》，《唐音阁随笔集》210－211 页）

通读先生的 800 多首近体诗，都严守格律，其中的五、七言律诗尤其如此。但他不以此要求别人，而是从全局着眼，既强调“正”，又指出有“正”就有“变”。这一点，在他发表于权威期刊《文学遗产》2003 年第 1 期上的《简论近体诗格律的正与变》长篇论文中作了精辟的论述，《中华诗词》等许多诗词刊物都全文转载，影响深远。在此文的结尾，先生针对当前诗坛的实际情况，提出几点意见：

一、“如果学养深厚，技法纯熟，有感而发，当然可以写出形式精美而意境高远的作品来。所以严格地按‘正体’创作，仍应受到高度重视。”

二、“……与其受格律束缚而窘态毕露，何如适当地放宽格律而力求完美的艺术表现。其实，像唐诗大家那样扣紧脚镣固然可以跳舞，而且跳得很精彩；但为了跳得更美，更活泼，更妙曼轻盈或更威武雄壮，不是也时常放松脚镣吗?”

三、“‘入门须正’，初学近体诗，应该经过严格的格律训练，等到能够熟练地驾驭格律，再根据创作的实际需要，为了更好地表现内容而适当地突破格律……初学者如果一上来就放宽格律，一辈子入不了近体诗的门。”

先生多次讲过：既作格律诗，就得讲格律。比如作律诗而完全合律，又情真味厚，语言流畅，无懈可击，就算好诗。然而从根本上说，作格律诗的第一要义是作“诗”，不是作“格律”，因而历代名家的律诗中多有突破格律的名句。先生在给国务委员马凯先生的回信中说：“大札自谓‘失律、失黏、失对、孤平等仍不少’，足见虚怀若谷，令人钦敬。作近体诗，合律是必要的；然而窃以为忧时感事，发而为诗，倘意新、情真、味厚而语言又畅达生动，富于表现力，则虽偶有失律，亦足感动读者，不失为好诗。反是，则虽完全合律，亦属下品。”（见《马凯诗词存稿·附录》，作家出版社2007年9月版）先生的这种理论十分通达，已为当代诗坛所接受。

而对于许多习诗者认为格律诗严重束缚思想、影响创造性发挥的议论，先生不以为然。他说：“第一，不同的诗人运用五律或七律这种‘定型’的诗体作诗，由于选材不同，个人的美感体验不同，以及所采用的角度、手法等等都不同，因而创作出来的作品也各有特点。同一诗人在不同情境中作律诗，也完全能够自觉地避免雷同。第二，律诗尽管在格律方面‘定型’，但句法、章法的变化却是无穷无尽的。第三，格律的约束促使诗人强化了创造意识，不得不在法度中求自由，在有限中求无限。”“就像七律这样格律极严的诗体，在历代杰出诗人的手里都能充分发挥其独创性。”（《论中华诗词的艺术魅力和现实意义》，《唐音阁论文集》178页）

先生认为，中华传统诗歌中的格律诗也不是绝对没有发展创新的空间。他说，“从律诗的发展历史看，所谓‘新变’”，主要“表现在如何运用这种诗体方面”。初唐的律诗多用于“应制”，题材狭窄。杜甫的律诗反映了安史之乱前后的历史巨变，堪称诗史。陆游运用这种诗体创作出了“爱国诗”，元好问运用这种诗体创作出了“离乱诗”，晚清诗人运用这种诗体创作出了“反帝诗”，等等。在这一认识基础上，先生认为，“当代律诗的创新，也首先应从新时代着眼，观念新，感情新，语言新，反映新现实，创造新意境，扶持真善美，鞭笞假恶丑，使读者于获得审美感受的同时美化心灵、提高精神境界”（《律诗及其“改革”》，《唐音阁随笔集》213－214页）。关于这方面，前已述及，不再重复。其次，先生认为，“在如何运用律诗这种诗体方面，当然还存在‘改革’问题，最突出的是用韵”。先生以为，“由于语音的变化，平水韵与以普通话为标准的今韵已有不少差异，按平水韵押韵用普通话读，往往不和谐，要和谐，就应该改用今韵。唐人用唐韵，今人用今韵，原是自然之理”（《律诗及其“改革”》，《唐音阁随笔集》214页）。其三，先生认为，“律诗在格律方面要不要‘改革’，当然可以仁者见仁，智者见智，不妨百花齐放。这里的要害问题，是作出来的是不是好诗”（《律诗及其“改革”》，《唐音阁随笔集》214页）。“有些所谓的诗，尽管在平仄、对仗、押韵等方面完全符合格律要求，但一读就感到那并不是诗。有些诗，不完全合律，但一读便感到那是诗、是好诗”（《在继承的基础上创新》，《唐音阁随笔集》218页），因此，先生一再申明，“我所谓的‘严’，不仅指严守格律，最重要的，还在于力求酿造出香醇的酒。……只要字字精确，句句凝练，音韵铿锵，情感浓郁，意境优美，通篇无懈可击，读后如饮好酒，香醇无比，令人陶醉，从而陶冶性情，振奋精神，那就是好诗”（《陈元方的诗改理论与实践》，《唐音阁随笔集》208页）。

先生认为，同格律诗创新一样，词的创新也应当建立在熟悉词的基本特点的基础上；因为只有熟知了词的基本特点，才会在充分保持其特点基础上进行创新。先生说明，词的基本特点主要表现在六个方面：“一、句子或长或短，错落有致；二、韵位灵活多变，或句句押韵，或隔句押韵，或隔若干句押韵；三、用字审音，严分平上去入，阴阳清浊；四、句法复杂，三字句有上二下一和上一下二之别，四字句有一领三和上二下二之别，五字句有上二下三和上三下二之别，六字句有上三下三、上二下四和上四下二之别，……还有一字领数句者；五、中长调分段，从两段多至四段；六、适当运用对偶，有骈散结合的优点。”在论述了词的基本特点后，先生认为，词的创新，可沿着以下几条路线进行：（1）“按谱填词”。先生说明，“按谱填词，其‘束缚思想’不容讳言；但词这种诗体有它特有的优势，高明的作者正可以‘因难见巧’。从明清到现当代，佳作不断出现，就足以证明这种诗体至今仍充满活力，可以继续发展，大胆创新，用无愧于伟大时代的新作来弘扬伟大的民族精神”。（2）“按谱填词”，“用新声新韵”，“即用普通话读音押韵调平仄”。（3）“摆脱词谱，自作新词”。先生说：“两宋杰出词人大都精通音乐，他们一方面按已有的音谱作词，另一方面自由作词，自己度曲，这就是所谓‘创调’。”（以上《试论词的创新》，《中华诗词》2002年1期）先生认为，如果我们的词作者“真能很好地吸取词的全部特点自由作词，作出来的东西从体制、风格等方面看，应该还是词，而不是曲或杂言体的古诗”（《唐音阁诗词选集·自序》）。

通过对先生关于中华诗词创新理论的条陈，可以看出，先生创新理论的最大特点是既坚守个人的诗歌创作立场，即认为“诗是语言艺术的精华，意象、情韵、声律、对偶、铸词、炼句、布局、谋篇，以及赋、比、兴之类的表现手法等等，样样都得讲究，容不得半点儿马虎”，而又能够包容不同创作观点，对于那些主张“诗是言志抒情的东西，只要言了志，抒了情，而其志其情，又是真挚的、崇高的，就是好诗”的观点“基本上也能接受”（《陈元方的诗改理论与实践》，《唐音阁随笔集》205页）。这就使先生的诗词创新理论具有了广泛的适应性，可以充分调动起尽量多的中华诗词作者投身到各自的创作实践中，为发展和繁荣社会主义文艺创作作出自己应有的贡献。

先生的诗词创新理论，其突出特点还在于不仅是中华诗歌创作和诗论优良传统的全面继承，也凝聚着先生自身数十年间中华诗词创作的丰富经验和体悟，它是理论与实践充分结合的产物，因此弥足珍贵。

万花飞舞 揭响云天

周笃文

杜甫《论诗绝句》云："庾信文章老更成，凌云健笔意纵横。"以此持论《蓟轩词》我认为是非常合适的。饮誉中外、著作等身的刘老，是著名的语文教育家、书法家、新诗人与杂文家。近三十年来于旧体诗词致力尤勤，影响巨大，曾荣获终生成就奖。近以《蓟轩词》见示。此为八五高龄的老词人手订之本。拜读一过，深为其"万花飞舞，揭响云天"之崇高境界与艺术魅力所震撼和折服。"暮年诗赋动江关"，这就是我读后的强烈印象。

《蓟轩词》最突出的特点，是构想新奇、寄情高远。如《水调歌头·中秋步月》云："步月高楼下，奇想复联翩。那时光景何似，再过一千年……掌上移山造海，再筑酒家星外，扶醉上青天。"以及《沁园春·祥云火炬登上珠峰之巅》："云路八千，白雪珠峰，一炬擎天。看澄清玉宇，祥云冉冉；高翔火凤，彩翼翩翩……相爱相亲，更高更远，不竞干戈竞五环。嫣然笑，邀东方神女，花散人间。"可谓无境不奇，无语不妙。真令人顿生李白所谓"恨不携谢朓惊人句来搔首问青天耳"之感慨。其《琵琶仙·海上大风雨》则恢诡雄奇，别是一番景象：

巨浪吞云，望一气迷濛，浑浑如墨。电火闪处惊看，海天骇相搏。惊涛欲撞天飞去，天以狂风来截。两败轰然，龙宫颓坏，娲石崩裂。

忽此际，飘堕诗神，雾掩肌肤皓如雪。对坐青鲸背上，饮千杯芳冽。诧无数鱼龙奔啸，却奄忽欲寻无迹。回首断虹千丈，有大星明灭。

真是戛然独造的奇境：海天崩毁中涌现月肤花貌的诗神与鱼龙簇拥的灵界，是那样惊心动魄、芳菲曼妙，洵为前人不到之境。作者自注云："这场大雷雨，平生所仅见，我感到极大震动，仿佛精神分成无数碎片，飞扬于天地之间……一个个意象，发疯般从笔端跳出。"正是这种迸发的灵感为我们催生了这样一首罕见杰作。与上面的重头巨制不同，他的《题一片白天鹅羽毛》却别有情致："基姆河边，散步拾来，一羽鹅毛……邂逅天涯，锵然遗佩，白雪分明掌上飘。藏行箧，似飞仙伴我，万里游遨。"（《沁园春》）轻轻拈起的一片鹅毛，却生发出如此美妙动人的联想，清虚骚雅，一片化机。寸人尺马千丈松，在作者笔下无不曲尽其妙了。

诗心与时代共振，是《蓟轩词》的另一突出特点。刘老胸藏万卷，坐拥百城，但他的生活视野非常广阔，绝不是安静的书斋所可以限制的。他无时不关注着国运民生的阴晴休戚。他用手中的毛锥呼应着时代的脉动，为当代精神文明大厦的构建，作出了卓越的贡献。《蓟轩词》的开篇之作《水龙吟·参加粉碎"四人帮"游行》就是表现这个历史转折点的煌煌杰作。他用"红颜白发，裙衫飞舞，彩旗飘卷。锣鼓喧天，欢歌动地，眉舒心暖”惟妙惟肖地表现获知喜讯的游行群众的大欢乐。又用“钳口奔川，冰肠沸火，昂扬亿万。待从头，收拾山河，普天下，同心愿”表现摆脱枷锁的人们振奋昂扬的精神状态。作者自记云：“消除了文革重压……打开写作的闸门”，“搁置已久的诗词也在笔下复活，遂一发不可收拾。”这可说是那个不应忘记的时代之最真实的剪影。其《临江仙·北海公园重新开放，园中散步》云：“歌喉久似冰泉涩，今如春鸟声声。我心应似柳多情。满湖都是酒，不够醉春风。”更是前者的有力之补充。

新生活的图景、建设者的昂扬步伐也相继在词人彩笔下闪亮登场。如《采桑子·深山小站》：“蜿蜒二百穿山隧，才见天光，又接灯光。车似云龙首尾藏。

深山小站风光好，新瓦橙黄，新柳金黄。温语轻歌迎送忙。”以及《满江红·访刘家峡水电站》：“神女飞来，挟一段、巫山春色。分明是、平湖高峡，移来天北。输电高悬天际缆，溢洪卷起云端雪。笑千秋、砂碛咽黄流，成陈迹。”皆鲜妍明丽，充满着勃勃的生机。其《金缕曲·赞白衣战士》，作于2003年，是记述抗“萨斯”生死决斗的生动实录：“娇小当花季，恰盈盈、华年似锦，柔肠似水……救死当头无返顾，似冲风海燕凌霄起。战疠疫，生死以……欲问民魂何处在？看峥嵘小草擎天地。道珍重，挥老泪。”花季少女的柔肩扛起了峥嵘天地的重担。字字笔酣墨饱，真有直指奔心的感人力量。

然而佛面慈心的作者面对世间的丑恶却愤然挥笔作霹雳声、狮子吼。如为从化天湖断桥淹死38人而作的《沁园春》，以及为克拉玛依礼堂失火，烧死了325人（其中多为学生）而作同调之词，皆一针见血，痛加挞伐。尤其是对沈寨村联防队员沈可信强索提留款，当场击毙付不出钱的村民一案而作的《金缕曲》，更是字字投枪匕首：“掠剩当白昼。破门来，狞眉恶吏，骚然鸡狗。权压乡民山压顶，斗胆遮天一手……黑洞洞、数命当枪口……公仆酷似，当年敌寇……东院搓麻声毕剥，西楼歌舞方狂扭。笔化作，雷霆吼。”老词人的拍案而起、冲冠一怒，能令鼠辈丧胆，这首词代表了社会的良心与人间的正义，同时也是为构建共享平等尊严的社会，尽一份公民的天职。

情态毕现的人物写生，是《蓟轩词》的又一擅胜之处。一般说来，短小的格律诗词在描写人物形态方面是较难成功的。但刘老不然，妙手到处，便形神兼备，活灵活现。如《临江仙·题照》：“执手相看不忍别，依依扶杖中庭。秋花一树晓荫清。‘诸君各好在’，低语记叮咛。　　仍旧长垂眉似雪，欲言莞尔如生。依稀书室朗新晴。然疑难自解，执卷问先生。”慈祥恺悌的音容笑貌，栩栩如生，简直是呼之欲出了。其《秋波媚·想孙女霄霄》云：“灯前独坐想霄霄，一朵小花娇。向人憨笑，扑怀索抱，小手轻招。　　明年应已过膝高，留下怎能饶？海滨随我，披沙拾贝，赤脚追潮。”小孙女憨态可掬的模样与诗翁的含饴弄孙的慈怀，都一一在纸上跳动。其《浣溪沙·京沪列车上》：“乘客争夸乘务员，海蓝衣帽笑眉弯。送茶送报送香烟。

雨后秋凉嫌被薄，辛劳入夜梦忽酣。有她轻手放窗帘。”只“海蓝”一句写形，后四句写情，便将一位美丽贤淑、招人喜欢的女乘务员活画出来了。另一首《念奴娇·访上海大陆新村鲁迅故居》则是对鲁迅的速描：“小楼一统，作昆仑、顶住天倾地坼。严夜高窗灯一穗，照出横行鱼鳖。吟罢低眉，起燃烟卷，西北看明月。雄鸡高唱，于无声处听得。”词从高处着墨，写足了其旗手的风骨与境界。只百来字，顶得了一部鲁迅评传。大家手笔，卓荦不凡如此。《蓟轩词》着墨最多的人物，是其夫人阿龄大姐。可说是语语含情，弄姿无限。如“儿时仍记，灯前膝下，笑索彩衣糖饼。夕阳无语最多情，认白发依稀旧影”（《鹊桥仙·感旧》）。又“记否乘桴我与君，冲涛一叶百鲸吞……青天纵老当年月，更爱姮娥鬓似银”（《鹧鸪天·寄阿龄》）。又“记那天日晚，望中芳草，夕阳淡染春衫。蝶趁轻车，巾沾热汗，归来一笑嫣然。清水黄尘一弹指，任东风笑我华颠。蓦然见，旧时庭院，阴阴万绿摇天”（《绿阴曲·题八中校园照片。四十多年前，我同阿龄初识于此》）。将一段万劫不磨的至爱真情表现得如此恳挚、崇高、辉煌灿烂，谁不为之感动？

白话词与自制曲，是《蓟轩词》中十来首别具特色的作品。我以为这是刘征先生探索新路的一种有益的尝试。用白话填词，近人胡适先生就已开始。他写了近三十首词，多用白话。这或许比他的新诗要多些诗味，但总体偏于平浅，缺少深意（虽然他自视颇高。特别是对那首《好事近》体的飞行小赞）。刘老的白话词就不同了。无论是构思与用语都精彩多了。如《念奴娇·赠海若》：“我猜海若，你准是，一个迷人女子。云作衣裳星作眼，更有柔情似水。那美人鱼，黄昏怅望，多半是姐妹。轻潮如唱，波澜一点不起。　　然而也许不然，或为哲人，白发长拖地。秋水滔滔喻无限，河伯欣然而喜。几次来寻，未曾一见，为什么回避？怕惊佳客，微微一笑霹雳。”将口语提炼到如此本色、圆莹、精练，古人只有李清照能做到。而意境之高奇，对比反差之强烈——特别是上下两片的结尾，真是石破天惊之手段。再如《八声甘州·嫦娥工程老总们的眼泪》下片云：“一箭嫦娥飞去，啊，绕起来了，古梦今圆。扬眉望月，热泪洒征衫。问此情深深几许，合一滴如海卷飞澜。流不尽，滔滔滚滚，大爱弥天。”手法之生新，寓意之高远，能令人心魂惊诧。刘老自制三曲《蜂儿闹》、《素云曲》、《绿阴曲》亦多白话，更富奇趣。其《蜂儿闹》云：“入山十里林荫道，无数蜂儿闹。淡洒晨曦，轻摇风露，唤醒花魂笑。

辛勤最是君行早，为酿生活好。万口杭唷，声超丝竹，哑了千山鸟。”一气呵成，声情流美，这是绝美的劳动者的颂歌啊。平常景物，一经点染，便化“腐朽”为神奇，一超便入如来地了，何等惊人的艺术手段！《赠海若》词末韵之“雳”字是入声，属词韵十七部，而与三部仄声诸韵相押，看似略有出入；然《词林正韵》成于清代，持较前代词作未能尽合。宋词名家以方音押韵者比比皆是。刘老此处用字，读来口吻调利，决无嵯岈拗口之弊，是以新韵相押，未足以为病也。

刘老四百余阕之《蓟轩词》，精光焕烂，字字珠玑。读来令人神观飞越，痛快淋漓。其成功之处，就在于他对国运民生的大爱浓情。故能立足潮头、勇往直前。在继承古诗文脉的同时，接轨当代美学思潮，艺术上精益求精，以推陈出新，实现风格、语言、情调、技法与意境多方面的突破。这样的盛世华章值得学习、欣赏与隆重推出。《蓟轩词》如未央宫殿，美不胜收，非我小文所能尽。好在亚平教授等已有大文论述，言之綦详，朋友们阅读自可获得更全面的理解与启迪。

刘征词的“雅”与“活”

——《蓟轩词注》编后

易 行

其实，我以前更喜欢读刘征老的诗，包括他早年的寓言诗和现在的古体或新古体诗。可他老人家却不只一次地强调他更喜欢自己的词。日前他来信谈《蓟轩词注》出版事宜时，再次强调“词又是我所自爱”，可见其对词的一往情深。但直到此刻，当我坐下来拜读他刚刚寄来的几首新词时，才恍然大悟——原来词还可以这样写，原来词写好了确能胜诗！

刘征老寄来的三首词，一首《金缕曲》，写故交王世堪临终时还念念不忘曾许诺赠手杖事，嘱其子一定要代践前诺，从广西到北京“千里传一杖”。刘征老知其事后“杖在手，泪盈眶”，“歌金缕，默惆怅”。读这首词，让人激动、感慨不已。再读下面的《声声慢》，我竟然也“泪盈眶”，不能自已了。这首词读起来比白话诗还要平白，就像随口讲的一个小故事：一位女教师，每逢阴雨天，必到校门口执伞接送学生——

> 潇潇洒洒，密密濛濛，点点淅淅沥沥。天晓雨斜风紧，泥泞满地。一路跌跌撞撞，步匆匆上学情急。孩子们，莫慌忙，老师张伞接你。
>
> 多少年如一日。却已是，两鬓霜丝繁密。一伞相随，最解先生情意。道一声“老师您早”，跑过来相偎伞底，伞得见：她笑了，孩子般欣喜。

读到“‘老师您早’，跑过来相偎伞底”时，任谁都会为之动容。因为一位慈母般恩师的形象不仅跃然纸上，而且会直入人的心底，让人心热眼湿。读这样的词，谁还会去追究它何处失律，何处出韵呢？因为它已浑然一体，像一块自然天成的璞玉，比之易安的“寻寻觅觅，冷冷清清，凄凄惨惨戚戚”，不知感人多少倍、高妙多少倍！再往下看，是《一剪梅》，写的是荆州三名大学生勇救落水儿童不幸遇难事，上阕盛赞大学生们“救溺投波去不归”，“青春泰岱峙巍巍，万众心碑，浩气长垂”，下阕则是责怪当局对这片常致游人溺水的高危江段不加彻底治理或管理：“民之所困政之急。化险为夷，未必难为。和谐休向口头吹，彼君子兮，不素餐兮。”好一个“和谐休向口头吹”！然后信手拈来《诗经》中的“彼君子兮，不素餐兮”，看似全无干系的诗句作结，让人初读一愣，进而恍然，品出其热讽意味而陷入沉思：由于一些官员的不作为，大吃大喝钱余，利民排险钱紧，致使物毁人亡的惨剧时有发生，让人心痛。以前我也曾写诗斥责这种现象：“纵观酒绿灯红里，多少官员在坐班！”这样写似乎过于直白。刘征老则“毫不费力”地引用古诗点破，含蓄而更具讽刺意味，因此也就更有力量。

由于词不要求句子的整齐划一，较齐言诗灵活，可塑性强，篇幅可长可短、可婉约、可奔放、可白话、可文言，所以在高手手里和眼里，词和诗各有擅长，但词又胜于诗。苏词胜苏诗，毛词胜毛诗，已成诗界共识。刘词是否也胜过刘诗呢？从上面引述的例证看，是完全可能的。于是我沉下心来，认认真真地审读（编辑看书稿称之为“审读”。而“审读”与“拜读”不同，它是以挑剔的眼光逐字逐句阅读的）发现，刘词胜刘诗，所言不虚。而弄清这一点，是很有意义的。因为它凸显出中华诗词改革创新的重点和方向。从古谣歌到古风到齐言格律诗和杂言格律诗（词、曲）再到自由体新诗，可以看出，诗词改革创新的重点在杂言格律诗，因为它在形式上优于齐言诗而不敌自由体新诗，在韵味上又往往胜于自由体新诗，且有较大拓展空间。自制词、自度曲就是。刘征老在词的创作与创新方面用心极深，恐怕其意义也就在这里；而他极其重视这部词注专集的出版，考虑的恐怕也是这方面的价值。我们所以“优先”出版刘征老此书，也不仅仅由于它的赏析认知价值，更由于它对诗词改革创新的示范推动价值。

至于为什么当代诗人的作品不由自己作注，而由他人“越俎代庖”？读后才知道主要是因为作者觉得应该加注或不应该加注的地方，不一定符合读者的需要。而王亚平教授是站在普通读者的位置上看作品，并从普通读者的需要出发注作品，且注得十分用功，十分精到。这对于阅读欣赏者来说，肯定会大有裨益。当代著名诗人的著作，由当代著名诗人作注，也有强调所注著作不同凡响的作用，更可引起社会关注和读者兴趣。“中华诗词终身成就奖”得主健在的三老中，刘征老《蓟轩词》率先刊行注本，是当代诗词研究的可喜成果。王亚平教授立足当代，关注未来，其“导夫先路”的精神是值得学习的。

说到刘词为什么这么潇洒倜傥，婉约而不失豪放，沉郁而不失旷达，幽默而不失庄重，平白灵动而不失高雅；我认为，刘征老丰富的阅历和丰厚的学养自不必说，他有一颗诗人的赤子之心，也是一般诗人都应具备的。不是一般诗人都有的，是刘征老虽老却仍保持着一颗“原生态”的童心！赤子之心和童心，本义均为孩童之心，但前者特指纯洁之心，可引申为爱民报国的赤诚之心；后者则专指天真之心、不老之心，它是可以产生纯真自然的“天趣”的！而这，却是一般诗人所缺少或没有的。而没有“天趣”、“意趣”的诗词，像风干了的秧苗，虽有秧苗的样子，却没有了秧苗内在的生机与活力，干巴巴的，谁喜欢看？刘词则不同，它水灵灵的，鲜活典雅而又饱含意趣：

……人生酷似西游记……怜大圣、常常受气。倒是天蓬解幽默，上西天常作归田计。妻唤道：饭熟矣。

（《金缕曲·习画，戏作杂文体》）

……笔蘸黄河无尽浪，滔天。高唱“生活”一百年。

（《南乡子》）

……笑迎须发凝绿，拱手唤松哥。别后三年怀友，恰有新诗百首，与子共吟哦。松道吟诗苦，咱要笑呵呵。

（《水调歌头》）

……楼头请看一呆老，乱发披霜如野草。镜如瓶底玩深沉，准是眼神不大好。拈髭正在为诗恼，走火入魔不得了。平平仄仄碍歌喉，未若枝头来作鸟。

（《玉楼春·译鸟语》）

……迎来送往开颜笑，招待周全，话语甘甜，收账一分不放宽。

（《采桑子·家庭旅店》）

……有千秋西子，一镜清空。哪爱白头，狂来走笔尚如龙。

（《望海潮·访杭州》）

……一箭嫦娥飞去，啊，绕起来了，古梦今圆。

（《八声甘州·嫦娥工程老总们的眼泪》）

……飞到大洋洲，高卧西兰岛。直把掀天万丈风，此老何曾老？

（《卜算子·抒情》）

这些都是刘征老八十岁左右时所作之词，从中看到的，不就是一个乐呵呵的老小孩么？刘老自己也说“无限青青入我诗，人老诗不老”。为什么“人老诗不老”呢？是因为“人老心不老”！这也就是刘征老的词充满生机与活力的原因所在。

中华诗词要发展、要创新，需要的就是这样的生机与活力。

已故的启功先生有这样的生机与活力，仍在积极探索自由曲的丁芒先生有这样的生机与活力，风华正茂的刘庆霖先生、蔡世平先生等都有这样的生机与活力。总之，诗的创新之路已经打开，诗界改革求变的步伐也已迈出，此时出版王亚平教授所注《蓟轩词》，其深远意义还用细说么？

师生酬唱　意趣盎然

——读人大附中师生赠答诗有感

易　行

一个偶然的机会，读到中国人民大学附属中学于树泉老师的著作，其中记录了他多年来与其学生互相赠答的诗，觉得非常有趣、有意思、有意义。我们常说诗教、诗词进校园。这种师生作诗互赠互励不就是很好的诗教吗？

请看《咏云湖山小松赠豆豆》：

电闪雷鸣，骤雨永夜，清晨天气放晴，万里碧空如洗。登山四望，但见经风雨洗礼，棵棵小松青翠欲滴，生机勃发，因赋小诗勉之。

一番骤雨一番新，枝戏清风叶伴云。
青崖斜倚披晓月，翠峰伫立灿北辰。
掣电惊雷无悔意，栉风沐雨有精神。
岂止苍虬铜铁色，一般筋骨一般魂。

这是于老师以松树不屈不挠的精神勉励他的学生。诗写得很有情致，也很有力道，其两联之间失黏亦无伤大雅。因为于老师所作并非正体律诗，而是格律较自由的类似“新古体”的诗。

于树泉诗题中提到的豆豆系人大附中2007届高三学生，高考因一分之差无缘北大。所以，于老师才作诗勉励他。豆豆同学见诗后回信说："谢谢老师的鼓励，我会朝着小松的境界努力的。四年之后，我将坐在北大历史系研究生班的教室里。日后得暇必当奉和。"

豆豆"日后得暇"果然和诗一首：

泮溪岁月日如新，未敢凌云只伴云。
晨课最宜邀玉藻，夜归不碍赏星辰。
替人裁嫁无馀恨，对律描诗半入神。
为谢师恩兼厚谊，此身长做附中魂。
（《次韵于师〈云湖小松〉兼作留念》）

这诗写得工整且有韵味，只是尾句稍弱，如改成"此心长赋赤松魂"是否更扣题也更有力一些呢？当然，人大附中学生的"附中情结"无可厚非，诗这样写也是表达对老师的谢意和对母校的留恋。

于树泉老师对其学生的突出成绩更是赞赏有加。他在《赠段然》诗中写道：

上课讲文言语段，内容涉及晋"八王之乱"，段然同学自告奋勇介绍背景，西晋四帝八王之名脱口而出，纷繁复杂的史实了如指掌，从容道来。因赋诗赞之。

少年生就胆气豪，司马头上试牛刀。
三国两晋玄妙世，五代十国诡异朝。
烂熟乱世兼治世，了然武略与文韬。
一朝振翮扶摇去，海阔天空舞狂飚。

这是于老师写于2008年的诗，诗写得气势夺人、学识尽显。段然同学读后作诗回赠：

得于师赠诗，惭愧、感谢无以言说。作小诗一首。回赠于老师，经不起推敲，请见谅。

雕龙墨妙遐思翱，浩然之气凌云霄。
吟诗作赋神飘逸，泼墨挥毫意逍遥。
谈笑微言孔孟好，躬行希声老庄道。
寻常一样旧朝事，于师道来如浪涛。

段然同学此诗的意思不错，其格律确实"经不起推敲"。如将"躬行希声老庄道"中的"道"改为"高"，韵就谐了。

让人感动的是每逢班上同学生日，于老师也常赋诗祝贺。例如《贺茗菲生日》：

偶闻茗菲18岁生日与米老鼠80华诞巧合，欣然赠之。

活蹦乱跳米老鼠，聪明伶俐戴茗菲。
米翁果硕八十树，戴姝花开十八蕾。
八十夕阳无限好，十八旭日正当时。
翁姝双双生辰乐，茗菲牵手迪士尼。

这首诗写得风趣活泼，一定会给茗菲同学的生日增添不少喜气。茗菲同学读后十分感动，当即回赠于老师一诗：

看了您的短信我非常激动，虽然还不会写诗，我还是和了一首表达对您的敬意和感谢，算是狗尾续貂吧。

才情欲掩料应难，文自飘然意自翩。
七步成诗随心吟，千言倚马信手拈。
齿间沁梅香可嚼，腹中兰气阜比仙。
得君数语成人日，不枉此前十八年！

戴茗菲同学此诗写得也很有情致和韵味，算是很不错了，实不必过谦为"狗尾"。

到2009年，于树泉老师有一首诗赠徐迦玉同学：

唐风楚韵童梦流，戛玉敲金歌不休。
敢向多少潮头立，乐于长短弄扁舟。
慨然蔡公凝碧血，莞尔精卫扮楚囚。
一曲尧都正未了，言长境阔两悠悠。

其中的"多少"代指数学，是说徐迦玉诗书满腹，理科更佳，和诸多数学高手相较，毫不逊色。"长短"指长短句，即"词"。"蔡公"指蔡公时。在课堂讲及蔡公时，徐迦玉曾起身作解："1927年，日军因袭济南，蒋介石派以蔡为首的代表团赴鲁谈判。日军官酒井隆使人割去蔡之耳、眼、鼻等，欲迫其就范，蔡大骂。日军用刺刀捅进蔡喉咙搅动，蔡终不屈，英勇就义。日军旋入济南市区，戮平民五千余人，是为济南惨案。”迦玉同学侃侃而谈，语惊四座。由此可见人大附中课堂气氛活跃之一斑。“楚囚”，在课堂上有一次讲晚唐赵嘏《长安秋望》诗，有“鲈鱼正美不归去，空戴南冠学楚囚”句，言及“楚囚”，在没有事前准备的情况下，徐迦玉同学主动举手解“楚囚”之典，并随口背诵汪精卫早年诗一首为证：

慷慨歌燕市，从容作楚囚。
引刀成一快，不负少年头。

背诗之后他解释道：汪精卫早年入同盟会，1910 年北上谋刺摄政王载沣，事泄被捕，自以为难免一死，作五绝四首，此为其三。还有一次课堂上讲某同学范文，有“尧之疆，舜之土，禹之都”的引用，徐迦玉当即正误，说出自南宋词人陈亮《水调歌头》，原句应为“尧之都，舜之壤，禹之封”。

上述这些事例足以说明徐迦玉的博闻强记。

徐迦玉后来曾填一词赠谢于树泉老师：

自于师执教至今，匆匆大半载矣。别离之日，亦当屈指可数，此所谓隐忧也。故赋此以寄幽情，兼酬恩师七律之赠。戊子岁末徐迦玉谨记。

韶光有几许，今复几春秋。浩歌同数清兴，西北有高楼。止水心如香茗，领入空明禅境，学海纵扁舟。能此几今夕，秉烛看吴钩。

桃自谢，李自落，两绸缪。落花风景，年年春水一何愁。载我十年欢笑，诉我一襟离思，施爱满沧州。明日定携酒，重续梦中游。

读了这首词，确知于树泉老师所言绝非溢美，徐迦玉同学的确满腹经纶，有学者风，只是文气略重，应力避“泥古”倾向，舍“秉烛”、“携酒”等旧识而取新的意象。另外，“沧州”一词，不知是指县名呢，还是“心在天山，身老沧洲”的“沧洲”？总之，诗写得老到，再多注入一些新意、新的时代气息就更好了。

像于树泉老师这样，能在课堂之外，与学生互赠诗词，其作用不仅可“互励”，而且可“互长”，也是对中华诗词的普及与提高。如果有更多的教师像于老师这样，何愁中华诗词后继无人？何愁中华诗词不在我们或我们的下一代繁荣昌盛？所以说，于树泉老师与学生酬唱，不仅是一件有趣的事，也是一件很有意义的事，更是一件值得推而广之的事。

名录

中央文史研究馆及各地文史研究馆

名称	地址
中央文史研究馆	北京市东城区前门东大街11号
北京市文史研究馆	北京市西城区西长安街7号
天津市文史研究馆	天津市和平区大同道22号
河北省文史研究馆	石家庄市工农路288号
山西省文史研究馆	太原市文源巷26号
内蒙古自治区文史研究馆	呼和浩特市新华大街63号院6号楼
辽宁省文史研究馆	沈阳市北陵大街45—59号
吉林省文史研究馆	长春市新发路329号
黑龙江省文史研究馆	哈尔滨市南岗区吉林街130号
上海市文史研究馆	上海市思南路
江苏省文史研究馆	南京市中山北路283号10号楼
浙江省文史研究馆	杭州市宝石二路1号
安徽省文史研究馆	合肥市长江路
福建省文史研究馆	福州市东大路73号3号楼
江西省文史研究馆	南昌市省政府大院北2楼
山东省文史研究馆	济南市省政前街1号
河南省文史研究馆	郑州市金水大道14号
湖北省文史研究馆	武汉市武昌区首义路71号
湖南省文史研究馆	长沙市五一大道492号
广东省文史研究馆	广州市解放北路542号
广西壮族自治区文史研究馆	南宁市七星路123号
重庆市文史研究馆	重庆市渝中区枣子岚垭正街97号
四川省文史研究馆	成都市暑袜中街42号
贵州省文史研究馆	贵阳市中华北路119号
云南省文史研究馆	昆明市龙井街38号
陕西省文史研究馆	西安市新城广场省政府前大楼
甘肃省文史研究馆	兰州市城关区雁宁路239号
宁夏回族自治区文史研究馆	银川市金凤区黄河东路939号
新疆维吾尔自治区文史研究馆	乌鲁木齐市文化路38号

中华诗词学会及各地诗词学会

名 称	地 址
中华诗词学会	北京市西城区太平桥大街 4 号
北京市诗词学会	北京市朝阳区华严里 8 号
天津市诗词学会	天津市和平区常德道桂林路
河北省诗词学会	石家庄市市庄路 66 号
山西省诗词学会	太原市迎泽大街 388 号
内蒙古自治区诗词学会	呼和浩特市兴安南路 137 号
辽宁省诗词学会	沈阳市沈河区朝阳街少帅府巷 48 号
吉林省诗词学会	长春市上海路 30 号
黑龙江省诗词学会	哈尔滨市南岗区耀景街 30 号
上海市诗词学会	上海市龙华路 2853 号
江苏省诗词学会	南京市虎踞北路 12 号 2 号楼
浙江省诗词学会	杭州市省政府大院 5 号楼
安徽省诗词学会	合肥市阜南路 40 号
福建省诗词学会	福州市五四路省政协前楼
江西省诗词学会	南昌市洪都北大道 649 号
山东省诗词学会	济南市泉州路 73 号
河南省诗词学会	郑州市农业路 72 号
湖北省诗词学会	武汉市洪山区雄楚大道 634 号
湖南省诗词学会	长沙市盘锦东路 69 号
广东省诗词学会	广州市越秀区美华北路 9 号
广西壮族自治区诗词学会	南宁市汇春路 4 号
海南省诗词学会	海口市南宝路 3 号
重庆市诗词学会	重庆市渝中区人民路 205 号
四川省诗词学会	成都市百花潭路 10 号
贵州省诗词学会	贵阳市中山西路 65 号
云南省诗词学会	昆明市翠湖南路 94 号
陕西省诗词学会	西安市朱雀大街 316 号
甘肃省诗词学会	兰州市城关区统办 1 号楼
宁夏回族自治区诗词学会	银川市中山南街 47 号
青海省诗词学会	西宁市长江路 93 号
新疆维吾尔自治区诗词学会	乌鲁木齐市奇台路 134 号

诗词报刊

名　称	地　址
《诗刊》	北京市农展馆南里 10 号楼
《中华诗词》	北京市西城区太平桥大街 4 号
《中国韵文学刊》	湘潭市湘潭大学校区
《诗国》（丛刊）	北京市西城区鼓楼西大街 41 号
《野草诗苑》	北京市朝阳路高井财满街 67 号
《红叶》	北京市 998 信箱
《燕赵诗词》	石家庄市市庄路 66 号
《诗选刊》	石家庄市槐中路 192 号
《难老泉声》	太原市迎泽大街 388 号
《内蒙古诗词》	呼和浩特市兴安南路 137 号
《辽海诗词》	沈阳市沈河区朝阳街少帅府巷 48 号
《诗潮》	沈阳市北三经街 66 号
《长白山诗词》	长春市上海路 30 号
《上海诗词》	上海市龙华路 2583 号
《江海诗词》	南京市虎踞北路 12 号
《浙江诗词楹联》	杭州市省政府大院 5 号楼
《安徽吟坛》	合肥市阜南路 40 号
《江西诗词》	南昌市洪都北大道 649 号
《历山诗刊》	济南市泉城路 73 号
《中州诗词》	郑州市农业路 72 号
《湖北诗词》	武汉市洪山区雄楚大道 634 号
《东坡赤壁》	武汉市七一路 5 号
《湖南诗词》	长沙市盘锦东路 69 号
《当代诗词》	广州市越秀区美华北路 9 号
《诗词报》	广州市番禺区华南新城碧泉居 4 栋 303 号
《八桂诗词》	南宁市汇春路 4 号
《琼苑》	海口市南宝路 3 号
《岷峨诗稿》	成都市百花潭路 10 号
《贵州诗联》	贵阳市中山西路 65 号
《云南诗词》	昆明市翠湖南路 94 号
《陕西诗词》	西安市朱雀大街 316 号
《陇风》	兰州市民主东路 109 号
《夏风》	银川市中山南街 47 号
《青海诗词》	西宁市长江路 93 号
《昆仑》	乌鲁木齐市新医路新疆医科大学 A 座

（以上仅为部分省市级以上诗词报刊）